De koffiedief

www.boekerij.nl

Tom Hillenbrand

DE KOFFIEDIEF

In de Gouden Eeuw is Europa in de ban
van koffie, en op het smokkelen ervan
staat de doodstraf...

Eerste druk april 2017
Zesde druk juni 2018

ISBN 978-90-225-8425-5
ISBN 978-94-023-0854-9 (e-book)
NUR 302

Oorspronkelijke titel: *Der Kaffeedieb*
Vertaling: Merel Leene
Omslagontwerp: Wil Immink Design
Omslagbeeld: Jacob Storck (1641-86), *A View of Amsterdam, with the Oude Schans Canal and the Montelbaans Tower*, 1692 (oil on canvas) / Dyrham, Gloucestershire, UK / National Trust Photographic Library / Bridgeman Images
Zetwerk: CeevanWee, Amsterdam

Verschenen in het Duits als *Der Kaffeedieb* door Tom Hillenbrand

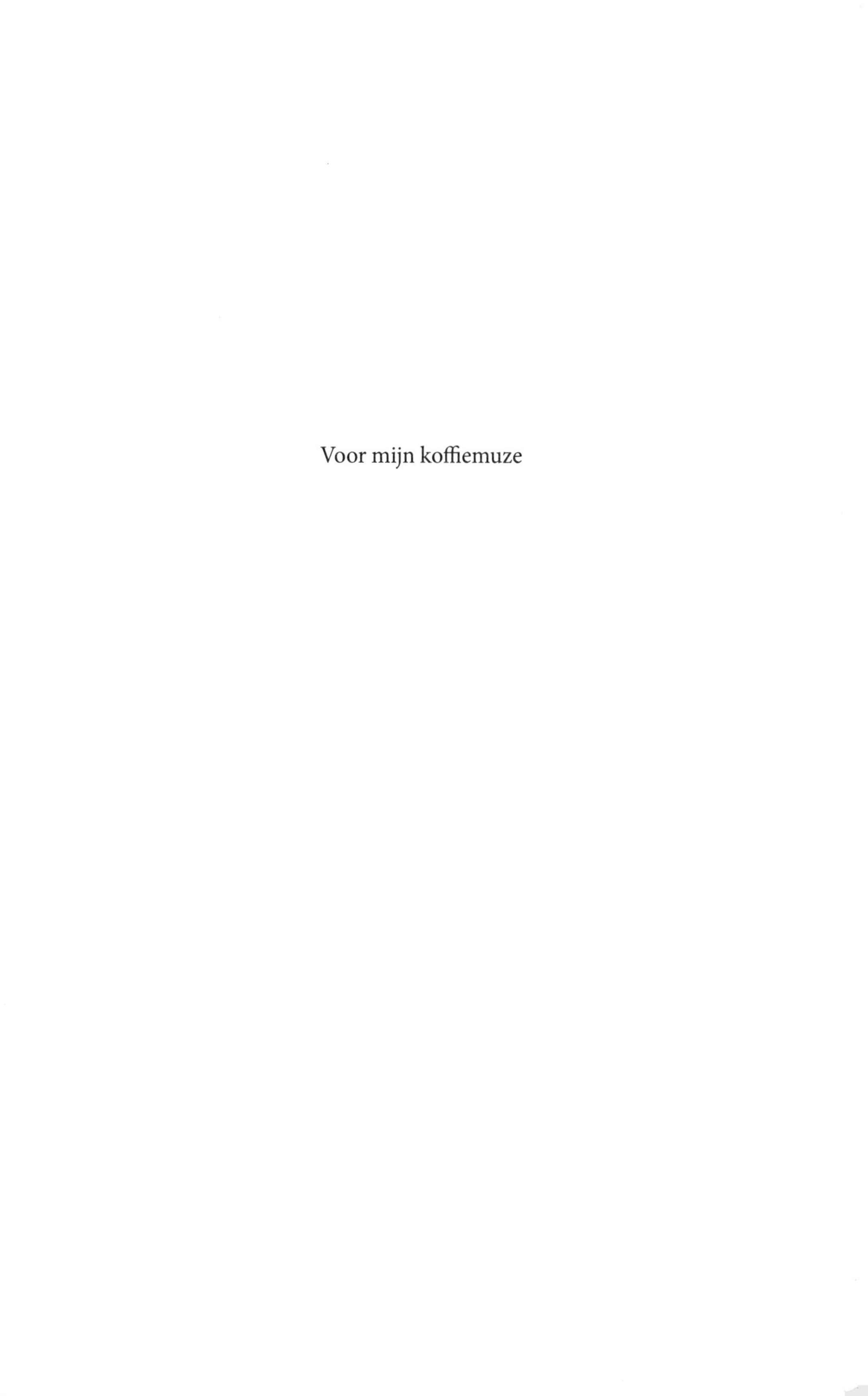

Voor mijn koffiemuze

DEEL I

You that delight in Wit and Mirth, and long to hear such News,
As comes from all parts of the Earth, Dutch, Danes, and Turks and Jews:
I'le send you to a Rendezvous, where it is smoaking new:
Go hear it at a Coffee-house,– it cannot but be true.

There's nothing done in all the world, from Monarch to the Mouse,
But every day or night 'tis hurl'd into the Coffee-House.

Thomas Jordan
News from the Coffee-House

Met een rinkelend geluid danste het zilveren tweepence-muntje over de toonbank, totdat Obediah Chalon er met zijn wijsvinger een einde aan maakte. Hij pakte het muntstuk op en keek de verkoopster aan. 'Goedemorgen, miss Jennings.'

'Goedemorgen, mister Chalon,' antwoordde de vrouw achter de toonbank. 'Vreselijk koud voor een septemberochtend, vindt u niet?'

'Ach, miss Jennings, niet kouder dan afgelopen week, zou ik denken.'

De verkoopster haalde haar schouders op. 'Wat mag het voor u zijn?'

Obediah stak haar het muntje toe. 'Een koffie, alstublieft.'

Miss Jennings pakte het geldstuk aan en fronste haar voorhoofd toen ze zag dat het om een oude, gehamerde *tuppence* ging. Nadat ze het zilveren muntje een aantal keer had omgedraaid kwam ze kennelijk tot de conclusie dat de rand niet al te veel was afgevijld en stopte het in de kassa. Als wisselgeld gaf ze Obediah een bronzen koffiehuismuntje.

'Geen penny's?' vroeg hij, hoewel hij het antwoord al kende. Kleingeld was schaars sinds de mensen het omsmolten zodat ze het zilver dat erin zat konden verkopen. En daarom kreeg je als wisselgeld de laatste tijd alleen nog maar deze ellendige koffiemuntjes.

Er verscheen een geroutineerde blik van spijt op miss Jennings' gezicht. 'Ik heb al in geen weken een penny gezien,' zei ze. 'Die worden in dit koninkrijk zo langzamerhand zeldzamer dan mooi weer.'

Terwijl ze het straatdeuntje 'The Blacksmith' neuriede liep de koffiehuisdame naar de haard en pakte een van de hoge ijzeren kannen die voor het vuur stonden. Korte tijd later kwam ze terug met een ondiepe kom koffie en gaf die aan Obediah.

'Dank u. En zeg, is er ook post voor me gekomen?'

'Een ogenblik, dat moet ik even nakijken.' Jennings liep naar een donkere houten kast met postvakjes.

Obediah dronk zijn eerste slok koffie terwijl de koffiedame naar zijn correspondentie zocht. Niet lang daarna kwam ze terug en overhandigde hem drie brieven plus een pakketje. Dat laatste liet hij na een korte blik op de afzender snel in zijn jaszak glijden. Toen zette hij zijn koffie op de toonbank en keek de brieven door. De eerste was afkomstig van Pierre Bayle uit Rotterdam en bevatte, te oordelen naar de omvang, ofwel een heel lange brief of de nieuwste uitgave van de *Nouvelles de la République des Lettres*, of misschien zelfs beide. De tweede kwam van een Geneefse wiskundige, de derde uit Parijs. Later zou hij ze in alle rust lezen.

'Dank u, miss Jennings. En weet u misschien of de nieuwe uitgave van *The London Gazette* er al is?'

'Die ligt daar achter, op de tafel vlak voor de boekenkast, mister Chalon.'

Obediah liep het koffiehuis door. Het was even na negen uur 's ochtends en in Mansfield's Coffee House was het nagenoeg leeg. Aan een tafeltje bij de open haard zaten twee in het zwart geklede mannen zonder pruik. Uit de zuinige gezichten en gedempte stemmen leidde Obediah af dat het waarschijnlijk protestante dissenters waren. Aan de andere kant, onder een schilderij dat de Slag bij de Hoofden verbeeldde, zat een jonge beau. Hij droeg een jas van izabelkleurig fluweel en had aan zijn mouwen en kousen meer linten bevestigd dan een hofdame uit Versailles. Verder was Mansfield's nog uitgestorven.

Obediah legde zijn hoed en wandelstok neer, ging op een bank zitten en nipte van zijn koffie terwijl hij de *Gazette* doorbladerde. In Southwark had kennelijk een grote brand gewoed; verder was er onrust ontstaan vanwege een boek waarin de avonturen van een courtisane aan het hof van de koning werden beschreven en dat Charles II om die reden wilde laten verbieden. Obediah gaapte. Niets van dat alles interesseerde hem een zier. Hij haalde een al gestopte aardewerken pijp uit de zak van zijn jas, stond op en liep naar de haard. Daar pakte hij uit een emmertje een kienspaan, die hij kort in de vlammen hield. Even later keerde hij rokend terug naar zijn zitplaats. Hij wilde juist een op tafel liggend pamflet oppakken, waarin werd opgeroepen om alle dissenters en papisten op te knopen, of ze in elk geval voor langere tijd in het gevang te zetten, toen de deur openging. Er kwam een man binnen, al een eind in de vijftig, met een gezicht dat danig was gehavend door pokken en zeewind. Hij droeg een Hollandse klapmuts en had sneeuwwitte bakkebaarden die niet erg bij zijn donkerbruine pruik pasten.

Obediah knikte hem vriendelijk toe. 'Goedemorgen, mister Phelps. En, hebt u nog nieuws?'

Jonathan Phelps was stoffenhandelaar en bezat goede connecties in Leiden en zelfs in Frankrijk. Bovendien had hij een broer die voor de secretaris van de admiraliteit werkte. Daardoor was Phelps altijd uitstekend geïnformeerd over alles wat er speelde, zowel in Engeland als op het continent. De handelaar knikte, maar zei dat hij eerst koffie nodig had voordat hij met zijn nieuwtjes op de proppen kon komen. Niet veel later kwam hij terug met een kop koffie en een schaaltje vol gemberkoekjes en ging tegenover Obediah zitten. 'Wat wilt u eerst horen, de koffiehuisroddels of het nieuws van het continent?'

'Eerst graag de roddels, als u het goedvindt. Het is nog erg vroeg voor politiek.'

'En verdomd koud, bij Cromwells schedel. Dit moet wel de koudste september sinds mensenheugenis zijn.'

'Ach, het is vanochtend niet kouder dan afgelopen week, mister Phelps.'

'En hoe denkt u dat zo precies te weten?'

'Ik voer metingen uit.'

'Metingen van welke aard?'

'Kent u Thomas Tompion, de klokkenmaker? Hij vervaardigt tegenwoordig ook thermometers. Daarmee kan de temperatuur exact worden vastgesteld. Vanochtend bijvoorbeeld stond de kwikzilveren kolom om klokslag zeven uur bij het negende streepje.' Obediah haalde een notitieboekje tevoorschijn en bladerde erin. 'Daarmee is het volgens mijn metingen niet kouder dan een week geleden, op 14 september, toen ik op hetzelfde tijdstip op dezelfde plaats de temperatuur opnam.'

'U ook met uw idiote experimenten... Waarom doet u dat?' vroeg Phelps tussen twee gemberkoekjes door.

'Een goede vraag. Uit algemene natuurfilosofische interesse, vermoedelijk. Maar de laatste tijd ook om uw vraag te beantwoorden.'

'Heb ik dan een vraag gesteld?'

'In elk geval indirect, mister Phelps. U vroeg zich af of deze eenentwintigste september 1683 een bijzonder koude was. En om die vraag objectief te kunnen beantwoorden, moeten we over vergelijkbare waardes uit de voorgaande jaren beschikken.'

Phelps hield zijn hoofd schuin. 'Bent u nou van plan om de rest van uw leven elke dag op te schrijven hoe warm of koud het 's ochtends is?'

'En 's avonds. Verder noteer ik de weersomstandigheden: regen, wind, mist. En ik ben niet de enige. Kent u mister Hooke, de secretaris van de Royal Society?'

'Ik heb over hem gehoord. Is dat niet de gentleman die nogal wat opschudding veroorzaakte toen hij op een van de koffietafels in de Grecian op klaarlichte dag een dolfijn ontleedde?'

'U verwisselt hem met mister Halley, waarde vriend. Hooke is vooral geïnteresseerd in kleinere dieren. En dus in het miserabele Engelse weer. Daarom heeft hij mensen in het hele koninkrijk opgeroepen dagelijks de temperatuur te meten en hem de resultaten toe te sturen. Op basis van deze metingen wil hij een soort weerkaart maken. Over een aantal jaar kan daarmee de vraag beantwoord worden of het in Engeland kouder of warmer is geworden. Fascinerend, vindt u niet?'

'Voor een *virtuoso* als u misschien, mister Chalon. Ik gruw al van het idee. Wat blijft er nog over als Londenaren niet eens meer over het weer mogen kibbelen?'

Obediah glimlachte en nam een slok koffie. 'U wilde me eigenlijk vertellen wat u tijdens uw ochtendronde hebt opgepikt, mister Phelps.'

Net als Obediah deed de textielhandelaar een dagelijkse rondje langs de koffiehuizen. Voor zover Chalon wist, bezocht Phelps vroeg in de morgen eerst Lloyd's om de daar gepubliceerde scheepsberichten te lezen en een aantal kapiteins te spreken. Zijn tweede adres was Garraway's, waar tegen acht uur de ochtendveiling van stoffen uit Spitalfields en Leiden plaatsvond. Hier stelde hij zich bovendien op de hoogte van de nieuwste noteringen voor textiel en andere goederen. Daarna kwam Phelps naar Mansfield's in Shoe Lane, waarschijnlijk vanwege de gemberkoekjes.

'De houtprijzen stijgen exorbitant. Door de Hollanders.'

'Omdat ze zo veel schepen bouwen?'

'Ook. Maar vooral omdat de vrees bestaat dat hout binnenkort schaars wordt. Het meeste komt uit Frankrijk en de Verenigde Nederlanden. Als er tussen die twee oorlog uitbreekt...'

'Acht u dat waarschijnlijk?'

'Vanochtend kwam ik een hugenoot tegen, monsieur Du Croÿ. Hij is linnenwever in Spitalfields en onderhoudt nog altijd goede banden met zijn vaderland. Kennelijk stelt de allerchristelijkste koning...' – bij die laatste woorden keek Phelps Obediah recht in de ogen, om er zeker van te zijn dat het sarcasme zijn gesprekspartner niet ontging – '... allerlei onmogelijke eisen aan de Spaanse Nederlanden. Louis XIV verlangt dat ze een bijdrage leveren aan het onderhoud van een enorm leger, zoiets. Veel mensen geloven dat dit slechts een voorbode is voor een aanval van Frankrijk op de Nederlandse Republiek.' Phelps keek hem nadenkend aan. 'Mag ik u misschien de indiscrete vraag stellen, mister Chalon, of u in hout hebt geïnvesteerd?'

Ja, dat heb ik, dacht Obediah. En daarnaast in zout, suiker, Canadese bevervellen, Chinees porselein en Perzische tapijten. Die informatie ging hij Phelps of iemand anders echter beslist niet aan de neus hangen. En dus zei hij alleen: 'Slechts een gering bedrag. Maar waarschijnlijk is het te laat om meer te kopen. Als dit verhaal nu al bij Lloyd's de ronde doet, kent over twee uur elke koffiehuisbezoeker in Londen het.'

Phelps boog een stukje naar voren en fluisterde: 'Ik heb nog wat anders gehoord, iets werkelijk ongehoords. U zult het nauwelijks geloven.'

Obediah keek geamuseerd. 'O ja? Is de koning soms met een katholieke maîtresse gezien?'

Phelps schudde zijn hoofd. 'Nee, dat was vorige week. Toen het bekend werd, schijnt hij haar te hebben weggedaan en een protestantse hoer gezocht te hebben. Ik bedoel iets anders. U weet waar mijn broer werkt?'

'Nog altijd op het kantoor van staatssecretaris Pepys, neem ik aan?'

'Ja. En daar horen ze vanuit het ministerie van Marine dat de Venetianen druk bezig zijn een vloot uit te rusten.' Phelps keek hem veelbetekenend aan. 'Een grote vloot.'

'U wilt toch niet zeggen...'

'O, jawel. Veel wijst erop dat ze Candia willen terugveroveren.'

'Dat lijkt me niet erg geloofwaardig,' merkte Obediah op. Zodra hij Phelps' beledigde gezicht zag, voegde hij er snel aan toe: 'Niet het bericht zelf, aan het waarheidsgehalte daarvan twijfel ik niet. Ik bedoel dat de kans op succes me gering lijkt.'

'Het zou inderdaad de grootste slag van de Venetianen zijn sinds ze de apostel hebben gestolen. Toch zou dit wel het perfecte moment zijn, denkt u niet? Nu de Turken elders gebonden zijn...'

Terwijl Phelps in detail uiteenzette welke moeite de Venetianen zich allemaal getroostten om een oorlogsvloot te bouwen waarmee ze Kreta wilden terugveroveren, haalde Obediah het koffiehuismuntje tevoorschijn dat hij van de bediening had gekregen. Hij draaide het geldstuk om en om tussen zijn vingers. Op de ene kant stonden een Turkenkop en een inschrift. Dat laatste luidde: *Murat de Grote noemt men mij*. En op de andere kant: *Waar ik kwam, daar overwon ik.*

'... met u eens dat men van mening kan verschillen over de succeskansen van een Venetiaanse veldtocht. Maar bedenk eens wat een gewiekst speculant kan verdienen als hij erop gokt dat veel Levantijnse goederen binnenkort misschien weer via Iraklion naar Londen en Amsterdam zullen komen.'

'U hebt gelijk, meester Phelps. Maar de tijd van de Venetianen is voorbij. Die zitten daar in hun waterstad te dromen van de grootsheid van weleer, terwijl de Turken jaar na jaar meer bezittingen van ze afnemen. Het enige waarin Venetië nog toonaangevend is, zijn bordelen en bals.'

Phelps glimlachte spottend. 'Als je hoort wat er allemaal in het paleis van Whitehall gebeurt, hebben de Venetianen intussen anders geduchte concurrentie.'

Obediah reageerde op de opmerking van de handelaar met een bijna onwaarneembaar hoofdknikje. Phelps had misschien gelijk, maar een vergelijking van de koning en zijn hof met een Venetiaans boudoir kon je zomaar een verblijf in de Tower of Newgate opleveren. Vanwege zijn goede relaties zou Phelps een straf misschien nog wel kunnen ontlopen, maar Obediah Chalon was katholiek en dus werd hij in de ogen van Engelse rechters sowieso in staat geacht tot elke laagheid uit het menselijk repertoire. Wat dat betreft koesterde hij geen illusies. Zijn eigen vader was van adel geweest, welgesteld en geliefd in het hele graafschap. Toen Cromwells handlangers echter met fakkels en lansen voor zijn huis waren verschenen, had dat er allemaal niet meer toe gedaan. Het enige wat telde, was dat Ichabod Chalon katholiek was.

En dus was Obediah altijd voorzichtig. Eén fout en ze zouden hem onmiddellijk opknopen in Tyburn. Daarom paste hij wel op om over zulke zaken te spreken, zelfs niet in een vrijwel leeg koffiehuis.

In plaats daarvan wees hij naar de munt met de Turkenkop. 'Hoe het ook zij. Sultan Mehmet IV is misschien niet Murat de Wrede, maar hij heeft wel het beste en grootste leger ter wereld. Een weddenschap dat Candia terugveroverd zal worden lijkt me te riskant.' Hij stopte het muntje weg. En bovendien heb ik al een andere weddenschap lopen, dacht hij. Eentje waarvan de uitkomst zo zeker is als het amen in de kerk. Obediah stond op. 'Als u me nu wilt excuseren, mister Phelps. Ik word verwacht bij Jonathan's. Het was zoals altijd een plezier om u te spreken.'

Ze namen afscheid. Obediah liep naar buiten, Shoe Lane op. Het was inderdaad koud, wat Tompions thermometer ook beweerde. De vaalbleke zon was er nog niet in geslaagd de ochtendnevel te verdrijven die vanaf de Theems over de stad trok, hoewel het al tegen tienen liep. Hij wandelde omhoog door het steegje naar Fleet Street en sloeg linksaf. Zijn doel was alleen niet, zoals hij tegenover mister Phelps had beweerd, Jonathan's Coffee House in Exchange Alley. Daar werd hij pas vanmiddag verwacht. In plaats daarvan zette hij koers naar Little Britain. Hoewel hij even overwoog om een *hackney* te huren, besloot hij dat toch niet te doen. Te voet zou hij zijn doel sneller bereiken, want het bleek op deze dinsdagochtend een drukte van belang in Londen. De *Season* was begonnen; hele hordes landedelen en welgestelde burgers reisden in deze periode vanuit de graafschappen naar de hoofdstad om daar enkele weken hun intrek te nemen, toneelstukken te bezoeken, hun gezicht te laten zien tijdens bals en ontvangsten en nog voor de kerst hun garderobe met de laatste mode in overeenstemming te brengen.

Voor een winkeletalage bleef Obediah staan om zichzelf in de weerspiegelende ruit te bekijken. Ook hij kon wel een nieuwe garderobe gebruiken. Zijn *justaucorps* was niet vreselijk afgedragen, maar wel iets te krap. Obediah, die net zijn tweeëndertigste verjaardag had gevierd, was nu toch iets aangekomen. En daardoor zag hij er in zijn smalle jas meer en meer uit als een haggis op pootjes. Zijn fluwelen kniebroek was versleten en hetzelfde gold voor zijn schoenen. Hij keek naar het nog bijna ongerimpelde jongensgezicht met de waterblauwe ogen en streek een weerbarstige lok van zijn pruik goed. Gelukkig hoefde hij het niet lang meer met deze kleren te doen.

Obediah wendde zich af, sloeg zijn kraag op en liep Ludgate op, langs de enorme bouwplaats voor de nieuwe kathedraal. Hij wandelde verder in de richting van het St. Barts Hospital. Hoewel hij bij de Theems vandaan liep, kroop de vochtige kou in zijn botten. De meeste mensen die hem tegemoetkwamen, keken mismoedig voor zich uit, met hoog opgetrokken schouders en hun armen om hun lijf geslagen. Obediah liep echter met veerkrachtige pas, alsof het een stralende voorjaarsochtend was. Vandaag was een goede dag. Het was de dag waarop hij rijk zou worden.

Nog voordat hij in het buiten de stadsmuren liggende Little Britain aankwam, kon hij het ruiken. In deze wijk waren talloze boekhandelaren en boekbinders gevestigd. Het olfactorische basismotief van Londen – dat met niets vergelijkbare parfum van rottend afval, koude rook en pis – kreeg er hier een nieuwe noot bij: lijmdampen en de bijtende stank van pas gelooid leer. Zonder de vele voor de winkeltjes uitgestalde boeken ook maar een blik waardig te keuren liep Obediah naar een huis in het midden van de straat. Boven de deur schommelde een uithangbord in de wind. Op het bord waren de

Griekse letters alfa en omega en een inktpot afgebeeld. Eronder stond: *Benjamin Allport, meesterdrukker.*

Hij stapte naar binnen. De geur van lijm werd sterker en begon onmiddellijk in zijn neus te kriebelen. Toch rook het hier in elk geval niet meer naar de goot. Allports drukkerij bestond in feite uit één grote ruimte. Achterin stonden twee drukpersen. Deze persen waren een van de redenen dat Obediah juist deze drukkerij had uitgekozen. Allport gebruikte Hollandse machines, de gouden standaard onder de drukpersen. Op zulke apparaten drukten ook de grote bankhuizen van het continent. In het voorste gedeelte van de zaak stonden behalve de op dit moment lege schrijflessenaar twee grote, lage tafels, waarop riemen en riemen geelachtig papier waren opgestapeld. Het waren pasgedrukte traktaten. Obediah liep naar de lessenaar en pakte het belletje dat erop stond. Hij belde tweemaal.

'Een ogenblik alstublieft!' klonk een stem vanaf de galerij.

Terwijl Obediah wachtte totdat Benjamin Allport naar beneden kwam, bekeek hij de exemplaren die net van de drukpers waren gerold. Er zat een traktaat bij getiteld: *De Verschrikkelijke en Verbazingwekkende Storm die Markfield, Leicestershire teisterde, en waarbij hoogst wonderbaarlijke hagelstenen op aarde vielen, in de vorm van zwaarden, dolken en hellebaarden.* Ook was er een boekje met de titel *De Londense Hartenbreekster, of de Politieke Hoer, waarin alle kunstgrepen en strategieën worden getoond die dames van plezier heden ten dage tegen mannen inzetten, verweven met onderhoudende verhalen over de verrichtingen van deze dames.* Dit moest het pamflet zijn waarover hij in de *Gazette* had gelezen en dat aan het hof voor zo veel opschudding zorgde. Eigenlijk waren dergelijke wellustige schrijfsels niets voor hem, maar nu pakte hij toch een exemplaar en bladerde het door. Obediah was juist verdiept in een passage waarin op indringende wijze een van de in de titel beloofde verrichtingen werd beschreven, toen hij iemand de trap af hoorde komen. Met gloeiende oren legde hij het traktaat terug en keek op.

'Goedemorgen, meester Allport.'

'Morgen, mister Chalon. Wat vindt u van *De Politieke Hoer*?'

Allport was een grote man, al zag je dat niet direct, ook niet als je recht tegenover hem stond. Door zijn jarenlange werk aan de drukpers was zijn rug gebogen, zodat zijn hoofd zich op dezelfde hoogte bevond als zijn schouders. Allports handen waren zo zwart als die van een Moor, zijn pruikloze hoofd zo goed als kaal.

Obediah voelde dat zijn wangen rood werden. 'De in de titel aangeprezen strategieën heb ik nog niet kunnen ontdekken, alleen de... verrichtingen.'

Allport grinnikte. 'Die vormen waarschijnlijk de reden dat dit boekje beter verkoopt dan gezangenbundels voor kerst. U mag best een exemplaar meenemen als u wilt.'

'Dat is heel vriendelijk, meester Allport, maar...'

'U bent alleen geïnteresseerd in natuurfilosofie en beurszaken, ik weet het.'

'Is mijn drukwerk klaar?'

'Natuurlijk. Als u mij wilt volgen.'

Allport ging hem voor naar een houten kist die in het achterste gedeelte van zijn werkplaats stond. Hij deed het deksel open. De kist zat vol pamfletten. De drukker pakte er een uit en overhandigde het boekje aan Obediah. Het was gedrukt op dun, bijna transparant papier en bestond uit ongeveer twintig pagina's. Trots keek Obediah naar de titel: *Een Voorstel voor het gebruik van wisselpapieren in het Koninkrijk Engeland, vergelijkbaar met de papieren die door Amsterdamse zakenlieden worden gebruikt in plaats van edelmetalen, als remedie tegen de ellende van onze geldschaarste en ter bevordering van de handel, in alle nederigheid opgesteld door Obediah Chalon, Esq.*

'Ik hoop dat u tevreden bent met de kwaliteit.'

Obediah sloeg het pamflet open. De drukkwaliteit was perfect, maar dat was niet wat hem interesseerde. Zijn aandacht gold een los document dat in het binnenwerk lag. Anders dan de rest van het traktaat was dit gedrukt op roomwit geschept papier. Het bevatte een watermerk en preegdruk. Obediah deed een paar passen in de richting van een plafondbalk waaraan een olielamp hing, zodat hij Allports werk beter kon bekijken. 'Uitstekend. Ik ben onder de indruk.'

Allport maakte een buiging, voor zover dat mogelijk was met zijn enorme bochel. 'Hebt u een loopjongen nodig die de pamfletten bij u thuis bezorgt?'

'Nee, bedankt, dat doe ik zelf. Maar vertelt u me, wanneer kunt u nog honderd exemplaren drukken?'

De ogen van de drukker werden groot.

'Van de traktaten bedoel ik, niet van de certificaten.'

'Aha, ik begrijp het. Begin oktober, als u dat schikt.'

'Uitstekend. Ik betaal u vooraf en zou u erkentelijk zijn als uw jongen ze dan bezorgt.'

'Op uw adres?'

'Nee, telkens twintig bij Jonathan's, Nando's, de Grecian, Swan's en Will's,' zei Obediah. Hij wilde natuurlijk dat zijn voorstel gehoor vond, en nergens verspreidden nieuwe ideeën zich sneller dan in de koffiehuizen.

'Ik zal ervoor zorgen dat ze daar worden neergelegd,' antwoordde Allport.

'Hoeveel ben ik u schuldig?'

'De pamfletten kosten een *groat* per stuk. Inclusief de nog te drukken exemplaren betekent dat honderdvijftig maal vier pence, dat is vijftig shilling, met uw welnemen, sir. Het ingesloten extra drukwerk... alles bij elkaar acht pond. Dat maakt samen tien *guineas*.'

Bij het horen van dat enorme bedrag moest Obediah even slikken. De laatste keer dat hij zijn geld telde, beliepen zijn contanten alles bij elkaar niet eens vijftien guineas. Maar goed, dat was bijzaak, want al binnen enkele dagen zou deze investering meer dan het honderdvoudige opleveren. Hij haalde zijn beurs tevoorschijn en legde tien zware gouden munten op de lessenaar. Allport testte ze even en schoof ze toen met een pikzwarte hand in de kassa. Obediah tilde de kist met drukwerk op, nam afscheid en ging op weg naar huis.

Zijn onderkomen in Winford Street was al zijn derde in een tijdsbestek van twee jaar. Eerder had hij in Fetter Lane gewoond, en daarna in de buurt van Leadenhall. Zijn verhuizingen verliepen, daar was hij zich pijnlijk van bewust, volgens een onplezierig patroon. Elk verblijf was minder representatief dan het vorige. In dezelfde mate waarin de afgelopen jaren zijn vermogen was gekrompen, waren ook zijn woningen steeds soberder geworden. Hij beklom de smalle trap naar de derde verdieping. Toen hij boven was aangekomen, hijgde hij. Zweet kwam uit al zijn poriën. Kreunend zette Obediah de zware kist neer om de deur van het slot te halen.

Het enige positieve wat je over zijn eenvoudige zolderkamer kon zeggen, was dat hij ruim was. Je zou hem zelfs luchtig kunnen noemen, in de dubbele betekenis van het woord. De kamer bood niet alleen ruim plaats aan Obediahs omvangrijke verzameling curiosa, maar het tochtte er bovendien even hard als boven op de London Bridge. Dat was slecht voor zijn gezondheid, maar bood hem ook de gelegenheid natuurfilosofische experimenten uit te voeren zonder te stikken in de giftige dampen die daarbij soms vrijkwamen.

Naast het onopgemaakte bed stond een kleine secretaire vol correspondentie; de brieven lagen in slordige stapels tussen inktpotten, schrijfveren en klompjes zegelwas. Rechts van het bureautje stond een met intarsia versierd kastje dat geheel uit laden leek te bestaan. Oorspronkelijk was het een bestekkast geweest, maar nu puilden uit de halfgeopende laatjes talloze brieven: briefwisselingen met natuurfilosofen en virtuosi in Cambridge, Amsterdam, Bologna en Leipzig. En dit was alleen zijn handbibliotheek; in verscheidene achter zijn bed opgestapelde kisten had hij zeker het tienvoudige aan documenten opgeborgen. Aan de andere kant van de kamer stond een massieve tafel met daarop allerlei instrumenten. Er waren diverse glazen kolven vol poeders en tincturen, ontleedmessen die na de laatste vivisectie niet erg grondig gereinigd waren, verder een kleine smeltoven plus verschillende muntstempels voor allerlei geldstukken: Spaanse dubloenen, Nederlandse stuivers, Engelse kronen. Achter de tafel, tegen de enige wand die niet schuin was, stond een hoog kabinet waarin Obediah zijn schatten bewaarde – een prachtige originele uitgave van de *Atlas Maior* van Willem Blaeu; een telescoop waarmee je zelfs de bergen op Mars kon onderscheiden; diverse op alcohol gezette ratten met bizarre misvormingen; een verbluffend nauwkeurige Zwitserse schoorsteenklok met figuurtjes die elk uur voor de wijzerplaat een soort kuipersdansje deden; en natuurlijk zijn pronkstuk: een metalen eend met echte veren, die je kon opwinden en laten rondlopen, een exemplaar van de grote Franse automatenbouwer De Gennes. Als je het juiste hendeltje omzette kon de mechanische vogel zelfs gerstekorrels van een schaaltje oppikken. Tussen alles door lagen tekeningen: tientallen met potlood of houtskool getekende schetsen die Obediah bij elke gelegenheid maakte. Er stond van alles op: kerktorens, schepen, straattaferelen, maar ook proefopstellingen voor experimenten, stillevens en portretten.

Hij sleepte Allports kist zijn kamer in en deed de deur achter zich op slot. Vervolgens ontruimde hij een deel van zijn werktafel en maakte het blad schoon met een doek. Daarna richtte hij zich op de pamfletten. Hij sloeg er een aantal open en haalde de ingevoegde vellen geschept papier eruit. Het waren er in totaal tien. Nadat hij ze op tafel had gelegd, bestudeerde hij ze door zijn loep. Allport had goed werk geleverd.

Uit zijn brievenkastje haalde Obediah een document dat erg leek op de tien vellen uit de drukkerij. Het enige verschil was dat dit certificaat gestempeld was en dat op het lege vak in het midden een getal stond. Bovendien was het blad linksonder in de hoek ondertekend, in een zwierig handschrift dat Obediah – hij had het gisteravond uitgeprobeerd – moeiteloos kon imiteren. Twee kleine stansgaatjes in de linker bovenhoek verraadden dat dit certificaat al ongeldig was gemaakt. Voor Obediah was het document echter zo kostbaar als puur goud.

Uit de zak van zijn jas haalde hij nu het pakketje dat hij bij Mansfield's had opgehaald. Hij verbrak het zegel en scheurde het papier open. Er kwam een dichtgespijkerd houten kistje tevoorschijn. Met een mes wrikte Obediah de spijkertjes los en voorzichtig deed hij het kistje open. Op een bedje van zaagsel lag een stempel. Op de metalen voet stond een dubbel kruis met daarin een grote krullerige W, en eronder drie kleinere kruizen. Obediah bestudeerde de kleur van de stempelafdruk op het originele document en zocht op zijn secretaire tot hij de juiste tint had gevonden. Uit een laatje haalde hij nog andere preegstempels en een schrijfveer. Toen ging hij aan de slag.

•◆•

Saint Mary Woolnoth had juist het tweede uur van de middag geslagen toen Obediah met een map vol versgedrukte certificaten tegen zijn borst gedrukt Exchange Alley in liep. De Exchange was beslist geen allee, eigenlijk niet eens een straat; je kon het zelfs nauwelijks een normale steeg noemen. In plaats daarvan was het een wirwar van zes of zeven doorgangetjes waarlangs je snel van de Royal Exchange op de Cornhill naar de zuidelijker gelegen Lombard Street kon komen. In dit niet erg prettig aandoende labyrint van huizen met schots en scheve daken hadden zich aanvankelijk Lombardische goudsmeden gevestigd, en later beurshandelaren. Obediah kende hier elk hoekje en gaatje, en terwijl hij zich door Exchange Alley haastte, werd hij door verschillende mannen begroet. Toen hij een van de loopjongens die tussen de beurs en de koffiehuizen op en neer pendelden zijn kant op zag lopen, stak hij een arm op en riep de jongen. 'Jij daar, kom eens hier.'

De knaap, misschien een jaar of dertien, schoof snel zijn vieze, waarschijnlijk van luizen krioelende pruik recht en keek vol verwachting naar Obediah.

'Ren naar de beurs en bezorg me de laatste noteringen voor kruidnagels. Ik wacht bij Jonathan's.' Obediah stak hem een *farthing* toe.

De jongen pakte het muntje aan en stopte het snel in zijn broekzak. 'Komt in orde, sir,' antwoordde hij terwijl hij al in de menigte verdween.

Obediah liep verder naar Jonathan's Coffee House. Toen hij de bomvolle ruimte betrad, sloeg hem een walm van tabak, koffie en opwinding tegemoet. Hoewel sommige gasten aan de tafels zaten en daar de *Mercure Galant* of andere handelskranten bestudeerden, stonden de meeste bezoekers. In kleine groepjes dromden ze rond de beurshandelaren met hun opschrijfboeken en wastafeltjes en riepen allemaal door elkaar.

Obediah baande zich een weg naar de toog. 'Een koffie, alstublieft.'

'Natuurlijk, mister Chalon,' antwoordde de waard. 'Ik breng het u gelijk, ik moet eerst een nieuw vat openen.'

Obediah keek toe terwijl de waard een klein houten vat op de toonbank tilde, het aansloeg en met de koude koffie uit het vaatje een aantal kannen vulde. Intussen diepte hij uit zijn jaszak het koffiehuismuntje met de beeltenis van sultan Murat op en stak dat de waard toe.

De man knipperde even met zijn ogen en schudde toen het hoofd. 'Het spijt me, sir. Die accepteren we hier niet.'

Obediah gaf de waard in plaats daarvan een muntje van twee pence. Als wisselgeld kreeg hij alweer een bronzen munt, opnieuw met het portret van een Turk. Deze keek een stuk minder grimmig dan Murat de Wrede; de inscriptie vertelde hem dat het ging om Süleyman de Prachtlievende. Terwijl hij wachtte tot zijn koffie warm was, werd het in Jonathan's langzamerhand iets leger. Obediah kon nu zien dat zijn gespreksgenoot er nog niet was. Hij liep naar een van de tafels, ging tegenover twee heren op de bank zitten en keek een paar brieven door die al een paar dagen ongeopend in zijn jaszak zaten. Daarna nam hij beide mannen op. Hun dure, maar lichtelijk uit de mode geraakte jassen en voor een bezoek aan het koffiehuis veel te pompeuze uitgaanspruiken duidden erop dat het landjonkers waren, die voor het seizoen naar Londen waren gekomen. Voor de twee op tafel lag een aantal wissels en certificaten. Vermoedelijk waagden ze een poging als speculanten. Obediah bladerde in een *Gazette*, las een artikel over broodopstanden in Parijs en wachtte tot zijn loopjongen terugkwam. Intussen luisterde hij naar het gesprek tussen zijn tafelgenoten.

'... schijnt het weer in het zuiden nog slechter te zijn dan hier. De Turk zal de belegering moeten afbreken voordat de passen ingesneeuwd raken.'

'Gelooft u echt dat Kara Mustafa zich gewoon zal terugtrekken en met lege handen zal terugkeren naar de Grand Seigneur in Constantinopel? Nee, ik zeg u: de stad is er geweest. Het schijnt dat er al cholera is uitgebroken.'

'U ziet over het hoofd, sir, dat een ontzettingsleger de keizer nog altijd kan redden.' De man dempte zijn stem. 'Ik heb goede contacten in Versailles. En via hen verneem ik dat koning Louis een leger bijeenroept.'

'Maar waarom zouden juist de Fransen de Habsburgers helpen?' vroeg de ander.

'Omdat het gaat om niets minder dan het voortbestaan van het christendom. Je kunt jezelf niet *Rex Christianissimus* noemen en vervolgens werkeloos toezien hoe alles door die duivelse ketters onder de voet wordt gelopen.'

Het kostte Obediah de grootste moeite om niet in lachen uit te barsten. De hel bevroor nog eerder dan dat Louis XIV de keizer te hulp zou schieten. Uit zijn netwerk van correspondenten wist hij dat onlangs zelfs een pauselijk legaat in Versailles zijn opwachting had gemaakt in de hoop de katholieke Louis te kunnen overreden zijn Oostenrijkse geloofsbroeder tegen de Turken te hulp te schieten. De Zonnekoning had de legaat niet eens ontvangen.

Veel waarschijnlijker was dat de Fransen de oorlog van de Osmanen tegen de Habsburgers zouden gebruiken om ongestoord de Spaanse Nederlanden of de Nederlandse Republiek binnen te vallen. Obediah had de laatste tijd zijn briefwisseling met een aantal natuurfilosofen in Duitsland, Polen en Italië geïntensiveerd. Veel van deze mannen bezaten uitstekende contacten met het heersende hof in hun land. En overal vandaan hoorde hij hetzelfde: niemand had zin om kort voor het invallen van de winter een ontzettingsleger naar de Donau te sturen. De protestantse Duitse vorsten sowieso niet, en zoals iedereen wist had de Poolse koning zijn kroon te danken aan Louis XIV, die tijdens Sobieski's verkiezing het Poolse parlement had omgekocht. Kortom, alle berichten die hem via de République des Lettres ter ore kwamen, wezen erop dat keizer Leopold I geen hulp zou krijgen.

Toch geloofden de meeste Engelsen dat het continent op het allerlaatste moment van de Turken zou worden gered. Niet omdat daar goede argumenten voor waren, maar gewoon, omdat niet mocht gebeuren wat onmogelijk was. Obediah was echter een realist. Een van zijn correspondenten uit Constantinopel had het Osmaanse leger zelfs in volle slagorde gezien; de Turkse grootvizier Kara Mustafa had het leger vol trots voor buitenlanders en diplomaten laten paraderen voordat het afmarcheerde. Het scheen uit meer dan honderdvijftigduizend man te bestaan. Niets en niemand zou kunnen standhouden tegen deze enorme oorlogsmachinerie, zelfs niet de Roomse keizer der Duitse Natie. Het Rijk zou ten onder gaan. En Obediah zou daar heel veel geld aan verdienen.

De loopjongen kwam het koffiehuis binnen. Obediah stak een hand op.

'De prijs voor een pond kruidnagels is op het moment acht pond, drie shilling en *sixpence*, sir.'

'Van wanneer is de laatste notering?'

‘Een uur geleden, sir.’

Obediah gaf de jongen nog een farthing. Kort nadat de waard hem eindelijk zijn koffie had gebracht, liep er iemand naar zijn tafel toe. Het was zijn afspraak: Bryant, een in specerijen gespecialiseerde beurshandelaar.

‘Goedendag, mister Chalon. Wat kan ik vandaag voor u doen? Wilt u weer in rietsuiker investeren?’ Bryant, een tonronde man met een scheefzittende ravenzwarte allongepruik, probeerde neutraal te kijken terwijl hij sprak.

Obediah hoorde echter de spottende ondertoon in zijn stem. Het plan om de in de zomermaanden traditioneel aantrekkende prijzen voor suiker uit Brazilië voor een uiterst waaghalzige optiehandel te gebruiken was een van zijn minder goede ideeën geweest, en medeverantwoordelijk voor het feit dat hij naar een kamer buiten de stadsmuren had moeten verhuizen. Binnenkort, dacht hij stilletjes, zal die arrogante grijns op je gezicht bevriezen, James Bryant. ‘Nee, dank u, mister Bryant. Ik wilde over andere zaken met u spreken. Het gaat om kruidnagels.’

‘Ah? Hebt u kruidnagels te verkopen? Dan ben ik zeker geïnteresseerd. Het aanbod is op het moment erg mager.’

‘Ik weet het. Geef me alstublieft tien minuten van uw tijd.’ Hij keek de beurshandelaar recht in de ogen. ‘Alleen kunnen we daarvoor beter een rustiger plek zoeken.’

Bryant trok zijn borstelige wenkbrauwen op. ‘O? Goed dan. Laten we daar achterin aan die lege tafel gaan zitten.’

‘Akkoord. Wilt u iets drinken? Een kop koffie?’

‘Liever een chocolade. Met twee eidooiers en een scheutje port, alstublieft. De dokter zegt dat dat goed is tegen mijn jicht.’

Terwijl Bryant de tafel voor hen vrijhield, haalde Obediah nog een koffie voor zichzelf en een chocola voor de *stockjobber*. Daarna ging hij tegenover hem zitten. ‘Dus de kruidnagels zijn nog altijd schaars.’

Bryant knikte. ‘De Amsterdamse pakhuizen zijn vrijwel leeg. En de schepen van de Verenigde Oost-Indische Compagnie brengen pas in de zomer nieuwe waar, misschien zelfs nog later.’

‘Daaruit kan ik wel concluderen, mister Bryant, dat opties op de koop van kruidnagels duur zullen worden?’

‘Zo is het. Eergisteren heb ik er een paar verkocht, één pond voor dertien en zeven. Drie maanden geleden heb ik ze nog voor de helft gekregen.’

‘Toch zou ik graag een paar van die opties kopen. Kent u iemand die ze kwijt wil?’

‘Ik ken altijd iemand. Maar...’

‘Maar wat?’

‘Maar waarom wilt u dat doen? U zou er vreselijk uw vingers aan kunnen branden. Denk aan het debacle met de rietsuiker.’

Obediah leunde achterover. ‘Ik wist helemaal niet dat u zich zo om het welzijn van uw klanten bekommerde. Uw commissie is toch verzekerd, of mijn opties nu veel geld waard worden of niet.’

‘Ik wilde u er alleen op wijzen dat veel mensen van mening zijn dat de koers van kruidnagelopties niet veel verder zal stijgen. Tenslotte is de prijs al meer dan verdubbeld.’

‘Nou, ik geloof dat de prijs nog veel hoger zal klimmen. En daarom wil ik een aanzienlijke hoeveelheid kopen.’

‘Over welk bedrag hebben we het?’

‘Vijfduizend gulden.’

‘Allemachtig! Weet u soms iets wat ik niet weet?’

‘Zou ik anders zo veel toch al vreselijk dure papieren willen aanschaffen?’ vroeg Obediah.

‘Vermoedelijk niet, daarvoor bent zelfs u te ver... ik bedoel, u bent te goed onderlegd in deze zaken. Wilt u uw informatie wellicht met me delen?’

‘Mister Bryant, nu beledigt u mijn intelligentie.’

‘Vergeef me. Het was een poging waard.’

‘Natuurlijk zal ik u verklappen waarom de prijs van kruidnagels binnenkort weer de hoogte in schiet. Maar dat doe ik vanzelfsprekend pas als u een tegenpartij voor me heeft opgespoord en de zaken beklonken zijn.’

‘Met het oogmerk dat ik uw gerucht verspreid en daarmee de prijs opdrijf, zodat korte tijd later de halve Exchange Alley aan kruidnagelkoorts lijdt?’

Obediah glimlachte. ‘Als dat gebeurde, zou dit beslist profijtelijke handel zijn. Voor mij natuurlijk. Maar ook voor de stockjobber die met bijna elke kruidnageltransactie commissie verdient.'

'Volgens mij zijn we het bijna eens, mister Chalon. En ik geloof dat ik ook al weet wie er als wederpartij in aanmerking komt. Dus dan blijft er nog één ding over: hoe denkt u te betalen? In baar geld? Ik zie geen kist vol zilverstukken, en voor het genoemde bedrag zult u die wel nodig hebben. En geen kleintje.'

'Ik bezit wissels voor de benodigde som.'

Bryant fronste zijn voorhoofd. 'Uit Siena of Genève?'

In plaats van te antwoorden haalde Obediah een van de gestempelde en gesigneerde certificaten tevoorschijn en hield ze de beurshandelaar onder zijn neus.

'Een wisselbrief van de Amsterdamse Wisselbank! Hoe komt u daaraan?'

'Via een zakenpartner in Delft. Zoals u kunt zien is hij vijfhonderd gulden waard. Ik bezit tien van zulke wisselbrieven. Ze zijn net zo goed als gouden kronen. Of beter zelfs, want je kunt de randjes er niet van afvijlen.'

Een paar uur later zaten James Bryant en Obediah Chalon bij mister Fips, een notaris in een zijstraatje van Temple Street, en wachtten daar op de verkoper van de opties.

'U kunt me nu toch eindelijk wel vertellen om wie het gaat, mister Bryant.'

'Zijn naam is Sebastian Doyle. Hij is schermleraar.'

'En hoe kan het dat een gewone schermleraar kruidnagelopties ter waarde van vijfduizend gulden bezit?' vroeg Obediah.

'Hij is niet zomaar een zwaardvechter, maar de persoonlijke leraar van de hertog van Monmouth. Hij behoort tot zijn entourage. Ik heb de eer hem in financiële aangelegenheden te adviseren.'

Terwijl ze in het enigszins muffe kantoor zaten te praten, merkte Obediah dat zijn stem licht trilde. Hij probeerde gelijkmatig te ademen en zijn handen stil te houden. Reden voor zijn nervositeit was, naast de omstandigheid dat hij bezig was de slag van zijn leven te slaan, de notaris aan de andere kant van het enorme bureau. Met een reusachtige loep bestudeerde mister Fips de vervalste papieren van de Wisselbank. Obediah kon het grotesk vergrote, rood dooraderde oog van de man zien, dat tussen de verschillende papieren heen en weer schoot. De advocaat had een dik boek opgeslagen met daarin facsimile's van gangbare wissels: in *livres* gestelde assignaten van de Franse Caisse des Emprunts, *nota di bianco* van de Banco Monte dei Paschi in Siena, verbriefde piasters van het sultanaat, wissels van Oppenheimer uit Wenen en ook de papieren van de Wisselbank. Obediah had het boek nooit eerder gezien en besloot zo snel mogelijk een exemplaar aan te schaffen. Het zou zijn werk aanzienlijk vereenvoudigen.

Bryant vertelde hem een of ander roddelverhaal over de hertog van Monmouth, een buitenechtelijke zoon van koning Charles II. Obediah luisterde nauwelijks. In plaats daarvan observeerde hij stiekem de notaris, die uiterst nauwkeurig de ene briefwissel na de andere omdraaide om zich ervan te vergewissen dat geen ervan door een endossement ongeldig was gemaakt. Daarna telde hij de papieren nog een laatste keer en legde ze op een stapeltje voor zich.

Hij was daar maar nauwelijks mee klaar toen de zware deur opending en er een bediende binnenkwam. In zijn hand had hij een visitekaartje. Hij boog, gaf het kaartje aan de notaris en zei: 'Ene mister Doyle wacht beneden, sir.'

'Naar boven met de man, naar boven,' riep Fips. Terwijl de bediende weer verdween, wreef mister Fips in zijn handen. Waarschijnlijk rekende hij uit hoe hoog zijn commissie zou zijn bij een handelstransactie van vijfduizend gulden. Toen stond hij op en liep naar de deur om zijn cliënt te begroeten.

Obediah rook Sebastian Doyle voordat hij hem zag; een wolk van lavendelparfum dreef voor hem uit. Zijn zakenpartner was het type man dat het volk op straat graag scheldwoorden als 'Franse hond!' naar het hoofd slingerde. Hij droeg een overdreven lange jas van blauw fluweel, versierd met een dozijn gouden knopen die geen enkele functie hadden, want natuurlijk knoopte Doyle zijn jas nooit dicht. Dat zou namelijk het zicht op zijn eveneens blauwe, met geborduurde jachttaferelen versierde wambuis belemmeren. Uit zijn mouwen staken dubbele *engageantes* met meer kant dan de doorsnee Engelse in haar bruidsschat had. Doyles garderobe werd gecompleteerd door zijden kniekousen, hooggehakte schoenen en een mof van Canadees bevervel, die aan een riem vlak onder zijn heupen bungelde.

Zijn hoed had hij afgenomen; niet uit beleefdheid, vermoedde Obediah, maar om de uiterst kunstig gearrangeerde krullen van zijn pruik niet plat te drukken. Waarschijnlijk droeg de kwast hem al in zijn hand sinds hij die ochtend uit huis was vertrokken.

'Mister Doyle, welkom op mijn bescheiden kantoor. Mijn naam is Jeremiah Fips, door Zijne Majesteit erkend notaris. Mister Bryant kent u al. En dit is mister Chalon, virtuoso en natuurfilosoof.'

Obediah maakte een lichte buiging en zei: 'Het is me een genoegen om met u kennis te maken, sir.'

'Het genoegen is geheel aan mijn kant, mister Chalon.' Doyle nam plaats op de overgebleven lege stoel, wendde zich tot Bryant en zei: 'Ik hoop dat deze transactie niet al te lang duurt. Ik word rond zessen bij Man's verwacht.'

Waar anders, dacht Obediah. Man's bij Charing Cross was het koffiehuis voor kwasten en pronkers. Doyles toon en gezichtsuitdrukking moesten de andere aanwezigen duidelijk maken dat zijn afspraak daar belangrijke staatszaken betrof, maar Obediah was er vrij zeker van dat het eerder ging om dobbelspel en snuiftabak.

'We hebben alles voorbereid, zodat we nauwelijks beslag hoeven te leggen op uw kostbare tijd,' zei mister Fips glimlachend. 'Ik zal – met uw welnemen, gentlemen – de zaak nog één keer samenvatten. Daarna zal ik u beiden vragen om uw mondelinge toestemming en een handtekening. De rekening voor de voorkomende kosten zullen mister Bryant en ik u later toezenden. Bent u het daarmee eens, *messieurs*?'

Doyle hield twee vingers van zijn rechterhand, die in een met zilverdraad geborduurde gemzenleren handschoen stak, onder zijn gepoederde kin. Met zijn andere hand gebaarde hij de notaris dat hij verder kon gaan.

Mister Fips nam plaats achter zijn bureau, zette een knijpbrilletje op en begon een van een zegel voorzien document voor te lezen. '*De hier aanwezige gentlemen, Obediah Chalon Esq. – hierna aangeduid als de koper – en Sebastian Doyle Esq. – hierna aangeduid als de verkoper – komen overeen de volgende transactie uit te voeren: de verkoper draagt aan de koper opties over voor de aankoop van vierenvijftig pond Ambonkruidnagels met als vervaldatum...*'

Terwijl Fips de tekst van de overeenkomst voorlas, probeerde Obediah te bedenken hoeveel zijn opties over een paar dagen waard zouden zijn. Hij gokte op minstens het vijf-, misschien wel zesvoudige. Mogelijk zou de prijs zelfs nog verder stijgen. Je kon nooit weten wat de beurs deed als die eenmaal in de greep raakte van opwinding of paniek. Met dit handeltje zou hij een paar honderd procent rendement behalen. Nee, dat klopte niet helemaal. Tenslotte had hij die vijfduizend gulden uit het niets geschapen, dus zou zijn winst nog veel hoger zijn. Hij moest zich beheersen om niet gelukzalig te grijnzen toen Fips verklaarde: '... *betaalt de koper onmiddellijk de huidige optiewaarde in wisselbrieven van de Amsterdamse Wisselbank.*'

Doyle trok zijn geëpileerde wenkbrauwen op. 'In wisselbrieven zegt u? Is dat wel veilig?'

'Veiliger kan haast niet. Mister Bryant?'

'Staat u mij toe het kort uit te leggen. De papieren die mister Chalon bezit, zijn uitgegeven door de Wisselbank, de rijkste en veiligste bank ter wereld. Ze staan op conto van Jan Jakobszoon Huis, bewindhebber van de VOC, de Verenigde Oost-Indische Compagnie.'

'Wat is een bewindhebber?'

'Een van de beleidsbepalers en handelaren van de VOC, sir. En bovendien aandeelhouder.'

Het wantrouwen week langzaam van Doyles gezicht, al verdween de achterdocht niet helemaal. 'Waardoor wordt zo'n wissel gedekt en waar kun je hem inwisselen?' vroeg hij.

'Door goud. U kunt de wissel op elk moment in Amsterdam, Delft, Rotterdam of Hamburg omwisselen voor contant geld, wat overigens waarschijnlijk niet nodig zal zijn. Elke Londense zakenman zal ze graag van u afnemen, want nergens kan men zijn geld veiliger deponeren dan bij de Wisselbank.'

'Goed. Waar moet ik tekenen?'

Mister Fips stond op, liep om de tafel heen en zette een inktpot voor de schermmeester neer met een veer ernaast. Doyle had een paar tellen nodig om zijn nauwsluitende, geparfumeerde handschoenen uit te trekken, pas daarna ondertekende hij. Ook Obediah zette zijn zwierige handtekening onder de notariële overeenkomst. Fips telde de wissels nog eenmaal en overhandigde ze toen aan Doyle, die ze op zijn beurt aan Bryant doorgaf. 'Breng ze voor me naar Whitehall. Daar heb ik voor het seizoen mijn intrek genomen. Geef ze aan mijn lijfknecht, maar wel verzegeld.'

'Het is me een eer dat voor u te mogen regelen, sir.'

'Mooi. Overhandig deze gentleman alstublieft de opties. Mijne heren, als u mij nu wilt verontschuldigen. De plicht roept.' Terwijl Doyle dit zei, trok hij een gezicht alsof hij van plan was elk moment weg te rijden om in zijn eentje de Ieren te onderwerpen. Toen verdween hij de trap af.

Obediah liet zich door Bryant de optiepapieren geven. Ze namen afscheid van Fips en verlieten samen het huis.

Toen ze samen op straat stonden, zei Bryant: 'Mag ik u voor een drankje uitnodigen? Het lijkt me dat we nog iets te bespreken hebben.'

'Graag, mister Bryant, maar ik trakteer. Zullen we naar Nando's gaan? Volgens mij is dat het dichtstbijzijnde koffiehuis.'

Bryant was het ermee eens, en dus liepen ze Middle Temple Lane op tot aan Fleet Street en sloegen daar rechts af. In Nando's was het, zoals meestal vroeg op de avond, vol met tempeliers. Die kwamen na hun afspraken in de rechtbanken hierheen om met collega-juristen te kletsen en de nieuwste vonnissen en uitspraken te bestuderen, die aan de muren van het koffiehuis werden aangeplakt. Obediah en Bryant haalden twee koppen koffie en gingen toen op een van de weinige nog vrije banken zitten.

'En? Hoe voelt dat pakket opties in uw zak?'

'Licht als een veertje, mister Bryant.'

'Nou, vertel op. Wat is uw plan?'

'Laat ik bij het begin beginnen. Waarom, denkt u, is de prijs van kruidnagels zo sterk gestegen?'

Bryant haalde zijn schouders op. 'Omdat de vraag groter is dan het aanbod, neem ik aan. De reden interesseert me eerlijk gezegd niet, alleen de gevolgen. En die kan ik dagelijks op de krijtborden in Exchange Alley zien staan. En verder in de wekelijkse depêche uit Holland met daarin de koersbewegingen aan de Dam.'

'Ik ben geïnteresseerd in de achtergronden van de prijsstijging. Al maanden verdiep ik me in deze zaak. Zoals u misschien weet, heb ik vele correspondentievrienden.'

'Ja, u schijnt met de hele wereld te corresponderen.'

'Dat is misschien wat overdreven, maar in de République des Lettres vang je af en toe dingen op die in eerste instantie bijzaak lijken. Behalve natuurfilosofische betogen bevatten de brieven van mijn correspondenten verbazingwekkend veel geroddel, moet u weten. En van een kennis in Den Haag vernam ik waarom er dit jaar zo weinig kruidnagels op de markt zijn.'

'Nou?'

'Omdat een deel van de VOC-vloot op de terugweg vanuit Batavia voor Mauritius is vergaan.'

'Tja, dat kan soms gebeuren, hè?'

'Natuurlijk, en de Hollanders kunnen het met hun duizenden schepen best lijden. In de Indische Oceaan komen tijdens de moessontijd nou eenmaal hevige stormen voor. Het schijnt dat de compagnie erover denkt om de schepen via een andere route te laten varen om de verliezen in de toekomst te beperken.'

Bryant nipte van zijn koffie. 'Goed, maar deze schipbreuk vond plaats in het verleden. Denkt u dat de volgende retourvloot ook zal zinken?'

'Dat zou kunnen.'

De beurshandelaar schudde zijn hoofd. 'U wilt erop wedden dat de bliksem twee keer inslaat in dezelfde kerktoren. Meent u dat serieus? U gokt op het weer?'

'Waarde mister Bryant, u begrijpt me verkeerd. Natuurlijk kan ook de volgende lading kruidnagels door stormen bij Davy Jones terechtkomen. In dat geval zullen mijn kruidnagelopties licht in waarde stijgen. Maar dat is, zo u wilt, slechts achtergrondmuziek. Ik zal u niet langer in spanning houden. Ik heb ontdekt dat slechts twee handelshuizen nog een noemenswaardige voorraad kruidnagels bezitten. Het ene is handelshuis Frans, in Amsterdam. Doyles opties, die nu in mijn bezit zijn, hebben betrekking op hun voorraden.'

'En het andere?'

'De andere kruidnagels zijn niet via Holland gekomen, maar via een Venetiaanse tussenhandelaar die aan Italië en het keizerrijk levert. Deze handelaar heeft, naar ik aanneem omdat hij ook wel van speculatie houdt, een heel groot depot aangelegd. Ik schat dat meer dan twee derde van de kruidnagels die momenteel verkrijgbaar zijn in zijn pakhuizen ligt – tegen de zesduizendvijfhonderd pond.'

'En dat moet ik in Exchange Alley gaan rondbazuinen? Ik vermoed dat die informatie de prijs eerder zal drukken dan opdrijven.'

'U hebt me niet gevraagd waar het pakhuis van deze handelaar staat.'

'Londen? Lissabon? Marseille?'

'Nee, Wenen.'

Bryant lachte. Hij lachte zo luid dat zeker een dozijn juristenhoofden hun kant op draaide, wenkbrauwen gefronst vanwege dit in een koffiehuis ongepaste lawaai. De effectenhandelaar hikte en proestte echter gewoon verder, en ook Obediah kon een grijns niet onderdrukken.

'De hele kruidnagelvoorraad van het continent ligt in een stad die over enkele dagen door de Turken met de grond gelijkgemaakt wordt? Dat is fantastisch.' Bryant probeerde ernstig te kijken. 'Zuiver financieel bezien, natuurlijk. En u weet zeker dat Wenen zal vallen?'

'Twijfelt u daaraan?' vroeg Obediah.

De stockjobber schudde zijn hoofd. 'Nee. Niemand zal de Habsburgers helpen. De winter staat voor de deur.'

'Het is nog vroeg,' zei Obediah, 'maar misschien is dit het moment om een sherry te drinken? Op de goede zaken.'

Daar was Bryant het mee eens. Chalon liep naar de toog en bestelde twee glazen. Van zijn laatste shilling bleef daardoor slechts een klein legertje Süleymans over, maar dat liet hem koud. Euforie overspoelde hem. Binnenkort zou hij verhuizen, zich aan de mooiste straat van Londen, de Cheapside, volledig in het nieuw steken en zo veel curiositeiten voor zijn verzameling aanschaffen dat de andere virtuosi van Londen geel werden van nijd.

Toen hij met de glazen naar de tafel wilde teruglopen, kwam een jongeman het koffiehuis in stormen. Hij baadde in het zweet en de lokken van zijn pruik kleefden tegen zijn slapen. Alle aanwezige gasten verstomden en richtten hun blik op de nieuwkomer. Een ogenblik lang was het zo stil dat je alleen het kraken van de houten banken hoorde waarop de mannen zo stil mogelijk probeerden te zitten.

Toen stond een oudere advocaat op, knikte naar de man en riep: 'Sir, uw eerbiedige dienaar. Welk nieuws brengt u?'

De jongeman wiste met een zakdoek het zweet van zijn voorhoofd en keek naar de verwachtingsvolle menigte. 'Er is een wonder gebeurd! De elfde september wordt een dag die men nog eeuwenlang zal vieren.'

De advocaat boog zijn hoofd iets opzij. 'Als het alweer om een mogelijke zwangerschap van koning Catherine gaat, dan...'

De man schudde zijn hoofd. 'Beslist niet, sir. Ik kom net van Garraway's, waar een Portugese handelaar met dit bericht kwam: negen dagen geleden, op de avond van 11 september, is de Poolse koning Jan Sobieski met een leger van meer dan honderdduizend man voor Wenen verschenen, waar hij de Turken verpletterend heeft verslagen. De stad is gered!'

Er barstte gejuich los, iedereen sprong op. Rechters en advocaten omhelsden elkaar. Rond de bode ontstond een kluwen van mensen, want iedereen wilde de jongeman op de schouders slaan en hem bedanken voor het goede bericht. Alleen Obediah bleef als verlamd bij de toonbank staan, zijn blik gericht op de voor hem liggende koffiehuismuntjes met de Turkenkoppen.

•◆•

Amsterdam, twee jaar later

Hij werd wakker doordat iemand aan de celdeur rammelde. Het eerste wat hij opmerkte, was de pijn. Kreunend duwde Obediah zich omhoog op zijn ellebogen. Zijn bovenlichaam, slechts gehuld in een versleten hemd, zat onder de rode striemen, die zich in de afgelopen nacht tot hun volle glorie hadden ontwikkeld. Nooit had hij gedacht dat berkentwijgen zo ongelooflijk veel pijn konden veroorzaken. Een eeuwigheid hadden ze hem er gisteren mee bewerkt, of zo had het in elk geval geleken. Terwijl hij was vastgebonden aan een haringvat, niet in staat om zich te verroeren, zwiepten de twijgjes telkens weer tegen zijn rug en benen. En toch had hij opnieuw geweigerd zich aan de regels van het tuchthuis te onderwerpen. Al dagen ging dat zo, en de slagen waren slechts de laatste straf in een lange reeks.

Hij keek naar de zware, met ijzer beslagen eikenhouten deur. Toen die openzwaaide, zag hij het gezicht van Ruud, de bewaker die voor deze vleugel van het verbeteringsgesticht verantwoordelijk was. De broodmagere man was volledig kaal, terwijl hij op zijn hoogst vijfentwintig was. Obediah gokte op de Franse ziekte. Die zou ook verklaren waarom Ruud zo dom was.

De bewaker grijnsde spottend. 'Ha, mijn Engelse poppetje. Eindelijk bereid om te werken?'

Obediah moest hoesten. Het tuchthuis vlak bij het Koningsplein was kil en vochtig; zelfs voor een Londenaar was het klimaat hier een zware beproeving. Vermoedelijk zou een longontsteking hem de das om doen lang voordat de zweepslagen hem naar de andere wereld konden helpen.

'Werk dat bij mijn vaardigheden past wijs ik niet af. Maar ik ga geen brazielhout raspen.'

De leiding van het tuchthuis stond zich erop voor dat het van het rechte pad afgedwaalde misdadigers en vagebonden terugbracht op de weg van de deugd, door Gods woord en zware lichamelijke arbeid. In werkelijkheid gaf niemand hier een zier om het zielenheil van wie dan ook. In plaats daarvan moest er liefst zo veel mogelijk keihard brazielhout worden vermalen tot het kostbare rode poeder dat de ververs in Leiden en elders zo hoog schatten. In de Amsterdamse volksmond heette het tuchthuis dan ook het rasphuis. Het was vreselijk inspannend en uitputtend werk. Deugdzaamheid leverde het de bewoners niet op, maar wel een veel te snelle dood. Hij zou hier sterven, die kans was erg groot. En als iemand die in zijn leven nog geen uurtje zware lichamelijke arbeid had verricht, wist Obediah Chalon dat het raspen van hout hem sneller te gronde zou richten dan ongeveer al het andere dat ze hem konden aandoen.

Hij was nog maar nauwelijks uitgesproken toen de bewaker hem met de hand in het gezicht sloeg. Niet met de handpalm maar met de rug, zodat zijn knokkels tegen Obediahs wangen sloegen. 'Lui uitschot! Jullie papisten zijn allemaal hetzelfde!' Toen trok Ruud hem omhoog en duwde hem de deur uit.

Ze liepen door een lange stenen gang. Korte tijd later kwamen ze op een binnenplaats. Het tuchthuis was een groot, rechthoekig gebouw, waarvan de vier vleugels een binnenplein omsloten. Op de plaats stonden ongeveer honderd mannen te wachten in de ochtendkou, ellendige gestalten in zaklinnen en versleten wol. Rillend van de kou en nog niet helemaal wakker stonden ze in vier rijen, waarlangs twee bewakers met bullenpezen heen en weer liepen. Terwijl de gevangenen bibberden en van de ene voet op de andere hupten, bestookte Piet Wagenaar ze met de catechismus: '... dat de kinderen Israëls zuchtten en schreeuwden over de dienst; en hun gekrijt over hun dienst kwam op tot God.'

Wagenaar was de ziekentrooster, de lekenprediker van het tuchthuis. Het gerucht ging dat hij de jongere, deftigere bewoners niet alleen op Bijbelcitaten en psalmen trakteerde. Gelukkig was Obediah tot nu toe van deze avances verschoond gebleven. Hij wilde naar de anderen toe lopen en zich bij een van de rijen aansluiten, maar de bewaker sloeg hem met zijn bullenpees op de rug.

'Jij niet, poppetje. Daar langs.'

Angst welde op in Obediah, want de bewaker trok hem mee naar de vleugel waar de straffen werden toegediend. Toen bogen ze af naar rechts, naar het gedeelte van het gebouw waar de vertrekken van Olfert van Domselaer zich bevonden, de directeur van het tuchthuis. Het zweet stond op Obediahs voorhoofd. Wat kon Domselaer van hem willen?

Hij waagde het de bewaker een vraag te stellen. 'Breng je me bij de directeur?' Meteen kreeg hij weer met de bullenpees te maken.

'Kop houden.'

Ruud hield ervan anderen te weerspreken en ze in te wrijven hoe vreselijk ze het mis hadden. Waarschijnlijk gaf hem dat een gevoel van superioriteit. Obediah vermoedde daarom dat de bewaker met 'nee' geantwoord zou hebben als hun bestemming niet het directeurskantoor was geweest. In dat opzicht was de vraag het pak slaag waard geweest. Nu wist hij dat ze waarschijnlijk inderdaad naar Domselaer gingen. Obediah liep in gedachten alle mogelijkheden langs. Zouden ze een proces tegen hem aanspannen? Of hem overdragen aan de agent van de Engelse kroon? Was dit misschien de gelegenheid waarop hij al zo lang hoopte, en zou hij de directeur eindelijk kunnen laten zien dat hij over talenten beschikte die nuttig konden zijn voor het tuchthuis?

Ze liepen door een witgekalkte gang, met hoge glas-in-loodramen en grove tapijten. Voor een deur van donker hout bleven ze staan, en Ruud klopte aan.

'Binnen!' klonk een lage stem.

De bewaker deed de deur open, duwde Obediah naar binnen en boog naar een oudere man, die in een stoel voor een vrolijk knetterend haardvuur zat. Toen verliet hij de kamer. Afgezien van het vuur en de gemakkelijke stoel was er in de kamer weinig aangenaams te ontdekken. Het was een werkkamer, niet bedoeld om erin uit te rusten maar wel om indruk te maken op gasten. Boven de haard was een prachtig marmeren beeldhouwwerk aangebracht. Er was een vrouw op te zien die waarschijnlijk Amsterdam symboliseerde. In haar hand hield ze een afschrikwekkende, met spijkers bezette knuppel, links en rechts zaten van haar afgewende mannen in ketenen. Eronder stond: *Virtutis est domare quae cuncti pavent.*

De man in de stoel zag Obediah naar de inscriptie kijken en zei: 'Het is een deugd hen te onderwerpen...'

'... voor wie allen in vrees leven,' vulde Obediah de spreuk aan.

De directeur was tegen de vijftig. Hij droeg een zwarte kniebroek en justaucorps, verder een witkanten hemd en een muts afgezet met sabelbont. In zijn rechterhand hield hij een in leer gebonden boek. Hij nam zijn gast aandachtig op. 'Ik vergat dat je het Latijn machtig bent.'

'Het Latijn, seigneur, en vele andere talen.'

Domselaer negeerde de opmerking en gebaarde dat Obediah op een krukje in het midden van de kamer moest gaan zitten. 'Dus je kent ons motto. Mijn indruk is alleen dat je het niet begrijpt. Hoelang ben je nu al hier, Obediah Chalon?'

'Achtenhalve week.'

'Je volgt de preken van de ziekentrooster heel ijverig, heb ik gehoord, ondanks je papistische dwaalgeloof. De nuchterheid van onze preken stoot je niet af?'

Obediah had geen idee waar de directeur naartoe wilde. Voorzichtig zei hij: 'Als Engelsman ben ik eraan gewend om tussen protestanten te leven, seigneur. Bovendien is er niets op de lezingen aan te merken, ook niet als je katholiek bent. De Bijbel blijft tenslotte de Bijbel.'

'Toe maar, een haast calvinistische opvatting! Je weet ongetwijfeld dat maar een paar honderd mijl ten westen van hier mensen worden opgeknoopt voor zulke uitspraken, hoezeer ze ook met het gezonde verstand overeenstemmen.'

Obediah besloot dat een deemoedig knikje de verstandigste reactie was.

'Terwijl je de aangeboden spirituele voeding dus in elk geval niet afwijst, weiger je het werk. Klopt dat?'

'Ik ben zeker bereid te werken, seigneur. Ik bezit vele vaardigheden die nuttig zouden kunnen zijn voor het tuchthuis, als ik zo vrijmoedig mag zijn om dat op te merken. Niet alleen ken ik vele vreemde talen, maar ik weet ook veel van metallurgie en andere kunsten, en ik zou...'

Domselaer onderbrak hem. 'Ik weet wie je bent en wat je kunt, Obediah Chalon. Je bent een van die mannen die men virtuosi noemt. Je verzamelt traktaten en wonderlijk speelgoed, je verdoet je dagen in koffiehuizen en hangt rond in de buurt van grote natuurfilosofen.' Het laatste woord sprak hij uit alsof het rijmde op pest en cholera. 'Maar zelf ben je er geen. Heb ik gelijk?' Zonder Obediahs antwoord af te wachten ging hij verder. Domselaers lage stem werd luider en daalde als de donder op Obediah neer. 'Je zoekt niet naar wijsheid, wilt alleen maar opscheppen. Alle geleerdheid die je opdoet, steek je op je hoed, zoals een beau doet met een veer. Waarover je boven alles rijkelijk beschikt, is ijdelheid! De Heer heeft je kennelijk met een goed verstand gezegend, maar je gebruikt het niet.'

'Seigneur, ik...'

'En als je het wel gebruikt, doe je dat alleen om zwendeltjes te verzinnen en eerbare burgers op te lichten. Nee, Obediah Chalon, je talenten mogen dan aanzienlijk zijn, maar ik zal me er niet van bedienen!'

'Laat me uw bereidwillige dienaar zijn, seigneur. Ik beloof van zonsopgang tot zonsondergang voor u te werken.'

Domselaer keek naar hem zoals je doet naar een niet voor rede vatbaar kind. 'Het gaat er niet om wat je wílt. Het gaat erom hoe je het licht kunt terugvinden. De weg van het verstand, de weg die je tot nu toe bent gegaan, heeft je niet tot het heil gebracht. Die weg heeft je hier doen belanden. De ratio heeft je in het verderf gestort, Obediah Chalon, en dat zal opnieuw gebeuren. Alleen zware arbeid kan je ziel redden.'

Ongelooflijke woede steeg op in Obediah, en hij moest zich uit alle macht beheersen. Anders was hij deze zelfingenomen calvinistische beul ter plekke aangevallen, wat er daarna ook met hem gebeurde. Met verbeten stem zei hij: 'Brazielhout raspen? Dat is slavenarbeid. Ik ben een edelman.'

Domselaer nam hem onaangedaan op. 'Hier ben je slechts een verloren ziel. En als dit je laatste woord is, laat je me geen andere keuze.'

'Ik sterf nog liever!'

'Dat zul je zeker op enig moment doen, maar voor die tijd zul je leren je handen te gebruiken.'

'Daar kunt u me toch nauwelijks toe dwingen. Om mijn wil te breken moet u ook mijn lichaam breken. En wat hebt u dan nog aan me?'

In plaats van daarop te antwoorden pakte de directeur een kleine handbel die op een laag tafeltje naast zijn stoel stond en belde ermee. De deur ging open en de bewaker kwam binnen. Domselaer zei tegen hem: 'Bij deze helpt niets anders. Maak de waterkamer klaar.'

Obediah zag dat er op het gezicht van de bewaker een afzichtelijke grijns verscheen. 'Zoals u wilt, seigneur.'

De ruimte waar ze hem naartoe brachten, bevond zich in de kelder. Ruud en een andere bewaker duwden hem door een deur waarachter een stenen trap omlaagvoerde. Toen ze beneden waren, keek hij om zich heen. De ruimte was anders dan hij had verwacht. Er was geen vuur waarin gloeiende ijzers lagen en ook zag hij geen andere strafwerktuigen, zoals een pijnbank of hoofdschroeven. Er stond alleen een groot apparaat in het midden van de kelder, een uit hout en metaal bestaande cilindrische romp van ongeveer vijf voet hoogte.

Bovenop zat een soort wip met handgrepen. Obediah meende zoiets weleens eerder gezien te hebben, in een traktaat over bewateringssystemen.

'Is dat een pomp?' vroeg hij.

In plaats van hem antwoord te geven lachten de bewakers alleen. Ze duwden hem naar het apparaat toe. Aan de voet ervan zaten twee ijzeren beslagen met ringen, waar Ruud een ketting doorheen haalde. De boeien aan de uiteinden bevestigde hij aan Obediahs voeten. Een akelig voorgevoel bekroop de Engelsman.

De twee bewakers smoesden wat met elkaar en verdwenen toen. Zodra ze de kamer verlaten hadden, kwam de directeur binnen.

Vanaf de bovenste trede keek hij naar de beneden hem vastgeketende Obediah. Domselaer glimlachte kil. 'Aangezien je je voor zulke dingen interesseert, heb je vast al ontdekt hoe dit apparaat functioneert, klopt dat?'

'Een lenspomp,' antwoordde Obediah toonloos.

'Helemaal juist. Iets ten zuiden van deze plek loopt, zoals je weet, de Singelgracht. Daarvandaan leidt een buis...' – hij wees naar een vuistgrote opening in de bakstenen muur – '... helemaal tot hier.' Domselaer pakte de ijzeren ketting die naast de deur van het plafond bungelde en die Obediah tot nu toe nog niet was opgevallen. Toen hij eraan trok, was er een metalig klikje te horen. Een paar seconden later al spoot er water uit het gat in de muur. Het stroomde over de enigszins holle stenen vloer en verzamelde zich rond de lenspomp. In de voet daarvan zaten enkele inlaatopeningen. Al na een paar tellen stond het water Obediah tot de enkels. Hij strekte zijn handen uit naar de houten handgreep van de pomp, maar duwde die nog niet naar beneden.

'Je moet pompen,' riep de directeur. Hij moest schreeuwen, want het binnenstromende water maakte een enorm kabaal.

'Dat is moord, seigneur!' brulde Obediah terug.

'Nee, het is een aansporing om eindelijk eens de handen te gebruiken die de Heer je gegeven heeft. En nu pompen! Pomp voor je leven.'

Het water stond intussen tot zijn knieën. Uit alle macht duwde Obediah de handgreep van de pomp omlaag. Er klonk een slurpend geluid toen de onderdruk die zo ontstond het water door de inlaat van de cilinder zoog en ergens naartoe wegpompte. Toen hij de directeur net toeriep dat hij deze straf als moord beschouwde, meende hij dat serieus. De kamer was vrijwel vierkant, met muren van misschien vijftien voet lang. Dat betekende een grondoppervlak van tweehonderdvijfentwintig vierkante voet. Het water stond nu al tot aan zijn knieën, dus ongeveer twee voet hoog. Als hij goed had meegeteld, waren er ongeveer tien seconden verstreken. Dat betekende dat elke seconde tweehonderdtachtig gallon water de kleine ruimte in stroomde. Als hij niet pompte, zou de waterspiegel na nog eens twintig seconden zijn neus bereiken.

Intussen pompte hij echter zo hard hij kon. Het was ongelooflijk vermoeiend om de hefboom omlaag te duwen en weer omhoog te trekken. Terwijl hij zich afbeulde probeerde hij weliswaar nog meer berekeningen uit te voeren, maar de getallen en formules stoven voor zijn geestesoog uiteen als een opstijgende zwerm vogels. Al snel was er alleen nog de pomp. Op en neer, op en neer. Obediah pompte uit alle macht, zijn spieren brandden als vuur, maar het water steeg verder. Tweehonderdtachtig gallon per seconde, min de pompslag. Hoeveel gallons kon een handpomp zoals deze in diezelfde tijdspanne lenzen? Was het eigenlijk wel mogelijk om een onderdruk te bereiken die hoog genoeg was? En verliepen de vulcurve en de lenscurve lineair, of veranderden toe- en afvoer met de stand van het water?

Zwarte vlekken dansten voor Obediahs ogen. Zijn rug bestond alleen nog uit pijn, vanwege het zware pompen, maar ook door het brakke IJwater dat in de nog verse striemwonden schrijnde. Toch moest Obediah bijna lachen, zo grotesk scheen hem de situatie. Al lange tijd was hij op zoek naar een nog onontgonnen onderzoeksterrein waarop hij zijn natuurfilosofische sporen kon verdienen. En de vraag hoe de waterhoogte de toe- en afvoer van vloeistoffen in een gesloten vat beïnvloedde, was naar zijn weten nog door niemand onderzocht, laat staan dat de vraag definitief beantwoord was. Een fatsoenlijke proefopbouw zou ongetwijfeld groot opzien baren en kon wellicht het begin van een nieuw onderzoeksgebied vormen: de hydrometrie. De resultaten konden misschien zelfs in de *Philosophical Transactions* van de Royal Society worden gepubliceerd.

Helaas liep het experiment al, met Obediah als proefkonijn. Hij geloofde niet dat hij nog gelegenheid zou krijgen om zijn bevindingen op papier te zetten. Intussen had het koude grachtwater zijn borst bereikt. Het pompen werd steeds zwaarder, omdat hij met elke slag nu ook tegen de waterweerstand moest werken zodra zijn handen en armen in het smerige bruine vocht verdwenen. Het water stond tot aan zijn keel. De handgrepen van de pomp glipten uit zijn handen. De ijzeren kettingen trokken strak rond zijn enkels terwijl hij met zijn armen maaide. Obediah wierp zijn hoofd in zijn nek om zijn neus boven water te houden. Terwijl hij dat deed, keek hij nog één keer naar de geopende deur. Daar zag hij de directeur, maar ook een andere man, die hem ergens bekend van voorkwam. Net als Domselaer was hij helemaal in het zwart gekleed, maar hij droeg duidelijk meer linten en ruches, wat bij Obediah het vermoeden deed rijzen dat het om een welvarend koopman ging. Op het Damplein, dacht hij. Ik heb hem al eens op de Dam gezien, in de beurs. Toen werd hij door het water verzwolgen.

•◆•

Hij hoorde een ritmisch geklop en gebonk dat van heel ver weg leek te komen. Toen drong tot hem door dat iemand met zijn vuisten op zijn borst hamerde. Obediah sperde zijn ogen open en spuugde een golf water uit, en toen nog een. Hij kromde zijn rug en hoestte. Er kwam meer water, en daarna moest hij alleen nog kokhalzen. Hij lag op de vloer van de kelder en zag vaag een paar voeten, die in hooggehakte, glanzend gepoetste schoenen met prachtig bewerkte zilveren gespen staken. Hij was er vrij zeker van dat noch de directeur, noch de bewakers zich zulk schoeisel konden veroorloven.

Obediah ging op zijn knieën zitten en probeerde zich te oriënteren. Ergens hoorde hij een afvoer gorgelen. Het water was, op een paar stroompjes en plassen na, verdwenen. Voor hem stonden de bewakers, de directeur en de koopman met de mooie schoenen.

'Dus nu we hem eindelijk van het nut van lichamelijke arbeid hebben overtuigd wilt u deze Engelse landloper van me afpakken?'

De koopman schudde zijn hoofd. Hij was midden twintig, bleekjes van het werk in afgesloten ruimtes en al verbluffend dik, zelfs voor een Hollander. Hij zag eruit als een in zwart damast gewikkelde made. 'Hoe zou ik iets van u kunnen afpakken, seigneur? U bent uw eigen baas. Wel kunnen wij deze man goed gebruiken, misschien zelfs inzetten voor het welzijn van de Republiek.'

'En hoe zou dat in zijn werk gaan?'

'Daarover kan ik niets zeggen. Ik kan u alleen beloven dat we van plan zijn hem aan het werk te zetten voor een onderneming die ten goede zal komen aan de welvaart van de Verenigde Nederlanden, en die God bovendien welgevallig zal zijn. Misschien slagen we er toch nog in om een nuttig lid van de maatschappij van hem te maken.'

Vol afschuw keek Domselaer neer op de knielende Obediah. 'Dat betwijfel ik. Deze kerel hoort thuis in de mijnen of op een suikerplantage; hij moet zwoegen als een os onder het juk. Anders zal hij voor altijd een zondaar en bedrieger blijven.'

'Waarschijnlijk hebt u gelijk. Wilt u hem ons desondanks ter beschikking stellen? Het tuchthuis zal natuurlijk een gepaste vergoeding ontvangen.'

Domselaer trok berustend zijn schouders op. 'Neem hem mee. Maar breng hem niet meer terug.' Toen draaide hij zich om en liep de trap op.

Obediah zou graag iets hebben gezegd, maar werd nog altijd door hoestaanvallen dooreengeschud. Voordat hij het in de gaten had, trok Ruud hem overeind en duwde hem de trap op. Weer dansten er zwarte vlekken voor zijn ogen, en hij verloor opnieuw het bewustzijn.

Toen hij bijkwam, voelde hij zich beduidend beter. Het kon eraan liggen dat iemand hem droge kleren had aangetrokken en in een stoel naast een haardvuur had neergezet – de stoel van de directeur. Hij herkende de kamer, maar Domselaer was nergens te bekennen. In plaats daarvan keek de dikke koopman hem aan.

Hij stond een paar meter bij hem vandaan tegen de muur geleund en rookte een pijp. 'Hoe gaat het met u?' vroeg de koopman.

'Naar omstandigheden goed, seigneur. Mag ik vragen met wie ik de eer heb?'

'Piet Conradszoon de Grebber. Ik moet u meenemen naar mijn vader.'

De Grebber. Conrad de Grebber. Die naam zei hem iets, maar zijn hoofd zat nog altijd vol brak water. Hij kon het zich met de beste wil van de wereld niet herinneren. 'Kunt u me iets zeggen over de aangelegenheid waarover uw waarde vader met me wil spreken?'

De Grebber schudde langzaam zijn hoofd.

'Ik begrijp het. Ik neem aan dat we direct gaan.'

'Als het u convenieert, mijnheer. Ik ga ervan uit dat niets u nog hier houdt.'

Obediah stond op en staarde naar het marmeren beeld van Amsterdam, dat vanaf de schoorsteenmantel streng op hem neerkeek, de knuppel stevig in haar hand geklemd. 'Nee, niets.'

Ze verlieten Domselaers ontvangstkamer en liepen de binnenplaats op. Daar stond een zwartgelakte koets te wachten: een calèche met twee paarden, zoals alleen heel welvarende Amsterdammers zich konden veroorloven. Daar kwam de koetsier al aanrennen om het deurtje voor ze open te houden. Toen ze instapten, zag Obediah dat op de deur van de verder onversierde calèche een klein gouden embleem was geschilderd: een O en een C, met een duidelijk grotere V eroverheen geschilderd, de twee benen door de ronding van de O en de C gestoken. Boven dit geheel zweefde een kleinere A. Hij kende dit vignet; iedereen kende het. De calèche was van de VOC, de Verenigde Oost-Indische Compagnie, of preciezer gezegd, de Amsterdamse kamer daarvan, zoals de kleine A verraadde. Wat kon de machtigste handelsorganisatie ter wereld van hem willen?

•◆•

Tijdens de rit spraken ze geen woord. Piet de Grebber zag eruit als iemand die aan zijn stand en rijkdom weliswaar een bepaalde zelfverzekerdheid ontleende, maar die in zijn hart een lafaard was en zelf nooit beslissingen nam. Hij was duidelijk iemands marionet, vermoedelijk die van zijn vader. En aangezien die zijn zoon kennelijk helder te kennen had gegeven niets prijs te geven over de aard van de zaak waarvoor hij Obediah nodig had, leek het de Engelsman zinloos om de dikzak ernaar te vragen. Liever gebruikte hij de rit om na te denken over wat hem misschien te wachten stond.

Toen hij uit Londen moest vluchten, had Amsterdam hem het

meest logische toevluchtsoord geleken. In deze stad beschikte hij over een klein netwerk van virtuosi met wie hij al jaren correspondeerde. En wat nog belangrijker was: niemand hier wist van zijn handeltje met de vervalste wissels. In Londen had hij er na de mislukte kruidnageltransactie serieus rekening mee moeten houden dat hij in de koffiehuizen van Exchange Alley persona non grata zou worden. En nog erger was zijn angst voor Doyles toorn geweest. Als hij in Engeland was gebleven had de schermmeester ongetwijfeld vroeg of laat een dievenvanger op hem afgestuurd. Of anders zou Doyle zijn contacten met de hertog van Monmouth misschien hebben gebruikt om hem in de schuldgevangenis van Fleet te laten opsluiten, of zelfs in de beruchte Marshalsea, waar nauwelijks iemand levend uitkwam. Op de beursvloer van de Dam had hij echter opnieuw kunnen beginnen. Al snel was hem duidelijk geworden dat Amsterdam een slimme speculant veel meer mogelijkheden bood dan Londen. De Dam was het centrum van de financiële wereld, tientallen aandelen werden hier verhandeld en muntloze betalingen in de vorm van wissels werden door iedereen geaccepteerd. Een paar maanden lang had Obediah nuttig gebruik weten te maken van deze gunstige omstandigheden en was hij tot bescheiden welstand geraakt. Daar had ik het bij moeten laten, dacht hij. Hij wilde echter nog één slag slaan, eentje maar. Maar net als in Londen had dit laatste handeltje hem geruïneerd, en deze keer was het hem niet gelukt om te vluchten.

Door het raam van de calèche kon hij zien dat ze langs de Kloveniersburgwal reden. De drie verdiepingen hoge koopmanshuizen schitterden in de ochtendzon. Ze leken maar langzaam vooruit te komen. Herhaaldelijk hoorde hij de koetsier woeste vloeken uitstoten. Opnieuw wierp hij een blik uit het raam. Buiten leek er iets aan de hand te zijn, zo veel was zeker. Op de hoek van de straat stonden opgewonden nieuwspostwijven. De krantenverkoopsters riepen de voorbijgangers op zangerige toon iets toe wat Obediah niet kon verstaan. Meer trekschuiten dan anders gleden door de gracht in de richting van het IJ, meer mensen dan op dit tijdstip gebruikelijk was liepen noordwaarts langs de Kloveniersburgwal. Ja, ze liepen allemaal naar het noorden, in de richting van de haven. Niemand leek zich in een andere richting te bewegen, naar de Dam of de Amstel, waar op deze tijd van de dag de zaken in volle gang moesten zijn.

Hoe verder ze kwamen, hoe drukker het verkeer werd. Obediah hoorde musketvuur, gevolgd door het dreunende gebulder van een kanon. Hij zocht de blik van De Grebber, die tegenover hem zat met zijn handen op zijn buik gevouwen. De handelaar trok zijn wenkbrauwen omhoog, alsof hij hem aanmoedigde om zijn vraag te stellen.

'Wat is daar aan de hand, seigneur? Is het soms oorlog?'

De Grebber grinnikte geamuseerd, waardoor zijn vetrollen in beweging kwamen. 'U bent zeker nog niet lang hier? Dat zijn onze schepen.'

'De retourvloot?'

'Ja, honderden schepen, de hele Zuiderzee ligt er vol mee, tot aan de horizon. Beladen met peper uit Malakka, porselein uit Jingdezhen, sapanhout, indigo, Ceylonese suiker. Werkelijk een grandioos schouwspel. Onder andere omstandigheden zou ik het spektakel zelf gaan bekijken, maar wij hebben iets anders te doen.'

Obediah knikte alleen. Zoals hij had verwacht, sloeg de koets ter hoogte van de Bushuissluis af, de Oude Hoogstraat in. Hier bevond zich het Oost-Indisch Huis, het hoofdkwartier van de compagnie. Een paar minuten later bleef de calèche staan, en de koetsier deed het deurtje voor ze open. De Grebber stapte uit, Obediah volgde hem. Het Oost-Indisch Huis was een bakstenen gebouw van twee verdiepingen, met hoge getraliede ramen en een portaal met aan weerszijden twee witte halfzuilen in Toscaanse stijl. Van buiten zag het pand er niet erg indrukwekkend uit, maar Obediah wist dat zich achter de gevel een van de prachtigste gebouwen van Amsterdam verborg. Ze liepen door het portaal en kwamen uit op een binnenplein, dat minstens vijf keer zo groot was als dat van het tuchthuis. Het was er een drukte van belang; boden en bewindhebbers liepen heen en weer tussen de verschillende vleugels van het gebouw, met ernstige gezichten, waarschijnlijk omdat ze juist de totale winst berekenden die de op dit moment binnenlopende handelsvloot zou opleveren. De Grebber nam hem mee naar een deel van het gebouw waar, als Obediah zich niet vergiste, het bestuur van de compagnie zetelde. Daarop duidden tenminste alle verfraaiingen en versierselen die overal met grote vanzelfsprekendheid waren aangebracht. Alle vloeren waren van marmer, de plafonds waren beschilderd met Italiaanse fresco's en aan de muren hingen olieverfschilderijen van schepen en handelsheren. Toen ze via een grote trap naar de eerste verdieping liepen, zag Obediah een enorm portret van Willem III, dat hoog boven hem aan de muur boven de trap hing. De Nederlandse stadhouder keek met een ernstig gezicht op hem neer en had een degen in zijn rechterhand. De prins van Oranje-Nassau zorgde voor wat kleur op de witgekalkte muur, maar verder deugde hij eigenlijk nauwelijks ergens voor. Want de macht, dat wist zelfs een kromprater als Obediah, lag niet bij de stadhouder, niet bij de Staten-Generaal of de magistratuur, maar bij de mensen die verantwoordelijk waren voor de immense rijkdom van de Republiek. Die lag bij de mannen wier schepen op dit moment een paar honderd meter noordelijker door juichende Amsterdammers werden begroet.

En plotseling wist Obediah Chalon waar hij de naam Conrad de Grebber eerder had gehoord.

Voor het schilderij van Willem draaide zijn dikke begeleider zich snuivend om en keek omlaag naar Obediah, die midden op de trap was blijven staan. 'Haast u zich alstublieft, mijnheer. Mijn vader is niet een man die men laat wachten.'

'Uw vader. Uw vader is een van de Heren XVII.'

'Inderdaad. En?'

Obediah knikte en kwam weer in beweging. De Heren XVII. *The Lords Seventeen. Le Conseil des Dix-Sept*. Het maakte niet uit in welke taal je het zei, de naam had een bijna mythische klank. Deze zeventien heren die het bestuur van de compagnie vormden, waren de machtigste mannen van Holland. Ze beschikten over bijna onuitputtelijke middelen, op hun bevel rezen en vielen niet alleen handelaren en kooplui, maar ook prinsen en koningen.

De bovenverdieping van het Oost-Indisch Huis leek, als dat al mogelijk was, nog prachtiger versierd dan de begane grond. Ze liepen langs allerlei kostbaarheden van overzee: Indische meubelen ingelegd met goud, enorme Chinese vazen, Perzische wandtapijten. De Grebber koerste af op een deur aan het einde van de gang. Die was van ebbenhout, en in gouden letters stond er *XVII* op. De koopman ging binnen zonder te kloppen. Ze kwamen in een groot vertrek, dat weliswaar imposant maar in vergelijking met de rest van het VOC-hoofdkwartier toch bijna sober ingericht was. Aan de witte muren hingen ingelijste kaarten van Batavia en Japan, en voor een groene marmeren schouw stond een met een eveneens groen laken bedekte lange tafel met zeventien stoelen.

De Grebber zei: 'Wacht hier. Hij komt zo bij u.' Toen draaide hij zich om en verliet de kamer.

Obediah bleef heel stil staan. Niemand leek hem te bewaken. Het zou de eenvoudigste zaak van de wereld zijn om ervandoor te gaan. Toch deed hij dat niet. In plaats daarvan liep hij de kamer rond en bleef voor een ingelijste kaart staan. Alle Nederlanden stonden erop: in het noorden de zeven provincies van de Verenigde Republiek plus de aangesloten Generaliteitslanden, in het zuiden de gebieden die aan de Spaanse Kroon toebehoorden. Om alles heen was de omtrek van een leeuw geschilderd, de Leo Belgicus.

De deur ging open en Obediah draaide zich om. Een man kwam de kamer in. Conrad de Grebber was halverwege de vijftig en een stuk slanker dan zijn toch pas half zo oude zoon. Hij kleedde zich zoals de meeste rijke Hollanders, en hoewel Obediah al een tijd in Amsterdam was, moest hij toch nog een lachje onderdrukken. De Grebber probeerde eruit te zien als een calvinistische kerkmuis, maar dat mislukte jammerlijk. Zijn witte hemd en het eenvoudig gesneden zwarte pak moesten nederigheid uitdrukken. Jas en broek waren echter van het fijnste Lyons fluweel, het hemd was versierd met grote hoeveelheden kant. Vermoedelijk kostten deze kleren meer dan de hele garderobe die Obediah in betere tijden had bezeten. Toch ging De Grebbers kleding onder Amsterdammers waarschijnlijk door voor een toonbeeld van protestantse terughoudendheid. Maar o wee als iemand een paar zilveren ringen of een opvallende pruik droeg: dan scholden de straatjongens hem uit voor pronker.

Dat alles schoot door Obediahs hoofd terwijl hij een diepe buiging maakte en zei: 'Uw bereidwillige dienaar, seigneur.'

De Grebber knikte vriendelijk. 'Ik dank u dat u zo snel gekomen bent.'

'Ik dank u dat u mijn komst mogelijk hebt gemaakt, seigneur.'

'Al goed, al goed. Kom. Laten we gaan zitten. Laten we iets drinken en praten over een kwestie waarmee u me wellicht kunt helpen.'

De Grebber koos de stoel aan het hoofdeind van de grote tafel en Obediah nam naast hem plaats. Ze waren nog maar net gaan zitten toen de deur openging en er twee bedienden binnenkwamen. Beiden droegen ze een groot dienblad, dat ze voor de twee mannen neerzetten: een zilveren koffiekan, een kristallen karaf met port, kommen en glazen en twee schalen. Op de ene lagen gekonfijte parten sinaasappel en perzik, op de andere oliekoeken en herenbrood.

'Tast vooral toe. Ik heb gehoord dat u een nogal onaangename ochtend achter de rug hebt. Drinkt u koffie, milord?'

'Graag.'

Terwijl een van de bedienden koffie inschonk in een Chinese porseleinen kom, zei Obediah zacht: 'Het is lang geleden dat iemand me milord heeft genoemd, seigneur.'

'Maar u bent toch van adellijke afkomst? Uw vader was de baronet van Northwick.'

'U bent goed geïnformeerd. Mijn familie had bezittingen in Suffolk, al sinds de tijd van Edward IV. Maar de burgeroorlog...'

'Cromwell heeft u alles afgenomen, neem ik aan. Vanwege uw geloof?'

'Voordat ze mijn vader terechtstelden, wierpen ze hem behalve papisme nog allerlei andere dingen voor de voeten. Maar u hebt gelijk, het geloof was het eigenlijke probleem.'

'Misschien krijgt u uw land ooit nog terug.'

Woede vlamde in Obediah op. Overal was het hetzelfde: de rijken hadden geen idee hoe de wereld van normale mensen functioneerde. Van alle mensen die hij kende, waren de Hollanders echter nog wel het meest onwetend. Daarin zat wel een zekere ironie, gezien hun wereldomvattende imperium. De reden voor deze onwetendheid was dat ze op dit kleine eilandje van gelukzaligheid leefden, waar je hugenoot of katholiek kon zijn en waar je koningen en prinsen mocht bekritiseren zonder daarvoor gevierendeeld te worden. In Engeland lag dat anders. Niemand zou zich ooit genoopt voelen om een lid van de lagere adel bezittingen terug te geven die dertig jaar geleden van hem waren afgepakt. Hij deed zijn best om rustig te blijven toen hij antwoordde: 'Dat lijkt me onwaarschijnlijk, seigneur.' Hij zag aan De Grebbers gezicht dat die iets meende te weten wat Obediah niet wist.

'Ik wil u graag een zakenvoorstel doen, of preciezer gezegd: ik wil u graag opdracht geven tot de uitvoering ervan. Het zou weleens een uiterst lucratieve onderneming kunnen zijn. Niet alleen voor de compagnie, maar ook voor u.'

'En wat is het addertje onder het gras?'

'Als het misloopt, zult u sterven, vermoedelijk op een buitengewoon onverkwikkelijke manier.'

Obediah haalde zijn schouders op. 'Zo gaat dat nou eenmaal met uiterst lucratieve zaken. Ze brengen altijd hoge risico's met zich mee.'

'Inderdaad, en niemand weet dat beter dan u. Hoeveel geld hebt u er met uw speculatiehandel op de Dam doorheen gejaagd?'

'Meer dan negenhonderd gouden dukaten.'

De VOC-bestuurder leek onder de indruk. 'Voor één zakenman alleen een aanzienlijk bedrag.'

'Dat kan zijn. Toch heb ik er geen spijt van dat ik een gokje heb gewaagd.'

'Ik weet niet of ik dat moet geloven. Aan de andere kant hebt u, als ik goed geïnformeerd ben, geen al te grote verliezen geleden omdat het leeuwendeel van uw inzet uit vervalste wissels bestond.'

'Seigneur, dat komt op u misschien over als oplichterij, maar bedenk alstublieft dat het me niet alleen om het geld ging.'

'Waarom dan wel?'

'Om natuurfilosofie.'

De Grebber hield zijn hoofd scheef. 'In mijn metier hoor ik vaak absurde uitvluchten, maar deze belooft in elk geval origineel te worden. Ga alstublieft verder.'

'Ik bestudeer het stijgen en dalen van de beurs nu al langer. En ik ben ervan overtuigd dat de koersbewegingen van aandelen en andere waardepapieren verborgen wetmatigheden volgen.' Obediah rechtte zijn rug. 'Kepler en anderen hebben bewezen dat de planeten niet toevallig om de zon heen bewegen, maar dat ze dat in vaste banen doen, gehoorzamend aan de zwaartekracht. Die banen kunnen met hulp van de principes van de mathematica worden berekend en voorspeld.'

'Ja, daarover heb ik onlangs in een salon gehoord. Dus u denkt dat ook de beurs zo functioneert? En wat zou in dat systeem dan de zon zijn?'

'Aan de Dam waarschijnlijk het VOC-aandeel. Ik geef toe dat het tot nu toe slechts een theorie is, maar wel een waarvoor ik nauwgezet bewijzen verzamel.'

'Blijft het feit dat u een geldvervalser bent.'

'Tot nu toe is wat dat betreft niets bewezen. Er werd alleen bepaald dat ik in het tuchthuis...'

'Wees niet bezorgd, milord. Ik heb u niet hierheen geroepen om u dergelijke zaken voor de voeten te werpen.' De Grebber glimlachte. 'Ik heb u hierheen geroepen omdat ik graag gebruik wil maken van uw niet onaanzienlijke vaardigheden.'

'Welke precies?'

'Dat weet ik nog niet – alle die nuttig kunnen zijn. Als ik juist geïnformeerd ben, bent u een verzamelaar van mechanische wonderapparaten en weet u bovendien veel van natuurfilosofie...' – opnieuw glimlachte hij – '... in het bijzonder van metallurgie. Verder bent u, zoals zo-even al opgemerkt, goed op de hoogte van de mechanismen van beurs en bank, en bent u lid van de République des Lettres. U beschikt over een omvangrijk netwerk van correspondenten in de hele wereld. Ben ik iets vergeten?'

'Alleen dat ik verdienstelijk op de *chalumeau* speel.'

'Een heel aardig instrument. Hoe het ook zij: ik wil graag dat u iets voor me bemachtigt.'

'Seigneur, in de ogen van veel mensen ben ik misschien een oplichter, maar een dief ben ik niet.'

'In zekere zin gaat het inderdaad om een diefstal, maar wel een die geen goede christenmensen schaadt. Eigenlijk word er niet eens echt iets van iemand afgepakt. Het is een beetje alsof je een emmer water uit de Zuiderzee zou stelen. Bovendien is het een grote intellectuele uitdaging.'

Obediah pakte een stukje gekonfijte sinaasappel. In plaats van erin te bijten, streek hij met een vinger over het ruwe oppervlak en zei: 'U spreekt in raadsels. Of preciezer gezegd: u draait om de hete brij heen.'

Obediah verwachtte dat De Grebber eerst zijn erewoord als gentleman of een eed op de Heilige Maagd zou eisen voordat hij verder vertelde, maar de man ging gewoon door. 'Ik wil graag dat u koffie voor me haalt.'

Obediah keek naar de zilveren kan op tafel. 'U wordt steeds raadselachtiger. U hebt al koffie, hij staat hier vlak voor u. Bovendien zijn er in Amsterdam toch zeker genoeg plekken waar u voor één of twee penning nog veel meer kunt krijgen.'

De Grebber maakte een afwerend handgebaar. 'En als ik ruwe koffie nodig heb, hoef ik maar met mijn vingers te knippen en een of andere handelaar in Haarlem zal me met alle plezier een hele karrenvracht verkopen, natuurlijk. Hebt u zich echter ooit afgevraagd waar de koffie vandaan komt?'

'Van de Turken, natuurlijk.'

'En hoe komen de Turken eraan?'

'Naar mijn weten uit Arabië.'

'Heel juist. De belangrijkste omslaghaven voor koffie is de havenstad Mocha. Verbouwd wordt de koffie ergens in de bergen daarachter. De koffiehandel wordt gecontroleerd door de Osmanen – een erg lucratieve handel, want we zijn intussen allemaal verslaafd geraakt aan de drank. Uw Engeland misschien nog wel meer dan welk ander land ook.'

De zaak begon Obediah te fascineren. 'Vertel verder, seigneur.'

'Veel van onze handelaren hebben geprobeerd om rechtstreeks koffie te kopen in Mocha, maar de Turken waken met argusogen over de handel.'

'Dan koopt u het toch in Alexandrië?'

'Ook dat is moeilijk. Alexandrië is slechts een tussenpost. Bijna alle handel in Levantijnse specialiteiten, in het bijzonder koffie, wordt tegenwoordig in Marseille afgewikkeld.'

'Ik begrijp het. Een handelsmonopolie, gecontroleerd door de Grand Seigneur en Louis XIV.'

'Inderdaad. De Verheven Porte in Constantinopel heeft de Fransen vrijgesteld van de djizja, wist u dat?'

'En wat is dat dan?' vroeg Obediah.

'Een hoofdelijke belasting die alle niet-mohammedaanse handelaren aan de Grand Seigneur moeten afdragen. Behalve dus de Fransen. Bovendien mogen Franse handelaren goederen uit Louis' manufacturen in het hele Osmaanse rijk belastingvrij verkopen. Een onheilige alliantie is dat, en de compagnie denkt dat het lucratief zou zijn om de koffie direct te verkopen, zonder de wurgmarges die deze heidenen rekenen.'

Obediah wist niet zeker of De Grebber daarmee de Turken of de Fransen bedoelde. 'Waarom doet u dat niet? Groeit die koffieplant nergens anders?'

'Voor zover wij weten niet,' antwoordde de Hollander.

'Ik begrijp nog niet helemaal wat uw plan is, vrees ik.'

De Grebber stond op. 'Ik zal het u aan de hand van een voorbeeld uitleggen. Vertel eens, milord, rookt u?'

Obediah was enigszins verbaasd over de plotselinge verandering van onderwerp. 'Een goede pijp sla ik niet af, en na zo'n ochtend zou die zelfs extra welkom zijn.'

De Grebber riep iets.

Enkele tellen later verscheen een bediende, met in zijn handen een notenhouten rookkistje versierd met bloemen van parelmoer. Nadat hij het kistje had neergezet, pakte hij er twee pijpen uit en maakte een lichte buiging in Obediahs richting. 'Welke saus mag ik u aanbieden, seigneur?'

'Kwets, alstublieft.'

De bediende stopte voor hem een pijp met de gearomatiseerde tabak, de andere vulde hij op De Grebbers verzoek met tabak vermengd met venkel. Daarna bracht hij hen een smeulende kienspaan en verdween.

Terwijl ze zaten te roken vroeg De Grebber zacht: 'Weet u waar deze tabak vandaan komt, milord Chalon?'

Obediah blies een wolkje uit. 'Uit Maryland of Virginia, neem ik aan.'

De Grebbers waterblauwe ogen schitterden geamuseerd. 'Nee. De uitstekende tabak die u rookt, komt uit Amersfoort.'

'In de provincie Utrecht?'

'Zo is het. Zoals u weet zijn wij Hollanders niet alleen de succesvolste handelaren ter wereld, maar ook de beste telers. Kijkt u alleen maar wat we met de tulp hebben gedaan. Tientallen jaren geleden al hebben we tabak uit de nieuwe wereld hierheen gehaald en zijn daarmee gaan experimenteren. Intussen wordt bij Amersfoort en ook rond de Veluwe op grote schaal tabak verbouwd. We exporteren die over de hele wereld, alleen al in het afgelopen jaar ter waarde van meer dan vijftigduizend gulden.'

Obediah liet zijn pijp zakken. 'U wilt koffie aanplanten! U wilt koffie van de Turken stelen en het monopolie van de sultan breken.'

'Helemaal juist, milord. Daarvoor hebben we echter eerst zaaigoed nodig, of liever gezegd stekjes in een voldoende groot aantal.'

'Zouden alleen de bonen niet genoeg zijn? Zijn dat niet de zaden?'

'Dat hebben onze tuiniers in de hortus botanicus aan de Middenlaan natuurlijk al geprobeerd. Ik ken de details niet, maar het schijnt niet te werken.'

'Ik geef toe dat de kwestie me fascineert.'

'Een interessant *conundrum*, nietwaar? Wij zouden graag een expeditie op touw zetten, een groep dappere mannen die de Turken hun drank ontfutselt. De leider van deze expeditie moet een messcherp verstand bezitten, relaties met personen met allerlei talenten hebben en op de hoogte zijn van de nieuwste natuurfilosofische verworvenheden. U bent de perfecte man voor deze klus.'

'Denkt u?'

'Ik heb een meesterbrein nodig, milord. En bovendien iemand die niets te verliezen heeft.'

'Wilt u daarmee zeggen dat u me weer naar het tuchthuis laat brengen als ik het niet doe?'

'Ik vrees dat u er niet met een gevangenisstraf van afkomt als u weigert. Herinnert u zich een heer genaamd Doyle? Een kleine pronker in dienst van de hertog van Monmouth?'

Obediahs hand klemde zich stevig om de aardewerken pijp. 'Wat is er met hem?'

'U hebt hem een groot aantal vervalste papieren van de Wisselbank aangesmeerd.'

'Dat is toch al lang geleden, lijkt me.'

De Grebber lachte triomfantelijk. 'Om precies te zijn hebt u ze niet hém aangesmeerd.'

Obediah knikte zwijgend. Hij vermoedde al langer dat Sebastian Doyle slechts een stroman was geweest, want hoe kon een schermmeester over zo'n vermogen beschikken? Doyle had in dienst gestaan van de koninklijke bastaard James Scott, de hertog van Monmouth. Een hooggeplaatst persoon als Scott kon zich er niet toe verlagen om als een ordinaire speculant in Exchange Alley geldzaken af te handelen, en daarom had hij iemand opdracht gegeven het voor hem te doen. En dat was Doyle geweest.

'Zoals u ongetwijfeld weet, was Monmouth bij het Engelse volk erg populair.'

Inderdaad was Monmouth een soort volksheld. Dat hij er fantastisch uitzag hielp zeker mee, maar wat zwaarder woog was het feit dat hij het juiste geloof bezat. Hij was, net als zijn vader Charles II, protestant. Charles' broer en gedoodverfd troonopvolger James had zich echter tot ontzetting van het hele land tot het katholicisme bekeerd. Als James koning zou worden, zou Engeland plotseling weer katholiek zijn. En daarom gaf het volk de voorkeur aan Monmouth; hij mocht dan een bastaard zijn, maar hij was wel een protestantse bastaard.

'Uw bedrog met de wissels zou misschien nooit ontdekt zijn als ze in Engeland verder van hand tot hand gegaan waren,' zei De Grebber.

'Heeft Monmouth geprobeerd ze in te wisselen?' vroeg Obediah ongelovig.

'Sinds uw overhaaste vertrek uit Londen is er veel gebeurd. Veel mensen waren van mening dat na Charles' overlijden beter Monmouth op de troon gezet kon worden dan de papistische James, die, zoals iedereen weet, aan de leiband van de Zonnekoning loopt. De hertog van Monmouth zelf was bang dat aanhangers van de legitieme troonopvolger hem uit de weg zouden ruimen. En daarom vluchtte hij naar een veilige haven.'

'Naar Amsterdam.'

'Naar Amsterdam, waarheen anders. U kunt zich wel voorstellen dat Monmouth aan de rand van de financiële ondergang stond toen hij hier aankwam, in elk geval naar maatstaven van de hoge adel. En toen herinnerde hij zich dat hij uw wissels nog had. Hij probeerde ze in te wisselen... bij de uitgever ervan.'

'Lieve hemel.'

'Uw vervalsingen waren heel fatsoenlijk, dat moet ik u nageven. Zelfs veel bankiers zouden er ingetrapt zijn, maar toen de hertog ze bij de Amsterdamse Wisselbank zelf te gelde wilde maken, vielen ze natuurlijk meteen op. Het zou een enorm schandaal zijn geworden.'

Obediah kreeg een vermoeden. 'Maar een vriendelijke zakenman van de compagnie heeft de papieren zeker van de hertog gekocht?'

'Inderdaad. Kort voordat Monmouth weer naar Engeland afreisde.' De Grebber stak zijn hand onder zijn wambuis en haalde een stapel papieren tevoorschijn. 'De wissels zijn nu in mijn bezit. En aangezien ik moeiteloos kan bewijzen dat ze bij u vandaan komen, hebt u nu niet alleen een gevluchte Engelse bastaard opgelicht, maar een van de Heren XVII. Mocht ik gedwongen worden deze zaak voor het gerecht te brengen, dan zult u er niet alleen met het tuchthuis van afkomen.'

'Ik begrijp het. Tja, als de zaken zo liggen ben ik uw man, lijkt me.'

'Fantastisch. U zult er geen spijt van krijgen. Bedenk een plan en zeg me wat u nodig hebt. Uw middelen zijn zo goed als onbeperkt. Rekruteer wie u wilt. Verder zal ik u in contact brengen met een van onze voortreffelijkste constructeurs en natuurfilosofen, voor het geval u voor uw missie apparaten of andere ongebruikelijke voorwerpen voor uw uitrusting nodig mocht hebben. Voor alles geldt echter: wees discreet, milord. De Fransen hebben overal ogen en oren.'

Obediah knikte. 'En ben ik vrij om te gaan en staan waar ik wil?'

'Voor zover het nuttig is voor de uitvoering van uw opdracht, natuurlijk. Ongetwijfeld zult u naar de Levant en andere afgelegen streken moeten reizen. Doe wat u moet doen.'

'Als eerste,' zei Obediah, 'moet ik met een van mijn correspondenten spreken.'

'En waar houdt deze heer zich op?'

'Overal.'

DEEL II

No one rises so high as he who knows not whither he is going.

Oliver Cromwell

Juvisy, 7 februari 1686

Doorluchtigste en Allerchristelijkste Majesteit,

Toen mij onlangs de gunst werd verleend 's avonds met Uwe Majesteit een partij biljart te mogen spelen, verzocht u mij zekere navorsingen te doen met betrekking tot de recente onlusten in Engeland. Hoewel ik er niet aan twijfel dat Uwe Majesteit met uw messcherpe verstand zich elk woord herinnert dat bij deze gelegenheid is gesproken, neem ik toch de vrijheid om hier voor de goede orde nog eens samen te vatten wat u me precies hebt opgedragen: namelijk om door middel van onderzoek van de correspondentie van verdachte individuen en navraag bij onze spionnen meer duidelijkheid te verkrijgen over hoe de rebellie tegen uw neef James II, de eerste christelijke koning op de Engelse troon sinds bijna honderd jaar, tot stand heeft kunnen komen.

In de afgelopen weken heeft uw cabinet noir *onder hoge druk gewerkt aan de ontcijfering en analyse van een aantal brieven die tussen Londen, Amsterdam en Parijs circuleren. In alle nederigheid presenteer ik Uwe Majesteit hieronder wat uw bereidwillige dienaren en cryptologen op basis van deze naspeuringen wisten te achterhalen.*

Zoals Uwe Hoogheid weet, beraamde de in Hollandse ballingschap levende James Scott, eerste hertog van Monmouth, een opstand tegen James II. Ofschoon slechts een bastaard van de overle-

den Charles II maakte de hertog aanspraak op de Engelse troon, hoewel die zonder enige twijfel toebehoort aan Charles' broer James, die in april 1685 tot koning gekroond is. In de ogen van Monmouth en sommige leden van het Engelse volk maakte James' uiterst christelijke – waarmee ik wil zeggen ware en katholieke – geloof, hem tot een slechte koning; een omkering van de goddelijke feiten en een idee zo lasterlijk dat een mens er alleen het hoofd over kan schudden.

Monmouth maakte in mei 1685 de oversteek van Holland naar Engeland. Na zijn aankomst zette hij onmiddellijk koers naar Londen. Hij had een hele schare van schooiers en gelukszoekers om zich heen verzameld, die onder leiding van de graaf van Tankerville naar de hoofdstad moesten doorsteken, met als doel James II van de troon te stoten voordat hij zijn nog jonge koningschap kon bestendigen.

Zoals bekend mislukte Monmouths onderneming jammerlijk. Alles wees erop dat de troonpretendent zijn opstand slecht had voorbereid. We weten van Hollandse spionnen die hem tijdens zijn ballingschap observeerden dat James Scott een man is bij wie een uiterst innemend uiterlijk en een sterk geloof in de eigen persoon gepaard gaan met schier grenzeloze domheid. Hij doet denken aan de Homerische Paris: schoon en sterk, maar niet in staat de gevolgen van zijn eigen daden te overzien. En dus kwam de hertog niet verder dan een onaanzienlijke streek genaamd Sedgemoor. Daar stoof zijn bende bij de aanblik van de aanstormende koninklijke soldaten als een vliegenzwerm uiteen. Monmouth werd na een korte vlucht gevangengezet en niet lang daarna terechtgesteld.

Bijna kan ik het ongeduld bespeuren dat het voorhoofd van Uwe Majesteit omwolkt, en als ik tegenover Uwe Doorluchtige Hoogheid stond, zou ik me in het stof werpen en om vergeving smeken; want tot nu toe heb ik alleen nog maar verslag gedaan over zaken die u ook uit La Gazette de France *had kunnen vernemen. Het was echter noodzakelijk om dit voorval nog eens kort te memoreren om helder te kunnen aantonen waarom de Monmouth-opstand, zoals de Engelsen die nu al noemen, ondanks zijn spectaculaire mislukking van groot belang is geweest voor de veiligheid van ons hele staatsbestel.*

Zoals Uwe Majesteit weet, stond de hertog van Monmouth al langer onder strenge observatie; geen van zijn brieven bereikte Londen zonder dat mijn Engelse collega's in het General Post Office daarvan eerst een afschrift voor ons vervaardigden, en ook Monmouths omgang in de Nederlanden was ons genoegzaam bekend. Daarom waren onze plaatselijke spionnen, zo valt uit de protocollen af te leiden, er zo zeker van dat de hertog voor niemand een serieus te nemen gevaar vormde. Nog doorslaggevender dan zijn beperktheid was daarbij de omstandigheid dat hij tot enkele maanden geleden niet eens over de middelen beschikte om overeenkomstig zijn stand te leven. Hij liet zich door zijn Hollandse verwanten onderhouden, want hij kon zich noch een goed paard, noch een eigen residentie veroorloven. In de afvallige provincies zijn er eenvoudige specerijenhandelaren die beter leven.

Toch kon Monmouth in het voorjaar van 1685 drie schepen huren, soldaten in dienst nemen en wapens kopen. Volgens onze berekeningen moet hij over een vermogen van twee- tot vierduizend gulden hebben beschikt om dit alles te betalen – want zelfs in een stad vol speculanten als Amsterdam krijgt men voor een dergelijke onderneming geen krediet, aangezien het vooruitzicht op terugbetaling onzekerder is dan de stipte terugkeer van de retourvloot. Waar had de hertog plotseling al dat goud vandaan om zijn schandelijke opstand mee te financieren?

Ik wil Uwe Majesteits geduld niet langer op de proef stellen; volgens mijn naspeuringen had Monmouth twee medesamenzweerders die zijn misdadige onderneming financierden. Een van hen is een landgenoot van Monmouth, een aan de grond geraakte landjonker genaamd Obediah Chalon. Deze Chalon is in bepaalde kringen bekend, ja, berucht zelfs, omdat hij herhaaldelijk als vervalser betrapt schijnt te zijn. Onze contacten in Londen beweren dat hij in het verleden zowel Spaanse pistolen als Engelse shillings heeft vervalst. Meer recentelijk schijnt hij zich te hebben toegelegd op nieuwerwets papiergeld, dat vooral in de Republiek aan populariteit lijkt te winnen. Onder andere schijnt hij ducatoons te hebben nagemaakt, die, zoals Uwe Majesteit ongetwijfeld weet, een kleinere coupure zijn van het VOC*-aandeel. Verder zou hij in Whitechapel een de rand van Londen een chemisch laboratorium hebben bezeten voordat hij vanwege een aantal mislukte oplichterijen naar Amsterdam verhuisde.*

Officieel doet deze Chalon zich voor als virtuoso. Ik weet niet of Uwe Hoogheid bekend is met deze zeldzame soort. Het gaat daarbij om mannen die ter eigen verheffing uitvindingen en apparaten van natuurfilosofische geleerden verzamelen en hun traktaten lezen. De meesten schijnen edelen te zijn die enthousiast zijn over de wetenschappen maar ze niet serieus bestuderen. Van deze virtuosi zijn er vooral in Engeland erg veel. Naar mijn mening zijn ze nauwelijks te onderscheiden van opscheppers en andere nietsnutten, behalve dan dat ze hun tijd en geld niet gebruiken voor mooie pruiken en dure kleding, maar voor zakhorloges, telescopen of in alcohol geconserveerde misgeboorten; de natuurfilosofie is, zo men wil, hun mode.

Kennelijk heeft Chalon als jongeman twee semesters in Oxford gestudeerd. Toen raakte zijn geld op, vermoedelijk omdat hij meer aandacht aan drank en vrouwen besteedde dan aan de boeken. Het masker van de virtuoso is bij Obediah Chalon in elk geval niet meer dan een geraffineerde vermomming. Het stelt hem in staat onopvallend met vele mensen te corresponderen en een laboratorium te onderhouden. Chalon beweert soms zelfs katholiek te zijn, hoewel hij zonder enige twijfel een protestantse dissenter is.

Via deze agent-provocateur kreeg de hertog van Monmouth de middelen ter beschikking gesteld die zijn opstand mogelijk maakten. De opmerkzame lezer die Uwe Majesteit is, zal het echter vast niet zijn ontgaan dat ik ook een tweede samenzweerder noemde. We kennen zijn naam nog niet, maar aan zijn bestaan valt niet te twijfelen. Voor zover wij konden achterhalen heeft Chalon namelijk weliswaar de hertog het geld overhandigd, in de vorm van door de Amsterdamse Wisselbank afgegeven obligaties zodat hij ze zonder problemen naar zijn ballingschap in Holland kon meenemen en ze daar in goud kon omzetten; maar deze Engelsman beschikt over een veel te gering vermogen om op eigen rekening gehandeld te kunnen hebben. Achter Chalon moet dus wel een machtige persoon staan die aan de touwtjes trekt: een marionetspeler die zijn rijkdom graag inzet om opstanden tegen de goddelijke ordening aan te moedigen.

We weten dat Chalon zich de afgelopen maanden in Amsterdam ophield, vermoedelijk om in de buurt van Monmouth te zijn. Ook valt te vernemen dat hij daar ontmoetingen had met andere bannelingen, zoals de beruchte oproerkraaier John Locke. Daarbij ging Chalon uiterst gewiekst te werk. In plaats van zijn intrek te nemen in een pension liet hij zich bij wijze van dekmantel 'opsluiten' in een tuchthuis. Chalon onderhield in Amsterdam ook contacten met bewindhebbers van de VOC. *Dit alles duidt erop dat de verdenking die Uwe Majesteit enige tijd geleden al uitte helaas bewaarheid lijkt te worden: namelijk dat de compagnie, die voorgeeft alleen in handel geïnteresseerd te zijn, haar forse winsten gebruikt om opstanden en rebellieën te financieren en daarmee Engeland en Frankrijk te verzwakken. Dit is, zoals Uwe Majesteit ongetwijfeld met me eens zal zijn, een verontrustende ontwikkeling.*

Onderdanig stel ik Uwe Hoogheid daarom voor deze Engelse provocateur ook in de toekomst nauwlettend in de gaten te houden, maar hem nog niet gevangen te laten nemen. We weten nog te weinig over zijn plannen, en het valt te vrezen dat de hydra zodra we hem deze kop afslaan op een andere plek een nieuwe omhoogsteekt.

Chalon reisde onlangs naar Rotterdam en Den Haag. Het is nog onduidelijk welk doel deze bezoeken hadden. Ik zal Uwe Majesteit van de verdere gebeurtenissen op de hoogte houden. Als het Uwe Hoogheid belieft me de genade van een audiëntie te schenken, zal ik mij onmiddellijk van Juvisy naar Versailles begeven om uw wijze raadgevingen in de hierboven vermelde aangelegenheden in ontvangst te nemen.

Als altijd uw bereidwillige dienaar,
Bonaventure Rossignol

•◆•

Dat zijn contactpersoon zich overal ophield, zoals Obediah tegen De Grebber had gezegd, was een overdrijving, maar geen grote. Pierre Bayle kwam uit een dorp in de Pyreneeën en had in Toulouse, Parijs en Genève als huisleraar en professor gewerkt voordat hij naar Rotterdam verhuisd was. De Fransman correspondeerde onvermoeibaar met zo veel mensen over de hele wereld dat Obediahs netwerk daarnaast eerder een koffiehuisronde leek. Bayle behoorde tot de hoogste adel van de République des Lettres, sommigen beschouwden hem zelfs als de ongekroonde monarch daarvan. In dat licht was het niet eens zo gewaagd om te beweren dat de geleerde op vele plekken tegelijk was.

Bayle woonde in een wijk in het zuiden van Rotterdam waar vooral hugenoten woonden. Aanvankelijk was het slechts een kleine diaspora geweest, maar sinds de allerchristelijkste koning de Franse protestanten steeds vaker lastigviel, was het een echte Fransozenbuurt geworden. Komend uit de haven hoefde Obediah alleen maar de uitroepen van de kooplui en de door elkaar klinkende stemmen van de voorbijgangers te volgen. Langzamerhand stierf het Nederlands weg en maakte plaats voor Frans, totdat hij uiteindelijk alleen nog die laatste taal hoorde. Op een kruising vroeg hij een pijpverkoper naar café Constantinopel, het koffiehuis dat Bayle altijd als correspondentieadres opgaf. De man wees naar een scheefstaand pand aan het einde van een steeg. Toen Obediah naar binnen ging, ontdekte hij dat het interieur niet zo veel verschilde van dat van een Londens koffiehuis, al lagen er minder pamfletten, waren de stoelen comfortabeler en stonden er zelfs een paar fauteuils.

Obediah liep naar de toog en knikte naar de eigenaar, een magere man in een bontgekleurd hemd met gouden franjes, kennelijk volgens de nieuwste mode *à la Turque*. 'Goedendag, monsieur. Ik ben op zoek naar een kennis. Ik weet dat hij hier zijn post laat bezorgen, maar helaas ken ik zijn woonadres niet.'

De zogenaamde Turk nam hem even op en zei toen: 'En hoe heet uw vriend, seigneur?'

'Pierre Bayle. En ik neem aan...' – Obediah wees met zijn wijsvinger naar een van de postvakken achter de toog – '... dat dat daar zijn vakje is.'

De bewuste kast had misschien dertig vakjes. De helft ervan was leeg, in de andere lagen steeds twee of drie brieven. Slecht één vak puilde uit.

De koffiehuiseigenaar knikte. 'U hebt gelijk, seigneur.'

'Uit het volle vak leid ik af dat mijn vriend zijn post al enige tijd niet heeft opgehaald. Is hij op reis? Wanneer hebt u hem voor het laatst gezien?'

'Gistermiddag. Gewoonlijk komt hij twee keer per dag even langs.'

'Wilt u beweren dat al die brieven van vandaag zijn?'

'O ja. En dat is zeker niet het grootste pakket dat ik voor hem heb bewaard.'

'Zou u zo goed willen zijn om me zijn adres door te geven?'

'U loopt de straat uit en slaat vervolgens linksaf. Het roestrode huis met het bord met de inktpot en de schrijfveer boven de deur is van hem.'

Obediah bedankte de man en ging op weg. Korte tijd later stond hij voor Bayles woning en klopte aan. Het duurde eventjes voordat hij voetstappen hoorde.

De deur ging open en een man van een jaar of veertig keek hem aan, knipperend met de kleine oogjes van iemand die urenlang bij slecht licht in papieren heeft zitten werken. Pierre Bayle droeg een ochtendjas van fluweel en je kon zien dat hij de scheefzittende allongepruik op zijn hoofd pas net had opgezet. Hij nam Obediah met een verwonderde blik op. 'Goedendag, seigneur. Met wie heb ik de eer?'

'Eigenlijk zou ik beledigd moeten zijn dat je me niet herkent, Pierre. Maar ik zal het erop houden dat je al sinds vanochtend vroeg bezig bent het onleesbare geknoei van Evelyn of Boyle te ontcijferen.'

Bayles gezicht klaarde op. 'Obediah! Jij bent het, je bent het echt. Vergeef me, maar de afgelopen tien jaar zijn mijn ogen er niet beter op geworden. Zo lang is het geleden dat we elkaar voor het laatst hebben gezien, is het niet?'

Inderdaad waren ze elkaar voor het laatst in 1675 tegengekomen, tijdens een of andere plechtigheid in Greenwich.

'Ja, Pierre. En treur niet te veel, mij vergaat het precies zo. Tien jaar gaan nou eenmaal niet ongemerkt aan een mens voorbij.'

'Onzin! Je ziet eruit als de jonge Apollo. Nou ja, bijna. Maar wat sta je daar in die tochtige steeg, kom binnen.'

Bayle ging hem door een smalle gang vol kasten voor naar een ontvangstkamer. Of in elk geval leek dat de oorspronkelijke functie van dit vertrek geweest te zijn. Nu zuchtten de tafels en boekenkasten onder het gewicht van talloze brieven en pamfletten. Overal lagen ze opgestapeld, en Bayle moest eerst een paar stapels opzijschuiven voordat ze op een chaise longue konden plaatsnemen. Hij wreef in zijn handen. Obediah zag dat ze nog net zo onder de inktvlekken zaten als vroeger.

'Vergeef me deze wanorde,' zei Bayle, 'maar mijn huis weerspiegelt de toestand in de wereld. Alles wat daar gebeurt komt tot uitdrukking in brieven. En op het moment gebeurt er nogal veel.' Hij gebaarde dat Obediah even moest wachten en verdween de kamer uit, om kort daarna terug te keren met een fles wijn en twee glazen. 'Zo nu en dan stuurt men me zelfs vloeibare boodschappen. Deze bordeaux komt van mijn broer Jacob, God zegene hem.'

Terwijl Bayle de glazen volschonk, vroeg Obediah: 'Woont je broer nog altijd in Frankrijk? Is dat wel verstandig?'

De Fransman zuchtte. 'Nee, natuurlijk niet. Maar hij wil niet naar me luisteren. En dat terwijl het steeds erger wordt. Ik kan alleen maar hopen dat het goed met hem gaat; zijn laatste brief dateert al van drie maanden geleden. Heb je gehoord van de dragonnades?'

'Nee. Ik ben een tijdje... buiten gevecht gesteld geweest. Wat is een dragonnade?'

Bayle gaf hem een glas wijn aan. 'Je weet hoe reizende soldaten logies en onderdak krijgen?'

'Nou ja, in Engeland worden de officieren meestal in een herberg ondergebracht en de soldaten bij een boer in de buurt.'

Zijn gastheer knikte. 'Zo gaat dat ook in Frankrijk. Je kunt je voorstellen dat niemand staat te springen als er een troep ongewassen soldaten voor de deur staat. Ze eten de voorraadkelder leeg, stampen met hun vieze laarzen door de mooie kamer en betasten de jongedames – en dat is als ze zich netjes gedragen.' Bayle nipte van zijn bordeaux. 'Officieel geldt nog altijd het Edict van Nantes en daarmee dus godsdienstvrijheid. Maar aangezien onze koning niets zo erg lijkt te haten als protestanten heeft hij het volgende bedacht: hij stuurt zijn dragonders eropuit en laat ze bij hugenootse families overnachten.'

Obediah zag Bayles blik en zei zachtjes: 'Laat me raden. Louis' dragonders gedragen zich niet zo keurig als je net hebt beschreven.'

'Nee, dat doen ze niet. Ze slaan de mannen halfdood, verkrachten de dochters en de echtgenotes, slachten het vee en steken niet zelden na afloop alles in brand. Tenzij de heer des huizes zijn oprechte wens te kennen geeft zich zo snel mogelijk tot het ware geloof te bekeren. Mijn geloofsbroeders leven in angst voor deze dragonnades. Vaak ontvoeren de soldaten ook de kinderen.'

'Maar dat is afschuwelijk. Wat gebeurt er met ze?'

'Ze worden naar een klooster gebracht, waar ze katholiek worden opgevoed. Hun familie zien ze nooit meer terug. Voor de kinderen worden zelfs beloningen uitgereikt.' Bayle zuchtte. 'Dagelijks komen hier in Rotterdam nieuwe hugenootse vluchtelingen aan. In Londen, Potsdam en Genève gaat het al net zo.'

'Het verdriet me dat te horen, en ik schaam me ervoor.'

'Omdat je katholiek bent? Dat is toch onzin, Obediah. Ik weet dat jouw familie iets vergelijkbaars is overkomen, door protestanten. Het is gewoon belachelijk om overal het geloof bij te halen. Ik overweeg binnenkort een traktaat te publiceren waarin ik een strikte scheiding van staat en religie bepleit.'

Obediah kon een lachje niet bedwingen. 'Een absurd idee. Zo krijg je het nog voor elkaar dat niet alleen de katholieken je het liefst op het schavot zien, maar ook de calvinisten.'

Bayle haalde zijn schouders op. 'Dat kan zijn, maar ik ben het aan het gezonde verstand verplicht, ik kan niet anders. Goed, genoeg over mijn idiote ideeën! Wat brengt je hierheen en waarom heb je je komst niet per brief aangekondigd? Dan had ik een kamer voor je laten klaarmaken.'

'Het gaat om een vertrouwelijke kwestie.'

'Zo vertrouwelijk dat je die niet op papier kon zetten?'

'In elk geval niet zonder het te versleutelen. À propos, misschien kunnen we later nog spreken over de nieuwste geheimschriften. Ik vermoed dat jij op de hoogte bent van de laatste ontwikkelingen.'

'Dat ben ik inderdaad. Uitstekend op de hoogte zelfs. Maar vertel eerst.'

Obediah Chalon vertelde zijn vriend wat hem de afgelopen tijd was overkomen. Een aantal details liet hij weg, vooral de episode met de papieren van de Wisselbank.

Toen hij klaar was, zei Bayle: 'En je wilt deze opdracht serieus aannemen? Zo te horen drijft die je recht in de armen van Ferhat Ağa.'

'Wie is dat?'

'De hoogste beul van de Verheven Porte.'

'Dat gevaar bestaat ongetwijfeld. Maar behalve dat de VOC me een aanzienlijk bedrag biedt als ik die koffieplanten bemachtig, lijkt de opdracht me ook erg aantrekkelijk.'

'Tot nu toe is me altijd ontgaan dat je diefstal aantrekkelijk vindt, Obediah,' zei Bayle op afkeurende toon.

'Hoezo diefstal? Juridisch gezien zou je kunnen argumenteren dat een plant nooit helemaal aan één vorst – of sultan – kan toebehoren, aangezien die plant van God komt. Als je het zo bekijkt is het geen diefstal als ik één of twee stekjes van deze heiden afpak.'

'Je bent nog erger dan een jezuïtische rabelist. Waarschijnlijk vind je ook dat de Tien Geboden ten zuiden van de evenaar niet gelden.'

Obediah schudde zijn hoofd. 'Pierre, je moet dit helemaal niet zien als een rooftocht, maar als een verzameling wetenschappelijke probleemstellingen. Wat wij Engelsen een *project* noemen.'

'Hm, die term heb ik onlangs in een brief van mijn vriend Daniel Defoe gelezen. Kun je me die misschien nader uitleggen?'

'Natuurlijk. In deze tijd die zo rijk is aan uitvindingen, zegt Defoe, bestaan er vele grote vraagstukken, die uit vele deelvragen bestaan. Om die op te lossen zijn soms jaren nodig, en voor elk afzonderlijke probleem moet een oplossing worden gevonden. Hij zegt dat we in een tijd leven waarin slimme mannen die goed vooruit plannen daarom grootse zaken kunnen bereiken, en Defoe noemt hen *projectors*.'

Bayle glimlachte. 'Een eigenaardig woord. En in het geval van deze rooftocht ben jij de projector, Obediah?'

'Volgens mij dacht Defoe eerder aan stratenbouw en andere publieke ondernemingen, maar ja, vermoedelijk ben ik er een. En om iets concreter te worden over dit project: mijn opdrachtgever, de compagnie, wil graag in het bezit van levende koffieplanten komen. Dat is het uitgangspunt. Ik heb dagenlang in de Amsterdamse bibliotheek doorgebracht. Daar worden onder andere reisberichten van de VOC bewaard, en verder afschriften van dagboeken van andere kooplieden en missionarissen. Op basis van mijn onderzoek weet ik nu ongeveer wat me te doen staat.' Obediah liep naar een kleine secretaire in een hoek van de kamer, pakte een vel papier en schreef er met een veer enkele woorden op. Toen keerde hij terug naar zijn plek. 'Volgens mijn naspeuringen liggen er op een hoogvlakte in het achterland van Mocha enkele koffieplantages. Deze worden streng bewaakt.'

'Door de Turken?'

'Nee, door plaatselijke hulptroepen. Eén doel van de onderneming is om ongemerkt daar te komen.' Hij wees op het vel papier en onderstreepte het eerste woord: *infiltratie*. 'En weg moeten we ook weer.' Obediah onderstreept het tweede woord: *extractie*.

Bayle glimlachte. 'Erin, planten stelen, eruit. Je laat het bijna simpel klinken.'

'Dat is het alleen niet. Het is, zoals gezegd, een project dat bestaat uit vele problemen, en voor elk daarvan moet een oplossing worden gevonden.'

'Noem eens een voorbeeld, Obediah.'

'Nou, zoals gezegd de vraag hoe een groep christenen met bleke koppen ongemerkt een koffieplantage vol Moren moet binnendringen en weer verlaten. Zo zijn er nog veel meer problemen. Sinds dagen denk ik nergens anders meer aan, en hoe meer ik erover pieker, hoe meer vragen me te binnen schieten. En de meeste van die vragen lijken me eerder van wetenschappelijke dan van militaire aard te zijn.'

'O ja?'

'Ja. Zoals de vraag hoe je kwetsbare planten dagenlang door de bloedhete woestijn transporteert zonder dat ze sterven.'

'Een botanisch probleem, lijkt me.'

'Je slaat de spijker op zijn kop. En daarom ben ik naar jou toe gekomen.'

Bayle wees naar een Chinese porseleinen vaas op de vensterbank. In de vaas stond een bos verdroogde tulpen. 'Er is nauwelijks iets waarvan ik minder begrijp dan van botanica, mijn beste Obediah.'

'Dat kan zijn, Pierre, maar jij weet wel welke botanicus ten eerste mijn vraag kan beantwoorden en ten tweede wellicht bereid is aan zo'n waanzinnige onderneming mee te doen.'

Bayle nam een slokje wijn. 'Je hebt gelijk. Niet dat deze rooftocht een goed idee is, natuurlijk. Maar ik geef toe dat het een interessant intellectueel probleem is. We moeten alle afzonderlijke aspecten van de onderneming – dit project, zoals jij zou zeggen – analyseren. Pas dan kunnen we vaststellen welke bijzondere kennis en vaardigheden je nodig hebt om in elk geval een klein kansje op succes te hebben.'

Obediah maakte een buiging. 'Mijn vriend, zoals altijd heb je precies begrepen wat de kern van het probleem is.'

'En daarna,' zei Bayle met afwezige blik, 'moeten we mannen zien te vinden die niet alleen over de juiste vaardigheden beschikken, maar die bovendien wanhopig zijn. Of krankzinnig. Of alle twee.' Hij stond op en liep naar een van de vele stapels papier. 'Kom, Obediah. Volgens mij hebben we heel wat lees- en schrijfwerk te verrichten.'

•◆•

De volgende drie weken brachten Obediah en zijn vriend hun tijd beurtelings door in Bayles kleine woning en café Constantinopel. Alleen wanneer hun ledematen van al het lezen en schrijven te stijf werden, wandelden ze een eindje langs de Maas of huurden een paard en reden naar zee. Bij deze gelegenheden vertelde Bayle zijn Engelse kennis wat er momenteel in Frankrijk en Holland speelde en op welke gebieden van de natuurfilosofie daar de grootste vooruitgang werd geboekt. Obediah schetste de hugenoot wat er in de kringen van Londense virtuosi zoal gebeurde. Hij vertelde Bayle over de levendige debatten die regelmatig in de Grecian en bij Swan's plaatsvonden. Ook beschreef hij sommige schatten van andere virtuosi die hij had mogen bewonderen, zoals verzamelingen van griezelig grote tanden en botten uit de kolenmijnen in Wales, of collecties van ontzettend oude munten met daarop niet de koppen van de Stuarts of Bourbons, maar de beeltenis van Alexander de Grote of Julius Caesar.

Het grootste gedeelte van hun tijd brachten ze echter niet door in de Nederlandse Republiek, maar in de République des Lettres, op zoek naar oplossingen voor Obediahs problemen. Daarvoor bediende de Engelsman zich van Bayles omvangrijke bibliotheek, die overigens niet zozeer uit boeken bestond als wel voornamelijk uit brieven. Soms had Obediah de indruk dat het hele huis van de hugenoot uit beschreven papier bestond.

Af en toe zag hij Bayle dagenlang niet. Zijn vriend had het druk, vooral vanwege een door hem vervaardigd geschrift met als titel *Wat het allerkatholiekste Frankrijk onder de heerschappij van Lodewijk de Grote in werkelijkheid is*. Het pamflet was weliswaar in Frankrijk onmiddellijk verboden, maar had in bepaalde kringen toch opzien gebaard en geleid tot een toevloed van verzoeken, die de hugenoot nu allemaal moest beantwoorden.

Hele ochtenden zat Obediah, die elk straaltje van het dag na dag spaarzamer wordende zonlicht probeerde te gebruiken, in een stoel bij een van de voorkamerramen en bestudeerde reisverslagen, diplomatieke depêches en oorlogsmemoires – alles wat hij over de Turken kon vinden. Verder raadpleegde hij boeken over botanica en de specerijenhandel. Op een dag was hij juist verdiept in een passage in de *Mercure Galant* toen hij Bayle de trap af hoorde komen. Obediah stond op en rekte zich uit.

Zijn vriend droeg een ochtendjas en spits toelopende Turkse pantoffels, hoewel het bijna middag was. 'En, Obediah, heb je al iets ontdekt?'

'Eerlijk gezegd stoot ik op minstens zo veel nieuwe vragen als ik antwoorden vind, Pierre. Ik ken nu weliswaar de route waarlangs de koffie vervoerd wordt, maar ik heb ook ontdekt dat de Turken een ingewikkeld systeem van doorgangsbewijzen gebruiken om mensen die in hun rijk reizen in de gaten te houden. Die zullen we nodig hebben tegen de tijd dat we echt aan de reis beginnen.'

Bayle glimlachte.

Obediah zag een spottende vonkeling in zijn bruine ogen. 'Wat is er zo grappig?'

'Doorgangsbewijzen namaken zou voor jou toch mogelijk moeten zijn.'

De Engelsman haalde zijn schouders op. 'Ik zou zelfs een pauselijke bul kunnen opstellen. Het enige wat ik daarvoor nodig heb, zijn een origineel en kennis van het Kerklatijn.'

'Twee problemen die oplosbaar zijn.'

'Ja, maar dat was alleen een voorbeeld. In dit geval zou ik kennis van het Turks en Arabisch nodig hebben, en meer informatie over het stempelsysteem van de pasjes, die beslist niet te vinden is in een van jouw traktaten of brieven.'

'Ik kan in elk geval een afschrift voor je maken van een Turks handboekje dat een vriend uit Aleppo me onlangs toestuurde. Het schijnt dat het in Amsterdam en Londen al ijverig wordt nagedrukt. Maar wat je eigenlijk nodig hebt, zijn kenners van het Turkendom.'

'Je hebt helemaal gelijk.' Obediah liet zich weer op zijn stoel zakken. 'Hoe ver ben je met de keuze van mogelijke kandidaten?'

In plaats van antwoord te geven hield Bayle een dik pak papieren omhoog. 'Bij elkaar zijn het er iets meer dan twintig.'

'Dat is een heel legertje. Ik dacht eerder aan vier of vijf.'

'Dat weet ik. Het leek me alleen zinvoller om jou een grotere keuze te presenteren. Want hoewel ik intussen vrij goed geïnformeerd ben over je project, kan ik nog altijd niet in jouw hoofd kijken. Het kan dus best dat deze of gene van de door mij voorgestelde kandidaten je niet bevalt. Bovendien moet je bedenken dat veel van hen nee zullen zeggen.'

Obediah glimlachte. 'Dat lijkt me onwaarschijnlijk. Als je tenminste, zoals ik je heb gevraagd, avontuurlijke types hebt uitgekozen.'

'Dat heb ik gedaan, voor zover ik kon nagaan. Zoals je weet heb ik geen van deze personen ooit ontmoet, want vanwege mijn politieke en religieuze overtuiging zit ik hier vast. Ik durf niet eens naar Namen of Luik te reizen, laat staan ergens anders heen. Ik ken deze mensen alleen door correspondentie met of over ze.'

'Aangezien je al jarenlang nauwelijks iets anders doet dan corresponderen, vermoed ik dat jij meer over een mens kunt aflezen uit zijn brieven dan veel anderen uit een gesprek. Maar mijn punt is dat de bij succes in het vooruitzicht gestelde beloning zo hoog is dat zelfs de heilige Franciscus geen weerstand zou kunnen bieden als hem deelname aan deze kleine roofexpeditie werd aangeboden.'

'Je overdrijft.'

'Beslist niet.' Obediah ging wat zachter praten. 'Zoals je weet ben ik gisteren naar het plaatselijke filiaal van de Wisselbank geweest.'

'En?'

'De Heren XVII hebben daar een flink gevulde rekening voor me geopend. Als ik er zin in had zou ik morgen op Texel mijn eigen haringbuis kunnen kopen, mét bemanning en kapitein.'

Pierre Bayle ging tegenover Obediah op een stoel zitten. 'Vergeet niet dat alles wat er met die rekening gebeurt ongetwijfeld nauwlettend in de gaten wordt gehouden. En je kunt je zaken niet verbergen door contant te betalen, want sinds kort moet elke transactie van meer dan zeshonderd gulden door de Wisselbank worden bekrachtigd. Dat schrijft de wet voor.'

'Je schijnt me mijn plotselinge rijkdom te misgunnen.'

'Onzin. Ik geloof alleen dat dit goud een Danaërgeschenk is. En hoewel ik je zal helpen voor zover dat in mijn macht ligt, wil ik je vandaag nogmaals adviseren deze kwestie verder te laten zitten. Ik heb goede contacten in Massachusetts. Ik kan een overtocht voor je regelen. Neem die van me aan en knijp ertussenuit voordat dit slecht afloopt.'

Obediah schudde zijn hoofd. Gek genoeg voelde hij zich daarbij een beetje als een koppig kind. 'Ik heb mijn besluit genomen, Pierre.'

'Je wilt rijk worden of omkomen tijdens je poging. Mij best. Maar zeg me dan nog eens hoeveel ieder van je medesamenzweerders door de VOC betaald krijgt.'

'Tienduizend gouden dukaten.'

'Allemachtig!'

'Een mooi bedrag, vind je niet? Wat het diepste verlangen van de mannen in die kleine stapel papieren van je ook is, met zo veel goud kunnen ze het kopen.'

'En wat krijg jij, als ik vragen mag?'

'Het vijfvoudige.'

'Wat wil je daarmee doen? Een Nederlandse provincie kopen?'

'Ik dacht eerder aan Engels onroerend goed.'

'Northwick Manor. Het voormalige landhuis van je vader.'

Obediah knikte.

'Ik begrijp je, mijn vriend. Niemand begrijpt je beter dan ik. Maar...'

'Maar wat?'

'Als je het juiste geloof hebt in het verkeerde land – of het verkeerde in het juiste – helpt zelfs al het geld van de wereld je niet.'

'We zullen zien. Als je me toestaat zal ik nu je voorstellen doorkijken. Mag ik vragen welke criteria je bij je keuze hebt gebruikt, Pierre?'

'Ten eerste die van jou natuurlijk. Als ik je plan, hoe schetsmatig op dit moment ook, goed begrepen heb, heb je nodig: een kenner van het Turkendom en de Verheven Porte; een militair strateeg; een botanicus. Verder iemand die vertrouwd is met de Levantijnse handelsroutes en de Franse activiteiten in de regio. Daarnaast heb je behoefte aan mannen met concrete talenten: bijvoorbeeld iemand die zich kan verkleden, als hoveling, pasja of wat dan ook, en iemand die met degen en pistool weet om te gaan. Ten slotte heb je een kapitein nodig die jou en je kleine expeditie daarheen kan varen en weer terug.' Pierre Bayle legde zijn zoals altijd met inkt bevlekte handen in zijn schoot. 'Behalve dat heb ik gezocht naar mensen die me avontuurlijk leken en die niet bang zijn om in conflict te raken met de wet. En ik heb erop gelet dat je gemakkelijk contact met ze kunt leggen.'

'Je bedoelt dat je hun correspondentieadressen bezit?'

Bayles linkerwenkbrauw schoof omhoog. 'Mijn beste Obediah, ik bezit zo ongeveer van iedereen een correspondentieadres, of in elk geval van iedereen die interessant is. Nee, je weet toch hoe verschrikkelijk lang brieven onderweg kunnen zijn? Daarom heb ik gekozen voor mensen die in Engeland of op het continent verblijven, op een afstand van niet meer dan vijfhonderd mijl hiervandaan. Dat zou ook het risico moeten beperken.'

'Welk risico?'

'Het risico dat ze je te snel op het spoor komen, natuurlijk. Om de Grand Seigneur zou ik me nog niet al te veel zorgen maken, die is te ver weg. Maar wel om de spionnen van de Zonnekoning, die alles zien en alles lezen.'

'Als ze het tenminste kunnen ontcijferen.'

'Mijn beste Obediah, ik weet dat de Engelsen zich nog altijd van versleutelingen bedienen die in Frankrijk hoogstens nog door twaalfjarige meisjes worden gebruikt, maar daarmee kom je niet ver. Monsieur Rossignol, hoofdcryptoloog van de koning, leest zelfs ingewikkelde geheimschriften zo gemakkelijk als andere mensen het gebedenboek.'

'Ik wil je niet beledigen, Pierre, maar kan het zijn dat je op grond van je eigen ervaringen als vervolgde hugenoot misschien wat overdrijft? Ook Louis' zwarte kamer kan niet alles lezen, daarvoor is het veel te veel. En verder gebruik ik sinds ik in de Nederlanden ben een truc die misschien nog wel handiger is dan een geheimschrift.'

'Je maakt me nieuwsgierig.'

'Alle Franse post gaat via Parijs. Die route mijd ik als de pest. De postdienst van het Heilige Roomse Rijk wordt echter, zoals je weet, door de familie Von Taxis geregeld.'

Bayles gezicht klaarde op. 'Aha, ik vermoed dat ik weet wat je doet.'

'En dat is?'

'De Von Taxis' hebben het rijkspostleen destijds gekregen van de keizer in Wenen en van de Spaanse Habsburgers. Dat betekent dat ook de postdienst in de Spaanse Nederlanden door de Von Taxis' wordt gedreven. Maar hoe krijg je je post uit de Republiek naar de bezette provincies?'

'Ik huur een ruiter in die mijn correspondentie rechtstreeks naar Antwerpen brengt. Iedereen weet dat het postsysteem van de Nederlandse Republiek net zomin te vertrouwen is als het Franse of het Engelse, maar het Habsburgse is boven verdenking verheven. Het kan best zijn dat de spionnen van keizer Leopold mijn brieven lezen...'

'... maar ze zullen nooit van z'n leven ook maar een woord ervan aan de Fransen doorgeven. Een goed idee, dat moet ik onthouden. Al werkt het natuurlijk alleen als de brief niet uiteindelijk toch nog naar Parijs of Londen moet.'

'Ook dat heb ik bedacht. De brief moet daar gewoon eerst naar een stroman gaan, die zo onverdacht is dat zijn post niet in de gaten wordt gehouden. Het adres moet liefst een koffiehuis zijn dat vooral door regeringsgetrouwe mensen wordt bezocht. In Parijs gebruik ik daarom Procopio, in Londen Grant's. Tussen twee haakjes: dat is mijn volgende reisdoel.'

'Je wilt naar Londen reizen? Wanneer?'

'Liefst al komende week. Zoals het er nu uitziet wordt het een vreselijke winter. Ik moet het Kanaal oversteken voordat de stormen beginnen en de hele wereld zich in zijn landhuis terugtrekt. Anders verlies ik zo een half jaar.'

'Ben je dan niet bang dat je moeilijkheden zult krijgen bij je terugkeer?'

'Eigenlijk niet. Ik reis incognito. En om de hertog van Monmouth hoef ik me in elk geval geen zorgen meer te maken.'

'Nee, dat klopt.' Bayle stond op en overhandigde Obediah de papieren. 'Ik ga nu een paar brieven bezorgen en laat je alleen met je potentiële medesamenzweerders.'

Obediah knikte en richtte zich op de stapel.

•◆•

Juvisy, 12 januari 1688

Allergenadigste Doorluchtigheid,

Enige weken zijn er verstreken sinds Uwe Hoogheid mijn leven met zonneglans vulde en me de onverdiende genade van een ontmoeting schonk. Zoals Uwe Majesteit zich ongetwijfeld herinnert, spraken we toen over de vraag wat te doen om aan verdere informatie over de Hollandse stadhouder Willem van Oranje en zijn plannen te komen. Uwe Majesteit informeerde of de kans bestaat dat prins Willem openlijk tegen de Spaanse Nederlanden of zelfs tegen Frankrijk te velde zal trekken, zoals uw oorlogsminister, de markies van Louvois denkt. Of dat hij zich misschien eerder zal bedienen van het wapen der intrige, omdat zijn leger zich in de verste verte niet met dat van Uwe Majesteit kan meten.

Ik smeek nederig om vergeving dat ik Uwe Majesteit een eenduidig antwoord op deze vraag tot op vandaag schuldig moet blijven; het leek me echter verstandiger om deze aangelegenheid eerst zo nauwkeurig mogelijk te onderzoeken, want in kwesties van oorlog en vrede zijn vermoedens en vergissingen ontoelaatbaar. Wellicht kan ik Uwe Majesteit binnenkort antwoorden bieden, al zijn het nog geen definitieve. Of Willem in de nabije toekomst zijn troepen zal inzetten is onzeker; steeds duidelijker wordt wel dat Oranje en zijn handlangers zich inderdaad van intrige bedienen om Uwe Majesteit schade te berokkenen.

Uwe Majesteit herinnert zich vast dat onze spionnen een in de Hollandse provincies opererende agent-provocateur schaduwden, een Engelsman genaamd Obediah Chalon. Deze agent van de VOC en daarmee, ipso facto, van Willem, was de laatste tijd nogal bedrijvig. Het afgelopen jaar reisde hij het halve continent over. Ook bezocht hij verschillende grote jaarmarkten, zoals die van Leipzig en Sturbridge. Intussen is hij teruggekeerd naar zijn thuisstad Londen, waar hij onder de schuilnaam Neville Reese een onderkomen in de buurt van St. James Square heeft betrokken. Hij doet zich voor als vermogend edelman uit Kent. Regelmatig wordt hij in de haven gezien, waar hij in de taveernes en koffiehuizen fraterniseert met kapiteins en handelaren; met welk doel is niet met zekerheid te zeggen. Vermoedelijk maakt hij simpelweg van de gelegenheid gebruik om zich daar op de hoogte te laten stellen van de gebeurtenissen op het continent.

Voor zover onze spionnen konden ontdekken, heeft Chalon tijdens zijn reizen en vanuit huis contact gelegd met een aantal personen van twijfelachtig allooi, onder wie enkele uitgewezen vijanden van Frankrijk. Deze mannen en één vrouw ontmoet hij regelmatig, maar nooit allemaal tegelijk; steeds spreekt hij één persoon tegelijk, op wisselende plekken. Het lijkt evident dat tussen deze in totaal vijf personen een band bestaat, een sterke band, waarvan het doel helaas nog in nevelen gehuld is. Helder als klaarlichte dag lijkt in elk geval dat het gaat om een door Chalon aangevoerde groep samenzweerders. Zodra ik Uwe Majesteit hieronder uiteenzet wie deze samenzweerders precies zijn, zult u begrijpen waarom ik voor deze affaire beslag durf te leggen op uw uiterst kostbare tijd.

Ten eerste hebben we de hugenoot Pierre Justel, een voormalig dienaar van uw regering. Hij heeft aan de Sorbonne de Griekse klassieken bestudeerd. Later was hij ondersecretaris van een uwer ministers, de markies van Seignelay. Mensen die ik ken beschrijven Justel als een intelligente jongeman, weliswaar ketters, maar niet zonder humor; in het hôtel *van de markies kweet hij zich van de taak om de Levantijnse handelsroutes te bewaken. Door de herroeping van het Edict van Nantes werd Justels verblijf in staatsdienst echter onhoudbaar, en dus moest hij vertrekken. Kennelijk is hij daarop naar Engeland verhuisd en werkt hij nu op het comptoir van de zeilmakerij van zijn oom in Spitalfields, wat natuurlijk slechts een dekmantel is. Zoals blijkt uit zijn contacten met Chalon is hij van plan Uwe Majesteit schade toe te brengen en wraak te nemen voor het onrecht dat hij geleden meent te hebben.*

De tweede van Chalons kornuiten is een kapitein genaamd Knut Jansen. Hij komt uit een Deens vissersdorp, Altona, en was lange tijd voor de Hanze actief voordat hij viel voor de avances van de Hollanders. Voor hen heeft hij in het verleden met een lettre de marque *op zak kapervaarten uitgevoerd en diverse malen schepen van Uwe Majesteit op de Noordzee aangevallen. Onze agenten berichten dat Jansen bovendien een tijdlang overzees is geweest, wellicht in Batavia of Japan, maar dat kunnen we niet met zekerheid zeggen. Nu zien onze spionnen hem vaak met Chalon in het Londense koffiehuis Lloyd's zitten, gebogen over zeekaarten.*

De derde persoon is een vrouw die zich condessa *Caterina da Glória e Orléans-Braganza noemt. Ik zeg 'noemt' omdat haar afkomst twijfelachtig is. Zelf beweert ze af te stammen van een zijtak van het geslacht van Braganza, waar ook, zoals Uwe Majesteit weet, de schoonzus van de Engelse koning James II toe behoort. Velen fluisteren echter dat deze voorgewende gravin noch van adel, noch Portugees is. Een van onze spionnen, wiens woord ik Uwe Majesteit overigens aanraad* cum grano salis *te nemen, beweert zelfs dat ze een volksvrouw uit Ligurië is, die ooit met toneelspelers van de commedia dell'arte langs de dorpen trok. Dat kan kloppen, of misschien ook niet. Zeker lijkt in elk geval dat de condessa een geraffineerd oplichtster is, die er al een aantal keer in is geslaagd rijke Engelse edelen aanzienlijke bedragen afhandig te maken. Ze maakt daarvoor gebruik van verschillende namen en vermommingen, en bovendien van haar vrouwelijk schoon. Met dat laatste schijnt Da Glória door Venus nogal ruimhartig bedeeld te zijn.*

De volgende persoon is, vrees ik, Uwe Majesteit helaas maar al te bekend. Het gaat om graaf Paolo Vincenzo Marsiglio, de Bolognezer generaal die ooit in dienst stond van de Habsburgers. Hij werd een aantal jaar voor de belegering van Wenen door de Osmanen gevangengenomen en leefde enige tijd onder hen. Vanwege zijn daar verworven kennis van het Turkendom werd hij later ingehuurd door de Venetianen. Als ambassadesecretaris reisde Marsiglio met de nieuwe Venetiaanse bailo *Pietro Civan naar Constantinopel. Later trad hij, zoals Uwe Majesteit zich beslist zult herinneren, in dienst van Frankrijk en diende hij u tijdens de oorlog tegen de Spanjaarden. Toen hij echter bij Courtrai nodeloos een stelling prijsgaf aan de vijand (met het belachelijke excuus dat die sowieso gevallen zou zijn en dat hij zijn soldaten had willen beschermen) ontsloeg de markies van Louvois de Bolognezer oneervol uit het leger. Ook Marsiglio houdt zich tegenwoordig op in Londen, waar hij voorgeeft de botanica te bestuderen. Deze dekmantel is, dat moet men hem nageven, bijna perfect; hij bezit enkele kassen buiten Londen, correspondeert met geleerden van de Royal Society en heeft onlangs een traktaat getiteld* Dissertatio de Generatione Fungorum *gepubliceerd; kortom, hij speelt de virtuoso. In werkelijkheid schijnt deze geboren huurling revolutionairen en staatsvijanden als Chalon advies te geven over militaire kwesties.*

De laatste van de personen met wie Chalon in contact staat, is de meest mysterieuze en, als Uwe Majesteit me deze persoonlijke opmerking toestaat, de voor uw dienaar interessantste: David ben Levi Cordovero. Met deze Sefardische jood pleegt Chalon sinds enige tijd een levendige correspondentie. Wat daaraan ongebruikelijk is, is dat hij in de afgelopen maanden veel minder brieven verstuurde en ontving dan vroeger (wellicht uit bijzondere voorzichtigheid in de periode voor een groot intrige). Met Cordovero correspondeert hij echter bijna wekelijks. Graag zou ik Uwe Majesteit iets over de inhoud van deze brieven vertellen, maar helaas kan ik dat niet. De twee gebruiken namelijk een volkomen nieuw geheimschrift, dat ik tot nu toe niet heb kunnen ontcijferen. Ik moet me voor u in het stof werpen, Sire, omdat mijn kennis van de cryptologie juist in dit belangrijke geval tekortschiet. Ik denk deemoedig aan mijn vader Antoine, die u jarenlang in dezelfde functie diende, en vraag me af of hij de code van deze samenzweerders al wel zou hebben gekraakt. Over de jood Cordovero weten we helaas ook verder erg weinig. In de République des Lettres is hij geen onbekende. Al jaren publiceert hij natuurfilosofische opstellen in diverse journalen. Verder is Cordovero een soort fantoom. Niemand heeft hem ooit gezien en we weten niet waar hij verblijft.

Chalons brieven aan hem zijn niet geadresseerd aan een privéadres of koffiehuis, maar aan een handelskantoor in Palermo. Daarvandaan worden ze naar alle waarschijnlijkheid door een vertrouweling naar Cordovero doorgesluisd. Dat de correspondentie wordt doorgestuurd naar een andere stad in Sicilië of het koninkrijk Napels lijkt me onwaarschijnlijk; daar zijn vrijwel geen joden meer. Het is mogelijk dat de brieven naar het Osmaanse Rijk gaan; de niet versleutelde delen van de brieven bieden aanknopingspunten in die richting.

Dit alles is – en ik neem aan dat Uwe Majesteit dat met me eens is – uiterst verontrustend. Nog verontrustender dan deze samenscholing in Londen is de omstandigheid dat de genoemde personen plannen maken om binnenkort naar de Nederlandse Republiek te reizen. Kennelijk heeft Chalon voor zichzelf en de vier anderen passage geboekt en in het Hollandse deel van Limburg een afgelegen hoeve gehuurd. Het is duidelijk dat er iets groots wordt voorbereid. Mijn advies aan Uwe Majesteit luidt evenwel om voorlopig alleen opdracht te geven tot verdere observatie. In het bijzonder is interessant welke van de vele in de Nederlanden wonende oproerkraaiers en ketters Chalon en zijn kornuiten zullen opwachten. Met verlof van Uwe Majesteit zal ik uw staatsminister, de markies van Seignelay, verzoeken een van zijn beste mensen naar de omgeving van Maastricht te sturen om de samenzweerders en hun ondernemingen nauwlettend in de gaten te houden.

Uw onderdanige dienaar,
Bonaventure Rossignol

•◆•

Obediah had al snel begrepen dat een koffiehuis niet de goede plek zou zijn voor hun eerste gezamenlijke treffen. Sowieso leek Londen hem niet echt geschikt voor zo'n samenkomst. Tenzij de ontmoeting in een afgelegen torenkamertje van de Tower plaatsvond moest je overal met afluisteraars en pottenkijkers rekening houden. Zeker sinds de troonsbestijging van James II gingen de meeste Engelsen ervan uit dat het in de hoofdstad wemelde van de Franse spionnen en jezuïtische opstandelingen. Obediah kende deze geruchten – het was de gebruikelijke protestantse paranoia die voor een wereldwijde katholieke samenzwering vreesde – maar er stak een kern van waarheid in. De nieuwe koning was nog zwakker dan de oude, en alleen God wist wie er allemaal door Londen rondhuppelde, angstvallig alles noterend wat hij zag en hoorde, om het kort daarna versleuteld aan een kantoor in Wenen, Parijs of Amsterdam te sturen.

Al een half uur reed hij naar het westen. Hij had Londen en zijn stank achter zich gelaten en draafde op zijn schimmel langs de zuidkant van Hydepark. Na nog een half uur passeerde hij het dorp Hammersmith. Daarachter strekte het open land zich uit. Links en rechts glooiden heuvels, waartussen hij hier en daar een boerderij kon ontdekken. Verder was er niets te zien. Vanaf hier was het niet helemaal ongevaarlijk om alleen over het onbeschutte boerenland te rijden. Als je geloofde wat er in de koffiehuizen werd gekletst wemelde het op de wegen naar Oxford en Reading van de struikrovers. Toch was Obediah niet echt ongerust. Ten eerste reisde hij overdag en ten tweede waren Engelse rovers, anders dan bijvoorbeeld Franse bandieten, over het geheel genomen best fatsoenlijke mensen. Als je ze een dikke beurs overhandigde lieten ze je meestal na een paar klappen en met de beste wensen je weg vervolgen. Om die reden droeg hij een buidel met een paar shillings en guineas bij zich, hoewel hij die voor zijn afspraak eigenlijk niet echt nodig had. Als die hem werd afgenomen, kon hij bovendien zijn rekening bij de Wisselbank aanspreken. Die was net een wijnkruik uit een Duits sprookje: zijn krediet bij de bank leek onuitputtelijk, in elk geval tot nu toe.

Obediah kwam bij een kruising en nam de weg naar Uxbridge. Hij moest opletten om de kleine afslag niet te missen die Marsiglio hem in zijn laatste brief had beschreven. Het was maar een smal paadje, voor de helft verborgen door hoge rozenbottelstruiken. Hij stuurde zijn paard het licht stijgende weggetje op, totdat hij na ongeveer één mijl een landgoed ontwaarde. Het zou weleens uit de tijd van koningin Elizabeth kunnen stammen; de in totaal drie cottages die achter een lage heg stonden, hadden allemaal de spitse rietdaken die men in die tijd graag bouwde. Daarachter lag een landhuis van rode baksteen, met een gewelfde deur en siertorentjes. Verder waren er een stal en twee eigenaardige langwerpige gebouwen, die bijna helemaal uit glas leek te bestaan. Dat moesten die Italiaanse uitvindingen zijn waarover hij gelezen had, de *giardini botanici* waarin de generaal zijn planten kweekte.

Obediah reed door een opening in de heg, langs een kunstmatige vijver waar verschillende kanaaltjes vandaan liepen. Het viel hem op dat de tuin nogal afstak bij de rest van het landgoed. Hij was duidelijk van jongere datum en ontworpen volgens de nieuwste principes, met grote carrés, symmetrisch aangelegde bloembedden en als met een liniaal getrokken heggetjes. Alle paden hadden rechte hoeken. Overal kon je het ordenende, plannende verstand van een groot tuinman herkennen.

Toen hij op het erf voor het grote huis aankwam, rende er een staljongen op hem af. De jongen wachtte geduldig totdat Obediah van zijn paard was gestapt, boog toen en leidde de schimmel zonder iets te zeggen weg. Terwijl Obediah het stof van zijn rijkleren klopte, kwam door de voordeur nog een man op hem af, een lange dunne kerel in een versleten livrei. Hij droeg een pruik die verschrikkelijk uit de mode was. Desondanks maakte hij voor Obediah een perfecte buiging. Toen hij zich weer had opgericht, zei hij: 'Welkom op Bedfont Manor, milord. Als u mij wilt volgen, zal ik u eerst uw kamer laten zien. Zijne Doorluchtigheid verwacht u en de anderen tegen vier uur in de grote zaal. Tegen zessen is er een vroeg souper gepland, als het milord belieft.'

Enigszins geïrriteerd constateerde Obediah dat Marsiglio niet had afgewacht hoe hij de ontmoeting wilde vormgeven, maar kennelijk alvast een eigen dramaturgie had bepaald. 'Zijn de anderen er al?'

'Mister Justel is hier, milord. Verder niemand.'

'Goed. Je kunt voor de bijeenkomst nog iets voor me doen.'

'Ik sta geheel tot uw beschikking, milord.'

Obediah gespte de meer dan drie voet lange leren koker af die hij over zijn schouder had gedragen en stak die de lakei toe. 'Breng deze naar de salon en zorg ervoor dat de kaarten die erin zitten goed zichtbaar aan een van de wanden worden opgehangen. Verder heb ik krijtjes en een tekenbord nodig.'

'Natuurlijk, milord. Graaf Marsiglio wilde alleen eerst...'

'Zeg hem dat het voor mijn natuurfilosofische voordracht van groot belang is dat ik over deze middelen beschik,' zei Obediah. 'Ongetwijfeld zal hij dan geen bezwaren hebben tegen een kleine herinrichting van zijn salon.'

De lakei trok een ongelukkig gezicht, maar nam zwijgend de koker in ontvangst en boog. Daarna liet hij Obediah door een dienstbode naar zijn kamer brengen.

Binnen zag het landhuis er enigszins verwaarloosd uit. Aan de buitenkant had Obediah dat niet meteen opgemerkt, maar nu zag hij dat veel van de tegels gebarsten waren en dat het pleisterwerk van de plafonds en wanden vol scheuren en vochtige plekken zat. De inrichting leek nog uit de regeerperiode van Henry VIII te stammen – van de olieverfschilderijen loerden woeste tronies hem aan, op wandtapijten figureerden ridders met lansen en morgensterren. Verder waren er wapenrustingen die eruitzagen alsof ze ook echt door iemand gedragen waren.

Zodra het dienstmeisje hem in zijn kamer alleen had gelaten, trok Obediah zijn rijkleding uit en waste zich met water uit de kan op de wastafel. De zadeltassen had de staljongen al naar boven gebracht. Daaruit haalde hij een eenvoudige zwarte kniebroek, zijden kousen en een naar de nieuwste mode gemaakte justaucorps afgezet met bont, die hij zich een jaar geleden nooit had kunnen veroorloven. Gezegend ben je, VOC, dacht hij. Vooralsnog had het Oost-Indisch Huis hem nog niet tot de orde geroepen, en waarom ook? Weliswaar had hij in de afgelopen zes maanden meer geld uitgegeven dan in de vijf jaar daarvoor, maar alles bij elkaar was het bedrag vermoedelijk lager dan wat een doorsnee bewindhebber van de compagnie in een maand aan eten en hoeren verbraste.

Hij pakte een rimpelige appel, die met een paar sinaasappels op een schaal naast het bed stond, en beet erin. Het fruit was eerder zuur dan zoet, maar op een elegante manier. Misschien was dit een van Marsiglio's kweekresultaten. Toen hij de appel op had, ging Obediah voor de chiffonnière zitten en controleerde of zijn pruik goed zat. Pas toen vertrok hij naar de salon.

Salon was een enigszins misleidende omschrijving voor de ruimte waarin hun eerste ontmoeting zou plaatsvinden. Je kon het beter een grote hal noemen, in het achterste gedeelte van het huis, met hoog in de muur veel te kleine ramen van loodglas en aan de wanden allerlei jachttrofeeën. De muren en de vloer waren van kaal steen, en meteen bij binnenkomst voelde Obediah dat de reusachtige haard aan de andere kant van de ruimte onvoldoende zou zijn om de avondlijke kou op afstand te houden, die algauw door de tochtige luiken en het gammele dak naar binnen zou kruipen. De ouderwetse hal werd gedomineerd door een reusachtige tafel. Je kon je goed voorstellen dat hier een adellijk rijgezelschap uit de vorige eeuw zat te eten: ale zuipend uit grote tinnen kroezen en met hun dolken dampende stukken uit gebraden fazanten en wilde zwijnen kervend, onder de begeleidende klanken van een luitspeler.

Marsiglio had geprobeerd om voor het haardvuur wat moderne behaaglijkheid te creëren. Om het knetterende haardvuur heen stonden verschillende chaise longues en stoelen, op de vloer lagen dikke Perzische tapijten. Boven de haard hing een reusachtig schilderij van een stad die bijna alleen uit torens leek te bestaan: hoge, dunne torens die wel wat op minaretten leken. Aangezien Marsiglio uit Bologna kwam, nam Obediah aan dat het misschien de thuisstad van de generaal was.

Langs de muren stond een aantal kasten, met een inhoud die Obediahs hart sneller liet kloppen. Net als hij was Marsiglio een virtuoso, en dit moest een deel van zijn verzameling zijn. Er was een prachtig planetarium met parelmoeren globes dat de bewegingen van de zon, Mercurius, Venus, de aarde en de maan kon simuleren; een aantal eigenaardig gevormde schedels die er van een afstandje menselijk uitzagen; opgeprikte insecten van enorme afmetingen; en als laatste maar zeker niet het minste een opmerkelijke verzameling mineralen en halfedelstenen in alle soorten en maten. In het bijzonder viel hem een licht gekleurd brok steen op dat in de schemering van de grote hal gek genoeg leek op te lichten. Hij pakte de steen op. Die had een groene schittering. Een chemische reactie?

Marsiglio en Justel zaten in twee oorfauteuils, wijnglas in de hand. Ze leken zich uitstekend te vermaken. Obediah hoorde Marsiglio's donderende lach. Omdat ze met hun rug naar de ingang zaten, hadden ze hem nog niet opgemerkt.

Pierre Justel was een aantrekkelijke jongeman, lang en slank. Door zijn vuurrode haar kon de hugenoot gemakkelijk voor een Ier doorgaan. Hij droeg een pak, heel eenvoudig en zonder borduursels, maar gemaakt van het fijnste hugenootse batist. Justel glimlachte vriendelijk naar de generaal, die vermoedelijk juist een grappige anekdote vertelde. Marsiglio was een beer van een vent, zeker twee keer zo zwaar als Justel en ook twee keer zo oud. Terwijl de Italiaan vertelde, beschreef hij met de pijp in zijn linkerhand kleine cirkels. Hij had de steel van zich af gedraaid en prikte er telkens weer mee naar voren, alsof het een floret was. Pas toen Obediah de zaal half had overgestoken kon hij verstaan waarover de twee spraken.

'En hoe bent u aan dit landgoed gekomen, waarde graaf?'

'De eigenaar, lord Bedfont, een officier en een oude kennis van me, vecht in het noorden tegen opstandelingen. En omdat hij onder ons gezegd en gezwegen zo goed als geruïneerd is, heeft hij Bedfont Manor aan mij overgelaten totdat hij terug is. Hij krijgt daarvoor wat geld van me, en ik zorg bovendien voor zijn tuin. Bedfont deelt mijn passie voor de botanica. En hij is bang dat tijdens zijn afwezigheid alles wat hij met zo veel moeite geplant heeft zal sterven. Die zorg is niet helemaal ongegrond, zeker niet aangezien hij nu al twee jaar weg is.'

'Is hij misschien gesneuveld?'

'Nee, om de paar maanden ontvangt zijn administrateur, mister Dyson, een brief uit de buurt van Leeds, waar Bedfonts regiment gelegerd is. Intussen heb ik het hier enigszins behaaglijk ingericht, als je dat over zo'n provisorische toestand...' – hij wees naar de chaise longue en de stoelen – '... tenminste kunt zeggen.'

'Een paar renovaties zouden inderdaad geen kwaad kunnen,' zei Justel terwijl hij een zilveren snuiftabaksdoosje uit zijn mouw haalde.

'Daarvoor heeft mijn gastheer het geld niet, wat natuurlijk ook een van de redenen is dat hij nu in Yorkshire lijf en leden op het spel zet. Hij hoopt daar zijn kas wat te spekken.'

'Hebt u contact met mensen uit de buurt?'

'Gelukkig met niemand. Niet dat ik ooit door een van de buren zou worden uitgenodigd!'

'O, waarom niet?'

'Mijn jonge vriend, het is te merken dat u nog niet lang in Engeland woont. Een Italiaanse katholiek in je huis uitnodigen... Dat is voor gewone landedelen net zoiets als souperen met de lijfeigenen. Ook de administrateur kijkt naar me als Argus Panoptes. Ik denk dat hij bang is dat ik overal Mariabeelden zal neerzetten als zijn heer niet snel terugkeert.' Marsiglio lachte bulderend.

'Ik ben blij u te zien, gentlemen. En ook dat u zich zo uitstekend vermaakt.' Zodra Obediah sprak, draaiden de twee mannen zich om en stonden snel op.

'Obediah Chalon!' bulderde Marsiglio. 'Welkom in mijn bescheiden onderkomen, sir.'

Justel maakte een buiging. 'Gegroet, monsieur Chalon. We vroegen ons al af wat precies de bedoeling is van de twee kaarten die aan de muur zijn opgehangen.'

'Zodra we voltallig zijn zal ik dat geheim onthullen, waarde monsieur Justel. Maar niet eerder.'

Marsiglio klopte hem op de schouder. 'Kom eerst maar eens bij ons zitten en drink een glas. Wat hebt u daar in uw hand?'

'O, mijn verontschuldigingen, generaal. Dat is een steen uit uw verzameling die ik juist stond te bestuderen. Kennelijk ben ik vergeten hem terug te leggen. Wat is dit voor mineraal?'

'*Lapis bononia*,' antwoordde Marsiglio. 'Het geeft licht in het donker.'

'En ik dacht dat ik me dat alleen verbeeldde.'

'Nee, het geeft echt licht. Zwak, dat geef ik toe, maar als u hem overdag in de zon legt, straalt hij 's nachts als een gloeiwormpje. Hou de steen maar en probeer het eens uit.'

'Dat kan ik niet aannemen.'

'Jawel, jawel. Hij heet niet voor niets steen van Bologna. Ik heb er thuis een hele berg van, in de meest letterlijke zin van het woord.'

Obediah bedankte hem en stak de lapis bononia in zijn zak. De drie mannen gingen bij de haard zitten en dronken een uitstekende port, die volgens de generaal afkomstig was van een wijngaard die ook aan het koningshuis leverde. Intussen spraken ze over de laatste nieuwtjes uit Londen en Parijs. De over de gebeurtenissen in Frankrijk uitstekend geïnformeerde Justel wist te vertellen dat Louis de Grote in Luxemburg en elders nieuwe versterkingen liet bouwen om de buitengrenzen te beveiligen tegen de Liga van Augsburg, een verbond dat de Oostenrijkers hadden gesloten met Spanje, Zweden en Beieren. En Marsiglio had van een van zijn correspondenten gehoord dat de Weense keizer de Turken steeds verder dreef en een groot leger op de been bracht om de Hongaarse hoofdstad Boeda te belegeren.

Juist wilde de Bolognezer hun een, zoals hij beweerde, 'hoogst komisch verhaal' over het lievelingspaard van de Osmaanse grootvizier Sarı Süleyman Pasja vertellen toen de grote deur aan de andere kant van het vertrek openging en de slungelige lakei binnenkwam: 'Ik heb de eer, messieurs, om de komst van de condessa Caterina da Glória en mister Jansen aan te kondigen.' Toen maakte hij met een niet onelegant uitgevoerde kwartpirouette plaats voor de nieuw aangekomen gasten.

Op basis van de informatie die Obediah van zijn vriend Pierre Bayle had gekregen geloofde hij niet dat Caterina da Glória werkelijk een Portugese condessa was. Had hij echter onvooringenomen voor haar gestaan, dan zou hij daar niet aan hebben getwijfeld. De vrouw, die nauwelijks ouder kon zijn dan vijfentwintig, bewoog zich door de zaal met een bevalligheid die de mannen voor de haard hun adem deed inhouden. Ze waren zo in de ban van haar verschijning dat ze bijna vergaten op te staan en een buiging te maken. De condessa had de perfecte, ivoorkleurige teint en gelaatstrekken van de hoge adel. En haar jurk! Die maakte dat alle andere aanwezigen er als bedelaars uitzagen. Hij was van roomkleurig satijn, bezet met tientallen parels en gesloten met saffieren agrafes. Talloze cabochons van maansteen sierden de mouwen. Terwijl ze naar de haard schreed, trok ze een lange sleep achter zich aan, ook roomkleurig en met bergen kant. Het opvallendste aan de condessa was echter haar bijzonder kunstzinnige pruik. Het grote haarwerk boven op haar hoofd, de *commode*, was karamelkleurig. De *confidants*, zoals men de krulletjes naast de oren noemde, waren elk op zich een klein meesterwerk, en bovendien qua kleur iets donkerder gehouden dan de rest. Toen Caterina da Glória voor de haard een reverence maakte, kon Obediah zien hoe de lokjes in haar nek heen en weer zwaaiden. *Crèves-coeur* noemden de Fransen dit deel van een pruik, hartenbrekers. Dat de condessa mannenharten kon breken, was overduidelijk.

Bij eerdere gelegenheden had de bedriegster nooit zo'n koninklijk toilet gedragen, en dus had Obediah bijna over het hoofd gezien dat Jansen er ook nog was; als een lijfwacht liep hij een paar passen achter de condessa. De Deen was geen grote man, hij haalde nauwelijks de vijfenhalve voet. Toch zag je op het eerste gezicht dat je voor deze man moest oppassen. Jansen was niet gespierd, eerder pezig, en zijn vederlichte pas deed Obediah denken aan die van een *bare-knuckle boxer*. Er mochten deze details je ontgaan, dan was er altijd nog de Pappenheimer degen die aan Jansens zij bungelde, plus een enorm geweer dat de zeeman op zijn rug droeg. Opvallend grote bakkebaarden sierden zijn verder gladgeschoren gezicht, en zijn kleding was zo eenvoudig als die van de condessa uitbundig was.

Omdat ze nu compleet waren, wilde de generaal een kleine toespraak afsteken, maar Obediah was sneller. 'Welkom edele dame, waarde gentlemen. Ik mag u welkom heten hier op Bedfont Manor, dat graaf Marsiglio ons zo ruimhartig ter beschikking heeft gesteld.' Hij knikte even naar de generaal en ging toen snel verder, voordat die kon inhaken. 'Ik neem aan dat we later met elkaar souperen. Des te belangrijker is het dat we ons eerst om het zakelijke gedeelte bekommeren. Zodra de bedienden ons van drankjes hebben voorzien, zullen we aan de grote tafel plaatsnemen.'

'Bij de haard is het aangenamer,' merkte de generaal op.

'Ja, maar geloof me, we hebben de ruimte nodig.'

Kort daarna zaten ze aan tafel, ieder met een kelk bourgogne voor zich. De andere vier keken Obediah vol verwachting aan.

'Zoals u allen weet, willen we iets ontvreemden.' Obediah deed een greep in zijn tas, die achter hem aan de stoelleuning hing, en haalde er een boek uit. Hij opende het op de plek waar een leren bandje als boekenlegger was neergelegd. 'En wel dit hier.'

Op de bladzij stond een ets. Daarop was een tak te zien met tegenoverstaande bladeren. De blaadjes leken wel wat op die van een laurier. Dicht bij de knoop zaten kleine ronde vruchten. Allen bogen naar voren om de plant te bekijken. Marsiglio bestudeerde de afbeelding het nauwkeurigst. Even zei niemand iets.

Jansen was de eerste die zijn spraakvermogen hervond. 'Een specerijenboom?'

'Ja, maar niet zomaar een. De plant op deze afbeelding, die ik heb gevonden in *La Voyage de l'Arabie inconnu*, is een koffiestruik.'

De condessa trok een wenkbrauw omhoog. 'Groeien koffienoten aan struiken?'

'Koffiebonen, om precies te zijn, waarde condessa,' zei Justel, die haar daarbij vriendelijk toelachte.

Obediah knikte. 'De koffie die wij allemaal zo graag drinken, wordt zoals u weet gemaakt van bonen, die men in een pan roostert en daarna in een vijzel of molen tot poeder vermaalt.' Hij stak zijn hand in een van zijn jaszakken en haalde daar een paar groene koffiebonen uit. 'Zo zien ze eruit voordat ze worden geroosterd.'

Jansen bromde wat, maar zei niets.

Obediah keek hem aan. 'U hebt een vraag, sir?'

'Ja. Dezelfde als iedereen hier, waarschijnlijk. De pakhuizen in Hamburg en Amsterdam liggen barstensvol met die dingen. Waarom zouden die iets waard zijn?'

Obediah stond op, maar gebaarde dat de anderen moesten blijven zitten. 'Om uw vraag te kunnen beantwoorden, vraag ik u allemaal om naar de kaart achter mij te kijken. Messieurs Justel en Jansen kennen hem vast, het is een gezicht op de Levant en Arabië uit Johannes van Keulens *Zee-Fakkel*, dat wil zeggen de kaartenverzameling die alle handelaren en zeelieden gebruiken. De koffie die u elke ochtend drinkt, in uw salon of in een koffiehuis, komt allemaal hiervandaan.' Hij tikte met zijn vinger op een plek in het zuidwesten van het Arabische schiereiland. 'Beetlefucky.'

De condessa sloeg haar gehandschoende linkerhand voor haar mond.

Justel hield zijn hoofd scheef. 'Vergeef me, sir, maar zei u nou...'

'Beetlefucky, dat is juist. Zo heet de belangrijkste overslagplaats voor ruwe koffie, ten noordoosten van de havenstad Mocha.'

De generaal kuchte. 'Mag ik misschien kort iets verduidelijken?'

'Ga uw gang,' zei Obediah.

'Wij allemaal spreken Arabische woorden vaak verkeerd uit, omdat deze heidense klanken voor onze tongen lastig te vormen zijn. En niemand, als u mij deze scherts op uw kosten toestaat, weet vreemde uitdrukkingen grondiger te verkrachten dan de Engelsen.'

Obediah glimlachte beleefd.

'De plaats die mister Chalon Beetlefucky noemt, heet eigenlijk Bayt al-Faqih.' De Arabische keelklanken rolden soepel van Marsiglio's lippen.

'Bedankt voor deze wenk, generaal. De route die de ruwe koffie neemt is als volgt: er wordt in de omgeving van Mocha geoogst. Daarvandaan wordt de koffie verscheept naar Suez en per kameel naar Alexandrië gebracht. Daar, in de Egyptische voorraadschuren, kopen Franse en Venetiaanse handelaren de koffiebonen. Zoals u ongetwijfeld weet, staan alle genoemde plaatsen onder Turkse controle. De oogst wordt in Beetlef... Bayt al-Faqih verzameld en gedroogd. De eigenlijke koffieplantages bevinden zich verder oostelijk. Nergens elders groeien deze struiken. Dus wie een koffieplant wil stelen, moet daarheen.' En terwijl hij dit zei, wees hij naar een lege plek op de kaart, die hij met een rode stip had gemarkeerd.

Hij zag Jansens sceptische blik en ging snel verder. 'De vraag is natuurlijk waarom iemand deze planten überhaupt zou stelen. Het antwoord ligt besloten in wat ik eerder heb gezegd. Op dit moment wordt de koffieteelt door de Turken gecontroleerd. De Grand Seigneur heeft verordend dat iedereen die ook maar een stekje uit zijn rijk probeert mee te nemen met de dood zal worden bestraft. Dat het de Osmanen ernst is, blijkt uit een ander decreet. Ook op de uitvoer van koffiebessen staat de doodstraf.'

'Zei u net niet dat het om bonen gaat?' vroeg de condessa.

'In de volksmond worden ze inderdaad bonen genoemd, maar zoals uw in de botanica uitstekend onderlegde gastheer u ongetwijfeld kan vertellen, gaat het in werkelijkheid om het binnenste van een vrucht. Dat valt af te leiden uit het feit dat de boon, die de Arabieren *bunn* noemen, wordt omgeven door vruchtvlees. Kijkt u maar naar deze tekening.' Obediah wees op de dwarsdoorsnede van een paar koffiebessen. 'De Turken hebben bepaald dat alle vruchten van de koffiestruik na de oogst in grote kuipen gekookt moeten worden, waardoor de schil en het vruchtvlees loslaten.'

'Waarom is dat?' vroeg Justel.

'Omdat de zaden daardoor onvruchtbaar worden,' antwoordde Marsiglio. 'In mijn kassen probeer ik al maanden uit groene koffiebonen, betrokken via verschillende bronnen, kiemplantjes te kweken. Tevergeefs.'

'De onvruchtbaar gemaakte bonen of zaden worden in Alexandrië gekocht door Venetiaanse en Franse handelaren, waarbij de Venetianen overigens steeds meer achterop raken. Met goedkeuring van de Grand Seigneur wordt de hele koffiehandel intussen de facto georganiseerd door de beste vrienden van de Porte in de christelijke wereld: de Fransen. Onze opdrachtgever denkt dat hij met eigen koffieplanten het monopolie van deze onzalige alliantie kan breken.'

'En wie is onze opdrachtgever?' vroeg de condessa.

'Dat hoeft u niet te weten.'

Ze keek hem met haar grote bruine reeënogen aan. Vermoedelijk wist ze met deze truc de meeste mannen te laten smelten. 'Ik moet altijd weten voor wie ik werk, milord Chalon.'

'Eerlijk gezegd geloof ik dat dat in dit geval niet nodig is, condessa, gezien de hoogte van het honorarium.'

'Werkelijk? Verbaas me, monsieur.'

'Tienduizend gouden dukaten voor ieder van u, als we voldoende koffieplanten ontvreemden en die in goede staat naar hun bestemming brengen.'

'En die bestemming is?' vroeg Justel.

'Een Noord-Europese haven. De precieze plaats hoort u als we de planten hebben.'

Een moment lang heerste er stilte. Obediah kon zien dat iedere aanwezige in gedachten bezig was met het enorme bedrag dat hij zojuist had genoemd.

'Is er iemand die wil uitstappen?' vroeg Obediah. 'Dan zou dit namelijk het geëigende moment zijn.'

Het werd nog stiller. Alleen het geknetter van het haardvuur was te horen.

'Uitstekend. Dan stel ik voor dat we een weinig tot ons nemen voor we ons op de details richten.'

Ze stonden op om de bedienden gelegenheid te geven de tafel te dekken en op te dienen. Justel bood de condessa zijn arm aan en wilde met haar naar de haard lopen, maar Marsiglio was sneller. Terwijl de drie wegliepen en Obediah zijn boeken bij elkaar pakte, ging Knut Jansen wijdbeens voor de kaart aan de muur staan om die te bekijken. Zo luid dat Obediah het nog net kon horen mompelde hij: 'Zo zo, een geheime opdracht.' Toen snoof hij en voegde er in het Nederlands aan toe: 'Vergaan onder corruptie.'

Vergaan onder corruptie. De initialen van de VOC op die manier uitleggen was een nogal flauwe grap. Toch liet het Obediah zien dat in elk geval Jansen precies wist wie hun opdrachtgever was. De anderen vermoedden het waarschijnlijk ook. Het speelde geen rol. Dat hoopte hij, althans.

•◆•

Obediah geeuwde en nam nog een slok koffie. Ze hadden tot middernacht over hun kleine rooftocht gesproken. Toen alle belangrijke vragen waren beantwoord had generaal Marsiglio om deze dag te vieren sterke punch laten serveren, in een schaal ter grootte van een ossenschedel. Later had de Italiaan toch nog de door hem voorbereide toespraak gehouden die hij de hele avond nog niet had kunnen afsteken. Obediah kon zich met de beste wil van de wereld niets meer van de inhoud herinneren. Des te helderder was de herinnering aan hoe Jansen en Justel de zware kristallen punchschaal hadden omgekeerd om ook de laatste druppels op te kunnen drinken. Alleen al bij de gedachte aan de geur van deze mix van suiker, limoenen en Jamaicaanse rum werd hij onwel. Hij herinnerde zich vaag dat de condessa op weg naar hun kamers allerlei schunnigs in zijn oor had gefluisterd. Obediah was er niet op ingegaan. Dat leidde hij tenminste af uit het feit dat zijn enige gezelschap bij het ontwaken een verschrikkelijke kater was geweest.

Hij zat aan een tafeltje naast de haard een kaart van het Arabische schiereiland te bestuderen toen de deur openging. Zodra hij de kille tochtvlaag voelde die van buiten kwam, legde hij instinctief zijn handen op de kaart. Als hij dat niet had gedaan zou Arabië waarschijnlijk als een vliegend tapijt de lucht in zijn gevlogen en misschien zelfs in het knetterende haardvuur twee meter verderop zijn geland.

Generaal Paolo Marsiglio was nog ongekapt, zijn lange, bijna witte haar hing tot op de schouders van zijn zijden robe de chambre en zijn voeten staken in Turkse pantoffels. Hij keek Obediah met dikke, waterblauwe ogen aan, bromde een groet en stak hem een rond, rood voorwerp toe.

'Goedemorgen, generaal. Is dat uw eerste granaatappel?'

'Inderdaad. Zullen we hem proberen?'

Obediah knikte, schoof de kaart opzij en vroeg Marsiglio naast hem plaats te nemen. Kreunend ging de Bolognezer zitten. Uit het laatje van een bijzettafeltje pakte hij een Arabische dolk en daarmee begon hij de granaatappel te ontleden.

'Ik moet toegeven dat ik vanochtend nog niet buiten de deur ben geweest. Is het nog steeds zo erbarmelijk koud?'

Het was begin april en ze hadden een verschrikkelijke winter gehad. Heel Engeland was maandenlang ingevroren geweest. Op het continent, zo wist hij uit de wegens het afschuwelijke weer slechts spaarzaam binnendruppelende brieven, leek het nauwelijks beter te zijn geweest. Het warentransport was grotendeels tot stilstand gekomen doordat op de Rijn, Elbe en Theems alleen nog met ijsschuiten kon worden gezeild. Begin maart had het ernaar uitgezien dat de lente eindelijk zou aanbreken. De sneeuw was verdwenen, en overal hadden mensen vreugdevuren ontstoken. Ze hadden op de modderige straten en over de akkers gedanst, zo blij waren ze dat die ijstijd voorbij was.

De winter leek zich te hebben geërgerd aan deze respectloze vrolijkheid, want een week geleden had hij opnieuw toegeslagen. Gesneeuwd had het niet meer, maar alles was weer dichtgevroren: de plassen en poelen die overal waren ontstaan, en ook de Theems en zijn talloze zijrivieren.

'Ik ben van mijn broeikas hierheen gelopen, een paar passen slechts. En ik voel mijn voeten nauwelijks meer. Beantwoordt dat uw vraag?'

Obediah knikte zwijgend. Hij moest meteen denken aan Hookes

temperatuurmetingen en mopperde in gedachten op zichzelf omdat hij was opgehouden elke ochtend zijn thermometer af te lezen. Nou ja, hij had belangrijker vragen op te lossen dan die naar de gemiddelde temperatuur in Warwickshire of Suffolk.

Met veel gekners ging Marsiglio's dolk door de vrucht heen. Rood sap spetterde op de kaart, het handvat en Marsiglio's handen. De generaal pakte een helft op en gaf die aan Obediah. Die nam hem aan en beet erin.

De generaal keek hem onderzoekend aan. 'U hoeft niets te zeggen. U kijkt zo zuinig als een osianderse calvinist. Die vrucht is zo zuur als een havenhoer, heb ik gelijk?'

'Er is inderdaad weinig van de zoetheid te bespeuren die je bij een granaatappel verwacht. Ik dacht dat uw giardino botanico verwarmd was?'

'Dat is hij ook. Heel gelijkmatig zelfs. Volgens de aanwijzingen van ons genie uit Den Haag heb ik niet alleen een kolenkachel laten installeren, maar ook nog koperen buizen die tussen de bloembedden door lopen. Die zijn niet voor bewatering, maar om door de kachel verwarmd water te laten circuleren.'

Met dat genie bedoelde Marsiglio ongetwijfeld de beroemde natuurfilosoof Christiaan Huygens, met wie Obediah via de VOC contact had gelegd. Hij draaide zich om naar de generaal en zei: 'Vergeef me mijn directheid. Maar hoe komt het dan dat deze vrucht zo ongenietbaar is? Gedijt hij niet in de giardino, ondanks omstandigheden die vergelijkbaar zijn met die van zuidelijke streken?'

'Deze meneer Huygens is een uiterst getalenteerd man, maar zolang het hem niet lukt om een apparaat te bedenken dat het licht van de zon imiteert, ontbreekt er een belangrijk element. Iedereen, of in elk geval iedere Italiaan, weet dat granaatappels net als sinaasappels of vijgen vooral lekker zoet zijn wanneer er veel zonnige dagen zijn geweest. Ook uw landgenoot Nehemiah Grew betoogt dat in zijn *Anatomy of Plants*. Volgens mij is er een goddelijke interventie nodig om dit verschrikkelijk regenachtige Engeland meer zonnestralen te schenken.'

'En hoe ziet het er voor onze koffieplant uit, generaal? Hebben de vruchten daarvan ook zo veel zon nodig?'

'Nou ja, ze groeien in Arabië.'

'Maar wel op een hoogvlakte. Daar kan het erg koud worden. Bovendien heb ik gehoord dat Louis de Grote tienduizend sinaasappelbomen naar Versailles heeft laten overbrengen en dat zijn meer dan honderd tuinlieden ervoor zorgen dat het hele jaar in elk geval een deel van de boompjes in bloei staat. Het moet dus mogelijk zijn.'

Marsiglio haalde zijn brede soldatenschouders op. 'Ik hoef u nauwelijks uit te leggen dat de botanica, net als alle natuurfilosofie, voor kennisvermeerdering uiteindelijk op experimenten steunt. Als onze vriend Huygens besluit de snelheid van het licht te meten doet hij dat met experimenten. En ook wij moeten gewoon uitproberen wat een koffieplant doet als we die in een broeikas neerzetten.'

'Daarvoor moeten we ze alleen wel eerst hébben,' verzuchtte Obediah.

Hij hoorde gestommel op de verdieping boven hen. Een van de anderen was kennelijk net opgestaan.

Marsiglio boog zich plotseling naar hem toe. 'Ik moet met u spreken. Alleen, voordat de anderen beneden zijn.'

'Ga uw gang, generaal.'

'Volgens mij is uw plan uitvoerbaar, dat heb ik u al eerder gezegd. Er zijn alleen twee dingen die me verontrusten. Beide hebben ze te maken met de samenstelling van onze groep Heracliden.'

Heracliden, zonen van Hercules. Die term had Pierre Justel bedacht, dronken van de punch. 'Hercules ging naar de Hesperiden om een gouden appel van de nimfen te stelen,' had hij met geheven glas verkondigd. 'Is onze diefstal niet van vergelijkbare omvang? Wij stelen van de wereldheerser zijn allerkostbaarste plant, de wijn van de islam, de zwarte Apollo. Wij zijn de Heracliden! Op ons!'

Allemaal hadden ze nog een glas rumpunch achterover geslagen, en Heracliden was voor de rest van de avond een gevleugeld woord geworden. Obediah had niet tegen de term geprotesteerd, hoewel hij hem nogal onnozel vond. Zolang maar niemand hem Hercules noemde, vond hij het best. 'De samenstelling van de groep, generaal? Kunt u zich misschien iets duidelijker uitdrukken?'

Opnieuw gestommel. Er was nog iemand opgestaan.

'Ik betwijfel of we wel compleet zijn, mister Chalon. Ik weet dat het uw taak is om de groep bijeen te brengen, maar zoals u weet heb ik dienstgedaan in verschillende legers, en dus heb ik vaker de juiste troepen voor een operatie bij elkaar gezocht.'

'Ik begrijp het. Nou, hopelijk voegt Cordovero zich nog bij ons. Zijn vaardigheden en contacten zouden weleens erg nuttig voor ons kunnen blijken. Hij spreekt vloeiend Arabisch en ziet er zelfs – dat vermoed ik althans – uit als een oosterling. Hij schijnt Moorse voorouders te hebben.'

Marsiglio schudde zijn hoofd. 'Nee, dat is het niet. We hebben een hugenootse handelaar, een vermommingskunstenares, een kapitein, deze mysterieuze Portugese jood die u zojuist noemde, een virtuoso ofwel uzelf...' – hij boog licht zijn hoofd – '... en een oude soldaat, botanicus en Turkenkenner. Toch ontbreekt er iets.'

'U bent nog steeds niet erg duidelijk, mijn vriend.'

'Vergeef me. Volgens mij hebt u een groep met enorme talenten bijeengebracht. Toch heb ik het gevoel dat we nog een belangrijk talent nodig hebben. Ik weet alleen nog niet welk. Noem het intuïtie. Buikgevoel. Negeer het als u wilt.'

Obediah schudde zijn hoofd. 'Eerlijk gezegd, mijn beste generaal, vergaat het mij precies zo. Sinds ik maanden geleden bij mijn vriend Pierre Bayle voor het eerst de lijst met mannen en vrouwen bestudeerde van wie een aantal nu hier aanwezig is, bespeur ik al een zekere onrust. Tot nu toe dacht ik dat mijn nervositeit van algemene aard was. Maar misschien hebt u gelijk en komt die voort uit een heel concrete omissie. Ik zal erover nadenken.'

Voetstappen deden de vermolmde planken boven hun hoofd kraken.

'Als u mij uw tweede zorg nog voor het ontbijt wilt meedelen, is dit waarschijnlijk uw laatste kans.'

De generaal keek naar de halve granaatappel in zijn linkerhand. 'Ja. De *beylerbeyi*, de Turkse generaals, hebben een spreekwoord, dat ik tijdens mijn gevangenschap heb geleerd: zegevierende krijgers winnen eerst en trekken dan ten strijde, terwijl overwonnen krijgers eerst ten strijde trekken en daarna proberen te winnen.'

'Ik neem aan dat u daarmee wilt zeggen dat we ons goed moeten voorbereiden voordat we naar Mocha gaan.'

‘Ja.’

‘Maar dat doen we toch? Al maandenlang. U experimenteert hoe we de planten kunnen transporteren. De condessa naait vermommingen en bestudeert Osmaanse gebruiken. Jansen bestudeert alle routes over land en zee, terwijl Justel...’

‘Nee, dat bedoel ik niet.’

‘Wat dan wel?’

‘Hoeveel diefstallen hebben de Heracliden in de huidige samenstelling al ondernomen? In hoeveel paleizen zijn we binnengedrongen, hoeveel bewakers hebben we om de tuin geleid en overmeesterd? Hoe vaak zijn we met de buit ontkomen omdat we blind op elkaar vertrouwden, omdat ieder van ons instinctief wist hoe de ander zich zou gedragen?’

‘Die vraag is me te retorisch.’

‘Hij is wel belangrijk.’

Toen ze stappen hoorden, draaiden ze zich om. Pierre Justel kwam de zaal binnen.

Obediah keek Marsiglio aan. ‘U bedoelt dat we nog behoefte hebben aan wat theatermensen *la générale* noemen, een soort test?’

Marsiglio knikte en wilde nog iets toevoegen, maar Justel was hem voor. ‘Goedemorgen, messieurs. Mag ik u om een kop koffie verzoeken?’

De Fransman zag er nog beroerder uit dan de generaal. Obediah vroeg zich af of iets hem misschien wakker had gehouden nadat ze zich allemaal op hun eigen kamer hadden teruggetrokken. Justels interesse in de condessa was overduidelijk geweest. Was die beantwoord? Hij stond op en pakte de zilveren kan die op de schoorsteenmantel stond. Daaruit schonk hij wat koffie in een kom en gaf die aan Justel.

De hugenoot nam een slokje en trok zijn wenkbrauwen op. ‘Lieve hemel, wat is die sterk! En lekker.’

‘Bedankt, monsieur,’ zei Marsiglio. ‘Ik heb mijn bedienden nauwgezette aanwijzingen gegeven om hem precies zo klaar te maken als de janitsaren, de Turkse elitesoldaten, dat in het veld deden.’

‘Is dat proces dan anders dan onze methode?’ vroeg Justel. ‘Ik bedoel, afgezien van het feit dat u hier op het platteland vermoedelijk geen water uit de Theems gebruikt.’

'Het belangrijkste is dat zij de koffie niet in vaten bewaren,' antwoordde Marsiglio.

'Wat is het bezwaar tegen een goede koffie uit het vat?' vroeg Obediah.

Marsiglio snoof minachtend. 'Waarde vriend, koffie die in een vat opgeslagen is geweest opnieuw opwarmen is een slechte Engelse gewoonte.'

'Het kan nauwelijks anders. Zoals voor elke drank die in een *public house* wordt geschonken, geldt voor koffie de koninklijke drankbelasting. En om die vast te kunnen stellen moet de koffie eerst in vaten van vooraf vastgestelde omvang worden opgeslagen.'

'In Frankrijk bestaat zo'n wet niet,' zei Justel. 'De koffie in het Café des Aveugles wordt dus elke ochtend vers gezet en nooit langer dan tien, twaalf uur bewaard. Dat garandeert een goede smaak, vind ik.'

Marsiglio schonk ook voor zichzelf een kop in. 'Een Turk zou dat niet eens aan zijn paarden te drinken geven. Elke kop wordt vers gezet, in een *ibrik*. Dat is een klein steelpannetje, zoals dit hier.'

'Dat komt op mij over als overdreven oriëntaals effectbejag,' merkte Justel op.

'Kan zijn. Maar precies zo laat ik de koffie ook bereiden, en het resultaat daarvan hebt u zojuist nog geprezen.'

De hugenoot nam nog een slokje en maakte slurpgeluiden. 'Waarschijnlijk zullen we tijdens onze reis ook Turkse koffiehuizen bezoeken, is het niet, mister Chalon?'

'Dat neem ik aan.'

Marsiglio snoof. 'Als ik zo moe ben als vanochtend vind ik bijna elke *concoctio* van deze drank prima. De enige koffiehuizen waar je me met nog geen tien paarden naar binnen krijgt, zijn die in Wenen.'

'Hoezo dat?'

'Het is gewoon degoutant wat ze daar met de koffie doen.'

De twee mannen keken de generaal verwachtingsvol aan. Aan Marsiglio's gezicht kon Obediah zien dat de Bolognezer ervan genoot om zo vroeg op de ochtend zijn eerste griezelverhaal al ten beste te kunnen geven.

'De Oostenrijkers zijn, zoals u weet, een bijzonder verwend volk.

En de Weners zijn het allerergste. Ze vinden koffie te bitter...' – hij snoof minachtend – '... en daarom verzachten ze de smaak.'

'Met honing, graaf?' vroeg Justel.

'Nee, ze doen er rietsuiker in. Dat alleen is natuurlijk al abominabel. Maar daarna...' – hij hief beschuldigend zijn armen ten hemel – '... gieten ze er ook nog room bij.'

'Nee!'

'Ik zweer het.'

Ze waren het met de generaal eens dat dit inderdaad een afschuwelijke gedachte was.

Hoofdschuddend liet Justel zich op een chaise longue zakken en staarde een tijdlang naar het bodemloze zwart in zijn koffiekop voordat hij naar Obediah opkeek. 'Zegt u eens, sir: wanneer treffen we elkaar weer? En wanneer gaat deze onderneming echt van start?'

Obediah zette zijn kopje neer en ging tegenover Justel zitten. 'Zoals u weet hebben we allemaal nog allerlei voorbereidingen te treffen. In uw geval verzoek ik u vooral om van uw contacten met uw geloofsbroeders gebruik te maken om onze uitrusting in de Levant te krijgen zonder dat de Fransen daar lucht van krijgen. Ik neem aan dat niemand dat beter voor elkaar krijgt dan een geëmigreerde hugenoot.'

Justel glimlachte, maar het kwam enigszins geforceerd over.

'Verder de touwen. Zijn de tekeningen die ik u heb toegestuurd duidelijk?'

'Voor mij eerlijk gezegd slechts gedeeltelijk, maar ik heb ze aan mijn oom laten zien, en die zei me dat hij precies weet hoe zulk touw gemaakt wordt. Onze touwslagerij in Spitalfields is er al mee bezig.'

'Uitstekend. Ik reis vandaag nog terug naar Londen, net als de anderen. Als u de komende vier weken geen ander bericht van me ontvangt, vertrekt u naar Amsterdam. Regel het zo dat u daar begin juni aankomt. In de Karpershoek, koffiehuis aan de Martelaarsgracht, zal een bericht voor u klaarliggen.'

'En dan?'

'Daarna reist u verder naar de plaats die in het bericht is aangegeven en die, dat kan ik u alvast wel verklappen, ook in de Republiek ligt.'

Justel dronk zijn laatste slok koffie en keek toen eerst naar Obediah en daarna naar Marsiglio. 'Uit uw woorden maak ik op dat ik alleen moet reizen. Zou het niet beter zijn als we allemaal samen...?'

Marsiglio schudde zijn hoofd. 'Gescheiden is beter.'

'U zegt het, graaf. Een voortvluchtige hugenoot, een bij de Zonnekoning in ongenade gevallen generaal, een oplichtster, een piraat en een vervalser... Zo'n bonte troep zou ongetwijfeld aandacht trekken. Nee, we reizen ieder afzonderlijk naar ons ontmoetingspunt. En zolang we nog in Londen zijn, blijven we ook gescheiden. Pas daarna reizen we samen verder, in de vermommingen die de condessa voor ons zal regelen.'

'Ik begrijp het, sir.' Justel stond op. 'Als u me nu wilt verontschuldigen. Ik heb de condessa beloofd haar te vergezellen op haar ochtendwandeling.' Hij maakte een buiging en verliet het vertrek.

Marsiglio glimlachte naar Obediah. 'Dat ging snel. Onze Romeo staat al helemaal in vuur en vlam.'

'En wie mag Romeo dan wel wezen, generaal?'

'Ach, een personage uit een goedkope toneelromance. Nu ik erover nadenk zou Leander veel beter passen voor een vriend van de Grieken als Justel, hm?'

'Justel als verliefde Leander. En dan is onze condessa Hero, de priesteres van Aphrodite?'

'U moet toegeven dat ze een prachtige dame met een enorme uitstraling is.'

Toen Obediah hoorde hoe de echte graaf over de valse gravin sprak, twijfelde hij er niet aan dat de enige vrouw uit hun gezelschap behalve Justel minstens nog een tweede aanbidder had. Hij hoopte dat dit niet tot problemen zou leiden. Daarvan had hij er echt al wel genoeg.

•◆•

Obediah liep door de Newgate met zijn handen zo diep in zijn mof van bevervel gestoken als maar mogelijk was. Toen hij langs de bouwplaats van de kathedraal kwam, bleef hij even staan en keek naar de reusachtige, nog niet voltooide romp van het bouwwerk, die oprees naar de grijze hemel boven Londen. Vanwege de ijzige koude waren de werkzaamheden stilgelegd en niets wees erop dat die binnenkort zouden worden hervat. Hij zette zich weer in beweging. Onder zijn laarzen knerpte de bevroren modder. Als het zo doorging, zou de nieuwe grote kerk van Londen nooit worden voltooid. De vraag was overigens of dat erg was, want de hoofdarchitect, Christopher Wren, was overduidelijk een verschrikkelijke knoeier. Een paar dagen geleden had Obediah in de Grecian gesproken met een gentleman die een model van de nieuwe St Paul's Cathedral had gezien. De architect had het model afgelopen jaar laten maken, en het was van een schrikbarende lelijkheid. 'Het is bijna godslastering om voor onze Heer zo'n verschrikkelijk lelijke kathedraal te ontwerpen,' had zijn gespreksgenoot gezegd. Bovendien, wond de man zich op, deed het ontwerp denken aan bepaalde kerken in Rome en was het dus papistische architectuur. Het parlement had dat precies zo gezien en Wren daarop allerlei veranderingen opgedragen, wat de bouw nog verder zou vertragen.

Obediah bereikte de Cheapside, maar hij nam de talloze winkelruiten en bontgekleurde borden in de winkelstraat nauwelijks waar, zo diep was hij in gedachten verzonken. Wrens tot dusver indrukwekkendste prestatie was naar Obediahs bescheiden mening helemaal niet de bouw van de nieuwe, maar de sloop van de oude kathedraal geweest. Daarvoor had de architect een volkomen nieuw type springstof ontwikkeld, waarmee hij de dikke muren van de uitgebrande kerk binnen enkele tellen in een hoop af te voeren puin had veranderd. Onder de virtuosi was er wekenlang over gediscussieerd hoe zo'n enorm bouwwerk met slechts een paar boorgaten en wat zwart poeder kon worden vernietigd. Vermoedelijk waren daar uiterst nauwkeurige berekeningen voor nodig geweest.

Dat Wren nu tijdelijk niet verder kwam, leek eigenlijk helemaal niet zo verwonderlijk. Een kathedraal bouwen was een onderneming van een enorme complexiteit. Behalve bouwmateriaal en geld had je daarvoor vooral de juiste handwerkers nodig: timmerlieden, loodgieters, glasblazers en metselaars, die allemaal eerst moesten leren om op de enorme bouwplaats samen te werken en te luisteren naar een onhoorbaar ritme. Obediah moest meteen aan zijn eigen project denken. Christopher Wren, dacht hij, heeft het gebouw in elk geval in ruwe trekken klaar. Ik heb niets anders dan hersenspinsels en een samengeraapt zootje avonturiers.

Toen hij de Cornhill bereikte bleef hij staan bij een stalletje waar kastanjes werden verkocht en gaf de verkoper een halve penny. Daarvoor kreeg hij een grote zak gepofte kastanjes met suiker. Hij stopte de eerste in zijn mond. Kauwend dacht hij na over Marsiglio's woorden: ik heb het gevoel dat er nog een belangrijk talent ontbreekt.

De oude soldaat werkte hem regelmatig op de zenuwen met zijn eindeloze verhalen en overdreven geleerdheid, maar in dit geval voelde hij dat Marsiglio gelijk had. Van hen allemaal was de Bolognezer niet alleen de oudste en meest ervarene, maar hij was ook de enige die ooit iets vergelijkbaars had geprobeerd. Vele verhalen van de generaal leken Obediah krasse verzinsels te zijn, maar hij twijfelde er niet aan dat de man eerder vestingen was binnengedrongen of achter vijandelijke linies had gefoerageerd. Niemand anders uit hun groep kon dat zeggen.

Hij slenterde verder in de richting van Leadenhall en snoepte van de suikerkastanjes totdat zijn kiezen er pijn van deden. Toch, piekerde hij, was het niet erg waarschijnlijk dat ze nog een belangrijk talent misten. Wekenlang had hij zijn plan telkens opnieuw doorgelopen en verfijnd, met talloze experts gesproken en allerlei traktaten over koffie, het Osmaanse regeringswezen en andere zaken gelezen. Telkens opnieuw had hij bekeken of ze er nog meer personen bij moesten vragen. En elke keer was hij tot de slotsom gekomen dat de mensen die hij benaderd had getalenteerd en ervaren genoeg waren om alle afzonderlijke aspecten van de diefstal...

Op de hoek van Lime Street viel hem een goedgeklede gentleman op. De man droeg een jachtkostuum van het fijnste hertenleer, afgebiesd met zilver, en een fantastische hoed naar de Franse mode waarop drie blauwe struisvogelveren bevestigd waren. Twee duidelijk minder goed geklede mannen in opzichtige pakken, derde- of misschien zelfs vierdehands, dromden en dansten om de gentleman heen. Een van hen had een houten bord bekleed met groezelig zwart fluweel in zijn handen, waarop een dozijn zakhorloges was bevestigd. Zelfs van deze afstand kon Obediah zien dat het om replica's ging.

Die werden uit lood gegoten, waarna men er een wijzerplaat op schilderde en wijzers aanbracht. Die dingen gaven de tijd net zo betrouwbaar aan als een kiezelsteen. Opscheppers die zich geen echt klokje konden veroorloven staken zo'n namaakgeval in hun vestzak. Om de paar minuten haalden ze hun 'horloge' tevoorschijn en keken met een gewichtig gezicht naar de wijzers, die zelfs op de dag van het jongste gericht nog geen tiende inch van hun plek zouden bewegen.

Nooit van zijn leven zou een elegante heer als de man in het jachtkostuum zoiets kopen, en dat moesten ook die twee kerels weten. Obediah deed zijn mond open om de gentleman een waarschuwing toe te roepen. In plaats daarvan stopte hij echter nog een kastanje in zijn mond en bleef het schouwspel volgen. Diefstal was in Londen meer dan een ambacht. Het was een kunstvorm en bovendien een erg arbeidsintensieve kwestie. De twee verkopers van loden horloges waren wat ze in deze schimmige kringen de *stalls* noemden. Hun taak was het de aandacht van de *coney*, dat wil zeggen het slachtoffer, op zich te vestigen. Dat was hun zo te zien gelukt. De man met de struisvogelveren schold de mannen in het Frans woedend uit en riep ze toe dat ze naar de duivel moesten lopen.

Daarmee was het podium klaar voor de *foin*. De foin was de belangrijkste man, want hij voerde de uiteindelijke diefstal uit, zonder dat het slachtoffer iets merkte. Het duurde een tijdje voordat Obediah erin slaagde de foin te ontdekken. Hij zag hem pas toen hij weer bij de gentleman vandaan liep en daarbij bijna tegen een dienstmeisje op botste dat zich in tegengestelde richting over straat haastte. De bijnabotsing hoorde natuurlijk ook bij de hele poppenkast. Terwijl de foin de *snap*, zoals de derde bij de diefstal betrokken speler heette, bijna raakte, gaf hij de gestolen beurs door. En nog voordat Obediah de volgende kastanje kon doorslikken had het dienstmeisje de gestolen waar waarschijnlijk al aan de volgende snap doorgegeven.

De foin was in de mensenmenigte verdwenen. Nu lieten de twee horlogeverkopers zich opeens gemakkelijk verjagen, en een paar tellen later waren ook zij verdwenen. De Fransman stak zijn kin vooruit, greep zijn degen vast en beende boos weg. Binnenkort zou de man er nog een stuk bozer uitzien. Hoofdschuddend liep Obediah verder. Opnieuw moest hij aan zijn eigen probleem denken, dat in zekere zin wel wat op dat van de dieven leek. Alleen als iedereen goed samenwerkte kon de foin...

De zak gleed uit zijn handen en viel op de grond kapot. Kastanjes rolden over de modderige straat.

De foin. Wie was hun foin? De kwestie was zo eenvoudig geweest, maar noch hij, noch Marsiglio, en al helemaal geen van de anderen, had door alle bomen het bos gezien. Terwijl het toch ongelooflijk simpel was: ze wilden naar het machtigste rijk ter wereld reizen en daar iets waardevols stelen. Daar was van alles voor nodig, maar bovenal natuurlijk een dief, een meesterdief. Lachend liep Obediah over straat, zonder acht te slaan op de bevreemde blikken van de andere voorbijgangers. Eindelijk wist hij wat hij zocht. Nu hoefde hij alleen nog uit te vinden wie de beste foin ter wereld was.

•◆•

Het duurde een tijdje voordat hij een vrije hackney vond. Toen hij in de koets was geklauterd, draaide de koetsier zich naar hem om. 'Uw bestemming, sir?' vroeg hij.

'Whitehall Palace.'

'Naar Holbein Gate?'

'Nee. Ken je de kleine ingang verder naar het oosten?'

'U bedoelt ten noorden van Scotland Yard, neem ik aan.'

'Ja. Breng me daarheen.'

De koetsier bromde instemmend en liet de zweep knallen. In een tempo dat Obediah veel te gemoedelijk was sukkelden ze over de Cheapside naar het westen. Er was niet echt reden tot haast, maar toch vond hij het moeilijk om stil te zitten. Onrustig schoof Obediah heen en weer op de zachte bank van de hackney en telkens weer staarde hij naar het drukke verkeer. Op een gegeven moment kwam eindelijk het immense paleis van de koning in zicht. Het viel hem op dat voor de muren en torens veel soldaten van de garde patrouilleerden.

Ook in de tijd van Charles II werd Whitehall goed bewaakt, maar sinds de belijdend katholiek James II in het paleis resideerde waren de veiligheidsmaatregelen kennelijk nog een stuk strenger geworden.

De nieuwe koning waande zich omgeven door vijanden, razende anglicanen en calvinisten die niets liever zouden doen dan Whitehall bestormen en hem, die verdoemde papist die de troon had ingepikt, een dolk tussen de ribben rammen en zijn hoofd daarna op een zes meter hoge lans op de paleistrappen bij de Theems spietsen – natuurlijk niet zonder het koninklijke hoofd eerst in zout water met karwij uit te koken zodat de meeuwen de geweldige aanblik niet direct zouden verpesten. Zo ongeveer, dacht Obediah, stelde James zich dat vast voor. En hij vermoedde dat de koning met zijn angstige vermoedens nog goed zat ook.

De hackney reed langs de hoge paleismuur en bleef staan voor een kleine, onopvallende poort die vooral door leveranciers werd gebruikt. Obediah stapte uit, betaalde de koetsier en liep naar de poort toe.

Een van de wachters nam hem achterdochtig op. 'U wenst, sir?'

'Ik zou graag John Gibbons spreken.' Iets zachter voegde hij daaraan toe: 'In verband met de vervolging van een misdrijf dat mij is aangedaan.' Hij haalde een visitekaartje uit zijn jaszak en stak het de wachter toe.

Die knikte, riep een andere gardist iets toe en verdween.

Officieel was John Gibbons hoofdpoortwachter van Whitehall, een ambt dat hij had weten te bemachtigen wegens zijn goede contacten met een secretaris van de gestorven Charles II én door de betaling van een flink bedrag. Iedereen wist dat Gibbons daarnaast als dievenvanger werkte. Pas sinds Obediah langere tijd in Amsterdam had doorgebracht kwam dit erg Engelse beroep hem enigszins eigenaardig voor. Als er van een burger in de Verenigde Nederlanden iets werd geroofd of gestolen, kon hij naar de plaatselijke schout toe stappen en aangifte doen, waarna die de zaak onderzocht. Ook in Parijs, zo had hij onlangs in de *Gazette de France* gelezen, had je tegenwoordig behalve de marechaussee, dat wil zeggen de stadswacht, ook een organisatie die *la police* werd genoemd, die zich speciaal bezighield met het oplossen van misdaden. In Londen kenden ze zoiets niet. Wie werd beroofd had gewoon pech en moest bedenken of hij voortaan een lijfwacht inhuurde, of anders een dievenvanger in de arm nam die hem zijn spullen terugbezorgde. Over Gibbons werd gezegd dat hij de beste dievenvanger van de stad was. Hij beschikte over uitstekende contacten met de onderwereld. Er werd zelfs gefluisterd dat die contacten eigenlijk iets te uitstekend waren voor een gentleman. Veel van de misdaden die Gibbons op spectaculaire wijze oploste, zouden eerst door hemzelf in scène zijn gezet. Dat kon kwaadsprekerij zijn, maar misschien ook niet. Obediah kon het niets schelen. Wat hij van Gibbons wilde was informatie, geen gestolen waar.

Na ongeveer tien minuten verscheen de gardist weer en gebaarde naar Obediah dat hij hem moest volgen. Ze liepen de poort door en staken de Scotland Yard dwars over, in de richting van de Theems. De soldaat nam hem mee naar een groengeverfde deur in een rij gebouwen rechts van hen. Ze waren er nog maar net aangekomen of de deur ging open en een man van een jaar of veertig kwam naar buiten. Hij zag eruit als een rat die men een nette jas had aangetrokken. Kleine, gretige ogen namen Obediah van top tot teen op. Die voelde zich ogenblikkelijk schuldig.

'Heb ik de eer met mister Gibbons te spreken?'

'Uw nederige dienaar, sir. Komt u alstublieft binnen.' Gibbons bracht hem naar een behaaglijk warme werkkamer, van waaruit je uitzicht had over de hele Yard. Hij vroeg Obediah plaats te nemen in een gemakkelijke stoel en bood hem zelfs een beker dampende hippocras aan, 'tegen de kou in uw botten', zoals hij zei. Zo veel vriendelijkheid tegenover een onbekende kon niet anders dan argwaan wekken. Obediah vermoedde dat zijn nieuwe pak verantwoordelijk was voor Gibbons' gastvrijheid; het had zes guineas gekost en liet hem er een stuk welvarender uitzien dan hij was.

Gibbons ging op de stoel achter zijn bureau zitten en zei: 'Ik hoor dat er iets van u is gestolen, sir.'

'Nou, niet helemaal. Ik zou inderdaad graag gebruikmaken van uw diensten als dievenvanger, maar niet om iets terug te halen.'

'Aha. Wel, anders dan sommigen van mijn collega's houd ik mij strikt aan de wet en...'

'U begrijpt me verkeerd, sir. Ik wil slechts informatie van u. Tegen een passend honorarium, dat spreekt voor zich.'

De woorden 'honorarium' en 'passend' leken Gibbons gerust te stellen. 'En wat wilt u precies weten?'

'Ik ben geïnteresseerd in meesterdieven.'

'In foins dus.'

'Ja, maar niet van het slag dat op de Cheapside met vlugge vingers rijke beaus de geldbeurs uit hun zak weet te ontfutselen.'

Gibbons ontblootte zijn rattentanden en fronste zijn wenkbrauwen. Vermoedelijk moest de gezichtsuitdrukking aangeven dat hij ingespannen nadacht. 'U bent geïnteresseerd in het echt grote kaliber? Mannen van het formaat van een Thomas Blood?'

Blood was een legende sinds het hem een aantal jaar geleden als eerste en enige dief in de geschiedenis was gelukt om de kroonjuwelen uit de Tower te stelen. Aan het plan voor deze schurkenstreek of heldendaad, daarover liepen de meningen uiteen, had Blood maandenlang geschaafd. Hij was weliswaar betrapt, maar de koning was dermate onder de indruk van de man dat hij hem niet alleen genade had geschonken, maar zelfs in de adelstand had verheven.

'Ja, dat is ongeveer het soort dief waaraan ik dacht. Wat doet Blood tegenwoordig?'

'Niets meer. Hij is dood.'

'Kunt u me misschien namen geven van mannen die even getalenteerd zijn als hij?'

'De meesten opereren in het verborgene en hebben liever niet dat hun naam wordt genoemd. Bovendien zijn ze niet allemaal... beschikbaar, als u begrijpt wat ik bedoel.'

Obediah keek Gibbons met een gespeeld onschuldige blik aan, waarop de man spottend begon te glimlachen.

'Misschien is uw interesse van zuiver academische aard. Misschien bent u van plan een traktaat over meesterdieven te schrijven. Waarschijnlijker is dat u een van deze mannen wilt inhuren. Om wat voor flessentrekkerij het gaat wil ik helemaal niet weten. Maar zolang die schooiers in het gevang zitten hebt u weinig aan ze.'

'Ik ben bereid om voor beide soorten te betalen, sir, vrij of achter tralies. Waar het mij om gaat, is dat het mannen zijn met een verbluffend talent, als men dat zo mag zeggen. Vertel me gewoon wie de allerbeste is die u kent.'

'In Londen?'

'In Engeland en op het continent.'

'Ik begrijp het. Kunt u misschien nog iets vertellen over de specialisatie die uw meestermisdadiger moet hebben?'

'Specialisatie?'

'Diefstal, chantage, roof, ontvoering, moord,' somde Gibbons met vlakke stem op, alsof het om soorten bier ging. 'Wat moet hij kunnen?'

Obediah dacht even na. 'Iets stelen wat zich op een goed bewaakt territorium bevindt – met veel bewakers en muren tussen hem en de... te stelen waar.'

'Aha. Wel, er is inderdaad een... man. Alleen zult u niet veel aan hem hebben.'

Obediah werd zo langzamerhand ongeduldig. Hij haalde twee guineas uit een binnenzakje dat onder de kraag van zijn jas was genaaid en legde die op tafel. 'Vertel alstublieft verder. Het gaat om een nogal dringende kwestie.'

'Zijn naam is Louis, en hij is de hertog van Vermandois. Geldt onder kenners als misschien wel de beste dief ter wereld. Hij is erg behendig en listig.'

'Iemand uit de Franse hoge adel? Ik dacht dat die alleen van het eigen volk stal.'

'Het schijnt dat hij steelt uit verveling.'

'En wat was tot nu toe de meest indrukwekkende slag die hij heeft geslagen?'

Gibbons boog zich naar voren. 'Hij stal een kostbaarheid van de koning, sir.'

'Welke koning? Louis de Grote?'

'Ja.'

'En wat heeft hij precies gestolen?'

'Dat weet men niet. Maar in elk geval iets wat voor de Majesteit grote waarde bezat.'

'En waarom heb ik dit verhaal dan nooit eerder gehoord?'

Gibbons staarde naar het plafond. Toen zei hij langzaam: 'Begrijp me niet verkeerd, ik heb het allerhoogste respect voor onze koning, moge God hem beschermen. Maar anders dan in ons verscheurde Engeland heerst in Frankrijk in alles tucht en orde. Als iemand de Zonnekoning besteelt, staat daarover niets in de *Gazette de France*.

Ook komt geen mens op het idee om een boosaardig traktaat over het voorval te schrijven. En als iemand er in een koffiehuis over kletst, belandt hij in de Bastille, dat wil zeggen, totdat de scherprechter tijd heeft gehad om zijn bijl te slijpen.'

Obediah knikte. Hij mocht Gibbons niet, maar de man was beslist niet dom. Inderdaad gold in Frankrijk anders dan in Engeland een erg strenge censuur, en de koning kon iedereen die hem onwelgevallig was per lettre de cachet in een donkere kerker laten verdwijnen, voor zolang hij dat wilde.

'Het is me volkomen duidelijk, mister Gibbons. Weet u misschien waar deze Vermandois op dit moment is? Leeft hij nog wel?'

'Dat is allemaal lastig te zeggen.'

'Waar deze guineas vandaan kwamen, zijn er nog meer.'

'U ziet mijn onwetendheid abusievelijk aan voor hebzucht, sir. Ik kan u simpelweg niet zeggen waar hij is. En mijn contacten aan het hof van Versailles...' – hij glimlachte zuinig – '... zijn waarschijnlijk niet beter dan de uwe.'

'Goed dan. Dan bedank ik u in elk geval voor uw hulp.'

Obediah stond op, schudde Gibbons de hand en liep over de Yard in de richting van de Theems. In gedachten liet hij intussen zijn talrijke correspondenten en contacten de revue passeren. Wie van hen was goed op de hoogte van de roddels van Versailles? Toen hij bij de aanlegsteiger kwam die men The Wharfe noemde, wenkte hij een van de veerlui die op deze plek met hun sloep ronddobberden in de hoop op rijke klanten. Hij liep de treetjes naar het water af en beduidde de man dat hij hem naar de Blackfriar's Stairs moest brengen.

Daar aangekomen stapte hij uit en liep met haastige passen naar een koffiehuis dat ook als afgiftepunt voor de Penny Post fungeerde. Hij gaf de man achter de toog een groat en bestelde koffie. De onvermijdelijke Turkenmuntjes hoefde hij niet; in plaats daarvan vroeg hij om een paar vellen papier en een schrijfveer plus inkt. Daarmee ging hij aan een tafel in de hoek zitten en begon hij haastig een aantal brieven op te stellen.

•◆•

Genève, 7 mei 1688

Waarde heer Chalon,

Hartelijk dank voor uw goede woorden. Het verheugt me altijd om nieuwtjes uit Londen of Amsterdam te ontvangen. Sinds ik overhaast in ballingschap naar Genève moest vluchten bereiken die me veel minder vaak dan toen ik nog aan het Louvre verbleef. Ik dank u ook voor de traktaten die u bij uw brief hebt gevoegd. Met name Wat het allerkatholiekste Frankrijk onder de heerschappij van Lodewijk de Grote in werkelijkheid is *van monsieur Bayle is een erg geestige ontboezeming. Ik heb de vrijheid genomen het pamflet door een plaatselijke boekdrukker te laten nadrukken, zodat het een bredere verspreiding zal vinden.*

Nu echter over de kwestie waarin u me verzocht inlichtingen in te winnen. De genoemde graaf van Vermandois is beslist een begrip. Helaas kan ik niets over zijn huidige verblijfplaats zeggen. Wel ben ik in staat u iets meer te vertellen over de gebeurtenissen die tot zijn verdwijning hebben geleid. De graaf is niemand anders dan Louis de Bourbon, een van de vele bastaarden van de koning. Omdat Louis le Grand de jongen niet verwekte met zomaar een meiske, maar met zijn toenmalige maîtresse en titre, *de duchesse de la Vallière, erkende hij het kind en maakte hem tot een* légitimé de France, *en verleende hem bovendien de titel van graaf.*

Lange tijd was Vermandois een lieveling van de koning, hoewel hij bekendstond als erg brutaal en overmoedig. Velen geloven dat de jongeman de ouder wordende monarch deed denken aan hoe hij zelf was tijdens de eerste jaren van zijn regeerperiode. En de jonge graaf was natuurlijk de op een na oudste zoon van de koning. Hierdoor genoot hij in Versailles een grote vrijheid, en die gebruikte hij om allerlei streken uit te halen met de daar aanwezige hoge adel. Zo schijnt hij bijvoorbeeld ooit stiekem een gat te hebben geboord in de pleziergondel van Louise Françoise de Bourbon, de mademoiselle de Nantes, zodat het arme meisje voor de ogen van het gehele hof samen met haar kameniersters in het Grand Canal zonk.

Vermandois' specialiteit was de diefstal van kostbaarheden van hovelingen: zakhorloges, gespen of snuiftabaksdoosjes; de jonge Louis kon bijna alles laten verdwijnen zonder dat iemand het merkte. Aangezien niemand hem een halt toeriep en hij zich door de gunst en gratie van de koning onaantastbaar achtte, kunt u zich wel voorstellen dat zijn diefstallen met de jaren steeds spectaculairder en gewaagder werden.

Tot de graaf van Vermandois in de zomer van 1685 plotseling uit Versailles verdween. Over zijn verblijf werd niets bekendgemaakt, waardoor de kwestie onderwerp werd van hevige speculatie. De half officiële versie luidde dat de graaf verleid was door de chevalier *de Lorraine: de minnaar van Philippe de Orléans, de broer van Louis* XIV*. Vermandois zou na deze onchristelijke ontmoeting belangstelling voor het mannelijk geslacht hebben gekregen. Er wordt gefluisterd dat de jonge graaf daarna in Versailles openlijk op zoek ging naar makkers voor de confrérie.*

Daarmee zou hij ongenoegen hebben gewekt bij Louis le Grand. Weliswaar is algemeen bekend dat de broer van de koning zelf ook onder de bekoring staat van leden van het eigen geslacht, maar quod licet jovi non licet bovi, *zoals men zo mooi zegt. Dat Monsieur heel openlijk een minnaar kan hebben, betekent begrijpelijkerwijs nog niet dat hetzelfde is toegestaan aan een bastaard, gelegitimeerd of niet.*

Het andere, slechts besmuikt vanachter de hand vertelde verhaal luidt heel anders. De graaf van Vermandois zou er genoeg van hebben gekregen om de hoge adel te bestelen en daarom hebben besloten om iets van de koning zelf te ontvreemden. Had hij slechts een zakdoek van zijn vader gestolen dan had de Grote Man hem dat wellicht vergeven. Naar verluidt heeft Vermandois zich echter ongemerkt toegang weten te verschaffen tot de vertrekken van Zijne Majesteit. Wat hij daar gestolen heeft, weet men niet, maar de koning schijnt er zo woedend over geweest te zijn dat hij zijn zoon onmiddellijk van het hof verbande.

Wat uiteindelijk de precieze achtergrond van deze affaire ook is, met zekerheid kan in elk geval worden vastgesteld dat Vermandois sinds die tijd niet meer in Versailles is gezien, en ook niet in het Louvre of op zijn landgoed in Noord-Frankrijk.

Ik hoop dat ik u met deze informatie verder heb geholpen. De hartelijke groeten aan mijn broer. Als u hem ziet, kust u hem dan namens mij op beide wangen.

Uw onderdanige dienaar & cetera,
Guillaume Justel

•◆•

Het duurde even voordat zijn ogen aan de telescoop gewend waren, maar toen wilde Obediah zijn ogen niet meer losrukken van deze kleine, goudkleurige bol. Eerst had hij gedacht dat het object een vuiltje was, maar nu ontdekte hij steeds meer details. Goudgeel was de overheersende kleur, maar hoe langer hij naar de bol keek, hoe meer kleurschakeringen hij kon onderscheiden. Er waren kleine vlekjes blauwgroen. Hij zag donkere vlekken en lijnen die erop wezen dat het object structuur bezat: bergen en dalen, misschien ook zeeën of meren.

'Is dat Saturnus?' vroeg hij zonder zijn blik van het hemellichaam af te wenden. 'Ik zie de door u beschreven ringen niet, seigneur.'

'Nee, dat is niet Saturnus, maar een van de *lunae Saturni*.'

'Hebt u hem geen naam gegeven?'

'Nog niet. Maar sommigen van mijn collega's zijn zo vriendelijk om hem Huygensmaan te noemen.'

Obediah liet de telescoop los en richtte zich op. 'U zegt "een van de Saturnusmanen". Zijn er dan nog meer?'

Zijn buurman knikte. Christiaan Huygens stond leunend op zijn wandelstok naast Obediah. Het had de oude natuurfilosoof enige kracht gekost om op dit late uur naar het observatorium op het dak van zijn huis te klimmen. Dat hij het desondanks had gedaan om zijn gast zijn beste telescoop te demonstreren, liet zien hoe toegenegen hij Obediah was. Of in elk geval beeldde de Engelsman zich dat in. Misschien had Christiaan Huygens' vriendelijkheid ook iets te maken met het enorme bedrag dat de compagnie hem betaalde om Obediah te helpen. In elk geval was de Saturnusmaan een geweldig schouwspel, iets wat hij zich nog lang zou herinneren.

‘Saturnus heeft inderdaad nog meer manen, monsieur Chalon. De eerste heb ik ontdekt, maar bij de andere vier was iemand anders me voor. Een Genuees, Cassini, heeft ze als eerste gevonden.’

‘En die hebben ook nog geen naam?’

‘Jawel.’ Huygens trok zijn neus op. ‘Cassini heeft ze *Sidera Lodoicea* genoemd, ter ere van Louis XIV.’

Sidera Lodoicea, de sterren van Lodewijk – alsof het nog niet genoeg was dat er al steden, rivieren en hele streken naar de man waren genoemd. Nu was zelfs de ether niet meer veilig voor de Franse koning.

‘Je vraagt je af,’ zei Obediah, ‘waar deze manen uit bestaan.’

‘Ja. En of ze bewoond zijn.’

Hij keek de natuurfilosoof verbaasd aan. ‘Ik vraag u om verontschuldiging, seigneur?’

‘Wel, Saturnus, Mars en ook de maan lijken bollen van aarde en steen te zijn, vergelijkbaar met de aarde waarop wij ons bevinden. Ik ben van mening dat het, de wetten van de logica volgend, verstandig is om aan te nemen dat ook de andere planeten bewoond zijn.’

‘Maar door wie dan?’

‘Door planetariërs. Levende wezens die vermoedelijk niet zo veel van mensen verschillen.’

‘Hebt u al gepubliceerd over dit idee?’

‘Nee, maar dat ben ik wel van plan. Het zal nog een tijdje duren voordat ik het boek af heb. *Cosmotheoros* moet het gaan heten.’

Obediah keek nog een keer door de telescoop. De Huygensmaan hing onveranderd boven hen. Hij vond het moeilijk om zich planetariërs voor te stellen die daarboven rondwandelden en misschien ook wel met een telescoop zoals deze de ether in tuurden om de aarde te bestuderen. Nadat hij zich weer naar Huygens had omgedraaid, zei hij: ‘Het lijkt me dat u met die theorie over Saturnusmensen de kerk tegen u in het harnas zult jagen.’

‘De roomse of de protestantse?’

‘Beide.’

Huygens maakte een gebaar dat duidelijk maakte dat hij Obediahs bezwaar irrelevant vond. ‘In de Bijbel staat nergens dat er leven is op andere werelden. Maar er staat ook nergens dat het er niet is. En vertel me, monsieur: waarom zou God anders meer planeten hebben geschapen? Toch zeker om die ook met zijn schepping te bevolken?'

'En waarom heeft hij ze dan zo ver uit elkaar in de ether neergezet?'

Huygens haalde zijn schouders op. 'Misschien omdat hij niet wilde dat zijn verschillende kinderen elkaar zouden tegenkomen? Misschien dacht hij dat ze tegen elkaar ten strijde zouden trekken.'

'Dan had hij de Fransen en de Hollanders misschien ook op verschillende planeten neer moeten zetten.'

Huygens fronste zijn voorhoofd.

'Voelt u zich onwel, seigneur?'

'Het gaat alweer. Maar vindt u het goed om me nu weer naar beneden te begeleiden? Ik ben een oude man en krijg het snel koud hierboven.'

Obediah knikte instemmend en hielp zijn bejaarde gastheer de steile wenteltrap af.

Toen ze op de begane grond waren aangekomen liet Huygens zich uitgeput op een stoel voor de haard zakken. 'O! Ik wou dat ik een heftoestel bezat als dat van Erhard Weigel.'

'Een heftoestel, seigneur? Wat bedoelt u?'

'Weigel is een natuurfilosoof uit Jena,' zei Huygens zuchtend terwijl hij een kussen in zijn rug schoof. 'Hij heeft in zijn huis een schacht laten bouwen, met daarin een klein houten platform dat aan touwen hangt. Met een slinger kun je dat op en neer bewegen. Een geweldige uitvinding voor het transport van biervaten. En voor door jicht geplaagde oude mannen.'

'Misschien moet u naar bed gaan, meester Huygens. We kunnen die laatste dingen ook morgen...'

'Onzin, monsieur Chalon! Ik ga nooit voor drie uur 's nachts naar bed. Wel slaap ik lang uit; voor de middag zult u me zelden zien. Het enige wat ik nodig heb, is een glaasje. Wilt u misschien zo vriendelijk zijn?'

'Natuurlijk, seigneur.' Obediah liep naar een tafel waarop een verzameling flessen stond en schonk twee glazen cognac voor hen in. De oude man, daarover had hij zich ook tijdens zijn laatste korte bezoek in Den Haag al verbaasd, had geen bediende en ook geen amanuensis die schrijfwerk van hem overnam of hem bij zijn experimenten hielp. Toen hij hem daarop had aangesproken, legde Huygens uit dat hij liever alleen woonde en in zijn eentje onderzoek deed 'dan dat in het gezelschap van stomkoppen te moeten doen, ook als dat betekent dat ik mijn schoenen zelf moet poetsen.'

Hij gaf Huygens een glas cognac en nipte van zijn eigen drankje. 'Storen al die klokken u eigenlijk niet in uw slaap, seigneur?' Obediah wees naar de minstens twintig slingeruurwerken die in het grote vertrek stonden of aan de muur hingen, en waarvan het nooit aflatende tiktak-tiktak voor een achtergrondgeluid zorgde dat minstens zo luid was als dat van het knetterende haardvuur voor hen. Sinds hij gisteravond in Huygens' huis was aangekomen had hij nauwelijks een oog dichtgedaan; voortdurend luidde of belde er iets.

'Ach, al die *horologia* hoor ik allang niet meer. Ik hou van alles wat met uurwerkenmakerij te maken heeft. Hebt u mijn Turk eigenlijk al gezien?'

De abrupte verandering van onderwerp bracht Obediah enigszins in de war. 'Uw Turk? Ik dacht dat u geen bedienden had.'

Huygens glimlachte ondeugend. 'Kijkt u maar eens achter het gordijn, daar tussen die twee staande klokken.'

Obediah liep naar het rode fluwelen gordijn, dat hem eerder niet was opgevallen. Toen hij het opzijschoof, deinsde hij geschrokken achteruit. Achter zich kon hij de oude man horen grinniken. Obediah staarde recht in het grimmige gezicht van een Osmaanse pasja met een reusachtige opgedraaide snor. De Turk droeg een volumineuze tulband met een rood hoedje in het midden. Aan de voorkant van de hoofdbedekking was een blauwe struisvogelveer bevestigd. Het imposante bovenlichaam van de Turk was gehuld in een robe van de allerfijnste Venetiaanse stof. Een onderlichaam bezat hij niet; waar de romp eindigde, begon een kastje van notenhout.

In het halfduister van de salon had Obediah even gedacht dat het om een echte Turk ging. En toen hij de pop beter bekeek, zag hij meteen waarom. Het gezicht van de pasja was van prachtig beschilderd porselein. De ogen waren van glas en leken dwars door hem heen te kijken. Ook de handen waren van porselein en zagen er griezelig echt uit. Ze hadden zelfs nagels, en om een van zijn vingers droeg de Turk een enorme amethisten ring.

Achter Obediah klonk Huygens' stem: 'Deze mechanische Turkenpop is, als ik zo onbescheiden mag zijn, geraffineerder dan alle automatons die De Gennes ooit heeft gebouwd.'

'Ik bezat een van zijn eenden,' merkte Obediah op zonder zijn blik van de pasja af te wenden.

'Wat kon die?'

'Lopen. En eten.'

'Niet slecht. Voor zover ik weet wilde Gennes er zelfs eentje maken die zich kon ontlasten. Mijn Turk is beter. Hij is gebaseerd op alles wat ik van het klokkenmakersambacht weet en kan een aantal dingen doen.'

'Bijvoorbeeld?' vroeg Obediah.

'Ziet u de schakelaar op het kastje?'

Hij knikte. In het hout waren drie draaibare wieltjes geplaatst. Op een ervan stonden de letters A, C en P. Op de tweede de cijfers 1 tot en met 5. Obediah zag dat er aan de rechterkant van het kastje drie ronde uitsparingen waren gemaakt, waarin ook de letters A, C en P stonden. Links zaten nog vijf uitsparingen. Die waren genummerd en hadden een iets kleinere diameter.

'Ga nu eerst naar het buffet en haal de drie flessen die daar staan, plus vijf glazen. Zet alles in de uitsparingen neer.'

Obediah pakte de cognacfles, en verder een fles port en een fles aquavit. Daarna liep hij nog een keer om de glazen te halen. Hij zette alles in de daarvoor bestemde uitsparingen: de port in het rondje met de P, de aquavit bij de A enzovoort.

'Draai het ene wieltje naar de C, en zet het andere op 2. En druk daarna op de edelsteen in het midden van de tulband.'

Obediah volgde alle aanwijzingen op. Zodra hij op de edelsteen had gedrukt, kwam de pasja tot leven. De Turk knipperde twee keer met zijn ogen en boog zijn hoofd een stukje naar voren. Toen tilde hij zijn rechterarm op. Ergens vandaan hoorde je geluidjes van het raderwerk. De Turk greep naar de cognacfles. Tot Obediahs grote verbazing kon de pop niet alleen zijn arm en zijn pols bewegen, maar ook al zijn vingers. Die sloten zich rond de fles en tilden die op. Daarna draaide de romp op het onderstel. Tegelijkertijd kantelde de fles tot een horizontale positie. Zodra de opening zich boven de eerste van de vijf glazen bevond, liet de Turk de fles een heel klein stukje kiepen. Goudkleurige vloeistof stroomde in het glas. Obediah wist zeker dat het over de rand zou gaan, maar op het allerlaatste moment paste de pasja de positie van zijn pols aan, manoeuvreerde de fles een paar inches verder naar links en schonk opnieuw in. Toen hij daarmee klaar was, zette hij de fles neer en boog nogmaals het hoofd.

'Dit is ongelooflijk, seigneur. Hoelang hebt u nodig gehad voordat hij niets meer morste?'

'Daar heb ik vele maanden aan verspild. En veel goeie cognac.'

Een toeschouwer die de natuurfilosofie minder toegenegen was, zou nu vermoedelijk hebben gevraagd waar deze potsierlijke nonsens eigenlijk goed voor was. Obediah begreep echter hoe ontzettend veel kennis van de uurwerkmakerij er in de Turk stak. Een piepkleine afwijking was al genoeg om de automaton ernaast te laten grijpen of vloeistof te laten morsen. Zin en doel van de Turk waren heel simpel om Huygens' vaardigheden te demonstreren en te laten zien wat technisch mogelijk was.

Zwijgend pakte Obediah de twee glazen en liep ermee terug naar zijn gastheer. 'Ik ben diep onder de indruk, seigneur.'

'Dank u wel. U ziet, het heeft voordelen om mij als bondgenoot te hebben. Ik kan u voorzien van klokken, telescopen en allerlei andere uitvindingen waarvan zelfs de meeste natuurfilosofen nog nooit hebben gehoord. En nu we het toch over uurwerken hebben...' Huygens richtte zich op en haalde een stuk papier uit zijn kamerjas. 'Stonden die niet op uw lijstje?' Hij vouwde het document open en zette een knijpbril op, waarna hij met brommende stem voorlas: 'Vijf draagbare uurwerken, die uiterst precies lopen.'

'Helemaal juist, seigneur. Ik heb gehoord dat uw klokken bekendstaan om hun precisie.'

'Dat klopt. Maar?'

'Maar kunt u deze nauwkeurigheid ook berekenen? Het is voor mij van groot belang dat ik de afwijking zo exact mogelijk weet. Hoe groot is die per dag?'

'Ongeveer tien, zou ik zeggen.'

'Tien minuten? Mooi, dank u wel.'

Huygens keek hem geïrriteerd aan. Kennelijk had Obediah de grote mechanicus en natuurfilosoof beledigd, maar hij wist niet goed waarmee.

'Monsieur Chalon,' zei Huygens, 'alstublieft. Tien minuten? Mijn uurwerken wijken hoogstens tien seconden per dag af.'

'Seconden? Dat, dat is...'

'Onmogelijk? Beslist niet. Maar vertelt u me, waarvoor hebt u zulke nauwkeurige tijdinstrumenten nodig?'

'Ik wil ervoor zorgen dat twee mensen die zich op verschillende plekken bevinden beiden op precies hetzelfde moment iets doen zonder dat daarvoor een signaal nodig is, een kanonschot of iets dergelijks.'

'Volstrekte gelijktijdigheid?'

'Dat klopt, seigneur.'

'En wat als de uurwerken niet functioneren?'

'Ik twijfel niet aan de kwaliteit van uw apparaten, meester Huygens.'

'Ik meestal ook niet, maar als ik het goed begrepen heb vindt uw kleine roofexpeditie in een woestijn plaats.'

Obediah verstijfde. 'Hoe weet u dat?'

Huygens glimlachte schalks. 'Ik ben niet helemaal van verstand gespeend. Dat heeft natuurlijk ook nadelen.'

Obediah zuchtte. 'Vergeef me, seigneur. U bent zo intelligent dat het onmogelijk is iets voor u te verbergen.'

Huygens nam een slokje van zijn cognac en likte langs zijn lippen. 'Klopt. En als iemand mij opdracht geeft om een broeikas te ontwerpen waarin zuidelijke temperaturen kunnen worden nagebootst, en me daarnaast vraagt om na te denken over een koelinrichting, concludeer ik daaruit dat u iets, vermoedelijk een plant, eerst door de verzengende woestijn en daarna door koudere streken wilt transporteren.'

'En de roofexpeditie?'

'Uw geheimzinnigheid valt nauwelijks op een andere manier te verklaren. En bovendien heb ik natuurlijk inlichtingen over u ingewonnen.' Huygens knipperde vergenoegd met zijn ogen. 'U bent tenslotte niet de enige die thuis is in de République des Lettres.'

Obediah maakte een buiging. 'Ik geef me gewonnen, seigneur.'

'Goed. Vertel me dan nu wat uw plan is, zodat ik u beter kan helpen.'

'Prima. Ik hoop alleen dat de spionnen van onze tegenstander nog niet de helft van uw scherpzinnigheid bezitten. Anders is dit avontuur straks al afgelopen voordat het echt begonnen is.'

'Laten we dat hopen. Maar kom, dan lopen we nu uw lijst langs.'

•◆•

Parijs, 2 mei 1688

Geachte capitaine *Polignac,*

Hoewel ik weet dat u pas onlangs van een gevaarlijke missie bent teruggekeerd, moet ik u toch weer om uw diensten verzoeken. Op dit moment speelt er een samenzwering waarover ik u direct wil berichten.

Er is een Engelsman, Obediah Chalon, die we nu al enige tijd in de gaten laten houden. Deze man is een agent-provocateur en vertrouweling van prins Willem van Oranje. In de afgelopen jaren heeft hij verscheidene misdaden gepleegd. Onder andere financierde en organiseerde hij de Monmouth-opstand. Verder steunt hij de verspreiding van lasterlijke traktaten gericht tegen Zijne Majesteit. Ten slotte liet hij met hulp van medeplichtigen in Genève een verboden opruiend pamflet van de hugenootse onruststoker Pierre Bayle nadrukken en daarvandaan naar Lyon smokkelen om de publieke opinie in Frankrijk te vergiftigen. Hij verkeert in kringen van bekende misdadigers, piraten en deserteurs.

Alles wijst erop dat deze Engelsman nieuwe misdaden voorbereidt; zijn haat tegenover Zijne Majesteit lijkt grenzeloos te zijn. We weten dat hij Londen enige tijd geleden verliet om naar de Verenigde Nederlanden te reizen, waar hij eerst een aantal dagen in Den Haag verbleef. Het is monsieur Rossignol gelukt een deel van Chalons correspondentie te onderscheppen. De man is weliswaar slim genoeg om zijn talrijke brieven niet via Parijs te sturen, maar in plaats daarvan vertrouwt hij ze toe aan de Habsburgse postdienst; vermoedelijk denkt hij dat die niet met Frankrijk samenwerkt. En inderdaad wist Chalons truc ons zwarte kabinet in eerste instantie zand in de ogen te strooien. Na discrete tussenkomst van onze Weense ambassadeurs worden de brieven van de provocateur intussen echter in de keizerlijke postloges van Hamburg en Neurenberg gekopieerd en daarvandaan doorgestuurd naar het ontcijferingsbureau in de Weense Hofburg. Er bestaan momenteel weliswaar spanningen tussen Versailles en Wenen, maar keizer Leopold I is zoals bekend zo goed als bankroet. Daarom verkoopt hij elk juweel dat zijn cryptologen in de geopende correspondentie weten te ontdekken aan andere monarchen – ook aan Zijne Majesteit, als de prijs juist is.

Op deze manier verkregen we – weliswaar verlaat en wellicht incompleet – de volgende informatie: Chalon rust een expeditie uit waarvan het eigenlijke doel nog onduidelijk is. Daarvoor correspondeert hij met diverse personen in de Levant, in het bijzonder met een in het Turkenrijk wonende jood, David ben Levi Cordovero, tot ons verdriet in geheimschrift. Dat doet vermoeden dat hij iets voorbereidt wat met onze handelsposten aan de Middellandse Zee te maken heeft, of misschien met onze Turkse bondgenoten. Wat dit zou kunnen zijn weten we niet.

Rossignols laatste bericht is dat Chalon en zijn medesamenzweerders van plan zijn hun intrek te nemen in een afgelegen boerenhoeve in Limburg. Reis daar alstublieft zo spoedig mogelijk heen en zorg dat u een beeld krijgt van de situatie. Ik zie ervan af u de gebruikelijke adviezen met betrekking tot discretie en zwijgzaamheid te geven, want u bent in dergelijke zaken veel beter geïnformeerd dan ik. Belangrijke staatszaken voeren mijzelf naar het buitenland. Vertrouwt u daarom in alle kwesties op monsieur Rossignol, die u zal helpen waar hij kan. Ik wens u Gods hulp en veel welslagen. Zijne Majesteit rekent op u en de zwarte musketiers!

Getekend,
Antoine Colbert, marquis *de Seignelay, minister van het Koninklijk Huis*

PS Vanmiddag laat ik door een loopjongen afschriften naar uw hotel brengen van een aantal documenten die Rossignol heeft onderschept; wellicht kunnen die meer licht werpen op deze zaak.

PPS Mocht u tijdens uw naspeuringen op brieven van Chalon stuiten, weest u zich er dan van bewust dat hij vaak schijnbaar nietszeggende correspondentie gebruikt om zijn berichten in te verbergen. Geef alles door aan Rossignol.

DEEL III

I seldom bring anything to use; 'tis not my way. Knowledge is my ultimate end.

Thomas Shadwell
The Virtuoso. A Comedy etc.

Capitaine Gatien de Polignac vouwde de brief dubbel en liet hem in de zak van zijn uniformjasje verdwijnen. Uit een andere zak haalde hij een zwarte rozenkrans, waarvan hij in gedachten verzonken de kralen tussen zijn vingers door liet glijden. Hij richtte zich op en begon de *gaudii mysteria* te mompelen, in totaal drie keer. Toen hij klaar was, kwam hij overeind van de naast de weg liggende boomstam waarop hij had gezeten en liep naar de molen. Die was roestrood geschilderd en had vier grote, met grof doek bespannen wieken, die trouwens niet draaiden. Er zou nog een hele tijd overheen gaan voordat ze weer in beweging kwamen, want de oogsttijd was pas over een paar maanden. Ook om die reden was het relatief eenvoudig geweest om de molenaar ervan te overtuigen zijn huis, erf en molen voor enige tijd ter beschikking te stellen. Polignac had de man, wiens naam hem alweer ontschoten was, dertig pistolen gegeven en hem aangeraden met de goudstukken direct naar de markt in Maastricht of Venlo te vertrekken en zich op zijn vroegst over twee weken weer te laten zien.

De musketier liep de molen in. Binnen rook het naar vochtig stro en oud meel. Toen hij te horen had gekregen dat deze kerel Chalon op een afgelegen hoeve in Limburg logeerde, was hem dat in eerste instantie eigenaardig voorgekomen. Vreemdelingen trokken meteen de aandacht op het platteland, zelfs als ze niets opzienbarends deden. Het leven van de boeren was zo eentonig dat bij dat onnozele volkje zelfs een dode ree aan de kant van de weg dagenlang voor gesprekstof kon zorgen. Om onder te duiken kon je beter in de stad zijn. Dus waarom was die vent niet in Den Haag of Amsterdam gebleven?

Polignac beklom de krakende trap naar de bovenverdieping. Het antwoord luidde dat Chalon op de Pietershoeve, ongeveer twee mijl hiervandaan, weliswaar niet onopgemerkt bleef, maar op zijn beurt ook moeiteloos iedere spion of nieuwsgierige bessenplukker kon ontdekken. Limburg was hier zo plat als een pannenkoek, kilometers ver zag je iedereen die eraan kwam. Een vreselijke streek was dit, en je kon alleen maar hopen dat Louis de Grote op enig moment de dijken zou doorsteken en alles zou laten verdwijnen. Noemenswaardige heuvels of zelfs hoge bomen had je hier niet, alleen de eindeloze vlakte. En dus waren er ook geen uitzichtpunten waarvandaan hij en zijn mensen de Engelsen in de gaten konden houden – behalve de molen.

Polignac bereikte de bovenverdieping. Die lag vlak onder de draaibare kap van de molen en had een klein balkon, waarvandaan je over het land kon uitkijken. Helaas viel dat wel op, omdat je op die plek ook gemakkelijk gezien werd. Ferrat, zijn adjudant, was nergens te bekennen. Mooi, dacht Polignac. Hij is naar ons kraaiennest geklommen, zoals ik hem heb opgedragen.

'Ben je daar, Ferrat?' Hij keek omhoog door de wirwar van houten balken, touwen en tandwielen. Vlak onder de nok zag hij iets bewegen.

'Ik zit hierboven, capitaine. En u moet ook hierheen komen.'

'Is het de moeite waard?'

Polignac was vandaag al twee keer naar boven geklommen; als een aap was hij van balk naar balk geslingerd om bij het kleine uitkijkvenster te komen waarvandaan je met een telescoop goed kon zien wat er op Chalons erf allemaal gebeurde – tot nu toe niet veel. Daarom had hij weinig zin in alweer een vergeefse klauterpartij. Hij zag Ferrats brede Bretonse kop naast een van de balken verschijnen. Zijn zwarte pruik was bestoven met iets wits, waarschijnlijk geen pruikenpoeder.

'Het ziet ernaar uit dat de zaak in beweging komt, capitaine.'

'Kun je niet iets duidelijker zijn, man? Heb je iets te melden?'

'Ik denk het wel, monsieur le capitaine. Ik weet alleen niet wat. Ze zijn op het erf bezig met een paar... apparaten. Zulke dingen heb ik nooit eerder gezien.'

Ferrats cryptische woorden maakten Polignac nieuwsgierig, en dus pakte hij een touw beet, zette zijn laars tegen een vooruitspringend gedeelte van de muur en hees zich omhoog naar de eerste balk, en vervolgens naar de tweede. Meelstof viel in zijn nek en op zijn schouders. Toen Polignac boven aankwam moest de met bungelende benen op een dikke dwarsbalk zittende Ferrat eerst een stuk opzijschuiven om plaats voor hem te maken. Zijn adjudant gaf hem de verrekijker aan.

De musketier trok de kijker uit en schoof hem voorzichtig uit het luikje. 'Wat voor de duivel...?'

Hij moest toegeven dat Ferrat hem niet te veel had beloofd. Chalon en een stel van zijn kornuiten profiteerden van het mooie weer en werkten buiten. Op het erf voor het hoofdgebouw hadden ze enkele tafels neergezet, allemaal vol papieren en ander materiaal. Hij zag een werkbank met allerlei glazen kolven en schaaltjes. Daarvoor stond Chalon. Je zag meteen dat de Engelsman een man van de geest was. Hij was niet gespierd of slank en had de ronde rug van een frequent koffiehuisbezoeker. Toch zat de vent vol energie. Hij werkte snel, goot poeders en tincturen in glazen kolven, vermaalde iets in een vijzel. Polignac had weinig verstand van dit soort dingen, maar in zijn ogen zag het eruit als een alchemistisch experiment. Na één of twee minuten goot Chalon het vermalen goedje uit de vijzel in twee buisjes en verliet daarmee zijn werkplek. Polignac volgde hem door zijn verrekijker.

De Engelsman liep een paar meter naar een stenen muurtje, waarnaast iemand stond te wachten. Deze man was iets jonger en zag er niet Engels uit; daarvoor was hij veel te goed gekleed. Vermoedelijk was dit de hugenootse ketter over wie Rossignol in zijn brief had geschreven.

Chalon nam de buisjes en legde ze op de ongeveer vier voet hoge muur die het erf scheidde van de moestuin. Uit zijn jaszak haalde hij een paslood, waarmee hij iets begon op te meten.

Na een tijdje stopte hij het instrument weer weg en zei iets tegen de hugenoot. Die verdween en kwam korte tijd later terug met een hamer en beitel. Chalon pakte de gereedschappen aan en begon daarmee aan de voet van de muur twee gaten in de mortel te beitelen, op ongeveer een armlengte afstand van elkaar. Toen hij klaar was, stak hij de metalen buisjes erin. Wat er daarna precies gebeurde kon Polignac niet goed zien, omdat de voor de muur hurkende Engelsman het zicht blokkeerde.

Op een gegeven moment stond Chalon op en gebaarde naar de hugenoot dat hij weg moest lopen. Die deed wat hem werd opgedragen, en uit zijn haastige stappen en zijn gezichtsuitdrukking leidde Polignac af dat de man gepast respect had voor Chalons alchemistische apparaten. Ook Chalon zelf maakte zich uit de voeten. Polignac kwam even in de verleiding om hem met zijn verrekijker te volgen, maar in plaats daarvan richtte hij zijn blik weer op de muur. Nog even gebeurde er niets. Toen kwam er een zwart rookwolkje uit de muur. Polignac zag een lichtflits en hoorde een knal, en daarna een tweede. Hij knipperde met zijn ogen. Een flink deel van de scheidingsmuur was verdwenen.

'Er wordt geschoten, capitaine!' riep Ferrat opgewonden. 'Kunt u de schutters ontdekken?'

'Nee. Ze schieten helemaal niet.'

'Maar die knal dan? Wat was dat?'

'Verdomd als ik het weet,' bromde Polignac. Met de verrekijker zocht hij het erf af naar Chalon en de hugenoot. Toen hij achter een raam van het hoofdgebouw beweging opmerkte, hield hij de kijker stil. Door de dikke ruitjes kon hij slechts één gestalte ontwaren, hoe vaak hij de telescoop ook opnieuw instelde. Wat hij zag, benam hem echter bijna de adem. Een man zat of stond aan het raam, met zijn rug naar hem toegekeerd. Hij droeg een Turkse tulband, met een rood hoedje in het midden dat met witte banen stof omwikkeld was. Ook zag hij een struisvogelveer. Polignac wist niet veel over de Osmanen, maar algemeen gold: hoe groter de tulband, hoe belangrijker de drager, en dit hoofddeksel had een fors formaat. Een pasja misschien of een *bey*? De onbekende Turk gebaarde druk met zijn armen en draaide telkens weer met zijn hoofd. Waarschijnlijk was hij met iemand in gesprek. Polignac vermoedde dat deze gesprekspartner generaal Marsiglio was, want men had hem verteld dat de Bolognezer uitstekend Turks sprak. Maar hoe kwam deze Osmaan in Limburg terecht? En wat wilde hij hier? Polignac wist dat hij snel een depêche naar Parijs moest sturen, maar eerst wilde hij zien wat Chalon en de hugenoot deden. Hij zocht verder met zijn verrekijker en vond ze al snel. Ze stonden voor de molenvijver links van het hoofdgebouw, klopten elkaar op de schouders en feliciteerden elkaar.

Polignac klemde de verrekijker onder zijn arm en zocht zijn pijp. Toen hij die had aangestoken, stak hij de steel tussen zijn tanden en keek nogmaals door de telescoop. Bij Chalon en de ketter, die nog altijd naast de vijver stonden, had zich een andere man gevoegd, een magere, chagrijnig kijkende kerel aan wiens riem een enorme Pappenheimer hing. De drie mannen spraken een tijdje met elkaar. De nieuwkomer knikte een paar keer en liep toen naar een steigertje aan de rand van de vijver. Daar lag een kleine boot. Polignac had het bootje eerder al kort gezien, toen zijn verrekijker erlangs gleed. Nu pas drong tot hem door dat het schuitje er nogal eigenaardig uitzag. Het had het formaat van een roeiboot, alleen was het bootje aan de bovenkant niet open maar overdekt met een soort kap. In die kap zat een luik, dat de kleine man op dit moment opende. Hij stapte via het gat in het bootje en sloot het luik vanbinnen af. Daarna gebeurde er een hele tijd niets. Polignac bewoog zijn kijker kort naar Chalon en de hugenoot, die aan de kant stonden en alles bekeken. Toen richtte hij de telescoop weer op de vreemde boot. Op een gegeven moment kwam het schuitje in beweging, aanvankelijk langzaam, maar daarna steeds sneller. Polignac zag nergens een zeil. Het was hem niet duidelijk waardoor het ding werd aangedreven. De boot voer niet erg snel, nauwelijks sneller dan een rustig over het water glijdende zwaan. Langzaam trok het scheepje kringetjes in het midden van de vijver.

Toen zonk het.

Alles bij elkaar duurde het maar een oogwenk. Polignac zag aan de zijkant van de boot luchtbellen naar het wateroppervlak stijgen, en toen zonk de vreemde sloep als een baksteen. Alleen de kringen in het water verrieden dat er kort geleden een bootje had gelegen. Snel richtte hij de kijker op Chalon. Die stond nog altijd aan de rand van de vijver. Gek genoeg maakte hij geen aanstalten om zijn gezonken kameraad te hulp te schieten, evenmin als de hugenoot trouwens. Polignac bewoog de kijker terug en zocht het water af naar de schipbreukeling, maar kennelijk was de man er niet in geslaagd zijn zinkende scheepje op tijd te verlaten. Stil lag het water erbij. De beide toeschouwers spraken met elkaar. Chalon lachte. Hij leek bijzonder tevreden dat zojuist op nog geen dertig voet bij hem vandaan iemand verdronken was.

Polignac schoof de verrekijker in elkaar en keek naar Ferrat. 'Wat is dat een ijskoude, zeg.'

'Wat doen we nu, capitaine?'

'We observeren alles nog wat langer. Maar breng me eerst veer en papier. Ik moet een brief schrijven.'

'Heel goed, capitaine.' Ferrat klom langzaam naar beneden.

Polignac trok aan zijn pijp. Hij had nog geen flauw idee wat Chalon van plan was, maar zo langzamerhand begon hij te vermoeden dat het je reinste duivelskunsten waren.

•◆•

Versailles, 10 juni 1688

Geachte monsieur Chalon,

Twee maanden verblijf ik nu al in Versailles. Wat een ongelooflijk circus is dit paleis toch! Natuurlijk had ik al veel over alle geneugten en feesten hier gehoord; tenslotte spreekt de hele wereld daarover, en dat gebeurt, naar ik nu kan beamen, niet ten onrechte. Toch heeft de omvang van alle pracht en praal me overweldigd. Wist u dat er een reusachtige machine met wel veertien waterraderen en honderden pompen is die ervoor zorgt dat de fonteinen altijd sproeien? Of dat de koning het slot onlangs heeft laten uitbreiden met een enorme zaal waarvan de wanden helemaal uit Venetiaanse spiegels bestaan? U als Engelsman ziet dat misschien anders, maar op basis van mijn indrukken hier aan het hof moet ik toch zeggen dat Louis werkelijk een groot heerser is. Hier noemen ze hem overigens zelden de Zonnekoning. In plaats daarvan wordt hij meestal aangeduid met Le Plus Grand Roi.

Over deze zaken kan ik u echter later gedetailleerder verslag doen, namelijk wanneer we elkaar weer zien. En daarop, moet ik u zeggen, verheug ik mij zeer. Ik was in Londen en Bedfont erg onder de indruk van uw betogen en uw weidse blik. Nu houd ik het liever kort, want het werken met de chiffreerstok die u me hebt gegeven is nogal moeizaam. Overigens lijkt het systeem wel te werken; tenslotte is dit al de derde brief die ik u stuur. Als de secretarissen van Zijne Majesteit ons geheimschrift hadden ontcijferd, zat ik waarschijnlijk allang in de Bastille.

Over gevangenissen gesproken: het is me intussen gelukt om in Versailles contacten te leggen en onopvallende naspeuringen te doen met betrekking tot onze stelende graaf. Het schijnt inderdaad te kloppen wat monsieur Justels broer uit Genève wist te melden. Louis' bastaard is uit Versailles verdwenen. Sinds de zomer van het jaar 1685 heeft niemand hem daar meer gezien. Zijn landerijen in Vermandois worden door de plaatselijke intendant beheerd. Goed geïnformeerde personen gaan ervan uit dat de graaf ergens in het gevang zit. Waar hij opgesloten is, weet niemand. Sommigen beweren dat hij wegrot in het Chateau d'If, anderen vermoeden dat hij in de Bastille zit.

Mij lijken beide mogelijkheden eerlijk gezegd onwaarschijnlijk. In de genoemde vestingen wordt een aantal bekende personen vastgehouden, die daar vanwege hun stand of rijkdom onder heel wat aangenamere omstandigheden verblijven dan men algemeen aanneemt. Met name is het veel van deze ingezetenen toegestaan met de buitenwereld te corresponderen. Als een hooggeplaatst persoon als Vermandois daar zou verblijven, zou die informatie ongetwijfeld allang een weg naar buiten hebben gevonden. Daarom vermoed ik dat hij elders gevangengehouden wordt.

U wilde bovendien weten of in het recente verleden iets uit de privévertrekken van Louis XIV is ontvreemd. Dit was heel wat lastiger te achterhalen. Weliswaar zijn de vertrekken van de koning toegankelijker dan u misschien denkt – zelfs zijn ochtendlijke toilet is een openbare gebeurtenis –, maar zijn persoonlijke garderobe, wapens en uitrustingen worden goed bewaakt en normaal gesproken achter slot en grendel opgeborgen. Gelukkig ben ik erin geslaagd banden aan te knopen met een secretaris van de prince de Marcillac, die als grootmeester van de garderobe uitstekend op de hoogte is van alles wat in Louis' huishouden voorvalt. En deze secretaris kon me vertellen dat in 1685 de oriflamme *korte tijd uit de koninklijke kapel verdwenen is. De oriflamme is de persoonlijke banier van de koning en wordt in de strijd door hem gedragen. U kunt zich voorstellen tot hoeveel onrust deze diefstal leidde. Toch is men erin geslaagd de kwestie geheim te houden. Niemand, beweert de secretaris, is ooit achter de identiteit van de dief gekomen. Het enige wat zeker is, is dat de oriflamme na een paar weken weer boven water kwam.*

De verdwijning van de graaf en de diefstal van de koninklijke banier vonden dus in hetzelfde jaar plaats. Een interessant toeval, als het al toeval is. Me dunkt dat we daarmee het antwoord hebben op de vraag wat onze meesterdief gestolen had. Ik hoop dat ik u hiermee verder heb geholpen, en verblijf als uw trouwe vriendin en dienares,

Caterina (op het ogenblik Luise de Salm-Dhaun-Neufville)

•◆•

Justel nam een slok van zijn Hollandse bier terwijl hij naar Marsiglio luisterde.

'En toen de hertog van Montagu erachter kwam dat ze zwanger was, maakte hij zich natuurlijk onmiddellijk uit de voeten. Waarop deze meneer Wilkins hem voorhield dat dat toch geen gedrag voor een gentleman was. Hij gaf zelfs de mening ten beste dat men in zo'n geval een huwelijk met de dame in overweging moet nemen. Weet u wat Montagu daarop antwoordde?'

'Wat, generaal?'

Marsiglio hield zijn hoofd scheef, trok verontwaardigd zijn wenkbrauwen op en zei met nasale stem: 'Wat zegt u, sir? Dus als een edelman tussen de lakens kruipt met een of andere onnozele frisse blom en haar bezwangert moet hij tegenwoordig opeens met haar trouwen? Dat is net zoiets als in je hoed schijten en vervolgens verplicht worden hem op te zetten.'

Beide mannen bulderden van het lachen en sloegen zich op de

dijen. Een eindje bij hen vandaan zat Jansen op de rand van de eettafel en vertrok geen spier.

Obediah liep naar hem toe. 'Bent u al bijgekomen van uw avontuur, mister Jansen?'

'Ik leef nog. Maar met de christelijke zeevaart heeft dat geval van Drebbel helemaal niets te maken.'

'Hoe ver kan het ding onder water varen, denkt u?'

'Misschien een paar honderd yards, totdat hij weer bovenkomt. Zo'n vijver is niet zo lastig, maar als we er op zee of op een grote rivier mee onderweg zijn, kan de stroming een probleem vormen. Bovendien is er slechts lucht voor beperkte tijd.'

'Daar is misschien wel een oplossing voor.'

Jansen nam hem op. Het gezicht van de zeeman stond vol rimpels, alsof hij door iets geplaagd werd. Aan de andere kant keek hij bijna altijd zo.

'Je zou,' ging Obediah verder, 'een lange buis door het dak kunnen maken die boven het water uitsteekt.'

'Maar komt daar genoeg frisse lucht door naar binnen? Of eerder water? Het lijkt mij dat uw oplossing ertoe leidt dat we straks in die duikboot zullen verzuipen om er maar niet in te stikken.'

In plaats van iets terug te zeggen legde Obediah een hand op Jansens schouder en beduidde de man dat hij hem moest volgen. Op de achtergrond kon hij Justel horen proesten. De oude generaal en hij konden het met de dag beter met elkaar vinden. Het was nauwelijks te verdragen. Ze verlieten de grote woonkamer van het hoofdgebouw en liepen door de keuken naar buiten. De hoeve die hij voor hun voorbereidingen had gehuurd lag erg afgelegen. Het eerstvolgende dorp lag vier mijl verderop, Venlo zelfs vijftien. De laatste pachter had de lange en extreem strenge winter niet overleefd. Van de eigenaar, een Limburgse edelman, had Obediah het huis, de stallen en de molen voor zes weken gehuurd. Daarna zou het volgende pachtersgezin er zijn geluk beproeven.

Ze stonden op het erf. Het was rustig, bijna griezelig rustig, want behalve dat de menselijke bewoners er niet in geslaagd waren te overwinteren, gold dat ook voor de dieren. Toen ze aankwamen, waren de mensen allang begraven, maar ze hadden nog twee keihard bevroren katten, diverse dode kippen en een paar schapen gevonden. Nu waren ze helemaal alleen, op een koetsier na die hun levensmiddelen afleverde, en een dienstmeid die om de paar dagen kwam om hun augiasstal uit te mesten. Nou ja, als vier mannen zonder bedienden langere tijd ergens verbleven en ook nog eens natuurfilosofische experimenten uitvoerden, was een zekere wanorde onvermijdelijk.

Jansen haalde een pijp uit zijn jaszak, geen aardewerken exemplaar maar een van meerschuim. De prachtige pijpenkop was uitgesneden in de vorm van een Moor met volle lippen. Nadat hij de pijp had gestopt en aangestoken zei hij: 'Wat is er?'

'Ik wilde u vragen hoe ver onze reisvoorbereidingen gevorderd zijn.'

'Ons schip ligt bij Texel voor anker, een Venetiaan. De bemanning heb ik ook al geronseld, voornamelijk Hollanders en verder een paar Denen.'

'Hoe snel kunnen we klaar zijn voor vertrek? En hoelang zullen we nodig hebben?'

Jansen zoog geconcentreerd aan zijn pijp. Hij deed zijn mond open. Dikke rook wolkte naar buiten, dreef langs zijn kin omlaag en waaide toen in kleine flarden weg. 'Dat hangt ervan af hoe snel we onze lading bij elkaar krijgen.'

'Alles wat we nodig hebben ligt klaar in een Haarlems pakhuis,' zei Obediah, 'inclusief wat voorraden.'

Jansen trok zijn wenkbrauwen omhoog. 'En de duikboot, uw automaton en...' – hij wees op de tafel met chemicaliën – '... dat daar?'

'Alles wat draagbaar is nemen we mee. De duikboot laten we zinken. Ik heb er twee van laten maken zodat we deze hier niet nog een keer door alle Verenigde Nederlanden hoeven te vervoeren.'

Jansen schudde zijn hoofd. 'Ze hebben u echt zo'n bom duiten gegeven dat zelfs een non haar benen ervoor wijd zou doen.'

'Wie?'

'U weet wel. De compagnie.'

Obediah knikte alleen. 'U hebt nog niet verteld hoelang we nodig hebben.'

'Tot de Egeïsche Zee is het zo'n 3500 zeemijl. In het beste geval zes, zeven weken.'

'Dan is het tot Nice misschien twee weken?'

'Hoezo Nice? Ik dacht dat we direct naar de Turken zouden varen om daar die jood...' – hij spuugde het woord bijna uit – '... op te scharrelen.'

'Er is een kleine wijziging in ons plan opgetreden. We moeten vóór Cordovero nog iemand anders opscharrelen, zoals u zo fraai zegt.' Obediah legde zijn rechterhand op een van de zakjes van zijn justaucorps. Daarin bevond zich een document waarop hij erg lang had gewacht: een schijnbaar nietszeggende brief van de condessa. Sinds hij die had ontcijferd wist hij waar de graaf van Vermandois verbleef.

'En wie is dat?' vroeg Jansen. 'Da Glória? Waar hangt zij eigenlijk uit?'

'Als alles volgens plan verloopt zit de condessa op dit moment in een reiskoets die haar van Versailles naar Genève brengt. Daar regelt ze nog een paar kleinigheden voor me voordat ze verder reist naar het hertogdom Savoye.'

'Waar wij zodra we in Nice aankomen ook zullen zijn.' Jansen keek hem nogal achterdochtig aan. 'Dat is verdomd dicht bij Frans territorium. Mijdt u dat niet liever?'

'Op dit moment zijn we ook dicht bij Frans territorium. Bent u bang?'

'Voor de Fransozen? Echt niet. U hebt overigens mijn vraag niet beantwoord, Chalon.'

'Nee?'

'Wie pikken we op in Savoye?'

'Een meesterdief. Ik vraag u om begrip dat ik zijn naam nog niet kan noemen.'

'Dat geheimzinnige gedoe van u ergert me zo langzamerhand mateloos.'

'Dat begrijp ik, mister Jansen. Maar zolang we slechts een paar steenworpen bij Frankrijk vandaan zijn, is dat absoluut noodzakelijk.'

Jansen deed een paar stappen en keek naar de horizon, waar behalve enkele windmolens weinig te zien was. Obediah volgde hem.

'Ik heb een advies voor u, Chalon. Kost niks. Wilt u het horen?'

'Graag.'

'U breekt zich het hoofd alsmaar over die Fransen. En de muzelmannen.'

'Moet een man tegenover zijn vijanden niet enige voorzichtigheid aan de dag leggen?'

'Zeker wel. Het probleem is dat de dolksteek altijd komt uit de hoek waar je hem het minst verwacht.'

Obediah keek hem vragend aan. 'Van wie bedoelt u?'

'De VOC. Die honden zijn tot alles in staat.'

'Dat kan zijn. Maar zij rusten onze expeditie uit. En als we straks, zo God het wil, met een berg koffieboompjes vol knoppen terugkeren, zullen ze ons ook zoals overeengekomen betalen. Dat is toch waarover u zich zorgen maakt?'

'Nee, dat niet. De compagnie voldoet al haar schulden. En ook altijd op tijd.'

'Waarover dan?'

'U moet goed weten dat u zaken doet met de duivel zelf.'

'Mister Jansen, u hebt een hang naar dramatiek, lijkt me.'

Jansen liep naar hem toe en pakte hem bij zijn kraag. Obediah kon horen dat de voering van zijn jasje scheurde, zo stevig was de greep van de zeeman.

'U hebt geen flauw benul. U weet niet waartoe die slangen in staat zijn.' Hij liet Obediahs revers los. 'Ik was op de Molukken.'

'Die liggen ten oosten van Batavia, toch? Daar komen de kruidnagels vandaan.'

'Ja, en de nootmuskaat. De compagnie heeft alle handel daar in handen.' Jansens stem was nu heel zacht. 'Alle inboorlingen, het waren er een paar duizend, moesten muskaatnoten oogsten, in opdracht van de compagnie. Op de eilandengroep waar ik zat, zijn de inlanders ooit in opstand gekomen. En toen werd duidelijk wat er gebeurt als de VOC haar zin niet krijgt.'

'Er is daar oorlog geweest, daarover heb ik gelezen. Traden de Hollanders er hard op? Werden de inboorlingen zwaar gestraft?'

Jansen lachte vreugdeloos. 'Dat zou je kunnen zeggen. Ze hebben Japanse soldaten ingezet, samoerai. Dat zijn geen mensen, maar demonen. En nu zijn er op de eilanden geen inboorlingen meer. Niet eentje is er nog over.'

'En wie oogst nu de muskaatnoten dan?'

'Slaven die van elders naar de eilanden zijn gebracht.' Jansen deed een stap achteruit. 'Vergeet dat nooit: als wij op een of andere manier tussen de compagnie en haar planten in komen te staan, zijn we allemaal dood.' Toen draaide hij zich om en liep het huis weer in.

•◆•

Delft, 21 april 1688

Hooggeachte seigneurs,

Zoals mij door de directiekamer is opgedragen heb ik hieronder een lijst opgenomen van de talrijke en omvangrijke uitgaven die door onze agent zijn gedaan. Voor mij als penningmeester van de compagnie is, zoals de hooggeachte seigneurs weten, een nauwgezet overzicht van al onze inkomsten en uitgaven een allereerste plicht. Voordat ik u de eigenlijke lijst presenteer wil ik u er daarom kort op wijzen dat deze op enkele punten niet zo precies is als hij wellicht zou kunnen zijn als de Engelsman voor al zijn uitgaven bewijsstukken had overlegd. Aangezien dit kennelijk ofwel onmogelijk, ofwel om redenen van geheimhouding ongewenst was, kan ik in een aantal gevallen slechts een schatting geven.

Bijna alle goederen en waren die onze agent in de Republiek verworven heeft, zijn betaald via zijn rekening bij de Wisselbank, waardoor ik over een uitstekend cijferoverzicht kon beschikken. In ettelijke gevallen liet hij zich echter in ruil voor op de compagnie getrokken wisselbrieven door goudsmeden of bankiers muntgeld uitbetalen. Hiervan kon ik alleen de opgenomen bedragen noteren. Waarvoor deze gelden precies zijn aangewend, blijft onduidelijk.

Hieronder volgt dus de lijst. Over de vraag of onze agent geld verbrast en of men de uitgaven en de hoogte ervan, zoals door enkele leden van de directiekamer is opgemerkt, als buitensporig zou kunnen aanmerken, wil ik me niet uitlaten. Het is een eenvoudige thesaurier niet geoorloofd daarover te oordelen; hij dient slechts voor correct cijferwerk te zorgen.

Uw trouwe dienaar & cetera,
Maurits Smitsen, penningmeester van de VOC

Postscriptum: Niet rechtstreeks door onze agent maar vermoedelijk wel in zijn opdracht aangeschaft zijn de zaken die de natuurfilosoof C.H. bij zijn werkplaatsen heeft besteld en bij de compagnie in rekening gebracht. Deze zal ik afzonderlijk aan u voorleggen zodra ik over de bewijsstukken beschik.

Lijst – Uitgaven van de agent O.C.

Garderobe, bestaande uit verscheidene justaucorps, culottes, kousen, schoenen en twee hoeden van bevervel, verder handschoenen en hemden van de beste kwaliteit
Een allongepruik, zwart
Een cadoganpruik, bruin
Een degen van Toledostaal, met greep versierd in Venetiaanse stijl
Logies in De Blauwe Leeuw, Amsterdam
Overtocht naar Dover, verdere passage naar Gravesend en Londen
Logies in Melworth's, Londen
Uitrusting voor een chemisch laboratorium, bestaande uit diverse glazen kolven, vijzels en flesjes, verder edelmetalen, poeders en kwikzilver
De nagelaten boedels van een aantal gestorven & eerder in de Nederlandse Republiek woonachtige Franse edelen, onder wie die van de Haagse diplomaat François de Cabernier

Een serie boeken, waaronder:
The Sceptical Chymist: or Chymico-Physical Doubts & Paradoxes *door R. Boyle*
Laboratorium Glauberianum: Darinn die Specification, und Taxation dehren Medicinalischen und Chymischen Arcanitäten begriffen *door J. Glauber*
A Description of Helioscopes, and some other Instruments *door R. Hooke*
Traité des Chiffres *door B. de Vigenère*
Traité de l'art de jeter les bombes *door M. Blondel*

Nederlantze Hesperides *door J. Commelyn*
Explication de l'Arithmétique Binaire *door G. Leibniz*
Les travaux de Mars *door A. Manesson Mallet*
Vitae et Icones Sultanorum Turcicorum *door J. Boissard*
The Adventures of an English Merchant, Taken Prisoner by the Turks of Argiers *door T. Smith*
Relation d'un voyage fait au Levant *door J. de Thévenot*
The Generall Historie of the Turkes *door R. Knolles*
Relation véritable de ce qui s'est passé à Constantinople *door G. de Guilleragues*
Bellicorum Instrumentorum Liber cum figuris et fictitiis literis conscriptus *door G. Fontana*

Bouwmaterialen voor een giardino botanico en levering daarvan in Engeland
Huur voor een hoeve in de buurt van Venlo
Huur voor paarden in Londen, Amsterdam & Rotterdam
27 aluinkristallen van eerste kwaliteit (groen en purper)
Een slingeruurwerk
Een loep, doorsnede tien duim, dubbelgeslepen
3 pond Hollandse tabak (kwets)
2 telescopen, vervaardigd door Thomas Tompion
1 backgammonspel met stenen van ivoor en ebbenhout
4 chiffreerstokken van leer en hout
6 vaten oesters
Diverse rekeningen voor eten en dranken
Opties op tulpenbollen van de soort Perroquet Rouge, 100 stuks
Opties op tulpenbollen van de soort Semper Augustus, 100 stuks
Op de Wisselbank getrokken schuldpapieren bij div. goudhandelaren in Lombard Street, in totaal voor 97 guineas

•◆•

Obediah keek de zeeschuimer nog even na en liep toen naar de molenvijver. Naast de steiger dobberde de duikboot, eenden zwommen rondjes door het water. Dat was op sommige plekken bedekt met waterleliebladeren; over enkele weken zou de hele vijver dichtgegroeid zijn. Toen hij weer opkeek, zag hij op een paar honderd voet afstand een paard en wagen, die langzaam zijn kant op kwam. Obediah kon het gezicht van de man op de bok niet zien, maar wist dat het Coen moest zijn. De voerman kwam regelmatig hun levensmiddelen bezorgen. Obediah foeterde inwendig dat al hun apparatuur nog in het zicht op het erf stond. De man kon er zelf waarschijnlijk geen wijs uit, maar Obediah schatte Coen in als een kletskous. Binnen een week zouden heel Limburg en Gelre praten over buitenlandse natuurfilosofen die op de Pietershoeve verbleven en daar necromantische experimenten uitvoerden.

Met haastige passen liep hij naar de stal, waar hij twee paardendekens haalde. Het lukte hem nog net om die over de werktafel en de machines te gooien voordat de koets op het erf halthield.

'Goeiedag, meester Coen.'

'Goeiedag, seigneur,' antwoordde de man. 'Prachtig weer hebben we, vindt u niet?'

Obediah knikte vriendelijk. Zoals altijd moest hij zich inspannen om de koetsier te verstaan. Zijn Nederlands was sowieso al niet zo goed, maar Coen had bovendien een hazenlip en, wat veel erger was, een Limburgs accent.

'Waar moeten de spullen heen?' vroeg de man.

'Zoals altijd in het schuurtje achter het huis, alsjeblieft.'

Obediah keek toe terwijl Coen hun levensmiddelen uitlaadde. Hij had een hele ham bij zich, een zak aardappelen en een vat oesters. Tot zijn vreugde zag Obediah dat de koetsier ook de bestelde Jamaicaanse rum en sinaasappels had meegenomen. Beide waren al dagen op, wat vooral te wijten was aan Justel en Marsiglio, die bijna elke avond punch maakten. Als laatste tilde de koetsier een aantal hele kazen uit de laadbak: rijpe goudkleurige Goudse, jonge Edammer en groene Texelse kaas.

Terwijl de man de spullen wegbracht, liep Obediah het huis in. Even later kwam hij terug met een buidel vol munten. Coen stond al op hem te wachten, zuigend aan zijn pijp, zijn voorhoofd vol zweetdruppels.

'Hoeveel is het?'

'Voor de spullen en het vervoer samen elf gulden en zesenhalve stuiver, seigneur.'

'Goed. Een halve stuiver is tien penning, toch?'

Coen schudde zijn hoofd. 'U bent in de war met uw rare Engelse systeem, seigneur. Bij u is een shilling misschien twintig pence, maar bij ons is een stuiver zestien penning.'

'Acht penning dus.' Obediah haalde twaalf gulden uit zijn beurs. 'Hou de rest maar.'

Coen maakte een schutterige buiging. 'Dank u, hooggeëerde heer.' Toen hij het geld had weggestopt, zei hij: 'Ik zag dat u geen bewakers hebt neergezet.'

Eerst dacht Obediah dat hij de koetsier verkeerd had verstaan, maar nadat die zijn opmerking had herhaald, was er geen twijfel meer mogelijk. 'Bewakers?' vroeg Obediah. 'Waarom zouden we die hebben? Je kunt hier mijlenver over het land kijken. En trouwens, dreigt er dan gevaar?'

Coen knipperde met zijn ogen. Hij keek nogal verward. 'Ja, hebt u dan niet gezien dat... Ach, wat ben ik ook stom!' Hij sloeg met zijn vlakke hand tegen zijn voorhoofd. 'Ik vergeet helemaal dat u niet van hier komt en ze dus vast niet kunt lezen.'

Obediah deed een stap naar voren. 'Wat kunnen we niet lezen?'

'De taal van de molens.'

'Daar heb ik inderdaad nooit van gehoord.'

'Het zit zo, seigneur: de Nederlanden zijn zo vlak dat je, zoals u net al opmerkte, mijlenver kunt kijken. En wat je het beste kunt zien, zijn de windmolens. Als een molen niet in bedrijf is, draait de molenaar de wieken in een bepaalde stand en laat ze zo staan. Of in elk geval als hij iets te zeggen heeft.'

'Geef eens een voorbeeld.'

'Als twee wieken loodrecht staan en de andere twee evenwijdig aan de horizon betekent dat dat de molenaar voor vandaag klaar is. Maar alleen als de zeilen zijn opgerold. Als ze zijn uitgespannen, betekent dezelfde wiekenstand dat de molenaar werk aanneemt zonder lange wachttijd.'

Obediah knikte. Snel rekende hij uit hoeveel verschillende posities er voor de wieken en zeilen waren. Tien? Twaalf? Het duurde even voordat tot hem doordrong dat dit niet de belangrijkste vraag was. 'En wat had ik van de windmolens kunnen aflezen, meester Coen?'

'Ziet u die molen daar verderop, seigneur?'

Die zag hij. De molen lag ongeveer driekwart mijl bij de hoeve vandaan, in westelijke richting. De wieken stonden stil, en wel zo dat ze er als een X uitzagen. Twee van de wieken hadden witte zeilen, bij de andere twee waren de zeilen opgerold. Daardoor leken ze donkerder, omdat je in plaats van het doek het hout van de wieken zag.

'Die stand,' vertelde Coen, 'betekent dat er gevaar dreigt.'

'En welk gevaar is dat dan?'

'Er zijn berichten dat koning Lodewijk in de buurt van Arlon troepen verzamelt om de Nederlanden aan te vallen. Waarschijnlijk zwerven zijn verspieders en foerageurs hier al rond. Wie alleen buiten op het land woont, kan dus maar beter oppassen.'

'Ik begrijp het. Bedankt voor de waarschuwing.'

'Waarschijnlijk gebeurt er niets, maar het is goed om op uw hoede te zijn, seigneur. De mensen zijn onrustig; velen herinneren zich nog de laatste aanval van de Fransen in 1678. Alle molens die ik onderweg passeerde stonden in deze stand. Kijk maar. Die ook, en die daarachter. En die... Nee, vreemd.'

'Wat is vreemd?'

'Ziet u die molen daar?'

'Ja. Zijn wieken staan anders. Wat zeggen die?'

'Dat er geen werk wordt aangenomen omdat de molenstenen worden gescherpt.' Coen fronste zijn voorhoofd. 'Gek, dat gebeurt meestal pas in de zomer. Hoe dan ook, ik moet verder.'

'Een goede en veilige reis, meester Coen.'

'Dank u, seigneur.' De koetsier klom op de bok, tikte bij wijze van afscheidsgroet tegen zijn muts en keerde de wagen.

Obediah deed alsof hij daarnaar keek, maar gluurde in werkelijkheid vanuit zijn ooghoeken naar rechts, naar de molen waarvan kennelijk de maalstenen werden gescherpt. Toen inspecteerde hij alle andere molens. Hij deed het zo onopvallend mogelijk en weerstond de verleiding om zijn verrekijker erbij te pakken. In totaal waren er nog vier andere molens. Allemaal stonden hun wieken in de vorm van een X. Het leek hem nogal eigenaardig dat één molenaar de waarschuwing over het hoofd had gezien. Hij kon de andere molens waarschijnlijk net zo goed zien als Obediah.

De koetsier reed al weg toen Obediah hem achterna riep: 'Een moment nog.'

Coen draaide zich om. 'Seigneur?'

'Kun je twee brieven voor me bezorgen?'

'Natuurlijk. Ik kan ze morgen in Venlo naar de post brengen.'

Obediah was in een paar stappen bij de koets, haalde nog een gulden uit zijn zak en legde die naast Coen op de bok. 'Doe het liever nog vandaag, als dat kan. Geef de paarden wat haver, er staat een emmer in de stal.'

Coen keek hem fronsend aan. 'Moet u de brieven soms nog schrijven?'

Obediah knikte. 'Ja, maar ik zal je niet lang ophouden. Het gaat maar om een paar zinnetjes.'

•◆•

Gatien de Polignac sliep nooit slecht, hoewel hij maar zelden thuis overnachtte. Het lawaai dat soldaten elk uur van de dag en de nacht maakten stoorde hem niet. Zijn vele jaren in het veld hadden hem geleerd al die geluiden te negeren waarvoor je je ogen niet open hoefde te doen: het gelal van dronken fuseliers, de nachtelijke genotskreten van zoetelaarsters. Hoorde Polignac echter geluiden die een dreiging konden betekenen, dan was hij onmiddellijk klaarwakker.

Zo ging het ook deze nacht. In het bed van de molenaar, het enige in het hele huis, lag het niet onaangenaam. En dus had de musketier uitstekend geslapen, hoewel twee van zijn mannen al urenlang op slechts een paar meter bij hem vandaan hazard speelden en elk gewonnen potje luid becommentarieerden. Polignac droomde over een jongedame die hij in Parijs het hof maakte. Hij stond juist op het punt zijn hand in haar decolleté te steken en haar perfecte roze perziken bloot te leggen, toen er een ver gedonder tot zijn oren doordrong.

Nog voordat hij een heldere gedachte kon vormen, stond hij al met getrokken degen naast het bed. Hij rende de kamer ernaast binnen. Ook zijn twee mannen waren opgesprongen.

'Was dat een schot?' vroeg Polignac aan Boulet, de capabelste van de twee jonge musketiers.

'Ik denk het wel, capitaine. Het kwam uit de richting van de Pietershoeve.'

Nog voordat Boulet was uitgesproken klonk er opnieuw een knal. Deze was veel luider dan de eerste en kwam beslist niet uit een pistool, maar uit iets veel groters. Polignac vermoedde dat het wapen niet op het erf van de hoeve was afgevuurd, maar een eindje daarvandaan. Vlug draaide hij zich om naar de tweede musketier. 'Villier, de paarden, snel! Boulet, het kraaiennest in!'

Terwijl hij wachtte tot de mannen zijn bevelen hadden uitgevoerd, kleedde Polignac zich aan. Hij stak twee pistolen achter zijn riem en hing bovendien een musket om. Als die bende probeerde ervandoor te gaan, zou hij ze een voor een uit het zadel schieten. Als het daarvoor niet al te laat was. Ongeduldig liep hij voor de molen heen en weer. Er waren maar twee mogelijkheden om de Pietershoeve te verlaten: naar het noorden over de weg naar Nijmegen, die vlak langs hun schuilplaats liep, en in zuidoostelijke richting via de weg naar Roermond. Vanaf die stad liep de weg langs de Maas tot aan Maastricht en verder het Franse rijk in. Als de samenzweerders, zo had Polignac geconcludeerd, wilden verdwijnen, dan was die route net zo goed denkbaar als de noordelijke. En dus posteerde hij elke avond zodra er vanaf de molen niet veel meer te zien viel twee van zijn mensen langs de zuidelijke weg.

'Wat heb je gezien, Boulet?'

'De hoeve ligt er verlaten bij, capitaine. In het hoofdgebouw brandt licht, verder is er niets te zien. En ook niet op de weg naar Roermond.'

Polignac dacht even na. 'We rijden naar Ferrat en Dufour. Om de hoeve bekommeren we ons later.'

Villier kwam de paarden brengen. Ze sprongen in het zadel en galoppeerden weg. De maan was bijna vol en dus konden ze alles uitstekend zien, waar Polignac dankbaar voor was. Hij draaide zich om naar Villier. De jongeman kwam uit een goed nest, maar was niet erg slim, eigenlijk geen materiaal voor een musketier van de garde. Rijden kon hij echter wel. Villier zou sneller bij Ferrat en Dufour zijn dan Boulet en hij, dus siste Polignac hem toe: 'Haast je. Rijd alsof de duivel je op de hielen zit!'

'Ja, capitaine!'

En Villier was al in de duisternis verdwenen. Zo snel ze konden reden ze achter hem aan. Korte tijd later passeerden ze de hoeve. Hiervandaan was het misschien nog een mijl naar de kleine houtwal naast de weg waarachter Ferrat en Dufour de wacht hielden. Ze hoorden een schrille kreet. Geen mens kon zo schreeuwen. De musketier kende dit keelachtige gebrul maar al te goed. Het was het brullen van een paard, een paard dat gevallen was en verschrikkelijke pijn leed. Na de volgende bocht zagen ze het dier. Het was dat van Villier. Het zwarte paard lag midden op de weg. Bloederig schuim stond om zijn mond en je kon meteen zien dat het dier nooit meer zou kunnen staan. Ze hielden hun paarden in. Polignac zag iets onder het gewonde dier liggen. Het was een in pek gedoopt touw, dat vastzat aan een houten paaltje. Toen Villier in volle galop tegen het over de weg gespannen touw was gereden, moest het paaltje uit de grond gerukt zijn. De musketier zelf was nergens te bekennen. Polignac had een paar jaar geleden een vergelijkbaar ongeluk gezien. De ruiter was daarbij minstens dertig *pieds* door de lucht geslingerd. Destijds had hij dat amusant gevonden. Deze keer vond hij het een stuk minder komisch.

'Doorrijden!' siste hij tegen Boulet.

'Maar Villier dan?'

'Die moet wachten.'

De vent kon gemist worden, wat je van Chalon en zijn kornuiten niet kon zeggen. Hij gaf zijn zwarte ros de sporen, en Boulet volgde hem.

Polignac dacht na. Hij had geen plan, maar in zulke situaties was er eigenlijk nooit een uitgekiende handelwijze. Ze zouden eerst naar Ferrat en Dufour rijden, zo snel ze konden. Als ze vijanden tegenkwamen, zouden ze daarmee afrekenen, ingewikkelder was het niet. Vermoedelijk was de schermutseling, als die al had plaatsgevonden, nu toch voorbij. In dat geval ging het er slechts om zo snel mogelijk de achtervolging van de misdadigers in te zetten. Chalons voorsprong was niet erg groot, en Polignac wist dat zij betere paarden hadden. Musketiers van het tweede regiment reden zonder uitzondering op zwarte paarden; daarom werden ze ook de zwarte musketiers genoemd. Volgens de regels moesten de rijdieren bovendien veertien hand hoog zijn en minstens driehonderd livres kosten. Hij betwijfelde of de boerenknollen van de samenzweerders hun voor konden blijven. Ze zouden de kerels lang voor de grens al inhalen.

Toen ze aankwamen op de plek waar Ferrat en Dufour op de loer hadden gelegen, zagen ze aanvankelijk niemand. Pas toen ze om de volgende bocht reden, ontdekten ze hun kameraden. Ze lagen languit midden op de weg. Geen van de twee verroerde zich. Opnieuw was Polignacs eerste impuls gewoon door te rijden, maar toen hij even omlaagkeek naar de twee mannen, stokte zijn adem in zijn keel en bleef hij staan. Wie of wat had die twee zo vreselijk toegetakeld? Vooral van Ferrat was nauwelijks iets over. Zijn linkerschouder zag eruit alsof een wolf al het vlees eraf had gescheurd, de bijbehorende arm was nergens te zien. Ook het gezicht ontbrak bijna helemaal. Bovendien had Ferrat wonden op alle mogelijke plekken van zijn lichaam, alsof hij op het slagveld door kartetsvuur geraakt was.

'Capitaine! Volgens mij leeft hij nog.'

Omdat Polignac er zeker van was dat Boulet niet de aan flarden geschoten Ferrat kon bedoelen, keek hij naar Dufour. Ook die bloedde uit tientallen wonden, en een deel van zijn gezicht was verdwenen. Slechts één oog was intact. Daarmee staarde de man hem aan. Polignac wist niet zeker of de arme jongen hem wel herkende.

Hij knielde naast hem neer en streek over Dufours voorhoofd. 'Was het Chalon?'

Dufour spuwde een golf zwart bloed uit en rochelde wat. Het had 'ja, het was Chalon' kunnen zijn, maar ook 'moeder Gods, laat me eindelijk sterven'.

Polignac probeerde het nog eens. 'Dufour. Ik ben het. Je capitaine. Wie was het?'

Deze keer was de stervende iets beter te verstaan. 'Mousque... Mousque...'

'Ja, mijn vriend, je was een trouw *mousquetier* van onze koning. Maar nu moet je me zeggen...'

'Mousque...'

'Verman je, Dufour. Bij God, ik breng je eervol naar huis, dat zweer ik. Maar zeg me nu: zijn ze verdwenen?'

'Op uw... uw hoede... Mousque...'

'Wat de duivel wil hij ons zeggen?' vroeg Boulet. 'Iets met musketiers?'

'Nee. Hij bedoelt *mousqueton*, sukkel,' klonk een rauwe stem met een Scandinavisch accent. Toen volgde er een knal, zo luid als kanongedonder, begeleid door een felle lichtflits.

Polignac voelde dat hij werd geraakt door een drukgolf. Hij werd omvergeblazen en registreerde nog net dat hij door een aantal kogels tegelijk werd getroffen voordat hij tegen de grond sloeg. Witte vlekken dansten voor zijn ogen. De musketier rolde op zijn zij. Naast hem ontwaarde hij een bloederig, vormeloos ding. Aan de greep van de degen zag hij dat het Boulet moest zijn.

Boven zich hoorde hij opnieuw die stem: 'Mousqueton is toch het Franse woord?'

Hij draaide zijn hoofd een stukje en kon zijn aanvaller nu zien. De man was niet erg groot, een dwerg bijna. Het was de vent die gistermiddag in Chalons molenvijver verdronken was. In zijn hand hield hij een eigenaardig geweer. De loop liep wijd uit. Het zag eruit alsof iemand de beker van een trompet op een musket had geschroefd. Uit de enorme vuurmond kringelde rook.

De man tilde het wapen omhoog. 'Geef mij de Hollandse naam maar. Donderbus. Wat vindt u?'

Polignac wist alleen gerochel voort te brengen.

'Nou ja, hoe dan ook,' zei de man. Toen liet hij de kolf van de donderbus op Polignacs schedel neersuizen.

•◆•

Juvisy, 6 juli 1688

Geachte seigneur de Vauvray,

Ik hoop dat uw nieuwe ambt als ambassadeur van de Verheven Porte aan uw verwachtingen voldoet; sinds onze laatste briefwisseling zijn meer dan negen maanden verstreken. In die tijd is er, als ik juist ben geïnformeerd, twee keer een nieuwe grootvizier aangesteld en bovendien een nieuwe Grand Seigneur. Het zijn turbulente tijden waarin u in Constantinopel verblijft, maar ik hoor zowel van Zijne Majesteit als van de markies van Seignelay dat ze erg tevreden zijn met het verloop van uw ambassadeurschap tot nu toe. Ook in ons vaderland speelt er van alles, en dat is de reden van deze brief. Er wordt een samenzwering tegen Zijne Majesteit voorbereid waarvan we de omvang nog niet goed kunnen vaststellen. Wat we weten is echter dermate verontrustend dat het van het grootste belang is om u deze brief te schrijven.

Een groep agents-provocateurs bereidt aanslagen voor om Frankrijk te schaden. Tot de samenzweerders behoren onder anderen Hollandse vrijbuiters, Engelse dissenters en hugenootse oproerkraaiers. Ze opereren vanuit Engeland en de Verenigde Republiek. We hebben een van onze bekwaamste mannen op de bende afgestuurd: Gatien de Polignac, een officier van de tweede compagnie der musketiers. Capitaine Polignac had de opdracht deze insurgenten en hun aanvoerder, een zekere Chalon, te observeren. Het kwam helaas tot een schermutseling, waarbij vier van Polignacs mannen zijn gedood. Zelf ligt hij terwijl ik dit schrijf in een lazaret bij Namen. De artsen zeggen dat het beslist niet zeker is dat hij overleeft, want de misdadigers hebben hem vreselijk toegetakeld.

Van Chalon en zijn handlangers ontbreekt sinds het voorval elk spoor. Uit onderschepte correspondentie weten we dat de Engelsman een schip heeft uitgerust om mee naar de Middellandse Zee te varen. Onze spionnen op Texel melden echter dat het betreffende schip zonder de opstandelingen aan boord is vertrokken. Die schijnen op paarden naar het zuiden gevlucht te zijn, vermoedelijk naar Gulik, Keulen of een ander Duits vorstendom.

De hoeve in Limburg waar Chalon korte tijd verbleef, is door onze mensen doorzocht. Hoewel Polignac bezwoer dat het gebouw verlaten en intact was toen hij er die noodlottige nacht langsreed, schijnt het kort daarna afgebrand te zijn. Dat wijst erop dat Chalon ter plekke over medeplichtigen beschikt die hem helpen zijn sporen uit te wissen. In het puin vonden onze verspieders slechts een aantal verkoolde apparaten, waarvan doel en zin hun ontging; en verder een door de brand beschadigd boek met de titel Traité de l'attaque et l'enceint de fer.

Ik weet niet of u dit werk kent. Het gaat over vestingbouw. In het boek worden en détail alle vestingen beschreven die generaal Sébastien Le Prestre, seigneur de Vauban, de afgelopen jaren voor Zijne Majesteit heeft gebouwd en versterkt. Dat deze misdadigers grondige studie maken van onze militaire vestingwerken is uiterst verontrustend!

Dit alles, denkt u wellicht, raakt u nauwelijks omdat u duizenden mijlen bij Frankrijk vandaan bent. Wij vonden in Limburg echter ook snippers van een kaart van het Osmaanse rijk. Een nog sterkere indicatie is de volgende: Polignac, die de nu verwoeste hoeve dagenlang observeerde, zweert op de Heilige Maagd dat hij op een avond een hooggeplaatste Turk, minstens van de rang van pasja, achter een van de vensters heeft zien zitten. Kennelijk hebben de opstandelingen contact met invloedrijke Osmaanse hoogwaardigheidsbekleders; waarom zouden de Turken anders een zo belangrijk persoon als onderhandelaar sturen? Daarom verzoek ik u een onderzoek in te stellen: om wat voor samenzwering kan het aan Turkse zijde gaan?

Uit uw regelmatig in Parijs arriverende berichten maak ik op dat zekere groeperingen de ongelukkige Mehmet IV na het debacle van Wenen hebben afgezet en door een hun welgevallige sultan hebben vervangen. Zou het netwerk van Chalon zo omvangrijk kunnen zijn dat hij niet alleen samenspant tegen onze allerchristelijkste koning, maar ook tegen de Verheven Porte?

Ik verzoek u in deze kwestie zo snel mogelijk inlichtingen in te winnen. Probeer meer over Chalons intriges te weten te komen, en ook over wie deze mysterieuze pasja in Holland geweest kan zijn.

De veiligheid van Zijne Majesteit kan hiervan afhangen. Haast u en stuur me zo snel mogelijk bericht; alle informatie is belangrijk, want we weten niet waar Chalon hierna zal opduiken.

Semper servus,
Bonaventure Rossignol

PS Zoals u wellicht bekend is, onderhoud ik discreet contact met Süleyman Ağa, uw Parijse tegenhanger. Graag zou ik de ambassadeur van de Verheven Porte vragen stellen met betrekking tot de hierboven geschetste gebeurtenissen, maar ik weet niet zeker aan welke kant hij staat. Bij wie in Constantinopel ligt zijn loyaliteit? Ook met betrekking hiertoe wacht ik uw deskundige advies af.

•◆•

Enigszins mismoedig nam Obediah een slokje van de dampende hippocras die voor hem stond. Hij had liever een kop koffie gehad, maar in heel Turijn stond geen enkel koffiehuis, of in elk geval hadden zij het niet gevonden. De anderen leken minder ontevreden te zijn met hun drankjes. Ze zaten in een van de achterkamers van het logement waarin ze hun intrek hadden genomen. Marsiglio dronk port, hoewel het pas tien uur 's ochtends was. Justel probeerde de generaal bij te houden, maar zijn ogen stonden nu al enigszins glazig. Jansen tuurde zo grimmig in zijn beker dat het een wonder was dat de geitenmelk daarin nog niet zuur was geworden.

Sinds vier dagen verbleven ze in de hoofdstad van het hertogdom Savoye. Ze hadden hun kleding laten repareren en verder zo min mogelijk gedaan. Na hun vlucht uit de Nederlandse Republiek was een tijdje rust hard nodig geweest. In plaats van zoals gepland per schip vanuit Texel naar de Savooiaardse havenstad Nice te reizen waren ze te paard gereden, de hele weg door de Keur-Palts en het hertogdom Württemberg, door de Breisgau en het Bernerland naar Turijn.

In Savoye was het rustig, maar juist dat baarde Obediah zorgen. Er heerste een eigenaardige rust, een stilte voor de storm. Louis de Grote, dat hadden ze onderweg meermalen gehoord, verzamelde zijn troepen. Vermoedelijk wilde hij gebruikmaken van het feit dat Leopold I op de Balkan achter de Turken aan zat. Het grootste gedeelte van het keizerlijke leger scheen momenteel Belgrado te belegeren en was dus veel te ver in het oosten om de Fransen in het westen effectief tegenstand te bieden.

Hij richtte zich tot Marsiglio. 'Denk je dat het oorlog zal worden, Paolo?'

'Er is altijd oorlog. De vraag is alleen waar. Je bedoelt in Savoye?'

'Ja. Er hangt iets in de lucht, vind je niet?'

De oude Bolognezer knikt bedachtzaam. 'Ik kan me ook niet voorstellen dat dit jaar helemaal vredig blijft. Het leger van Louis zal binnenkort de Rijn oversteken. De vraag is alleen nog of hij eerst de Spaanse Nederlanden zal aanvallen of de Palts.'

'Niet misschien Savoye?' kwam Justel ertussen.

'Nee, jonge vriend, dat is onwaarschijnlijk. Strategisch is deze streek interessant, maar hij is niet rijk. En bovendien kon de hertog van Savoye de Fransen tot nu toe telkens weer wat brokken toewerpen als ze het hem te lastig begonnen te maken.'

Justel vertrok zijn gezicht. 'Brokken? Je bedoelt protestanten.'

'Ja, maar dat is nu voorbij. De hertog heeft intussen alle Waldenzen verdreven of afgeslacht. Nu moet hij met vestingen of havens komen, of misschien zelfs met zijn dochter. Naar verluidt breekt het de Zonnekoning momenteel lelijk op dat een Savooiaardse prins intussen in dienst van de keizer vecht.'

'Daar heb ik nog niets over gehoord.'

'Een zekere Eugenio. In militaire kringen wordt hij al genoemd als de volgende veldmaarschalk van Leopold, wat mij overigens sterk overdreven lijkt.'

Justel keek de generaal vragend aan. 'Die naam heb ik eerder gehoord. Jij denkt niet dat deze Savooiaard getalenteerd is?'

Marsiglio trok zijn mondhoeken omlaag. 'Ik heb de man gekend toen hij nog een kleine jongen was. Een uitermate verdorven en losbandige jongen. Geloof me, bij de eerste echte veldslag dondert die melkmuil zo van zijn paard.'

Op dat moment werd er op de deur van de salon geklopt. Een jongeman, aan zijn kleding te zien een eenvoudig handwerker, kwam binnen en maakte een buiging. Toen liep hij naar Obediah. 'U wilde bericht zodra ze aankwamen, signore.'

Obediah fronste zijn wenkbrauwen. 'Weet je zeker dat het om de juiste koets gaat?'

De man knikte. 'Een blauw wapen met een gekartelde gele band, precies zoals u het beschreven hebt.'

Obediah drukte hem een munt in de hand. De jongen maakte opnieuw een buiging en verdween. Jansen bromde verstoord iets. Obediah keek hem vragend aan.

'Je had beloofd te stoppen met die verdomde geheimzinnigheid. Dat is zeker een beroepskwaal bij alchemisten.'

'Ik ben geen alchemist, maar je hebt gelijk. Gentlemen, het spijt me dat ik jullie zo lang in het duister heb laten tasten over onze volgende stappen.' Obediah stond op en liep naar een canapé waarop een leren schoudertas lag. Nadat hij er een gevouwen vel papier uit had gehaald, liep hij naar een grote tafel naast de haard.

De anderen kwamen bij hem staan. Obediah vouwde het papier uit. Het was een kaart waarop Savoye en de aangrenzende gebieden te zien waren. In het noorden en oosten grensde het hertogdom aan het Zwitserse Eedgenootschap, het Spaanse hertogdom Milaan en de Republiek Genua, in het westen aan Frankrijk.

'Wij zijn hier...' – hij tikte op Turijn – '... en binnenkort reizen we verder naar Nice, waar ons schip uit Texel op ons wacht. Gisteren heb ik bericht gekregen dat het daar is aangekomen. Maar eerst... '– nu tikte hij op een punt een aantal mijl ten zuidwesten van Turijn – '... reizen we hierheen, naar Pinerolo.'

'En wat bevindt zich daar?' vroeg Jansen.

'Een vesting,' antwoordde Justel. Zijn stem klonk vreemd hol. 'Een Franse vesting.'

'Dat begrijp ik niet,' reageerde Jansen. 'We zitten hier toch in Savooiaards gebied, en Pinerolo ligt zo te zien minstens twintig mijl landinwaarts.'

Obediah wees naar een smalle, donker gearceerde strook die van Pinerolo naar de Franse grens liep. 'Zoals de generaal zojuist zei, moet het huis van Savoye de altijd hongerige Franse leeuw steeds weer een brok toewerpen om zelf niet te worden verslonden. Vijftig jaar geleden hebben de hertogen de vesting Pinerolo afgestaan. Sindsdien is het een Franse apanage. Het gebied erachter, Pragelato, is...' Hulp zoekend keek hij naar de generaal.

'Niet Savooiaards, maar ook niet Frans. Een soort boerenrepubliek, niemandsland zeg maar.'

'Bedankt, generaal. De vesting, die Louis door Vauban een aantal keer heeft laten uitbreiden, is dus van Frankrijk, en de allerchristelijkste koning gebruikt de donjon om hem onwelgevallige personen in op te bergen. De ligging is ideaal. Wie hier vastzit, is ver weg van zijn bondgenoten of vrienden, als hij die tenminste heeft.'

Justel knikte. 'Ze zeggen dat Fouquet hier beland is, ooit minister van Financiën van Frankrijk.'

'Om welke reden?' vroeg Jansen.

'Hij had op grote schaal staatsinkomsten in eigen zak gestoken.'

'Ja, en?' reageerde Jansen.

'En daar voor zichzelf een kasteel van gebouwd dat mooier was dan dat van de koning.'

Marsiglio gaf de hugenoot een vriendschappelijk kneepje. 'Je hebt het beste gedeelte van het verhaal nog niet verteld.' Hij richtte zich tot Jansen. 'Fouquet, die vrek, had ook een wapen voor zichzelf laten ontwerpen. Daarop stond een eekhoorntje dat noten verzamelt. En eronder stond: *Quo non ascendet*.'

Justel en Obediah lachten.

'Ik ken geen Latijn,' bromde Jansen.

'Vertaald luidt het motto: tot waar kan hij niet opklimmen?' Hij keek Jansen verwachtingsvol aan, maar de Deen grijnsde niet eens.

In plaats daarvan vroeg hij: 'En wie wil je daar bevrijden?'

'Dat zou ik ook graag willen weten,' zei Marsiglio. 'Toch niet graaf Eekhoorntje? Is die niet allang dood?'

Obediah schudde zijn hoofd. 'Nee, natuurlijk niet Fouquet. De graaf van Vermandois.'

Justels ogen werden groot. 'Dé Vermandois? Louis de Bourbon, légitimé de France, *comte* de Vermandois? De tweede zoon van Louis de Grote? Ik dacht dat die dood was.'

'Dood is hij niet. Alleen maar weggestopt, in de donjon van Pinerolo.' Obediah pakte een aardewerken mok en schonk nog wat hippocras in. Lauwwarm smaakte het spul nog smeriger dan heet. 'Ik heb,' ging hij verder, 'mijn oor te luisteren gelegd in de plaatselijke cafés. Wat de mensen hier zeggen bevestigt de geruchten die ik al van mijn correspondenten in Annecy en Carmagnola had gehoord, namelijk dat er in de vesting een nogal prominente gevangene vastzit.'

'Als het om een zoon van de koning zou gaan, had iemand hem intussen toch wel herkend,' merkte Marsiglio op. 'Zoiets valt nauwelijks geheim te houden.'

'Er wordt gefluisterd dat deze gevangene een masker draagt. Dat mag hij alleen afnemen als hij alleen in zijn cel zit. Toen hij in Pinerolo aankwam, werd hij vervoerd in een draagstoel waar zwart wasdoek omheen was gewikkeld. De dragers waren geen Franse soldaten, maar Savooiaardse Piemontesen uit Turijn. Dat alles wijst erop dat het om een hooggeplaatste persoon gaat, wiens identiteit in geen geval bekend mocht worden. Volgens mijn informatie kan het alleen maar Vermandois zijn.'

Jansen sloeg zijn armen over elkaar voor zijn borst. 'Alles goed en wel, maar waarvoor hebben wij zo'n suikerpopje uit Versailles nodig?'

'Omdat hij steelt als de raven.'

'Wat zeg je?'

'Laat me wat meer vertellen. De generaal heeft me er een tijd geleden al op gewezen dat er bij de Heracliden, zoals Pierre ons zo graag noemt, nog één talent ontbreekt. Wat wij nodig hebben, is een meesterdief.'

De Deen gromde minachtend. 'Goeie dieven vind je in de goot, niet in een paleis.'

'Dat dacht ik ook, totdat ik hoorde wat Louis de Vermandois allemaal heeft gestolen. Het delict dat hem bijna de kop heeft gekost was de diefstal van de oriflamme uit de persoonlijke wapenkamer van de koning. En dat is lang niet alles. Sinds ik me bezighoud met deze graaf krijg ik steeds meer ongelooflijke anekdotes te horen. Aan het hof van de Toscaanse groothertog Cosimo schijnt hij diens wapenschild te hebben ontvreemd. Tijdens zijn bezoek aan Straatsburg verdween de globe uit het beroemde astronomische uurwerk van de kathedraal. Er zijn nog meer van zulke verhalen, allemaal even spectaculaire diefstallen op verschillende plekken in Europa, allemaal in de periode tussen 1680 en 1683. En telkens stelde men de vraag hoe de dief dat voor elkaar kreeg, omdat de bewuste plekken ten eerste goed bewaakt werden en ten tweede slechts toegankelijk waren voor leden van de hoge adel. Volgens mijn onderzoekingen zat elke keer Vermandois erachter.'

'En jij denkt dat hij voor ons de dief zal spelen? Waarom zou hij dat doen? Uit dankbaarheid voor zijn bevrijding uit de kerker?' vroeg Justel.

'De beweegredenen van de hoge adel zijn, daar wil je waarschijnlijk heen, voor normale stervelingen niet te achterhalen. Maar onze opdrachtgever heeft me bepaalde middelen ter beschikking gesteld waarmee we de graaf hopelijk kunnen overtuigen.'

'Blijft de vraag,' merkte Marsiglio op, 'hoe je in deze door Sébastien de Vauban vermoedelijk uitstekend beveiligde citadel wilt inbreken.'

'Ik ben niet van plan er in te breken. Wanneer de graaf van Vermandois zijn eerste bezoek sinds jaren ontvangt, zullen wij regelrecht door de hoofdingang mee naar binnen wandelen.'

'Bezoek van wie?'

'Van zijn moeder, de hertogin van La Vallière, een vroegere maîtresse van de koning. Nadat ze de koning verscheidene malen heeft gesmeekt om haar ernstig lijdende zoon te mogen bezoeken, heeft de om zijn mildheid beroemde Louis onlangs eindelijk toegestemd. En wij zullen de hertogin vergezellen.'

'Jij kent haar?'

'Maar natuurlijk. En jullie, mijne heren, kennen haar ook.'

•◆•

Het Dogano was het beste logement in Turijn, dus sprak het vanzelf dat de hertogin van La Vallière daar overnachtte. Sceptische toeschouwers hadden kunnen vragen waarom ze in plaats daarvan geen beroep deed op de gastvrijheid van het huis van Savoye en logeerde op slot Chambéry, het voorvaderlijk kasteel van de hertogen. Victor Amadeus II was tenslotte getrouwd met een nicht van Louis XIV, die ongetwijfeld graag het laatste nieuws uit Frankrijk wilde horen en de hertogin vast heel vriendelijk zou hebben ontvangen.

Er waren echter geen sceptische toeschouwers die deze vraag konden stellen, of in elk geval niet voor zover Obediah wist. En als een spion de verrassende aankomst van La Vallière aan Frankrijk wilde melden, zou dat bericht dagenlang onderweg zijn. De dichtstbijzijnde koninklijke intendant zat in Grenoble, bijna tweehonderd mijl hiervandaan. Als iemand hertog Victor Amadeus op de hoogte wilde stellen ging dat vlugger, maar ook niet snel genoeg. Het was minstens zes dagen naar Chambéry als je flink doorreed. Tegen die tijd waren zij allang weer gevlogen.

Obediah ging voor een van de schandalig dure Venetiaanse spiegels staan, controleerde of zijn jabot goed zat en veegde een pluisje van zijn justaucorps. Ze waren in een van de salons van het logement, dat in feite eerder een palazzo was. Jansen keek door een van de hoge, boogvormige ramen naar buiten. Marsiglio en Justel spraken opgewonden met elkaar, maar voor de verandering met ernstige gezichten in plaats van ginnegappend als twee schooljongens, zoals meestal. Mooi, dacht Obediah. De zorgeloze fase van ons project is voorbij.

Er naderden voetstappen. Iedereen in de salon draaide zich om naar de dubbele deuren. Die zwaaiden open. Twee bedienden in livrei kwamen binnen en stelden zich op naast de open deuren. Achter hen volgde een dame in een indigoblauwe kalaminken jurk met geel bloemenpatroon. Op haar hoofd droeg ze een kastanjebruine pruik. In haar rechterhand hield ze een wandelstok, die niet alleen voor de sier was. Je kon zien dat elke stap de vrouw moeite kostte. Obediah glimlachte besmuikt. Om te zorgen dat niemand het zag maakte hij snel een buiging. Ze is echt heel grondig, dacht hij. Niet alleen de kleding klopte, maar ook had de condessa er rekening mee gehouden dat de echte hertogin sinds een rijongeluk een paar jaar geleden last had van haar heup.

'Louise Françoise de La Baume Le Blanc, hertogin van La Vallière en Vaujours,' riep een van de lakeien.

Obediah keek naar zijn metgezellen. Van Jansens gezicht was niets af te lezen, maar de uitdrukking van beide anderen verried verbazing. Ongelovig staarden Marsiglio en Justel naar de condessa, alsof ze niet zeker wisten of ze hun ogen wel konden geloven. De vrouw voor hen was niet alleen een paar duim langer dan Caterina da Glória, maar ook veel ouder. Onder de lagen poeder waren honderden rimpeltjes te zien. Bovendien had ze een lichte bochel.

Obediah deed een stap naar voren en boog nogmaals. 'Hooggeëerde hertogin, ik ben verrukt u weer te zien. Ik hoop dat u een aangename reis hebt gehad?'

'Dank u, seigneur. Het laatste stuk was helaas erg vermoeiend. Volgens mij zijn de Piemontese wegen nog slechter dan die in de Languedoc, als dat tenminste mogelijk is. Vergeef me dat ik even ga zitten.'

Een van de lakeien haastte zich naar haar toe en schoof een beklede stoel onder haar achterste, waarop ze zich met een zucht liet zakken.

'Iets te drinken, madame?'

'Een kop koffie zou heerlijk zijn.'

Een van de bedienden wilde direct weglopen, maar Obediah schudde zijn hoofd. 'Het spijt me, maar in deze stad schijnt nergens ook maar één enkele boon te vinden te zijn, ik heb overal navraag gedaan.'

La Vallière trok haar mondhoeken omlaag, met het onbegrip van een vrouw die niet gewend is aan gebrek. 'Ik vergat dat we hier in de Italiaanse provincie zijn, waar ze helaas geen manieren hebben. Een verschrikkelijk land, niets voor een fijnbesnaard mens als ik. Alleen in Venetië, daar is het iets beter, al zijn koffiehuizen zelfs daar vrijwel onbekend.' Ze wendde zich tot haar kamenierster, die op respectvolle afstand wachtte. 'Claire, ga naar de keuken en haal iets zoets voor me. Misschien een paar koekjes. En vraag of er dan tenminste chocolade is. Zo niet, breng ons dan wijn, maar alsjeblieft geen Italiaanse. Iets van de Rijn.'

Zodra de kamenierster verdwenen was gebaarde ze naar de twee lakeien dat die de deuren moesten sluiten, en wel van buiten.

Zodra ze alleen waren, verscheen er een brede grijns op Marsiglio's gezicht. 'Mijn beste condessa, ik buig voor u. Niet alleen voor uw schoonheid, maar vooral uw kundigheid. Deze vermomming... Als ik niet had geweten dat u het was, had ik u nooit herkend.'

De condessa knipperde met haar wimpers en streek voorzichtig over haar wangen. 'Dank u. Mijn schoonheid heeft er helaas sterk onder moeten lijden.'

'Hoe doet u dat precies?' vroeg Justel. 'U lijkt wel twintig jaar ouder, een vrouw van vijftig.'

Als Da Glória beledigd was omdat de hugenoot haar werkelijke leeftijd zojuist op dertig had geschat, liet ze dat niet merken. 'Eiwit,' antwoordde ze. 'Dun op de huid gestreken zorgt het voor rimpels waarop een oude boerin jaloers zou worden.'

'Sorry dat ik u onderbreek,' zei Obediah, 'maar we hebben niet veel tijd. Zodra we deze salon verlaten, moeten we deze kleine charade voor de rest van ons verblijf volhouden. Iets anders zou te gevaarlijk zijn, want in Turijn wemelt het van de spionnen van de Fransen, Venetianen en Habsburgers en wie weet wie nog meer. Daarom leg ik nog één keer onze rollen uit, goed?'

Niemand zei iets.

Obediah ging verder. 'De hertogin de la Vallière heeft de lange, vermoeiende reis hierheen ondernomen omdat Louis le Grand eindelijk gehoor heeft gegeven aan haar smeekbeden en haar toestemming heeft gegeven haar zoon te bezoeken. U, madame, hebt in aanwezigheid van de koning en de aartsbisschop van Parijs een eed gezworen die u tot absolute geheimhouding verplicht. U bent bovendien in het bezit van door de koninklijke Conseil des Dépêches vervaardigde vrijgeleides.'

Obediah haalde een verzegeld document uit de binnenzak van zijn justaucorps en overhandigde het de condessa, die het onmiddellijk tussen de overdadige ruches van haar mouw liet verdwijnen.

'Deze heer...' – hij wees naar Justel – '... is Ghislain Ogier Debussy, een jezuïtische secretaris die normaal gesproken de markies van Seignelay adviseert, Louis' staatsminister. Officieel reist hij mee als uw geestelijk begeleider. In werkelijkheid is pater Gislenus met u, madame, meegestuurd als oppasser omdat de Zonnekoning u en uw motieven niet werkelijk vertrouwt. Paolo, vergeef me de degradatie, maar jij bent vanaf nu luitenant Benito Viccari. Je staat in dienst van Victor Amadeus II. Zijne Doorluchtige Hoogheid heeft je vanuit Annecy hierheen gestuurd zodat je de hertogin met raad en daad terzijde kunt staan, mocht zij de hulp van Savoye nodig hebben.' Obediah wendde zich tot Jansen. 'En jij, Jansen, bent Klaus Tiensen, Hannoveraan en momenteel secondant van de graaf van Mertonshire.'

Jansen fronste zijn voorhoofd. 'En die graaf ben jij zeker? Hangt daar geen luchtje aan? Een Duitser en een Engelsman in het gevolg van een Franse hertogin?'

'Helemaal niet. James, de graaf van Mertonshire, is een buitenechtelijke zoon van de gestorven koning Charles II en zijn maîtresse Nell Gwyn.'

'Had Gwyn kinderen?' vroeg Marsiglio.

'Misschien, misschien ook niet. Charles II had in elk geval meer bastaarden dan de Spaanse infante lilliputters bezat, dus in die zin is het niet onwaarschijnlijk.'

Marsiglio knikte. 'Ga alsjeblieft verder.'

'Charles' zus Henrietta Anne Stuart was, zoals je weet, getrouwd met de hertog van Orléans, Louis' broer. Onze verzonnen graaf van Mertonshire is dus de neef van Monsieur, en daarmee ook een neef van de Zonnekoning. Net als zijn tante Henrietta heeft de graaf van Mertonshire veel tijd in Parijs doorgebracht, waar hij de condessa, vergeef me, ik bedoel de hertogin van La Vallière, leerde kennen.'

Da Glória glimlachte naar hem. 'Mag ik daaruit afleiden dat u mijn jeugdige paramour bent?'

Obediah voelde dat hij bloosde. Marsiglio grijnsde. Justel keek nogal zuur.

'Misschien ben ik ook slechts een van uw adviseurs, dat kunnen we openlaten. Als ik, ik bedoel de graaf, uw minnaar zou zijn, dan gebood de betamelijkheid ons sowieso dat te ontkennen. Als de mensen het desondanks geloven... Des te beter voor onze dekmantel.'

Er werd op de deur geklopt.

'Vanaf nu,' fluisterde Obediah, 'speelt iedereen zijn rol totdat ik iets anders zeg.'

'En de bedienden?' fluisterde Marsiglio.

'Die heb ik allemaal in Milaan ingehuurd,' antwoordde de condessa. 'Zij denken dat ik La Vallière ben.' Ze schraapte haar keel en riep: 'Kom binnen!'

De deuren gingen open en de kamenierster kwam binnen met een zilveren dienblad waarop een karaf wijn en een bordje marsepeinkoekjes stonden.

De condessa keek teleurgesteld toe terwijl ze alles neerzette en wijn in een glas schonk. 'Geen koffie en niet eens chocolade,' mopperde de hertogin. 'Wat een afschuwelijk land.'

•◆•

Obediah wreef in zijn ogen in de hoop dat de dansende vlekken die hij zag daardoor zouden verdwijnen. Toen hij weer naar het papier voor zich keek waren de vlekken er helaas nog steeds. Dat was geen wonder. Hij had nog nooit zo veel gelezen en geschreven als in de afgelopen weken. Alleen al deze avond had hij drie brieven opgesteld: een aan een Portugese koopman in Alexandrië, een tweede aan Huygens en de laatste aan Bayle. Zojuist had hij aan de vierde willen beginnen, die voor Cordovero bestemd was, maar nu vreesde hij dat hij in elk geval de versleuteling van het bericht niet meer voor elkaar zou krijgen, verblind als hij was. Hij stond op en strekte zijn ledematen, sjokte naar het buffet en zocht naar de fles port. Hij schonk een glas in en liep daarmee naar het open raam. Het was nog steeds warm buiten, hoewel San Giovanni Battista al elf uur had geslagen. Zijn kamer bevond zich op de derde verdieping van het Dogano, en dus had hij een mooi uitzicht op het paleis. Eigenlijk was het niets voor hem om zo naar buiten te staren; voor een dergelijke innerlijke rust had hem altijd al het geduld ontbroken. Aan de andere kant wist hij dat zijn ogen sneller zouden herstellen als hij zijn blik in de verte liet dwalen. En daarom bekeek Obediah ongeïnteresseerd maar plichtsgetrouw alles wat hij vanuit zijn raam kon zien: een piazza, een uitloper van de hertogelijke tuin, enkele paarden.

Toen de vlekken voor zijn ogen verdwenen waren, liep hij terug naar zijn bureau en pakte een nieuw vel papier. Nadat hij een verdwijnpunt had neergezet begon hij het paleis te tekenen, met snelle, spaarzame lijnen. De omliggende gebouwen en de achtergrond liet Obediah achterwege; in plaats daarvan schetste hij een fictief voorplein met een ruiterstandbeeld en vierkante tegels. Met hulp van een liniaal tekende hij een raster op het papier; de tegels liet hij wit.

Later zou hij ze inkleuren, als hij zijn geheimschrift af had. Toen legde hij de tekening op een bijzettafeltje en pakte een nieuw vel briefpapier.

Hooggeachte Don Cordovero,

Dank voor uw laatste brief. Laat ik meteen beginnen met een bekentenis. Hoewel we elkaar nooit hebben ontmoet, voel ik me erg na tot u. Onze aanhoudende correspondentie lijkt een vertrouwelijke band tussen ons te hebben geschapen die ik op deze manier nooit eerder…

Obediah keek naar wat hij geschreven had. De vlekken begonnen alweer voor zijn ogen te dansen. Hij verfrommelde het papier en gooide de prop onder tafel. Juist had hij een nieuw vel gepakt toen er op de deur werd geklopt.

'Kom binnen!' riep hij en hij draaide zich om naar de deur.

Caterina da Glória kwam binnen. Ze droeg een eenvoudige jurk van geel mousseline, zonder edelstenen of gouddraad. De condessa was alleen en had zelfs haar kamenierster niet bij zich.

Obediah stond op en maakte een lichte buiging. 'Madame.' Hij wees naar een stoel. 'Gaat u alstublieft zitten. Een slok wijn?'

'Graag. En zegt u toch geen madame… Noem me… Louise.'

'Als u, eh… je dat wilt.' Hij liep naar het buffet. Na enig nadenken koos hij een zoete wijn uit de Roussillon en schonk daarvan een glaasje voor haar in.

Ze pakte het met een knikje aan. Obediah wilde weer op zijn bureaustoel gaan zitten, maar ze gebaarde dat hij op de canapé naast haar stoel moest plaatsnemen. Hij deed wat ze vroeg. Toen hij zo naast haar zat, rook hij de lavendelgeur die ze verspreidde.

Caterina, Louise, wie dan ook, nipte van haar wijn en keek hem met haar grote bruine ogen aan. 'Ik heb je tijdens het werk gestoord.' Haar blik viel op de schets van het paleis. 'Of preciezer gezegd, tijdens het tekenen.' De condessa pakte het vel papier op en bestudeerde de tekening. 'Je hebt een goed oog. Heb je dit net getekend?'

'Ja.'

‘Uit het hoofd?’

‘Als ik iets eenmaal heb gezien, wordt het zo sterk in mijn geheugen geprent dat ik het op elk moment weer tevoorschijn kan halen.’

‘Zelfs zulke gebouwen?’ Ze keek naar de schets. ‘Ik ken Turijn heel goed. En het aantal portalen, de plek van de ramen, de beelden op het dak van het Palazzo Reale... Alles lijkt te kloppen. Hoe doe je dat?’

‘Ik heb geen idee, madame. Louise. Ik heb het altijd gekund. Als kind verraste het me toen ik er op een gegeven moment achter kwam dat anderen zich zulke dingen niet zo goed kunnen inprenten.’

‘Maar de tekening is nog niet helemaal klaar. Dat plein met die tegels is slechts een schets.’

‘Juist.’

‘Bovendien lijkt dat niet helemaal te kloppen. Voor het palazzo ligt niet zo’n plein.’

‘Ja, inderdaad. Dat is... een nieuwe techniek die ik uitprobeer. Delen van de tekening verzin ik en andere komen overeen met de werkelijkheid.’ Aan haar blik kon hij zien dat ze dit verhaal niet helemaal geloofde. Snel voegde hij eraan toe: ‘Maar genoeg over mijn amateuristische gekrabbel. Wat brengt je op dit late uur nog naar mijn vertrekken?’

Terwijl hij dit zei, zag hij dat de condessa als toevallig haar linkervoet naar voren schoof, zo ver dat die onder haar rok vandaan stak en Obediah haar blote enkel kon zien. Als je dat optelde bij het parfum en Caterines erg diepe decolleté carré, dan vreesde hij dat het antwoord op zijn vraag nogal voor de hand lag.

De condessa leek dat net zo te zien, want ze glimlachte veelbetekenend. ‘In Bedfont Manor was je ook al zo afwijzend. Wil je soms dat ik erom smeek, Obediah? Zou je dat fijn vinden?’

‘Madame, Louise, je begrijpt me verkeerd.’

‘Dat geloof ik toch niet. Ik zie je broek, Obediah. *La tua cosa* lijkt me erg geïnteresseerd.’

Hij schoof een stuk bij haar vandaan. Dat was helaas een vergissing, want daarmee maakte hij op de canapé plaats voor haar.

Zonder iets te zeggen stond ze op van haar stoel en vleide zich naast hem neer. ‘Ben je soms bang?’

Hij zag hoe haar in een dunne zijden handschoen gestoken hand in de richting van zijn bovenbeen kroop.

'Je bent toch geen puritein? Of heb ik me vergist en ben je een *sodomite*, zoals ze dat in Engeland zeggen?' Ze glimlachte. 'Bewaar je jezelf soms voor de graaf van Vermandois? Hij schijnt heel aantrekkelijk te zijn.'

'Louise, ik ben geen sodomiet, als je dat denkt.' Hij schoof een stuk naar links. De armleuning drukte in zijn zij.

'Maar?'

'Maar ons werk... gaat voor. Ik ben van mening dat zulke... romances alleen maar tweedracht zaaien.'

'Je bedoelt omdat ik de enige vrouw in ons gezelschap ben en ze allemaal verteerd worden door verlangen naar mij?'

'Wel, monsieur Justel bijvoorbeeld...'

'... is veel te groen en te mooi. Jij daarentegen bent een man.' Ze schoof nog iets dichterbij en legde een hand op zijn been. 'Ik geloof dat ik weet wat jouw probleem is.'

'Wat dan?'

'Niet de *vice italien* en ook niet je heilige missie. Je bent gewoon een beetje... gecompliceerd, heb ik gelijk?'

Obediah wilde iets terugzeggen, maar zijn mond voelde plotseling vreselijk droog. Juist toen hij zijn spraakvermogen terugvond, pakte de condessa zijn hand en legde die op haar rechterborst.

'Geen zorgen, ik help je. Hier mag je beginnen.'

Hij trok zijn hand niet weg, maar kneep in de hem aangeboden perzik.

Ze trok haar wenkbrauwen omhoog. 'Au! En net zei je nog dat je me niet wilde zien smeken. Heb je het graag zo ruw? Of...' Haar gezichtsuitdrukking veranderde. Nu keek ze geamuseerd. 'Kan het echt waar zijn? Zo geleerd maar toch zo onervaren, op jouw leeftijd? Geen wonder dat je gespannen bent.'

'Madame, ik...'

'Louise.'

'Louise, vergeef me als ik niet aan je eisen kan voldoen. Ik heb me nooit erg voor vrouwen geïnteresseerd, en zelfs niet voor... mannen. Alleen voor andere dingen.'

'Tincturen en formules ongetwijfeld. Maar ieder mens moet eten en drinken, zelfs als hij het niet graag doet. En iedere man moet zich van tijd tot tijd ontladen. Dat is bewezen.'

'Door... door wie?' Hij voelde dat haar hand in de richting van zijn kruis bewoog.

'Professor Da Glória,' zei Da Glória. Haar linkerhand sloeg ze om zijn nek terwijl haar rechterhand in zijn broek schoof.

'Madame, Louise... laat alsjeblieft mijn...'

'Wees nu stil en luister naar me. Ik ben La Vallière, de meest wellustige en schaamteloze hertogin die ooit in Versailles heeft rondgelopen. En dat wil wat zeggen. Mijn uiterlijke vroomheid is slechts een maskerade, en dat weet iedereen. Ik zou nergens naartoe gaan zonder op zijn minst één minnaar mee te nemen. En die minnaar dat ben jij, de graaf van Mertonshire. Al mijn bedienden roddelen er al over, en ook de helft van de gasten van het palazzo. We mogen ze niet teleurstellen. Het gaat hierbij, als je wilt, niet om onze verlangens, maar om onze dekmantel. Dat zul jij toch ook begrijpen.' Voordat hij kon antwoorden, greep ze in zijn broek.

Obediah kreunde.

Met haar gehandschoende rechterhand omklemde ze zijn lid. 'Het is echt jammer dat je hem niet wilt gebruiken. *Una cosa fastosa.* Maar ja, je moet nooit iemand dwingen.' Ze bewoog haar hand op en neer.

Obediah zakte hijgend onderuit.

Ze bracht haar mond vlak bij zijn oor en fluisterde: 'De kamenierster van een dame weet alles, wist je dat? Of haar meesteres haar maandstonde heeft, bijvoorbeeld. Of dat ze een *commerce* heeft gehad.'

Da Glória's tong gleed in zijn oor. Hij voelde dat hij bijna explodeerde.

'Zie deze kleine handreiking alsjeblieft als aanbod dat je later mag terugkomen, zodra je genoeg hebt van je maagdelijkheid. Vandaag zal ik je alleen wat verlichting bieden en mijzelf wat parels bezorgen om mijn nieuwsgierige kamenierster te bevredigen.'

Obediahs adem ging steeds sneller. Hij kromde zijn rug en schoof zijn bekken naar voren om het werk voor de condessa en haar kostelijke hand te vergemakkelijken. Hij voelde dat hij bijna kwam. Op dat moment liet de condessa zich van de bank glijden en duwde haar decolleté tegen zijn kruis.

Heel even leek Obediah, zo dacht hij althans, bijna te bezwijken. Toen hij zijn ogen weer opende stond de condessa voor hem en wreef met een zakdoek haar boezem schoon. Op haar handschoen en jurk zag hij de witte parels waarover ze had gesproken.

'Als je me nu wilt verontschuldigen, Mertonshire. Ik ga terug naar mijn vertrekken. Daar zal ik de reiniging van mijn jurk verder aan mijn kamenierster overlaten en zelf nog wat verder dromen over de sterke, verlangende minnaar die jij zou kunnen zijn. Kom me af en toe nog maar eens bezoeken als je buks weer geladen is.' Ze schonk hem nog een glimlach, draaide zich toen om en verdween.

•◆•

De koets maakte een enorme slinger toen hij weggleed in een van de vele diepe voren in de weg. Obediah was nog maar nauwelijks van de hevige schok bekomen toen de volgende kuil de wagen deed schudden. Ze hadden ongeveer een derde van de afstand naar Pinerolo afgelegd. Tegenover hem zat de condessa, die de wilde schokken met de waardigheid van een Griekse stoïcijn onderging. Obediah vervloekte zichzelf dat hij niet te paard was gegaan zoals Marsiglio en Justel. Voor iemand van zijn stand zou het echter ongepast zijn om zelf te rijden, en dat had argwaan kunnen wekken bij de Savooiaardse soldaten die hen escorteerden. Hij was tenslotte de graaf van Mertonshire, bastaard van een Engelse monarch, neef van de Zonnekoning en bovendien, zoals hij gisteravond had ontdekt, op reis met zijn paramour. Het enige positieve aspect van het gebonk was dat de minzieke condessa hem met rust liet. Hij had met vrouwen nooit goed overweg gekund, hoewel hij moest toegeven dat de ervaring van gisteren niet onaangenaam was geweest. Toch hoopte hij dat Da Glória hem in de toekomst met rust zou laten.

Het was een nogal eenzame streek waar ze doorheen reden. Turijn hadden ze al lang geleden achter zich gelaten en nu ploeterden ze over de enige begaanbare weg over de pas. Waren ze nog in Savooiaards gebied of bevonden ze zich al in de boerenrepubliek? Hij wist het niet. Tot nu toe had hij geen mens gezien. Alleen een paar geiten graasden een stukje hoger op de berghelling. Na nog een uur – zijn achterwerk voelde inmiddels aan als een platgeslagen pekelham – stopte de koets abrupt.

Obediah greep naar de deurklink, maar de condessa hield hem tegen. 'Je bent een graaf. Wacht tot de koetsier de deur voor je opent.'

Ze wachtten. Hij hoorde de Savooiaarden van hun paarden stappen en met de koetsier spreken in een Italiaans dialect dat klonk als rollende kiezelstenen.

'De luitenant zegt dat de Fransen vlakbij een voorpost hebben,' vertaalde de condessa.

Toen zwaaide het deurtje open. Obediah sprong naar buiten en stak daarna een hand uit naar de condessa. Terwijl zij uitstapte, keek hij om zich heen. Ze bevonden zich in een klein dorp met huizen die hem deden denken aan die in het noorden van Engeland: kleine, scheve bouwsels met muren van platte, op elkaar gestapelde stenen, slechts bijeengehouden door leem en modder. Uit sommige schoorstenen kringelden dunne rookslierten naar de blauwe, onbewolkte hemel. De bewoners leken allemaal te zijn verdwenen. Obediah strekte zijn pijnlijke ledematen en begeleidde La Vallière naar een houten bank. Haar kamenierster, die op de bok van de koets had gezeten, voegde zich bij haar.

Terwijl een van de soldaten een vuurtje maakte en er een kleine ketel boven hing, wendde Obediah zich tot de luitenant, een bebaarde man met brede schouders en O-benen. 'Waar zijn we hier?' vroeg hij in het Frans.

'In een dorpje dat Madonna heet, Uwe Doorluchtigheid. Het ligt halverwege.'

'Maar waar zijn de bewoners?'

De soldaat haalde zijn schouders op. 'Vermoedelijk boven op de alp, bij hun dieren. Binnenkort wordt er gehooid, het is een arbeidsintensieve tijd.'

Obediah knikte alleen. Hij vermoedde dat de aanstaande oogst niet de enige reden was voor de afwezigheid van de complete dorpsbevolking. Een groep edelen met gevolg betekende voor de boeren in het beste geval dat ze de reizigers moesten verzorgen en hun paarden voer en drinken moesten geven. Betaling hoefden ze daarvoor niet te verwachten. Hun loon zou eruit bestaan dat geen van de soldaten hun gammele hutjes in brand zette of spelende kinderen omver reed. Of in elk geval was dat in Engeland en Frankrijk zo. Hij betwijfelde of Italiaanse soldaten zich beter gedroegen.

'Uit uw woorden,' zei Obediah, 'maak ik op dat we over drie uur in Pinerolo aankomen?'

'Ongeveer. Al zullen de Fransen ons wel eerder opvangen.'

'Ik begrijp het. Bestaat er reden tot ongerustheid?'

'Eigenlijk niet.' De luitenant lachte. 'Toen ik gisteravond met onze hoofdman sprak waren de betrekkingen tussen het huis Savoye en het huis Bourbon tenminste nog heel fatsoenlijk. En mocht dat vannacht toch nog veranderd zijn, dan zullen we het wel merken.'

Obediah glimlachte zwakjes.

De luitenant merkte dat zijn grap niet goed was aangekomen en haastte zich om eraan toe te voegen: 'Ik ken de Franse vestingcommandant goed, hij is een edelman. Vroeger was hij luitenant bij de grijze musketiers.'

Obediah vroeg zich af wat deze man had misdaan dat hij was overgeplaatst van Parijs naar Pinerolo. Vrijwillig accepteerde ongetwijfeld niemand een betrekking in deze afgelegen streek. 'Wat is zijn naam?' vroeg hij.

'Jean d'Auteville, Doorluchtigheid.'

'En hoe gaat het nu verder?'

'Terwijl wij hier vanmiddag dineren, rijdt een van mijn mannen vooruit. Hij zal de Franse voorpost vertellen dat de hertogin met een Savooiaardse escorte onderweg is naar Pinerolo, en daarna zullen ze ons wel tegemoetrijden.'

Deze procedure beviel Obediah niet in het minst. Liever zou hij onaangekondigd in Pinerolo opduiken om zo de commandant van de vesting te overrompelen, maar hij zag geen mogelijkheid om bezwaren tegen het voornemen van de luitenant te uiten zonder daarmee achterdocht te wekken. Vermoedelijk was het toch niet belangrijk. Wat konden de Fransen in de vesting met de informatie dat binnen enkele uren La Vallière op bezoek zou komen? Rondom Pinerolo was er niets, dus zeker geen hooggeplaatste beambte van de koning aan wie de commandant raad zou kunnen vragen. Nee, hun plan zou ook zo werken, of in elk geval niet vanwege deze kleinigheid mislukken.

Obediah bedankte de luitenant en liep naar Justel en Marsiglio, die op twee rotsblokken waren gaan zitten en een pijp rookten. Tussen hen in op een krukje lag een backgammonbord. Marsiglio was aan de winnende hand, en niet zo'n beetje ook.

Obediah grinnikte. 'Het ziet ernaar uit dat de generaal te veel tactische finesse voor je bezit, Pierre.'

'Dat is inderdaad zo. Ik heb nog geen enkele partij van hem gewonnen. Al weken probeer ik hem over te halen iets anders te spelen, maar dat wil hij niet.'

'Wat dan? Faro? Of *quinze*?' vroeg Obediah.

Marsiglio schudde zijn hoofd. 'Nee. Hij wil dat ik *balla* met hem speel.'

'Hij bedoelt tennis,' zei Justel.

'Nou ja, hoe je het ook noemt: ik ben te oud om tegen een kurken balletje te slaan. Stel een spel voor dat zittend te spelen is, maakt niet uit wat.'

In plaats van te antwoorden deed Justel een zet die je alleen maar opvallend dom kon noemen. Marsiglio wachtte met onbewogen gezicht tot de hugenoot klaar was. Toen wierp hij de dobbelstenen en pakte twee stenen van zijn tegenstander weg.

'Ik geef het op,' zei Justel. 'Hoeveel ben ik je schuldig?'

'Inmiddels driehonderdtwintig pistolen, mijn vriend.'

Obediah blies hoorbaar zijn adem uit. 'Spelen jullie om zo veel geld?'

'Nou ja, we zijn in blijde verwachting van komende sinecures,' antwoordde Marsiglio grijnzend.

Obediah schudde zijn hoofd. 'De huid van de beer, je kent het spreekwoord.'

'Ach, je bent te voorzichtig,' zei Marsiglio. 'Waar maak je je zorgen om?'

'Ik maak me geen zorgen. Ik verbaas me alleen over jullie gebrek aan ernst.'

Marsiglio spreidde zijn armen. 'We hebben alles voorbereid. Nu kunnen we alleen nog maar hopen. Zo gaat het ook in het gevecht, dat weet iedere soldaat. Dus hou nu eindelijk op met piekeren, dat staat je niet. Speel liever een potje backgammon met me.'

'Later misschien. Als we dit achter de rug hebben daag ik je uit.' Hij dwong zichzelf tot een glimlachje. 'Voor tien pistolen per partij!'

'Hoor, hoor! Die belofte staat.'

De wind, die vanaf de plek waaide waar gekookt werd, bracht de geur van spek en uien mee. Het gesprek verstomde, en zonder nog iets te zeggen liepen de mannen naar het vuur. Toen ze daar aankwamen was een van de soldaten al bezig om porties uit te delen van een gerecht dat hij *tartiflette* noemde. Het waren aardappels gebakken met spek en ui en vervolgens vermengd met geraspte kaas. Het was eenvoudig boereneten en beslist niet passend bij hun stand, maar Obediah was te hongerig om daarop te letten. Ook Marsiglio en Justel tastten flink toe. Alleen de condessa sloeg het eten af, met de opmerking dat aardappels voor varkens waren, niet voor mensen, en al helemaal niet voor een dame van adellijk bloed. Obediah wist niet zeker of hij dat dwaas vond of dat hij Da Glória erom moest bewonderen dat ze haar rol zo consequent volhield.

•◆•

Niet veel later reden ze weer over de bergweg. Obediah schatte dat er een uur was verstreken toen de koets opnieuw bleef staan. Hij gluurde uit het raampje. Voor hen zag hij drie mannen in uniform. Ze droegen een witte sjerp, wat beduidde dat ze soldaten van de Franse koning waren. Hun aanvoerder sprak met de luitenant van de Savooiaarden. Daarbij schudde hij meermaals het hoofd.

Obediah stak zijn hoofd door het raampje en richtte zich tot Marsiglio. 'Luitenant Viccari, wat is de oorzaak van dit oponthoud?'

Marsiglio leidde zijn paard dichter bij de koets. 'Deze Fransen, milord. Ze zeggen dat ze zonder vrijgeleide niemand mogen doorlaten.'

Obediah wilde uitstappen, maar kreeg toen een beter idee en sloeg een paar keer met zijn stok tegen de koetswand. Haastig stapte de koetsier van de bok om het deurtje voor hem open te maken. Obediah zette een verontwaardigd gezicht op en liep recht op de Franse soldaten af, zijn hand alvast op zijn degen. De mannen namen hem onderzoekend op en hij zag hun ogen groot worden. Natuurlijk wisten ze niet wie hij was, of beter gezegd: wie hij voorgaf te zijn. Ze zagen echter wel zijn kleren. Obediah droeg reiskleding zoals die in die tijd bij de Franse hoge adel *à la mode* was, met wijde, met fluweel bezette mouwen en een bijpassende culotte. Zijn pak had een vermogen gekost en dat zag je aan elke naad en elk stiksel. Het moest de mannen duidelijk zijn dat hij rechtstreeks uit Versailles kwam. Hun houding werd aanmerkelijk rechter.

'Wat is hier aan de hand? Leg me uit wat deze ongehoorde vertraging te betekenen heeft,' zei hij tegen niemand in het bijzonder.

'Ik verzoek Uwe Doorluchtigheid alleronderdanigst om vergeving, maar deze heren weigeren u verder te begeleiden,' zei de Savooiaardse luitenant.

'Weigeren?' Obediah fixeerde met zijn blik een Fransman die, als hij de onderscheidingstekens juist interpreteerde, een onderofficier was. 'Laat die man zich verklaren!'

De aangesprokene, een man van hoogstens twintig jaar, maakte een buiging. 'Ik vraag Uwe Doorluchtigheid om vergeving. We hebben nu eenmaal strikte orders van onze vestingcommandant.'

'Wat, wat?'

'Zoals u weet verkeert Frankrijk in oorlog, en daarom gelden op bevel van de markies van Louvois momenteel op alle vestingen de strengste veiligheidsmaatregelen.'

Obediah zei niets terug, maar probeerde zo verstoord mogelijk te kijken. Hij voelde zich er een beetje belachelijk bij en hoopte vurig dat zijn beroerde toneelspel niemand opviel.

'Ik mag u alleen laten passeren als u een geleidebrief van het oorlogsministerie kunt laten zien, met daarin vermeld de reden van uw bezoek aan de vesting, Uwe Doorluchtigheid.'

'Ik bezit geen geleidebrief van de markies van Louvois,' zei Obediah.

'Dan kan ik u helaas niet...'

'De impertinentie van deze vent is werkelijk buitengewoon! Laat hem dit lezen.' Obediah haalde een opgevouwen document uit zijn mouw en hield het de man voor.

Toen die het openvouwde en het zegel herkende, verdween alle kleur uit zijn gezicht. 'Uwe genade!' De officier sloeg zijn hakken tegen elkaar en maakt een diepe buiging. 'Ik verzoek u nederig om vergeving.'

Obediah griste het papier uit zijn hand en stopte het weg. 'Zijn onwetendheid is kennelijk nog groter dan zijn insolentie. Laat die kerel op zijn paard stijgen. De hertogin duldt geen verdere vertragingen.' Daarna draaide hij zich om en stapte weer in de koets. Zodra hij zat haalde hij een zakdoek uit zijn vestzakje en depte daarmee zijn voorhoofd.

'Dat heb je heel netjes gedaan,' zei de condessa. 'Een beetje bloedeloos, maar niet slecht.'

'Dank je. Hoezo bloedeloos?'

'Als je echt tot de hoge adel behoorde, en bovendien je in de koets meeluisterende geliefde had willen imponeren, dan had je die jongen flink de oren gewassen.'

'Ik vond dat ik tamelijk scherp...'

'Onzin. Je had toch een wandelstok bij je? Daarmee had je die vent een geducht pak slaag moeten geven. Er had bloed moeten vloeien.'

'Alleen maar omdat hij zijn plicht deed? Dat zou onmenselijk zijn.'

'Dat vind jij. Maar jij bent niet meer jij. Vergeet dat nooit. De vestingcommandant zal niet zo gemakkelijk om de tuin te leiden zijn als deze onnozele hals. Laat het bedenken van dergelijke afleidingsmanoeuvres voortaan liever aan mij over.'

Obediah boog zijn hoofd licht. 'Ja, dat vind ik prima. Neem jij alsjeblieft de leiding over.'

Ze glimlachte brutaal. 'Dat je dat prettig vindt heb ik gisteravond al gemerkt.'

'Condessa...'

'Louise.'

'Louise, ik weet niet wat je doel is met deze toenaderingspogingen, maar ik vind dat we ons volledig op onze opdracht moeten concentreren.'

'Je bent een eigenaardige man, James. Wat is er met je gebeurd dat je zo'n hekel aan vrouwen hebt gekregen? En kennelijk ook aan mannen.'

'Ik geloof niet dat mijn verlangens of de afwezigheid daarvan jou iets aangaan.'

Ze trok een pruilmondje en keek hem met haar grote bruine ogen aan. Hij was zelf verbaasd hoe koud hem dat liet.

'Ik kan gewoon erg slecht tegen afwijzing, milord.'

'Wend je dan tot een van de andere heren van ons groepje. Wellicht dat je daar wel wederliefde vindt.'

'Nee, dank je. Jij bent helemaal naar mijn smaak, ik hou van mannen met verstand. Kunnen we niet ten minste doen alsof?'

'Vanwege onze dekmantel, dat liedje heb ik eerder gehoord.'

'Onder andere. Maar bovendien maakt dat het makkelijker om me die opdringerige knaap van het lijf te houden die per se zijn hugenotenpik op me wil uitproberen.'

'Madame, alsjeblieft!'

'Ach, doe toch niet zo. Je komt uit Londen, waarschijnlijk bestaat er geen smerig woord dat jij nooit gehoord hebt.'

'Maar niet uit de mond van een dame.'

Ze boog naar voren en keek hem koeltjes aan. 'Ik zal je iets vertellen waarover je maar eens moet nadenken, misschien samen met andere virtuosi die net als jij liever traktaten lezen dan zich met vrouwspersonen te bemoeien.'

'Ja?'

'Als jij – geheel hypothetisch natuurlijk – ooit lust bij jezelf zou bespeuren, kun je tegen je gentlemanvrienden zeggen dat je even genoeg hebt van de omloopbanen van de planeten en zin hebt in een stevige neukpartij. En vervolgens kun je naar Mother Wisebourne gaan. Daar zoek je een knap Iers ding uit en laat haar uitgebreid je pik afzuigen. Daarna vertel je je vrienden bij een kop koffie hoe goed ze dat heeft gedaan.'

'Madame, Cat... Louise, je woordkeuze is...'

'Nou?'

'Die van een havenmeid.'

'Soms moet ik er een spelen, dus kan ik ook zo praten. Maar – en dat is waarover je eens moet nadenken – waarom mag ik dat niet?

Waarom mogen mannen onfatsoenlijk praten en onfatsoenlijk leven, maar vrouwen niet?'

'Er zijn in Londen heel veel vrouwen die beide doen.'

'Dat kan zijn, maar die worden als hoeren en lellebellen beschouwd.'

'Inderdaad.'

'Waarom?'

Het was hem een raadsel waar de condessa heen wilde. Voorzichtig antwoordde hij: 'Nou, omdat een vrouw, een dame, een zekere terughoudendheid aan de dag hoort te leggen. Dat staat al in de Bijbel.'

'Aha. Halen de virtuosi van de Royal Society hun argumenten tegenwoordig weer uit de psalmen? Ik dacht dat de ratio en het experiment de basis van alle natuurfilosofie hoorden te zijn, zoals Bacon heeft gezegd.'

'Je hebt de geschriften van Bacon gelezen?'

'Ja. Daartoe ben ik in staat, hoewel ik een vrouw ben. Tot ongeveer alles, trouwens. Ik kan zelfs staand pissen. En toch zou ik zogenaamd dommer zijn dan jij en minder vrijheden hebben? Daarvoor bestaat geen enkele reden. In elk geval geen reden die wetenschappelijk door iemand bewezen is. Of kun je iets in die richting citeren, een essay wellicht?'

Obediah wilde iets terugzeggen, maar er schoot hem niets te binnen. Dat kon aan de eigenaardige stelling van de condessa liggen, maar ook aan haar hand, die op zijn knie lag. Gelukkig bleef op dat moment de koets stilstaan. Hij opende het raam en keek naar buiten.

Marsiglio kwam aanrijden. 'We zijn er, milord.'

Hij stak zijn hoofd uit het raampje. Voor hem lag een stadje dat nauwelijks meer dan duizend zielen kon herbergen. Op de achtergrond zag hij een indrukwekkend Alpenpanorama. Een paar toppen waren zo hoog dat er nog sneeuw op lag. In de bergen was Obediah echter niet geïnteresseerd. Al zijn aandacht gold de vesting. Het complex bestond uit een al oudere burchtmuur die een enorme, gedrongen toren omsloot, de donjon. Daarin waren de gevangenen ondergebracht. Dit machtige bouwwerk binnendringen was al een hopeloze onderneming, maar er waren nog meer versterkingen. In de afgelopen jaren had de Zonnekoning de burcht van Pinerolo, net als alle andere vestingen aan de oostgrens, laten uitbouwen. *L'enceinte de fer*, of ijzeren muur, die zo ontstond moest Frankrijk onneembaar maken. Obediah kon de enorme, op pijlpunten lijkende schansen zien die vanuit het midden van het complex naar buiten wezen. Die waren naar de nieuwste inzichten van de geometrie ontworpen door de vestingarchitect van Louis XIV, Vauban. Elke muur, elke gracht was steen geworden mathematica. Er was nergens een dode hoek, geen enkele zwakke plek. Van welke zijde een leger deze vesting ook benaderde, het kon altijd van minstens twee kanten met kartetsvuur bestookt worden. Alle afstanden waren op de meter precies berekend zodat er geen punten waren die de kanonnen en kartouwen niet konden bereiken. Tegelijkertijd konden de verdedigers profiteren van een uitstekende dekking en waren ze nauwelijks te raken.

In het geval van Pinerolo lag het gros van de vestingwallen, grachten, schansen en *demi-lunes* in het oosten, aan de kant die van de Alpen was afgewend. De eigenlijke vesting verhief zich achter de stad. Alles bij elkaar telde Obediah vier verdedigingswallen, een voor de stad en drie rond de donjon.

'Een indrukwekkend complex,' bromde Marsiglio.

'Onneembaar,' viel Obediah hem bij. Toen stond hij zichzelf een glimlachje toe. 'Volkomen onmogelijk om daar binnen te komen.'

'Eerlijk gezegd lijkt het er hiervandaan op dat het ook onmogelijk is om weer buiten te komen.'

'*Quod esset demonstrandum*, mijn vriend,' antwoordde Obediah. En hij zou dat bewijs leveren. Vooropgesteld dat Louis, de graaf van Vermandois, inderdaad zo'n briljante dief was als iedereen beweerde.

•◆•

Begeleid door hun Franse escorte hotsten ze over een omhooglopende straat. Bij de buitenste poort moesten ze even stoppen, maar al snel liet men hen passeren. Toen Obediah uit het raampje van de koets gluurde, zag hij het vergulde wapen dat boven de hoofdpoort hing. Er stond een zon met een gezicht op, en daarboven het motto van Louis de Grote: *Nec pluribus impar*, Ook opgewassen tegen velen.

Na een paar minuten bereikten ze de glacis, die zich binnen de tweede vestingring maar buiten de eigenlijke burchtmuren bevond. Daar werden ze opgewacht door een haag van Franse soldaten. Voor hen stond een man in het uniform van een officier der musketiers. Dit moest D'Auteville zijn, over wie de Savooiaardse luitenant had verteld. Zijn lichtgrijze jas en pruik hadden hun beste jaren gehad. Hetzelfde gold voor hun drager. D'Auteville was oud, minstens vijftig. Je kon zien dat hij alleen nog overeind werd gehouden door een gedurende decennia verinnerlijkte soldatendiscipline en alcohol. Hij bezat het opgezwollen gezicht van een man die al bij het ontbijt een paar bekers wijn drinkt en op zijn laatst tegen de middag naar iets sterkers grijpt om de dag door te komen.

Obediah stapte als eerste uit de koets en hielp La Vallière het trapje af. Justel, in zwarte soutane, rode cape en bonnet, ging vlak achter haar staan. Marsiglio en Jansen bleven wat op de achtergrond. D'Auteville bekeek hen met een mengeling van wantrouwen en verwarring.

Zoals afgesproken nam Justel als eerste het woord. 'Gegroet, monsieur. Heb ik de eer te spreken met Jean d'Auteville, hoofdman van de musketiers van de garde van Zijne Majesteit?'

'Dat hebt u, eminentie.'

Justel maakte een lichte buiging. 'Ik ben pater Gislenus, van het Parijse kapittel van de Societas Jesu. Ik heb de eer u Françoise Louise de La Baume Le Blanc voor te stellen, hertogin van Vallière en Vaujours. En deze edelman hier is James, graaf van Mertonshire en een neef van Zijne Majesteit.'

Voordat de vestingcommandant zo diep boog als zijn leeftijd en dronken toestand toelieten, zag Obediah aan zijn blik dat de man precies wist wie La Vallière was. Dat was voor iemand die lang in Parijs of zelfs aan het hof in Versailles gewoond had niet ongewoon. Aan de andere kant was La Vallière al vijftien jaar geen maîtresse van de koning meer en woonde ze teruggetrokken op het platteland. Dat D'Auteville haar toch onmiddellijk kon thuisbrengen was voor hem daarom een aanwijzing dat de zoon van de hertogin inderdaad in Pinerolo vastzat. Tegenover zijn Heracliden had Obediah dit steeds als vaststaand feit gepresenteerd. In werkelijkheid was hij er tot zojuist nooit helemaal zeker van geweest.

Toen D'Auteville zich weer had opgericht zei hij: 'We zijn vereerd door uw bezoek, doorluchtige hertogin. Wat een onverwacht genoegen. Waaraan dankt Pinerolo uw visite, als ik mij die vraag mag veroorloven?'

La Vallière keek even naar Obediah.

Die schraapte zijn keel en zei: 'Ik denk dat we dat het beste in uw ambtsvertrek kunnen bespreken, hoofdman. Hier buiten zijn te veel oren.'

D'Auteville knikte. 'Natuurlijk, natuurlijk. Mijn kabinet is alleen... Ik ben juist bezig de papieren van onze factoor te sorteren, het is nogal wanordelijk. Maar in de kazerne kunnen we ongestoord spreken. Als u mij wilt volgen.'

De vestingcommandant slofte in de richting van het garnizoensgebouw, een langgerekt, twee verdiepingen hoog huis met kleine ramen waarvoor een paar kinderen speelden. Justel, de condessa en Obediah volgden hem naar binnen, Jansen en Marsiglio bleven buiten. D'Auteville nam hen mee naar een kleine zaal. Even later zaten ze aan een grote eikenhouten tafel. Nadat een jongen hun wijn had ingeschonken en weer verdwenen was, zei D'Auteville: 'Bent u op doorreis?'

'Mijn beste hoofdman, dit toneelspel is overbodig,' zei Justel glimlachend. 'U weet toch dat de hertogin vanwege haar zoon hier is.'

D'Auteville blies zijn slappe wangen bol. Hij nam een grote slok uit zijn beker. Pas door de wijn leek hij genoeg kracht te vinden voor een antwoord. 'Pater, ik... ik weet helaas niet waarover u spreekt.'

'Een valse getuigenis afleggen is een zonde, mijn zoon.'

D'Auteville keek ongelukkig. 'Voor een trouw soldaat is het een nog grotere zonde om zijn bevelen niet op te volgen. En ik heb expliciete orders van de oorlogsminister, de markies van Louvois, om met niemand over de hier opgesloten gevangenen te spreken. Zelfs mijn soldaten weten niet wie er in Pinerolo gevangenzit.'

'Maar wij weten het wel,' zei Obediah.

'Een omstandigheid die ik per omgaande aan het hôtel van de markies zal moeten melden,' reageerde D'Auteville.

'Natuurlijk, monsieur. Vanzelfsprekend.'

De musketier knipperde met zijn ogen. 'Daar hebt u geen bezwaar tegen?'

De hertogin sloeg haar ogen ten hemel.

Obediah boog naar voren. 'Monsieur, hoe denkt u dat wij aan de informatie zijn gekomen dat de zoon van de hertogin hier opgesloten zit?'

D'Auteville opende zijn mond, maar sloot hem toen weer.

'Dat de graaf hier is,' vervolgde Obediah, 'zou weleens een van de best bewaarde geheimen van Frankrijk kunnen zijn.'

'Dat heb ik tot nu toe ook altijd gedacht,' antwoordde D'Auteville. 'Hoe weet u ervan?'

'Van de Grote Man persoonlijk.'

'U bedoelt...? Maar dat begrijp ik niet. Al meer dan vier jaar is hij nu hier, elk contact met de buitenwereld is hem verboden. Velen geloven dat hij in Vlaanderen gevallen is. En het bevel om zijn verblijfplaats geheim te houden komt per slot van rekening van niemand anders dan Zijne Majesteit zelf. Ik heb de lettre de cachet met zijn handtekening eronder destijds met eigen ogen gezien. Ik herinner me zelfs de bewoordingen nog: *Hij dient als een edelman behandeld te worden, maar wel met hardheid. Contacten zijn de gevangene niet toegestaan. In aanwezigheid van derden en tijdens het luchten moet de gevangene altijd een masker dragen.*'

Op dat moment begon Louise de la Vallière hartverscheurend te snikken. De uitdrukking op D'Autevilles gezicht werd zo mogelijk nog verwarder.

De jezuïetenpater legde snel een arm om de schouder van de hertogin. 'Kijk nou wat u hebt aangericht,' zei hij zacht. 'U hebt de arme hertogin herinnerd aan al het leed dat haar zoon heeft moeten doorstaan.'

'Ik vraag u om vergeving, madame,' stamelde D'Auteville.

Obediah stak La Vallière een zakdoek toe.

Ze pakte die aan en wiste haar gezicht ermee af. Nadat ze luid haar neus had gesnoten richtte ze zich op en keek D'Auteville aan. 'Moppert u niet op deze goede soldaat, pater Gislenus. Hij doet slechts zijn plicht. Het is waar, mijn zoon heeft gezondigd tegenover Zijne Majesteit. En daarvoor is hij streng gestraft. Maar weet u, monsieur d'Auteville, waarom Louis zo'n groot koning is, groter dan alle anderen? Waarom zijn *gloire* feller straalt dan alles en iedereen?'

'Ma-madame?'

'Omdat hij altijd bereid is te vergeven, zelfs zijn ergste tegenstanders. Denk toch aan de Grote Condé!'

Obediah moest een glimlach onderdrukken. Het was een slimme zet om de prins van Condé te noemen. Deze had tijdens de Fronde-opstanden tegen de vader van Louis XIV gevochten. Een andere heerser zou Condé om die reden onmiddellijk hebben laten onthoofden. De Zonnekoning had zijn neef echter genade geschonken en hem tot groothofmeester benoemd. Vaak liet hij zich door de prins persoonlijk zijn maaltijd serveren. En als de koning de aanvoerder van een opstand vergaf, zou hij dan ook niet op enig moment zijn ontspoorde zoon vergeven?

'U... U denkt dat Zijne Majesteit de graaf van... dat hij hem genade zal schenken?'

'Ik zou nooit durven gissen naar de wensen en gedachten van Zijne Majesteit,' antwoordde de hertogin. 'Maar hij heeft in elk geval bepaald dat ik mijn Louis mag zien.'

'Dat, nou ja... Ik ben verheugd voor u, madame, en ook voor Zijne Doorluchtige Hoogheid, de graaf. Ik vrees alleen dat ik hierover eerder niets heb gehoord.'

'U hoort het nu,' zei Obediah verstoord. 'Hier is het document.' Hij haalde een opgevouwen stuk perkament tevoorschijn en reikte het D'Auteville aan.

Een ogenblik staarde de musketier naar het zegel met de kroon en de beide engelen die een met lelies versierd schild vasthielden, toen verbrak hij het. Met een achteloze, ruwe beweging van zijn hand vouwde hij het papier uit. Daarbij scheurde het aan één kant een stukje in. Inwendig kromp Obediah ineen. Hij had dagenlang aan dit document gewerkt. Maandenlang had het hem gekost om aan de modellen voor zegel en stempel te komen, en bovendien een vermogen. D'Auteville las de brief. Toen las hij hem een tweede keer.

'Neemt dit uw bedenkingen weg, monsieur?' vroeg Obediah.

'Tja, ten dele, Uwe Doorluchtigheid.'

Obediah keek de officier ongelovig aan. Ook de jezuïetenpriester zag er verwonderd uit. Alleen La Vallière vertrok geen spier.

'Dit is een persoonlijk schrijven uit het secretariaat van de koning, met handtekening en het persoonlijke zegel van Zijne Majesteit!' zei Gislenus.

'Ik weet het, pater. Maar het is niet voldoende.' D'Auteville keek in zijn wijnbeker. 'Deze vesting is uitsluitend bedoeld om gevangenen in onder te brengen die zich schuldig hebben gemaakt aan een bijzonder zware misdaad. En daarom heeft Zijne Majesteit bepaald dat wezenlijke veranderingen in de omstandigheden van de gevangene – overplaatsing naar een andere vesting, bijvoorbeeld – slechts zijn toegestaan als ons van tevoren vanuit het oorlogsministerie een *préavis* dienaangaande ter hand wordt gesteld. Uw brief is dus onvoldoende.'

Obediah begon te zweten. Dit liep al mis voordat het echt begonnen was. Koortsachtig bedacht hij wat hij tegen D'Auteville moest zeggen, maar toen hoorde hij de stem van Justel.

'Dus u zegt dat u geen préavis hebt ontvangen.'

'Niet dat ik weet, pater.'

'Misschien is het verloren gegaan,' merkte Obediah op.

'Doorluchtigheid,' zei D'Auteville, 'dergelijke documenten gaan zo goed als nooit verloren, zeker niet bij een zo belangrijke gevangene. Gewoonlijk worden ze overgebracht door musketiers van de garde.'

'Dat kan zijn. Zoals u hier echter ongetwijfeld hebt meegekregen heeft mijn oom, de koning, enkele dagen geleden met meer dan veertigduizend man de Rijn overgestoken om zijn aanspraak op de Palts door te zetten. In tijden van oorlog loopt er weleens iets mis.'

D'Auteville keek hem wantrouwig aan. Hij nam een grote slok. 'In Engeland misschien, Uwe Doorluchtigheid. Maar in een ordelijke staatsbestel als dat van de Fransen gaan decreten van de koning niet verloren.'

Obediah probeerde zo verontwaardigd mogelijk te kijken. 'De brutaliteit... Wij zijn hier op bevel van Zijne Majesteit!'

'Daar twijfel ik niet aan. Vergeef me alstublieft. Het is geen impertinentie die me doet aarzelen. Ik heb gewoon mijn bevelen.'

Obediah legde zijn handen op zijn schoot, zodat niemand kon zien dat ze trilden. Hij had wel geweten dat het niet gemakkelijk zou zijn om de graaf van Vermandois uit een van de best beveiligde burchten van Frankrijk te bevrijden, maar daarbij had hij vooral gedacht aan hindernissen als de dikke muren of de overal geposteerde bewakers. Dat uitgerekend de Franse bureaucratie een streep door de rekening zou zetten had hij niet verwacht. Wat moest hij nu doen? Zou het door D'Auteville genoemde préavis misschien op korte termijn te vervalsen zijn? Misschien konden ze hun intrek nemen in Pinerolo onder het voorwendsel dat ze op het betreffende document wilden wachten. Dat zou hem genoeg tijd geven om een geschikte brief te fabriceren, vooropgesteld dat Justel uit zijn tijd als secretaris nog wist hoe een dergelijk document eruit moest zien en welk geheimschrift in zo'n geval werd gebruikt. Terwijl hij hierover nadacht, hoorde hij de stem van de hugenoot.

'Het strekt u tot eer dat u uw bevelen zo strikt opvolgt, monsieur d'Auteville. Ik vrees alleen dat u ze verkeerd interpreteert.' Justel begon de officier de fijne kneepjes van het door de Grote Colbert ingevoerde verordeningensysteem uiteen te zetten.

Obediah had moeite om de hugenoot te volgen. D'Auteville leek het nauwelijks beter te vergaan.

Nadat de zogenaamde jezuïet zijn kleine voordracht had beëindigd, zei de musketier: 'U beweert dus dat in dit geval een brief van Zijne Majesteit voldoende is?'

'Zo is het. Als het om een verandering in de omstandigheden van uw gevangene zou gaan – vrijlating, overplaatsing, opheffing van de anonimiteit – dan was een préavis noodzakelijk, daarover zijn we het eens. In dit geval liggen de zaken toch iets anders. We willen de graaf immers nergens naartoe brengen. En hij hoeft ook zijn masker niet af te leggen. Het gaat er slechts om dat de reeds in het geheim ingewijde hertogin toestemming krijgt om hem eenmalig te spreken, in zijn cel natuurlijk.'

'En zult u beiden daarbij ook aanwezig zijn?'

'Nee,' antwoordde Justel. 'De graaf en ik begeleiden de hertogin alleen tot aan de donjon en wachten haar daar na haar visite weer op, voor het geval ze geestelijke of wereldlijke bijstand behoeft.'

D'Auteville schoof onrustig heen en weer op zijn stoel. 'Ik begrijp het. Maar... zou het toch niet het beste zijn om een paar dagen te wachten? Het préavis uit Parijs zal toch zeker snel komen. Dan zijn we volkomen zeker.'

'U begrijpt het nog steeds niet, monsieur. Terwijl ik het toch net heb uitgelegd,' zei Justel, die daarbij uiterst vriendelijk glimlachte.

'Is dat zo?'

'Ja. Ziet u, wat denkt u dat er gebeurde nadat Zijne Majesteit dit bevel, dat de graaf u zojuist liet zien, ondertekende?'

'Een of andere secretaris heeft het meegenomen, neem ik aan.'

'Niet zomaar eentje. De *premier commis* van de koning zal het document, zo schrijft het reglement voor, in kopie naar het staatsarchief hebben gebracht. Verder zal het doorgestuurd zijn naar een secretaris van het bij het bevel van Zijne Majesteit betrokken ministerie. Deze zal vervolgens op grond van de inhoud hebben besloten...' – Justel keek met een betweterige, voldane blik om zich heen – '... dat het onnodig was om ook nog een *préavis* naar Pinerolo te sturen.'

'Aha. Dus u bedoelt dat er vanuit Parijs nooit een dergelijke brief is gestuurd?'

'Zo is het. Want anders dan onze vriend, de met de Franse gebruiken begrijpelijkerwijs niet *en détail* vertrouwde graaf van Mertonshire, aanneemt, gaan dergelijke documenten niet verloren en treuzelen de bezorgers ervan nooit. Al helemaal niet wanneer het om een direct bevel van Zijne Majesteit gaat.'

'Wel, als dat zo is... In dit document staat dat u een uur met hem mag spreken. Wanneer zou u de gevangene willen spreken, madame?'

'Mijn moederhart smacht ernaar hem snel te zien. Is het misschien vandaag nog mogelijk?'

D'Auteville stond op en maakte een buiging. 'Over een half uur is het zijn luchttijd. Daarna breng ik u bij hem.'

In plaats van te antwoorden begon de hertogin van La Vallière dankbaar te snikken.

•◆•

Obediah wachtte voor de donjon, samen met Justel, Jansen en Marsiglio. Ze stonden te roken en keken naar een regiment soldaten dat ongeveer honderd voet verderop een exercitie uitvoerde. Een onderofficier blies op een fluitje en brulde bevelen, waarop de mannen de trappen naar de omliggende weergangen en platformen op renden.

Vervolgens floot hij nog eens, waarna de soldaten de smalle stenen trapjes weer af moesten rennen. Dat ging nu al een hele tijd zo.

Obediah zoog aan zijn pijp. 'Luitenant Viccari?' zei hij.

Marsiglio draaide zich glimlachend naar hem om. 'Milord?'

'Wat zijn dat voor eigenaardige messen die aan de geweren van de soldaten bevestigd zijn?'

'O, dat is een nieuwe Franse uitvinding. Schijnt van Vauban zelf afkomstig te zijn. Het wordt een bajonet genoemd. Dankzij het aan de loop bevestigde blad kan het geweer als lans worden gebruikt als het tot een *mêlée* komt.'

'En dat werkt?'

'Ja, heel goed. Soms zijn het de eenvoudige uitvindingen die het grootste effect hebben. Deze maakt de lans overbodig. En de sabel ook.'

Jansen snoof. 'Lachwekkend. Met dat ding kun je misschien net een kip de kop af slaan.'

'Je valt uit je rol, mijn vriend,' zei Marsiglio.

'O ja?'

'Ja. Je bent een bediende, in elk geval op dit moment. En als twee gentlemen met elkaar converseren, dien jij te zwijgen.'

Jansen keek nog zuurder dan anders.

Om iets positiefs te zeggen merkte Obediah op: 'Ik vind dat iedereen zijn rol tot nu toe goed heeft gespeeld. Vooral jij, pater Gislenus. Dat pakte je net uitstekend aan.'

Justel maakte een lichte buiging. 'Dank je. Ik heb lang op het ministerie van Marine gewerkt, dus was het niet al te moeilijk om iets uit mijn mouw te schudden.'

'Over uit de mouw schudden gesproken. Heb je het boek bij de hand? Ik denk dat het zo gaat beginnen.'

'Natuurlijk, sir James. Wacht, ik haal het.' Justel liep weg en kwam een paar minuten later terug met een boek onder zijn arm.

Het ging om een Franse uitgave van de *Exercitia* van Ignatius van Loyola, een jezuïtisch gebedenboek. Het bezat een prachtige bombazijnen band, rijk versierd met borduursel. Aan de voorkant van het omslag waren metalen vattingen met groene en paarse kristallen aangebracht, in de vorm van een kruis. Een boek dat een koning waardig was, dacht Obediah, en zeker een van zijn voormalige maîtresses.

Justel overhandigde hem de *Exercitia*. Obediah woog het gebedenboek op zijn hand. Het was zwaar, maar niet zo zwaar dat het zou opvallen. Hij sloeg het boek zomaar ergens open en las: '*Niet willen denken aan onderwerpen van vermaak of vreugde, zoals: de heerlijkheid, de verrijzenis enzovoorts; omdat iedere beschouwing van vreugde en blijdschap hindert om smart, droefheid en tranen te voelen over onze zonden*.' Hij klapte het boek weer dicht.

'Waar blijft ze toch?' mompelde Justel. 'Ze is nu al minstens een half uur binnen.'

'Dat is gezien de huidige mode niet eens zo lang als je een dame uit haar gewaden wilt bevrijden,' merkte Marsiglio op.

Justel grijnsde niet erg priesterlijk. 'Jij bent deskundig op dat gebied, neem ik aan?'

'De ouderdom, mijn jonge vriend, de ouderdom brengt vele inzichten.'

Inderdaad wachtten ze nu al een hele tijd op de condessa. D'Auteville had dan wel bakzeil gehaald, maar hij stond toch op bepaalde veiligheidsmaatregelen. Om ervoor te zorgen dat La Vallière geen geheime boodschap, dolk of vijl de cel van haar zoon kon binnensmokkelen had de vestingcommandant bepaald dat de hertogin uitvoerig moest worden gefouilleerd voordat ze de donjon betrad. Om daarbij het fatsoen te bewaren – en omdat hij de kamenierster van La Vallière niet voldoende vertrouwde – had de musketier twee karmelietessen uit het beneden de vesting gelegen klooster laten halen. De beide nonnen waren op dit moment in een kamer van het garnizoen bezig met de condessa. Toch was Obediah niet nerveus. Een visitatie hadden ze ingecalculeerd. Dat het wat langer leek te duren lag waarschijnlijk inderdaad aan de omslachtige garderobe. Alleen onder de pruik van de hertogin kon je een pistool verstoppen met genoeg munitie om een half regiment mee neer te knallen.

Na nog eens tien minuten ging eindelijk de deur van het garnizoensgebouw open en kwam La Vallière naar buiten, gevolgd door de nonnen en een nogal schuldbewust uit zijn ogen kijkende D'Auteville. De hertogin trok een gezicht alsof haar groot onrecht was aangedaan. Toen ze bij de donjon aankwam, bogen de vier wachtende mannen voor haar.

'Zo te zien hebt u ook deze kwelling heldhaftig doorstaan, madame,' zei Obediah. En tegen D'Auteville merkte hij op: 'Een schandelijk schouwspel, monsieur.'

'Ik betreur ten zeerste dat het noodzakelijk was, Doorluchtigheid. De voorschriften zijn op dit punt helaas ondubbelzinnig.'

'Zoals u meent.' Obediah draaide zich om naar de condessa en gaf haar het gebedenboek.

D'Auteville stak wantrouwig zijn hoofd naar voren. 'Wat is dat voor boek?'

'Dit zijn de *Exercitia* van de heilige Ignatius, de oprichter van onze orde,' antwoordde Justel. 'Een prachtig werk. Hebt u het gelezen?'

'Het spijt me, nee.'

'Het brengt God onze Heer in zijn Drievuldigheid dichter bij de mensen door middel van eenvoudige oefeningen die elke dag slechts een paar uur in beslag nemen.'

D'Auteville fronste zijn wenkbrauwen. 'Een paar uur per dag? Ik ben een goed katholiek, maar wie heeft er zo veel tijd?'

Justel wees met een vinger naar boven. 'Uw gevangene bijvoorbeeld. De hertogin zou hem graag haar persoonlijke uitgave van de *Exercitia* schenken, als troost in deze zware tijd.'

D'Auteville krabde aan zijn slechtgeschoren kin. 'Geen geschenken voor de gevangenen. Dat is tegen de voorschriften.'

'U wilt een gekerkerde Gods woord onthouden?' reageerde Justel.

'Hij bezit een bijbel, pater.'

Obediah pakte het boek weer uit La Vallières handen en stak het de musketier toe. 'U mag het wat mij betreft controleren.'

D'Auteville pakte het boek aan, streek over de band en bladerde het door. Toen Obediah zag op welke plek de man het boek had opengeslagen, kreeg hij het ijskoud.

Justel had het ook gemerkt en deed snel een stap in de richting van de musketier. 'Mijn beste zusters,' zei hij tegen de nonnen, 'wilt u misschien zo vriendelijk zijn?' Terwijl hij sprak, pakte hij het boek uit D'Autevilles handen, bladerde naar een andere plek en hield een van de nonnen de *Exercitia* voor.

Ze aarzelde een moment, maar las toen met krachtige stem voor: '*Nummer 27: Eerste inleiding is de geschiedenis oproepen van wat ik ga beschouwen. Hier, hoe de drie goddelijke personen keken naar de ganse oppervlakte of omtrek van de hele aardbol vol mensen. Hoe zij zagen dat allen naar de hel gingen, en hoe zij daarom in hun eeuwigheid besloten dat de tweede persoon mens zou worden, om zo het menselijk geslacht te redden. En toen de volheid der tijden gekomen was, zonden zij de engel Gabriël naar Onze Lieve Vrouw*.' Ze sloeg een kruis en keek Justel aan. 'Zal ik verder lezen, vader?'

'Nee, volgens mij is het zo genoeg. Dank u, zuster.' Hij keek onderzoekend naar D'Auteville. 'Bent u nu tevreden?'

De musketier perste zijn lippen op elkaar en staarde naar een punt in de verte. Ten slotte haalde hij zijn schouders op. 'Ach, neem ook maar mee naar binnen.'

Justel boog licht en gaf het boek terug aan de condessa. De karmelietessen namen afscheid. Zodra zij verdwenen waren, liep D'Auteville naar de deur van de donjon en klopte erop. Kort daarna klonken er klik- en schuifgeluiden toen de dienstdoende wachter aan de andere kant verschillende sloten en grendels opende. De poort zwaaide open.

'Als u mij wilt volgen, madame,' zei D'Auteville. Toen liepen hij en de condessa naar binnen, en de deur ging weer dicht.

'Nu,' mompelde Justel, 'kunnen we echt alleen nog maar bidden.'

'Je bent te pessimistisch,' reageerde Marsiglio.

'Vind je? Met het boek was het bijna misgelopen. Een idioot toeval dat hij de tekst juist daar opsloeg. Hij had maar een paar zinnen hoeven...'

Obediah hief bezwerend zijn handen. 'Maak je toch geen zorgen. Het zal slagen. In elk geval wat betreft het bezoek van de hertogin de la Vallière aan haar zoon.'

'Hij is niet haar...' begon Justel. Toen hij Obediahs blik zag, zweeg hij.

'Messieurs, laten we een eindje wandelen.' Obediah wees naar het poortgebouw. 'Aan de andere kant van de muren kunnen we ongestoord praten.'

Hij liep weg, en de anderen volgden hem. Ze verlieten de binnenste vesting door een gewelfd stenen poortgebouw met een puntdak. Daarachter lag een ophaalbrug over een diepe, zigzaggende gracht die men bij een aanval kon laten vollopen. Aan de andere kant bevond zich een kleine glacis. Hiervoor verhief zich nog een muur, die de vorm van een pijlpunt had en in het jargon van de vestingarchitecten een ravelijn heette. Vanaf de glacis kon je niet zien wat er aan de andere kant van de muur lag, maar Obediah wist dat zich daar een hoornwerk bevond: nog een schans, waarvan de vorm aan een duivelskop deed denken, met twee naar buiten gerichte punten en opnieuw een gracht eromheen. Hij moest denken aan alle avonden die hij had besteed aan de bestudering van de plattegronden van deze en andere Vaubaniaanse vestingen, de ligging van de courtines, faussebrayes, tenailles en contregardes.

De glacis was verlaten. Het was een aangename, warme dag, en dus ging Obediah in het dichte gras zitten dat onder de schans groeide. Zijn drie metgezellen deden hetzelfde.

Justel had wat problemen met zijn soutane, maar toen hij eindelijk prettig zat, vroeg hij: 'Kunnen we hier vrijelijk praten?'

'Nou ja, er zijn zeker zes punten waarvandaan je zicht hebt op de glacis, maar horen kan ons hier vermoedelijk niemand,' antwoordde Obediah.

'Mooi. Ik wil namelijk weleens weten waarom je er zo veel vertrouwen in hebt dat de graaf van Vermandois niet verrast om zijn bewakers zal roepen zodra er ene La Vallière tegenover hem staat die overduidelijk niet zijn moeder is.'

'Ik denk niet dat hij verrast zal zijn.'

'Hoe dat zo? Heb je soms in het geheim een bericht zijn cel in weten te smokkelen?'

'Nee. Maar ik ga ervan uit dat onze zuipschuit van een musketier de graaf zal hebben aangekondigd wie hem vanmiddag komt bezoeken.'

'Ja, en?'

'Laten we aannemen dat de graaf een man met een scherpe geest is. Wat hij tot nu toe heeft gedaan wijst daarop.'

'De banier van Louis de Allergrootste stelen vind je verstandig?' vroeg Jansen.

'Je verwart verstandig handelen met scherpzinnigheid,' zei Obediah. 'Wijs is deze jonge graaf beslist niet, maar hersens moet hij wel hebben, anders zou hij bij zijn diefstallen al veel eerder betrapt zijn. En omdat hij een scherpe geest bezit, zal hij zich afvragen waarom hij bezoek krijgt van een vrouw die hij al meer dan vijftien jaar niet heeft gezien.'

Jansen en Marsiglio keken hem vragend aan, maar Justel knikte bedachtzaam.

'Wat weet jij dat wij niet weten?' vroeg de generaal.

'Dat La Vallière haar kinderen niet zelf heeft grootgebracht. Ze had het er veel te druk mee om aan het hof haar hoofd boven water te houden en haar koning te dienen. Toen ze later in ongenade viel verliet ze Versailles. Vermandois was toen zes of zeven, klopt dat, Pierre?'

Justel knikte. 'Ik begrijp nu wat je bedoelt. Vermandois is opgevoed door de tweede echtgenote van Monsieur, Liselotte van de Palts. Zijn echte moeder heeft zich nooit voor hem geïnteresseerd. Daarom zal het onmiddellijk zijn argwaan wekken dat ze hier plotseling opduikt.'

'Hij zal zich nog meer verbazen zodra hij ziet dat ze helemaal niet zijn moeder is,' merkte Marsiglio op.

'Natuurlijk. Maar daar is hij op voorbereid. En hij is intelligent genoeg om eerst met haar te praten om erachter te komen wat deze poppenkast te betekenen heeft.'

Justel keek nogal sceptisch. 'Eén verbijsterde blik kan genoeg zijn om...'

'Vergeet niet dat hij een masker draagt. Niemand zal zijn reactie zien, zelfs niet als bij de aanblik van de condessa zijn ogen uit zijn kop rollen. Wat gezien zijn voorkeuren overigens niet erg waarschijnlijk is.'

Marsiglio kon een lachje niet onderdrukken. 'Denk je dan dat die twee ongestoord met elkaar kunnen praten?'

'Dat weet ik niet. Ik heb de hertogin op het hart gedrukt dat ze ervan uit moet gaan dat er mensen meeluisteren. Als ik de vestingcommandant was, zou ik een spion met een hoorbuis achter de deur neerzetten. Maar goed, voor onze eigenlijke boodschap zijn natuurlijk geen woorden nodig. De condessa hoeft alleen wat toneel te spelen en de graaf van harte oefeningen nummer 123 tot en met 129 aan te bevelen.'

Een tijdlang zaten ze stil in het gras hun pijp te roken. De zon stond hoog aan de hemel en Obediah zou het liefste ruggelings in het gras zijn gaan liggen. In plaats daarvan stak hij zijn hand in zijn jaszak en haalde een van Huygens' uurwerken tevoorschijn.

'Hoelang is ze nu al binnen?' vroeg Justel.

'Bijna veertig minuten.'

Marsiglio leunde naar achteren en vouwde zijn handen achter zijn hoofd. 'Als het niet gelukt was, hadden D'Autevilles soldaten ons allang omsingeld en zaten we nu in een cel van de donjon.' Hij glimlachte tevreden. 'Obediah, mijn gevoel zegt me dat we deze proef zullen doorstaan.'

'Ja, in elk geval dit onderdeel van ons plan lijkt te werken. Maar kom, we moeten zo langzamerhand terug, zodat we klaarstaan als de hertogin weer verschijnt.'

Ze stonden op en slenterden naar de donjon.

Justel zei zacht: 'Sir James, en wat als Vermandois er ondanks onze hulp niet in slaagt?'

Obediah haalde zijn schouders op. 'Dan is hij toch niet de meesterdief voor wie we hem hielden.'

•◆•

De geheimen van het leven van Christus, onze Heer

Nummer 122: De ontvangenis
De heilige engel Gabriël groette Onze Lieve Vrouw en maakte haar de ontvangenis van Christus onze Heer bekend. De engel trad binnen waar Maria was, groette haar en zei: 'Gegroet, vol van genade. U zult in uw schoot ontvangen en een zoon baren.'

Nummer 123: De verkondiging van het heil
Wilt u deze aardse gevangenis ontvluchten, bestudeert u deze exercities dan grondig. De volgende alinea's zullen u in staat stellen dit

tranendal te verlaten. Dat wil zeggen, als u uw door God gegeven talenten op de juiste manier inzet.

Nummer 124: De Bergrede van Christus
Maak allereerst het omslag van dit boek los. Het zal u op drie manieren behulpzaam zijn. Breek de aluinkristallen uit hun vatting. Leg voordat u dit doet echter een stuk perkament onder het boek om het poeder op te vangen dat tussen de stenen en de vatting verborgen is.

Nummer 125: Christus wandelt over het water
Vul een beker met water. Doe er drie van de aluinen en wat van het poeder bij. Zet de beker op uw komfoor en laat het water koken tot het tot de helft is ingedampt. Adem de opstijgende dampen in geen geval in.

Nummer 126: Het eerste wonder tijdens de bruiloft te Kana
Door het goddelijke wonder van de chemie hebt u nu water in spiritus salis *veranderd. Giet daarvan wat op de tralies van het raam van uw cel. Herhaal dit driemaal per dag. Na een paar dagen worden de ijzeren staven breekbaar als vermolmd hout.*

Nummer 127: De opstanding van Lazarus
Nu hebt u het omslag nodig. De prachtige borduursels waarmee het is versierd moet u loshalen. Pas op dat u de draden niet kapotsnijdt. Hierdoor hebt u straks een bol garen met een lengte van 30 pied du roi, *wat exact overeenkomt met de hoogte van het raam van uw cel. Maakt u zich geen zorgen om de geringe dikte van het garen. Het is van de fijnste hugenootse zijde gemaakt en houdt zonder problemen een gewicht van 150* livres.

Nummer 128: De weg naar Jeruzalem
Aangezien u hier al langere tijd verblijft, kent u vast de architectuur van uw onvrijwillige verblijfplaats. Daarom alleen dit: de beste weg voert van de donjon over de kleine walpoort in het zuidwesten, vervolgens in oostelijke richting door de droogliggende cunette, waar-

vandaan u onder de tweede wal bij een garnizoenstorentje komt, met aan de andere kant ervan een watergracht. Er is een andere weg die korter is: bij de geschetste route hoeft u slechts drie deuren te passeren, bij de kortere, die langs de omheining van de kerk van St. Maurice loopt, zijn dat er zes. Maak uw keuze dus weloverwogen.

Nummer 129: Palmzondag
Dit is niet de enige keuze die u dient te maken. Zodra uw ziel vleugels heeft gekregen, moet u beslissen of u zich onder onze bescherming wilt stellen. Ik beveel het u ten zeerste aan, want wij beschikken over niet geringe middelen en verlangen bovendien niets van u wat tegen uw natuur indruist. Mocht u van onze hulp gebruik willen maken, net zoals wij graag uw talenten zouden benutten, reis dan zo snel u kunt naar Nice. Meld u daar bij een taverne met de naam Belle Isle en vraag naar Giorgio. Tijdens de reis hierheen kunnen de vattingen van het boek wellicht nog helpen. Onder de zwarte kleur is puur goud verborgen.
Natuurlijk staat het u vrij om een andere weg te gaan. U weet echter ongetwijfeld dat u slechts een gering aantal vrienden bezat toen u werd verbannen. Na uw vertrek zal dat aantal alleen maar afnemen. Wilt u een vrij man blijven, haast u zich dan naar Nice.

God zij met u,
Een vriend.

DEEL IV

À qui peut se vaincre soi-même, il est peu de chose qui puisse résister.

Louis XIV

Toen hij het café binnenkwam, draaide een dozijn paar ogen zijn kant op. Leunend op zijn wandelstok en enigszins trekkend met zijn rechterbeen liep hij de gelagkamer door, gevolgd door de nieuwsgierige blikken van de gasten. Gatien de Polignac besteedde geen aandacht aan ze. In plaats daarvan zocht hij een rustig hoekje in de buurt van de haard op en liet zich daar op een fauteuil zakken. Hij was juist begonnen de nieuwste *Gazette de France* door te bladeren toen een kleine man met een zwarte baardschaduw en een hagelwit schort bij zijn tafeltje kwam staan.

De musketier liet zijn krant zakken en keek op. 'Monsieur dei Coltelli.'

De eigenaar van café Procopio maakte een lichte buiging. 'Capitaine de Polignac. Het verheugt me u na lange tijd weer te zien,' zei hij in een hortend Frans dat zijn Italiaanse afkomst verried. 'Wat mag ik monsieur aanbieden?'

'Een kop koffie. En een sherry.'

'Heel goed, capitaine.'

Polignac merkte dat Procopio dei Coltelli aarzelde. 'Vraag toch,' zei hij.

'Capitaine?'

'Ik loop met een stok, en deze tronie zou zelfs mijn moeder angst aanjagen, als ze tenminste nog leefde.'

Dat was niet overdreven. Verschillende littekens ontsierden het gezicht van de musketier en zijn rechter ooglid hing een beetje. Zijn linkeroor zag eruit als een te lang gekookt bloemkoolroosje. Verder had hij een aanzienlijk deel van zijn haardos moeten inleveren. Dat laatste kon Coltelli gelukkig niet zien, dankzij de pruik die Polignac tegenwoordig altijd droeg.

Coltelli wipte van de ene voet op de andere. 'Ik durfde het niet te vragen. Was u bij Mannheim, capitaine?'

Het was de meest voor de hand liggende vraag. Enkele weken geleden hadden de dauphin en maarschalk Durfort met tienduizenden mannen de Rijn overgestoken om in de Palts de erfaanspraak van Monsieurs echtgenote Elisabeth Charlotte kracht bij te zetten. Omdat de Duitsers deze aanspraak niet accepteerden, had de koning Heidelberg, Mannheim, Spiers en een aantal andere steden laten innemen en deels met de grond gelijk laten maken. Daarbij waren ook musketiers betrokken geweest. Polignac had ten tijde van de actie echter nog in een Vlaams hospitaal gelegen, was zo goed en zo kwaad als het ging opgelapt en niet eens in staat een paard te bestijgen, laat staan erop naar Parijs te rijden. De artsen hadden hem verteld dat het een wonder was dat hij na het schot van de donderbus nog leefde. De boeren die hem hadden gevonden, hadden op het punt gestaan hem te begraven omdat ze zich niet konden voorstellen dat de levenloze man die voor hen lag nog maar één druppeltje bloed in zijn lijf had.

Feitelijk waren er dus drie wonderen gebeurd: hij had het mousquetonsalvo overleefd, hij was in die godverlaten streek nog net op tijd gevonden, en hij was daarna wekenlang door heelmeesters behandeld zonder aan hun praktijken te bezwijken. Polignac was opgestaan uit de dood, en niet omdat hij zo'n bijzonder boetvaardig man was. Nee, de reden daarvoor was, daar was de musketier van overtuigd, dat de Heer wilde dat hij deze Engelse ketter bij de kladden greep. Zijn vingers klemden zich rond de tafelrand toen hij aan Chalon dacht. Hij stak zijn hand in zijn zak en sloot zijn vingers rond de rozenkrans die daarin zat. Tegen de koffiehuiseigenaar zei hij zacht: 'Nee, bij Koblenz.'

Coltelli maakte een buiging. 'Ik bewonder uw heldenmoed. De koffie is van het huis, dat spreekt voor zich.' Toen liet de Siciliaan hem alleen.

Polignac bladerde wat in de *Gazette* en las een bericht over de grote vloot waarmee Willem van Oranje vanuit Den Haag de zee had overgestoken om James II van de troon te stoten.

Coltelli keerde terug met de koffie en een ruim gevulde kristallen kelk. De musketier nam een grote slok sherry en keek door het raam naar de regen. Als Willem III de eerste katholieke Engelse koning sinds generaties ten val probeerde te brengen, moest hij koste wat kost gestopt worden. De vraag was alleen hoe. Als soldaat vroeg hij zich af of Louis le Grand deze keer misschien zijn hand had overspeeld. Veertigduizend soldaten van de koning zaten nu in de Palts. Om de Hollander te verslaan waren er minstens twee keer zo veel nodig. En dan had je ook nog de Habsburgers, de Oostenrijkers en de Spanjaarden. Polignac was diep in gedachten verzonken, waardoor hij zijn bezoeker pas opmerkte toen die met zijn knokkels op de tafel klopte.

De man was ongeveer net oud als hij en droeg een onopvallend, eenvoudig pak, dat je bijna sjofel kon noemen. Hij was ongewoon bleek, zelfs voor een edelman.

Snel ging Polignac staan. 'Zeer vereerd, monsieur Rossignol.'

'Ik groet u, capitaine. U was vreselijk afwezig. Waarover dacht u zo diep na?'

'Over de oorlog.' Polignac ging weer zitten.

Rossignol nam aan de andere kant van de tafel plaats. 'En welke oorlog houdt u bezig?'

'Allemaal. Het worden er met de dag meer.'

Rossignol lachte besmuikt. 'Daar hebt u gelijk in. Een oorlog met de Hollanders lijkt onvermijdelijk als Oranje in Engeland landt.'

'Als het zover komt. Hopelijk zal onze vloot deze usurpator inhalen en hem een nat graf in de Noordzee bezorgen.'

'Dat is zeker te wensen, capitaine. Maar niet erg waarschijnlijk.'

Polignacs ogen werden groot. 'Hoezo? Is de vloot van Willem dan zo groot?'

'Naar verluidt tegen de vijfhonderd schepen, waaronder vijftig oorlogsschepen.'

'Zijne Majesteit kan gemakkelijk eenzelfde aantal schepen leveren.'

Coltelli kwam naar hun tafel en nam Rossignols bestelling op.

Pas toen de Siciliaan weer buiten gehoorsafstand was, ging Polignacs tafelgenoot verder.

'Dat zou Zijne Majesteit kunnen,' zei Rossignol zacht, 'als de schepen tenminste in de buurt waren. Op dit moment bevindt het grootste deel van onze vloot zich echter in de Middellandse Zee.'

'En wat doen die schepen daar? Gaat het om Candia? Steunen we de Turken tegen de Venetianen?' vroeg Polignac.

Rossignol schudde zijn hoofd. 'Nee. Zijne Majesteit laat de paus zijn tanden zien.'

'Wat zegt u?'

'Sinds Zijne Heiligheid de Franse ambassadeur in Rome vanwege een meningsverschil heeft geëxcommuniceerd, is de situatie daar enigszins gespannen.' Rossignol fronste zijn voorhoofd en wreef tegelijkertijd over zijn forse neus.

Polignac bestudeerde de man wiens officiële titel 'president van de rekenkamer' luidde, maar die in werkelijkheid hoofdcryptoloog van de koning was. 'U was tegen die troepenverplaatsingen, klopt dat? Omdat u uit de Hollandse correspondentie al langer wist wat prins Willem van plan was.'

'Ach, beslissen over veldtochten is niet mijn werk, monsieur. Al heb ik er inderdaad op gewezen dat Oranje al geruime tijd bezig is allianties te smeden en troepen te verzamelen.'

'Als dat zo is, was het dan wel verstandig om juist nu de Palts binnen te vallen?'

'Die vraag, waarde capitaine, zou als kritiek op Zijne Majesteit kunnen worden opgevat.'

'Zo bedoelde ik het niet, monsieur.'

'Dat weet ik. Uw loyaliteit is boven elke twijfel verheven. Inderdaad heeft de markies van Seignelay Zijne Majesteit de inval van de Palts afgeraden, maar de koning luisterde liever naar de raad van oorlogsminister Louvois, die een snelle aanval adviseerde. In elk geval hebt u gelijk dat de boel momenteel overal in brand lijkt te staan, en om die reden heb ik het ook uitzonderlijk druk. Er moeten vele brieven worden doorgenomen, vele geheimschriften worden ontcijferd.'

'Laten we dan snel ter zake komen. Het gaat om die Engelsman.'

'Obediah Chalon?'

'Ja. Ik heb een aantal zaken over hem ontdekt, maar niet genoeg. En ik vrees dat we zijn spoor zijn kwijtgeraakt.'

Rossignol keek nogal ontstemd. 'Wel, begin september 1688 was hij in Pinerolo. Dat is in elk geval zeker. Hebt u gehoord wat hij de vestingcommandant heeft aangedaan? Werkelijk verschrikkelijk.'

'Afschuwelijk. Maar het is nu alweer november. Chalon kan intussen overal zijn.'

'Hebt u een vermoeden waar?'

'Mogelijk in Londen, om Willems aankomst voor te bereiden.'

'Of in Wenen,' opperde Rossignol.

'Waarom juist daar?'

'Laat ik iets anders vragen: waarom, denkt u, heeft Chalon de graaf van Vermandois ontvoerd?'

'Vertelt u het mij.'

'Denk aan Monmouth, capitaine.'

'U denkt dat hij hem als troonpretendent wil? Dat is toch absurd.'

'Volkomen absurd, maar toch ook weer niet. Zijne Majesteit heeft maar één kind uit zijn huwelijk met Maria Theresia, de grote dauphin. Wanneer hem, God verhoede het, iets zou overkomen...'

'... zou de broer van de koning de troonopvolger zijn,' vulde Polignac aan, 'en na Monsieur nog een heleboel anderen. Louis de Vermandois is niet eens een *prince du sang*.'

'En? Dat geldt ook voor Monmouth. Of voor Calixtus Ottomannus.'

Polignac dronk zijn glas sherry leeg. 'Die laatste is mij onbekend.'

'Een kind van sultan Murat II. De Habsburgers hebben Calixtus jarenlang veilig op Malta gestald, voor het geval een Osmaanse troonpretendent ooit van pas zou komen. Een koningskind is nou eenmaal een wapen. En een aanspraak valt altijd op een of andere manier te construeren. Vooral als je die militair kunt onderbouwen.'

'Dus u denkt dat Chalon Zijne Majesteit ten val wil brengen?'

'Hij heeft in elk geval geprobeerd de Engelse koning ten val te brengen, namelijk door in opdracht van Willem de Monmouth een opstand te organiseren. Misschien probeert hij iets vergelijkbaars in Frankrijk. Of misschien wil hij ook alleen veel geld verdienen door Vermandois aan de keizer te verpatsen. Of aan Willem, dat is eveneens denkbaar.'

'Dan moet u mij helpen hem te vinden.'

'Ik doe alles wat ik kan. De laatste brief van Chalon die ons is toegespeeld kwam uit Turijn.'

'Hebben uw mensen dan intussen tenminste de brieven van die mysterieuze jood weten te ontcijferen?'

'Helaas niet, capitaine.'

Polignac kon zien dat dit Rossignol absoluut niet beviel. Hij vermoedde wel waarom, maar deed zijn best om toch zo neutraal mogelijk te kijken. Meer dan vijftig jaar had Rossignols vader Antoine het koningshuis gediend; hij had de geheimschriften van hugenootse oproerlingen ontcijferd en ook alle andere die men hem voorlegde. Bovendien had Antoine Rossignol het Grand Chiffre bedacht, de niet te kraken code die werd gebruikt om alle belangrijke documenten van Zijne Majesteit te versleutelen.

Nu had Bonaventure Rossignol de post van zijn vader overgenomen, en velen vroegen zich af of die schoenen niet iets te groot voor hem waren. De brieven die Chalon aan de jood schreef, lagen nu al maanden in het koninklijke cabinet noir zonder dat Rossignol ook maar iets was opgeschoten met de ontcijfering. Polignac vermoedde dat Chalons brieven aan Cordovero de sleutel tot deze samenzwering vormden. Daarop wees de omstandigheid dat geen enkel ander geschrift van de Engelsman zo goed versleuteld was.

'Hebt u bij deze brieven dan tenminste een aanknopingspunt, monsieur Rossignol?'

De cryptoloog hield zijn hoofd scheef. 'Ik heb er een voor u meegenomen, capitaine. Bent u bekend met geheimschriften?'

'Niet echt, monsieur.'

'Dat geeft niets. Ik denk...' – hij stak zijn hand in de binnenzak van zijn afgedragen jas en haalde wat papieren tevoorschijn – '... dat u zo ook wel zult begrijpen wat mijn probleem is.' Rossignol schoof de papieren naar hem toe.

Het bleek een afschrift van een brief. Tot Polignacs verbazing was de tekst niet versleuteld.

•◆•

Londen, 11 februari 1687

Waarde vriend,

Dank voor uw laatste brief. Vooral uw uitweidingen over het Turkse sultanaat waren uiterst boeiend, hoewel ik moet toegeven dat de manier waarop de Turk zijn troonopvolging regelt me aanvankelijk nogal schokte. Dat een usurpator een aantal diadochen uit de weg laat ruimen is niet ongebruikelijk, maar dat een prins al zijn broers moet vermoorden voordat hij Grand Seigneur kan worden lijkt me buitengewoon barbaars. Herhaalt dit afschuwelijke spel zich werkelijk bij elke troonsbestijging?

In het licht van de zich voortslepende ellende in mijn vaderland vraag ik me overigens wel af of de broedermoord van de Turken niet misschien beter is dan de vetes die regelmatig ontstaan wanneer eerstgeboren zoons troonopvolger zijn. Dat zijn tenslotte niet per definitie ook de capabelste kinderen van een monarch.

En dan heb je natuurlijk ook nog gevallen zoals die waarvoor heel Engeland lijkt te vrezen. Zoals u wellicht weet is onze monarch James II katholiek, terwijl het land voor het grootste deel protestant is. Al lange tijd maken de mensen zich zorgen dat de gemalin van de koning een zoon ter wereld zal brengen. Normaal gesproken zou dat een blijde gebeurtenis zijn, maar Maria van Modena is net als James katholiek. Als zij de koning een zoon schenkt, gaat de troonopvolging over van James' protestantse dochter Mary op het nieuwe kind, dat natuurlijk katholiek gedoopt zal worden.

Tot nu toe heeft de koningin alleen kinderen gebaard die niet lang in leven bleven. Op de Londense straten en in de koffiehuizen fluistert men echter dat de jezuïeten van plan zijn een wisselkind het paleis in te smokkelen en als katholieke kroonprins te installeren. Dat is natuurlijk onzin, maar veel Engelsen zouden het nooit accepteren als James II een katholieke dynastie stichtte. Mocht dat wel gebeuren, dan valt er voor een nieuwe burgeroorlog te vrezen. Bezat onze koning echter een harem zoals uw Grand Seigneur, dan had hij vast al tientallen kinderen verwekt bij zowel protestantse als katholieke vrouwen en bleef de troonopvolging nog jarenlang onbe-

slist. Het zou toch veel beter zijn als het bloedvergieten alleen onder prinsen plaatsvond in plaats van in het hele land?

Maar nu wat betreft de vraag die u me stelde over het weer in het Frankenland (een erg onnauwkeurig begrip, als u me deze opmerking toestaat). Uit uw brief maak ik op dat u John Evelyns Fumifugium *hebt gelezen en dat u zich verbaasde over zijn beschrijvingen van het Londense weer. Ik kan u bevestigen dat de door hem gemelde hoeveelheden neerslag en sneeuw met de werkelijkheid overeenkomen. Onze winters zijn de afgelopen jaren steeds kouder en strenger geworden, zodat vanaf oktober tot maart sneeuw niet ongewoon is. De temperaturen liggen in die periode doorgaans onder het vriespunt, waardoor al het water, stilstaand of stromend, vroeg of laat bevriest. U vraagt me ook hoe tijdens deze lange koude periodes de schepen en barken kunnen blijven varen. Het eenvoudige antwoord luidt dat ze helemaal niet varen, wat tot grote nood onder de bevolking leidt omdat goederen en levensmiddelen niet meer van A naar B kunnen worden getransporteerd. Ook straten en wegen zijn moeilijk begaanbaar doordat de sneeuw soms vele voeten hoog ligt. U kunt zich voorstellen dat het leven daardoor bijna volledig tot stilstand komt. De mensen blijven in hun huizen en hopen dat hun voorraden voedsel en hout toereikend zullen zijn tot aan het voorjaar. Het is alsof de hele wereld en alles wat daarin gebeurt vastvriest.*

Een interessante uitzondering op deze regel heb ik in Holland meegemaakt. Dit is een laaggelegen land, dat door dijken beschermd en door vele honderden kleine afwateringskanalen doorsneden wordt. Als de winter aanbreekt, vriezen die snel dicht, omdat het water erin niet erg snel stroomt.

Zodra het ijs sterk is, breekt de tijd voor de schaatsers aan. Schaatsen zijn smalle stukken metaal die aan de kling van een dolk doen denken. Deze ijzers binden de Hollanders onder hun schoenen en daarmee glijden ze over de bevroren kanalen. Het is nauwelijks te geloven hoe snel een geoefend schaatsenrijder zich kan verplaatsen; hij kan moeiteloos een dravend paard bijhouden. Juist de armste boeren, die in de lente, zomer en herfst aan huis en land gekluisterd zijn, reizen in de winter door het hele land. De kanalen zijn allemaal met elkaar verbonden, waardoor een geoefend schaatser zonder problemen twintig of dertig mijl per dag kan afleggen.

Ik ben me ervan bewust dat dit u, die in zuidelijke streken verblijft, als een sprookje moet voorkomen; daarom heb ik de vrijheid genomen om bij deze brief een schets te voegen die zo'n schaatsenrijder voorstelt, zoals ik die in de Nederlanden met eigen ogen heb gezien.

Ik verblijf als uw vriend en trouwe dienaar,
Obediah Chalon, Esq.

•◆•

Polignac liet de brief zakken. 'Maar dat... dit klinkt volkomen onbelangrijk.'

Rossignol knikte. 'De werkelijke boodschap vind je natuurlijk door letters weg te laten. Of woorden. Of door verplaatsingen. Er zijn allerlei manieren om tussen dergelijke schijnbaar onschuldige regels iets te verbergen. We hebben alle ons bekende methoden uitgeprobeerd, maar tot nu toe zonder succes.'

'Misschien vindt u niets omdat er niets te vinden is,' merkte Polignac op.

'Dat gelooft u toch niet echt, hè?'

'Tja, Chalon is voor zover we weten een niet onbelangrijk lid van de République des Lettres. Misschien wisselt hij gewoon anekdotes uit met Cordovero.'

'Onwaarschijnlijk. Hebt u het laatste blad al beter bekeken?'

Het laatste vel papier was een houtskooltekening. Rossignol legde uit dat zijn zwarte kabinet een kunstenaar in dienst had die elke afbeelding uiterst getrouw kon natekenen. De schets die Polignac op dit moment in handen had, was net als de brief een kopie; het origineel was doorgestuurd naar Cordovero zodat de samenzweerders geen argwaan zouden krijgen. Op de tekening stond een Hollandse boer die schaatsen had ondergebonden. De schets deed Polignac wel wat denken aan de massaproducten die in de schilderwerkplaatsen van de Republiek in honderdvoud bij elkaar geschilderd werden.

Rond de boer, die zo'n portret volkomen onwaardig was, had Chalon allerlei alledaagse voorwerpen getekend: een korf vol fruit, een haringvat, een halfgeplukte gans. Veel van deze voorwerpen waren niet helemaal af. Aan de gans ontbrak bijvoorbeeld een poot, de boer miste een hand. Bovendien was het raster van dunne hulplijntjes dat de tekenaar met een liniaal op het papier had getrokken niet helemaal uitgegumd.

'Het is me een raadsel waarom iemand zulke onbenullige zaken tekent,' zei Polignac. 'Wat is ermee?'

Rossignol keek hem triomfantelijk aan. 'Volgens mij zit de boodschap misschien niet verstopt tussen de regels van de brief, maar in deze tekening.'

'Hoe komt u daarbij?'

'Omdat alleen bij deze niet versleutelde brief van Chalon aan David ben Levi Cordovero zo'n schets zat. Bij de brieven in geheimschrift zit niets. Ik kan nauwelijks geloven dat dat toeval is.'

Uw probleem is dat u intussen elk toeval voor een samenzwering aanziet, dacht Polignac. U ziet overal *chiffres* en geheime boodschappen, zelfs op plekken waar die er vermoedelijk niet zijn. Toch zei hij dat niet. In plaats daarvan vroeg hij Rossignol: 'Hebt u nog meer van zulke tekeningen?'

'Nee, alleen deze. Hij zat bij de allereerste brief die we konden onderscheppen. We hebben intussen meer brieven in beslag genomen, maar daar zaten geen schetsen bij. Misschien zijn de twee er later toe overgegaan om de tekeningen apart te verzenden, via een andere postroute, want we hebben ze daarna nooit meer gezien. Een andere mogelijkheid...' – Rossignol zuchtte – '... is dat het zwarte kabinet in de Hofburg me niet alles stuurt wat in Wenen binnenkomt. Daar moeten we sowieso van uitgaan, maar nu Frankrijk oorlog voert in de Palts en Leopold een alliantie tegen Zijne Majesteit smeedt, wordt de samenwerking tussen de kabinetten steeds moeizamer.'

'Hoe weet u dan dat er meer tekeningen bestaan dan deze ene?' vroeg Polignac.

'Dat is slechts een sterk vermoeden mijnerzijds, capitaine. Maar nu we ons toch in het rijk der vermoedens begeven... Er is nog een andere plek waar Chalon wellicht naartoe zou kunnen gaan.'

'En dat is?'

'Constantinopel. Misschien wil hij de pretendent wel aan de Turken verkopen,' zei Rossignol.

'Aan de Verheven Porte? Dat zou Zijne Majesteit als een enorm affront van zijn belangrijke bondgenoot beschouwen.'

'En terecht. Ik geloof alleen niet dat hij hem aan de Grand Seigneur wil verkopen, maar aan de janitsaren.'

'Waarom zou hij dat doen?'

'Sommige mensen beschouwen de janitsaren als de Turkse tegenhangers van de musketiers – kijk niet zo geërgerd, kapitein, dat bedoel ik als compliment. Het staat als een paal boven water dat ze de beste soldaten zijn waarover de Turk beschikt: onbevreesd, gedisciplineerd en uitstekend opgeleid. De janitsaren hebben dezelfde bewapening als de musketiers van de garde, het zijn elitesoldaten die rechtstreeks onder de heerser ressorteren. Maar waar de musketiers hun koning trouw verschuldigd zijn, spelen de janitsaren hun eigen spel. Ze zijn bijzonder machtig en men fluistert dat het aftreden van Mehmet IV na de mislukte belegering van Wenen hun werk was. Ze schijnen in de provincie altijd een paar Osmaanse pretendenten in reserve te houden. Misschien willen ze ook een Fransman in hun verzameling.'

'Hoe weet u dit allemaal?' vroeg Polignac.

'Dat van de janitsaren? Onder andere uit een boek. Guilleragues heeft het geschreven, de voormalige Franse ambassadeur aan het hof van de Porte.'

'En hebt u steekhoudende bewijzen voor uw theorie?'

'Niet erg veel, capitaine. Maar Chalon correspondeert niet alleen met deze jood, wiens precieze verblijfplaats ons onbekend is. Hij heeft ook brieven naar Constantinopel en Alexandrië gestuurd.'

Polignac begreep nu Rossignols gedachtegang. 'De pasja die ik in Limburg heb gezien. Misschien was dat een afgezant van de Turken, met wie Chalon al over de prijs van Vermandois heeft onderhandeld.'

Rossignol nam hem onderzoekend op. 'Een interessant spoor. Hoe wilt u verder gaan?'

'Ik verzoek u goed op te letten of in uw kabinet ongewone correspondentie met betrekking tot de Turken binnenkomt. En u moet onze spionnen in het gebied rond de Middellandse Zee vragen hun ogen open te houden.'

'En verder?'

'Ik moet zien uit te vinden waar deze jood zich ophoudt. Dan kan ik hem een bezoek brengen en me door hem laten uitleggen hoe dit geheimschrift werkt.' Polignac keek Rossignol recht in de ogen. 'Ik heb geen zin meer om altijd achter Chalon aan te sjokken. Misschien kan ik hem inhalen.'

'Goed. Ik zal onze contacten in de Levant en in Italië informeren. Zolang u echter nog in Parijs bent moet u misschien wat tijd doorbrengen in de Rue de Richelieu.'

'En wat bevindt zich daar?'

'Alle verzamelde kennis van Colbert,' antwoordde Rossignol.

'Welke bedoelt u? Minister van Buitenlandse Zaken Colbert de Torcy of staatsminister Colbert de Seignelay?'

'Geen van beiden. Ik heb het over de Grote Colbert. Jean-Baptiste, de minister van Financiën.'

'Maar die Colbert is toch dood?'

'Niet helemaal, kapitein. Niet helemaal.'

•◆•

Obediah stond juist op het punt zijn laatste brief aan Cordovero te versleutelen toen er op de deur werd geklopt. Snel pakte hij het vierkante codeerblad met de rijen letters en liet het in de la van zijn bureau verdwijnen. Pas toen riep hij: 'Binnen!'

De deur zwaaide open. Het was Marsiglio. Aan de uitdrukking op zijn gezicht kon Obediah zien dat er iets gebeurd was.

De generaal sloot de deur. 'Er is verontrustend nieuws. Ik vrees dat we hier niet lang meer alleen zullen zijn.'

Obediah stond op van zijn stoel. 'Wat is er gebeurd?'

'Toen ik vanochtend beneden bij de haven was heb ik daar een paar kooplui gesproken, en ook de Savooiaardse hoofdman met wie ik hazard speel. Ze zeggen allemaal dat de Fransen komen.'

'Naar Nice?'

'Naar Italië en Savoye.'

'Maar Savoye is toch neutraal?'

'Nog wel, maar de alliantie tegen Frankrijk wordt steeds sterker. Keizer Leopold heeft Spanje, Zweden, Beieren en Brandenburg al aan zijn kant, en hij zal ook een verbond sluiten met Willem van Oranje zodra die laatste officieel koning van Engeland is.'

'En hoe zit het met James II?'

'Gevlucht, vermoedelijk naar Ierland. Veel mensen denken dat Victor Amadeus van Savoye deze keer overstag zal gaan. Het schijnt dat de keizer de hertog heeft beloofd dat als hij zich tegen Louis de Grote keert, hij hem alle gebieden zal teruggeven die door de jaren heen door de Fransen geannexeerd zijn.'

'En jij gelooft dat?'

'Het zou verschrikkelijk dom zijn. Maar het is onbelangrijk wat ik denk. Het gaat erom wat Louis denkt. En hij schijnt verraad door Savoye heel waarschijnlijk te achten. Mijn hazardpartner zegt dat een van zijn maarschalken, Nicolas de Catinat, troepen bijeenbrengt aan de grens met Piemonte.'

'En is er op korte termijn een aanval te verwachten?'

'Dat niet. Voor een campagne is het dit jaar te laat. Pas volgend voorjaar zullen de Fransen toeslaan. Maar voor die tijd sturen ze vast al spionnen naar elke stad en elk dorp in Savoye.' Marsiglio tikte met een vinger tegen zijn neus. 'Ik kan ze ruiken, Obediah. Vooral in Nice en Turijn zal het er straks van wemelen. We moeten zo snel mogelijk vertrekken.'

Obediah zuchtte. 'Ons schip is allang klaar, Paolo. We wachten alleen nog maar op hem.'

'Het is lang geleden dat we uit Pinerolo vertrokken. Het heeft ons tien dagen gekost om in Nice te komen. Ook Vermandois zou allang hier moeten zijn. Misschien heeft hij toch anders besloten.'

Obediah ging op het bed zitten en wreef in zijn ogen. Hij was moe. Al bijna een maand zaten ze nu vast in deze herberg. Hij tekende stadsgezichten, flaneerde heen en weer over de *corsi*, ging wandelen langs de oever van de Var en controleerde twee keer per dag of de graaf van Vermandois zich intussen misschien bij Belle Isle had gemeld. Verder was er niets te doen. En precies dat was waar hij zo langzamerhand zo verschrikkelijk moe van werd.

'Hij komt, dat weet ik zeker. Hij zal op zijn minst willen horen wat we te bieden hebben. Zijn andere opties zijn niet erg aantrekkelijk.'

Marsiglio liep naar het buffet, pakte een tinnen beker en schonk voor zichzelf een rode malvezij in. 'Ook daar ben ik niet zo zeker van, Obediah.'

'Je vond mijn plan anders prima.'

'Ja, maar toen we dat plan maakten, was het nog geen oorlog. Sinds Louis de Grote de Palts is binnengevallen steekt overal tegenstand de kop op. Frankrijk heeft plotseling heel veel vijanden, en velen van hen zouden een afvallige zoon van Louis nu met open armen ontvangen.' De Bolognezer nam een slok, smakte zachtjes en nam Obediah op. Toen begon hij te glimlachen. 'Aha. Ik begrijp het.'

'Hoe bedoel je?' vroeg Obediah.

'Hou je maar niet van de domme, daarvoor ken ik je inmiddels te goed. Je hebt nog een troef achter de hand. Met de hulp van de VOC kun je de graaf een aanbod doen dat hij niet kan afwijzen.'

'Zoiets, ja. Tot nu toe moest ik dat voor me houden, maar je hebt gelijk. We kunnen hem meer bieden dan alleen geld. En bovendien kunnen we enige druk op hem uitoefenen. Vooropgesteld dat hij op een gegeven moment opduikt. Ben je tijdens je wandeling ook langs Belle Isle gekomen?'

'Ja.'

Marsiglio hoefde verder niets te zeggen. Als hij in de taverne een bericht van Vermandois had aangetroffen, was hij daar allang mee op de proppen gekomen. Obediah stond op en pakte ook een beker wijn.

De generaal bestudeerde intussen enkele schetsen die aan de muur hingen. 'Wat teken je eigenlijk allemaal? Heeft dat soms ook met onze missie te maken?'

'O, wat er in me opkomt. Gebouwen, dieren, planten.'

'Je tekent goed. In elk geval beter dan ik. Misschien moet ik je voor mijn volgende boek over botanica als illustrator engageren.'

Obediah boog licht. 'Ik zou vereerd zijn.'

De generaal keek verder naar de tekeningen. 'Bij de Heilige Maagd, wat is dit dan?' Marsiglio nam een van de vellen in de hand en keek vragend naar Obediah.

'Een soort duivel,' antwoordde die.

De figuur die hij op het blad had geschetst leek inderdaad wel wat op een demon. Hij had een menselijke gestalte, maar de kop deed aan die van een stier denken. Het wezen had een snor met belachelijk lange uiteinden, die tot op zijn borst hingen. De gestalte ging gekleed in een Turkse kaftan en droeg in zijn rechterhand een kromzwaard.

'Ziet er Arabisch uit,' merkte Marsiglio op. 'Je hebt echt een levendige fantasie.'

Obediah glimlachte. 'Ik heb in een reisverslag iets gelezen over Arabische djinns. Dat heeft me geïnspireerd.' Hij nam een slokje van zijn wijn en liep naar het raam. Hun pension stond een eindje boven de stad op een helling. Hiervandaan had je uitzicht over bijna de hele Engelenbaai. Aan de horizon waren nog net twee grote schepen te zien.

'Zeg, Paolo... Zijn dat oorlogsschepen?'

De generaal kwam naast hem staan en kneep zijn ogen tot spleetjes. 'Korvetten, gok ik. De details zijn hiervandaan lastig te zien, daarvoor zijn ze te ver weg.'

Zonder iets te zeggen liep Obediah naar een kast en haalde daar een van Huygens' telescopen uit. Het was een klein model, niet geschikt om Saturnusmanen mee te bekijken, maar voor scheepsvlaggen was de kijker prima geschikt. Hij zette de telescoop op een driepoot en stelde hem in. Toen richtte hij hem op de baai. Zodra hij een van de schepen in het vizier had, deed hij een stap naar achteren. 'Alsjeblieft. Jij bent de deskundige in dit soort zaken.'

Marsiglio keek door de telescoop en bewoog hem heen en weer. 'Fransen. Een korvet en een fregat. Ik denk alleen vlagvertoon. Maar waar twee oorlogsschepen zijn, zijn er waarschijnlijk meer.'

'Zou de Franse vloot niet in het Kanaal voor Engeland op en neer moeten kruisen om te proberen Willems schepen tot zinken te brengen?' vroeg Obediah.

'Dat zou je denken. Geen idee wat ze hier doen. Maar het bewijst dat mijn zorgen gerechtvaardigd zijn. De val sluit zich.'

Obediah knikte. 'We wachten nog twee dagen. Als hij dan niet is opgedoken, gaan we zonder hem.'

•◆•

Obediah droomde over Londen. In een kleine boot roeide een veerman hem de Theems over, in de richting van Southwark. Hij vroeg zich af wat hij daar moest. Aan die kant van de rivier had je tenslotte alleen viezigheid, krotten en bedelaars. Dichte mist schoof voor hen over het grauwe water, en pas toen ze de Pickle Herring Stairs naderden, zag hij de oever. Nu ontdekte hij dat ze werden verwacht. Bovenaan de treden ontwaarde hij een troep soldaten, zeker vijftig man. Hoewel hij door de nevel alleen hun silhouet kon zien, was er iets aan de mannen wat hem vreemd voorkwam. Obediah wilde de veerman, die de rivier vandaag vermoedelijk al tientallen keren had overgestoken, ernaar vragen. Maar gek genoeg lukte het hem niet zijn mond open te doen, hoewel hij het een aantal keer probeerde. Stom keek hij toe terwijl de oever en de soldaten steeds dichterbij kwamen. De mannen droegen de gele jassen van het Coldstream-regiment, wat Obediah nogal wonderlijk vond, aangezien ze in Engeland waren en niet in Virginia, waar die soldaten eigenlijk thuishoorden. Toen zag hij dat hij zich had vergist. De soldaten droegen inderdaad geel, maar op hun uniformen was een groot blauw kruis genaaid, het symbool van het Franse koningshuis. Een invasie! Instinctief greep Obediah naar zijn degen, maar de schede was leeg. Opnieuw wilde hij de veerman iets toeroepen, hem bevelen om te keren en zo snel mogelijk in de beschutting van de mist te verdwijnen. En weer lukte het hem niet om zijn mond te openen. Het was alsof een onzichtbare klauw zijn kaken in een ijzeren greep hield. Angst welde in Obediah op. De Franse soldaten hadden hem intussen ook gezien, de officier gaf een bevel. Vijftig fuseliers legden hun musket aan en richtten op de kleine roeiboot.

Ze waren inmiddels zo dicht bij de oever dat achter de soldaten nu ook de gebouwen van Southwark uit de nevel opdoemden. Maar waar eigenlijk de Saint Thomas had moeten staan, zag Obediah een kerk met twee torens, en bovendien een paleis. Beide gebouwen, wist hij, hoorden helemaal niet aan de Theems te staan. Ze stonden aan de Seine. Hij zag dat de Franse officier zijn degen hief.

Op dat moment werd hij wakker. Obediah wilde rechtop gaan zitten, maar iemand pinde hem vast op het bed. Toen hij probeerde te schreeuwen, merkte hij de hand op die stevig om zijn mond geklemd was.

'Als u schreeuwt, monsieur, moet ik schieten. Mijn pistool is op uw buik gericht. Het zou, zoals iedereen weet, geen fraaie dood zijn,' zei een mannenstem in het Frans.

Hij opende zijn ogen. In het halfdonker zag hij voor zich de omtrek van een man met brede schouders. Diens gehandschoende rechterhand lag op Obediahs mond, in de linker had hij een pistool. Zijn wapen had hij tegen een kussen gedrukt, dat op zijn beurt op Obediahs buik rustte. Zelfs in de naastgelegen kamers zou je het schot niet horen. Niet na alle punch die ze gisteravond hadden gedronken.

'Ik haal nu mijn hand van uw mond. Mijn andere hand moet echter blijven waar hij is.'

Obediah ademde hoorbaar uit toen de onbekende zijn hand wegtrok. 'Wie bent u?' ontviel hem, maar bijna op hetzelfde moment drong tot hem door dat hij het antwoord al wist. 'Louis de Bourbon, graaf van Vermandois.'

De man tegenover hem pakte iets en zette het op het nachtkastje – een lantaarn die je kon dimmen. De vreemdeling draaide aan een wieltje, en meteen werd het licht. Vermandois glimlachte spottend en boog heel licht het hoofd. 'Aangenaam, monsieur.'

Vermandois was jonger dan Obediah, misschien begin twintig. Als je het wist kon je direct zien van wie de graaf een bastaardzoon was. Van zijn vader had hij niet alleen de grote haakneus geërfd, maar ook de dichte, krullende zwarte haardos, die je haast voor een pruik zou aanzien. Vermandois droeg een uniform dat Obediah niet kende, maar dat misschien Savooiaards was.

'Obediah Chalon, uw nederige dienaar, Doorluchtige Hoogheid. Kunt u dat pistool misschien weghalen? Ik verzeker u dat ik volkomen ongevaarlijk ben.'

Tot zijn verbazing deed Vermandois wat hij vroeg, maar zonder zijn ogen van Obediah af te wenden. De graaf deed een paar stappen achteruit en liet zich op een stoel zakken. Daarbij bleef het pistool voortdurend op Obediah gericht. Die kon zien dat de graaf nog een tweede pistool droeg, en bovendien een grote dolk in een schede om zijn arm had gebonden.

'U praat onzin, monsieur Chalon. Iemand die ongemerkt in een van de best bewaakte vestingen van mijn vader kan binnendringen, is beslist niet ongevaarlijk.'

'Mag ik vragen hoe u...' Bijna had hij 'ons' gezegd, maar op het allerlaatste moment bedacht hij zich. Hij wist niet zeker of Vermandois wist dat zijn medesamenzweerders hier maar een paar meter vandaan lagen te slapen. '... hoe u mij hebt gevonden?'

'Is dat zo belangrijk?'

'Aangezien ik veel moeite heb gedaan om in Nice geen aandacht te trekken, is dat zeker van belang, edele prins.'

'Laat al dat hoogheid en prins maar zitten. Mijn graventitel is intussen minder waard dan de hartstochtelijke beloftes van een havenhoertje. Maar als u het beslist wilt weten: monsieur d'Auteville was zo vriendelijk om me te vertellen hoe de heren eruitzagen die samen met mijn moeder...' – hij klakte een paar keer met zijn tong – '... in Pinerolo op bezoek kwamen.'

'De vestingcommandant? U hebt hem gesproken?'

'Natuurlijk. De situatie was overigens erg vergelijkbaar met deze, een klein tête-à-tête rond middernacht. De door u geschetste vluchtweg heb ik direct verworpen. Ten eerste houd ik er niet van als iemand anders zegt welke weg ik moet nemen. En ten tweede was die van u onpraktisch.'

'In welk opzicht?'

'Ik had een aantal dingen nodig. Kleding, wapens, informatie. Met al die zaken was monsieur d'Auteville uiterst behulpzaam. U mag me wel bedanken.'

'Ik dacht eerder dat u mij dank verschuldigd bent.'

'O, dat ben ik. Voor uw geraffineerde plan dank ik u hierbij uit het diepst van mijn hart.' Weer dat spottende glimlachje. 'In de naam van het hele huis Bourbon beloof ik dat deze heldendaad nooit vergeten zal worden.'

'Wat hebt u met D'Auteville gedaan?'

'Ervoor gezorgd dat hij niet meer kletst. Waarmee ik overigens uw werk heb gedaan. En daarom moet u mij ook bedanken.'

'Was dat nodig? Het verandert niets aan het feit dat allerlei mensen mij in Pinerolo hebben gezien.'

'U en uw vier vrienden,' merkte Vermandois op.

'Ja. De vesting zal onze beschrijving sowieso naar Parijs sturen.'

'Vanzelfsprekend. Maar dat was D'Autevilles taak geweest. Dat hij nu niets meer kan opschrijven maakt de situatie onoverzichtelijk, en daarmee winnen wij tijd.'

Obediah schraapte zijn keel. Die was kurkdroog. 'Wilt u misschien zo vriendelijk zijn om me iets te drinken aan te reiken, monsieur?'

'Sta op en bedien uzelf. Ik kan u ook neerschieten als u twee meter verder weg staat. Ik ben een uitstekend schutter.'

'U zou een gentleman in de rug schieten?'

'Als de omstandigheden daarom vragen: altijd.'

Obediah stond op en liep naar het buffet. Korte tijd later kwam hij terug met twee glazen wijn. Hij wilde bij Vermandois aan tafel gaan zitten, maar die schudde zijn hoofd.

'Gaat u weer op het bed zitten. Daar kan ik u beter zien.'

Obediah zette een van de glazen op tafel en nam toen plaats op de rand van het bed. Nadat hij een slokje van zijn wijn had genomen zei hij: 'Mag ik vragen waarom u zo lang nodig hebt gehad om hier te komen?'

'Voorzorgsmaatregelen,' antwoordde Vermandois. 'In de omgeving rond Nice wemelt het van de Franse spionnen. Ik had een paar dagen nodig om deze vermomming als Savooiaardse koerier te organiseren. En nog een paar om uw nest op te sporen.'

'Dat laatste had u gemakkelijker kunnen oplossen door naar het afgesproken ontmoetingspunt te komen.'

'Ik speel nou eenmaal niet graag volgens andermans regels, monsieur. Niet die van u en niet die van mijn vader. Op deze manier...' – hij gesticuleerde met het pistool – '... bevalt de situatie me veel beter. Ik ben liever ruiter dan paard.'

'Dan kunt u misschien beter meteen weer het donker in verdwijnen in plaats van eerst nog naar mijn aanbod te luisteren.'

'O, ik zal er zeker naar luisteren. Koppig ben ik beslist, maar een domkop ben ik niet. Dus: in wiens opdracht hebt u mij bevrijd, wie zitten hierachter? De Oostenrijkers? De Spanjaarden?'

'Nee, de Hollanders.'

'Aha. En wat wil de stadhouder van me?'

'Niets, voor zover ik weet. Mijn opdrachtgever is de VOC.'

Vermandois' zwarte wenkbrauwen schoven verbaasd omhoog, maar hij zei niets.

'Wij willen iets stelen. En u zou ons daarbij kunnen helpen.'

'En waarom juist ik?'

'Omdat u de beste dief bent die op dit moment op het continent rondloopt. Of dat zegt in elk geval iedereen.'

'Nou ja, het klopt ook. Niemand kan zich meten met mij, naast mij zijn alle anderen ordinaire zakkenrollers. Ik heb koningen en kardinalen bestolen.' Vermandois sloeg zijn benen over elkaar en pakte zijn glas wijn. Hij snoof eraan, trok een vies gezicht en zette het glas weer neer. 'Ruikt naar ossenbloed. Die Italianen hebben echt totaal geen verstand van wijn.' Toen keek hij Obediah aan. 'U weet dat ik al die diefstalletjes alleen voor mijn eigen plezier heb gepleegd?'

'Ja, dat nam ik tenminste aan. En juist daarom denk ik dat u zich deze kans niet zult laten ontgaan. U kunt de machtigste heerser ter wereld bestelen.'

Vermandois legde een hand voor zijn mond alsof hij een geeuw moest onderdrukken. 'Wat saai. Ik heb mijn vader allang...'

'Met verlof: uw vader is niet de machtigste heerser ter wereld. Ik heb het over de Grand Seigneur.'

Even leek Louis de Bourbon zijn tong te hebben verloren. Toen grijnsde hij breed. 'U wilt de sultan bestelen? Dat is fantastisch. Vertel alstublieft verder.'

Obediah legde de graaf uit dat ze geen juwelen uit de *saray* van de sultan of edelstenen uit de Hagia Sophia wilden ontvreemden, maar koffieplanten uit de omgeving rond Mocha.

Toen hij klaar was, vroeg Vermandois: 'En waarom is het zo moeilijk om die planten te stelen? Anders dan kostbaarheden of juwelen zitten ze niet opgesloten in een schatkist. Er moeten plantages zijn.'

'Die zijn er inderdaad, alleen zijn ze goed bewaakt. Maar u weet veel meer van dit vak dan ik. Is het niet vaak zo dat de diefstal zelf het minste probleem is?'

Vermandois knikte. 'De vlucht daarna is soms een veel groter avontuur.'

'Zo is het ook in dit geval. De plantages liggen op een hoogvlakte die, voor zover wij weten, maar via een paar wegen te bereiken is. Tussen de dichtstbijzijnde haven en het koffiegebied ligt bovendien een woestijn.'

'Laten we aannemen dat ik geïnteresseerd ben in uw kleine onderneming. Wat zit er dan voor mij in?'

Een paar ogenblikken geleden had Vermandois nog beweerd dat hij alleen voor zijn eigen plezier stal, maar Obediah zag ervan af de graaf daaraan te herinneren. Tenslotte had hij uitgebreid over Vermandois' beloning nagedacht. 'Allereerst krijgt u, net als ieder van ons, tienduizend gouden dukaten zodra de planten in de botanische tuin van Amsterdam zijn aangekomen.'

'Een mooi bedrag, maar is dat de doodsvijandschap van de Franse koning én die van de Grand Seigneur waard? Ik kan ook de bescherming van Leopold zoeken. Ik vermoed dat hij me een leven kan bieden dat bij een edelman past.'

De graaf had geen ongelijk. Leopold I was de belangrijkste tegenspeler van Louis XIV; als Roomse keizer was hij de leider van een alliantie waarbij zich steeds meer landen aansloten om tegenstand te kunnen bieden aan de Zonnekoning. De Hofburg zou een afvallige bastaard van de Bourbons met open armen ontvangen.

'Dat bij een edelman past, zeker,' reageerde Obediah, 'maar in Wenen zult u opnieuw in een kooi zitten, al is het een fraaiere. Voor een man als u is dat niets.'

'Inderdaad. Maar hebt u iets beters te bieden?'

'Iets veel beters. Bent u op de hoogte van de actuele politieke gebeurtenissen?'

'Men hield mij in Pinerolo wat dat aangaat erg kort. Ik weet dat mijn vader oorlog voert in de Palts. Is er verder nog iets belangrijks aan de hand?'

'O ja. Willem van Oranje heeft gebruikgemaakt van het feit dat uw vader druk bezig is in Duitsland. Terwijl Louis' handen gebonden waren in de Palts is de stadhouder met een enorme vloot naar Engeland gezeild. Koning James II is op de vlucht geslagen, zijn vrouw en de erven van de troon heeft hij al naar Versailles laten brengen. Willem geniet de steun van een groot deel van de Engelse en Schotse adel, en natuurlijk die van de keizer en de Duitse vorsten.'

‘Ik heb zo’n vermoeden wat u mij wilt aanbieden.’

‘U zegt zelf al dat uw Franse titel waardeloos is geworden. Als u ons helpt, geeft prins Willem u een nieuwe titel. En bovendien waar u maar wilt.’

‘Hm, Engeland ligt me veel te dicht bij Frankrijk. Wat heb ik aan een graafschap daar als de gerechtsdienaren van mijn vader me straks vermoorden?’

‘Dan gaat u toch ergens anders heen? Willem kan u ook bezit schenken in Virginia of Pennsylvania, in Guiana of Batavia.’

‘Hoe dan ook zou ik een leenman zijn van die aan tuberculose lijdende, protestantse schaapsko... herder.’

‘Dat hoeft niet. Als u een groot territorium wilt, zult u Willem natuurlijk de leeneed moeten zweren, maar een kleiner allodium dat u volledig toebehoort is ook denkbaar.’

‘Dat klinkt niet verkeerd. Maar wat als ik dat onvoldoende vind? Hebt u er al eens aan gedacht dat ik ook gewoon naar mijn vader kan terugkeren?’

‘Wilt u weer de gevangenis in?’ vroeg Obediah.

‘Beslist niet. Maar misschien zou hij me vergeven. Er is tenslotte een oorlog gaande, en dan zijn koningszonen waardevoller dan anders. Ook zij sterven immers als ratten. Bovendien staat de Grote Man erom bekend dat hij berouwvolle zondaars vergeeft.’

Obediah schudde zijn hoofd en stond op. ‘Dat, seigneur, is een uitzichtloos plan.’

‘En waarom is dat?’

‘Omdat u al maandenlang bezig bent tegen uw vader samen te spannen om een tweede Fronde op touw te zetten.’

‘Wat zegt u?’ hijgde Vermandois.

Obediah onderdrukte een grijns. Nu had hij die dwergprins waar hij hem hebben wilde. ‘U hebt geheime boodschappen Pinerolo uit gesmokkeld, minstens een dozijn. Die heeft men enkele dagen geleden in Versailles gevonden. De condessa Da Glória, die u als La Vallière hebt leren kennen, heeft ze daar maanden geleden al bij een vertrouweling in bewaring gegeven.’

‘U bent een akelige kleine intrigant! Ik heb niets van dien aard gedaan! Die brieven zijn een grove vervalsing.’

Obediah kruiste zijn armen voor zijn borst. Vermandois had nog altijd het pistool op hem gericht, maar intussen maakte hij zich daar geen al te grote zorgen meer over.

'Ik begrijp uw woede wel,' zei hij, 'maar grof zijn mijn vervalsingen nooit. De brieven aan uw medeplichtige zijn in uw handschrift geschreven. En ze zijn in geheimschrift opgesteld, maar niet zo goed dat de cryptologen van uw vader ze niet met een week of twee kunnen ontcijferen.'

'En wie mag mijn medeplichtige dan wel wezen?'

'De chevalier de Lorraine.'

Obediah kon zien dat de lippen van Louis de Bourbon beefden. Dat lag vast niet aan het feit dat hij zulke innige gevoelens koesterde voor de chevalier, die een lieveling was van Monsieur, de homoseksuele broer van de koning. Vermoedelijk begon eindelijk tot Vermandois door te dringen hoe uitzichtloos zijn situatie was. Niemand aan het Franse hof zou Lorraine geloven als die de beschuldigingen ontkende. De chevalier was buitengewoon ongeliefd; de koning zelf had al diverse keren gedreigd met verbanning van de voortdurend intrigerende jongeman van het hof in Versailles. Bovendien was bekend dat Vermandois en Lorraine samen de confrérie hadden beoefend. Ook dat maakte het door Obediah bedachte samenzweringsverhaal geloofwaardig.

De graaf had een ogenblik nodig om van de schok bij te komen. Toen zei hij: 'Zelfs als uw vervalsing inderdaad heel goed zou zijn – en de chevalier is ongetwijfeld een goedgekozen zondebok – dan nog blijft uw verzinsel ongeloofwaardig. Een opstand tegen mijn vader beginnen is een volkomen kansloze onderneming.'

'Natuurlijk. Maar sinds uw vader op allerlei fronten oorlog voert, is er flink wat oppositie. En wat de zaak uiteindelijk vooral geloofwaardig maakt, is dat uw brieven passen bij uw daden. Ze duiken kort na uw ontsnapping op, en die is een onweerlegbaar feit.'

'Ik zou u het liefst ter plekke doodschieten. Ik walg van u, monsieur.'

'Dat begrijp ik. Maar dan kan niemand u meer uit de nesten helpen.'

'Waar u me zelf in hebt gemanoeuvreerd!'

Obediah zweeg en nam Vermandois op.

Die was intussen opgestaan en liep rusteloos door de herbergkamer heen en weer. Even leek het of hij zijn gevangene vergeten was, maar toen draaide hij zich abrupt om en marcheerde naar het bed, het pistool in zijn uitgestrekte hand. Toen de loop nog maar een paar inches van Obediahs neus verwijderd was, zei hij zacht: 'Ik zal uw spel meespelen. Voor het geld, voor het allodium, zelfs voor het plezier. Maar pas op. Deze belediging vergeet ik niet, geloof me. Tot morgen, monsieur.' Toen draaide Vermandois zich om en beende weg, maar niet naar de deur. In plaats daarvan liep hij naar een van de ramen. Hij deed het open, greep het kozijn beet en sprong toen in één keer de duisternis in.

•◆•

Toen Polignac uit de fiaker stapte, sloeg de regen hem in het gezicht. Nadat hij de koetsier een paar sous had gegeven, trok hij zijn hoed dieper over zijn gezicht en liep naar het gebouw van zandsteen. Het stond aan het eind van de Rue de Richelieu, niet ver van het Palais Royal. Hoewel Polignac hier al vaak was langsgekomen had hij het nooit echt opgemerkt, en dus ook nooit vermoed dat het van de Grote Colbert was geweest. Hij gebruikte de zware metalen deurklopper. Zodra de deur openging, beende hij naar binnen, zo kordaat dat de lakei aan de andere kant geschrokken achteruitstapte. Misschien kwam het door zijn krachtdadige optreden, misschien ook door zijn gehavende gezicht. Zonder de bediende een blik waardig te keuren zei de musketier: 'Ik moet naar Étienne Baluze.'

'Ik zal kijken of hij aanwezig is. Wie kan ik zeggen dat er is, monsieur?'

Polignac stak de man een visitekaartje toe. 'Gatien de Polignac, capitaine der musketiers. Ik ben hier vanwege dringende staatszaken in opdracht van Zijne Majesteit. Dus waag het niet om zonder Baluze terug te komen.'

De bediende maakte een haastige buiging en verdween. Polignac keek om zich heen in de hal. De zuilen en trappen waren van Chinees marmer, op de vloer lag een enorm Perzisch tapijt dat een tulpenweide voorstelde. Aan zijn linkerhand hing een schilderij van de gestorven Jean-Baptiste Colbert, rechts een van de koning. Het verschil tussen de twee portretten had niet groter kunnen zijn. Louis XIV zat voor een rood baldakijn en was afgebeeld als de god Jupiter, met in zijn rechterhand een bundel bliksemschichten en zijn linkervoet op een op de grond liggend Gorgonenschild. De Grote Colbert zag eruit als een Hollandse koopman, en niet eens als een bijzonder welvarende. Hij droeg een eenvoudige zwarte justaucorps, was blootshoofds en zat voor een bruine muur. De minister van Financiën had iets in zijn hand. Polignac liep iets dichterbij om het beter te kunnen zien. Het was een opgevouwen stuk papier.

Toen hij op de trap voetstappen hoorde draaide hij zich om. De man die de treden af kwam lopen was bijna een grijsaard, vast al boven de zestig, en bewoog zich heel langzaam. Baluze was nogal dik. Hij had de wangen van een hamster, maar de ogen van een roofvogel. Halverwege de trap bleef hij staan en glimlachte naar Polignac. 'Capitaine, welkom. Ik had u al verwacht.'

Polignac vroeg zich af hoe de bibliothecaris op de hoogte kon zijn van zijn komst. Toen drong tot hem door dat dit natuurlijk helemaal niet zo verwonderlijk was als je te maken had met mensen als Rossignol. 'Monsieur Baluze.' Hij maakte een lichte buiging. 'Monsieur Rossignol raadde me aan u op te zoeken.'

Étienne Baluze liep de laatste treden af. 'Vanwege welke kwestie, als ik vragen mag?'

Tevreden stelde Polignac vast dat Rossignol de bibliothecaris nog geen details had gegeven. 'Het gaat om een mogelijk complot tegen Zijne Majesteit.'

'Zoiets vermoedde ik al. Als u mij wilt volgen? We kunnen er in de bibliotheek verder over praten.'

Baluze ging hem voor door een eikenhouten deur op de begane grond. Daarachter lag een immens vertrek, veel groter dan Polignac had verwacht. Er was één hoge muur met ramen, alle andere wanden leken uit boeken te bestaan. Boven hun hoofden liep een galerij die ook vol boeken en schriftrollen stond. De musketier had zijn opleiding genoten aan een jezuïetencollege, dus had hij wel wat bibliotheken gezien, maar deze hier overtrof alles.

'Wat is dit precies voor verzameling? Behoort ze tot de koninklijke bibliotheek?'

'Nee. Dit is de Colbertine, het privéarchief van minister Colbert,' antwoordde Baluze. 'Hier beneden staan diverse naslagwerken. Achterin worden de belangrijke natuurfilosofische tijdschriften bewaard, de *Acta Eruditorum*, het *Journal des Sçavans*, en daar de *Nouvelles de la République des Lettres.*'

'Ik dacht dat dat tijdschrift in Frankrijk verboden was.'

Baluze trok instemmend zijn wenkbrauwen omhoog. 'Helemaal juist, monsieur. Maar om vast te stellen welke uitgaven openbaar toegankelijk kunnen worden gemaakt en welke niet, moet men ze natuurlijk eerst een keer lezen. U zult hier veel geschriften vinden die in Parijs niet gedrukt of verkocht mogen worden.' De bibliothecaris ging verder. 'Ziet u die rode banden daar boven? Een bijzondere schat. Dat zijn alle documenten uit de ambtsperiode van kardinaal Mazarin. En die groene daar zijn die van monsieur Colbert, toen hij *intendant des finances* van Zijne Majesteit was.'

Polignac keek omhoog. Daar stonden in groen gebonden folianten, *pied* na *pied*. 'Dat moeten er duizenden zijn,' ontviel hem.

De bibliothecaris glimlachte. 'Zesduizendhonderdtwintig stuks. Alle documenten uit zijn twintigjarige ambtsperiode. Maar alstublieft, ga zitten. Wilt u een kop koffie?'

Polignac bromde instemmend. Ze namen plaats in leren fauteuils. Baluze gaf een bediende opdracht koffie voor hen te halen. Toen dat geregeld was haalde hij een dik boek tevoorschijn en sloeg het open. Daarna pakte hij een veer uit een inktpot die op het tafeltje tussen hen in stond.

'Wilt u me nu zeggen waar het om gaat, capitaine?'

Polignac vertelde Baluze over Obediah Chalon, over de niet al te best bekend staande mensen die hij had ingehuurd, over zijn verblijf in Londen, Den Haag, Amsterdam en Limburg. De kwestie met Vermandois vermeldde hij niet. Behalve Zijne Majesteit, Rossignol en hijzelf wist in de hoofdstad tot nu toe niemand dat de bastaard van de koning ontvoerd was uit de veiligste vesting van Frankrijk. Het was beter als dat nog een tijdje zo bleef. Verder vertelde hij Baluze over Chalons contacten met de mysterieuze David ben Levi Cordovero, over de versleutelde boodschappen die de samenzweerders uitwisselden en over de banden die wellicht bestonden met de Osmanen. Terwijl de musketier sprak, maakte de bibliothecaris ijverig aantekeningen. Toen Polignac klaar was, klapte Baluze het boek dicht en sloot een ogenblik zijn ogen. Toen hij ze weer geopend had, vroeg hij: 'Zoekt u iets? Of wilt u iets vinden?'

'Ik weet niet zeker of ik u kan volgen.'

'Wel, zoals u ziet is dit een nogal omvangrijk archief. Het is bijna zo groot als de Bibliotheca Augusta in Wolfenbüttel.'

'Nu overdrijft u toch, monsieur.'

'Beslist niet, capitaine. Monsieur Colbert verzamelde niet alleen zijn eigen stukken en die van zijn voorgangers, maar heeft bovendien alle documenten uit de provincies laten kopiëren die hij te pakken kon krijgen – van de intendant, van de kloosters, echt alles. Vanwege de omvang van het materiaal is het natuurlijk onmogelijk alles nog eens door te lezen. Maar als Chalon in het verleden bijvoorbeeld met een bekende naam contact heeft gehad, een prins of een koopman, dan kan ik daar doelgericht naar zoeken.'

'Hoe dan?'

'Ziet u die twintig gebonden boeken op die tafel? Dat is de catalogus. Hij is pas onlangs voltooid. Daarin kunt u op verschillende soorten trefwoorden zoeken, de namen van bekende personen bijvoorbeeld.' Baluze vouwde zijn met inkt bevlekte handen in zijn schoot. 'Als het echter om relatief onbekende personen gaat, zijn die vermoedelijk niet geïndexeerd. In dat geval moeten we in de relevante portfolio's – dat zijn op onderwerp geordende materiaalverzamelingen – alle plekken opzoeken en doorlezen waarin het bijvoorbeeld over samenzweringen tegen Frankrijk gaat. En hopen daarbij iets te vinden zonder te weten wat we eigenlijk zoeken. Begrijpt u?'

Polignac knikte. 'Dat laatste klinkt erg tijdrovend.'

'Dat is het inderdaad.'

De bediende kwam een zilveren koffiekan brengen, met daarbij twee kopjes en zoete *sablés*.

Polignac beet in een van de koekjes en nam een slok koffie. 'Hoe tijdrovend, monsieur Baluze?'

'Enkele weken, vermoed ik.'

‘En met de juiste trefwoorden?’

‘Hoogstens een paar dagen.’

De musketier dacht een ogenblik na. Hij had geen weken. En dus moest hij Baluze liefst iets concreets geven en hopen dat hij het juiste had gekozen. Monmouth of Willem III kwamen ongetwijfeld tientallen keren in Colberts catalogus voor, maar hij betwijfelde of zij rechtstreeks contact met Chalon hadden gehad. Het was waarschijnlijker dat hij tussenpersonen had ingeschakeld. Hij had iemand nodig die direct met Chalon correspondeerde. ‘Zoals ik u vertelde schrijft Chalon regelmatig aan een jood die Cordovero heet. Wij vermoeden dat hij zich ergens in het machtsgebied van de Grand Seigneur ophoudt. Is dat misschien een aanknopingspunt?’

Baluze krabde met de veer over zijn kin. ‘Hm, de naam wijst erop dat het om een Spaanse of Portugese jood gaat. Velen van hen zijn in Osmaans territorium neergestreken nadat de Reyes Cátolicos ze uit hun land hadden verbannen. En u denkt dat ik moet proberen deze Cordovero te vinden?’

‘Is dat volgens u mogelijk? Tot nu toe weten we alleen dat Chalon hem poste restante brieven stuurt, via een koopman in Sicilië.’

Baluze staarde naar het plafond. Daarop was een door engelen bewonderde Athene te zien, die streng op hen neerkeek. Misschien hoopte de oude bibliothecaris van de godin antwoord te krijgen. Plotseling stond Baluze op en mompelde: ‘Ja, dat... Ja, ja!’

Seconden later was hij tussen de kasten verdwenen. Polignac dronk zijn koffie, at een paar koekjes en wachtte.

Na een kwartier kwam Baluze terug met diverse folianten onder zijn arm. Hijgend liet hij zich op zijn stoel vallen. ‘Dit hier...’ – hij tikte op de boeken – ‘... zijn aantekeningen over leveringen van onze manufacturen in de Levant, en de daarbij horende correspondentie van de kapiteins uit de jaren 1675 tot 1685.’

Polignac keek nogal sceptisch. ‘Dat zijn nog altijd minstens drieduizend pagina’s, monsieur.’

De bibliothecaris glimlachte. ‘Ja, dat klopt, maar ik denk dat ik misschien een kortere route weet.’ Hij sloeg een van de boeken open en tuurde met samengeknepen ogen langs de regels. ‘Aha, hier is het. V.5.f.6.a.4.r.’

'U zegt?'

'*Volume 5, folio 6, article 4 recto.*' Baluze liet zijn wijsvinger over de bladzijden glijden. 'Kijk maar eens naar deze lijst.' Hij reikte Polignac de foliant aan.

Op de opgeslagen bladzij stond: *Factoors in Aleppo anno 1678*. Eronder was een lijst met namen opgenomen. Die waren onderstreept en van aantekeningen voorzien.

'*Jakub Benhayon, betrouwbare factoor, een eerbaar man, beslist aan te bevelen. Schmul Wolfinsohn, twistziek, ook met geld nauwelijks te paaien; spant vaak processen bij de* kadi *aan. Itzak Cardoso, haat de Engelsen, houdt van de Grieken en van raki.* Wat is dit?' vroeg Polignac.

'Elk jaar laten we onze kapiteins als ze in de Levant of elders lading aan boord nemen, notities maken over de samenwerking met de havenmeesterij. In dit geval gaat het om de factoors van de Verheven Porte, die de papieren controleren en de tol vaststellen. Deze lijst betreft Aleppo; maar zulke overzichten zijn er ook voor Smyrna, Alexandrië en Limasol, zodat onze handelaren weten wie ze kunnen vertrouwen en wie niet.'

'Ik begrijp het. Maar hoe helpt ons dat verder?'

'Leest u alle namen eens door.'

Polignac liet zijn ogen langs de lijst glijden. Plotseling begreep hij waar Baluze heen wilde. 'Joden! Al deze mensen hebben joodse namen.'

'Dat is omdat bijna alle door de Turken aangestelde factoors Sefarden zijn.'

'Hoe komt dat?'

'Omdat Iberische joden meestal goede handelaren zijn. Ze spreken veel talen. En de Verheven Porte beschouwt ze als uiterst betrouwbaar in geldzaken,' zei Baluze.

'Uitgerekend joden? Dat is een slechte grap.'

'Dat kan wezen, maar de Grand Seigneur ziet dat kennelijk anders. Wist u dat zelfs de lijfarts van Süleyman II een Poolse jood is?'

Polignac schudde ongelovig zijn hoofd.

'De Turken zijn geen volk van zeevaarders. En daarom laat de Porte alle handel voor het grootste gedeelte door andere volkeren afwikkelen. De kapiteins zijn meestal Armeniërs, de reders Grieken en de factoors dus joden. Hoe dan ook, het punt is: u zoekt een Sefard die zich op Osmaans gebied bevindt. Als zijn voorvaderen uit Spanje zijn gevlucht, deden ze dat waarschijnlijk met de hele Cordovero-familie. En aangezien bijna alle Sefarden in de Levanthandel werkzaam zijn...'

'... bestaat er in elk geval een kans dat we iemand uit zijn familie op een van deze lijsten aantreffen, misschien zelfs de man persoonlijk.'

'Exact, capitaine. Het is maar een ideetje van me, maar dit heeft het grote voordeel dat we geen hele boeken hoeven te lezen. Het kost hoogstens een dag om die lijsten op te zoeken en door te kijken.'

Polignac stond op. Baluze volgde zijn voorbeeld.

'Laten we dat proberen. Stuurt u me bericht als u iets hebt gevonden, in het café Procopio.'

•◆•

Obediah liet zijn blik langs de pier glijden. Je kon de haven van Nice weliswaar niet klein noemen, maar vergeleken met de *Pool of London* en de IJmonding kwam de verzameling fluiten, fregatten en pinassen toch wat armoedig op hem over. Obediah zoog aan zijn pijp en keek hoe een sjouwerman een vat rum de loopplank van hun schip op duwde en onder de grote mast neerzette. De Madonna della Salute was een Venetiaanse *bertone*, met een bolle romp en rechthoekige zeilen. Het was niet eenvoudig geweest om zo'n schip op de kop te tikken, maar Obediah wilde niet met een fluit of sloep op reis gaan. Die scheepstypen schreeuwde namelijk tegen iedereen die ze aan de horizon zag opdoemen luidkeels VOC. De Venetiaan was onopvallender. Op de Middellandse Zee wemelde het van de bertoni; vele landen gebruikten deze schepen.

'Je hebt het schip zelfs een Italiaanse naam gegeven,' bromde Marsiglio. 'Varen we onder Savooiaardse vlag?'

'Alleen tot we op zee zijn,' antwoordde Obediah. 'Dan hijsen we de Saint George-vlag en worden we een Engels handelsschip op weg naar Smyrna.'

Marsiglio glimlachte zuinig. 'In elk geval dat laatste klopt.'

Zwijgend bekeken ze de laadwerkzaamheden. Levensmiddelen en water ontbraken nog, en ook een gedeelte van hun persoonlijke bezittingen, die juist aan boord werden gebracht. Verder was alles aanwezig; Justel en de condessa waren al bezig hun hut in te richten. Jansen marcheerde over het voorschip heen en weer en blafte bevelen. Sinds Obediah het schip aan de Deen had overgedragen was er een merkwaardige verandering in de man opgetreden. Op zijn gezicht had hij weliswaar nog steeds dezelfde uitdrukking die verse melk in kaas kon veranderen, maar vergeleken met de afgelopen maanden leek hij zowaar spraakzaam. Jansen was duidelijk in zijn element; eerder had hij zelfs grappen met de matrozen lopen maken en daarbij de aanzet tot een glimlach laten zien. Nou ja, misschien had Obediah zich dat laatste ook wel ingebeeld.

Het was een stralende ochtend. Een paar wolkjes trokken langs de azuurblauwe hemel en een aangenaam lauwe bries woei van de Zee-Alpen naar zee. Het weer zou bij hun vertrek in elk geval geen streep door de rekening zetten. Hij hoopte dat ook verder niemand dat zou doen.

'Je kijkt nogal verontrust, Obediah,' merkte Marsiglio op. 'Komt dat door onze meesterdief?'

Vermandois was nog altijd niet komen opdagen. Obediah zag dat de matrozen de eerste luiken van het ruim sloten. Binnenkort zouden ze kunnen afvaren.

'Hij komt, Paolo. Waarschijnlijk is hij gewoon voorzichtig.'

'Dat begrijp ik wel. Hij is de meest gezochte man in de wijde omtrek. Zie je die vrouw daar? Naast die groene deur? Kijk niet recht die kant op.'

Obediah klopte zijn pijp uit tegen een rumvat. Terwijl hij dat deed, keek hij onopvallend opzij. Tegen de muur van een huis geleund stond op ongeveer vijftig yards afstand een vrouw, vermoedelijk een visserswijf, bruinverbrand door de zon, de zwarte haren naar achteren gebonden met een leren bandje. In haar rechterhand hield ze een drinkzak, waaruit ze af en toe kleine slokjes nam.

'Wat is er met haar?' vroeg Obediah.

'Dat is een Franse spionne,' antwoordde Marsiglio.

'En waar zie je dat aan?'

In plaats van hem te antwoorden klopte Marsiglio met zijn rechterhand op zijn buik. Intussen was Jansen naar de reling toe komen lopen om naar hen te gebaren. Zodra Obediah zijn kant op keek, stak de Deen een duim omhoog.

Marsiglio stond op. Zonder zijn blik van het schip af te wenden mompelde hij: 'En nu is ze weg. Verslag uitbrengen, waarschijnlijk. We moeten zo snel mogelijk vertrekken. Gortsakkerloot bij zeven zakken krenten, waar voor de duivel blijft die sodomitische Franse ekster?'

Een antwoord had Obediah niet. In plaats daarvan zei hij: 'Laten we aan boord gaan. Jansen moet de zeilen hijsen en alle lijnen op slip laten leggen.'

Terwijl Obediah een plek aan de reling zocht en naar Vermandois bleef uitkijken, gaf de generaal instructies aan Jansen. Die riep iets, waarna een paar matrozen in het want klommen en een stel andere de eerste meertrossen losten. De overgebleven lijnen trokken strak zodra de zeilen wind vingen. Obediah zuchtte. Vermandois was nergens te bekennen.

Een schreeuw haalde hem uit zijn gedachten. De kreet kwam uit het kraaiennest. De man die op de uitkijk stond, riep Jansen iets toe wat Obediah niet verstond. Even later zag hij echter zelf wat de man gemeld had. Vanaf het fort, dat aan de rechterkant van de Engelenbocht boven op de Mont Alban gebouwd was, kwam een contingent soldaten het pad af dat met vele haarspeldbochten in de richting van de haven liep. De mannen renden en het waren er veel, zeker twintig, dacht hij.

'Jansen!' brulde Obediah. 'Wat zegt de uitkijk?'

De zeeman liep naar hem toe. 'Er komen soldaten van het fort naar beneden...' – hij wees naar links – '... en van daarginder komt er ook een stel.'

Ook van de kant van de stad naderde een groep gewapende mannen.

'Komen ze voor ons?' vroeg Obediah.

Jansen haalde zijn schouders op. 'De duivel mag het weten. Voor ons, voor de Bourbon, voor iemand anders... Hoe dan ook moeten we maken dat we wegkomen, zou ik zeggen.'

Obediah knikte zwijgend. Jansen begon onmiddellijk bevelen te roepen. Twee van de matrozen trokken aan de op slip gelegde lijnen, en het schip dreef weg van de kant. De stuurman loefde aan en de kademuren verdwenen snel naar achteren. Toen ze ongeveer honderd yards hadden afgelegd zag hij het Savooiaardse contingent aan het einde van het pad komen, aangevoerd door een officier die met getrokken degen voorop rende.

Marsiglio ging naast Obediah staan en bekeek het schouwspel. 'Ik denk dat we zo wel zullen zien of ze het op ons of op de graaf gemunt hebben.'

Obediah nam de generaal op. 'En hoe komen we daar dan achter?'

Aan de kademuur hadden de Savooiaarden zich intussen in een dubbele rij opgesteld en legden aan. Obediah dook achter het rumvat dat aan de mast was vastgesnoerd. Als hij dit overleefde zou hij zichzelf op een flinke beker uit de ton trakteren. Hij gluurde naar de reling. Daar stond Marsiglio. Hij was nog geen inch van zijn plek geweken.

'Zoek jij geen dekking?'

Marsiglio schudde zijn hoofd. 'Te ver weg voor musketten,' antwoordde hij. 'Ze kunnen misschien de zee fusilleren, maar ons niet.' Hij wees naar het fort. 'Maar daar boven hebben ze geschut. En dat is meteen het antwoord op je vraag. Als ze achter ons aan zitten, zullen ze proberen het schip tot zinken te brengen. En omdat die Savooiaardse kanonniers geen idioten zijn, zal het ze waarschijnlijk ook lukken. Ze wachten gewoon tot we de andere schepen gepasseerd zijn en toveren daarna met hun op de havenuitgang gerichte kanonnen ons schip om in een Zwitserse gatenkaas. Als het ze echter om Vermandois gaat, wil Victor Amadeus hem vast en zeker levend in handen krijgen; voor de hertog zou een koningszoon als hij in deze politiek gecompliceerde situatie een godsgeschenk zijn.' Marsiglio lachte grimmig. 'Dus als ze hun kanonnen afschieten, zijn wij ontmaskerd, zo niet dan is Vermandois betrapt. Waar wed jij op?'

'Wat zeg je?'

'Ik zet honderd pistolen in op jou, Obediah. Ik denk dat ze achter Vermandois aan zitten. Je was veel te voorzichtig. Of wilde je daar iets tegen inbrengen?'

Obediah hoorde dat de soldaten met de musketten een salvo afvuurden, en toen nog een. 'Je bent onmogelijk!'

'Hoezo?' reageerde Marsiglio. 'Dit is eindelijk eens een originele weddenschap.'

Obediah negeerde de generaal en keek als gehypnotiseerd naar het fort. Om de haven uit te komen moesten ze met een boog om de Mont Alban heen varen – ruim gelegenheid voor de Savooiaardse kanonniers om een paar kogels in de scheepsromp te jagen. Ze kregen steeds meer vaart. De kademuren en de soldaten waren nu al ver van het schip verwijderd. Tussen hen en het eindeloze blauw lagen nog maar drie schepen voor anker. Twee. Een. Ze waren op open zee. Obediah leunde tegen de mast, kneep zijn ogen toe en wachtte op het gedonder. Het bleef echter stil; alleen het ruisen van de zee en het piepen van het touwwerk was te horen. Toen hoorde hij een stem die hij kende.

'Monsieur, ik ben vreselijk ontsteld. U was werkelijk van plan om zonder mij te gaan.'

Obediah opende zijn ogen en draaide zich om. In het rumvat stond, met het deksel onder zijn rechterarm geklemd, de graaf van Vermandois.

•◆•

Obediah had erop gerekend dat hij tijdens de lange reis van Nice naar Smyrna de ziel uit zijn lijf zou kotsen. Zelfs de korte oversteek van het Kanaal, die maar een paar dagen duurde, had hij tot nu toe altijd hangend over de reling doorgebracht, of anders ineengedoken in een kooi met in zijn armen een emmer geklemd. Deze keer leek het hem gek genoeg nauwelijks iets uit te maken dat ze op zee voeren. Misschien waren de golven op de Middellandse Zee anders dan die op de Noordzee? Hij vroeg zich af of iemand dit fenomeen al eens had onderzocht. Uit de zak van zijn jas haalde hij een octavoschrift en een potlood om hierover een notitie te maken. Hij wilde zich juist weer aan de brief wijden die hij aan het versleutelen was, toen er op de deur van zijn hut werd geklopt. Snel schoof hij een boek over het codeerblad.

‘Kom binnen!’

De deur zwaaide open en de condessa kwam de hut in. Ze droeg een leren jachtkostuum dat duidelijk niet voor een vrouw gemaakt was. Haar zwarte krullen waren bijeengebonden en verborgen onder een versleten driesteek. Ze deed de deur achter zich dicht. Omdat de enige stoel door Obediah in beslag werd genomen, nam ze plaats op de rand van zijn kooi. Toen ze merkte dat hij naar haar kleding keek, glimlachte ze schelms. ‘Dit is aan dek handiger dan een jurk. Bevalt het je?’

‘Eerlijk gezegd,’ zei Obediah, zijn blik weer op zijn papieren gericht, ‘maakt het je nogal jongensachtig.’ Hij wees naar haar laarzen. ‘En dan die hoge hakken. Probeer je soms extra mannelijk over te komen?’

‘Misschien vind je dat juist aantrekkelijk.’

Hij zuchtte. De condessa had hem de laatste tijd met rust gelaten, en hij was bijna gaan geloven dat ze het had opgegeven – een verkeerde inschatting.

‘Nee, dat vind ik niet. Maar misschien werkt het bij Vermandois.’

De condessa sloeg haar benen over elkaar. ‘Een erg knappe man, maar helaas volkomen verloren voor de vrouwen.’

‘Weet je dat zeker? Met jouw vasthoudendheid...’

‘Waarom vraag je niet meteen of ik het heb geprobeerd?’

‘En, heb je dat?’

‘Je bent zo grof.’

‘Ik vraag je om vergeving.’ Hij richtte zich iets op en boog toen in haar richting. ‘Mag ik je een beker wijn aanbieden?’

‘Dat is het eerste verstandige woord dat je tot nu toe hebt gezegd.’

Obediah stond op en liep naar een kast vol flessen om iets voor de condessa in te schenken. Toen hij zich weer omdraaide, stond ze bij de tafel. In haar hand hield ze zijn codeerblad.

‘Geef dat hier!’ riep hij boos.

Ze gaf hem het blad en pakte tegelijkertijd de beker van hem aan. ‘Wat is het?’

‘Een codeerblad.’

Met een chagrijnig gezicht ging ze weer op de rand van de kooi zitten. ‘O, werkelijk? Het is geen Caesar, zo veel weet ik ook nog wel. Maar verder?’

'Het is ingewikkeld.'

'Ik ben niet helemaal onervaren in geheimschrift. Ben je vergeten dat ik jou ook versleutelde brieven heb gestuurd?'

'Ja, maar die waren versleuteld met een chiffreerstok die ik je had gegeven. Voor deze code heb je een mathematisch verstand nodig.'

'Wat je eigenlijk wilt zeggen, is dat je er een mannelijk verstand voor nodig hebt.'

'Ik...'

'Obediah, ik zal je een geheim verklappen. Ik ben helemaal geen Portugese.'

'Dat vermoedde ik al.'

'In werkelijkheid kom ik uit de Republiek Genua. De families daar zijn al eeuwen met elkaar in oorlog. Geen Genuees zou ooit een ongecodeerd bericht versturen. Ik was al bezig met geheimschriften toen jij nog tegen schuurdeuren stond te plassen. Dus wees alsjeblieft niet zo impertinent en leg het me uit.'

Obediah zuchtte. Eigenlijk had hij geen zin om over zijn versleutelingsmethoden te praten. Aan de andere kant was dit codeerblad maar één element van zijn geheimschrift. Zelfs als de condessa de methode begreep, zou ze geen van zijn berichten kunnen ontcijferen. Bovendien vreesde hij dat ze zijn kajuit pas zou verlaten als hij haar het geheimschrift uitlegde of anders met haar naar bed ging. Dan sprak hij nog liever over getallen.

'De meeste geheimschriften werken met verschuiving. Onder het zogenaamde klare alfabet schrijf je daarbij een tweede rij letters, cijfers of symbolen. Die methode is echter passé. Aan de hand van de frequentie van de letters kan een geoefend cryptoloog gemakkelijk veelvoorkomende woorden herkennen, zoals "de" of "is". Kun je me tot zover volgen?'

De condessa knikte.

'Een al iets geraffineerdere variant is om onder het alfabet twee rijen symbolen te zetten. Tijdens het versleutelen spring je volgens een vastgesteld patroon tussen die twee rijen heen en weer. Daarmee breng je degene die de code probeert te ontcijferen in de war. Je kunt dat systeem natuurlijk verder verfijnen door drie rijen te nemen, of door sommige te versleutelen letters – of bepaalde woorden of lettergrepen – een extra eigen symbool te geven. Zo werken de geheimschriften die tegenwoordig aan de meeste hoven worden gebruikt. Toch kunnen die gekraakt worden als je maar over een groot genoeg cabinet noir beschikt.'

'Zoals onze vijand,' zei ze.

Obediah knikte. Hij ging naast de condessa op bed zitten. Het codeerblad legde hij op zijn knieën. 'Maar ik gebruik dit hier.'

Ze boog zich naar hem toe. 'Je eigen uitvinding?'

'Nee, het komt van een Fransman. Naar hem is het ook genoemd. Het heet een Vigenère-tabel.'

Samen keken ze naar het blad.

	A	B	C	D	E	F	G	H	I	J	K	L	M	N	O	P	Q	R	S	T	U	V	W	X	Y	Z
A	A	B	C	D	E	F	G	H	I	J	K	L	M	N	O	P	Q	R	S	T	U	V	W	X	Y	Z
B	B	C	D	E	F	G	H	I	J	K	L	M	N	O	P	Q	R	S	T	U	V	W	X	Y	Z	A
C	C	D	E	F	G	H	I	J	K	L	M	N	O	P	Q	R	S	T	U	V	W	X	Y	Z	A	B
D	D	E	F	G	H	I	J	K	L	M	N	O	P	Q	R	S	T	U	V	W	X	Y	Z	A	B	C
E	E	F	G	H	I	J	K	L	M	N	O	P	Q	R	S	T	U	V	W	X	Y	Z	A	B	C	D
F	F	G	H	I	J	K	L	M	N	O	P	Q	R	S	T	U	V	W	X	Y	Z	A	B	C	D	E
G	G	H	I	J	K	L	M	N	O	P	Q	R	S	T	U	V	W	X	Y	Z	A	B	C	D	E	F
H	H	I	J	K	L	M	N	O	P	Q	R	S	T	U	V	W	X	Y	Z	A	B	C	D	E	F	G
I	I	J	K	L	M	N	O	P	Q	R	S	T	U	V	W	X	Y	Z	A	B	C	D	E	F	G	H
J	J	K	L	M	N	O	P	Q	R	S	T	U	V	W	X	Y	Z	A	B	C	D	E	F	G	H	I
K	K	L	M	N	O	P	Q	R	S	T	U	V	W	X	Y	Z	A	B	C	D	E	F	G	H	I	J
L	L	M	N	O	P	Q	R	S	T	U	V	W	X	Y	Z	A	B	C	D	E	F	G	H	I	J	K
M	M	N	O	P	Q	R	S	T	U	V	W	X	Y	Z	A	B	C	D	E	F	G	H	I	J	K	L
N	N	O	P	Q	R	S	T	U	V	W	X	Y	Z	A	B	C	D	E	F	G	H	I	J	K	L	M
O	O	P	Q	R	S	T	U	V	W	X	Y	Z	A	B	C	D	E	F	G	H	I	J	K	L	M	N
P	P	Q	R	S	T	U	V	W	X	Y	Z	A	B	C	D	E	F	G	H	I	J	K	L	M	N	O
Q	Q	R	S	T	U	V	W	X	Y	Z	A	B	C	D	E	F	G	H	I	J	K	L	M	N	O	P
R	R	S	T	U	V	W	X	Y	Z	A	B	C	D	E	F	G	H	I	J	K	L	M	N	O	P	Q
S	S	T	U	V	W	X	Y	Z	A	B	C	D	E	F	G	H	I	J	K	L	M	N	O	P	Q	R
T	T	U	V	W	X	Y	Z	A	B	C	D	E	F	G	H	I	J	K	L	M	N	O	P	Q	R	S
U	U	V	W	X	Y	Z	A	B	C	D	E	F	G	H	I	J	K	L	M	N	O	P	Q	R	S	T
V	V	W	X	Y	Z	A	B	C	D	E	F	G	H	I	J	K	L	M	N	O	P	Q	R	S	T	U
W	W	X	Y	Z	A	B	C	D	E	F	G	H	I	J	K	L	M	N	O	P	Q	R	S	T	U	V
X	X	Y	Z	A	B	C	D	E	F	G	H	I	J	K	L	M	N	O	P	Q	R	S	T	U	V	W
Y	Z	A	B	C	D	E	F	G	H	I	J	K	L	M	N	O	P	Q	R	S	T	U	V	W	X	Y
Z	Z	A	B	C	D	E	F	G	H	I	J	K	L	M	N	O	P	Q	R	S	T	U	V	W	X	Y

'Hoe werkt het?' vroeg Da Glória.

'In principe net als een eenvoudige Caesar. De eerste rij is het klare alfabet. Elke letter wordt vervangen door een letter uit een van de rijen eronder. En na elke letter wordt er van rij gewisseld.'

'Volgens een van tevoren vastgesteld interval?'

'O nee, dat zou te eenvoudig zijn. Het interval wordt bepaald aan de hand van een codewoord dat beide correspondenten moeten kennen. Noem eens een woord.'

Ze keek hem glimlachend aan en duwde haar been tegen het zijne. 'Virgo.'

Obediah zuchtte. 'Ik vind het goed. Laten we aannemen dat het bericht als volgt luidt: koffie voor Amsterdam.' Hij pakte zijn cahier en schreef:

sleutelwoord:	VIRGOVIRGOVIRGOVIRGO
klare tekst:	KOFFIEVOORAMSTERDAM

'En nu kan ik mijn bericht versleutelen. Om de eerste letter te vervangen, de K dus, kijk ik eerst naar het sleutelwoord. Boven de K staat een V. In de Vigenère-tabel zoek ik nu de regel die met een V begint en ga vervolgens naar de plek waar de V-rij kruist met de K-kolom. Daar staat een F.'

Obediah schreef een F op en herhaalde daarna de procedure totdat hij het hele zinnetje versleuteld had. Het duurde even, maar de condessa keek geduldig toe. Toen hij klaar was, scheurde hij de pagina uit het schriftje en gaf die aan haar. 'Voilà. Dit is de versleutelde boodschap.'

geheime tekst: FWWLWZDFUFVUJZSMLRS

'Een geraffineerde methode, maar wel tijdrovend.'

'Dat klopt. Daarom gebruikt ook bijna niemand dit geheimschrift. Toch loont het de moeite, want met de Vigenère-tabel versleutelde berichten zijn niet te ontcijferen, een *chiffre indéchiffrable*.'

'Zoals jij, Obediah?' In plaats van zijn antwoord af te wachten, vroeg ze: 'En hoe komt een correspondent aan het sleutelwoord als hij zich ergens ver weg bevindt?'

De condessa was tijdens zijn kleine voordracht steeds dichter naar hem toe geschoven. Obediah voelde zich niet prettig, niet alleen door haar lichamelijke nabijheid, waar hij weinig prijs op stelde, maar ook omdat Da Glória hem veel te nieuwsgierig werd. Hij wilde juist iets in die trant opmerken toen er energiek op de deur werd geklopt. Opgelucht vanwege de onderbreking sprong Obediah op en deed de deur open.

Het was Jansen. 'Kun je naar het officiersvertrek komen? We hebben een probleem.'

'Waar gaat het precies om?' vroeg Obediah.

'Proviand. Het weer,' zei Jansen. Toen draaide hij zich om en verdween in de richting van het bovendek.

Obediah wilde hem al volgen, maar herinnerde zich toen de condessa, die nog altijd op de rand van zijn bed zat. 'Ga je met me mee?' vroeg hij.

Ze begreep hem direct, zowel zijn hardop uitgesproken vraag als ook de onuitgesproken onderliggende boodschap: niemand mag ongestoord in mijn kajuit rondsnuffelen. De condessa stond op, negeerde zijn uitgestoken hand en liep langs hem naar buiten de trap op.

Enige minuten later stonden Jansen, de condessa en Obediah rond de grote tafel in het officiersvertrek. Vermandois, die op het dek in de zon had gezeten, was ook meegekomen toen hij merkte dat er iets aan de hand was. Marsiglio en Justel ontbraken. Obediah vermoedde dat ze ergens benedendeks een potje zaten te kaarten.

Jansen had een grote zeekaart van de Middellandse Zee op tafel uitgespreid. Met zijn vinger wees hij naar een punt ten zuiden van Sardinië. 'We zijn ongeveer hier.'

Vermandois trok zijn wenkbrauwen op en liet een verbaasd geluidje horen. 'Nu al? Dat is snel.'

Jansen keek hem aan met de bodemloze minachting die zeelieden voor landratten reserveren. 'Wat weet u van dit soort zaken?'

De graaf glimlachte mild. 'Nou ja, ik ben tenslotte admiraal.'

De ogen van de Deen werden groot. 'U bent wat?'

'Admiraal van de Franse vloot. Het is een eretitel die mijn vader me gegeven heeft. Vergeet het.'

Zonder Louis de Bourbon nog een blik waardig te keuren ging Jansen verder. 'We zijn acht dagen onderweg. De eerste drie hebben we verspild aan het afschudden van die Savooiaardse zoetwaterzeilers. Maar daarna zijn we goed vooruitgekomen doordat de wind gunstig stond. Dat is veranderd.' Jansen tikte op een plek verder naar het oosten. 'De wind komt nu van hier. Dat betekent dat we moeten kruisen en dat kost veel tijd.'

Obediah begreep wat hun kapitein wilde zeggen. 'Je bedoelt dat we niet uitkomen met ons proviand?'

'We hebben te weinig doordat we in Nice moesten afvaren voordat alles aan boord was. Met wat we bij ons hebben, komen we niet in Smyrna, al helemaal niet met oostenwind.'

Proviand was helaas niet het enige wat ontbrak. Na een grondige inspectie had Obediah moeten vaststellen dat ook een kleine kist uit zijn reisbagage niet was meegekomen, met daarin volgens speciale richtlijnen geslepen lenzen. Vermoedelijk stond de kist nog altijd in Nice op de kade. De lenzen maakten deel uit van zijn plan, en hij zou voor vervanging moeten zorgen voordat ze Mocha bereikten.

'Wat mij betreft varen we zo lang mogelijk door. We kunnen vast later ergens water en proviand aan boord nemen, mocht dat nodig zijn,' zei Vermandois.

'Dat kunnen we... admiraal,' merkte Jansen op. 'Of misschien ook niet.'

'Leg dat een onwetende alstublieft uit... kapitein,' antwoordde de Fransman.

Obediah zag dat Jansen zijn vuisten balde. Snel zei hij: 'Ik neem aan dat ons probleem de Ionische Zee is?'

Jansen knikte nauwelijks zichtbaar. 'Zodra we Sicilië voorbij zijn, is er niets meer dan de blauwe zee. Pas later zijn er havens die we kunnen binnenlopen. Kalamata, Chania, Piraeus.'

'Allemaal Osmaanse havens,' zei Obediah. En, bedacht hij, bovendien allemaal te klein en te afgelegen om er een eersteklas lenzenslijper te vinden.

'En Malta dan?' vroeg Vermandois.

Dat was geen slecht voorstel. Malta was Ordeland, zo goed als neutraal en dus mogelijk de veiligste haven.

'Als u graag de pest wilt krijgen,' antwoordde Jansen.

'Woedt die daar nog altijd?'

'Ja. De alternatieven zijn Napels, Palermo en Tripoli. Al betekent die laatste stad een grote omweg. En bovendien zitten daar Barbarijse zeerovers.'

Obediah dacht een ogenblik na. Toen stond zijn besluit vast. 'Laten we naar Napels varen.'

De condessa fronste haar voorhoofd. 'Is het verstandig om uitgerekend de grootste stad van Italië aan te doen?'

'Onder normale omstandigheden zou ik zeggen van niet. Maar als ik me niet vergis, komen we op een moment waarop niemand in ons geïnteresseerd zal zijn.'

Da Glória's gezicht klaarde op. 'Natuurlijk! Het is daar carnaval!'

•◆•

Gatien de Polignac zat in Procopio, zoals wel vaker dezer dagen. Eigenlijk had hij blij moeten zijn dat hij eindelijk weer de koffiehuizen van Parijs kon bezoeken of in de Tuilerieën kon wandelen, zonder doel en zonder haast zoals een edelman paste. In plaats daarvan had hij een vreselijk humeur. Hij haatte het om maar wat te zitten lummelen, hij haatte het om zijn tijd te verdoen terwijl Chalon god weet waar zijn gang ging en plannen smeedde tegen Zijne Majesteit. Ook de stad was hem tegenwoordig een gruwel: de mensen, de promenades, alles. Toch was het niet alleen dat. Sinds het voorval in Limburg was hij in de greep geraakt van een nameloze woede die maar niet wilde optrekken.

Door het raam zag hij een man met één arm over straat strompelen. Hij droeg een donkerblauwe jas met een dubbele rij opvallende rode tinnen knopen. Het uniform gaf aan dat hij een invalide uit het koninklijke leger was. Sinds er in de *faubourg* een enorm hospitaal voor oorlogsgewonden was gebouwd, wemelde het in de stad van deze meelijwekkende figuren. Ze kregen logies en een genadepensioen. De mannen die nog maar enigszins inzetbaar waren, werden ergens op een godverlaten voorpost geplaatst waar de oorlog zelfs niet per ongeluk aanklopte. Wanneer ze, zoals deze oude soldaat, ook daarvoor niet meer deugden, werden ze aan hun lot overgelaten. Als verdwaasde spoken dwaalden de blauwjassen vervolgens door Parijs.

In elk geval kan ik nog lopen, paardrijden, vechten, dacht Polignac. Ik laat me nog liever neerschieten dan dat ik zo'n invalidenjas aantrek.

Hij keek op en gebaarde naar de kelner. Daarbij zag hij zichzelf in de grote spiegel aan de andere kant van de gelagkamer. Spiegels, overal zijn spiegels. Wanneer was die dwaze mode om overal spiegels op te hangen ontstaan? Spiegels haatte hij nog wel het allermeest. Bij de toesnellende kelner bestelde Polignac nog een kop koffie. Toen de man die even later voor hem neerzette, nam hij meteen een grote slok. Hij vroeg zich af hoelang het zou duren voordat hij ook koffie zou gaan haten.

Polignac wilde juist opstaan om een van de klaarliggende kranten te pakken, toen er iemand naar hem toe liep. Het was een jongeman, gekleed in een leren koetsiersmantel. Twee pieds voor de tafel van de musketier bleef hij staan en maakte een lichte buiging.

'Wat wil je?' vroeg Polignac.

'Mijn heer wacht buiten in zijn koets en vraagt of u hem de eer van uw aanwezigheid wilt schenken, monsieur le capitaine.'

De musketier had graag gevraagd waarom deze heer, hoe hij ook mocht heten, niet in staat was om die paar pieds zelf af te leggen, maar bedacht zich op het laatste moment. In plaats daarvan vroeg hij: 'En die heer heet...?'

De koetsier overhandigde hem een visitekaartje. Polignac pakte het aan en las de naam: Nicolas de la Reynie. Geen titel en geen adres. Niet dat dat nodig was: het hoofd der politie was na de koning misschien wel de bekendste persoon van Parijs. En velen waren van mening dat je voor La Reynie misschien nog wel meer moest uitkijken dan voor Louis le Grand. Zelfs de hoge adel hield zich bij hem gedeisd. Polignac koesterde echter totaal geen vrees voor La Reynie, hoogstens afschuw. Goed, de man was net als de musketier een bloedhond van Zijne Majesteit, als je dat zo wilde noemen. La Reynie was echter geen soldaat, maar een kleine landjonker die zich op een of andere manier had weten op te werken. Het gerucht ging dat hij een gunsteling van oorlogsminister Louvois was. Deze zou ook de titel van luitenant-generaal van de politie voor hem hebben gekocht.

Polignac wist niet of dat klopte. In elk geval was La Reynie doortrapt, corrupt en eerloos. Zijn hoofdtaken waren, zoals een hoveling ooit spottend had omschreven, 'brood en letters'. Dat laatste had betrekking op de onder de politiechef vallende perscensuur. Het was La Reynies werk om de vele, vooral vanuit Zwitserland naar Frankrijk gesmokkelde opruiende geschriften in beslag te nemen en bovendien de drukkerijen op te rollen die deze traktaten zonder koninklijke licentie vermenigvuldigden. Het eerste sloeg op de Parijse bakkers. Die hadden de gewoonte zich niet aan de staatsrichtlijnen met betrekking tot gewicht, prijs en deegsamenstelling te houden, wat regelmatig tot volksopstanden leidde. La Reynie moest voor een gelijkblijvende kwaliteit van het brood zorgen; hij was de gesel van de *boulangers*. Afgelopen week nog had hij drie bakkers zweepslagen laten toedienen. Daarmee waren die kerels er trouwens nog beter afgekomen dan de bakker die een paar maanden geleden bedorven en met kalk aangevuld meel had gebruikt. Die kerel had La Reynie in een van zijn eigen meelzakken laten naaien en levend van een van de Seinebruggen laten gooien.

Wat zou de politiechef van hem willen? Polignac stond op. Zonder nog een woord te zeggen volgde hij de koetsier.

Voor het café stond een gesloten *chaise* zonder wapen op het deurtje. De musketier stapte in. In het met geel fluweel beklede interieur zat La Reynie. Hij was een grote man met volle lippen en oplettende ogen. Zijn gezicht kwam vaderlijk over; je zou haast denken dat hij een man vol goedheid en warmte was. Polignac ging tegenover de luitenant-generaal zitten en wachtte.

'Capitaine,' zei La Reynie glimlachend. 'Sinds wanneer zit u in koffiehuizen? Is dat niet eerder iets voor pronkers?'

'Dan moet u het misschien eens proberen, monsieur.'

'O! Noemt u me nu een beau?'

Polignac haalde zijn schouders op. 'Tegenwoordig bent zelfs u mooier dan ik, al scheelt het niet veel.'

La Reynie bekeek Polignacs gehavende gezicht. 'Ja, die oproerkraaier heeft u inderdaad flink toegetakeld.'

Opnieuw haalde de musketier zijn schouders op. 'Een risico dat iedere soldaat loopt.' Hij nam de politiechef op. 'Zoiets gebeurt nou eenmaal als je in het veld werkt en je handen vuilmaakt.'

'Genoeg van de plaisanterieën, Polignac. Ik heb iets voor u.'

'O ja?'

'Van monsieur Baluze.'

Polignac klemde zijn kiezen op elkaar. Baluze had dus iets ontdekt. Maar waarom bracht de bibliothecaris hem de resultaten van zijn recherche niet zelf of liet hij ze naar hem opsturen? Hoe had deze rat daar lucht van gekregen? La Reynie kon de vraag kennelijk van zijn gezicht aflezen. Dat was toch best indrukwekkend, gezien het feit dat Polignac nauwelijks nog een gezicht had.

'U vraagt zich af wat ik daar plotseling mee te maken heb. Wel, zoals u weet ben ik onder andere verantwoordelijk voor de verlening van *approbations du Roi* aan de Parijse drukkers, en het indammen van opruiend gedachtegoed. Om die reden heb ik regelmatig overleg met Baluze. En zoals u vast en zeker hebt gemerkt, is hij een praatgrage oude man.'

Eigenlijk was Baluze op de musketier juist erg discreet overgekomen. Anders was hij waarschijnlijk ook niet tientallen jaren archivaris van de belangrijkste minister van Frankrijk geweest, een man die geheimen en informatie angstvalliger beschermde dan wie ook. Vermoedelijk liet La Reynie de bibliothecaris schaduwen. Of Baluze was tijdens zijn onderzoek op iets gestuit dat hij La Reynie gewoon wel móést melden, niet omdat hij zo dienstvaardig was maar uit pure angst. Tenslotte was de luitenant-generaal ook verantwoordelijk voor de lettres de cachet die iedereen zonder proces in de Bastille konden doen verdwijnen. La Reynie haalde een twee keer gevouwen vel papier tevoorschijn en gaf het aan Polignac. Die vouwde het open en las:

Hooggeachte capitaine,

Ik dank u dat u zo veel geduld voor een oude man kunt opbrengen en bied u mijn verontschuldigingen aan dat de zoektocht in de archieven toch iets langer heeft geduurd dan ik oorspronkelijk inschatte. Wel heb ik u nu twee sporen te bieden die wellicht nuttig kunnen zijn voor uw naspeuringen.

Ten eerste onze jood. Na alle relevante documenten over de

Levanthandel te hebben doorgekeken, kan ik u meedelen dat er inderdaad personen met de achternaam Cordovero als factoor voor de Turken hebben gewerkt. Ik heb twee vermeldingen gevonden. Een uit het jaar 1660 voor een Itzak Cordovero, en een tweede uit het jaar 1670 die ene David Cordovero betreft. De laatste wordt beschreven als 'een ervaren oude man, een hard onderhandelaar, niet altijd oprecht'. Als de genoemde Cordovero de correspondent van uw Engelsman is, moet hij inmiddels erg oud zijn. Dat kan ook verklaren waarom hij in de recentere berichten van onze handelaren niet meer opduikt. Beide genoemde factoors werkten in Smyrna, wat zoals u weet een van de belangrijkste Osmaanse havens voor de Levanthandel is. Mogelijkerwijs zal uw zoektocht u dus naar het Egeïsche gebied voeren.

Ik heb bovendien een tweede spoor gevonden. Hierover schrijf ik u nog niet omdat onze gemeenschappelijke kennis, monsieur de la Reynie, zich heel vriendelijk bereid heeft verklaard u dit punt persoonlijk toe te lichten.

Uw onderdanige dienaar,
Étienne Baluze

Polignac vouwde de brief weer op en stopte die weg. Toen keek hij La Reynie aan. 'En het tweede spoor?'

'Monsieur Baluze heeft geprobeerd meer over Obediah Chalon te achterhalen, en niet zonder succes. Hij heeft ontdekt dat de Engelsman geïnteresseerd is in natuurfilosofie. En in valsemunterij.'

Polignac glimlachte zuinigjes. 'Van beide was ik op de hoogte, monsieur.'

'Wist u dan ook dat Chalon een opstel heeft gepubliceerd in de *Nouvelles de la République des Lettres*?'

'Over valsemunterij?'

'Heel origineel, capitaine. En nog bijna correct ook. Over papiergeld.' La Reynie greep naast zich. Daar lag een boek. Het had een karamelkleurige band en op de rug stond in gouden letters REPUB DES LETTR en het jaartal 1688. De politiechef gaf het aan de musketier. 'Een verzamelband van dit afgelopen jaar. Bladert u naar april.'

Polignac deed wat hem werd opgedragen. Tussen de literatuurkritieken en een essay over weersverschijnselen vond hij Chalons opstel. '*Een Voorstel voor het gebruik van wisselpapieren, vergelijkbaar met de papieren die door Amsterdamse zakenlieden worden gebruikt in plaats van edelmetalen, als remedie voor de ellende van onze geldschaarste en ter bevordering van de handel, in alle nederigheid opgesteld door Obediah Chalon, Esq.*' mompelde hij.

'Deze tekst is een verkorte en bewerkte versie van een traktaat dat Chalon volgens Baluzes informatie in 1683 of '84 in Londen heeft laten circuleren,' vertelde La Reynie.

'Een geldvervalser roept ertoe op meer papiergeld te gebruiken, vermoedelijk omdat het gemakkelijker te vervalsen is. Heel gewiekst, geen twijfel aan. Maar hoe helpt het mij verder?'

'Nu bent u toch een beetje langzaam, capitaine. Heeft die mousqueton behalve de buitenkant van uw schedel dan misschien toch ook de inhoud beschadigd?'

Polignac klemde zijn kiezen op elkaar. De verleiding was groot om onmiddellijk zijn degen in de ingewanden van La Reynie te rammen. Er was weinig wat hij liever had gedaan. Behalve misschien hetzelfde doen bij Obediah Chalon. 'Vertel het me,' wist de musketier uit te brengen.

'Baluze heeft naar Chalon gezocht op alle plekken waar hij zich volgens uw, respectievelijk Rossignols informatie de afgelopen jaren heeft opgehouden: Londen, Amsterdam en Rotterdam. En in Rotterdam woont Pierre Bayle. Dat is de hugenoot die deze goddeloze *Nouvelles* uitgeeft en ook allerlei andere schandalige pamfletten het licht doet zien.'

Polignac kreeg een vermoeden waar La Reynie naartoe wilde, en waarom de politiechef hier was. 'U denkt dat Chalon Bayle kent en dat hij hem daar heeft opgezocht.'

'Het feit dat niet veel later dit toch nogal ongebruikelijke opstel in Bayles tijdschrift verschenen is, wijst daarop.'

'En als dat inderdaad zo is?'

La Reynie zette de vingertoppen van beide handen tegen elkaar. 'Bayle is een invloedrijk man. Zelfs in Frankrijk heeft hij nog vrienden, en dat terwijl hij die zogenaamd gereformeerde godsdienst aanhangt. Nog maar drie weken geleden hebben mijn mensen niet ver van Luxemburg een drukkerij opgerold die een van zijn geschriften nadrukte, *Wat het allerkatholiekste Frankrijk onder de heerschappij van Lodewijk de Grote in werkelijkheid is.* We hebben er ettelijke riemen van verbrand. Niet dat dat veel uitmaakt. Via Genève en Amsterdam wordt dergelijk knoeiwerk met kisten tegelijk naar Frankrijk gesmokkeld.'

'Kom alstublieft tot uw punt.'

'Het punt is dat ik me niet kan voorstellen dat Chalon die hugenootse oproerkraaier alleen heeft opgezocht om hem een traktaat over wisselbrieven ter publicatie aan te bieden dat al meer dan een jaar oud was.'

Misschien had La Reynie gelijk. Chalon kon iets belangrijks met Bayle hebben besproken. Misschien maakte de man uit Rotterdam ook deel uit van de samenzwering. Een ogenblik lang zei Polignac niets. Toen moest hij lachen.

'Waarom opeens zo vrolijk, capitaine?'

'U wilt dat ik het vuile werk voor u opknap.'

'Tja, ik probeer u te helpen. Tenslotte staan we allemaal in dienst van Zijne Majesteit. Met kleingeestige jaloezie schiet niemand iets op.'

'Puh! U wilt Bayle kwijt omdat u hem niet meer onder controle hebt. Hij overspoelt Parijs met smaadschriften tegen Zijne Majesteit en u kunt daar nauwelijks iets tegen doen. Dat zet u er niet best op. U hebt het zeker te druk met uw bakkers, hm? En nu zoekt u een domme kerel die deze hugenoot een bezoekje brengt en hem die schrijverij afleert.'

'Ik denk absoluut niet dat u dom bent. Anders zou ik u deze opdracht nooit toevertrouwen en...'

Verder kwam La Reynie niet. Polignacs degen legde hem het zwijgen op. Met grote ogen staarde de luitenant-generaal naar de punt van de kling die tegen zijn borstbeen drukte.

'U, monsieur,' brieste Polignac, 'kunt mij helemaal niets toevertrouwen. Ik ben officier van de musketiers en daarmee val ik rechtstreeks onder Zijne Majesteit. Behalve van hem en Seignelay neem ik van niemand orders aan. Desondanks zal ik Pierre Bayle opzoeken.

Niet omdat u dat wilt, maar omdat het nuttig is voor mijn eigen naspeuringen. En nee, ik zal hem geen haar krenken. Nou ja, misschien een paar. Maar doden zal ik hem beslist niet. Dat moet u zelf maar regelen. Als u daarvoor tenminste het lef hebt, wat ik niet erg waarschijnlijk acht.'

'Monsieur, beheerst u zich, ik kan...'

Polignac voerde de druk van zijn degen op. La Reynie kreunde.

'Eén ding nog, monsieur. Als u zich nog eens met mijn zaken bemoeit, steek ik u neer zodra ik u tegenkom, al is het midden op de Grand-Cours.' Polignac duwde het portier open en sprong zonder nog iets te zeggen de koets uit. Met wapperende mantel en de degen in zijn rechterhand haastte hij zich over de Rue des Fossés-Saint-Germain. Zowel edelen als gewone mensen weken schielijk voor hem uit zonder dat hij iets hoefde te zeggen. De musketier wist dat hij maar weinig tijd had. Hij moest nu meteen een lange reis gaan maken, voordat Chalon hem volledig tussen de vingers door glipte, en voordat La Reynie van de schrik herstelde.

•◆•

De wind draaide niet en dus koerste de voormalige Madonna della Salute, die intussen Faithful Traveller heette, onder Engelse vlag zigzaggend op Napels af. Obediah bracht zijn ochtenden door met de lectuur van een aantal oude uitgaven van Bayles *Nouvelles de la République* die hij in Nice had gekocht. Verder werkte hij aan de plannen voor de rest van de reis. 's Middags, als de letters voor zijn ogen begonnen te dansen, voegde hij zich bij de anderen. Zodra het weer het toeliet, zaten ze op het voordek. Daar speelden ze *ninepins* of deden een kaartspelletje. Vooral Justel en Marsiglio waren blij in de graaf van Vermandois een nieuwe medespeler gevonden te hebben die urenlang faro, hazard of quinte met ze wilde spelen. Toen ze merkten dat de Fransman opvallend vaak won, nam hun enthousiasme overigens zienderogen af.

Om in vorm te blijven vochten ze bovendien regelmatig met elkaar. Obediah was – wat noch hemzelf, noch de anderen erg verraste – de slechtste zwaardvechter van de Heracliden. Alleen tegen Justel kon hij het aanvankelijk nog wel opnemen. Nadat de hugenoot echter van Vermandois de correcte houding en slagvolgorde en van Marsiglio allerlei smerige trucs had geleerd, versloeg hij Obediah elke keer.

Zodra de schemering inviel, kwamen ze allemaal aan dek bij elkaar. Aanvankelijk hadden de matrozen hun eigenaardige groepje gemeden, maar in de loop van de tijd waren ze toch toeschietelijker geworden en schaarden ze zich 's avonds samen met hen rond een vuurkorf, al bleven ze op respectvolle afstand. Dat de bemanning zo vertrouwelijk met ze omging kon ook komen door de *rum flip* die de condessa elke avond maakte, of anders door de verhalen van Marsiglio. Elke avond na zonsondergang vertelde de oude generaal een sprookje. De voorraad bestaande sprookjes was natuurlijk beperkt en bovendien kende iedereen die, maar Marsiglio's vertellingen had geen van hen ooit eerder gehoord. Zelfs voor Obediah, die in zijn leven vermoedelijk meer boeken had gelezen dan alle aanwezigen bij elkaar, waren ze volkomen nieuw. Ze leken van Turkse of Perzische oorsprong te zijn. Vaak ging het over een wijze koning die Hārūn ar-Raschîd heette, soms over twee avonturiers genaamd Alā' ad-Dîn en Sindi-Bad. Maar het meest hield Obediah van het personage van prinses Sjahrazaad, die niet alleen prachtig maar ook buitengewoon slim en belezen was, zelfs in de astronomie en de filosofie. Ze wist zo ontzettend veel dat ze haar echtgenoot elke nacht in bed een nieuw verhaal kon vertellen.

Toen Marsiglio op een avond klaar was met vertellen, vroeg Obediah hem hoeveel van deze verhalen hij eigenlijk kende.

De generaal lachte. 'Genoeg voor de reis naar Arabië en terug.'

'Waar heb je ze vandaan?'

De Bolognezer liet zich door de condessa nog wat rum flip in schenken. Toen zei hij: 'Toen ik destijds is Osmaanse gevangenschap terechtkwam, werd ik eerst voorgeleid aan Hacı Zülfikâr Ağa, de *yeniçeri ağasi*, de opperbevelhebber van de janitsaren. We hadden elkaar alleen niet veel te vertellen, want ik sprak geen Turks of Arabisch, en hij geen Latijn of Frans.'

'Waren er geen tolken?'

'Jawel, maar de aga vertrouwde ze niet. Hij wilde met me praten over militaire kwesties, over geheime stukken. Een gesprek via derden, vond hij, was dus van geen enkele waarde. En dus gaf hij bevel me net zolang te laten opsluiten totdat ik Turks geleerd had. En dat deden ze. Eén keer per dag kwam een *bektasji*-monnik bij me om me les te geven. De rest van de tijd had ik niets te doen, en dus vroeg ik om iets te lezen. Ik probeerde de Turken aan het verstand te brengen dat het onmenselijk is om een christen zonder de Schrift te laten. Maar de aga zei dat ik alleen de Bijbel mocht lezen als die in het Turks geschreven was. Natuurlijk had niemand zo'n bijbel – ik weet niet eens of er wel een vertaling bestaat. In plaats daarvan gaven ze me de drie boeken die iedere Turk bezit. De Alkoran, *Köroğlu Destanı* – een soort Osmaanse Ilias – en *Binbir Gece Masalları*, een sprookjesboek. De Alkoran was natuurlijk in het Arabisch en de *Köroğlu* ongelooflijk saai. En dus las ik het dikke sprookjesboek, telkens opnieuw. Ik durf wel te beweren dat ik het uit mijn hoofd ken.'

'Heb je overwogen om het te vertalen?' vroeg Obediah.

'Eerlijk gezegd niet. Wie is er nou geïnteresseerd in die vreemde verhalen? Bovendien zijn veel ervan, zoals je misschien wel hebt gemerkt...' – hij wierp de condessa een verontschuldigende blik toe – 'enigszins aanstootgevend. Een heidens boek dat ook nog tegen de goede zeden indruist... Ik denk dat ik daar weinig vrienden mee zou maken.'

Obediah zag dat anders. Hij moest denken aan het pamflet *De Politieke Hoer* dat hij een paar jaar geleden in Little Britain had doorgebladerd. Vermoedelijk zou je met een boek vol onfatsoenlijke oriëntaalse anekdotes juist bijzonder veel vrienden maken. Amsterdamse en Londense drukkers zouden erom vechten het sprookjesboek te mogen verspreiden. Misschien moest hij Marsiglio daar later nog eens op aanspreken en hem een zakelijk voorstel doen. Eerst hadden ze echter andere zaken aan hun hoofd.

Obediah stond op, excuseerde zich bij de anderen en slenterde naar het achterdek. Het was een heldere sterrennacht en dus bleef hij even staan om de hemel te bekijken. Hij kon de Poolster zien, en verder een helder, fonkelend object dat volgens hem Venus moest zijn. Christiaan Huygens geloofde dat daarboven andere levende wezens waren. Obediah grinnikte. De Hollander was een briljant natuurfilosoof, en zonder alle apparaten die Obediah door Huygens had laten maken was zijn plan niet eens denkbaar geweest, maar het was duidelijk dat de grijsaard al wat aan het aftakelen was. Andere planeten waarop vreemde wezens hun gangen nagingen... Dat was toch te idioot om serieus te nemen.

Hij liep verder en klom het trapje naar het achterdek op. Boven stond Jansen naast de stuurman een pijp te roken.

'Goeienavond, Jansen. Hoe is de situatie?'

'De wind lijkt te draaien.'

'Dus weer westenwind?'

De Deen schudde zijn hoofd. 'Dat plezier doet Neptunus ons niet. Hij draait wel naar het zuidzuidwesten. Brengt ons sneller naar Napels.'

'Wanneer komen we daar aan?'

'Nog drie, hoogstens vier dagen, gok ik.'

Obediah bedankte Jansen. Toen haastte hij zich terug naar het voordek, waar Marsiglio net begonnen was aan zijn volgende verhaal.

•◆•

Ze bereikten Napels op de dertiende dag van hun zeereis, nog net op tijd voor de carnavalsfestiviteiten. Al uit de verte was te zien dat zowel de buiten- als de binnenhaven van de stad vol schepen lag: Spaanse kraken, Genuese *saettìa's*, maar ook enkele Osmaanse *kayiks* met hun karakteristieke takelage. Veel van de boten waren feestelijk versierd. Boven de stad hing een dikke koepelvormige wolk die de strijd aanbond met de uit de Vesuvius opstijgende rookkolom.

Obediah keek naar zijn metgezellen. Hun kostuums kwamen allemaal uit de schijnbaar onuitputtelijke voorraad van de condessa. Justel ging als Arlecchino, in een pak gemaakt van stof met honderden bonte ruiten. Marsiglio was verkleed als geleerde, *il Dottore*, zoals deze figuur in de commedia dell'arte heette. De condessa ging natuurlijk als Columbina, helemaal in het wit met veel kant en ruches. Voor Vermandois had ze het kostuum van Brighella uitgekozen. Aanvankelijk had de graaf zich tegen deze keuze verzet omdat hij vond dat het beneden zijn waardigheid was om een van de *zanni* genoemde dienaarfiguren te spelen. Da Glória had hem toen uitgelegd dat Brighella heel slim en handig was, en hem bovendien vergeleken met de hoofdpersoon uit *De schelmenstreken van Scapin*, een stuk van Molière dat de Fransman natuurlijk kende. Doorslaggevender was overigens het feit geweest dat Brighella altijd een masker droeg dat bijna zijn hele gezicht verborg. Het was weliswaar onwaarschijnlijk, maar niet volledig uitgesloten dat iemand de graaf zou herkennen; ook Franse edelen bezochten het Napolitaanse carnaval. Dankzij zijn Brighella-kostuum zou Vermandois volkomen onherkenbaar zijn.

Obediah zelf was door de condessa als *Capitano* verkleed: een edelman met wapperende mantel en zwaard. Het was natuurlijk maar een verkleedpartij, maar Obediah vroeg zich af of Da Glória hem er iets mee wilde vertellen. De Capitano was een Spaanse edelman, die kwistig geschminkt was en behalve een hoed met bonte verenbos extreem hoge hakken droeg. Zijn tentoongespreide mannelijkheid werd alleen overtroffen door zijn lafheid. In de commedia paradeerde de Capitano meestal wijdbeens over het podium en prees zichzelf aan als verdediger van het christendom tegen de Turken en Moren, om vervolgens bij de eerste dreiging van gevaar snel de benen te nemen.

Obediah was dus niet zo heel gelukkig met zijn uitdossing. Overigens minder vanwege de onderliggende boodschap als wel om het spitsroeden lopen dat hem waarschijnlijk te wachten stond. De Capitano was het gehate gezicht van de Spaanse bezetter, en hij zou in de stad geen tien yards kunnen afleggen zonder dat de Napolitanen hem van alles naar het hoofd slingerden.

Een uur later waren ze al in de stad. Jansen, die had geweigerd een kostuum aan te trekken, was op het schip gebleven om een oogje te houden op het inladen van de verse victualiën. De anderen waren op weg naar het Castel Nuovo, waar in de namiddag een groot spektakel scheen plaats te vinden dat de inwoners *cuccagna* noemden. Obediah wilde er ook naar gaan kijken, maar eerst moest hij achter de ontbrekende lenzen aan.

Achter de haven begon een woonwijk met rijen onopgesmukte witte huizen, stuk voor stuk veel hoger dan de woonhuizen in Holland of Engeland. Obediah liep ertussendoor in de richting van de wijk waar volgens Marsiglio de handwerklieden zaten. Telkens weer riepen mensen hem in een onverstaanbaar dialect dingen na die niet erg vriendelijk klonken. Af en toe werd hij zelfs vanuit de ramen met kiezeltjes bekogeld. Pas toen hij er eentje opraapte, ontdekte hij dat het een keihard karamelsnoepje was.

De delen van de stad waar hij nu doorheen liep, leken volkomen verlaten te zijn. Obediah zag alleen af en toe een oudje, zittend op een gammel bankje voor een huisdeur, en nu en dan een bedelaar. Hij nam tenminste aan dat het bedelaars waren, hoewel ze weinig gemeen hadden met de schooiers in Londen of Amsterdam. De Napolitaanse bedelaars waren bruin verbrand en koesterden zich als katten in de warme zon. Toen hij een klein plein overstak, bekeek Obediah een van de kerels wat beter. Hij was mager en zijn kleding was gescheurd en vies. Toch straalde uit zijn ogen een vurige trots, en je had niet de indruk dat hij ontevreden was met zijn bestaan. Naast hem op de door de zon beschenen bank stond een dampende kom vol soep, waaruit de man met zijn vingers telkens weer langwerpige stukken deeg viste. Die liet hij boven zijn mond bungelen voordat hij ze in zijn keel liet glijden, als een Hollander die een haring at. Die procedure leek hem veel plezier te verschaffen. Een paar voet bij de man vandaan bleef Obediah even staan. De bedelaar merkte hem wel op, maar negeerde hem.

'Sorry voor het storen,' zei Obediah in het Frans. 'Ik zoek de straat waar de lenzenmakers zitten.'

De aangesprokene reageerde niet. In plaats daarvan viste hij nog een stuk deeg uit zijn soep. Obediah zag nu dat het een rolletje was met een geribbelde buitenkant. Vanbinnen was het hol. Obediah haalde zijn pijp tevoorschijn. Die wilde hij juist aansteken toen de man hem eindelijk aankeek. Obediahs rookgerei leek hem te interesseren. Obediah stak de man de gestopte aardewerken pijp toe. Die pakte hem aan en bromde iets wat misschien een dankwoord was, maar voor hetzelfde geld een boer.

'Ik zoek iets,' zei Obediah in het Italiaans.

'Ja?'

'Brillenglazen,' antwoordde hij.

De bedelaar stak de pijp in zijn mond. Toen begon hij aan een uitvoerige routebeschrijving waarvan Obediah bijna geen woord begreep. De man liet zijn uitleg gelukkig van zo veel gebaren vergezeld gaan dat Obediah toch optimistisch was dat hij de weg zou vinden. Toen de bedelaar klaar was, liep Obediah verder. Na nog tien minuten kwam hij in een steegje met een aantal winkeltjes. Boven twee daarvan hingen houten bordjes waarop brillen geschilderd waren.

Hij stapte de winkel aan zijn linkerhand in. De meesterbrillenmaker, een dikke man met pokkenlittekens, was juist bezig een lens te slijpen. Toen Obediah hem in een mengsel van Italiaans, Frans en Latijn uitlegde wat hij nodig had, schudde de man ongelovig nee. Toen Obediah er bovendien aan toevoegde dat dit alles morgenvroeg al klaar moest zijn, schudde de handwerkman nog driftiger zijn hoofd. Obediah was hierop wel voorbereid en begon zonder verdere uitleg gouden *escudo's* op de toonbank neer te tellen. Toen hij vijf muntstukken op een rijtje had gelegd, puilden de ogen van de meesterbrillenmaker uit als die van een naar lucht happende karper.

'Lever het resultaat morgen om zeven uur in de westelijke haven af, bij een Engels schip dat de Faithful Traveller heet. Dan krijg je nog vijf zulke munten, als de lens tenminste zo helder is als de ochtend.'

De man maakte een buiging. Obediah knikte hem nog een keer toe en verliet toen de werkplaats. Zodra hij weer in het steegje was haalde hij zijn zakhorloge tevoorschijn. Hij moest zich haasten als hij het feest niet wilde missen.

Op de terugweg naar het centrum kwam hij nog minder mensen tegen dan eerst. Napels was zo goed als uitgestorven. Dat veranderde plotseling toen Obediah het Largo del Castello naderde. De volledige stadsbevolking leek zich hier te hebben verzameld. Veel mensen waren verkleed als personages uit de commedia dell'arte. Wie geen kostuum droeg had in elk geval een paar gekleurde linten om zijn hals geslagen. Tussen alle burgers en edelen die uitgelaten feestvierden, zag hij ook veel bedelaars zoals de deegrolletjeseter aan wie hij zijn pijp had gegeven. Overal vandaan schalde hem muziek tegemoet: deuntjes uit aardewerken fluiten en de heldere klank van de *tromboni*.

Aanvankelijk deed het Obediah wel wat aan het Venetiaanse carnaval denken, dat hij kende van boeken en illustraties, maar er bleken toch veel verschillen. Dit feest was oorspronkelijker en ook veel uitgelatener; het leek eerder op een Hollands dorpsfeest. Die vergelijking ging natuurlijk vreselijk mank, want Napels was reusachtig, veel groter dan Maastricht, Tilburg of zelfs Amsterdam. Toch leek hier dezelfde rauwe, ongeveinsde levenslust te heersen als daar: lust in schransen, lust in zuipen, lust in de lust. Dit carnaval was een gigantisch, onvervalst bacchanaal. Overal lagen dronken mensen in elkaars armen. Op een binnenplaats zag hij een Colombina geknield voor een Arlecchino zitten, met zijn gezwollen geslacht in haar hand. Toen de vrouw hem opmerkte, lachte ze Obediah vanonder haar masker toe en gebaarde met een lokkende vinger dat hij er best bij mocht komen. Snel liep hij door.

Hij naderde het Castello. De hoop om zijn metgezellen te vinden had Obediah allang opgegeven, want de mensenmenigte was zo dicht dat hij zich alleen maar kon laten meevoeren door de stroom die hem samen met honderden anderen naar het midden trok, de plek waar de ceremonie plaatsvond.

Uit Marsiglio's verhalen had hij opgemaakt dat het bij het Napolitaanse carnaval vooral draaide om het *paese di Cuccagna*, een mythisch land waar melk en honing rijkelijk vloeiden, gebraden duiven door de lucht vlogen en ook verder elke denkbare lekkernij voor het grijpen lag. Obediah vermoedde dat het om dezelfde plek ging die in Engeland Cockaigne heette en die de Hollanders Luilekkerland noemden. Hij was nu niet ver meer van het Largo. Er waren steeds meer bedelaars te zien. Toen hij een hoek omsloeg, lag het plein opeens voor hem.

Hij voelde mensen tegen hem opbotsen, en hem werd toegeroepen dat hij niet midden op straat moest blijven staan. Obediah was echter zo in de ban van wat hij zag, dat hij even alles om zich heen vergat. Midden op het reusachtige plein stond een kasteel. Dat was op zich niet zo ongebruikelijk, maar dit kasteel was zo te zien alleen maar voor het carnaval gebouwd. Het was een fantasiegebouw, met een architectuur die het midden hield tussen die van een slot aan de Rijn en een Osmaanse moskee. Er was een hoge buitenmuur met zes slanke, minaretachtige torentjes. In het midden verhief zich een massieve burchttoren van minstens zestig voet hoog, met bovenop een oriëntaals aandoende koepel. De muren waren felrood en Obediah kon zien dat ze niet van steen waren, maar van iets anders, waarschijnlijk papier-maché. Het bouwsel was versierd met tientallen bonte vlaggen en banieren, die vrolijk wapperden in de wind. Van de kantelen en uit de ramen hingen dingen aan touwen, en ook aan de muren waren allerlei voorwerpen bevestigd.

Obediah haalde de kleine verrekijker tevoorschijn die hij gelukkig had meegenomen en keek erdoor. Aan de touwtjes bungelden levensmiddelen: hele hammen, gebraden patrijzen en gerookte palingen; zuurstokken, donkere broden en goudkleurige kazen. Aan de muren van de cuccagnaburcht hingen kippen. De vleugels waren met spijkers tegen de muur genageld, bloed liep langs de wanden omlaag. Veel van de gekruisigde vogels leken nog te leven.

Boven op de muren ontdekte hij bovendien soldaten, al stonden die daar evenmin vrijwillig. Obediah zag een op zijn achterpoten staand speenvarken met op zijn kop een Turkse tulband, dat met een touw aan een van de kantelen was vastgebonden. Op een andere plek bungelde een haas. Het dier droeg een hoog wit mutsje met aan de achterkant een lange baan stof – een getrouwe kopie van de *börk*, het hoofddeksel van de leden van het janitsarenkorps. En boven op de koepel van het fantasieslot stond een man. Toen Obediah hem door zijn verrekijker bekeek, zag hij dat het een soort vogelverschrikker was. Hij had een pompoen als hoofd en was gehuld in een Turkse zijden kaftan. Aan zijn zij droeg hij een kromsabel die in een met goud en edelstenen versierde schede stak. Het ding moest een vermogen waard zijn.

Terwijl hij de waanzinnige constructie bekeek, dromde een mensenmassa voor het slot samen. Het leek wel of de menigte alleen uit bedelaars bestond. Obediah schatte dat zich voor het kasteel minstens duizend van die schooiers hadden verzameld. Ze werden door een haag van Spaanse soldaten met hellebaarden tegengehouden.

Op een feestelijk versierd balkon rechts van Obediah verscheen een paar in Castiliaanse hofkleding. Hij vermoedde dat de man Francisco IV was, de Spaanse onderkoning van Napels. Nadat de vorst het nogal lauwe applaus van de menigte in ontvangst had genomen, wuifde hij met een zakdoek. Vanaf de andere kant van het plein klonk daarop een kanonschot, en beneden op het Largo brak de hel los.

De bedelaars bestormden het papieren nepkasteel. Dat bood nauwelijks weerstand. Als eerste vernielden ze de toegangspoort, en toen kolkte de stroom uitgemergelde lichamen de binnenplaats van de cuccagnavesting op. Kort daarna verschenen de eerste bedelaars op de weergangen en achter de ramen, om de daaraan bungelende lekkernijen te bemachtigen. Het publiek om Obediah heen joelde. Hij zag een bedelaar die probeerde een bijzonder hoog hangende patrijs los te snijden. Terwijl de man op de vensterbank stond, gaf de constructie plotseling mee en de bedelaar stortte zeker twintig voet omlaag, waar de toeschouwers met luid gelach op reageerden.

Na een paar minuten hadden de bedelaars de cuccagnavesting volledig in beslag genomen. Ze waren overal, met worsten in hun handen en hammen onder hun armen, intussen haastig happen nemend. Iedereen verzamelde zo veel eten als hij kon. Daarbij liepen de plunderaars elkaar regelmatig in de weg. Tot groot vermaak van het publiek ontstonden er in alle hoeken en gaten van de vesting duels en schermutselingen, soms om een extra knapperig uitziend speenvarken, dan weer om met vele ponden marsepein versierde taarten. En terwijl de bedelaars vraten, gristen en vochten, scheurden ze de vesting langzamerhand aan stukken. De eerste minaret was al op het plein neergestort, in de burchttoren zaten een paar manshoge gaten. Binnen de kortste keren was er van het Luilekkerland alleen nog wat afval over, een hoop verscheurd papier en versplinterd hout, vermengd met brokken vlees, koekkruimels en bloed. Obediah besloot dat hij genoeg had gezien en ging op weg terug naar de haven.

Hij was de eerste die terugkwam. Jansen wachtte hem op op het bovendek.

Obediah ging naast hem staan. 'Hebben we alles wat we nodig hebben, Jansen?'

'Genoeg water en proviand om zonder verdere tussenstops in het Egeïsche gebied te komen.'

'Mooi. Morgen om zeven uur meldt zich als het goed is nog een bode voor mij. Daarna kunnen we afvaren.'

Vooropgesteld natuurlijk dat tegen die tijd alle anderen ook terug waren. Zelfs hier, in de ver van het Largo verwijderde haven, kon je horen dat het carnaval nog in volle gang was. Vermoedelijk begon het echt interessante gedeelte sowieso pas na zonsondergang. Obediah zag weer de wellustige Columbina voor zich. Hij piekerde er niet over het schip vandaag nog een keer te verlaten. In plaats daarvan zou hij een laatste brief aan Cordovero schrijven.

Hij nam afscheid van Jansen en liep de trap af naar zijn kajuit. Daar pakte hij papier en een schrijfveer. Het was onzeker of de brief Cordovero zou bereiken voor hij zelf arriveerde. En eerlijk gezegd was er ook niets belangrijks meer om de joodse geleerde mee te delen. Alle plannen waren gesmeed, alle instructies gegeven. Dat was echter ook allemaal het geval geweest bij de laatste brief die hij de man in het verre Smyrna stuurde. De regelmatige correspondentie met Cordovero was voor hem inmiddels uitgegroeid tot een geliefd tijdverdrijf, hoewel hij niet precies kon zeggen waarom. Hij vermoedde dat deze hem in feite onbekende jood en hij verwante zielen waren, die ondanks hun talloze verschillen veel dingen hetzelfde zagen.

Cordovero leek het precies zo te vergaan. Ook hij schreef vaker en uitvoeriger dan voor hun gezamenlijke onderneming noodzakelijk was. Obediah doopte de veer in de inktpot. Overigens waren het absoluut geen persoonlijke of intieme zaken die de jood en hij met elkaar uitwisselden. Het was niet zo dat ze als elkaars biechtvader fungeerden, ze gingen niet in briefvorm bij elkaar te biecht. Maar wat was het dan? Een heel normale correspondentievriendschap?

Obediah wist het niet. Hij voelde in elk geval een innerlijke onrust, en hij vermoedde dat die alleen maar zou toenemen met elke dag dat ze dichter bij Smyrna kwamen. Dat had ongetwijfeld ook met hun missie te maken, maar het lag vooral aan Cordovero, die hij dan voor het eerst zou zien.

De brief schrijven duurde een uur, de tekst versleutelen nog twee. Terwijl Obediah werkte, hoorde hij boven op het dek iemand een aantal keer met veel kabaal kotsen. Hij gokte op Justel. Later hoorde hij Marsiglio's donderende lach. Zodra hij de brief verzegeld had, stond hij op om hem in de daarvoor bestemde postkist bij de havenmeesterij te deponeren.

Toen hij de trap op kwam, trof hij het dek verlaten aan. Het moest al ver na middernacht zijn. Kennelijk lag iedereen al in zijn kooi. Obediah wilde doorlopen, maar hoorde toen een geluid. Het was onmiskenbaar een zwaard dat uit een schede getrokken werd.

Hij draaide zich razendsnel om en trok zijn degen. 'Wie is daar?' riep hij.

Uit de duisternis hoorde hij een lachje.

'Je bent echt angstaanjagend,' zei een stem. Het was Vermandois. De graaf stapte in het zwakke licht van de olielamp die achter Obediah aan een wand hing. Hij droeg nog altijd zijn Brighella-kostuum, maar de pronkhoed en het masker waren verdwenen. In plaats ervan had hij een tulband op zijn hoofd, en in zijn rechterhand hield hij een kromzwaard. Louis de Bourbons gezicht zat vol uitgesmeerde schmink. Hij was overduidelijk dronken.

Obediah maakte geen aanstalten om zijn degen terug te steken. 'Wat wilt u?' vroeg hij de Fransman.

Vermandois stak de kromsabel omhoog en hield hem als in een saluut voor zich. 'Niets. Behalve je een goede avond wensen, *effendi*. Tenzij...'

'Ja?'

Vermandois deed een stap in Obediahs richting en glimlachte naar hem. 'Tenzij deze wilde nacht jou net zo in beroering brengt als mij, Obediah.' De graaf kwam nog dichterbij.

Obedia's hand klemde zich om het handvat van zijn degen.

'Het is carnaval, maar je hebt tot nu toe geen gebruik gemaakt van de zich voordoende kansen, heb ik gelijk?'

'Met mij is alles prima, dank u.'

De Bourbon likte over zijn lippen. 'Steek dat zwaard weg en trek je andere, Obediah Chalon. Of wil je zelf liever gespietst worden? Ik word niet echt wijs uit jou. Maar misschien moet je me gewoon laten zien hoe ik je het beste kan dienen.' Vermandois greep Obediah tussen zijn benen.

Die sprong onmiddellijk naar achteren. 'Seigneur, beheers u!'

'Dat is niet echt mijn sterkste kant. Liever zou ik zien dat we samen onze beheersing verloren, Obediah.'

'Ik heb absoluut... geen interesse in de confrérie, monsieur.'

Vermandois trok zijn wenkbrauwen op. Door de commediaschmink zag dat er nog theatraler uit dan anders. 'Wat zonde! En ik had je nog wel voor een vrijdenker aangezien. Nou ja, misschien zijn anderen toeschietelijker.' De graaf deed twee stappen achteruit. Hij liet zijn wapen met een vloeiende beweging in de schede verdwijnen en liep naar de deur die naar het benedendek leidde. Toen was Vermandois verdwenen.

Obediah stak zijn degen weg en liep naar de loopplank. Voor zijn geestesoog zag hij de prachtig versierde Turkensabel waarmee de graaf bewapend was geweest. Het was, daar twijfelde hij niet aan, het pronkstuk dat hij een paar uur geleden op de koepel van de cuccagnavesting had gezien.

•◆•

Juvisy, 28 december 1688

Allergenadigste en Doorluchtigste Majesteit,

Hierbij stuur ik u bericht over de insurgenten die de driestheid bezaten in een vesting van Uwe Majesteit binnen te dringen en daar uw zoon te ontvoeren. Zoals Uwe Doorluchtigheid al weet, schijnt de graaf enige weken na deze gebeurtenis in Nice gezien te zijn. Dit werd ons meegedeeld door de Savooiaardse gezant aan het hof.
Ik moet Uwe Majesteit echter melden dat zowel uw huisminister, de markies van Seignelay, als mijn eigen bescheiden persoon aan deze informatie twijfelen. De enige bron voor het nieuws is hertog Victor Amadeus II, die, als men dat zo mag zeggen, er belang bij heeft om bij Uwe Majesteit in een zo gunstig mogelijk daglicht te verschijnen. De informatie zou dus deel kunnen zijn van een geraffineerde schijnmanoeuvre. Uit onderschepte en ontcijferde Savooiaardse diplomatenpost weten we dat uw zwager overweegt zijn diensten aan de keizer in Wenen aan te bieden en u zo in de rug aan te vallen. En dus is het heel goed mogelijk dat hij met betrekking tot de verblijfplaats van uw zoon ook een vals spoor legt. Hoe het ook zij, onze spionnen in het hele Middellandse Zeegebied zijn in staat van paraatheid gebracht; mocht uw zoon in een van de grote havens wor-

den gezien, dan zullen ze ons dat onmiddellijk melden.

Verder is het me intussen gelukt alle brieven te ontcijferen die we bij de chevalier de Lorraine hebben gevonden. Het schijnt inderdaad te kloppen dat hij met uw zoon samenspande met als doel een aantal ontevreden edelen tegen u op te zetten. Afschriften van alle brieven van Vermandois aan Lorraine worden u de komende dagen toegestuurd. Verder kan ik Uwe Majesteit berichten dat de ontcijfering van de correspondentie tussen de samenzweerders Chalon en Cordovero weliswaar nog niet is afgesloten, maar dat we er een flink stuk mee zijn opgeschoten. Dat is niet mijn verdienste, maar die van een bijzonder moedige en trouwe dienaar van Uwe Majesteit, officier der musketiers Gatien de Polignac.

Ik benadruk de kwaliteiten van deze man vooral omdat ik weet dat anderen binnen uw regering nogal kritisch tegenover de capitaine staan. Het is waar dat Polignac zich af en toe respectloos gedraagt en een neiging tot opvliegendheid heeft. Het is echter mijn overtuiging dat dit gebrek aan manieren geen uiting van een slecht karakter is, maar slechts voortkomt uit ongeduld. Capitaine Polignac wil de samenzweerders die tegen Uwe Majesteit samenspannen zo snel mogelijk arresteren. Alleen daarom manifesteert hij zich zo nadrukkelijk.

Dat hij daarbij soms wat krachtig tegen sommigen van uw ambtenaren optreedt is gezien het dringende karakter van deze kwestie misschien begrijpelijk. De door luitenant-generaal La Reynie tegen hem geuite beschuldigingen – met name dat hij bij de bevordering van een aantal onderofficieren zijn hand heeft opgehouden – kan ik niet weerleggen, maar ze lijken me niet erg geloofwaardig. Ik vertrouw in deze kwestie volledig op de wijze raad van Uwe Majesteit, wiens mensenkennis overal ter wereld legendarisch is.

Nu terug naar Polignac, die zoals eerder vermeld al het een en ander heeft bereikt. Onlangs was hij in Rotterdam om daar de beruchte oproerkraaier en opruier Pierre Bayle op te zoeken, wiens lasterlijke geschriften ook in Frankrijk circuleren. Deze Bayle schijnt een goede bekende van Chalon te zijn. De capitaine had het idee dat hij door een indringend gesprek met de hugenoot misschien meer over Chalons plannen te weten kon komen. Aangezien Bayle denkt dat zijn broer in Franse gevangenschap verkeert, betoonde hij zich uiterst spraakzaam. Dankzij Polignac weten we nu dat Chalon en Cordovero een polyalfabetische coderingsmethode zoals die van Blaise de Vigenère gebruiken. Het enige wat ons nog ontbreekt, is het sleutelwoord dat de twee mannen voor hun correspondentie hebben gekozen. Bayle kende het naar eigen zeggen niet, wat mij wel geloofwaardig lijkt; ten eerste omdat ik er niet aan twijfel dat capitaine de Polignac de ketter heel indringend heeft ondervraagd. En ten tweede omdat zo'n sleutelwoord in de regel alleen bekend is aan de correspondenten die het geheimschrift gebruiken.

Ik ben me ervan bewust dat dit resultaat in het beste geval een gedeeltelijk succes is, wat voor Uwe Majesteit terecht onbevredigend is. Polignac verzekerde me echter dat hij me binnenkort meer informatie over de geheimschriften en Chalons activiteiten kan geven. Hij heeft Bayle ook aanwijzingen over Cordovero's verblijfplaats weten te ontfutselen en zal naar het Osmaanse rijk reizen om dit spoor verder te onderzoeken. Ik verzoek Uwe Majesteit daarom nederig om ons nog wat tijd te geven en de capitaine alle middelen ter beschikking te stellen die hij voor zijn onderzoek nodig heeft.

Als altijd uw bereidwillige dienaar,
Bonaventure Rossignol

DEEL V

Gelukkig hij die nooit slaapt!

Duizend-en-een-nacht

Obediah keek naar Justel, die in het Italiaans onderhandelde met een factoor die kort na hun aankomst in Smyrna aan boord was gekomen. De man droeg een zwart Sefardisch gewaad, en zijn gebedslokken hingen bijna tot op zijn schouders. Volgens de dekmantel die Obediah voor hen had bedacht, waren ze een Engels schip dat voor de Londense Levant Company linnen uit Spitalfields naar de Turkse haven bracht, om daarna met een lading Perzische zijde naar Alexandrië door te varen. De vrachtpapieren die ze daarvoor nodig hadden waren niet erg moeilijk te vervalsen geweest. Zo te zien waren Justel en de factoor op dit moment aan het marchanderen; vermoedelijk ging het om de baksjisj die de man wilde opstrijken. Eigenlijk speelde geld geen rol, maar Obediah had de hugenoot toch op het hart gedrukt zich het vel niet over de oren te laten trekken. Niets viel in een handelsstad meer op dan een koopman met een gulle beurs.

Na enig onderhandelen werden de twee het eens, en de factoor verdween. Sjouwerlieden begonnen de lading te lossen. Obediah keek intussen naar de stad die onder de fonkelende zon lag. Die was niet erg groot, beslist kleiner dan Rotterdam of Plymouth. Zo te zien waren de meeste gebouwen van hout. Hierdoor wekte Smyrna de indruk een provisorische stad te zijn, haastig opgetrokken en niet voor de lange duur. In het achterland stonden talloze windmolens, en iets verder weg verhief zich een berg, met op de top een vesting.

'Die burcht ziet er nieuw uit,' zei Obediah tegen Marsiglio, die naast hem stond.

'Dat is de Kadifekale. Het fort is heel oud, maar de Verheven Porte heeft de vesting een aantal jaar geleden laten renoveren toen Izmir voor de Levanthandel steeds belangrijker werd.'

'Izmir?'

'Zo noemen de Turken de stad.'

'Aha. Kom, Paolo, laten we eerst ergens logies regelen.'

'Mee eens. Ik heb er minstens honderd rozenkransen voor over om weer eens een nacht in een bed te kunnen slapen dat niet op en neer deint.'

Ze wenkten een paar dragers die in de hoop op werk op de kade rondhingen en lieten die hun kisten en tassen tillen. De mannen zetten zich onmiddellijk in beweging, alsof ze wisten waar de bagage heen moest.

'Heb je ze al een bestemming opgegeven, Paolo?' vroeg Obediah.

'Nee, nog niet. Wacht even.' Marsiglio praatte in het Turks met een van de sjouwers. Toen richtte hij zich weer tot Obediah en de anderen. 'Ze gaan ervan uit dat we naar de plek willen waar alle *ghiours*, alle christenen naartoe gaan.'

'En dat is?'

'De Frenk Sokağı. De straat der Franken.'

De straat der Franken bleek een smalle straat parallel aan de haven te zijn waar geen einde aan leek te komen. Obediah had verwacht een stad in Turkse of misschien Griekse stijl aan te treffen, maar in elk geval had dit deel van Smyrna net zo goed in Parijs of Londen kunnen liggen. Ze kwamen langs taveernes waar Duitse kooplieden zich voor de deur het bier goed lieten smaken, en zagen een *bagnio* waar achter de ramen luchtig geklede meisjes naar buiten keken. Verder waren er boekwinkeltjes, kleermakers en schoenlapperijen met etalages die je absoluut niet het idee gaven dat je je in de Oriënt bevond. Alle opschriften waren in het Frans en Italiaans. Nergens hoorde je iemand Turks spreken. In plaats daarvan ving Obediah in de levendige straat Engels, Castiliaans en Grieks op, en bovenal het Provençaals van de handelaren uit Marseille die in deze Frankenwijk in de meerderheid leken te zijn. Zelfs de vele rondzwervende honden deden hem aan thuis denken.

Ergens in de verte riepen kerkklokken op tot de mis.

'Zijn hier christelijke godshuizen?' vroeg Vermandois ongelovig. 'Maar ik had gehoord dat de sultan dat soort dingen ten strengste had verboden.'

'Je moet niet alle onzin geloven die over de Turken wordt verspreid,' antwoordde Marsiglio. 'Er zijn hier katholieke kerken, maar ook Armeense en Griekse, en bovendien synagogen. Zoals overigens in elke grotere Osmaanse stad.'

Na een wandeling van misschien tien minuten kwamen ze bij een groot houten gebouw van drie verdiepingen, waarvan het bovengedeelte een stuk over de straat uitstak. Boven de ingang stond: BRODIE'S GUESTHOUSE.

Marsiglio bleef staan. 'Volgens onze drager is dit een van de beste logementen in Smyrna.'

'Waarschijnlijk is zijn zwager de eigenaar,' reageerde Justel.

'Dat lijkt me niet, als de eigenaar Brodie heet,' merkte Da Glória op.

Obediah haalde zijn schouders op. 'Het ziet er acceptabel uit. Laten we het proberen.'

De eigenaar van het logement zag eruit alsof hij net van de Schotse hooglanden was afgedaald. John Brodie was een praatgrage, roodharige katholiek uit Glasgow, die jaren geleden al in Smyrna was neergestreken.

Terwijl Obediah het geld voor hun kamers uittelde, zei hij: 'Ik ben op zoek naar een aantal zaken, mister Brodie.'

'Ik ken Smyrna zo goed als de plooien van mijn kilt, sir. Wat mag het zijn? Meisjes? Whisky? Bhang?'

'Nee. Ik zoek een koffiehuis. Het heet Kerry Yillis.'

'U bedoelt Kırmızı Yıldız. Dat is in Han-Bey, een stadswijk ten oosten van hier. Maar wat moet u daar? Daar komen alleen muzelmannen. En de koffie, ze noemen hem hier *kahvesi*, smaakt afschuwelijk. Voor een echt Engels koffiehuis kunt u beter naar de Anafartalarstraat gaan, naar Solomon's. Verdomd goede koffie en de nieuwste kranten.' Brodie ontblootte een rij bruine tanden. 'Nou ja, nieuw is misschien overdreven, maar niet veel ouder dan een jaar.' Hij lachte. 'Als je die leest, kun je zelfs dromen dat onze goede koning James nog op de troon zit.'

Obediah onthield zich van commentaar op de goede koning James, die voor zover hij wist intussen in Versailles verbleef en daarvandaan met geld van Louis XIV de Ieren probeerde op te stoken tegen zijn opvolger Willem. Niet in het minst daardoor ging het met de Engelse katholieken nog beroerder dan eerst.

Hij bedankte Brodie voor zijn adviezen en liep toen achter de anderen aan, die al naar boven waren verdwenen. Nadat hij zijn spullen had uitgepakt en zich had gewassen, liep hij zijn kamer uit en klopte op Marsiglio's deur. Het duurde even voordat de Bolognezer opendeed en hem binnenvroeg. De generaal had zijn oosterse huismantel omgeslagen en zijn haar was nat. In een van de stoelen zat tot Obediahs grote verbazing de graaf van Vermandois. Hij droeg alleen een culotte en een halfopengeknoopt hemd. Obediah ging zitten en hoopte maar dat de verbazing niet al te gemakkelijk van zijn gezicht te lezen was.

'Wat kan ik voor je doen, Obediah?'

'Ik was van plan een kleine wandeling te maken en wilde je vragen om met me mee te gaan.'

'Waar wil je heen? Naar de haven?'

'Nee, naar een koffiehuis een eindje ten oosten van hier. Daar heeft Cordovero een aantal stukken voor me achtergelaten.'

'Wat voor stukken?' vroeg Vermandois.

Obediahs vertrouwen in Marsiglio was langzamerhand aanzienlijk, dat in Justel een stuk minder groot. De condessa en Jansen wantrouwde hij, beiden op een andere manier, maar bij niemand was zijn achterdocht groter dan bij Vermandois. Als er iemand was in hun groep voor wie hij de details van zijn plan zo lang mogelijk verborgen wilde houden, dan was het Louis de Bourbon. 'Ach, allerlei dingen. Ik wil ze daar graag afhalen, maar zou het fijn vinden als jij als Turkenkenner daarbij zou zijn, Paolo.'

De generaal knikte. 'Natuurlijk ga ik met je mee. Bezoeken we Cordovero zelf ook?'

'Dat is wel de afspraak. Maar zoals van veel van mijn correspondenten ken ik alleen het adres van het koffiehuis waar zijn post naartoe gaat, niet dat van zijn woonhuis. Bovendien ging de post deels via een... ander kanaal.'

'Goed,' antwoordde Marsiglio. 'Een momentje, dan trek ik iets aan.' De Bolognezer verdween achter een kamerscherm met tulpenpatroon.

Vermandois, die meer op zijn stoel lag dan zat, zei: 'Ik ga ook mee. Ik ben nog nooit in een Turks koffiehuis geweest.'

'Jij bent toch alleen maar geïnteresseerd in de *bardasj*, Louis,' riep Marsiglio, en hij lachte hinnikend.

Vermandois keek verontwaardigd. Toen stond hij op. 'Ik haal mijn spullen en zie jullie beneden, messieurs.'

Nadat de Bourbon de deur met veel lawaai achter zich dicht had getrokken vroeg Obediah: 'Wat is een bardasj?'

Marsiglio kwam achter het kamerscherm vandaan. Hij droeg een officiersuniform met gouden knopen en had een blauwe sjerp om zijn middel geslagen om te laten zien dat hij voor Engeland vocht. In alle rust gordde hij zijn degen om en stak twee pistolen achter zijn riem voordat hij antwoordde: 'Een koffiehuisjongen. Hij brengt de drankjes en...' – hij trok één wenkbrauw op – '... verricht ook andere diensten.'

•◆•

Het koffiehuis bevond zich op ongeveer twintig minuten lopen van hun logement. Nadat ze de straat der Franken achter zich hadden gelaten, kwamen ze eerst in een buurt waar vooral Grieken leken te wonen. Na een tijdje zagen ze echter steeds meer Turken, en Obediah vermoedde dat ze Han-Bey hadden bereikt. Marsiglio vroeg een straatventer naar het koffiehuis. Korte tijd later kwamen ze er aan. Hoewel Obediah wel had gehoord dat Turkse koffiehuizen weinig met hun Engelse tegenhangers gemeen hadden, was hij toch verrast. Eigenlijk kon je dit geen koffiehuis noemen, eerder een koffietuin. Een aantal kleine paviljoens stond op een frisgroen grasveld, en ertussenin lagen overal stapels fluwelen kussens in alle denkbare kleuren waarop mannen met tulbanden zaten. Velen van hen rookten een waterpijp, en bijna allemaal hielden ze een piepklein porseleinen kopje tussen duim en wijsvinger. Tussen de paviljoens door kabbelde een beekje, waar een roodgelakt bruggetje overheen voerde. Obediah zag verder bloemstukken met rozen en tulpen, en ook een soort poppentheater dat op een kleine verhoging stond. Tussen de gasten renden jongens heen en weer, de meesten nauwelijks ouder dan een jaar of tien. Ze brachten ibriks vol koffie, en gloeiende kooltjes voor de waterpijpen.

Toen ze de tuin in liepen, werden ze begroet door een oudere heer met een statige tulband. Hij probeerde zijn verbazing te verbergen, maar slaagde daar niet erg goed in. Marsiglio maakte een buiging.

De man deed hetzelfde. 'Goedendag, effendi. Mijn naam Görgülü,' zei hij in gebroken Frans. 'Wat u wensen?'

Marsiglio antwoordde hem in het Turks. Het was een heel lang antwoord. Görgülü luisterde oplettend naar hem, en de gereserveerdheid leek uit zijn blik te verdwijnen. Toen knikte hij en nam hen mee naar een van de paviljoens.

'Wat heb je hem in godsnaam verteld?' vroeg Vermandois. 'Je hele familiegeschiedenis?'

'Dat we uit het verre Londen komen en dat men zelfs daar zegt dat zijn koffiehuis een van de mooiste in de hele Levant is. En dat we grote bewonderaars van de Osmaanse cultuur zijn, dus dat we graag hier koffie zouden drinken om in ons vaderland te kunnen vertellen hoe uitstekend de *kahveci*, de koffiemakers van de eerwaarde meester Görgülü, de wijn van de islam kunnen bereiden.'

'Die oriëntaalse vleierij is degoutant,' zei de Fransman.

'Maar het werkt wel, mijn beste Louis. Over het algemeen houden ze hier niet van ghiours en joden. Slechts een paar uitverkorenen mogen dit koffiehuis bezoeken.'

Ze namen plaats in een van de paviljoens, die volgens Marsiglio *kösk* heetten, en wachtten tot een van de jongens bij hen langskwam. Ze bestelden koffie. Korte tijd later kwam de bardasj terug met een dienblad. Daarop stonden een grote zilveren kan, drie schaaltjes en vier piepkleine porseleinen kopjes. In drie daarvan goot de jongen pikzwarte, dampende koffie.

Vermandois hield een van de kopjes keurend omhoog. 'Is dit echt wit porselein uit China?'

'Ja,' zei Obediah.

'Wat extravagant.'

Vermandois wilde een slokje nemen, maar Marsiglio hield hem tegen. 'Wacht. De *telve* is nog niet gezakt.'

'Wat?'

'Deze koffie is net gezet. Het koffiedik moet eerst naar de bodem van het kopje zinken.'

Terwijl ze zwijgend wachtten, keken ze vanuit hun kösk naar wat erbuiten gebeurde. Veel van de gasten speelden voor Obediah onbekende bordspelen, anderen lazen. Weer anderen praatten opgewonden met elkaar. Misschien verschillen een Turks en een Engels koffiehuis toch niet zo veel van elkaar, dacht hij. De uiterlijke verschijningsvorm was dan misschien volkomen anders, maar het doel van deze plek leek hem precies hetzelfde als in Engeland: het ging erom informatie uit te wisselen en de laatste nieuwtjes te horen.

Hij zag dat een paar mannen voor het kleine podium waren gaan zitten. Daarop stond een poppenkast van beschilderd hout. In het midden van de voorste wand was een rechthoekige uitsparing waar een doek achter hing.

'Wat is dat?' vroeg hij aan Marsiglio.

'Een soort schimmenspel. Ze noemen het *karagöz*.'

Een man stapte het podium op en maakte een buiging. Toen verdween hij achter de poppenkast. Korte tijd later verschenen in het theatertje kleine figuren, die de poppenspeler kennelijk tegen het bijna doorzichtige, gaasachtige doek duwde. Daardoor waren de poppen heel goed te zien, maar de man zelf bleef onzichtbaar. Obediah hoorde dat de poppenspeler met een hoge, verdraaide stem sprak. Een paar toeschouwers lachten.

'Waar gaat de voorstelling over?' vroeg Vermandois.

'O, het zijn kluchten en burlesken,' antwoordde Marsiglio. 'Je moet je zoiets voorstellen als de commedia dell'arte of het Vlaamse volkstheater. Je hebt de boerenslimme Karagöz, een type als Arlecchino. Verder heb je de *çengi*, een soort vrouwelijke *scaramuccia*. Nou ja, de vergelijking gaat niet helemaal op, want het karagöztheater kent veel meer figuren: de jood, de Griek, de stotteraar, de arrogante inwoner uit Constantinopel. En het publiek kent ze allemaal.' Marsiglio keek in zijn kopje. 'De koffie zal nu wel goed zijn.'

Vermandois dronk als eerste. Hij slaakte een kreet van verbazing.

De generaal grinnikte. 'Dat is wel iets anders dan het lauwwarme afwaswater dat ze in Parijs serveren, hè?'

Inderdaad was de Turkse koffie niet alleen heet, maar ook erg sterk. Hij smaakte minder bitter dan de Engelse en er zat een laagje zacht schuim op, dat Marsiglio *köpük* noemde. De generaal wees naar de verschillende schaaltjes op het dienblad. Daarin zaten diverse poeders waarmee je je koffie kon kruiden. Obediah snoof aan de schoteltjes. Op een ervan lag gemalen kaneel, op een andere kardemom. Op het derde schaaltje lag een geelwit poeder met een moeilijk te beschrijven, balsemachtige geur.

'Suiker?' vroeg Vermandois.

Obediah schudde zijn hoofd. 'Nee, volgens mij is het amber.'

'Je bedoelt het spul dat ze in de maag van potvissen vinden? Dat kost toch een vermogen, een paar pistolen per ons?'

'Ja, dat klopt,' antwoordde Marsiglio. 'Maar mijn ervaring is dat de Turken voor hun koffie niets te duur vinden.'

Obediah wees naar het vierde kopje, dat leeg en verloren op het dienblad tussen hen in stond. 'Heb je de eigenaar naar de spullen van Cordovero gevraagd?'

'Ja. Ik neem aan dat hij zo naar ons toe komt.'

En inderdaad dook Görgülü na een tijdje weer op bij het paviljoen. Hij maakte een buiging. Marsiglio vroeg hem te gaan zitten en schonk hem koffie in. Görgülü nipte aan zijn kopje en haalde toen een in waspapier verpakt verzegeld pakket tevoorschijn, dat hij tussen hen in op de vloer legde. Alleen met moeite kon Obediah de verleiding weerstaan om het direct open te scheuren. Toch wachtte hij tot de koffiehuiseigenaar zijn koffie had opgedronken en weer verdwenen was. Pas toen verbrak hij het zegel.

In het pakketje zat een aantal landkaarten, en verder de door de Verheven Porte opgestelde vrijgeleides die Cordovero hem had beloofd. Obediah wierp er alleen een snelle blik op, zodat de anderen er hopelijk zo min mogelijk van zagen. Voor zover hij het in de haast kon beoordelen waren het goede vervalsingen. Verder vond hij een zogenaamde *haute sjerif*, een aanbevelingsbrief van de Grand Seigneur, plus alle andere documenten waarover ze hadden gesproken. Wat hij tevergeefs zocht, was een persoonlijk bericht van Cordovero.

Zweetdruppeltjes verschenen op zijn voorhoofd. Eindelijk vond hij de brief, tussen twee van de landkaarten.

Waarde vriend,

Ik hoop dat deze documenten aan uw verwachtingen voldoen. De Venetiaanse wisselbrief die u had beloofd is onlangs aangekomen, waarmee dat gedeelte van onze overeenkomst is afgehandeld. Op een ander punt kan ik me helaas niet aan onze afspraken houden: ik zal moeten afzien van een ontmoeting. Dat is niet vanwege wantrouwen tegenover u; in werkelijkheid verlang ik niets meer dan eindelijk oog in oog te staan met deze mij zo verwante geest. De redenen dat ik van gedachten ben veranderd, hebben te maken met problemen die buiten mijn macht liggen. Ik smeek u daarom om vergeving en hoop dat u me toch weer zult schrijven. De correspondentie met u is een van de weinige lichtpuntjes in mijn verder eenzame geleerdenleven. Ik wens u veel geluk met uw onderneming en verblijf als uw trouwe vriend.

C.

Obediah liet de brief zakken.

'Iets niet in orde?' vroeg Marsiglio.

'Nee, het is alleen... Cordovero kan niet met ons meegaan.'

'Maar heb je alle documenten die we voor onze missie nodig hebben?'

Obediah knikte stom. Ze stonden op en liepen naar de uitgang. Kort voordat ze de straat op stapten, zei hij: 'Paolo, haal alsjeblieft nog een keer de eigenaar voor me.'

De generaal knikte en gebaarde naar Görgülü, die vanuit een alkoof naar hen keek. De eigenaar van het koffiehuis voegde zich bij hen.

Obediah maakte een buiging. 'U spreekt Frans, edele pasja?'

'Klein beetje, effendi.'

'Hebt u de man gezien die deze papieren kwam afgeven?'

'Ja, effendi.'

'Wanneer was dat?'

Görgülü dacht even na. 'Twee weken.'

'Was hij een jood?'

De koffiehuiseigenaar schudde zijn hoofd.

'Geen jood? Maar wel een oudere man?'

'Nee, effendi. Was jong.'

'Een jongeman?'

'Ja. Misschien zeventien zomers,' zei de Turk.

'Maar als hij geen jood was, wat was hij dan?'

De koffiehuiseigenaar keek hem verbaasd aan. 'Was ghiour, effendi.'

'Een christen? Een *frenk*?'

'Ja, effendi.'

Obediah bedankte de man. Had Cordovero een bode gestuurd? Het leek hem onwaarschijnlijk dat zijn correspondent zulke belangrijke documenten door een willekeurige loopjongen liet afleveren. Met name de vervalste vrijgeleides zouden beslist tot een terdoodveroordeling leiden als ze werden ontdekt. En als Cordovero de documenten toch aan een bode overliet, waarom gaf hij ze dan mee aan een niet-jood in plaats van een van zijn eigen mensen? De radeloze Obediah wist geen antwoord op deze vragen. Kort overwoog hij om er met Marsiglio over te spreken, maar toen besloot hij om vooralsnog niets te zeggen. 'Laten we teruggaan,' mompelde hij in plaats daarvan. 'We hebben waarvoor we gekomen zijn.'

Zwijgend liepen ze terug naar de straat der Franken. Obediah wist dat hij na terugkeer in het logement nog een keer de stad in moest – alleen. Hij zou de joodse wijk van Smyrna een bezoek brengen.

•◆•

Roestbruine marmeren zuilen flankeerden het schip van de kerk, en daarboven welfde zich een prachtig betegeld plafond. Polignacs blik was echter gericht op het altaar en het reusachtige crucifix dat erboven hing. Hij liep naar de treetjes die naar de apsis leidden en knielde daar op de vloer om te bidden. Toen hij klaar was, ging de musketier op een van de kerkbanken zitten en bekeek uitgebreid de fresco's, het met goud geborduurde antependium, de schilderijen. Hoewel het een katholieke kerk was, kwam alles erg vreemd op hem over. De schilderijen hadden wel iets van ikonen, de huidskleur van de gekruisigde Heer was te donker, waardoor hij eruitzag als een Griek of een Moor. Naast het altaar stond een standbeeld van een bisschop die hij niet kende. Polignac stond op, liep erheen en las het bordje op de sokkel. Het was de heilige Polycarpus, naamgever van deze eigenaardige kerk. Aan het jezuïetencollege had hij de namen van alle heiligen uit zijn hoofd geleerd, met daarbij hun daden en de aard van hun martelaarschap. Het waren honderden namen geweest en honderden manieren om te sterven. Toch kon hij zich deze Polycarpus met de beste wil van de wereld niet herinneren.

Polignac moest een geeuw onderdrukken. Zijn reis naar Turkije was vol problemen geweest. Eerst was hij meegezeild op een Frans galjoen, maar door een storm was hun schip zo zwaar beschadigd geraakt dat ze in Navarino moesten aanleggen voor reparaties. De musketier was daarna moeizaam over land gereisd, vele *lieues* dwars door Roemelië. Meer nog dan de reis hadden de onderhandelingen met de lokale beambten hem uitgeput: Osmaanse aga's, beys, emirs, de een nog verwaander dan de ander. Telkens weer had Polignac moeten wachten, vleien en smeken om te worden geholpen. Uiteindelijk kreeg hij meestal wat hij wilde, maar het had hem een boel zenuwen en waardevolle tijd gekost.

De musketier hoorde dat iemand zachtjes naar hem toe liep. Hij weerstond de verleiding om zich om te draaien en bleef naar de bisschop kijken. In zijn handen had Polycarpus een boek, en zijn handen en gezicht zagen eruit alsof ze door vuur waren geschroeid. Een bloedige schram ontsierde zijn gezicht.

'Aha, de heilige Polycarpus.'

Polignac draaide zich om. Voor hem stond een kleine man, die de musketier hoogstens tot de borst reikte. Hij was gekleed als een Osmaanse edelman en droeg natuurlijk de onvermijdelijke tulband. Als hij van Polignacs verminkte gezicht schrok, wist hij dat goed te verbergen.

De man maakte een nauwelijks zichtbare buiging. 'Mátyás Çelebi, tot uw dienst, effendi.'

Polignac boog ook en mompelde een begroetingsformule. Çelebi was een uit Costantinopel gestuurde *çavuş*, een soort reizende ambassadeur. Nadat Vauvray, de Franse afgezant bij de Verheven Porte, daar verslag had gedaan over Chalon en zijn contacten met mogelijke Osmaanse samenzweerders, was er langzamerhand beweging in de zaak gekomen. In een brief van de grootvizier had Vauvray de toezegging gekregen dat een agent met speciale bevoegdheden Polignac naar beste kunnen bij zijn onderzoek zou helpen en waar nodig toegang zou verschaffen. Na zijn moeizame ervaringen met talloze Osmaanse beambten geloofde de musketier er geen woord van. Hij vertrouwde deze heiden nog voor geen degenlengte. Maar misschien kon de çavuş hem in elk geval iets verder helpen.

'Een prachtig kunstwerk,' merkte Mátyás Çelebi op, wijzend naar het beeld van Polycarpus.

'Vergeef me mijn onwetendheid, maar met welk wonder wordt deze heilige in verband gebracht?' vroeg Polignac.

'Als ik het me goed herinner was hij bisschop van Smyrna. Polycarpus wilde geen wierook branden ter ere van de Roomse keizer, waarna men hem aan een paal bond en in brand stak.'

'En het wonder?'

'Hij brandde niet goed.'

Polignac fronste zijn voorhoofd. 'Maakt u zich nu vrolijk over een heilige uit de katholieke kerk?'

'Nee, beslist niet. Ik was vroeger zelf christen, zoals u vermoedelijk al had geraden vanwege mijn voornaam.'

Mátyás. Matthias. 'U bent Hongaars?'

'Vlach. Uit de buurt van Bucureşti.'

Polignac huiverde. Mátyás Çelebi was wat de Turken *devşirme* noemden. De mannen van de sultan stalen in hun vazalstaten jonge kinderen, sleepten ze mee naar Constantinopel en leidden ze daar op tot soldaten of overheidsdienaren. Hun familie zag ze nooit terug. Bovendien dwongen ze de kinderen het ware geloof af te zweren en bekeerden hen tot muzelmannen. Het was een barbaars systeem, maar het bracht ook ongelooflijk loyale onderdanen voort, die de sultan volledig waren toegewijd.

'Ik begrijp het. Zullen we nu ter zake komen?'

'Zoals u wilt, capitaine,' antwoordde Çelebi. Zijn Frans was goed, afgezien van zijn overduidelijke Slavische accent. 'Wat kan ik voor u doen, effendi?'

'Dat ligt eraan. Wat kúnt u doen?'

'Alles.'

'Wel, met verlof, ik...'

Çelebi keek hem ernstig aan. De glimlach was van zijn gezicht verdwenen. 'Ik ben een çavuş van de Verheven Porte, een persoonlijk agent van de padisjah. Ik hoef maar met mijn vingers te knippen en iedere pasja, iedere beylerbeyi in heel Devlet-i 'Âliyye zal mijn bevelen opvolgen. Ik kan schepen en paarden vorderen, ik kan een heel regiment janitsaren naar de andere kant van de wereld sturen.'

'Maar...?'

'Maar alleen als ik denk dat het noodzakelijk is. Dus overtuig me.'

Polignac vertelde Çelebi eerst alles wat hij ook al aan de Franse ambassadeur in Constantinopel had geschreven, omdat hij niet wist hoeveel van deze informatie bij de agent was beland. Hij bracht verslag uit over Chalons pogingen om met hulp van troonpretendenten katholieke monarchieën te destabiliseren en over de contacten van de Engelsman met een hooggeplaatste Osmaanse dignitaris. Aan Çelebi's gezichtsuitdrukking kon hij zien dat de man de meeste details al kende. Zoals verwacht leek hij zich vooral te interesseren voor de geheimzinnige Turk, met name voor zijn hoofdtooi.

'U zegt dat deze man een tulband in Osmaanse stijl droeg?'

'Dat klopt. Een die flink wat groter was dan die van u.'

'Probeert u het zich te herinneren. Ik moet het heel precies weten. Welke kleur had de stof die om het onderste gedeelte was gewikkeld? En had de tulband een *balıkçıl*?'

'Wat?'

'Een veer in een soort klem. En zo ja, welke kleur had die veer dan?'

Polignac beschreef zo goed mogelijk hoe de tulband eruit had gezien. De man knikte.

'En? Wat voor hoogwaardigheidsbekleder moet het geweest zijn?'

'Vermoedelijk een pasja, misschien een emir. De veer die u beschrijft mag alleen worden gedragen door een hoge militair. Het is me alleen een raadsel wat een man van zo'n hoge rang in Holland te zoeken heeft.'

'Kan het een janitsaar geweest zijn?' vroeg Polignac.

Çelebi glimlachte zuinig. 'U doelt op de onder ghiours wijdverbreide theorie dat de janitsaren een eigen agenda hebben, dat zij de werkelijke heersers in Istanboel zouden zijn enzovoorts. Heb ik gelijk? U denkt dat zij samen met deze Chalon iets van plan zijn?'

'Die gedachte is inderdaad bij me opgekomen.'

'Begrijpelijk. Toch hebt u het mis. Ten eerste omdat het janitsarenkorps de sultan trouw is. Er bestaat niet zoiets als een janitsaarse samenzwering. Dat is een leugen die de Habsburgers en Venetianen proberen te verspreiden. En ten tweede omdat de tulband, als u die tenminste correct hebt beschreven, niet thuishoort op het hoofd van een commandant der janitsaren, maar eerder op die van een *sipahi*. Dat is een soort cavalerieofficier, een chevalier.'

'Juist ja.'

Çelebi hield zijn hoofd een beetje schuin. 'Ik heb gehoord dat een van de *conspirateurs* in deze streken schijnt te wonen? Is dat de reden dat we elkaar hier ontmoeten en niet in Istanboel?'

'Ja. Het gaat om een jood die David ben Levi Cordovero heet. Hij is Chalons Turkse voorpost. Ze sturen elkaar brieven in geheimschrift.'

'Die Parijs allang heeft ontcijferd, neem ik aan.'

'Tot nu toe helaas niet, monsieur. En daarom denk ik dat het verstandig zou zijn om deze jood scherp te ondervragen.'

De agent knikte. 'Ik begrijp het. Laten we aan het werk gaan.'

•◆•

Obediah liet zich door Brodie uitleggen waar Cemaat-i Gebran en Liman-i Izmir lagen, de joodse wijken van Smyrna. Onderweg erheen pijnigde hij zijn hersens over de vraag hoe hij David Cordovero het beste kon opsporen. Hoe langer hij erover nadacht, hoe scherper tot hem doordrong dat hij schrikbarend weinig over zijn correspondentievriend wist, of in elk geval over zijn leefsituatie. Hij kende Cordovero's voorliefde voor het astronomische werk van de Italianen en zijn heel eigen manier om formules te noteren. Hij wist dat de jood behalve Turks en Latijn ook Grieks, Arabisch en een beetje Italiaans sprak. Maar was Cordovero getrouwd? Had hij kinderen? Had hij blauwe of bruine ogen?

Dergelijke details hadden hem nooit bijzonder geïnteresseerd, maar nu zouden ze erg behulpzaam zijn. Bovendien had hij wel wat goede raad van Pierre Bayle kunnen gebruiken, de man die hem Cordovero ooit had aanbevolen. Zou zijn Rotterdamse kennis de jood weleens hebben ontmoet? Obediah betwijfelde het.

Wat hij wist was het volgende: David ben Levi Cordovero behoorde tot de Sefardim, de Spaanse joden, en zijn familie kwam oorspronkelijk uit Córdoba. Het geslacht had, dat wist hij van Bayle, een hele reeks befaamde schriftgeleerden, astronomen en kabbalisten voortgebracht. Cordovero moest vijftig jaar of ouder zijn; dat viel tenminste af te leiden uit het feit dat hij al in de jaren zeventig opstellen over *al-ğabr* had gepubliceerd, een Arabische rekenmethode. Uit Cordovero's talrijke publicaties over aritmetica en astronomie die in de République des Lettres circuleerden, meende Obediah verder te kunnen afleiden dat zijn correspondent welgesteld was. Anders had de jood zich nooit in deze mate op zijn werk als geleerde kunnen concentreren. Het was bij Cordovero namelijk niet alleen de hoeveelheid traktaten die zo opmerkelijk was, maar ook de kwaliteit ervan; volgens Bayle correspondeerde hij met Halley en Kaufmann, en ook met Leibniz en Bernoulli.

In Obediahs hoofd had zich hierdoor een beeld gevormd van een man die wel wat leek op zijn vriend Bayle: geen jonge kerel meer, erg intelligent en buitengewoon belezen, financieel onafhankelijk en vermoedelijk ongetrouwd. Waarschijnlijk was Cordovero onder zijn geloofsgenoten geen onbekende, en om die reden was Obediah optimistisch over zijn kans hem te kunnen opsporen.

Zodra hij in de jodenwijk van Smyrna was aangekomen begon hij navraag te doen. Hij informeerde bij een vishandelaar, de eigenaar van een taveerne en ook bij een aantal handwerkslieden, maar niemand kon hem verder helpen. Geen van hen had ooit van ene David ben Levi Cordovero gehoord. Misschien was hij in de verkeerde buurt. Misschien waren de joden in Liman niet Sefardisch, maar Asjkenazisch of Romaniotisch. Hij wist te weinig van de kleding van de verschillende groepen om dat met zekerheid te kunnen zeggen. Nadat hij twee uur zonder succes naar Cordovero had gezocht, ging hij naar de tweede joodse wijk, Cemaat. Ook hier schudden de mensen echter telkens weer het hoofd.

Vermoeid liet Obediah zich op een bankje voor een taveerne zakken. Kijkend naar het plein voor hem viel hem een oude man op die geleund op zijn stok over straat schuifelde. De man had spierwit haar en was een echte Methusalem, vast en zeker dik boven de zeventig. Obediah kreeg een idee. Hij liep naar de man toe en maakte een buiging. De oude man keek hem met zijn ogen knipperend aan en zei iets in een taal die als Portugees klonk.

'*Français*?' vroeg Obediah.

De man schudde zijn hoofd.

'*Loquerisne linguam Latinam?*'

Nu knikte de grijsaard driftig.

'Vergeef me dat ik u stoor, eerwaarde heer. Ik zoek een van uw geloofsbroeders hier in Smyrna, maar ik weet niet waar ik hem moet zoeken. Ik neem aan dat u alle belangrijke joodse families in de stad kent?'

'Jazeker. Wie zoekt u dan?'

'Iemand uit de familie Cordovero,' antwoordde Obediah.

Ogenblikkelijk betrok het gezicht van de oude man. 'Er zijn geen Cordovero's meer in Smyrna,' zei hij.

'Echt? Maar eentje moet er toch op zijn minst zijn. Ik heb een aantal van zijn geschriften gelezen. Hij heet David ben Levi Cor...'

Obediah had de naam nog niet eens helemaal uitgesproken toen de oude man voor hem op de grond spuugde. Op zijn gezicht stond woede en afschuw. De grijsaard draaide zich om en hobbelde weg.

Obediah liep naast hem mee. 'Wat hebt u opeens?' vroeg hij, maar hij sprak tegen dovemansoren. 'Wat is er met Cordovero?'

Nu bleef de oude man heel even staan en stootte één enkel woord uit: '*Cherem!*' Toen keerde hij zich weer af.

Al Obediahs verdere pogingen om iets uit de man te krijgen bleven vruchteloos, en dus liet hij hem gaan. Hij keek om zich heen. De scène was niet onopgemerkt gebleven. Weliswaar kon hij alle ogen die hem begluurden door de kieren tussen de luiken en vanuit de halfgeopende deuren rondom het plein niet zien, maar hij wist dat ze er waren. Obediah besloot zijn geluk niet verder te beproeven. Het was beter om naar de Frankenwijk terug te keren.

Zijn richtinggevoel zei hem dat hij daar het snelste kwam door zich op de kerktoren te oriënteren die een eind verderop boven de bebouwing uitstak. Het was een andere route dan op de heenweg, dus hield hij zijn ogen open en het handvat van zijn zwaard stevig omklemd. Toen hij langs een groot gebouw kwam dat eruitzag als een synagoge, bleef hij even staan. Voordat hij zijn mysterieuze correspondentievriend opgaf, besloot hij nog een laatste poging te wagen. Met zijn rechterhand klopte hij op de deur van de synagoge. Aanvankelijk deed niemand open. Pas na de derde of vierde keer kloppen hoorde hij dat de grendel opzij werd geschoven. Een luikje ging open. Daarachter zag hij het gezicht van een rabbijn.

'Goedendag. Wat wilt u?' vroeg de man.

'Ik zoek een lid van uw gemeente.'

'We geven vreemdelingen geen informatie over onze mensen.'

En al helemaal niet als het gojim zijn, dacht Obediah. 'Ik vraag u om vergeving, eerwaarde rabbi. Maar ik zou niet naar u toe gekomen zijn als ik niet voor een groot raadsel stond.'

'En dat is?'

'De man die ik zoek, is een beroemde joodse geleerde uit Smyrna. Zelfs in Amsterdam en Parijs is men op de hoogte van zijn werk. Toch kent hier niemand hem, of beter gezegd: ik heb de indruk dat niemand hem *wíl* kennen.'

'Zo iemand is er niet in Smyrna.'

'Maar...'

'Ik ken alle bekende joodse schriftgeleerden uit het Egeïsche gebied, geloof mij, monsieur...'

'Chalon, Obediah Chalon. De man die ik zoek, heet Cordovero.'

Hoewel de rabbijn niet spuugde zoals de oude man, zag Obediah dezelfde blik van afschuw in zijn ogen. Toen mompelde hij: 'Nu begrijp ik het. Wacht een moment.'

Korte tijd later zaten ze in een bijgebouw van de synagoge. De rabbijn, die zich had voorgesteld als Joseph Laredo, bladerde in een omvangrijk gemeenteregister. Obediah wachtte geduldig af en nam af en toe een slokje van de sherry die de man hem had aangeboden.

'Aan u kan ik wel iets over hem vertellen. Juist omdat u geen jood bent.'

'Dat moet u me uitleggen.'

De rabbijn nam hem een ogenblik op en zei toen zacht: 'Cherem.'

Alweer dat woord. Obediah vroeg de rabbijn wat het betekende.

'Het betekent dat David ben Levi Cordovero is uitgestoten uit onze gemeente.'

'Is Cordovero geëxcommuniceerd?'

'Dat is inderdaad een goede vergelijking. Door die ban is hij niet langer een van ons. Cordovero's misdrijf was zo ernstig dat het alle gemeenteleden verboden werd om contact met hem te onderhouden. Dat bedoelde ik toen ik zei dat ik alleen met u hierover kan praten, omdat u een goj bent. Onder elkaar noemen we zijn naam niet.'

'Maar wat heeft hij dan in godsnaam gedaan?'

'Hij heeft veel gelezen in de geschriften van goddeloze Frankische filosofen, en die hebben zijn verstand en zijn ziel vergiftigd. Misschien kent u sommigen van hen: Bacon, Descartes, Spinoza.'

'Ik heb van ze gehoord,' zei Obediah.

'Uit hun ideeën heeft hij zijn eigen, verwarde theorieën ontwikkeld. Cordovero beweert dat de ziel niet onsterfelijk is; dat de God van Abraham, Isaak en Jakob waarschijnlijk helemaal niet bestaat...' – de stem van de rabbijn trilde van opwinding – '... en dat de wetten van de joden dus niet langer gehoorzaamd hoeven te worden.'

Obediah had niet geweten dat Cordovero zulke radicale theses verdedigde. Toch was hij niet verrast. De ideeën waar de rabbijn met zo veel afschuw over sprak, waren in de salons van Amsterdam en Londen een heel gangbaar gespreksonderwerp. Overal werd gediscussieerd over godsbewijzen en dergelijke. Dat was niet scandaleus of ketters, maar het normale filosofische discours. Toch hield hij deze opvatting liever voor zich; in plaats daarvan nam hij nog een slokje van zijn sherry. 'En waar is Cordovero nu?'

'Daar waar alle goddelozen terechtkomen.'

'Dus niet meer in de joodse wijk?'

De rabbijn keek hem verwonderd aan. 'Nadat de cherem werd uitgesproken, woonde Cordovero naar mijn weten in een huis aan de Frenk Sokağı. Nu wacht hij op de *sjeool*.'

'De wat?'

'De hel.'

'Wilt u daarmee zeggen dat hij dood is? Maar sinds wanneer?'

De rabbijn fronste zijn voorhoofd. 'Al meer dan tien jaar.'

•◆•

Marsiglio schudde zijn hoofd. 'Hij is al jaren dood? En met wie heb je al die tijd dan gecorrespondeerd?'

Obediah wreef met zijn handen over zijn gezicht. 'Dat is de vraag.'

Ze zaten op de binnenplaats van hun logement, een kleine oase met een fontein en een aantal vijgenbomen die vol overrijpe vruchten hingen. Vermandois had er een paar geplukt en was bezig ze met een dolk aan stukjes te snijden en daarna op te eten. Ook Justel, Jansen en de condessa waren erbij. Obediah had deze kleine vergadering bijeengeroepen omdat hij niet wist hoe hij met de ontstane situatie moest omgaan.

'Iemand geeft zich dus uit voor Cordovero,' mompelde Justel.

Vermandois keek hem nogal minachtend aan.

De condessa zei: 'Vertel ons nog één keer hoe je die jood precies hebt leren kennen.'

'Mijn oude vriend Pierre Bayle wees me erop dat Cordovero een ideale informatiebron voor onze onderneming zou zijn. Hij zei dat hij de man al meer dan twintig jaar kende. Volgens hem was Cordovero uiterst discreet en betrouwbaar. Voor die tijd had ik geen contact met hem, maar ik kende wel zijn geschriften, die met enige regelmaat in de *Nouvelles* of de *Acta* verschenen. Mijn vriend schreef Cordovero een aanbevelingsbrief en bracht ons zo in contact. Sinds die tijd corresponderen we regelmatig.'

Vermandois boog zich naar voren. 'Maar je hebt hem nooit gezien?'

'Nee.'

Jansen snoof. 'Je hebt een jood die je niet eens kent allerlei details over onze missie uit de doeken gedaan?'

Obediah schudde zijn hoofd. 'Ik heb alleen verteld wat hij nodig had om de vrijgeleides, de landkaarten en een paar andere zaken voor ons te regelen. Hij weet dat we koffieplanten willen bemachtigen, maar niet hoe en waarom.'

Vermandois stond op. 'We moeten snel handelen, voordat het te laat is.'

'Wat ben je van plan?' vroeg Obediah.

'Die rabbijn zegt dat Cordovero in de straat der Franken heeft gewoond. We moeten die *marrano,* of wat hij ook is, zo snel mogelijk vinden.'

'Ik zeg dat we zo snel mogelijk moeten vertrekken,' reageerde Jansen.

Marsiglio schudde zijn hoofd. 'Nee, Louis heeft gelijk. Misschien heeft Cordovero zich al uit de voeten gemaakt, of hij wordt geobserveerd en wil ons om veiligheidsredenen niet ontmoeten. Maar het kan net zo goed zijn dat hij dubbelspel speelt. Misschien verraadt hij ons op dit moment aan de Turken of de Fransen. We kunnen niet gewoon doorreizen zonder te weten hoe het precies zit met een dergelijk gevaar in onze nek.'

Obediah knikte. De generaal had waarschijnlijk gelijk. Bovendien was zijn wens om oog in oog met Cordovero te staan intussen alleen maar groter geworden. 'Laten we hem dan zoeken. We hebben nog drie of vier uur voordat het donker wordt, en de straat der Franken is lang.'

Om niet al te erg op te vallen splitsten ze hun groepje op. Als de rabbijn de waarheid had gesproken en de echte Cordovero vroeger inderdaad ergens aan de Frenk Sokağı had gewoond, was dat hun beste aanknopingspunt. Ze verlieten hun logement en zwermden uit naar beide kanten. Vermoedelijk woonden er niet veel joden aan de bijna uitsluitend door inwoners van het Avondland bezochte straat, ver buiten hun eigen wijk. En dus bestond de hoop dat een paar van de oudere in Smyrna neergestreken buitenlanders zich Cordovero misschien herinnerden. Ze klopten op elke deur. Obediah ging in westelijke richting, aan de andere kant van de straat liep Justel. Vermandois en Marsiglio, die naar het oosten waren gelopen, waren ze al een hele tijd geleden uit het oog verloren. Jansen en de condessa deden niet mee aan de zoektocht, maar bereidden alvast alles voor op een snel vertrek.

Obediah was inmiddels een uur onderweg. Hij had gesproken met wapensmeden, boekhandelaren, bakkers en zeelui, maar niemand kende ene Cordovero die in de straat der Franken woonde of gewoond had. Een stokoude Genuese koopman die in een klein huis aan het einde van de straat woonde, zwoer zelfs bij de Heilige Maagd dat in deze buurt nooit een jood had gewoond. Ontmoedigd begon Obediah aan de terugweg. Toen hij Justel uit een huis aan de andere kant van de straat zag komen, vroeg hij: 'En?'

'Geen Cordovero. Geen joden, zelfs geen cryptojoden of *conversos*.'

Zwijgend liepen ze terug naar hun eigen wijk. Ze hadden nog niet eens de helft van de afstand afgelegd toen de graaf van Vermandois hun tegemoetkwam. Hij leek de hele weg te hebben gerend. Zweet droop uit zijn haar, en zijn hemd was doornat.

'Je hebt iets gevonden!' riep Obediah.

'Dat hebben we inderdaad,' hijgde de Fransman. 'Kom snel.' Vermandois vertelde dat het bewuste huis op ongeveer driehonderd pieds hiervandaan stond, dicht bij een kerk die Sanctus Polycarpus heette. In plaats van hen er direct mee naartoe te nemen, wilde hij echter eerst naar hun logement.

'Wil je ons niet eerst uitleggen wat...' begon Justel.

'Later. Volg me.'

In de herberg liep Vermandois naar Marsiglio's kamer en draaide de deur van het slot. Zodra ze binnen waren, sloot hij de deur weer af. Nadat hij wat water uit een karaf had gedronken, liep hij naar de reiskist met daarin Marsiglio's spullen. Hij zocht er eventjes in en haalde toen een aantal pistolen tevoorschijn, en verder kruit, kogels en dolken. Terwijl hij de wapens op tafel legde, zei hij: 'Marsiglio heeft een kerel gevonden die uit een marranofamilie komt, een bekeerling, en die kent jouw Cordovero.'

'En verder?'

'Cordovero heeft inderdaad in een huis aan de straat der Franken gewoond, maar hij leefde erg teruggetrokken. Natuurlijk wil geen mens iets met een jood te maken hebben, maar de vader van deze converso was een van de weinigen die af en toe een woord met Cordovero en zijn familie wisselde.'

'Had hij familie?'

'Kennelijk wel. En de man zegt dat er nog steeds iemand in dat huis woont. 's Nachts brandt er licht. Volgens Marsiglio wist hij alleen niet of het kinderen van Cordovero zijn of iemand anders.'

'Kon de man bevestigen dat Cordovero inderdaad dood is?'

'Nee. Maar het is volgens hem wel waarschijnlijk. Op een gegeven moment werd Cordovero gewoon nooit meer gezien. Als hij nog leeft, zou hij inmiddels ver boven de tachtig moeten zijn.'

'Heb je Cordovero's huis doorzocht? En waarom haal je al die wapens tevoorschijn, alsof je ten strijde wilt trekken?'

Vermandois keek hem aan. Zijn kersenrood geverfde lippen werden smal. 'Marsiglio heeft in de buurt twee janitsaren gezien. Hij vermoedt dat die daar niet toevallig waren. Misschien is iemand ons voor geweest.'

'En nu, graaf?' vroeg Justel.

'Op zijn laatst over een uur wordt het donker. Dan kan ik Cordovero's huis binnensluipen zonder dat de janitsaren het merken.'

'Mooi,' zei Obediah. Hij pakte een van de pistolen die op tafel lagen. 'Ik ga mee.'

'Ga jij liever iets ontcijferen, en laat het inbreken aan een deskundige over.'

Obediah schudde zijn hoofd. 'Ik heb ons in deze netelige situatie gebracht.'

'Dat is waar, maar dit is niet het moment voor eervolle gestes.'

'Maar stel dat je binnen iets aantreft, brieven of documenten... Hoe weet je dan of ze belangrijk zijn? Ik heb maandenlang gecorrespondeerd met die man, ik ken zijn geheimschriften. Zonder mij heb je geen idee waarnaar je moet zoeken en welk materiaal we mee moeten nemen.'

Vermandois zuchtte. 'Goed dan. We gaan met z'n tweeën. Ik hoop dat je geen hoogtevrees hebt.'

'Absoluut niet,' antwoordde Obediah. Dat was een leugen, maar een andere keuze had hij niet.

•◆•

Toen ze bij Cordovero's huis aankwamen, was het al donker. Het was een verwaarloosd pand van drie verdiepingen dat lang geleden wit geweest moest zijn. De blauwe luiken op de begane grond waren vergrendeld, en hetzelfde gold voor die op de bovenverdiepingen. Obediah wilde blijven staan om het huis beter te bekijken, maar Vermandois trok hem mee naar de volgende straathoek. Daarachter stond Marsiglio hen op te wachten.

'Hoe staat het met de janitsaren?' vroeg Vermandois aan de generaal.

'Die zijn nog altijd in de buurt. Twee van hen zijn een halfuur geleden de pottenbakkerij in gegaan die schuin tegenover het huis ligt. Ze zijn niet meer naar buiten gekomen. Vermoedelijk houden ze daarvandaan discreet de voordeur in de gaten.'

'Is er dan iemand in het huis?' vroeg Justel.

'Er is nergens licht te zien. Maar door de dichte luiken is nauwelijks te zeggen of er werkelijk niemand thuis is. Misschien hangen er vanbinnen ook nog gordijnen voor de ramen.'

Vermandois knikte. 'Wacht hier.'

'We zouden samen gaan,' protesteerde Obediah.

'Dat doen we ook, maar laat mij eerst verkennen hoe we zo onopvallend mogelijk binnenkomen.' Met die woorden verdween hij in de duisternis.

Omdat het hun te opvallend leek om met zijn drieën op straat te blijven staan, liepen Marsiglio en Justel naar een taveerne op ongeveer dertig yards van de straathoek. Ze namen plaats op een bank voor de herberg, waarvandaan ze de straat goed konden overzien. Obediah verschool zich in het portiek van een huis vlakbij. Het was een warme avond. Hoewel ze vlak bij de kust waren, was het benauwd en volkomen windstil. Het viel hem op dat het bijna onnatuurlijk rustig was. De hele dag had hij overal vogeltjes horen kwetteren. Ze nestelden in de vijgenbomen die in Smyrna op elke straathoek groeiden. Nu waren de dieren stil. Zwegen ze elke avond zodra de duisternis inviel? Ook de vele zwerfhonden die Smyrna bevolkten leken allemaal verdwenen te zijn. Was de afwezigheid van de dieren een teken van dreigend onheil? Inwendig berispte Obediah zichzelf om die bijgelovige gedachte. Er bestond voor dit alles vast een wetenschappelijke verklaring.

Hij keek op zijn horloge. Vermandois was nu een dik kwartier weg, en Obediah werd zo langzamerhand onrustig. Hij zag de Fransman er wel voor aan om alleen in te breken, hoewel ze iets anders hadden afgesproken.

Omdat hij niets beters te doen had, liep Obediah in gedachten de correspondentie na die hij maandenlang met Cordovero – nee, met iemand, wie dan ook – had gevoerd. Daarin hadden ze over allerlei dingen gediscussieerd die niets met hun missie te maken hadden. Bijvoorbeeld over de onlangs door een Engelsman, Newton geheten, gepubliceerde nieuwe interpretatie van de wetten van Kepler, over alchemistische processen om edelmetalen te produceren, over de (volgens hem) onbetwistbare kwaliteiten van het Engelse eten, over de (volgens hen beiden) oerdomme politiek van de Venetianen. Dankzij zijn uitstekende geheugen zag Obediah elke brief voor zich. In gedachten speurde hij de hele correspondentie na op verraderlijke details op grond waarvan derden zouden kunnen afleiden wat hij van plan was. Of iemand iets met het handjevol echt belangrijke brieven kon beginnen hing er natuurlijk allereerst van af of hij Obediahs chiffre indéchiffrable wist te ontcijferen, wat erg onwaarschijnlijk was.

Vanaf de straat drong een geluid tot hem door. Hij hoorde stappen. Obediahs hand gleed naar het onder zijn jas verborgen dubbelloopspistool en omklemde het handvat.

Het was gelukkig de graaf van Vermandois, die met vederlichte stappen door de straat kuierde alsof hij een avondwandelingetje maakte. Naast Obediah bleef hij staan. 'We gaan aan de achterkant naar binnen. Er is daar een kleine ommuurde tuin. Marsiglio en Justel wachten nog een paar minuten in de taveerne en gaan daarna naar het schip.'

'En de janitsaren?'

'Die observeren alleen de voorkant. Waarschijnlijk omdat de poort van de achtertuin beveiligd is met een erg goed slot.'

'En hoe denk je dat open te krijgen?'

'Met een erg goede loper.'

Obediah knikte en volgde de graaf. Ze liepen om Cordovero's huis heen. Aan de achterkant lag inderdaad een tuin, met een hoge, door klimop overwoekerde muur eromheen. Vermandois bleef voor een zware smeedijzeren deur staan. Uit zijn zak haalde hij een loper, waarmee hij het hangslot probeerde open te maken. Vermandois had niet overdreven. Met één blik was te zien dat het om een eersteklas slot van westerse makelij ging, van het soort waarmee een rijke edelman een schatkist zou afsluiten. Er zat geen spoortje roest op en het slot verkeerde zo te zien in een aanzienlijk betere staat dan de woning die het moest beveiligen.

Er klonk een klikje. De deur zwaaide open. Snel stapten ze naar binnen en deden de deur weer achter zich dicht. In de kleine tuin bevonden zich een waterbron, een paar bloembedden en een heleboel in erbarmelijke staat verkerende bloempotten. Het zag er niet naar uit dat iemand de tuin onderhield. Vermandois liep naar de achterdeur. Nadat hij verschillende lopers had geprobeerd vloekte hij zacht.

'Gaat hij niet open?' vroeg Obediah.

'Dat ligt niet aan het slot. Waarschijnlijk zit er vanbinnen nog een grendel op. Ik probeer een van de ramen.'

Voordat Obediah iets kon terugzeggen, had de Fransman al een voet op de vensterbank gezet. De andere voet plaatste hij op de metalen handgreep van het houten luik. En voordat Obediah met zijn ogen kon knipperen stond Vermandois op de smalle bovenkant van het luik en greep de vensterbank op de eerste verdieping vast. De manoeuvre zag er simpel uit, maar Obediah wist dat die indruk bedrieglijk was. Nooit van zijn leven zou hij op die manier het huis binnen kunnen komen. Vermoedelijk brak hij al zijn botten als hij het probeerde.

Gelukkig zag het ernaar uit dat een klauterpartij hem bespaard zou blijven. Intussen stond Louis de Bourbon op de vensterbank, had een van de luiken geopend en was nu bezig met het raam dat zich daarachter bevond. Toen was hij verdwenen. Korte tijd later hoorde Obediah dat aan de binnenkant van de achterdeur een grendel opzij werd geschoven.

De graaf deed de deur open en maakte een kleine buiging. 'Voilà.'

'Ben je iemand tegengekomen?' fluisterde Obediah.

'Niet echt. Alleen een dozijn janitsaren. Ik heb ze allemaal gedood.'

'Heel grappig.'

'Bedankt. Aan het hof stond ik bekend om mijn verfrissende humor.' Vermandois draaide zich om en gebaarde naar Obediah dat hij hem moest volgen.

Vanbinnen zag het huis er iets beter uit dan vanbuiten, al scheelde het weinig. Het was oud en uitgewoond; de bewoners hadden kennelijk al lange tijd geen geld meer uitgegeven aan renovaties. De tegels op de vloer waren op veel plekken gebarsten, de Perzische tapijten tot op de draad versleten. Tegelijkertijd leek het toch te schoon voor een onbewoond huis; er was geen sprake van die karakteristieke muffe lucht of de dikke lagen stof. Naast de trap naar de bovenverdieping hing een groot olieverfschilderij van een stad, misschien Córdoba. Obediah bleef staan om de afbeelding beter te bekijken, maar Vermandois trok hem verder.

'We proberen eerst alle deuren op de begane grond,' zei hij zacht. 'En daarna werken we verder naar boven.'

Zodra ze de achterdeur achter zich hadden gesloten, werd het donker. Vanuit de omliggende woningen drong nauwelijks licht het huis binnen. Vermandois stak zijn lantaarn aan en schoof hem ietsje open, net ver genoeg om niet volledig in het duister te hoeven rondtasten. Te veel licht was vanaf de straat misschien zichtbaar.

Op de begane grond ontdekten ze een kleine salon, een keuken en een provisiekamer. Die laatste was niet erg goed gevuld, maar duidelijk wel in gebruik. Er woonde hier iemand. Maar als het niet Cordovero was, niet Cordovero kón zijn, wie was het dan? Ze slopen de trap op. Hoewel het een houten trap was, kraakten en knarsten de treden opvallend weinig. Vermoedelijk zouden ze helemaal geen geluid hebben gemaakt als Vermandois alleen naar boven was gegaan; de man bewoog zich als een Londense havenkat, wat je van Obediah niet kon beweren. Bovenaan de trap bleven ze heel even staan om met ingehouden adem te luisteren. Nog altijd was er niets te horen. De bewoner of bewoners waren ofwel de deur uit, of anders sliepen ze. Langzaam liepen ze verder en maakten een voor een de deuren open. Er was een wasruimte, waarin behalve een waterkruik een *chai-*

se percée met po stond, verder een slaapkamer met daarin niet veel meer dan een leeg bed en een kast. Vermandois maakte al aanstalten om door te lopen, maar Obediah wilde eerst nog een blik in de kledingkast werpen. Daarin lagen eenvoudige kleren, de meeste zwart. Op het eerste gezicht deden ze hem denken aan de dracht van Hollandse burgers, maar bij nadere beschouwing klopte het kant en de snit niet helemaal. Obediah gokte op een Spaanse handelaar, vermoedelijk eentje die niet al te welvarend was. Hij keek ook nog even in de laden. Daarin lag vrouwenondergoed en ook een opgevouwen jurk. De Spanjaard woonde hier dus niet alleen. Zo te zien had hij een metgezellin.

Toen Obediah de slaapkamer uit liep, had Vermandois de volgende deur al geopend. Obediah kon zien dat de graaf onder de indruk was van wat zich daarachter bevond, want hij bleef roerloos op de drempel staan. Ook Obediah liep ernaartoe. De derde en laatste kamer op deze etage herbergde een grote bibliotheek. De wanden waren bedekt met boeken, en in het midden van het vertrek stond een reusachtig eikenhouten bureau, dat vol lag met papieren. Voor een van de vensters stond een telescoop op een driepoot. Vermandois sloot de deur achter hen en wees naar de zware fluwelen gordijnen voor de ramen. Obediah trok ze zo geluidloos mogelijk dicht, zodat de graaf zijn lantaarn verder open kon schuiven.

Met wat meer licht konden ze zien dat in de werkkamer wanorde heerste. Dat leek overigens niet de normale toestand te zijn. Op de meeste planken stonden de boeken keurig op een rijtje, en ook in de overal liggende stapels papier herkende Obediahs geoefende oog een geordende geest achter alle chaos, iemand die de brieven en geschriften volgens een bepaalde systematiek op stapeltjes had gelegd. Toch lagen er een paar boeken op de grond, en er was een inktpot omgevallen, zodat op een uitgerolde kaart van de Levant oostelijk van Beiroet een nieuwe binnenzee was ontstaan.

'Iemand heeft deze kamer doorzocht,' fluisterde Obediah.

'Daar ziet het wel naar uit,' reageerde Vermandois. 'Kun je iets met al die papieren hier?'

Obediah liep naar het bureau en keek naar de documenten die verspreid over het tafelblad lagen. Hij zag een oudere uitgave van de

Mercure Galant, verder de *Gaceta de Madrid* en allerlei opstellen. Daarnaast lag een opengeslagen werk dat hij ook had bezeten toen hij nog in Londen woonde, de *Atlas Maior* van Willem Blaeu. Hij herkende het boek direct aan de kaarten, maar stelde tot zijn verbazing vast dat dit een Arabische uitgave was. Onder het schrijfblad bevond zich een grote lade, die hij opentrok. Erin lag een dikke stapel traktaten: *Magneticum naturae regnum sive disceptatio physiologica*, *Ars magna lucis et umbrae*, *Sphinx mystagoga* enzovoorts. Obediahs mondhoeken bewogen omlaag terwijl hij ze doorkeek. Het bleken uitsluitend geschriften van Athanasius Kircher te zijn. De jezuïtische pseudogeleerde probeerde in opdracht van de paus een natuurfilosofie te scheppen die in overeenstemming was met de leer van de kerk. Obediah had zich samen met andere virtuosi avondenlang geamuseerd met Kirchers traktaten, want de inhoud ervan was echt ongehoord. Toch werd de nonsens door Kircher met de allergrootste ernst gedebiteerd, wat de zaak alleen maar komischer maakte. Zo beweerde de jezuïet dat de aantrekkingskracht tussen bepaalde metalen niet werd veroorzaakt door magnetisme, maar door de kracht van de liefde. En ondanks alle feiten die op het tegendeel wezen, probeerde hij te bewijzen dat de zon om de aarde draaide. Kircher had verder muziek gecomponeerd die, zo beweerde hij, het gif van de tarantula onschadelijk maakte. Het was allemaal schoolmeesterachtig geleuter van het ergste soort, en het verraste hem dat zijn correspondent zulke rotzooi bezat. Toen kreeg hij opeens een ingeving. Hij haalde de traktaten van Kircher uit de la. Eronder bleek de schuiflade met leer bekleed te zijn. Ook dit leer haalde hij weg. Nu kwam een onooglijk bundeltje tevoorschijn, verpakt in vlekkerig waspapier en met een draadje bijeengebonden. Toen Obediah het openmaakte, viel er een stapel brieven in zijn hand. Hij kende die brieven. Het waren de zijne. Iemand had ze gladgestreken en keurig op een stapeltje gelegd, in volgorde van aankomst. Bovenop lagen de tekeningen die hij af en toe met zijn brieven had meegestuurd. Snel vouwde Obediah de papieren op en stopte ze in zijn jaszak.

'Is dat het corpus delicti?' vroeg Vermandois.

'Ja, in elk geval het grootste deel ervan. En nu zou ik graag wat langer in deze geweldige bibliotheek rondkijken.'

De graaf rolde met zijn ogen. 'Doe wat je niet laten kunt, maar doe het snel. We kunnen ons geluk beter niet al te zwaar op de proef stellen.'

Obediah wilde juist de eerste boekenkast inspecteren toen hij werd opgeschrikt door een dof geluid. Het leek uit de kamer boven de bibliotheek te komen. Vermandois legde een vinger op zijn lippen en beduidde Obediah dat het tijd was om te gaan. Zo zachtjes mogelijk verlieten ze de werkkamer. Ze waren alweer bij de trap toen ze van boven opnieuw geluid hoorden, onmiskenbaar menselijk dit keer. Het klonk als een onderdrukte kreet. Obediah keek de graaf aan. Die schudde driftig zijn hoofd en wees naar beneden. Obediah trok zijn pistool. Toen liep hij de trap naar de tweede verdieping op.

Zodra hij boven was, draaide hij zich in de richting waaruit de geluiden moesten zijn gekomen. Voor hem was een dichte, zware eikenhouten deur. Met getrokken pistool sloop hij dichterbij. Uit zijn ooghoeken zag hij dat Vermandois hem gevolgd was en ook zijn wapen had getrokken. Obediah legde zijn oor tegen het hout. Nu kon hij stemmen horen.

'Ik vraag het je nog één keer. Waar is deze man nu?' zei een man. Hij sprak Frans, maar met een Slavisch aandoend accent. Een Tartaar misschien?

Het antwoord was een gemompel, zo zacht dat Obediah de woorden niet kon verstaan.

'U verspilt uw tijd,' zei een andere stem. 'Ik denk dat we hem toch ruwer moeten aanpakken.'

'Hoewel hij nog maar een kind is? Nou ja, misschien hebt u gelijk. Maar niet hier. Dat doen we in de Kadifekale.'

'Zoals u wilt.'

'Wacht even, dan laat ik dat mijn mannen weten.'

Obediah hoorde voetstappen zijn kant op komen. Zo snel hij kon, stapte hij achteruit. Voor hij echter een schuilplaats kon vinden, ging de deur al open. In de deuropening stond een Turk met een hoge witte tulband. Veel meer kon Obediah aanvankelijk niet onderscheiden omdat hij verblind werd door het felle licht dat vanuit de kamer de gang in scheen. Obediah haalde de trekker over. Volgens hem keek de Osmaan nogal verbaasd toen het schot viel. De knal klonk Obediah ongelooflijk luid in de oren. De man, die op nog geen drie voet bij hem vandaan stond, leek achterwaarts de kamer weer in te lopen, maar struikelde toen en viel naar achteren. Kennelijk had hij de Turk in zijn arm getroffen. De man zou het vast wel overleven, maar voorlopig was hij buiten gevecht gesteld. Liggend op de grond greep hij jammerend naar zijn schouder.

Terwijl Obediah dit alles bekeek, suisde er iets langs hem, vermoedelijk een kogel uit een pistool. Hij wist niet zeker of het projectiel uit de loop van Vermandois' wapen kwam of uit het pistool dat de tweede man in de kamer nu op hem gericht hield. Die was pas net in de deuropening verschenen en zag er gek genoeg niet uit als een Turk, maar als een Franse edelman. Misschien was hij een soldaat. Daarop wees de *soubreveste* met het witte kruis erop. Een musketier? Het gezicht van de man was verminkt, misschien door de pokken of anders door een oorlogswond. Ergens riep iemand iets in het Turks. De Fransman deed een stap opzij en verdween uit Obediahs blikveld. Het was hem duidelijk dat ook hij in beweging moest komen, maar zijn voeten leken wel aan de vloer vastgenageld.

Obediah werd opzijgeduwd. Vermandois rende langs hem de kamer in, maakte een duikrol en kwam moeiteloos weer op zijn voeten terecht. Obediah deed een paar dappere stappen naar voren. Vermoedelijk moest ook hij zijn degen trekken en achter Vermandois aan stormen. In plaats daarvan schuifelde hij langzaam vooruit. Eindelijk kon hij de kamer in kijken. En wat hij zag, deed hem opnieuw verstijven.

Hij zag iemand die vastgebonden zat op een stoel, vlak voor de achterwand van de kamer. De man droeg koopmanskleding die er net zo uitzag als die uit de kast op de eerste verdieping. Zijn kortgeschoren hoofd hing naar voren en langs zijn rechterslaap liep een spoortje bloed. Toen tilde hij zijn hoofd op en hun blikken ontmoetten elkaar.

De man had kort stekeltjeshaar en kon niet veel ouder zijn dan achttien. Over zijn wangen lag een donkere baardschaduw. Hij had een lichtbruine huidskleur en diepbruine ogen. Aan de blik van de jongen zag Obediah dat hij wist wie hij was. Hoelang hij daar aan de grond genageld stond wist hij niet. Achter uit de kamer hoorde hij de onmiskenbare melodie van een duet tussen twee degens, maar Obediah had alleen oog voor de man op de stoel. Die had zachte, bijna vrouwelijke trekken, met hoge jukbeenderen, een sierlijke neus en inktzwarte wenkbrauwen. Een daarvan bewoog omhoog.

'Ja, zo ongeveer had ik me mijn briefschrijver voorgesteld,' zei een heldere stem.

'Wat? Hoe dan?' stamelde Obediah.

'Een beetje dromerig. Niet erg praktisch aangelegd.'

'Sir?'

'Maak me nou eindelijk los!'

Obediah knikte en liep naar de stoel. Rechts van hem probeerde Vermandois om zijn tegenstander in een hoek te drijven. De graaf slaagde daar min of meer in, maar was nat van het zweet en had snijwonden op zijn armen en gezicht. De ander leek een gelijkwaardige gevechtspartner te zijn.

Toen de musketier zag dat Obediah aanstalten maakte om de gevangene te bevrijden deed hij een woeste uitval. 'Chalon!' brulde hij. 'Deze keer ontkom je me niet.'

Vermandois had zichtbaar moeite om de woesteling in bedwang te houden. Obediah knielde naast de stoel op de grond en trok zijn dolk.

'Jullie kennen elkaar?' vroeg de jongen.

Obediah schudde zijn hoofd. 'Ik heb deze gentleman nooit eerder gezien.' Zijn vingers trilden terwijl hij de knopen doorsneed. Toen viel het touw op de vloer. Hij hoorde een zucht toen de jongen op stond.

'Hij schijnt jou wel te kennen. Zijn naam is Polignac, dat heb ik in elk geval meegekregen.'

'Mij interesseert vooral hoe jij heet.'

'Cordovero. En mij interesseert vooral hoe we hier wegkomen. Wat is je plan?'

'Nou ja, ik... We dachten...'

'Lieve hemel. Geef mij dat ding.'

Voordat Obediah iets kon terugzeggen had Cordovero het pistool van hem afgepakt. Hij trok de tweede haan naar achteren en liep naar de twee Fransen toe, die nog altijd fel met elkaar vochten. 'Laat die degen vallen, monsieur,' riep Cordovero.

Polignac ontblootte zijn tanden. 'Een musketier geeft zich nooit over!'

In plaats van iets terug te zeggen, haalde Cordovero de trekker over. Maar hoe koelbloedig de jonge Spanjaard ook was, met vuurwapens leek hij weinig ervaring te hebben. Al aan de manier waarop hij het pistool vasthield kon Obediah zien dat het schot geen doel zou treffen. En inderdaad raakte de kogel achter de musketier een schilderij. Houtsplinters en flarden gekleurd doek vlogen alle kanten op. Toch leidde het schot Polignac in elk geval kort af. Vermandois greep zijn kans. Hij zag de opening in de dekking van zijn tegenstander en stootte zijn degen diep in zijn schouder. Jammerend zakte Polignac op de knieën. Met een snelle beweging ontwapende Vermandois hem en schopte de degen van de musketier buiten zijn bereik.

Toen deed de graaf een paar stappen achteruit en maakte een buiging. 'Me dunkt dat u werd afgeleid, monsieur. De omstandigheden maken het ons onmogelijk deze kleine dans eervol tot een einde te brengen. Dat doen we een andere keer, als we weer gelijkwaardig bewapend zijn.'

Voordat Polignac iets kon terugzeggen trapte Vermandois hem met zo veel kracht tegen de borst dat de musketier met zijn hoofd tegen de vloer sloeg en het bewustzijn verloor.

Intussen stond Obediah nog altijd roerloos naast de stoel. Uit de verte meende hij gedonder te horen. Kanonvuur misschien? Hij had de indruk dat de vloer onder zijn voeten bewoog. Hij voelde zich wat slapjes. Misschien waren de kogels toch dichter langs hem gesuisd dan hij aanvankelijk dacht.

Vermandois keek naar het plafond, waar op verschillende plekken stof van omlaagdwarrelde. 'Wat in vredesnaam...' begon hij.

'Een kleine aardschok, meer niet,' riep Cordovero.

De graaf kwam naar hen toe. Hij leek alleen oog voor Cordovero te hebben. 'Verdomd als het niet waar is,' mompelde hij. Toen stak hij een van zijn gehandschoende handen uit naar Cordovero's wang en streek er met een vinger over. Zijn vingertop liet een lichte streep achter op de plek waar net nog een baardschaduw had gezeten. 'Ik wist het! Een vrouwmens,' riep hij.

'W...wat?' stamelde Obediah. Meer dan ooit had hij het gevoel gevangen te zitten in een vreemde droom.

'Hanah Cordovero,' zei ze, 'aangenaam. Kunnen we nu gaan? We hebben geen tijd, we moeten hier weg!'

Vermandois knikte. Obediah voelde dat de twee hem bij zijn armen vastpakten. Toen renden ze de kamer uit. Ze haastten zich de trap af, de kleine tuin door en vervolgens de straat op. Overal klonk geschreeuw. Opnieuw had hij de indruk dat de grond onder zijn voeten bewoog. Ze volgden Cordovero door een wirwar van steegjes en doorgangetjes. Al na een paar minuten had Obediah geen flauw idee meer waar ze waren. Zijn hand tastte naar de brieven die hij in zijn jaszak had gestopt. Die waren er niet meer. Hij probeerde het tegen de anderen te zeggen, maar niemand luisterde. Ze renden verder. Hij had de indruk dat ze in de richting van de haven liepen. Hij struikelde, sterretjes dansten voor zijn ogen.

'... ligt waar? Obediah? Obediah Chalon?'

'Wat? Wat is er?'

'Je schip. Waar ligt dat?' vroeg Cordovero.

'Vlak bij de havenmeesterij.'

'Mooi. Is het klaar om af te varen?'

'Ja. Ja, dat denk ik wel.'

Ze renden verder. Toen ze de havenpromenade bereikten, probeerde Obediah zich te oriënteren. De Faithful Traveller lag met gehesen zeilen hoogstens driehonderd yards bij hen vandaan. Het hadden alleen net zo goed driehonderd mijlen geweest kunnen zijn, want tussen hen en het schip stond minstens een tiental Turkse soldaten met opvallend witte mutsen: janitsaren.

Cordovero stootte een krachtige Spaanse vloek uit. Ze gluurden om het hoekje van een huis. De elitesoldaten leken hen vooralsnog niet te hebben opgemerkt. De mannen lieten hun wapen tegen hun schouder rusten en stonden duidelijk ergens op te wachten. Obediah haalde zijn verrekijker uit zijn jaszak, trok hem uit en richtte hem op de Traveller. Jansen stond op het bovendek en riep allerlei bevelen. Het was duidelijk dat hij wilde afvaren. Marsiglio stond naast de Deen en brulde iets tegen hem. Kennelijk waren ze het er niet over eens of, en zo ja hoelang ze nog moesten wachten.

'Wat zie je?' vroeg Vermandois.

'Het schip is klaar, maar...'

Obediah wist niet goed wat hij moest antwoorden. Er klopte iets niet, maar hij kon niet zeggen wat. De janitsaren hadden intussen gezelschap gekregen van een officier en waren in de houding gaan staan. Op de soldaten na was de haven verlaten, wat Obediah nogal vreemd vond. Het was weliswaar avond, maar Smyrna was een van de belangrijkste havens van de Levant. Voortdurend meerden er schepen af en aan, nooit kwam alles volledig tot stilstand. Nu zag hij echter dat ook de baai er stil bij lag, er voeren schepen in noch uit. Hij liet zijn verrekijker zakken en gaf hem aan Cordovero.

Die had maar één korte blik nodig en richtte zich meteen weer tot de twee mannen. 'De janitsaren hebben in de stad het oorlogsrecht ingevoerd.' Ze gaf Obediah de verrekijker terug. 'Zie je de vlaggenmasten aan de oostelijke rand van de haven? Normaal gesproken hangt daar de rode vlag met de halvemaan, en daarnaast de *al-uqab*, de zwarte banier van de profeet. De derde mast blijft gewoonlijk leeg; daar kan de havenmeester een storm- of pestvlag hijsen als dat nodig is.'

'En nu?'

'Kijk zelf maar.'

Obediah keek door de verrekijker.

Aan een van de masten hing een eenvoudige rood-groene vlag zonder symbool erop – de Osmaanse oorlogsbanier. Daarnaast wapperde een witte wimpel, waarop in het midden een zwart zwaard met gespleten kling stond afgebeeld. De derde vlag was zwart, met drie rode kruizen. Hij deed denken aan het Amsterdamse stadswapen.

'Ik herken alleen de oorlogsbanier van de Grand Seigneur,' zei hij. 'Wat betekenen die andere twee?'

'De wimpel is de banier van de 49ste janitsaarse *orta*,' antwoordde Cordovero.

'Een soort bataljon?' vroeg Obediah.

'Ja.'

'En de zwarte vlag met de kruisen?'

'Die betekent dat schepen de haven niet in en uit mogen varen.'

Vermandois snoof geërgerd. 'Vlaggenkunde is een prachtig tijdverdrijf, maar kunnen we ons nu misschien weer bezighouden met de vraag hoe we op het schip komen? Onze tijd raakt op, en die janitsaren gaan echt niet opeens verdwijnen. We moeten...'

Verder kwam de graaf niet, want op dat moment leek de grond onder hun voeten te verdwijnen. Een luid gerommel overspoelde hen, een laag, onnatuurlijk klinkend geluid dat Obediah nooit eerder had gehoord. Hij viel, en ook de twee anderen slaagden er niet in om overeind te blijven. Een tijdlang kon hij niet veel anders dan op de grond blijven liggen en zijn hoofd beschermen. Natuurlijk had hij Whistons opstellen over aardschokken gelezen, maar die theoretische kennis hielp hem op dit moment nauwelijks. Na een tijdje, vermoedelijk waren het slechts een paar seconden, hield het gerommel op. Obediah voelde dat de grond onder hem nog altijd trilde, al was het maar licht. Op handen en knieën kroop hij vooruit, met zijn blik op de janitsaren gericht. Hun was het niet veel beter vergaan. Ook zij waren op de grond gevallen. Een paar mannen leken in het water te zijn getuimeld, anderen lagen op de promenade of kropen rond.

Vermandois stond als eerste weer overeind. 'Ik zou zeggen: nu of nooit.' Hij knikte kort naar Obediah en rende er toen vandoor, met zijn degen in de linker- en een pistool in de rechterhand.

Cordovero keek hem na. 'Die vent is echt dapper.' Toen krabbelde ze overeind en volgde de Fransman.

Obediah liep zo snel hij kon achter hen aan. Toen Vermandois de eerste janitsaren bereikte, waren ook die net bezig om weer op te krabbelen. Een van de soldaten deed een poging zijn been vast te grijpen, die de graaf verijdelde door hem in de borst te schieten. Een tweede sloeg hij met zijn degen dwars over het gezicht. Daarbij hield hij niet eens zijn pas in. Cordovero probeerde ook door de door Vermandois geslagen bres te glippen, maar een janitsaar pakte haar bij de schouder en hield haar tegen. Obediah trok zijn degen, stootte een kreet uit en ramde de kling van zijn wapen van achteren in de onderrug van de Turk. Eventjes probeerde hij zonder succes het wapen weer uit de janitsaar te trekken. Toen gaf hij het op, greep de jodin beet en trok haar mee.

De grond onder hun voeten was intussen weer stabiel. Ze renden zo snel als ze konden. Toen ze het schip bereikten en de loopplank op liepen, sloegen twee matrozen met hun entersabel de laatste meertrossen door. Hijgend hield Obediah zich vast aan de reling. Hij viel bijna in katzwijm. Zijn voorhoofd was nat van het bloed. Was dat van hem of van de Turk? Hij wist het niet. Obediah zag dat het schip zich van de kademuur verwijderde. De janitsaren stonden intussen weer overeind. De officier brulde iets, en Obediah zag dat uit de straten nog meer soldaten tevoorschijn kwamen. Het moesten er tientallen zijn.

Marsiglio kwam naast hem aan de reling staan. 'Jij hebt echt een neiging tot drama, mijn vriend.'

'Dit had ik heel anders gepland,' reageerde Obediah mat.

'Wie is die jongen?'

'Dat is Hanah ben David Cordovero.'

De Bolognezer staarde hem niet-begrijpend aan. 'Hanah.'

'Je hebt het goed gehoord.'

'Wat zeg je? Een van de beroemdste joodse natuurfilosofen is een vrouw?' Marsiglio lachte schaterend en schudde zijn hoofd. Toen verdween hij.

Obediah bleef aan de reling staan. Hij zag dat de janitsaren op de kade hun musketten aanlegden – een hulpeloos gebaar. De afstand tussen hen en soldaten was al bijna honderdvijftig yards; te groot, had hij inmiddels geleerd. Het kwam allemaal op hem over als een vreemd déjà vu. Net als in Nice ontsnapten ze op het nippertje.

Plotseling werd Obediah omvergegooid en sloeg hij hard met zijn rug tegen de planken. Uit de verte hoorde hij het vuur van de musketten. Houtsplinters vlogen alle kanten op terwijl om hen heen de kogels insloegen. Obediah keek recht in het gezicht van Marsiglio.

De omvangrijke Italiaan lag boven op hem en nam hem op met het soort blik dat je normaal gesproken voor de dorpsidioot of een andere sukkel reserveert. 'Ben je soms levensmoe, man? Zag je die musketschutters niet?'

'Ze waren meer dan honderdvijftig yards bij ons vandaan, dus buiten schootsafstand. Net als in Nice.'

De generaal schudde krachtig zijn hoofd. Kreunend liet hij zich van Obediah af rollen. 'Dat, mijn vriend, waren Savooiaardse onnozelaars met Franse musketten. Dit zijn janitsaren met Turkse musketten.'

'In dat geval heb je mijn leven gered. Dank je.'

De generaal stond op en klopte de houtsplinters van zijn jas en uit zijn pruik. 'Graag gedaan, als altijd.'

De Faithful Traveller was intussen buiten bereik van de musketten. Smyrna verdween in de verte. Op verschillende plekken zagen ze vuur oplaaien. Kennelijk was door de aardbeving in sommige houten huizen brand uitgebroken. Boven hun hoofden scheen een bijna volle maan. Die verlichtte niet alleen de baai, maar ook de berg Pagos achter de stad en de vesting daar bovenop. Obediah huiverde. Net als eerder in Nice was het de vraag wat de kanonniers in het fort zouden doen. Kennelijk dacht Jansen hetzelfde als hij, want hij beval zijn mannen alle lichten aan boord van het schip te doven. Veel zou dat vermoedelijk niet uitmaken. Om zo snel mogelijk de baai uit te komen moesten ze met volle zeilen varen. In het licht van de maan vormde het witte doek het beste doelwit dat een kanonnier zich kon wensen.

Opnieuw kwam Marsiglio bij hem staan. 'Dat zou weer een prima weddenschap zijn, vind je niet?'

'Dat geloof ik toch niet. Deze keer zullen ze schieten.'

'Dat denk ik ook. Aan de andere kant heb ik in de haven twee *çektiri* gezien, Turkse galeien. Met dit zwakke briesje halen die ons in voordat we de Golf uit zijn.'

Voordat ze over deze vraag verder konden discussiëren gaven de kanonniers boven op de Kadifekale het antwoord. Het eerste salvo was meteen verbazingwekkend goed gemikt. In een halve cirkel sloegen vijf kogels ongeveer honderd yards achter de achtersteven van het schip in het water. Obediah hoorde Jansen iets naar de stuurman roepen. Vlak daarna wendde het schip toen ze aanloefden.

'Wat doet hij?' vroeg Obediah aan de generaal.

'Haken slaan. Als een haas die op de vlucht is voor vijf honden.'

'Een haas kan nooit aan vijf honden ontkomen,' reageerde Obediah.

'Zo is het. Twee salvo's nog, misschien drie. Geloof je in God, Obediah?'

Hij knikte. 'Ja. Al denk ik niet dat hij erg geïnteresseerd is in ons lot.'

Voordat Marsiglio iets kon terugzeggen, hoorden ze het geschut boven op de berg opnieuw donderen. Vlak daarna landdden de kogels in het water. Deze keer waren ze zo dichtbij dat het zoute water in Obediahs gezicht spatte. De anderen stonden op het bovendek: de condessa, Vermandois, Justel, Cordovero. In het donker zag hij ze slechts vaag, maar hun lichaamshouding verried dat ze wisten dat het snel afgelopen zou zijn. De condessa hield Justels hand vast.

Opnieuw hoorde hij gerommel. Hij bereidde zich voor op de inslag van de kogels, maar er gebeurde niets.

Weer donderde het. Opeens begreep Obediah dat het lawaai niet afkomstig was van de kanonnen op het fort, maar van de opnieuw bevende aarde. Deze aardschok leek heftiger te zijn dan de eerdere. Hij had de indruk dat de hele stad bewoog. Snel haalde hij zijn verrekijker tevoorschijn en keek erdoor. Hij moest even zoeken om in het halfdonker de haven te vinden. Zodra hij die had gevonden, keek hij een ogenblik lang door de verrekijker, toen liet hij hem zakken.

'Wat zie je?' vroeg Marsiglio.

'De haven is weg.'

'Hoezo, weg?'

Met haperende stem deed hij Marsiglio verslag. Van de gebouwen aan de promenade restte alleen nog puin. In de wijken op de helling brandden overal vuren. De aan de kade aangemeerde schepen waren gezonken of zwaar beschadigd. En het fort boven op de Pagos zag eruit alsof het maandenlang zonder succes geprobeerd stand te houden tegen een belegering. In de buitenmuren zaten gapende gaten, een van de torens was ingestort.

'Allemachtig.' Marsiglio sloeg een kruisje. 'Dat moet een geweldige aardbeving geweest zijn.' Toen grijnsde hij. 'Misschien moet je toch nog eens nadenken over je scepsis met betrekking tot onze lieve Heer en zijn werken.'

•◆•

De nacht liep al bijna op zijn einde toen ze de Golf van Smyrna achter zich lieten en open zee op voeren. Obediah en de anderen hadden lang aan dek gezeten, flink aangeschoten van de punch die Justel had klaargemaakt, maar tegelijkertijd op een eigenaardige manier nuchter en klaarwakker. Ze waren zich allemaal haarscherp bewust geweest van het feit dat ze eigenlijk op de bodem van de zee hadden moeten liggen. Hun vlucht uit Smyrna leek zo onwaarschijnlijk, zo onwerkelijk dat er van slapen gewoon geen sprake kon zijn. Op een gegeven moment waren de meeste Heracliden toch benedendeks verdwenen. Alleen Obediah en Cordovero zaten nog op het voordek.

'Waar varen we heen?' vroeg Cordovero.

'Naar Alexandrië, en daarvandaan reizen we naar Suez.'

'En daarna naar Mocha.'

Obediah sloeg zijn armen over elkaar en keek haar in de ogen. 'U bent me een verklaring schuldig, milady.'

Ze ontweek zijn blik niet. 'Waarvoor precies, effendi?' vroeg ze.

'Dat lijkt me toch wel duidelijk. U bent een vrouw!'

'Wat scherpzinnig dat u dat opmerkt. De meeste mensen ontgaat het.'

Obediah haalde zijn aardewerken pijp tevoorschijn. 'Als ik scherpzinnig was, had het me tijdens onze lange briefwisseling al moeten opvallen. U hebt goed gedaan alsof. Uw woordkeuze was steeds erg... erg masculien.'

Cordovero schudde het hoofd. 'Ik gebruikte een mannennaam, maar wat ik schreef waren mijn eigen ongeveinsde woorden en gedachten.'

'Maar waarom? Waarom deze poppenkast?'

Ze zuchtte. 'David ben Levi Cordovero was mijn vader. U kent sommige van zijn geschriften, neem ik aan.'

'Misschien,' antwoordde Obediah. 'Of misschien waren het ook wel uw schrijfsels.'

'Alles wat tot ruim tien jaar geleden onder deze naam is verschenen, was van papa. Zijn commentaren op Al-Chwarizmi's *Kitab al-ğabr* en de berekeningen van de omloopbaan van Mercurius hebben hem bekendheid gebracht. Hij stond in contact met Dörfer, Huygens, Spinoza, Oldenburg en anderen. Maar vaders opstellen over de ware aard van God bevielen de rabbijnen niet, dus werd hij uitgestoten uit de gemeente. Mijn moeder verliet hem, en ook de rest van de familie keerde zich van hem af.'

'Maar u niet.'

'Nee, ik niet. Ik was zijn enige kind. Hij leerde me alles wat hij wist. Al toen ik tien was bracht hij me Arabische aritmetica en Perzische astronomie bij. Hij leerde me Latijn en Frans. Zelfs de Talmoed liet hij me bestuderen, hoewel dat eigenlijk aan mannen voorbehouden is en de geleerden zeggen dat het gevaarlijk is om ermee te beginnen voordat je veertig bent. Maar papa zei altijd: "Er is iets wat gevaarlijker is dan kennis, en dat is onwetendheid." Ik werd een soort privésecretaris van mijn vader, zijn amanuensis. In zijn bibliotheek wist ik net zo goed de weg als hijzelf. Toen ik dertien was schreef ik mijn eerste astronomische verhandeling. Er volgden er meer. Alleen kon ik ze niet publiceren.'

Obediah wilde naar de reden vragen, maar meteen drong tot hem door dat hij die allang kende.

'Vader stierf toen hij eenenzeventig was, in het jaar 1088, volgens uw tijdrekening 1677. Er ging geen ziekte aan zijn dood vooraf; het kwam volkomen onverwacht. Vanaf dat moment was ik alleen. Ik was wanhopig. Wat moest ik doen? Ik overwoog terug te keren in de schoot van de *kehillah*. Ook dacht ik erover om Smyrna te verlaten. Ik heb verre familie in Venetië, in het Gheto Vecchio, en ook woont er een tak van de familie in Hamburg. Alleen bleken die mogelijkheden zodra ik er beter over nadacht geen echte mogelijkheden te zijn. In uw steden worden joden in het beste geval geduld, in vele ervan mogen we ons niet eens binnen de stadsmuren begeven. Vrijheid genieten we alleen in de Devlet-i 'Âliyye, de Sublieme Staat. Maar ook hier zijn er grenzen.'

'Voor joden en christenen?'

'Voor vrouwen. Een ongetrouwde vrouw die alleen woont? Onmogelijk. En die dan ook nog de natuurfilosofie bestudeert? Absoluut onmogelijk. En dus nam ik de naam van mijn vader aan. Hij kwam toch al bijna nooit het huis uit, en door de cherem had hij nauwelijks vrienden of kennissen over. Ik knipte mijn haar af en droeg mannenkleding als ik over straat moest. De Frenk Sokağı bleek de ideale plek om onder te duiken; veel van de buitenlanders verblijven er maar een paar weken of maanden. Niemand trok zich iets aan van een eigenaardige jonge Andalusiër die in zijn eentje in een vervallen huis woonde. Het grootste deel van de tijd zat ik sowieso in de bibliotheek en las of schreef ik opstellen. En terwijl ik het huis zelden verliet en me volledig aan mijn correspondentie wijdde, vond ik de plek waar ik wel vrij kon zijn: de République des Lettres.' Ze keek hem aan. 'In de République des Lettres weet niemand dat je een vrouw bent. Daar word ik alleen beoordeeld op de kwaliteit van wat ik schrijf, in elk geval zolang niemand mijn werkelijke identiteit kent.'

'Ik zal u aan niemand verraden, dat beloof ik, milady.'

Ze glimlachte en maakte al zittend een lichte buiging. 'Bedankt daarvoor, effendi.'

'Noem me alstublieft Obediah, milady.'

'Noem mij dan Hanah. Milady klinkt... raar.'

'Omdat het een Engelse aanspreekvorm is?'

'Nee. Eerder omdat al meer dan tien jaar niemand me milady, madame of *begüm* heeft genoemd, alleen effendi of sir.'

'Ik begrijp het,' antwoordde hij. 'Dan is er nog één kleinigheid.'

'U wilt weten wat ik de çavuş en de musketier heb verraden.'

'Ja. Ik moet weten of onze missie in gevaar is.'

'Ze kwamen kort na het *asr*, het middaggebed. De çavuş vertelde me over een samenzwering tegen de sultan, geleid door een Frank. Hij noemde uw naam en beweerde dat ik uw medeplichtige was.'

'En verder?'

'Eerst haalden ze de bibliotheek overhoop. Daarna begonnen ze me te ondervragen. Ik bezwoer mijn onschuld, beweerde dat we alleen over natuurfilosofische zaken correspondeerden, zoals ik dat met veel geleerden en virtuosi uit het Avondland doe. Het verhoor leek eindeloos te duren, maar in werkelijkheid kunnen er hoogstens twintig minuten zijn verstreken voordat u kwam.'

'Waarom beschermde u mij?'

'Omdat ik geen andere keuze had. Een samenzwering tegen de sultan? Daarop staat de dood, en bovendien een erg gruwelijke.'

'Ik leid geen samenzwering tegen de Grand Seigneur.'

'Dat weet ik. Maar als ik in plaats daarvan had opgebiecht dat u in werkelijkheid koffieboompjes wilt stelen, was ik weliswaar aan spietsing ontkomen, maar niet aan de dood. Ik geef toe dat ik die uitweg overwoog op het moment dat u binnenkwam, want ik was bang voor marteling. U kwam net op tijd.'

'Wat gaat u nu doen?'

'Ik weet het niet. Mijn huis, mijn papieren, mijn hele leven: alles is vernietigd. Ik kan waarschijnlijk nooit meer terug.'

'Dan moet u met ons meegaan.'

'Naar Mocha?'

'Ja. U bezit ongetwijfeld veel kennis die nuttig voor ons kan zijn. En daarna gaat u mee naar Amsterdam.'

'Wat moet ik daar? Ik heb geen goud, en ze zeggen dat Amsterdam op goud gebouwd is. Het geld dat u mij in wissels had toegestuurd, ligt onder het puin van mijn huis begraven.'

'Goud zullen we wel vinden. Als we onze missie hebben volbracht, zult u door onze opdrachtgevers vorstelijk worden beloond, net als wij allemaal. Dat beloof ik. En ik zal u helpen als we naar Amsterdam gaan. Daar kent niemand u. Als u van een vrouw in een man kunt veranderen, kunt u ook van een Turkse jodin veranderen in, laten we zeggen... een Spaanse conversa.'

Ze nam een slokje van haar punch. 'Dat zou misschien kunnen, maar wat moet ik daar?'

'Ik weet het niet. Maar ik ken er een aantal virtuosi. En als u krommen en differenties kunt berekenen, of de omloopbaan van een Saturnusmaan, doet uw herkomst en al het andere er verder niet toe.'

'Zelfs niet dat ik een vrouw ben?'

'Zelfs dat niet,' antwoordde Obediah, hoewel hij niet zeker wist of dat ook inderdaad klopte.

•◆•

Juvisy, 4 januari 1689

Doorluchtigste en Allerchristelijkste Majesteit,

Na ons basset-spel van afgelopen donderdag bewees Uwe Majesteit mij de eer interesse te tonen in bepaalde details van mijn werk, namelijk in de nieuwste ontwikkelingen op het gebied van geheim-

schriften. Ik hoop dat u het dossier dat ik Uwe Hoogheid hierover toezond interessant vond. U verzocht me bovendien u op de hoogte te stellen zodra ik de eerste brief van onze agent, capitaine de Polignac, had geanalyseerd. Ik kan u melden dat we dichter bij de ontcijfering van de briefwisseling tussen Chalon en Cordovero zijn dan ooit tevoren. Maar laat me beginnen met een droevig bericht. Er bestaan aanwijzingen dat Gatien de Polignac niet meer in leven is. Ik weet niet hoe nauwgezet Uwe Majesteit de gebeurtenissen in het rijk van de Grand Seigneur volgt, maar misschien is Uwe Hoogheid ter ore gekomen dat op 7 november in het Egeïsche gebied een aardbeving van zo'n verschrikkelijke kracht heeft plaatsgevonden dat de daardoor veroorzaakte verwoesting nauwelijks in woorden te vatten is. De stad Smyrna is volledig met de grond gelijkgemaakt. Volgens een eerste bericht van de seigneur de Vauvray, uw afgezant bij de Verheven Porte, zouden meer dan twintigduizend mensen de dood hebben gevonden, vooral ongelovigen maar ook vele christenen. Smyrna is namelijk, zoals Uwe Majesteit ongetwijfeld bekend is, zoiets als het Amsterdam van de Turken. Of beter gezegd wás het dat.

De laatste brief van Polignac dateert van 6 november 1688 en werd via het Franse consulaat in Smyrna naar Parijs gestuurd. De capitaine was naar de Levant gereisd om in Smyrna met hulp van een Turkse legaat naar Chalons joodse trawant Cordovero te zoeken. De verschrikkelijke aardbeving vond dus kort na zijn aankomst plaats. Sindsdien hebben ons geen brieven meer bereikt van uw musketier, en het lijkt plausibel dat hij op het tijdstip van de catastrofe nog in de stad verbleef en onder de slachtoffers is. Moge de Heer zijn ziel genadig zijn.

Deze dappere gardist gaf zijn leven niet voor niets. Door hem weten we dat Chalon en Cordovero het Vigenère-geheimschrift gebruiken. Aangezien Uwe Majesteit onlangs een opmerkelijk begrip van de cryptologie bewees te bezitten, weet Uwe Hoogheid vast en zeker dat deze methode met een sleutelwoord werkt. We weten weliswaar nog steeds niet welk woord de samenzweerders gebruiken, maar er is wat dat betreft wel een nieuw spoor opgedoken. Enkele dagen geleden ontving ik van een van onze spionnen in het General

Letter Office een pakket met oudere correspondentie van Chalon, daterend uit de periode van 1685 tot en met 1687. De meeste brieven lijken weinig met ons probleem te maken te hebben, maar toen stuitte ik op deze passage, die een natuurfilosoof in een brief aan de Engelsman schreef:

'Aan het begin van de eerste dag was de 1, dat wil zeggen God. Aan het begin van de tweede dag de 2, want hemel en aarde werden tijdens de eerste geschapen. Tot slot was aan het begin van de zevende dag alles er al; daarom is de laatste dag de volmaaktste en de sabbat, want op die dag is alles geschapen en volbracht, en daarom schrijft men de 7 ook als 111, dus zonder nul. En alleen wanneer men de getalen slechts met 0 en 1 noteert, ziet men de volmaaktheid van de zevende dag, die als heilig geldt, en waarvan verder nog opmerkelijk is dat zijn karakters een relatie hebben met de Drievuldigheid.'

Uwe Majesteit zal wellicht vermoeden dat dit een of andere judeo-protestante ketterij betreft, en ook ik was aanvankelijk van mening dat beide samenzweerders hier over de onzinnige kabbalistische cijfermagie spreken waar het jodendom om berucht is. Toch is de auteur van deze woorden geen jood, maar een Duitser genaamd Gottfried Leibniz.

Uwe Hoogheid zal zich de man wellicht vaag herinneren; hij was enkele jaren geleden als diplomaat van de aartsbisschop van Mainz aan het hof en legde u toen het gevaarlijke plan van een Franse veldtocht tegen Egypte voor. In uw wijsheid liet u Leibniz weten dat geen enkele Franse koning zich ooit tot zo'n onzinnige oorlog zou laten verleiden. Ook verder valt er weinig goeds over de man te zeggen. Hij is atheïst, misschien zelfs protestant, en heeft onlangs een opruiend geschrift tegen Uwe Majesteit geschreven, getiteld Mars Christianissimus, *waarin hij u, de vredelievendste heerser van het christendom, wegzet als oorlogshitser.*

Deze onbeschaamde Duitser is, dat moet men hem nageven, ondanks zijn merkwaardige opvattingen geen domme man. Hij houdt zich bezig met de mathematica en heeft een gewaardeerd reken-

apparaat gebouwd. Bovendien heeft hij iets ontwikkeld wat hij dyadiek noemt. Het gaat daarbij om een nieuwe manier om getallen te noteren, die niet gebaseerd is op de tien en veelvouden daarvan, maar op stappen van twee. Op deze 'binaire aritmetica' heeft ook bovenstaande citaat betrekking. In dit eigenaardige dyadische getallenstelsel schrijft men een twee als 10, een drie als 11, een vier als 100 enzovoorts.

Allereerst is het natuurlijk nauwelijks te begrijpen waar zoiets goed voor is. God heeft de getallen een christelijke vorm gegeven, en het lijkt nogal vermetel dat te willen veranderen. Straks komt iemand nog op het idee om een tryadisch of quadryadisch stelsel te bedenken! Toch biedt het systeem van Leibniz een interessante gebruiksmogelijkheid, want je kunt hiermee elk getal weergeven met behulp van twee posities: nul en een, zwart en wit. Als elk getal zo te noteren is – Uwe Majesteit is mijn eindeloze, onbeholpen uitleg waarschijnlijk allang vooruit – kan ook elke letter met hulp van deze dyadiek worden aangeduid, en dus elk woord, elk geheimschrift. Mijn vermoeden is dat Chalon en Cordovero de sleutelwoorden voor hun Vigenère-code met hulp van dit systeem van Leibniz noteerden en elkaar toezonden – via de post natuurlijk, want ze wonen duizenden mijlen bij elkaar vandaan.

De enige opgave die mij nu nog rest, is het binaire patroon te vinden waarin het sleutelwoord verstopt is; het moet ergens in de briefwisseling tussen de twee verborgen zijn. Nu ik weet hoe de vraag precies luidt, hoop ik Uwe Majesteit binnen afzienbare tijd het antwoord te kunnen presenteren. Ik dank u in alle onderdanigheid voor uw geduld.

Als altijd uw bereidwillige dienaar,
Bonaventure Rossignol

PS *Als Polignac ten tijde van de aardbeving inderdaad in Smyrna was, kan dat natuurlijk ook heel goed voor Cordovero hebben gegolden. Mogelijkerwijs is deze kabbalistische marrano dus dood, wat verheugend nieuws zou zijn.*

•◆•

Toen Polignac zijn ogen opendeed, was het eerste wat hij zag de Grote Turk. De beeltenis van de sultan hing aan het voeteneinde van zijn bed. De Grand Seigneur droeg een enorme tulband en leek in gedachten verzonken; peinzend keek hij omlaag en rook daarbij aan een bloem die hij in zijn hand hield. De musketier probeerde rechtop te gaan zitten, maar meteen schoot er een vlijmende pijn door zijn rechterschouder. Kreunend liet hij zich op het bed terugzakken. Nu pas merkte hij dat zijn bovenarm en borst in verband gewikkeld waren. Hij bevond zich zo te zien in een tent. De inrichting was zo luxueus dat hij vermoedde dat het een verblijf van een aga of pasja moest zijn. Op de grond lagen veelkleurige tapijten, aan het plafond hing een lamp van gehamerd zilver. Er was een kleine secretaire met een krukje, verder een zithoek waar stapels zachte kussens lagen. Opnieuw kwam Polignac overeind, maar deze keer keek hij uit dat hij zijn gewonde schouder niet belastte. Toen hem dat gelukt was, ging hij langzaam staan, zich vastgrijpend aan een van de bedposten. Dat ging wonderbaarlijk goed. Toch bleef hij voorzichtig. Je snel weer goed voelen na een verwonding kon, zo wist hij, erg bedrieglijk zijn. Vaak verdween het gevoel zodra je de eerste paar stappen zette. In dit geval lukte het hem gelukkig om zonder al te veel moeite bij het inklapbare krukje aan de andere kant van de tent te komen. Hij ging erop zitten. Op tafel stond een schaal vol verse vijgen, druiven en sinaasappels. Polignac hoorde zijn maag rammelen. Met zijn vingers brak hij een vijg open, waarna hij het vruchtvlees opat. Uit een kruik schonk hij voor zichzelf wat van een rode vloeistof in, die tot zijn verbazing wijn bleek te zijn. Hij dacht dat muzelmannen geen alcohol dronken. Schouderophalend nam hij een grote slok. Hij at nog een paar vijgen. Toen vulde hij zijn beker een tweede keer en proostte naar het portret aan de wand. Hij vroeg zich af welke sultan het was. Süleyman de Prachtlievende? Murat de Wrede? In zijn ogen zagen al die Turkse vorsten er hetzelfde uit.

Polignac hoorde geritsel toen iemand de gordijnen van de buitentent opzijschoof. Vlak daarna kwam een man met een witte tulband de tent in. Hij droeg een grote leren tas over zijn schouder. Inwendig kromp de musketier ineen. De man was ongetwijfeld een legerchirurgijn, vermoedelijk hier om een of andere medische procedure op hem uit te proberen. Zijn verblijf in het lazaret in de buurt van Namen was nog niet zo lang geleden en hij herinnerde zich veel te levendig hoe de wondhelers hem daar hadden gemaltraiteerd.

De man maakte een buiging en zei in heel fatsoenlijk Frans: 'Gegroet, effendi. Ik ben Abdullah Cettini, arts van de 49ste janitsaarse orta. Ik zie dat het u al gelukt is om op te staan.'

'Goedendag, monsieur. Waar ben ik?'

'In het legerkamp van mijn orta, in de buurt van het dorp Çeşme.'

Van na het gevecht met Vermandois kon Polignac zich niet veel meer herinneren. Hij moest hoge koorts hebben gehad, want hij wist alleen nog dat hij in een wagen was vervoerd, liggend op een brits. Hoelang de reis had geduurd, zou hij niet kunnen zeggen. 'En waar ligt Çeşme?'

'Aan de kust, ongeveer twintig *fersah* ten westen van Smyrna, tegenover het eiland Chios als u dat iets zegt.'

Polignac bromde instemmend.

'Ongetwijfeld hebt u veel vragen, maar ik ben niet degene die ze kan beantwoorden. Dat zal de commandant doen zodra het beter met u gaat. Ik zal nu uw verband verwisselen en controleren of uw wond goed geneest. Trekt u alstublieft uw hemd uit.'

Polignac deed wat hem werd opgedragen. Nu pas viel hem op dat hij gekleed was als een muzelman. Hij droeg een soort nachthemd met staande kraag, een wijde broek en een lang lichtgroen jak met borduursel. Zijn eigen kleding zag hij nergens. Onrust bekroop hem. Afgezien van het feit dat hij de veel te wijde broek en het bijna tot aan zijn enkels reikende hemd maar raar vond, gold het als een schande om als musketier van de garde je uitrusting te verliezen: de degen, de pistolen, maar vooral de soubreveste met het witte leliekruis voor de goudgele zon, het embleem van Zijne Majesteit.

'Wat is er met me gebeurd?'

'U bent verwond. Met een kling die u rechterschouder heeft doorboord,' zei Cettini terwijl hij het verband begon los te maken. 'Bovendien had u allerlei kneuzingen en een hersenschudding. U weet van de beving?'

'De... Nee. Wat voor beving?'

'Een aardbeving in Smyrna. De stad is volledig verwoest. En dat geldt ook voor het huis waarin u zich bevond. Het stortte in, en u bent buiten bewustzijn onder het puin vandaan gesleept. Daarbij is veel stof en viezigheid in uw wond gekomen, waardoor u koorts hebt gekregen.'

'U hebt mijn arm niet geamputeerd?'

'Nee, waarvoor zou dat nodig geweest zijn?'

'Nou ja, ik weet het niet. Een Franse legerchirurgijn zou de arm er waarschijnlijk af hebben gehaald zodat het koudvuur zich niet verder kon verspreiden.'

Cettini's mondhoeken krulden omlaag. 'Ik ben geen ongekwalificeerde barbier-chirurgijn, monsieur, maar arts. Ik heb in de *saray-i bîmârân* van de padisjah gestudeerd en in Bologna.'

'Vergeef me, monsieur,' zei Polignac. Toen viel hem opeens iets op. 'Zei u nou Bologna? Ik bespeur ook een licht accent. Bent u Italiaans?'

Cettini knikte. Hij had het verband inmiddels verwijderd en inspecteerde Polignacs schouderwond.

'Ik wist niet dat er ook Italiaanse devşirme bestonden.'

Cettini's gezichtsuitdrukking verried dat de arts van mening was dat Polignac sowieso maar weinig wist. Nou ja, in elk geval wat betreft de Osmanen was dat misschien ook wel waar, bedacht Polignac.

'Nee, zo zit het niet. Mijn vader is Venetiaan. Hij was bailo van de doge bij de Verheven Porte. Ik ben een van de zoons van zijn concubine in Istanboel.' De arts draaide zich om en liep naar een hoek van de tent, waar een kolenbekken stond. Uit zijn tas pakte hij een beker, waarin hij wat water aan de kook bracht. Uit een zak in zijn kleding haalde hij een bundeltje kruiden, dat hij in het water gooide. Zonder Polignac aan te kijken zei hij: 'U hebt geluk gehad. De degen van uw tegenstander is dwars door uw schouder gegaan, tussen het schouderdak en de botten van de bovenarm, zonder de slagader of belangrijke zenuwen te raken. Hebt u pijn?'

'Een beetje.'

'Dat komt door het bloed dat nog in uw schouder zit. Uw lichaam zal het geronnen bloed zelf afbreken. Op zijn hoogst over vier weken is uw schouder als nieuw. Of in elk geval in de toestand waarin hij hiervoor verkeerde.' Cettini kwam terug en waste Polignacs wond met een doek die hij telkens weer in het kruidenaftreksel doopte. 'De wond scheidt al geen vocht meer af. Een goed teken. Overmorgen zal ik het verband opnieuw verschonen.' De arts stond op.

Polignac keek hem verbaasd aan. 'Moet u me niet purgeren?'

'Hebt u spijsverteringsklachten, effendi?'

'Nee, eigenlijk niet.'

'Dan is dat niet nodig. En zelfs als u wel klachten had...' – Cettini wees naar de schaal met vruchten – '... zou ik u liever aanraden elke ochtend drie vijgen te eten. Die doen wonderen.'

'En u wilt me ook niet aderlaten? Bij mijn laatste steekwond vond de wondheler dat noodzakelijk.'

Cettini zuchtte. 'Zei hij ook waarvoor dat nodig was?'

'Om de vier lichaamssappen in evenwicht te brengen.'

'Effendi, ik verzeker u dat een dergelijke ingreep overbodig is. Ik raad u aan goed te eten en veel in de frisse buitenlucht te wandelen. Slaap voldoende. En als uw schouder te veel pijn doet, eet u wat hasj. Ik laat een paar bolletjes voor u achter. Af en toe een bad in zee is ook bevorderlijk voor de genezing. Iets wat niet gezegd kan worden van bloed aftappen bij een door koorts en pijn verzwakte man.' Cettini maakte een buiging. 'Beterschap, effendi.'

Polignac stond op en boog ook. 'Dank u, medicus.'

Toen de arts verdwenen was, at Polignac een sinaasappel. Het gesprek had hem vermoeid, en dus ging hij op het zachte bed liggen. Hij viel direct in slaap. Pas door de roep van een muezzin werd hij weer gewekt. Tot welk gebed de muzelman opriep wist hij niet. Zo te zien was het nog steeds dag; gouden licht scheen op de buitenkant van de tent. Polignac stond op en liep naar buiten. Hij moest zijn ogen beschermen tegen de laagstaande zon; toen pas kon hij om zich heen kijken. Voor zijn ogen strekte zich in alle richtingen een stad van tenten uit. Polignac had wel verhalen over het janitsarenleger gehoord, maar nu hij het met eigen ogen aanschouwde, was hij toch verrast over hoe perfect alles eruitzag. De tenten waren allemaal van dezelfde rode stof, en boven op elke tent stond dezelfde wimpel met een afbeelding van een zwaard met twee klingen. De ordening van de tenten deed hem denken aan een kasteeltuin: alles volgde een strakke geometrie. Tussen de tenten liepen kaarsrechte paden, op regelmatige afstanden waren er plekken om te koken. Het verbazingwekkendste was echter de geur. Legerkampen, of het nu Franse, Duitse of Spaanse waren, stonken altijd als honderd latrines. Polignac kende het aroma van afval, uitwerpselen en dood dat in die tentsteden hing beter dan hem lief was. Dit militaire kampement rook echter naar frisse zeelucht – en naar koffie.

Naast zijn tent zaten drie wachtsoldaten rond een ibrik. Ze dronken koffie uit porseleinen kopjes. Toen ze Polignac zagen, kwam een van hen overeind, boog en zei iets in het Turks.

De musketier schudde zijn hoofd. 'Ik spreek geen Turks.'

Een andere soldaat ging ook staan. Aan de met struisvogelveren versierde staf van messing die aan de voorkant van zijn witte hoofdbedekking bevestigd was, kon Polignac zien dat hij een hogere rang had dan de eerste; vermoedelijk was hij onderofficier.

In gebroken Frans zei de man: 'Dag, effendi. Ik ben Mahmut Kovač, dienstdoende *bölük-basji*. Hoe voelt u zich?'

'Goed, monsieur.'

'Koffie, effendi?'

'Graag. Dank u, monsieur.'

De onderofficier beduidde een van de mannen dat hij plek moest maken voor Polignac. Hij fluisterde de soldaat iets toe, waarna die zijn armen voor de borst kruiste en het hoofd boog. Toen verdween hij. Polignac vroeg zich af wie de man ging informeren dat hij weer onder de levenden verkeerde – vermoedelijk de commandant, over wie de arts had gesproken.

Nadat de Fransman een slokje van zijn koffie had genomen, vroeg hij aan de bölük-basji: 'U hebt uw legerkamp van Smyrna hierheen verplaatst?'

'Ja, effendi.'

'Waarom? Heeft Smyrna uw hulp niet nodig?' Het liefst had Polignac zijn vraag meteen weer ingeslikt, want erg beleefd was die niet. Indirect had hij de onderofficier zojuist voor de voeten geworpen dat hij de bevolking van de stad in de steek liet. En dat terwijl dit vast en zeker niet zijn eigen beslissing was geweest.

'In Smyrna heerst ziekte.'

'Welke?' vroeg Polignac. 'Cholera?'

'Nee. *Veba.* Ik ken het Franse woord niet.'

'In het Italiaans?'

'*Il peste*, effendi.'

'De pest? Zo snel?'

'Het is zomer. De hitte.'

Polignac knikte en nam nog een slok koffie. Als de aardbeving in Smyrna nog niet alle mensen gedood had, zou de pest wel met hen afrekenen. Iedere Franse commandant zou precies zo hebben gehandeld als deze janitsaar, en zijn bataljon in veiligheid hebben gebracht.

Na een paar minuten verscheen er een groepje soldaten, aangevoerd door een man met een rossige baard die geen janitsaar leek te zijn. In plaats van een börk droeg hij een tulband en in zijn hand had hij een soort scepter. Zodra hij bij hen was, stond Polignac op. De man met de baard maakte een buiging, en de musketier beantwoordde zijn begroeting.

'Capitaine Gatien de Polignac, van de legendarische musketiers?'

'Niet zo legendarisch als het janitsarenkorps.'

'U bent te vriendelijk. Mijn naam is Hamit Cevik. Ik ben priester van de bektasji-orde en persoonlijk adviseur van de eerbiedwaardige *çorbacı* Erdin Tiryaki. Mijn heer zou u graag uitnodigen voor een kop koffie in zijn tuin.'

Voorafgaand aan zo'n belangrijk gesprek zou Polignac zich liever eerst met zijn omgeving vertrouwd hebben gemaakt en over zijn volgende stappen hebben nagedacht. Het verzoek van de man met de baard, zo viel uit zijn toon en gezichtsuitdrukking af te leiden, was echter geen verzoek. Polignac werd bij de bataljonscommandant ontboden en daar was weinig tegen te doen. Daarom maakte hij een lichte buiging en zei: 'Heel graag, eminentie.'

Ze gingen hem voor door het kamp. Zijn eerste indruk was juist geweest. De mate van discipline en reinheid was bijna schokkend. Nergens vond een drinkgelag plaats, en ook zag hij geen hoeren of spelende kinderen.

'Hoeveel soldaten vallen er onder deze eenheid?' vroeg Polignac aan de man met de baard.

‘Hier kamperen drie orta’s. Elk daarvan is hondertwintig man sterk.’

‘In oorlogstijd?’

‘Altijd. Janitsaren zijn beroepsoldaten.’

‘En hoeveel orta’s zijn er in totaal?’

‘Honderdzesennegentig, effendi.’

Als elk van die orta’s ruim honderd man sterk was, beschikte de Grand Seigneur in totaal dus over meer dan twintigduizend man. En dat waren alleen zijn elitetroepen. Polignac huiverde. Het complete musketierscorps telde nog geen duizend soldaten.

‘Is de tent naar uw tevredenheid, effendi?’

‘Ja, dank u zeer. Hij is heel gerieflijk. Van wie is hij eigenlijk?’

‘Het is de mijne.’

‘Heb ik u uit uw tent verdreven? Dat spijt me, eminentie.’

‘Maakt u zich geen zorgen. Ik woon nu bij mijn broer. Als broers delen we alles.’

‘Dan dank ik u voor uw gastvrijheid. En voor de wijn.’

De priester zag Polignacs gezichtsuitdrukking. ‘U hoeft zich niet te verbazen. Wijn is normaal gesproken haram, verboden, maar wij bektasji zijn soefi’s.’

‘Aha. Dus voor uw orde gelden de voorschriften uit de Alkoran niet?’

‘De Koran geldt voor alle gelovigen, effendi.’

‘Is uw uitleg dan misschien anders?’ vroeg Polignac.

Cevik glimlachte. ‘Er wordt verteld dat de kalief van Bagdad ooit de oprichter van onze orde bezocht, hadji Bektasj. De kalief zag dat de man vele wijngaarden bezat en vroeg: “Wat gebeurt er met al die druiven?” “Ach,” antwoordde de hadji. “Wij monniken houden van zoete, rijpe druiven.” Daarop vroeg de kalief: “Zo veel druiven alleen om op te eten? Dat is vreemd.” En hadji Bektasj antwoordde: “Dat is geen probleem. Wat we niet opkrijgen, persen we en bewaren we in houten vaten. Wat er daarna mee gebeurt, is Allahs wil.”’

Voordat de musketier kon reageren doemde het doel van hun wandeling op. Het verblijf van de çorbacı stond in het midden van het kamp, en hoewel het net als de andere tenten van stofbanen was gemaakt, kon je het nauwelijks een tent noemen. Het was eerder een draagbaar paleis. Behalve een achthoekig, van een koepeldak voorzien gevaarte hoorden er nog drie kleinere tenten bij. Om dit geheel was een twee meter hoog scherm tegen pottenkijkers geplaatst. De bewakers, die naast de enige ingang op wacht stonden, lieten hen passeren. Nu zag Polignac dat tussen de vier tenten een provisorische tuin was aangelegd, waarin nog twee kleine paviljoens stonden. Op het gras waren kleden en damasten kussens neergelegd. In een gouden kooi kwetterden zangvogels. Ertussen stonden bloemenvazen met tulpen en rozen. In het midden van dat alles zat een forse man, mollig maar niet dik. Hij was behangen met sieraden en droeg een mantel met gouden tressen en een bontkraag waarin je een ei kon verstoppen. De çorbacı negeerde het net aangekomen bezoek en vertroetelde in plaats daarvan uitvoerig een jachthond die naast hem op de kussens lag. Het was een prachtig slank dier met een glanzende bruine vacht. De hond droeg een lijfje van goudbrokaat, poten en staart waren geel geverfd.

Pas toen de commandant het dier een tijdje had geaaid, richtte hij zich tot Polignac. 'Aha, onze Frankische gast. Welkom. Gaat u zitten.'

Polignac werd bijna verzwolgen door de berg kussens waarop hij zich liet zakken. Een bediende schonk koffie voor hem in, en de musketier at een stukje zoet gebak dat door de çorbacı als specialiteit uit Candia werd aangeprezen. Er verscheen een fluitspeler, die een oriëntaalse melodie begon te spelen, treurig en meanderend. Hoewel Polignac intussen wist dat de omgang met Turken ingewikkeld en tijdrovend was, had hij niet veel zin meer om met dit dwaze ceremonieel mee te spelen. De woede die de afgelopen maanden voortdurend in hem had gesudderd leek weliswaar verdwenen, maar hij wist dat de tijd drong. Als die man iets van hem wilde, moest hij het gewoon rechtuit zeggen.

Voorlopig lag zijn gastheer echter languit naar de muziek te luisteren en zei niets. Na een tijdje ging de çorbacı rechtop zitten. Polignac verwachtte dat hun gesprek eindelijk zou beginnen, maar in plaats daarvan pakte Erdin Tiryaki een tulp en snoof eraan. De pose kwam ingestudeerd op Polignac over en deed hem denken aan de sultan op de afbeelding in zijn tent.

'Houdt u van bloemen, capitaine?'

De musketier haalde zijn schouders op. 'Deze zijn erg mooi.'

Tiryaki wees op de tulp in zijn hand. De kelk was wit, met paarse strepen die als vlammen over de bloembladen omhoogkronkelden. 'Dit is een Semper Augustus, Amsterdamse waar, erg zeldzaam. De kleur is werkelijk subliem. Helaas is de vorm nogal lomp.'

'Lomp, eerwaarde çorbası?'

'Wij Turken hebben de tulp ontdekt, in Perzië. En wij kweekten de bloemen als eersten, lang voor de Hollanders, wist u dat?'

Polignac had moeite zich te beheersen. 'Juist ja. Dat wist ik inderdaad niet. Vergeef me mijn directheid, seigneur, bloemen zijn beslist fascinerend, maar kunnen we niet beter over onze vijanden praten?'

'Dat doen we toch al, capitaine,' zei de çorbacı streng. 'Wij hebben de tulp gemaakt tot wat hij is. Toen kwamen die Hollanders hierheen, kochten de bloem van ons en kweekten ermee verder. Wat de verscheidenheid en de kleuren aangaat hebben ze onze tuinmannen ongetwijfeld overtroffen, maar tegelijkertijd hebben ze het slanke silhouet van de bloemkelk vervangen door een klokvorm. Dat is het wezen van die Hollanders, nietwaar? Ze onderzoeken alles en verbeteren veel, maar uiteindelijk hebben ze geen gevoel voor het verhevene, voor het schone. Ze zijn tegelijkertijd bewonderenswaardig en afschuwelijk. Zoals die agent van Willem III die net aan u ontsnapt is.'

'Hij is ook aan u ontsnapt.'

'Wij weten alle twee dat dat door de aardbeving kwam. Al is de Porte niet geïnteresseerd in zulke uitvluchten.'

'Zijne Majesteit vermoedelijk ook niet. We moeten die kerel vinden.'

'Daarvoor zouden we op zijn minst een vermoeden moeten hebben waar hij naartoe onderweg is. Hebt u dat?'

'Geen concrete ideeën. Ik had gehoopt dat uit die jodenjongen te krijgen. Of het uit zijn documenten op te kunnen maken.'

'Alles wat mijn mannen uit het puin van het huis hebben weten te redden, zit hierin.' De çorbacı klopte op een houten kistje naast hem. 'Kent u Latijn?'

'Ik heb op een college van de Societas Jesu gezeten.'

'Dat zegt me niets.'

'Een katholieke orde die intensief de heilige Schrift bestudeert. Ik spreek Latijn alsof het mijn moedertaal is.'

'Een geleerde van de Schrift? Dus u bent een soort *talib*? Heel goed. Lees alles. Dan kunt u de opperbevelhebber van mijn korps daarover verslag uitbrengen zodra we in Istanboel aankomen.'

'Reizen we naar Constantinopel?'

'Zint u dat niet?'

'Nou ja, ik had gehoopt zo snel mogelijk mijn achtervolging van Chalon te kunnen voortzetten.'

'Alles op zijn tijd. Eerst moeten we naar de ağasi. Ik heb mijn bevelen.'

'Doorluchtige seigneur, vergeef me dat ik alweer zo direct ben, maar ik heb bevel van de Franse koning zelf om Chalon zonodig tot aan het einde van de wereld...'

'U bent niet in Frankrijk, maar in Devlet-i 'Âliyye. Hier gelden andere regels.'

'Maar...'

'Ja?'

'Seigneur de Vauvray, afgezant van Zijne Majesteit bij de Verheven Porte, heeft de persoonlijke toezegging van grootvizier Ayaşlı Ismail Pasja dat het janitsarenkorps me zal helpen waar het kan.'

De çorbacı legde de tulp opzij en glimlachte. 'Ismail Pasja bekleedt dat ambt niet meer. Tegenwoordig wisselen de grootviziers in Istanboel nog sneller dan de seizoenen.'

'En wat zegt çavuş Mátyás Çelebi hierover?'

'Niets meer. Hij is aan zijn zware verwondingen bezweken.' Voordat Polignac daarop kon reageren, vervolgde de commandant: 'Maakt u zich geen zorgen, capitaine. Wij zullen u blijven steunen voor zover dat in onze macht ligt. Ook wij willen Chalon arresteren. Maar er hebben zich nieuwe ontwikkelingen voorgedaan. Of misschien past het woord complicaties beter.'

'Waar hebt u het over?'

'Noch u, noch uw ambassadeur heeft ons ooit gemeld dat bij deze samenzwering ook een zoon van Louis XIV betrokken is.'

Polignac kon een vloek maar net binnenhouden. Hoe wisten de Turken dat nou weer? Of preciezer gezegd: hoe wisten de janitsaren dat Vermandois een van de samenzweerders was? Hij schraapte zijn keel. 'In dat geval kunt u zich vast voorstellen dat voor deze hele kwestie de strengste geheimhouding geldt.'

De çorbacı hield zijn hoofd scheef en zuchtte dramatisch. 'Helaas moet ik melden dat uw geheimhouding niet goed functioneert. Ik zie het ongeloof op uw gezicht. Ik weet wat u denkt, u bent alleen te beleefd om het hardop te zeggen.'

'En dat is?' vroeg Polignac.

'U denkt dat de Osmaanse geheime dienst dit nooit zelf ontdekt kan hebben. Dat die dienst een schande is voor zo'n machtig land. En dat klopt. Onze spionnen zijn dwazen. Daarom heeft de Porte ook steeds zo dankbaar alle informatie tot zich genomen die Frankrijk u toespeelde, via Venetië, Habsburg en Polen. Alleen hebben we intussen geleerd dat ook de depêches van uw spionnen er zo nu en dan naast zitten. Ver naast.'

'U hebt het over Wenen?'

'Precies. Het zwarte kabinet van uw heer beweerde dat er nooit een bezettingsleger zou komen, en al helemaal niet onder leiding van die Pool. Sobieski, zo verzekerde men de Porte, verafschuwde Leopold en was Louis volkomen trouw. Een verkeerde inschatting, die duizenden van mijn korpsbroeders het leven heeft gekost.'

Polignac snoof geërgerd. 'U kunt Frankrijk toch nauwelijks verantwoordelijk houden voor uw eigen nederlaag.'

'Nee, uiteindelijk waren Kara Mustafa en zijn padisjah daar schuldig aan. Beiden hebben ervoor moeten boeten. Een dergelijke miskleun kunnen wij niet onbestraft laten.'

Polignac wist vrij zeker dat Tiryaki met dat 'wij' niet de Turken in het algemeen bedoelde, maar het machtige janitsarenkorps. Rossignol had al vermoed dat de elitesoldaten sultan Mehmet IV na de nederlaag bij Wenen hadden afgezet en vervangen door een heerser die hun meer beviel. Kennelijk klopte dat verhaal.

'In elk geval betrekken wij onze informatie sinds kort ook via andere Frankische machten, capitaine. En ook zij weten intussen van de verdwijning van de koningszoon.'

Eigenlijk kon dit alleen over het zwarte kabinet van de Weense Hofburg gaan. Maar hoe was dat mogelijk? Zodra hij de gelegenheid kreeg, moest hij Rossignol hiervan op de hoogte stellen.

'Over deze Vermandois wil de opperbevelhebber van de janitsaren dus eerst meer horen,' vervolgde de çorbacı. 'En ook wil hij weten of Chalon werkelijk zo gevaarlijk is als uw spionnen beweren.'

'Dus hoe gaat het nu verder?' vroeg Polignac.

'Rust u goed uit. Bestudeer de correspondentie die we konden redden. En breng vervolgens verslag uit bij mij. Persoonlijk. Over een paar dagen vertrekken we per schip naar Istanboel.'

'Ik begrijp het. Is het mogelijk dat ik een brief naar Parijs stuur? Graag zou ik mijn heer van dit alles op de hoogte stellen.'

'Natuurlijk. Ik zal de brief direct door mijn snelste ruiter naar Çeşme laten brengen, zodat de post met het volgende Franse schip naar Marseille meekan.'

Het was Polignac niet ontgaan dat de çorbacı kort had geaarzeld voordat hij antwoord gaf. Nu wist hij zeker dat zijn brief nooit zou aankomen. Hij was een gevangene van het korps, dat kennelijk zijn eigen spel speelde. Met een zo neutraal mogelijk gezicht maakte Polignac een buiging. Toen stond hij op. 'Ik wil niet langer beslag leggen op uw kostbare tijd, edele çorbası. Als u het mij toestaat, zal ik mij nu weer aan mijn genezing wijden. Dank voor uw voortreffelijke gastvrijheid.'

Zijn gastheer glimlachte. 'Daarvan mag u zo lang genieten als u wilt. Mijn mannen brengen u terug naar uw tent. Het kamp is groot, en je kunt er gemakkelijk verdwalen.' Tiryaki draaide zich om naar zijn hond en fluisterde die iets in het oor. Toen krabde hij het dier in zijn nek, waarop het behaaglijk gromde. De musketier keurde hij geen blik meer waardig.

•◆•

Het had ze vier weken gekost om van Smyrna naar Suez te varen. De reis was rustig en zonder bijzonderheden verlopen. Degenen die in Smyrna achter hen en Hanah Cordovero aan hadden gezeten – wie dat ook mochten zijn – leken het spoor te zijn kwijtgeraakt. Vermoedelijk waren de musketier en zijn Turkse begeleider dood, evenals de meeste janitsaren en ook alle anderen die ze in Smyrna waren tegengekomen. Cordovero had Obediah verteld dat er regelmatig aardbevingen voorkwamen in het oosten van het Egeïsche gebied, maar deze beving had alle eerdere in kracht overtroffen.

Net als tijdens hun eerste zeereis brachten de Heracliden het grootste deel van hun tijd aan dek door. Marsiglio was nog steeds niet door zijn oosterse verhalen heen. Hij bleef maar beweren dat hij er meer dan duizend kende, wat volgens Obediah een schromelijke overdrijving moest zijn. Toch moest hij toegeven dat de generaal tot nu toe niet in herhaling was getreden. Meer nog dan in de sprookjes van de Italiaan was Obediah geïnteresseerd in de verhalen van Hanah Cordovero. De kennis van de Sefardische was even omvangrijk als indrukwekkend. Het maakte niet uit of het ging over astronomie, mathematica of de geneeskunst: op alle terreinen was ze even goed thuis. Ze kende de nieuwste geschriften van Newton en Van Leeuwenhoek. Alle discussies die ze eerder alleen per brief konden voeren, voerden ze nu ook, maar dan veel intensiever. Terwijl de anderen *boccia* speelden of dronken van de punch zeemansliederen zongen, zaten Obediah en zijn voormalige correspondent vaak op het achterdek, altijd met papier en schrijfveer bij de hand. Wanneer hun hoofden begonnen te duizelen van alle natuurfilosofische hypothesen en theorieën, vermaakten ze zich met de geschriften van Athanasius Kircher. Proestend en lachend citeerden ze de onzinnigste passages, tot bevreemding van de andere passagiers.

Begin december kwamen ze aan in Alexandrië. Ze bleven er slechts twee dagen, om hun schip van de hand te doen en kamelen te kopen. Zo snel mogelijk zetten ze daarna hun reis naar Suez voort. Gedurende de hele reis over land was Obediah vreselijk nerveus. En dat kwam niet door de rovers die tussen Alexandrië en Suez schenen te opereren, en ook niet door de Osmaanse patrouilles. In hun uitstekende vrijgeleides stond dat ze handelaren uit Marseille waren, die met een persoonlijke ontheffing van de Grand Seigneur door het land reisden. Tweemaal hadden soldaten om hun papieren gevraagd, maar geen enkele keer waren er problemen gerezen. Wat Obediah slapeloze nachten bezorgde, was de vraag of het volgende deel van zijn plan ook zou slagen.

Na aankomst in Suez lieten Marsiglio en hij de anderen achter in een karavanserai aan de rand van de stad. Alleen Jansen stuurde hij naar de haven om daar een schip te regelen dat hen naar Mocha kon brengen. Obediah en de generaal gingen intussen op weg naar een pakhuis ten westen van de havenpier.

'Wil je me zo langzamerhand niet eens vertellen wat je daar hebt opgeslagen, Obediah?' vroeg Marsiglio.

'Alles wat we voor onze missie nodig hebben. Diverse apparaten van Huygens. Andere zaken die we straks op de koffieberg goed kunnen gebruiken.'

De Italiaan knikte. 'Ik had me al afgevraagd waar al die spullen waren. Is mijn giardino botanico er ook?'

'Ja, netjes gedemonteerd en in kisten verpakt.' Obediah stapte opzij voor een wel erg smerige bedelaar. 'Dat hoop ik tenminste.'

'Dus je weet niet zeker of de zending is aangekomen?'

'O, dat wel. Het handelskantoor in Suez behoort tot het netwerk van de VOC, en ik heb in Amsterdam al bericht gekregen dat de spullen onbeschadigd waren gearriveerd. Maar dat was afgelopen voorjaar. Sinds die tijd kan er van alles gebeurd zijn.'

De pakhuizen lagen aan een kanaal, zodat de goederen met vrachtschuiten naar de haven konden worden gebracht. Obediah trok zijn hoed nog wat verder over zijn gezicht. In Smyrna had hij het al warm gevonden, en in Alexandrië nog warmer. Nu wist hij dat dat allemaal slechts een lauwwarm voorproefje was geweest. In Suez brandde de zon zo genadeloos fel dat hij het liefste de hele dag in een donkere kelder was weggekropen. Zweet stroomde uit al zijn poriën. Zijn bloed was gewoon te dik voor de Oriënt. Zou het in Mocha nog heter zijn? Obediah kon het zich nauwelijks voorstellen. Misschien moest hij wat metingen uitvoeren met Tompions thermometer; hij betwijfelde of voor hem al eens iemand met zulke moderne apparatuur in Arabië was geweest.

Ze kwamen aan bij het pakhuis. Het was vrij groot, niet van hout of leem zoals de meeste gebouwen in Suez, maar van grote stenen.

'Heel solide,' merkte Marsiglio op. 'Een farao waardig.'

Op een van de rechthoekige blokken graniet stonden inscripties in de vreemde beeldtaal die je overal langs de Nijl aantrof en die niemand ooit had weten te ontcijferen. De bouwers van het pakhuis hadden de stenen vermoedelijk uit een half onder het woestijnzand begraven piramide gesloopt en hier opnieuw gebruikt. Obediah liep naar de grote deur aan de voorkant en tikte erop met zijn wandelstok. Het duurde een tijdje voordat de deur op een kiertje openging en er een man naar buiten gluurde. Hoewel hij een kaftan en tulband droeg zoals alle mensen hier, bleek hij een Genuees te zijn. Obediah liet hem de papieren zien waarop stond dat hij in dit pakhuis kisten had laten opslaan.

De man knikte. 'Volgt u mij, signori.'

In de opslagloods was het aangenaam koel. Met een fakkel in de hand ging de Genuees hun voor naar de plek waar hun kisten stonden. Het waren er bij elkaar tien, allemaal ongeveer vierenhalve voet in het vierkant, dichtgespijkerd en ook nog eens stevig met henneptouw omwikkeld. Obediah controleerde de zegels aan de touwen.

'Niemand heeft aan uw spullen gezeten, dat verzeker ik u,' zei de handelaar.

Obediah knikte. 'Geef me alstublieft een breekijzer en laat ons even alleen.'

'Zoals u wilt.'

Ze wachtten totdat de Genuees weg was en verbraken toen een van de zegels. Met Marsiglio's hulp tilde Obediah het deksel op. De kist zat vol houtkrullen. Obediah zocht met zijn hand totdat hij iets te pakken kreeg. Toen hij eraan trok, kwam er een klein houten raam tevoorschijn met veelkleurig loodglas erin. Het leek wel wat op een kerkraam, alleen stond er geen heilige op, maar een demon met vurige rode ogen.

'Wat de dui...' begon Marsiglio.

'Angstaanjagend, hè?'

'Eerlijk gezegd ben ik eerder verrast dan geschrokken. Wat is dat?'

In plaats van te antwoorden zocht Obediah verder tussen de houtkrullen en haalde een rechthoekige houten doos met messing beslag tevoorschijn, met aan de voorkant een rond gat. Het ding deed in de verte wel wat aan een lamp denken.

'Een laterna magica,' bromde Marsiglio. 'Daarmee kun je beelden op muren projecteren, toch?'

Obediah knikte.

‘Ik heb gehoord,’ ging Marsiglio verder, ‘dat sommige katholieke priesters die dingen gebruiken om engelen te vertonen op de muur van hun kerk, om op die manier eenvoudige boeren te imponeren.’ De generaal wees naar het raam met de demon. ‘Zo te zien ben je eerder iets duivels van plan, Obediah. Wil je me niet verklappen wat?’

‘Graag. Ik leg het je op de terugweg naar de haven uit,’ antwoordde Obediah. Hij keek in nog twee kisten voordat hij alles weer afsloot en de pakhuiseigenaar riep.

‘Is alles naar tevredenheid, signori?’

‘Ja, bedankt. Hoeveel ben ik u schuldig?’

‘De opslagkosten zijn nogal opgelopen, vrees ik. Meestal staan kisten hier maar een paar weken, maar die van u al zeven maanden.’

‘Hoeveel?’

‘Bij elkaar 253 gulden en 11 stuivers, signore.’

Obediah merkte dat Marsiglio even zijn adem inhield bij het horen van dat bedrag. De som was inderdaad fors en bovendien veel te hoog als de Genuees de kisten inderdaad alleen hier bewaard zou hebben. Obediah wist echter dat de man er ook voor had gezorgd dat geen enkele Osmaanse factoor te dicht bij zijn spullen in de buurt was gekomen of ze had gecontroleerd. Bovendien had de man vervalste douanepapieren geregeld, waarop te lezen was dat alle benodigde controles al waren uitgevoerd.

‘Kunt u de spullen voor ons naar de haven laten brengen?’

‘Natuurlijk. Naar welk schip, signore?’

‘Dat weet ik vanavond. Ik stuur wel bericht.’ Obediah betaalde de rekening en ze wandelden terug naar de haven. Toen ze bij de rand van de kade kwamen, pakte Obediah zijn verrekijker en keek naar de schepen die schitterden in de middagzon. De meeste waren Franse koffieschepen, verder zag hij een paar Portugese en Engelse vlaggen. Hij gaf de verrekijker door aan Marsiglio. ‘Zie je iets wat je niet bevalt, Paolo?’

‘Niks bijzonders. Niet op de schepen en ook niet op de kade. Waar treffen we Jansen?’

‘Bij de havenmeesterij.’

Ze vonden de Deen zittend in de schaduw van een palmboom.

Hij zag er buitengewoon slecht gehumeurd uit, wat in zijn geval overigens niet veel hoefde te betekenen.

'Heb je een schip voor ons gevonden, Jansen?'

'Ja.'

'Uit je gezichtsuitdrukking leid ik af dat aan dit "ja" een "maar" verbonden is.'

'Hm. Het goede nieuws is dat er een schip is dat we kunnen huren.'

'En het slechte?'

'Het slechte nieuws is dat er geen *bilanders* of polakkers zijn. Er is alleen een zeshonderdtonner.'

'Wat zeg je?' zei Marsiglio. 'We hoeven toch alleen over de Rode Zee? Met zo'n groot schip kunnen we zelfs naar Batavia of Japan...'

'Je hoeft me echt niks over schepen te vertellen, Marsiglio,' onderbrak Jansen hem. 'Het probleem is dat er in Suez bijna geen rederijen blijken te zijn, alleen particulieren. Die nemen graag lading en passagiers aan boord, maar ze varen zelf, als eigen kapitein.' Hij richtte zich tot Obediah. 'En jij wilt per se een schip dat we zelf zeilen, toch?'

'Dat klopt. Bij wat wij van plan zijn kunnen we geen pottenkijkers gebruiken.'

'Maar voor zo'n Indiëvaarder hebben we een enorme bemanning nodig,' merkte Marsiglio op.

'Dat is waar, áls we ermee naar Indië zouden varen,' reageerde Jansen. 'Op de Rode Zee en in de Golf van Aden gaat het ook wel met minder mannen.'

'Neem het schip,' zei Obediah. 'We willen zo snel mogelijk vertrekken; ik wil hier niet langer blijven dan noodzakelijk is. Onze achtervolgers zijn misschien dood, maar hun opdrachtgevers zijn dat beslist niet. Wie weet wanneer die kerels weer opduiken.'

•◆•

Polignac zette de tulband af en trok de lange, tot op zijn enkels hangende mantel uit. Daarna ontdeed hij zich van de band om zijn buik en de andere kledingstukken. Snel begon hij zijn eigen kleren weer aan te trekken: het hemd met ruches, de *hauts-de-chausses* en de soubreveste. Hij was zich ervan bewust dat hij daarmee op het Osmaanse platteland vreselijk in de kijker zou lopen, maar terwijl de kapiteins in de haven van Çeşme een ghiour met voldoende goud wel aan boord zouden nemen, zou men een janitsaar in zijn eentje waarschijnlijk al snel voor een deserteur aanzien. En niemand zou een voortvluchtige helpen, al helemaal niet wanneer enkele lieues landinwaarts een paar orta's gelegerd waren.

In een geheim binnenzakje van zijn soubreveste stopte hij de papieren die de çorbacı hem had gegeven om te vertalen. Het waren brieven en een paar schetsen. Ook de tekening waarvan hij in Parijs een kopie had gezien zat ertussen; er stond een Hollandse schaatsenrijder op. Polignac wist niet of de papieren van belang waren, maar hij zou proberen om ze bij Rossignol te krijgen. Als laatste gordde de musketier de korte sabel om die hij van de priester had afgepakt, een eigenaardig ding met een s-vormige kling. Polignac nam het wapen in de hand en probeerde er een paar slagen mee uit. *Yatagan* noemden de Turken dit wapen. Het was hem een raadsel hoe je met zo'n gebogen geval moest vechten. Het was hoogstens goed om een varken mee te slachten.

Toen hij klaar was, keek hij naar het hoopje kleren aan zijn voeten. Het speet hem bijna dat hij de derwisj zo slecht had moeten behandelen, en zeker op zo'n onridderlijke manier. Zoals zo vaak in een oorlog was deze man weliswaar zijn vijand geweest – en een goddeloze heiden bovendien –, maar toch ook geen onaangename man. Na zijn terugkeer uit de tuin van de çorbacı had hij Cevik in zijn tent uitgenodigd onder het voorwendsel wat met hem te willen praten. De priester had zijn aanbod dankbaar aanvaard en tot Polignacs verrassing zelfs wijn met hem gedronken, veel wijn. Polignac was nog altijd verzwakt, dus vermoedelijk zou het hem zwaar zijn gevallen de potige derwisj onder tafel te drinken. Daarom had hij op een onbewaakt ogenblik de hasjbolletjes van de arts in een paar olijven gestopt en ze Cevik aangeboden. Eerst was er niets gebeurd, maar toen was de derwisj heel slaperig geworden. Nu lag hij gekneveld en geboeid op Polignacs bed, met de deken tot aan zijn neus getrokken. Vermoedelijk zou het nog wel een paar uur duren voordat men hem vond.

De musketier verstopte Ceviks kleren achter een struik. Daarbij viel iets uit een van de vestzakjes: een ketting van grote, zwarte houten kralen. Polignac keek er even naar en raapte hem toen op, waarna hij de kralen tussen zijn vingers door liet glijden. De gebedsketting van de derwisj had eigenlijk te weinig kralen, maar zijn eigen rozenkrans was hij verloren, en deze kon tijdelijk als vervanging dienen. Terwijl hij de helling af liep in de richting van het dorp, mompelde hij voor zich uit: '*Qui pro nobis sanguinem sudavit. Qui pro nobis flagellatus est. Qui pro nobis spinis coronatus est...*'

Hij had de droevige geheimen tien keer opgezegd toen hij aan de voet van de heuvel aankwam en het gebedssnoer wegstopte. Elke dag minstens twintig, nam hij zich voor. Zolang hij in dit heidense land verbleef, was regelmatig bidden nog belangrijker dan anders. Intussen moest het al na middernacht zijn. Helemaal zeker wist hij het niet, want het Turkse dorp leek geen klokkentoren te bezitten, of in elk geval had hij tot nu toe geen klok horen slaan.

Vanaf zee woei een koel briesje. Çeşme was nauwelijks meer dan een vissersdorpje, onvergelijkbaar met Smyrna. Toch zag hij in de kleine baai behalve wat vissersboten ook een klein dozijn grotere schepen liggen, de meeste ervan Osmaanse galeien. Een paar van de zeilschepen konden ook Genuezen of Venetianen zijn; in het donker kon hij de vlaggen niet goed onderscheiden. Hij zou toch echt tot aan de kade moeten lopen om het beter te kunnen zien.

Een uur later was Polignac de wanhoop nabij. Hij had elk havencafé bezocht en met alle nachtwakers van schepen gesproken die hij kon vinden. Niemand was van plan om de volgende ochtend uit te varen, de beide Genuese stoffenhandelaren niet en ook het Hollandse specerijenschip niet. Uitgeput liet de musketier zich in een steeg op het stoepje voor een huisdeur zakken. Hij was moe en zijn schouder was weer begonnen te kloppen. Op zijn laatst om vijf of zes uur morgenochtend zou de verdwijning van de priester worden ontdekt. Vanaf het kamp van de orta had hij naar schatting anderhalf uur nodig gehad om in Çeşme te komen. Een ruiter zou het in een fractie van die tijd doen. Te veel mensen hadden hem al gezien, en als hij bij het aanbreken van de dag nog steeds hier was, dan...

Het schorre gebrul van een groepje mannen haalde hem uit zijn gedachten. De kerels moesten dronken zijn, en niet zo'n beetje ook, als ze in een islamitisch dorp zo met hun toestand te koop liepen. Polignac gokte dat de drinkebroers twee of drie straten bij hem vandaan waren, waardoor hij aanvankelijk niet precies kon verstaan wat ze zongen. Wel kwam de melodie hem bekend voor. Hij ging rechtop zitten en luisterde wat beter.

'Vecy la doulce nuyt de may
Que l'on se doibt aller jouer.'

Snel stond hij op en liep in de richting van het gezang. Dit moesten wel Fransen zijn. Parijzenaars zelfs, als hij het accent goed inschatte. Polignac liep een hoek om, met zijn handen voor zich uit omdat het donker was en de straatjes niet verlicht waren.

'Et point ne se doibt-on coucher
La nuyt bien courte trouveray.'

Toen hij de volgende hoek om sloeg, kon hij ze zien. Ze waren met zijn drieën en werden begeleid door een fakkeldrager. Alle drie waren het inderdaad Fransen, zo te zien. Ze droegen pofbroeken en de bontgekleurde vesten van bombazijn die een paar jaar geleden aan het hof de dernier cri waren geweest, en daarbij korte capes en hoeden met fazantenveren. Ze waren nog erger beschonken dan hun gezang deed vermoeden. De middelste, een mager ventje van een jaar of twintig, kon nauwelijks op zijn benen blijven staan en werd door zijn vrienden ondersteund. Zijn gebrek aan houding probeerde hij te compenseren door bijzonder luid te zingen:

'Devers ma dame m'en yrai
Si sera pour la saluer!'

Inmiddels waren de mannen Polignac op nog geen tien meter genaderd, maar nog leken ze hem niet te hebben opgemerkt. De musketier liep naar het midden van de straat en zong toen luidkeels mee:

'Et par congié luy demander
Si je luy porteray le may!'

Zodra de dronkaards hem zagen, verstomden ze. Na alle herrie was de plotselinge stilte onwerkelijk, al duurde die niet lang.

'Een versjijning!' lalde de middelste Fransman. 'Dit moet een illusjie zijn. Een sj-sjingende...' – hij boerde luid – '... een sjingende musjketier!'

De man aan de linkerkant – een sterke kerel met de grote snor en stoere kop van een Gascogner – liet de jongen los, waardoor die bijna op de grond viel. Toen ging de kerel wijdbeens voor Polignac staan en legde zijn hand op zijn degen. 'Het is vast een truc, Honoré. Waarschijnlijk een Turkse struikrover die zich heeft verkleed.'

Polignac maakte een lichte buiging. 'Capitaine Gatien de Polignac van de zwarte musketiers van Zijne Majesteit. Uw bereidwillige dienaar, seigneurs.'

De man aan de rechterkant krabde op zijn hoofd. 'Hij klinkt niet als een *imposteur*, Baudouin. En kijk eens naar dat wapen op zijn borst. Ik moge vervloekt zijn als dat een vervalsing is. Dat is het teken van de tweede compagnie, zo waarlijk helpe mij God.'

Baudouin deed een stap in zijn richting en gebaarde de fakkeldrager dat hij Polignac beter moest bijlichten. 'Inderdaad! Vergeef me mijn wantrouwen, monsieur.' Ook hij boog licht. 'Baudouin d'Albi, tot uw dienst. Wat brengt u naar deze afgelegen plek?'

'Staatszaken,' antwoordde Polignac.

'Zaken van de koning? Nou, dat klinkt geheimzinnig. Daar moet u ons meer over vertellen, mijn vriend. Maar eerst moeten we deze jongeheer naar bed brengen. Anders zal zijn vader ons niet zachtzinnig aanpakken.'

'Wie is zijn vader?'

'Noël de Varennes.'

Polignac kende de naam. Varennes leidde de door de Grote Colbert jaren geleden opgerichte Compagnie de la Méditerranée, een handelsmaatschappij die vooral in de Levant actief was.

'Waar woont u?' vroeg D'Albi.

'Eerlijk gezegd ben ik net in Çeşme gearriveerd. Vanuit Smyrna.'

'Ach, arme kerel! Waarschijnlijk bent u alle have en goed kwijtgeraakt. Kom met ons mee. Ons schip ligt in een kleine baai iets ten noorden van hier, en onze koets staat vlak bij de haven.

Polignac maakte een buiging. 'Messieurs, er is niets wat ik liever doe.'

•◆•

De haven van Mocha was even klein als overvol. Zij aan zij verdrongen de handelsschepen zich voor de stad. Obediahs vrees dat hun grote schip hier misschien zou opvallen bleek ongegrond. Er lag in de haven nog zeker een dozijn dikbuikige schuiten, de meeste Frans en Portugees. Vermoedelijk waren het Indiëvaarders die tussen de Rode Zee en handelsposten zoals Pondichéry of Goa pendelden.

Al uit de verte was te zien dat Mocha in geen enkel opzicht op Smyrna of Alexandrië leek. Hier waren ze echt in de Oriënt; er stonden geen Europees aandoende gebouwen en al helemaal geen christelijke kerken. Het opvallendste gebouw was een hoge witte stenen toren die boven een zeshoekig bouwwerk uitstak. De toren had een ronde, bijna fallische top.

'Is dat een fort?' vroeg Justel.

'Dat is de hoofdmoskee van Mocha,' antwoordde Cordovero.

De twee stonden samen met Obediah aan de reling en keken uit over het stadje, dat nauwelijks groter kon zijn dan Duinkerken of Portsmouth. Achter hen waren een paar matrozen bezig een van de sloepen in te laden voordat ze hem te water zouden laten. Obediah gaf de op het bovendek staande Jansen een teken, waarop de kapitein naar beneden kwam.

'Ja?'

'Denk je dat de Osmanen een factoor aan boord zullen sturen?'

Jansen schudde zijn hoofd. 'Nee, die inspecteert de goederen pas in de havenopslag. De zee is bij Mocha erg onrustig, alleen wie echt moet, roeit buitengaats.'

Justel wees naar de sloep. 'Wij moeten roeien.'

'Of we willen of niet,' zei Jansen. 'Ons schip is te groot voor die ellendig kleine haven.'

'Maar in onze vrachtkisten zitten toch allerlei dingen die een Turkse beambte beter niet te zien kan krijgen?' vroeg Justel. En tegen Obediah zei hij: 'Jouw vreemde apparaten, bijvoorbeeld.'

Obediah knikte. 'Je hebt gelijk. Maar daarvoor hebben we de Drebbel.'

Hanah Cordovero keek hem vragend aan. 'Wat is dat?'

'Een schip dat onder water vaart.'

'Wat?'

'Je hebt het goed gehoord, mademoiselle. Het is een duikvaartuig.'

'Ik heb over zulke schepen gelezen. Tahbir al-Taysir beschrijft zoiets in zijn *Opusculum Taisnieri*. Maar ik dacht dat dat hele verhaal een sprookje was.'

'Zeker niet,' reageerde Obediah. 'Cornelis Drebbel, een Hollandse natuurfilosoof, is met zo'n duikboot van Greenwich tot aan Westminster gevaren, in minder dan drie uur.'

'Maar hoe duik je dan onder en kom je weer boven?'

'Ha, een interessante vraag. Dat gaat met een pomp. Ben je bekend met Robert Boyles onderzoek naar de kwintessens van lucht? Nee? Wel, Boyle stelt dat het...'

Jansen fronste zijn voorhoofd. 'Reuze interessant, maar in plaats van ons een voordracht over lucht te geven kun je beter eindelijk eens met de details op de proppen komen, Chalon.'

'Welke details?'

'Nou ja, hoe we bij die legendarische koffieplantage van je komen. We staan hier toch maar te wachten, alle ankerplaatsen zijn bezet. Al hijst die Hollander daar vooraan...' – hij wees naar een kogge ten westen van hun schip – '... net zijn zeilen.'

Obediah knikte. Het was inderdaad beter om dit gesprek aan boord te voeren en niet in de stad. 'Goed. Stel de anderen alsjeblieft op de hoogte. We zien elkaar zo in het officiersverblijf.'

Even later zaten ze benedendeks rond een grote tafel. Justel kletste zoals altijd met Marsiglio, terwijl Jansen zwijgend uit het raam tuurde en Vermandois met zijn handen ineengeslagen achter zijn hoofd naar het plafond staarde. Obediah keek vanuit zijn ooghoeken stiekem naar de twee vrouwen, die ieder aan een kant van de tafel zaten. Aanvankelijk had hij gedacht dat Cordovero prettig gezelschap voor de condessa zou zijn. Obediah wist niet precies waarop die aanname gestoeld was, misschien op het feit dat ze beiden van het vrouwelijke geslacht waren. Misschien was hij er ook van uitgegaan dat ze elkaar veel te vertellen zouden hebben. Da Glória was een vrouw van de wereld, terwijl Cordovero als een non had geleefd. En de jodin wist weer veel van de zeden en gebruiken van de Oriënt, terwijl de condessa op dat gebied minder deskundig was. Je kon je voorstellen dat dit voldoende stof voor lange, uitvoerige gesprekken zou bieden. Obediah had zich de twee in zekere zin voorgesteld als chemische substanties die elkaar aanvulden. Daarmee had hij het faliekant mis gehad. Zodra je de twee vrouwen bij elkaar bracht vond inderdaad een soort reactie plaats, maar geen gecontroleerde. Alles wat Hanah Cordovero beviel, vond Da Glória verachtelijk, en die mening stak ze niet onder stoelen of banken. De Sefardische trok elke keer haar opvallende wenkbrauwen hoog op, maar verdroeg de voortdurende stekelighe-den verder met een stoïcijnse gelatenheid, wat de Genuese dan weer tot nog grotere woede bracht. Wat de twee vrouwen precies uiteendreef was hem een raadsel. In elk geval deed hij zijn uiterste best om de dames er niet op aan te spreken.

Obediah schraapte zijn keel. Alle blikken draaiden zijn kant op.

'We bereiken nu de bestemming van onze reis. Of in elk geval...' – hij rolde een kaart uit op tafel – '... komen we er steeds dichterbij.'

Marsiglio, die als enige bijna alle details van het plan kende, glimlachte peinzend. De anderen bogen zich over de kaart, waarop het zuiden van het Arabische schiereiland was afgebeeld. Mocha lag aan de westkust, verder naar het noorden was Sana'a ingetekend.

'In Beetlefucky wordt de koffie gedroogd. In Mocha wordt hij in handelskantoren opgeslagen en daarna verscheept. Maar de eigenlijke plantages liggen hier.' Obediah liet zijn vinger in oostelijke richting over het achterland van Mocha glijden, over een strook woestijn waarin Beetlefucky was aangegeven. Verder naar het oosten waren bergen getekend. Daar bleef zijn wijsvinger staan.

'Ik dacht dat die koffiestruiken in de woestijn groeiden,' merkte Jansen op.

'Te heet,' antwoordde Marsiglio.

'Dat klopt,' viel Obediah hem bij. 'Alleen op de hoogvlakte is het koel en vochtig genoeg. Alle koffie wordt, dat hebben mijn naspeuringen tenminste uitgewezen, op één berg verbouwd. Alleen daar schijnen klimaat en bodem precies goed te zijn voor de plant.'

'En hoe heet die berg?' vroeg Vermandois.

'Nasmurade. Boven op de berg staat een fort, waarvandaan je over de hele hoogvlakte kunt uitkijken. Daar groeit de koffie.'

'En hoe komen wij daar?'

'Op kamelen. We zullen vermomd als karavaan naar de Nasmurade reizen.'

'Maar geen van ons spreekt vloeiend Turks, behalve Marsiglio,' kwam Justel ertussen, 'en natuurlijk mademoiselle Cordovero. Valt dat niet op? En waarom zou een karavaan eigenlijk onderweg zijn in deze godverlaten streek?'

'Allemaal goede vragen. Laat me ze een voor een beantwoorden. Formeel behoort Jemen – zo noemt men de streek waarin de Nasmurade ligt – tot het rijk van de Grand Seigneur. In werkelijkheid is het gecompliceerder. Zoals in zo veel veroverde gebieden maken de Turken hier gebruik van de plaatselijke heersers. Die zijn een soort landdrosten bij de genade van de sultan. De Turken grijpen alleen rechtstreeks in als dat nodig is. Ook in Jemen gaat het zo. Onder directe Osmaanse controle staan alleen Mocha, Beetlefucky en een paar vestingen aan de kust. Het achterland wordt door qasimidische stamvorsten geregeerd. Alhoewel deze streek zo dunbevolkt is dat er vermoedelijk weinig te regeren valt.'

'En jouw koffieberg?'

'Die wordt door plaatselijke troepen bewaakt. Slechts één weg leidt naar boven, en die is relatief eenvoudig onder controle te houden. Zolang dat werkt zien de Turken ervan af om eigen soldaten op de Nasmurade te stationeren. Ze nemen genoegen met sporadische inspecties.'

Vermandois boog zich naar voren. 'Als ik het goed begrijp, zullen we het gebied eerst verkennen. Laten we aannemen dat ons dat lukt. Wat gebeurt er daarna?'

'Dat hangt een beetje af van wat we precies aantreffen. Zoals jullie je kunnen voorstellen bestaan er van de vesting op de Nasmurade, anders dan van Pinerolo, geen plattegronden of kaarten die ik in een bibliotheek heb kunnen inzien. Ik heb alleen deze schets hier, die mademoiselle Cordovero voor ons heeft geregeld.' Hij haalde een perkament met een tekening tevoorschijn.

Er stond een verzameling met elkaar verbonden rechthoekige gebouwen op die boven op een berg stonden. De berg liep aan één kant steil naar beneden, aan de andere kant zag je aflopend aangelegde terrassen met daarop kleine boompjes of struiken.

'Van wie is die tekening?' vroeg Justel.

'Van een Osmaanse reiziger die Evliya Çelebi heet. Hij heeft hem in de jaren vijftig gemaakt,' antwoordde Cordovero.

'Dus we weten niet of het er nog zo uitziet?' vroeg Vermandois.

'Een rit met geblinddoekte ogen,' bromde Jansen.

'Niet helemaal,' weersprak Cordovero hem. 'De koffie groeit alleen hier, en de Jemenieten verbouwen de plant al eeuwen op dezelfde manier. Dat kun je nalezen. Er is geen enkele reden waarom de teelt of de veiligheidsmaatregelen opeens veranderd zouden zijn.'

'Tenzij anderen in de afgelopen tijd ook hebben geprobeerd die planten te stelen,' zei Da Glória.

Cordovero trok haar wenkbrauwen op. 'Daar zijn geen aanwijzingen voor. Dan had ik dat vast wel gelezen.'

'O, vast. Jij hebt bijna alles gelezen,' reageerde de condessa.

Vermandois schudde zijn hoofd. 'Jullie twee zijn nog feller dan zeven Mazarinettes.'

Da Glória snoof geïrriteerd. 'De grootste Mazarinette op dit schip ben je anders zelf.' Ze lachte suikerzoet. 'Seignéúr.'

'Hoe dan ook,' onderbrak Obediah de ruziemakers snel, 'zodra we alles goed hebben bekeken halen we de planten. Daarna moeten we ze over de bergweg naar de vlakte beneden brengen. En daarvandaan naar een vissersplaats die Aden heet, aan de zuidkust.'

'Niet naar Mocha?' vroeg Justel.

'Als iemand alarm slaat en ons probeert te volgen, lopen we in Mocha recht in de armen van de Turken. Aden behoort niet tot het Osmaanse rijk, maar tot het sultanaat Lahej. Bovendien heeft het een grotere haven.'

Vermandois keek hem niet-begrijpend aan. 'Hoezo heeft een vissersdorp een grote haven?'

'Omdat dat vissersdorp vroeger een Portugese metropool was,' zei Cordovero.

'Daar,' zei Obediah, 'zien we verder. Als het ons lukt de koffieplanten naar Aden te brengen, is de rest kinderspel.'

•◆•

Obediah was geen lichamelijke inspanning gewend en dus gutste het zweet uit al zijn poriën. Opnieuw trok hij de riemen naar zich toe. Hij vermoedde dat hij het niet alleen door het roeien zo heet had, maar ook door de benauwde omstandigheden in de Drebbel. Ze waren ongeveer tien minuten onderweg, maar nu al was de lucht in hun vaartuig om te snijden. Voor hem zat Hanah Cordovero, die eveneens flink aan de riemen trok. Voorin hurkte Jansen voor een patrijspoort en bestuurde de duikboot. Op de bank achter Obediah stond de mechanische Turk, die helemaal niets nuttigs bijdroeg.

Eigenlijk was het tochtje met de Drebbel eerder iets voor Vermandois en Justel geweest, die er lichamelijk een stuk beter aan toe waren dan hij. De graaf had Obediah echter onmiddellijk meegedeeld dat hij zelfs niet in het onderwaterschip zou stappen als daar 'Adonis hoogstpersoonlijk op hem zat te wachten, ongekleed en ingeolied'. Cordovero was juist erg geïnteresseerd in de Drebbel en hoe die precies werkte. Zij had beslist willen meevaren, en had bovendien aan Obediah gevraagd om haar te begeleiden. En aangezien hij de Sefardische nauwelijks iets kon weigeren, zat hij nu ook in deze vochtige reuzenkokosnoot.

Hij twijfelde er niet aan dat het apparaat van Drebbel perfect zou functioneren. Het vaartuig was zo goed als waterdicht en de roeispanen, die door geoliede leren huiden in de wand naar buiten staken, zorgden voor genoeg aandrijfkracht. Ook het opduiken was geen probleem. Met hulp van een pomp konden ze via een uitschuifbare buis van boven lucht aanzuigen, die de boot stijgvermogen gaf. Maar hoewel Obediah al deze technische details kende, stond het angstzweet hem in de handen. In theorie werkte alles wel, maar in de praktijk was hij nooit langer dan dertig seconden onder water geweest.

Jansens gevloek haalde hem uit zijn gedachten. 'Wegwezen, kreng!'

'Wat zie je?' vroeg Cordovero.

'Een haai. Ha, laat maar komen, die bijt zijn tanden op ons stuk.'

Obediah kreunde.

Cordovero lachte. 'Hoe bevalt ons uitje je tot nu toe?'

'Goed,' wist Obediah uit te brengen.

Ze draaide zich om en keek hem met haar donkere ogen aan. 'Dat zie ik. Maak je geen zorgen, er kan ons niet veel gebeuren.'

'We zouden kunnen verdrinken, lady Hanah.'

'De haven is niet diep. In het ergste geval moeten we een stukje zwemmen. Je kunt toch zwemmen?'

'Ik... Eigenlijk... Niet erg goed.'

'Maar ik dacht dat Londen aan een grote rivier lag?'

Obediah wilde Cordovero juist uitleggen dat de Theems niet echt geschikt was om in te baden toen er een schok door de Drebbel ging.

'Halleluja,' zei Jansen. 'We zijn er.' De vrijbuiter liep naar het luik in het dak en duwde het open.

Obediah hoorde het ruisen van de zee en het gekrijs van meeuwen.

Toen klom de Deen het laddertje op en riep: 'Alles in orde!'

Cordovero en Obediah volgden hem naar boven. De Drebbel dobberde een paar honderd yards westelijk van de haven van Mocha in ondiep water. Iets verderop was een breed zandstrand. Jansen wenkte iemand. Het was Marsiglio, die met een aantal kamelen op de oever stond te wachten. Samen met een paar sjouwers die de Bolognezer god weet waar had weten op te trommelen, laadden ze de kisten en apparaten uit die niet voor de ogen van een Osmaanse factoor bestemd waren. Dankzij de hulp van de lokale mensen duurde dat nog geen twintig minuten.

Een van de mannen wees naar de Drebbel en zei iets in het Arabisch. Cordovero antwoordde hem.

'Wat zei hij?' vroeg Obediah.

'Dat hij nog nooit zo'n vaartuig heeft gezien.'

'En wat heb je geantwoord, lady Hanah?'

Ze glimlachte. 'Dat het niets bijzonders is en dat in het Frankenland elke kleine schipper zo'n onderwaterboot heeft.'

Hij glimlachte terug, maar toch wat zuinigjes. 'Vroeg of laat vertelt hij dat aan de hele stad.'

'Eerder vroeg, denk ik. En daarom moeten we maken dat we wegkomen.'

'Ja, zeker. Marsiglio heeft al rijdieren en gidsen geregeld en brengt onze contrabande daar nu heen.' Verlangend keek Obediah de vertrekkende kamelen na.

'Ben je klaar?' riep Jansen, die alweer op de Drebbel gehurkt zat. 'Er staat ons nog een duikpartij te wachten. En als je denkt dat ik dit ding in mijn eentje terugroei dan heb je het mis, Chalon.'

Obediah knikte. Hij bood Cordovero zijn arm aan. Die pakte ze, en samen stapten ze door het schuim terug naar hun eigenaardige boot.

•◆•

Obediah Chalon had nog nooit een woestijn overgestoken. Er waren allerlei dingen waarover hij zich voor hun vertrek uit Mocha zorgen had gemaakt: de hitte natuurlijk, maar vooral ook andere gevaren, waarover hij had gelezen in een reisverslag van een Engelsman, Blunt. Je had bijvoorbeeld de schorpioenen van een voet lang die een man met één steek konden doden; er bestond het gevaar dat je omkwam van de dorst omdat je de volgende oase misliep; verder schreef Blunt over de Vill'ah, Jemenitische bandieten die bijzonder genadeloos schenen te zijn. Toen hij Marsiglio over die laatsten vertelde, knikte de Bolognezer driftig en schilderde vervolgens in geuren en kleuren de wreedheid van deze rovers.

Gelukkig waren tot nu toe de enige levende wezens die ze waren tegengekomen twee zingende derwisjen op een zebra geweest. Ook was het niet zo heet als Obediah had gevreesd. Van de reuzenschorpioenen, volgens Blunt de gesel van Zuid-Jemen, hadden ze nog geen spoor gezien. Als dan toch iets zijn dood zou betekenen, zou het waarschijnlijk die verdomde kameel zijn waarop hij nu al acht dagen door de woestijn schommelde. Obediah was een uitstekend ruiter, maar de ongewone bewegingen van het eigenaardige dier waren een kwelling voor zijn rug. Bovendien werd hij er misselijk van. Op een kameel rijden was erger dan bij ruwe zee het Kanaal oversteken. Hij knipperde met zijn ogen in de hoop dat het misselijke gevoel en de duizeligheid zouden verdwijnen, maar dat was helaas niet het geval. Voorzichtig haalde hij zijn verrekijker uit zijn zak en speurde de horizon af. In de verte doemde iets op wat een gebouw zou kunnen zijn. Als de kaarten die hij in Mocha had gekocht de afstanden min of meer goed aangaven, kon dat alleen Bayt al-Faqih zijn. Of misschien was het wel zo'n verschijning die de Venetianen *La Fata* noemden, de fee. Ook daarover vertelde Blunt uitgebreid, maar tot nu toe hadden ze er nog geen gezien.

Obediah reed in het voorste deel van hun kleine karavaan. In totaal waren ze met zijn twaalven. In Mocha hadden ze zes mannen met kamelen ingehuurd als lastdragers en bovendien zes dieren voor zichzelf aangeschaft. Eigenlijk was Obediah van plan geweest paarden te kopen, maar Justel had hem dat dringend afgeraden. Geen enkele echte handelaar hier, zei de hugenoot, zou op een paard iets door de woestijn vervoeren omdat die dieren vaak in het zand wegzonken, en hetzelfde gold voor koetsen. Voor en achter hem reden Cordovero, Da Glória, Marsiglio, Justel en Vermandois. Jansen reisde niet met hen mee. Hij liet in Mocha een aantal aanpassingen aan het schip doorvoeren, waarna hij ermee naar Aden zou varen om hen weer op te pikken.

Toen ze dichter bij het verre gebouw kwamen, zag Obediah dat het beslist geen woestijnfee was. Het kleine fort was heel echt. Het was gebouwd van lichtgrijs steen, met één, boven de muren uitstekende houten toren, waarvandaan je waarschijnlijk de hele omgeving goed in de gaten kon houden. Boven het fort wapperde een rode vlag, met daarop dezelfde klingen die Obediah ook al in Smyrna waren opgevallen, ook al zagen ze er hier ietsje anders uit.

Cordovero kwam naast hem rijden. 'Zie je al iets?'

'We zijn er bijna. Daarginds ligt Beetlefucky. Boven het fort wappert een vlag met een... Nou ja, het lijkt nog het meest op een schaar.'

'Wat voor schaar?'

'Dezelfde als in Smyrna.'

Cordovero barstte in lachen uit.

'Waarom ben je zo vrolijk, lady Hanah?'

'Omdat je Zulfikar een schaar noemt.'

Hij keek haar vragend aan. Hanah Cordovero ging gekleed in mannenkleren. Haar haar was nog altijd gemillimeterd en op haar hoofd droeg ze een tulband waarvan ze het onderste gedeelte voor haar gezicht had geslagen. Het zou moeilijk genoeg worden om de aanwezigheid van één vrouw uit te leggen, en dus had Cordovero zich bereid verklaard om zich ook de komende tijd als man voor te doen, zoals ze sowieso al gewend was. Van de condessa een man maken was helaas onmogelijk gebleken. Haar overweldigende vrouwelijkheid viel niet te verbergen, wat ze ook droeg.

Obediah moest toegeven dat hij de als man verklede Cordovero tien keer zo interessant vond als de prachtig uitgedoste – op dit moment als adellijke dame uit Constantinopel – Da Glória.

'Het is een gestileerd zwaard. En niet zomaar een, maar het wapen van Ali. Je weet wie dat is?'

Obediah schudde zijn hoofd.

'Ali was de schoonzoon van de profeet Mohammed, een machtig krijger.' Haar ogen stonden geamuseerd. 'Voor Arabieren is zijn zwaard zoiets als het crucifix voor de Franken. Dus als je het kruis een wasrekje had genoemd, was dat net zo grappig geweest. Maar genoeg hierover. De vlag met Zulfikar is een Osmaanse oorlogsbanier. Vermoedelijk zijn er janitsaren in de vesting.'

Obediah zuchtte. 'Die lui lijken echt overal te zijn. Maar ach, waarschijnlijk is het onbelangrijk. We willen toch niet naar het fort, alleen naar de karavanserai die ergens in de buurt van de militaire post moet liggen.'

Een moment lang reden ze zwijgend naast elkaar.

Toen vroeg Cordovero: 'Stel dat onze onderneming slaagt, wat ga jij dan met je goud doen?'

Hij haalde zijn schouders op en staarde naar de zadelknop. 'De gewone dingen, denk ik. Goed eten, een goed huis. Alle natuurfilosofische traktaten kopen die ik te pakken kan krijgen. Ik moet vooral de hand zien te leggen op een uitgave van de mathematische verhandeling van die professor uit Oxford. Iedereen heeft het erover.'

'De *Principia*?'

'Die, ja.'

'Een moeilijk boek, schijnt het. Maar al die dingen bij elkaar zijn nog niet genoeg om je dertigduizend te verbrassen.'

'Ieder van ons krijgt tienduizend.'

Ze lachte alweer. 'Jij bent de leider van deze expeditie. Ik geloof nooit dat je hetzelfde bedrag krijgt als het gewone voetvolk.'

'Misschien heb je gelijk. In elk geval denk ik erover om na deze reis naar Londen terug te keren. Ik kan me niet voorstellen ergens anders te wonen.'

'Alle anderen willen iets. Jij niet?'

'Lady Hanah, ik kan je niet helemaal volgen.'

'Je vriend Marsiglio droomt ervan om naar de Amazone te reizen en *bandeiras* te financieren, ontdekkingsexpedities in het oerwoud.'

'Wil hij goud zoeken?'

'Nee, planten. Hij wil een boek schrijven over de reusachtige en wonderbaarlijke bloemen die daar schijnen te groeien. Sommige zijn zo groot als een ossenkop. Ze voeden zich niet met aarde en water, maar eten reuzenlibellen en zelfs kleine aapjes.'

Obediah grijnsde. 'Zegt Marsiglio.'

'Ja. In elk geval is hij van plan daarheen te reizen en een boek te schrijven over de flora van de Amazone. Het moet zijn levenswerk worden en een beroemd botanicus van hem maken.'

'Dat heeft hij je allemaal verteld?'

'Jazeker. En Justel wil de manufactuur van zijn oom in Spitalfields redden, die aan de rand van een bankroet staat. Ze hebben heel hard zo'n nieuw apparaat voor katoendruk nodig. Daarmee kun je sneller stofpatronen maken dan wevers dat kunnen. Jansen wil een eigen schip, zodat hij voortaan eigen baas is en nooit meer voor de Hollanders hoeft te werken, die hij schijnt te haten als de baarlijke duivel zelf. En Vermandois? Vermandois wil een prins zijn die in een prachtig paleis woont. Of misschien ook wel een prinses. En hij wil dat zijn vader weer van hem houdt.'

'Hoe weet je dat allemaal?'

'Ik praat met mijn reisgenoten. En ik observeer ze. Terwijl jij schrikbarend weinig lijkt te weten over de mensen die je aanvoert, als ik me die opmerking mag veroorloven.'

'En wat wil de condessa?'

'Die? Die wil alleen maar rijk zijn, geloof ik.' Ze keek zijn kant op.

Hij bestudeerde haar gezicht, waarvan alleen het gedeelte rond de ogen zichtbaar was. Dat gaf niets, want haar donkere ogen en zwarte wenkbrauwen waren in zijn ogen het mooiste aan haar.

'Een heel simpel doel,' vervolgde Cordovero, 'maar ze is dan ook een niet erg ingewikkeld mens. Jij daarentegen...'

'Ja?'

'Jij bent in elk geval diepgaander dan de condessa. Slimmer. Complexer. En wat ik dus niet geloof, is dat je geen doel hebt, geen droom die je met al dat goud wilt verwezenlijken. Dat je het alleen maar om het goud wilt, lijkt me onwaarschijnlijk.'

'En als dat toch zo is?'

'Dan zou ik dat teleurstellend vinden.'

'En wat hoop jij met je aandeel te doen, lady Hanah?'

'Overleven. In een wereld vol wolven.' Toen keerde ze zich af en gaf haar kameel een klap met de zweep.

•◆•

De musketier reikte naar het kopje. Zodra hij zich naar voren boog, voelde hij een steek in zijn knie. Ondanks zijn uitstapje naar het rijk van de Turken vond hij de gewoonte om op de grond te zitten nog altijd vreselijk ongemakkelijk. Anders dan hij leek de dikke, kleine man die tegenover hem in kleermakerszit zat zich prima te voelen. Terwijl Müteferrika Süleyman Ağa een slokje van zijn koffie nam, humde hij tevreden. Het huis van de ambassadeur was ingericht als een Turkse serail – niet dat Polignac er ooit een vanbinnen had gezien, maar hij kende de Turkse harems van schilderijen en tekeningen. Overal hingen baldakijnen met kostbare borduursels, op de tegelvloer lagen zijden kussens in alle vormen en kleuren. Ertussen stonden anjers en tulpen, niet in bossen maar op de Turkse manier, apart in kleine vaasjes, zodat je het gevoel had dat je midden in een bloembed zat. In een hoek van de kamer stond een Moor met een palmwaaier om hen koelte toe te wuiven. Polignac vroeg zich af of de aga echt zo woonde of dat al deze luister alleen ten behoeve van de gasten was – een soort decor om de Franken de pracht van het

Osmanendom te laten zien. Beide leek hem mogelijk.

Aan een van de weinige wanden die niet onder banen stof schuilging, hing een schilderij. Er stond een Turk op die aan een bloem rook. De afgebeelde deed Polignac sterk denken aan de sultan onder wiens niet al te waakzame oog hij de derwisj had overrompeld, waarna hij uit het janitsarenkamp was gevlucht. Met zijn kopje wees hij naar het schilderij. 'Vergeef me mijn onwetendheid, seigneur, maar welke sultan is dat? Murat de...' – bijna had hij Murat de Wrede gezegd, maar op het laatste moment corrigeerde hij zichzelf – '... de Vierde?'

'Murat zult u nooit met een roos afgebeeld zien. Hij had niet veel met mooie dingen en heeft zelfs koffie laten verbieden. Dat is Mehmet II, ook wel de Veroveraar genoemd. De eerste Qayser-i Rum.'

'Noemde hij zichzelf Roomse keizer? Dat zal Leopold I bestrijden.'

Er verscheen een diepe rimpel tussen Müteferrika's borstelige witte wenkbrauwen. 'Constantinopel was de zetel van het Roomse Rijk. Toen de padisjah de stad innam, ging de keizertitel automatisch op hem over, en ook op zijn opvolgers. Leopold is een usurpator.'

Polignac zweeg. In zijn ogen was er maar één monarch die de grootheid bezat om het ambt van keizer van het heilige Roomse Rijk te vervullen, en dat was Louis XIV.

'Goed, maar u bent vermoedelijk niet hierheen gekomen om met mij over Roomse keizers te discussiëren,' zei de ambassadeur. 'Wie heeft u gestuurd?'

'Seigneur?'

'Zoals u weet, ben ik al heel lang hier. Ik krijg veel gasten. Die komen...' – hij wees op alle praal om hen heen – '... om iets van de Oriënt op te snuiven, en natuurlijk vanwege de koffie. Meestal zijn het dames. Soms kunstenaars en schrijvers. Een hooggeplaatste officier van een koninklijk regiment heeft er tot nu toe nooit tussen gezeten.'

Polignac had wel een vermoeden waar de aga op doelde. Müteferrika Süleyman was waarschijnlijk de eenzaamste ambassadeur ter wereld. Toen hij jaren geleden naar Parijs kwam, had hij het door een combinatie van arrogantie en domheid voor elkaar gekregen om al na zijn eerste audiëntie van het hof verbannen te worden. De aga had de Grote Man in alle ernst opgedragen ter ere van de sultan op te staan, een brutaliteit die Polignac de adem benam als hij er alleen al aan dacht. Zijne Majesteit was natuurlijk blijven zitten. Verder had Louis duidelijk gemaakt dat hij deze onbehouwen Turk nooit meer wilde zien. Vanaf dat moment was Müteferrika in Versailles persona non grata en moest hij in Parijs blijven. De hoge adel meed hem. Ook Polignac was alleen hier omdat Rossignol hem dat had aangeraden. De cryptoloog onderhield, anders dan de rest van het hof, kennelijk discreet maar regelmatig contact met de Osmaanse gezant.

'Inderdaad ben ik bij u gekomen vanwege een ernstige en enigszins delicate kwestie.'

Onder het genot van een aantal kopjes koffie vertelde hij Müteferrika over zijn reis naar Smyrna, over Chalon en Vermandois, en over de samenzwering die Rossignol en hij ontdekt meenden te hebben.

De aga luisterde zwijgend toe. Toen de musketier klaar was, zei hij: 'Een vreemd verhaal. En nu bent u het spoor van deze schurk kwijtgeraakt?'

'Ja. Maar zoals u weet, heeft Zijne Majesteit ogen en oren in het hele Middellandse Zeegebied. Monsieur Rossignol heeft maanden geleden al depêches naar alle grote havens gestuurd, met het verzoek op de hoogte te worden gesteld als Chalon ergens wordt gezien.'

'En?'

'We hebben bericht gekregen van een scheepsmakelaar in Alexandrië,' antwoordde Polignac.

'Heeft hij daar levensmiddelen aan boord genomen?'

'Nee. Het schijnt dat hij zijn schip heeft verkocht.'

'Wat betekent dat hij over land verder reist. Maar waar wil hij heen, capitaine?'

'Dat weten we niet. Misschien wil hij naar Barbarije om daar een zeerover in dienst te nemen.'

'Dan had hij ook meteen met zijn schip in Tripoli of Algiers voor anker kunnen gaan. Wie in Alexandrië van boord gaat, wil over het algemeen naar Suez.'

Polignac was tot dezelfde slotsom gekomen. De aga was niet zo dom als zijn voorgeschiedenis deed vermoeden.

'Maar dan?' vroeg de ambassadeur. 'Het is onwaarschijnlijk dat hij naar Mekka wil.'

'Ik weet het niet, monsieur. Zolang hij in Arabië is...'

De aga glimlachte. 'U wilt zeggen dat hij vanaf nu ons probleem is.'

'Nou ja, hij bevindt zich wel in uw gebied.'

'Toch hoop ik dat Frankrijk ons zal helpen. Zoals u al zei, de ogen van uw spionnen...'

'... reiken niet tot in Arabië. Bovendien zijn sommigen in de regering van Zijne Majesteit van mening dat we u niet verder moeten helpen.'

'Hoezo niet?' vroeg de aga. 'Mag ik u eraan herinneren dat ik me er op verzoek van monsieur Rossignol persoonlijk voor heb ingezet dat een afgezant van de padisjah u bij uw onderzoek ondersteunde?'

'Dat klopt, en daar dank ik u voor. Helaas hebben andere elementen van de Porte zich niet zo behulpzaam gedragen.'

'Hoe bedoelt u?'

Polignac vertelde de ambassadeur over zijn belevenissen met de janitsaren.

De gezant schoof onrustig op zijn kussen. 'U hebt zich tegen het bevel van çorbacı Tiryaki verzet en een bektasjipriester overmeesterd?'

Polignac haalde zijn schouders op. 'Ik moest zo snel mogelijk terug naar Parijs om daar verslag te doen. En verder ben ik alleen Zijne Majesteit gehoorzaamheid verschuldigd, niet een of andere janitsarenluitenant.'

Met een zijden zakdoek depte de aga het zweet van zijn voorhoofd. De Moor met de waaier verdubbelde zijn inspanningen. 'Tiryaki is niet zomaar een luitenant. Hij is een erg invloedrijk man.'

'In welk opzicht?'

'Hij is de halfbroer van de *bostancı-başı*.'

'De wat?'

'De hoofdtuinman.' Toen de aga zag dat Polignac hem nog altijd niet-begrijpend aankeek, voegde hij eraan toe: 'Een eufemisme. De bostancı-başı is zeg maar de tegenhanger van uw Nicolas de la Reynie. Hij zorgt ervoor dat de tuin van de verheven padisjah er altijd keurig bij ligt. Hij trekt het onkruid uit en verdelgt het ongedierte, als u begrijpt wat ik bedoel.'

Bij het horen van de naam La Reynie kromp Polignac even ineen. Kennelijk had hij er een handje van om het bij machtige politiechefs te verbruien. 'Het kan me niet schelen wie hij is. De janitsaren hadden me moeten helpen. In plaats daarvan hinderden ze mijn werk. En het lijkt erop dat ze zich ook verzetten tegen de wil van de grootvizier en daarmee tegen die van uw heer.'

Müteferrika schudde zijn hoofd. 'Deze zaken zijn erg ingewikkeld, monsieur. U weet te weinig over de Bâb-ı Âlî om te begrijpen waar dit precies om gaat.'

'Dat hoef ik ook helemaal niet. Ik ben soldaat, geen hielenlikker aan het hof. Ik heb u verteld wat uw tegendraadse janitsaren zoal uitspoken. En monsieur Rossignol zal het u laten weten als we iets over Chalon horen, al is dat voorlopig onwaarschijnlijk. Als tegenprestatie vraag ik u ons te informeren als hij door u wordt opgepakt. En hetzelfde geldt voor de graaf van Vermandois.'

De aga keek hem nogal ongelukkig aan. 'Ik begrijp dat u boos bent over dat voorval met de janitsaren. De kwestie zal wellicht stof doen opwaaien. Daarom kan ik niets beloven, maar ik zal per omgaande aan de Porte schrijven.'

Hopelijk, dacht Polignac, gebruikt u een goed geheimschrift. De hemel wist wie allemaal de post van de aga in handen kregen voordat die de grootvizier bereikte. Ongetwijfeld Rossignol, mogelijk het zwarte kabinet van de Weense Hofburg. En in Constantinopel werd de brief misschien onderschept door die tuinman die geen tuinman was. De musketier stond op en bedankte de aga voor zijn gastvrijheid. Toen liet hij zich door een van de Moren naar de uitgang brengen, waar een andere dienaar al met zijn paard stond te wachten. Polignac sprong in het zadel. Snel liet hij de residentie van de ambassadeur achter zich. Na ongeveer honderd pieds draaide hij zich nog één keer om en keek over zijn schouder. Müteferrika's huis was het mooiste aan de Avenue du Palais des Tuileries, de straat die de koning enige jaren geleden in het hart van Parijs had laten aanleggen. Polignac vond dat de bijna kasteelachtige woning goed bij de Turk paste. Achter alle grandeur waarmee de Turken zich zo graag omringden lag soms maar weinig verborgen. Hij draaide zich om en reed weg.

•◆•

Ze bereikten Bayt al-Faqih laat in de middag. Uit de verte had de woestijnnederzetting er verlaten uitgezien, maar nu de verzengende zon de horizon naderde, kwamen er mensen uit de kleine witte hutten en gekleurde tenten die in kluitjes rond het fort stonden. Ze maakten het zich gemakkelijk op dekens en kussens, staken kampvuren aan. Obediah schatte dat deze omslagplaats voor koffie nauwelijks meer dan honderd inwoners telde. Daar kwam echter nog minstens het drievoudige bij aan kooplieden, kamelendrijvers en bewakers. Toen ze vanuit het zuiden de nederzetting in reden trok hij zijn sjaal voor zijn mond. Buitenlanders waren nergens te bekennen; er leken hier alleen Jemenieten en andere Arabieren te zijn. Nu zag Obediah ook een paar soldaten die vanaf de weergangen op de vestingmuur op de drukte neerkeken. Ze droegen de witte börk van de janitsaren.

In de karavanserai gaven ze de kamelen te drinken. Marsiglio onderhandelde een tijdje met een oude bedoeïen, totdat de twee het eens waren geworden over een prijs voor hun onderkomen. De condessa kreeg haar eigen kamer, maar voor de rest van het gezelschap was er één gezamenlijke ruimte. Marsiglio raadde hun aan goed op hun spullen te passen, omdat volgens hem de gemiddelde woestijnbewoner grijpgragere handjes had dan een bedelaar in Southwark.

Nadat ze hun onderkomen hadden betrokken – een verzameling stoffige kussens onder een afdak zonder muren – besloot Obediah een verkenningswandeling te maken zolang het nog licht was. In de tentenstad ten westen van het fort zaten mannen in kleine groepjes te kletsen en waterpijp te roken. Venters met metalen kannen liepen tussen de verschillende groepjes door om koffie te verkopen. Hij wenkte een van de koffieventers en stak hem een Egyptisch muntje toe. De man pakte het aan en schonk hem een beker koffie in. Obediah nam een slok. Als dit koffie was, was het geen erg goede. Eerlijk gezegd smaakte het verschrikkelijk; zelfs de koffie in de havenkroegen aan Thames Street was sterker. Toen hij wat beter in zijn beker keek, stelde hij bovendien vast dat hij de bodem kon zien, zo slap was het spul.

Hij liep de verkoper achterna en trok hem aan zijn mouw. Toen de man zich naar hem omdraaide, zei Obediah in het Frans: 'Pardon, is dit koffie?'

De man keek hem niet-begrijpend aan.

'Koffie?'

Opnieuw geen reactie.

'*Qahwa*?'

De man schudde zijn hoofd. '*Qishr. Tuṣbiḥ 'alā khayr*.' Toen draaide hij zich om en verdween tussen twee tenten.

Obediah nam nog een slokje. Nu hij wist wat hij kon verwachten smaakte de drank niet eens zo slecht, alleen niet naar koffie. Het deed hem denken aan die eigenaardige Chinese drank die ze *cha* noemden en die hij ooit in een Amsterdamse salon had geproefd.

'Als u een kop echte koffie wilt, mag u wel bij ons komen zitten,' zei iemand in het Italiaans, maar met een sterk accent.

Toen Obediah zich naar de spreker omdraaide, zag hij zes mannen rond een vuur zitten.

Een van de onbekenden kwam overeind. Hij was een Moor, maar eentje van de lichte soort. Hij kruiste zijn handen voor zijn borst en maakte een buiging. 'Ik heet Yusuf Ibn Tarik. Neemt u alstublieft plaats bij ons bescheiden vuurtje. Bent u Frans?'

Ook Obediah boog. 'Jules Phélypeaux de Chateauneuf, uw bereidwillige dienaar.' Hoewel hij enigszins wantrouwig was, deed hij toch wat de man zei. Hij was nog maar nauwelijks gaan zitten of een van de andere mannen reikte hem een kom inktzwarte koffie aan. Hij bedankte de man in het Frans en in het Latijn, wat die met een verlegen glimlach beantwoordde.

'Mijn vrienden spreken de Frankische taal niet, vergeeft u ze,' zei de Moor.

'Maar u spreekt Italiaans, vermoedelijk beter dan ik.'

'Ik ben een tijdlang in dienst geweest van de Venetianen.'

'Ik begrijp het. Dank u voor de koffie. Die is een stuk beter dan het spul van die venter.'

'Wat wij hier drinken is *qahwa bunnîya*, wat de Turken *kahve* noemen en u koffie. Die houdt ons de hele nacht wakker zodat we elkaar verhalen kunnen vertellen en ter ere van Allah de *dhikr* kunnen uitvoeren. Wie wil slapen, drinkt een brouwsel dat gemaakt wordt van de gedroogde schillen van de koffieboon. Wij noemen het qishr, en het is niet zo opwekkend als bunn.'

Schillen van koffiebessen waren er in Bayt al-Faqih waarschijnlijk in overvloed. Toen ze de stad binnenreden had Obediah omheinde, bewaakte terreintjes gezien waarop de van de Nasmurade afkomstige koffie gedroogd werd. Voordat dat gebeurde kookten de arbeiders de bessen in grote kuipen om het vruchtvlees los te maken van de pitten. Tot nu toe was hij ervan uitgegaan dat de uitgekookte schillen aan de schapen of kamelen werden gevoerd.

'Ghiours zoals u raken maar zelden in deze streek verzeild,' merkte Ibn Tarik op. 'Mag ik vragen wat u hier doet?'

Obediah hoefde niet lang na te denken. Al weken geleden hadden ze hun verhaal ingestudeerd. 'Ik reis mee in het gevolg van een adellijke dame uit Constantinopel. Ze trouwt met een zoon van de sultan van Sana'a om de band tussen die stad en de Verheven Porte te verstevigen.'

'Maar wat doet een Fransman in het gevolg van een Osmaanse prinses?'

Zijn gastheer werd hem zo langzamerhand echt te nieuwsgierig. Obediah kende zijn dekmantel weliswaar op zijn duimpje, maar kennelijk bezat de man een messcherp verstand, en vroeg of laat zou hem een ongerijmdheid opvallen.

'Haar moeder was een Venetiaanse haremdame van de laatste Grand Seigneur. En zoals u vast en zeker weet, raken de Franse zeden en de stijl van ons hof in Constantinopel steeds meer in de mode, en daarom heeft men mij in dienst genomen.'

'U bent een hoveling?'

'Leraar. Ik geef de prinses les in de Franse taal, dansen en de etiquette van Versailles.'

Ibn Tarik trok een gezicht alsof hij erover na moest denken of dit antwoord hem tevreden stelde.

Voordat hij de volgende inquisiteursvraag kon stellen, sloeg Obediah op zijn bovenbenen en ging staan. 'Ik dank u voor de koffie, signore Tarik. Nu moet ik weer verder. Mijn dame wil vanavond nog worden onderricht in de *passacaille*. Het ga u goed.'

Ibn Tarik maakte een lichte buiging. Obediah deed hetzelfde. Toen maakte hij dat hij wegkwam. Intussen was het donker geworden en de hitte van overdag had plaatsgemaakt voor een aangename koelte, die, zo had hij inmiddels geleerd, de komende uren in bittere kou zou veranderen. Obediah was dankbaar voor de vele kleine kampvuren, want zonder die lichtbakens had hij de weg naar de karavanserai nooit teruggevonden. Toen hij daar aankwam, haalde hij zijn pijp uit zijn zak, stopte die en begon te roken. Het was het laatste restje van zijn Amsterdamse kwetsentabak dat naar de hemel kringelde. Voortaan zou hij moeten roken wat zijn medereizigers of de Arabieren hem aanboden. Het spul waarmee die laatsten hun waterpijpen vulden, was beslist geen Virginiatabak. Het stonk verschrikkelijk. Misschien waren het ook wel gedroogde koffieschillen? Dat scheen het enige te zijn wat in dit godverlaten oord ruim voorhanden was. Terwijl Obediah zijn pijp rookte, kon hij in de verte Justels gelach horen. Waarschijnlijk vertelde Marsiglio weer eens een van zijn ongelooflijke verhalen. Als hun onderneming slaagde, kon hij een fraai exemplaar aan zijn collectie toevoegen.

Obediah keek naar het verlichte fort. De route naar de koffieberg ging vlak langs de kleine vesting, wat zeker geen toeval was. Elke koffiekaravaan die van de Nasmurade naar Bayt al-Faqih reisde, zo had hij vanmiddag gezien, werd door de janitsaren rechtstreeks doorgeleid naar het omheinde terrein waar de bonen gekookt en dus onvruchtbaar gemaakt werden. Zo zorgden de Turken ervoor dat er geen onbehandelde koffiebessen in Mocha of Alexandrië terecht konden komen. Hij vroeg zich af of weleens eerder iemand had geprobeerd dit systeem te omzeilen. Het was vast en zeker mogelijk. Tenslotte waren de bessen klein genoeg om ze ergens in je kleding of iets anders te verstoppen.

Terwijl hij erover piekerde hoe je ruwe koffie het beste zou kunnen smokkelen, vond op de muren van het fort een wisseling van de wacht plaats. Toen hij de janitsaren op de muur zag, gleed er een huivering door hem heen. Nerveus trok hij aan zijn pijp. Ze konden alleen maar bidden dat hun informatie over de Nasmurade min of meer klopte.

Obediah moest een geeuw onderdrukken. Zelfs de koffie van Ibn

Tarik had zijn vermoeidheid niet kunnen verdrijven. Hij stond op en liep om de karavanserai heen, in de richting van de latrines. In de woestijn, ruim honderd voet achter het hoofdgebouw, had men tussen houten palen een paar banen tentdoek gespannen om de latrines aan het oog te onttrekken. Hij liep ernaartoe. Al na een paar yards vervloekte hij zichzelf dat hij geen lantaarn had meegenomen, want buiten het kamp was het pikdonker. De smalle maansikkel gaf zo weinig licht dat hij zelfs nauwelijks de ruwe vormen van het landschap kon onderscheiden.

Toen hij bij de latrines aankwam, hoorde hij gespetter. Het klonk niet alsof iemand stond te wateren, maar eerder alsof iemand zich waste. Hij ging achter de baan stof staan en begon te plassen. De wasgeluiden verstomden; de ander leek even te stoppen. Obediah maakte zijn bezigheden af. Toen hij zijn broek weer had dichtgeknoopt hoorde hij opnieuw iets – geen geplas maar een metalig geschraap. Hij kende dat geluid. Iemand trok een wapen uit een schede. Meteen was hij klaarwakker. Zo stil als hij kon haalde Obediah zijn pistool achter zijn riem vandaan. Langzaam verplaatste hij zich in de richting van het geluid. Hoewel zijn ogen inmiddels aan de duisternis gewend waren, zag hij niemand. Hij sloop verder. Toen hij bijna aan het andere uiteinde van de baan stof was aangekomen, stootte hij met zijn voet ergens tegen. Er klonk een klokkend geluid toen de kruik omviel en de inhoud over het zand stroomde. Obediah merkte dat achter hem iets bewoog. Zonder na te denken draaide hij zich om, hief het pistool en haalde de trekker over. Een knal verscheurde de stilte, en één fractie van een seconde werd alles verlicht. Obediah keek in het geschokte gezicht van Hanah Cordovero, die slechts een voet bij hem vandaan stond, met in haar rechterhand een kromme dolk. Ze was spiernaakt.

Toen werd het weer donker.

'Hanah!' riep hij. 'Ik ben het, Obediah. Vergeef me, lady Hanah. Ik dacht dat je een bandiet was. Wat doe je hier?'

Ze hijgde. 'Ik probeerde me te wassen.'

'Op dit tijdstip?' vroeg hij ongelovig.

'Ik kan me moeilijk gaan wassen waar iedereen bij is, hè? Dan is het gebeurd met mijn vermomming. Dit is het enige moment van de dag waarop ik hier ongestoord ben. Tenminste, dat dacht ik.'

'En dat mes?'

Het antwoord was een geërgerd gesnuif. 'Wat denk je dat de meeste mannen zouden doen als ze in de woestenij een vrouw tegenkwamen, moederziel alleen en ook nog eens ongekleed?'

Voordat hij daarop kon antwoorden hoorden ze geschreeuw in de verte. Het kwam uit de richting van het fort.

'We moeten maken dat we wegkomen,' zei hij. 'Straks wemelt het hier van de janitsaren, vrees ik.'

'Geef me eerst m'n kleren.'

'En waar zijn die?'

'Ergens rechts van je.'

'Ik zie geen hand voor ogen. Heb je een lantaarn bij je?'

'Ja, maar dan zien de Turken ons.'

Ze konden nu horen dat mensen vanaf het fort hun kant op kwamen.

Obediah gluurde door een gat in het scherm. De janitsaren waren met zijn vieren en hadden fakkels bij zich. Heel even dacht hij na, toen zei hij: 'Kom mee.'

'Waar wil je naartoe?'

'De woestijn in. Overdag heb ik gezien dat hier diepe geulen zijn. We verstoppen ons in een van die gaten totdat de janitsaren weg zijn.'

'Ik ben naakt!'

'Je hebt mijn erewoord als gentleman dat ik je niet zal aanraken.'

'Je erewoord zal niet verhinderen dat ik bevries.'

De janitsaren waren inmiddels zo dichtbij dat hij de versieringen op hun börks kon onderscheiden. Snel liep hij in de richting waarin hij Cordovero vermoedde en greep naar haar arm. Hij voelde dat zijn hand langs haar borst streek voordat hij haar schouder te pakken kreeg.

'Wat doe...'

'Stil nu,' siste Obediah. 'Ze zijn er bijna.'

Hand in hand liepen ze zo snel en stilletjes als ze konden de inktzwarte nacht in. Het was een wonder dat ze niet struikelden. Toen de fakkels van de soldaten alleen nog lichtpuntjes in de verte waren, gingen ze plat op het zand liggen.

Hij hoorde Cordovero's tanden klapperen. 'Ik heb een mantel. Neem maar.' Hij reikte haar zijn rijmantel aan en hoorde dat ze die om zich heen wikkelde. Nu had hij het ook koud.

Boven hen fonkelden de sterren, meer dan hij ooit bij elkaar had gezien. In de verte hoorden ze een soldaat brullen.

'Wat zegt hij?' vroeg Obediah.

'Dat ze alles zullen doorzoeken en dat hij versterking haalt.'

Een tijdlang lagen ze zwijgend naast elkaar.

'Geloof jij wat Giordano Bruno zegt?' fluisterde Cordovero.

'Dat de sterren net zo zijn als de zon, alleen verder weg? Het is denkbaar.'

'Fakhr ad-Din ar-Razi heeft dat ook beweerd, lang voor Bruno. Heb je ooit over hem gehoord?'

'Nee, lady Hanah. Maar Huygens huldigt die opvatting ook. En hij...' Obediah zweeg. Hij kon horen dat ze zijn kant op draaide.

'Ja?'

'Hij gelooft dat om die verre zonnen planeten draaien. En dat die bewoond zijn.'

'Door wat?'

'Door intelligente levende wezens. Huygens noemt ze planetariërs.'

'En hoe zien die eruit?'

'Net zoals wij, neem ik aan.'

'Dragen ze pruiken? Of eerder tulbanden?'

'Je steekt de draak met me, lady Hanah.'

'Maar niet vanwege de maanmannetjes aan wier bestaan jij twijfelt. Of toch niet? Uit je toon leid ik af dat je het onzin vindt.'

'Het idee is nogal *outré*, en tot nu toe heb ik het inderdaad als de dwaze gedachte van een oude man beschouwd. Maar nu ik naar deze sterrenhemel kijk, ben ik er niet meer zo zeker van.'

'Ik vind Huygens' gedachte logisch,' zei ze, 'en anderen hebben vergelijkbare ideeën gehad.'

'Wie dan bijvoorbeeld?'

'Schyrleus de Rheita. En jouw Bruno.'

'Waar ik vandaan kom kun je voor zo'n idee gevangengezet of verbrand worden. Een heleboel Adams en Eva's? Dat gaat in tegen de heilige Schrift, lady Hanah.'

'Niet per se. "En onder zijn teken is de schepping van de hemel en de aarde en alle creaturen die hij in beide heeft verdeeld." Zie je? Ook de hemel heeft hij bevolkt.'

'Is dat een Bijbelplaats?'

'Een soera.' Haar tanden klapperden. 'Uit de Alkoran.'

Obediah lachte zachtjes. 'Dan dragen Huygens' planetariërs dus toch tulbanden.'

Obediah voelde een beweging. Toen lag ze plotseling boven op hem en sloeg de mantel om hen beiden heen.

'Lady Hanah!'

'Dit is geen moment voor morele scrupules,' fluisterde ze. 'Hou me warm, Obediah. Doe wat nodig is.'

En tot het ochtendgloren deed hij niets anders. Niemand zag hen, behalve misschien Huygens' planetariërs.

•◆•

De volgende ochtend bestegen ze na een karig ontbijt hun kamelen en reden verder. De soldaten bij de vesting stonden erop een blik in een paar van hun kisten en tassen te werpen. Sommige onderdelen van hun bagage vonden de mannen nogal vreemd, zoals de reusachtige lantaarn die op de rug van een kameel was vastgesnoerd, de vele potjes met alchemistische poedertjes, of de gedemonteerde pop met armen en handen van porselein. Marsiglio legde de janitsaren uit dat het exotische Frankische voorwerpen waren die de prinses als geschenk voor haar toekomstige echtgenoot had meegenomen. Obediah vond de verklaring niet erg geloofwaardig, maar de soldaten leken er genoegen mee te nemen. Kennelijk vertrouwden ze de eigenaardige Frank elke dwaasheid toe. Bovendien leken ze alleen geïnteresseerd in ruwe koffie, en daarvan had hun gezelschap niets bij zich, zelfs geen besje. Toen Obediah ze ten slotte hun vervalste geleidebrieven liet zien, voorzien van het persoonlijke zegel van de grootvizier, lieten de janitsaren hen zonder aarzelen passeren.

De weg, als je die tenminste zo kon noemen, was niet zo uitgestorven als die van Mocha naar Bayt al-Faqih. Telkens weer kwamen ze karavanen tegen, de rijdieren zwaar beladen met zakken vol koffiebessen. Ze reden nu alweer zeven uur door de woestijn. Obediahs rug deed verschrikkelijk veel pijn. Hij voelde zich alsof hij op harde stenen had liggen slapen, wat ook wel ongeveer klopte. Hanah reed steeds weer even naast hem, en hij moest de neiging onderdrukken om haar voortdurend aan te kijken of zelfs zijn hand naar die van haar uit te steken. Het was beter als voorlopig niemand van hun verhouding wist. In plaats daarvan probeerde Obediah zich op de weg te concentreren. Zijn kaarten van dit gedeelte van Jemen verdienden die naam nauwelijks. Al tegen de middag hadden ze volgens zijn informatie een oase moeten bereiken, maar de gids van de karavaan had hem uitgelegd dat ze daar nog uren bij vandaan waren.

Hanah had zich een eindje laten terugzakken en kletste met Vermandois. Obediah reed alleen. In de verte kon hij de bergen zien. De koffieberg kwam langzaam dichterbij. Of in elk geval verbeeldde hij zich dat. Toen hij hoorde dat er een ruiter naast hem kwam rijden, draaide hij zich om. Het was Marsiglio.

'Wanneer rusten we?' vroeg de generaal. 'Deze kameel wordt nog mijn dood.'

'Onze gids zegt dat we de oase waarschijnlijk pas kort voor het vallen van de schemering bereiken.'

Marsiglio slaakte een diepe zucht. 'En tot aan de berg?'

'Wel een dag of drie.'

De graaf gaapte. Het was aanstekelijk. Ook Obediah moest een geeuw onderdrukken.

'Je hebt niet veel geslapen, zeker.'

'Jij kennelijk ook niet.'

'Dat klopt,' zei Marsiglio. 'Te veel qahwa. En daarna heb ik naar een dhikr gekeken.'

Dat woord had de Moor in zijn gesprek met Obediah ook laten vallen. 'Is dat een islamitisch ritueel?'

'Een soefiritueel. Het is een soort nachtmis, met gezang, dans en hasj.'

Obediah had verwacht dat Marsiglio van de gelegenheid gebruik zou maken om een kleine voordracht over het soefisme te houden. In plaats daarvan grijnsde de Bolognezer zelfingenomen en keek hem vragend aan.

'Wat, Paolo?'

'Dat weet je heel goed. Wil je me erover vertellen?'

'Nee.'

'Wat jammer. Iets meer onbeschaamdheid af en toe zou je goeddoen, wist je dat? De liefde is niet iets om je voor te schamen. En ik benijd je overigens.'

'O ja?'

'Ja. Zo eentje als Cordovero heb ik nog niet in mijn repertoire. Maar ik wil niet klagen.'

Obediah trok een wenkbrauw omhoog. 'Je bent niet alleen vanwege de dhikr zo moe.'

'Dat is waar.' Marsiglio streek tevreden over zijn snor. 'Je zou het niet denken, maar ook in zo'n afgelegen woestenij is schoonheid verborgen.'

'En?'

'*Nulla puella negat.*'

'Dat was eigenlijk iets meer informatie dan ik wilde, Paolo.'

'En van jou minder dan ik wilde. Maar het zij zo. Als het schone geslacht ons verstand maar niet vertroebelt, hoor je me?'

'Ik verzeker je dat ik nog over mijn volledige geestelijke vermogens beschik.'

'Dat hoop ik. Op je gezicht staat zo'n dromerige grijns... Die ken ik veel te goed.'

'Je hoeft je geen zorgen te maken. Alles verloopt volgens plan. Niemand is ons tot nog toe op het spoor gekomen.' Obediah wees naar de zich tot aan de horizon uitstrekkende woestijn door met zijn rechterhand een halve cirkel te beschrijven. 'Tussen ons en ons doel ligt niks meer, alleen een heleboel zand.'

'En een berg. Vol bewakers. En fortificaties.'

'We zijn uitstekend voorbereid. Dat zou jij toch moeten weten, meer dan wie ook.'

Marsiglio wiste het zweet van zijn gezicht. 'Vermoedelijk heb je gelijk. Als tot nog toe niemand ons heeft tegengehouden, wie moet dat dan nu nog doen?'

•◆•

Het zwarte kabinet van Zijne Majesteit was te vinden in Juvisy, een dorp ten zuiden van Parijs. Rossignol had hem een keer uitgelegd dat het werk van een cryptoloog vooral rust vereiste, en dat hij om die reden het landleven verkoos boven het leven in de stad. Polignac had twee uur nodig gehad om bij het landhuis van de familie Rossignol te komen. Hier op het platteland had je ook echt niets, behalve velden en varkens. Het landgoed van de Rossignols verkeerde in goede staat, al begon het wat te verouderen. De musketier reed het erf op, gaf zijn paard aan een staljongen en liet zich naar de salon brengen.

Terwijl hij daar op Rossignol wachtte, keek hij naar de schilderijen, waarvan er nogal wat hingen. De heer des huizes leek een voorliefde voor uit de mode geraakte Italiaanse schilders te hebben: Carducci, Gentileschi en dergelijke. Bovendien hing er natuurlijk een groot schilderij van Zijne Majesteit. Het was een afbeelding van Louis als veldheer te paard tijdens de verovering van Maastricht. Boven hem zweefde een engel die hem een lauwerkrans op het hoofd wilde zetten. Polignac liep verder en bleef staan voor een portret van een hem onbekende man. De geportretteerde had net zo'n aardappelneus als zijn gastheer.

Hij hoorde voetstappen.

Het was Rossignol, die zich naar hem toe haastte en hem een hand toestak. 'Bedankt dat u hierheen kon komen, capitaine. Ik begrijp dat u liever in Parijs bent, maar mijn werk – ons werk – is dankzij de documenten uit Smyrna flink gevorderd, en ik wilde het niet al te lang onderbreken.'

'Geen probleem, monsieur.' Polignac wees naar het schilderij voor hen. 'Uw vader?'

Rossignol knikte. Antoine Rossignol was de eerste cryptoloog van Zijne Majesteit geweest. Hij had al onder Louis XIII gediend, of beter gezegd onder kardinaal Richelieu.

'Ja. God hebbe zijn ziel. Ik geloof dat dit een geheimschrift naar zijn hart zou zijn geweest. Kom, dan laat ik u zien hoe ver we zijn met de ontcijfering.'

Polignac volgde Rossignol door een prachtig ingerichte eetzaal met spiegelwanden naar een zaal waar vroeger waarschijnlijk bals en feesten waren gegeven. Nu stonden er lange tafels die met de korte kant tegen elkaar aan waren geschoven zodat ze drie lange werkbanken vormden die bijna de hele lengte van het vertrek besloegen. Aan de werkplekken zat ongeveer een dozijn jongemannen. Op het eerste gezicht leek het wel wat op een manufactuur.

'Hier wordt de binnenkomende post bekeken. Alles waarvan mijn mensen denken dat het belangrijk is, wordt voorzichtig geopend, gekopieerd en daarna weer verzegeld. We hebben niet veel tijd.'

'Omdat de informatie dringend kan zijn?'

'Ook. Maar vooral omdat geen brief langer dan drie uur in het kabinet mag doorbrengen. Juvisy ligt bijna op de route die de postiljon rijdt. Toch mogen we niet te veel tijd nemen omdat veel correspondenten precies weten via welke weg hun brief reist en hoelang hij nodig heeft om op een bepaalde plek te komen. Grotere vertragingen zouden opvallen.' Hij glimlachte mild. 'En dat willen we natuurlijk niet.'

Ze liepen tussen de tafels door, waarop stapels brieven lagen, zo te zien geordend volgens een bepaald systeem. Een van Rossignols helpers hield zich uitsluitend bezig met het heel voorzichtig openen van couverts. Een ander zat achter een indrukwekkende verzameling zegels en blokken was in alle denkbare kleuren en was bezig een brief te verzegelen.

'Wat zijn dat voor zegels?' vroeg Polignac.

'De zegels van alle belangrijke huizen.' Rossignol pakte twee stempels en stak ze Polignac toe. Op een ervan stond links een schild met gekruiste zwaarden en rechts een kroon, op de andere een pijnappel op een kapiteel.

'Het wapen van het keurvorstendom Saksen,' zei de musketier. 'Dat andere ken ik niet.'

'Augsburg,' antwoordde Rossignol. Hij legde de zegels terug en liep verder naar een bank waaraan twee schrijvers zaten. 'Hier kopiëren we belangrijke brieven.' Hij zocht in een kleine kist vol brieven. 'Moet u dit horen.' Rossignol pakte een beschreven vel papier, schraapte zijn keel en begon voor te lezen: '*Ik moet u melden dat ik me dood verveel. Het leven aan het hof vind ik ontzettend saai, en de* ennuyante *feesten van mijn vader maken het nog erger.*'

'Van wie is dat?'

'Van de prinses de Conti. Zijne Majesteit was er niet erg blij mee dat zijn dochter zijn bals ennuyant noemt.' Rossignol legde het vel papier terug en liep naar het einde van het vertrek.

Polignac volgde hem. Daar was een verhoging waarop een groot bureau stond, kennelijk dat van Rossignol zelf. Hiervandaan kon hij zijn mensen goed in de gaten houden. De cryptoloog liep naar een grote kast die tegen de achtermuur stond. Die lag vol papieren, en op de bovenste plank stond een rij marmeren bustes.

'Zijn dat soms Romeinse keizers?'

'Inderdaad, capitaine. Een idee van mijn vader, om heel eerlijk te zijn nogal dwaas. Elk kastgedeelte bevat papieren over een bepaald onderwerp, elke imperator waakt over een daarvan: Augustus over de hugenoten, Marcus Aurelius over het Duitse Rijk, Claudius over de handel, Titus over Holland. Niet zo verfijnd als het catalogussysteem van monsieur Baluze, maar het werkt.'

Het viel Polignac op dat een van de kastgedeeltes een stuk groter was dan alle andere. 'Wat ligt hier?'

'Onder Vespasianus? De République des Lettres. Die houden we zo goed en zo kwaad als het kan in de gaten, waarbij uw boezemvriend La Reynie het meeste werk voor ons doet. Pierre Bayle helpt ons ook.'

'Hij helpt u? Op mij kwam hij niet erg coöperatief over, vooral niet in het begin,' merkte Polignac op.

'Bayle helpt ons indirect door het uitgeven van zijn tijdschrift. Dat biedt een mooi overzicht, samen met het *Journal des Sçavans*, dat de Grote Colbert destijds alleen heeft opgericht om al die filosofen beter in de smiezen te kunnen houden.' Rossignol liep naar een gedeelte van de kast waarboven een buste van Caligula stond en zocht iets.

Polignac wees naar de waanzinnige keizer. 'En van wie is hij de patroon?'

'Engeland. Zoals u ziet was mijn vader niet helemaal van humor verstoken.'

Niet veel later legde Rossignol een stapeltje papier op tafel. 'Dit zijn de tekeningen die u uit Smyrna hebt meegenomen.' Rossignol spreidde de in totaal vijf schetsen naast elkaar uit. Op een ervan stond een Italiaans aandoend palazzo waarvan Polignac vermoedde dat het in Turijn stond. Op een andere was een Franse edelman te zien. Verder was er een tekening van vreemde munten en een schets van een grote bouwplaats, vermoedelijk van een kerk. En als laatste was er nog de Hollandse schaatsenrijder.

'Valt u iets op?'

Polignac zuchtte. 'Geloof me, ik heb tijdens de scheepsreis van Çeşme naar Marseille ongelooflijk vaak naar die schetsen zitten turen, urenlang. Vergeef me mijn ongeduld, monsieur, maar...'

'Deze hier is het eenvoudigst. Er staan Engelse koffiehuismuntjes op. Er zit een binair patroon in verstopt.'

'U bedoelt die aritmetica van Leibniz waarover u vertelde? Eerlijk gezegd heb ik dat niet zo goed begrepen.'

'Het is heel simpel. Kijk, bij sommige munten heeft Chalon de kant met de kop getekend, bij anderen die met munt. Kop is één, munt is nul. Er zijn in totaal zeven rijen van vijf munten.' Rossignol pakte een veer en papier en begon te schrijven. 'Dat geeft dit.'

01111
10010
00111
00001
01110
01111
01110

'Dit zijn dyadische getallen. Overgezet naar het decimale stelsel krijg je het volgende rijtje: 15, 18, 7, 1, 14, 15 en 14. Als je de getallen als letters van het alfabet beschouwt, staat er ORGANON.'

'U hebt het sleutelwoord gevonden?'

Rossignol grijnsde als een ondeugende stadsjongen die net een geweldig goeie streek had uitgehaald. 'Precies. En dus weet ik welke regels van de Vigenère-tabel ik moet gebruiken om een versleutelde brief te ontcijferen.'

'En waarom stuurden Chalon en Cordovero elkaar tussendoor dan ook ongecodeerde brieven?'

'Zoals u weet dacht ik heel lang dat in die schijnbaar onbelangrijke brieven ook geheime berichten verborgen waren. Dat bleek onzin. Nu denk ik – of eigenlijk weet ik het zeker – dat Chalons systeem als volgt functioneerde: elke keer dat hij Cordovero een leesbare brief met een van de tekeningen stuurde, was dat het signaal dat het sleutelwoord veranderde. Als teken dat het nieuwe codewoord was aangekomen, stuurde Cordovero Chalon een brief in normaal schrift terug.'

'Ik begrijp het. En waar zit het sleutelwoord in de andere tekeningen verstopt?'

'Een goede vraag. In de andere schetsen is geen duidelijk patroon te zien, dus met die vraag ben ik een hele tijd bezig geweest. Uiteindelijk bleek de oplossing nogal banaal. Het zijn de hulplijnen.'

Inderdaad was op alle tekeningen behalve die met de munten een verdwijnpunt en een raster van dunne hulplijntjes te zien, dat niet helemaal was uitgegumd.

'Het is een matrix,' legde Rossignol uit. 'Elk veld van het raster is ofwel bijna helemaal wit, ofwel nagenoeg zwart. En daarmee hebben we alweer een binaire code.'

'En? Hebt u alle brieven ontcijferd?'

'Nog niet allemaal. De ontcijfering is omslachtig, maar twee van mijn mensen...' – hij wees naar twee heren links van hem – '... zijn met niets anders bezig. De eerste brief is klaar. Volgens dat schrijven is Chalon... Nou ja, hij is van plan een diefstal te plegen.'

'En wat wil hij stelen?'

'In de brief stond alleen dat het ging om een "erg waardevol ding". Zodra de rest van de correspondentie verwerkt is weten we meer.' Rossignol liet zich op de rand van zijn bureau zakken en pakte een kristallen karaf vol rode wijn. Hij schonk wat in een glas en gaf dat aan de musketier. Toen schonk hij ook voor zichzelf in.

'Er is nog een kwestie waarover ik u moet vertellen,' zei Polignac.

'Ik luister.'

De musketier ging met gedempte stem verder. 'Die janitsarencommandant die me wilde vasthouden... Hij had het erover dat de Porte de informatie van de Fransen niet meer vertrouwt.'

'Aha. En wat weet een eenvoudige officier in de provincie van zulke dingen?'

'Als ik afga op wat ik van Süleyman Ağa heb gehoord, is deze Tiryaki een vertrouweling van de politiechef van de Verheven Porte.'

'Ferhat Ağa? De hoofdtuinman?'

Polignac knikte. 'Hij zei dat de Turken de laatste tijd ook informatie uit andere kabinetten krijgen.'

Uit Rossignols gezichtsuitdrukking maakte Polignac op dat de cryptoloog niet erg verrast was door dit bericht. 'Het kan zijn dat ze informatie van de Hofburg kopen. Leopolds zwarte kabinet is erg groot.' Hij keek nogal ongelukkig naar zijn mensen in het vertrek. 'Minstens drie keer zo groot als dat van ons, wordt gezegd. De Habsburgers verkopen informatie die ze zelf niet nodig hebben aan bijna iedereen die ervoor wil betalen.' Rossignol nam hem onderzoekend op. 'Wie weten hiervan?'

'Tot nu toe alleen u, monsieur.'

'Mooi. Ik zou u dankbaar zijn als dat zo blijft.'

'U hebt mijn woord, monsieur. Maar misschien wilt u me nog één vraag toestaan?'

'Natuurlijk.'

'Waarover zijn onze Turkse bondgenoten precies zo ontevreden? Het heeft iets met Wenen te maken, toch?'

Rossignol zuchtte en schonk nog wat wijn in zijn glas. 'Natuurlijk heeft het daarmee te maken. Wenen was een ramp, niet alleen voor de Turken maar ook voor ons. Dat heeft echter, en dat zeg ik uit volle overtuiging, niets met fouten van onze spionnen te maken. Het verbaast me dat u dat verhaal niet kent.'

'Ik ben niet geïnteresseerd in intriges.'

'Dat siert u. Maar zoals u misschien weet gingen wij – het hele continent, zou je kunnen zeggen – er lang van uit dat Jan Sobieski de keizer niet zou helpen. En waarom? Omdat hij altijd een aanhanger van Zijne Majesteit was. Louis heeft hem tenslotte geholpen...' – Rossignol wreef zijn duim en wijsvinger tegen elkaar – '... zich te handhaven tegen Karel van Lotharingen toen de Poolse kroon werd vergeven.'

'Tot zover is dit me bekend. Ik geef toe dat ik ook verbaasd was dat uitgerekend een van onze bondgenoten het bezettingsleger aanvoerde dat de ergste tegenstanders van Zijne Majesteit te hulp schoot.'

Rossignol ontblootte zijn tanden. 'Dat is de schuld van de Franse afgezant in Warschau. Vitré heette hij. Volgens het bericht dat hij naar Versailles stuurde was Sobieski "in het beste geval een matig krijger, dik, geslepen en de lusten toegedaan". En ook voor Polen als geheel had hij allerlei nonsens te melden: een "onbestendige natie", boosaardig, corrupt enzovoorts.'

Polignac begon te vermoeden wat er gebeurd was. 'Iemand heeft Vitrés brief onderschept?'

'Die idioot had een oud, gemakkelijk te kraken geheimschrift gebruikt. De Oostenrijkers wisten de tekst sneller te ontcijferen dan mijn vader vroeger de brieven van de hugenoten. De ontcijferde tekst legden de Habsburgers daarna aan de Poolse koning voor. Waarop die zich genoodzaakt zag de wereld te bewijzen dat hij geen "matig krijger" was.'

Polignac boog zijn hoofd. 'Je zou kunnen zeggen dat hij dat bewijs met bravoure geleverd heeft.'

'Dat is waar. Alleen vinden de Turken misschien dat we deze ommezwaai van Sobieski hadden moeten zien aankomen. En daarom proberen ze het nu bij andere kabinetten.'

Ze hoorden dat iemand zijn keel schraapte. Het was een van de cryptologen, die naast de verhoging stond met twee vellen papier in zijn hand.

'Wat is er, François?' vroeg Rossignol.

'Nog een brief van de Engelsman, monsieur. En deze depêche aan Zijne Majesteit, die net is aangekomen uit Marseille.' Hij stak zijn leidinggevende de papieren toe.

Rossignol liep snel om zijn bureau heen en pakte ze aan. De hoofdcryptoloog liet zijn ogen over de twee documenten glijden. Zijn gezichtsuitdrukking was niet te peilen.

'Wat is er, monsieur?'

Hij stak het papier uit naar Polignac. 'Dit is... vrij onverwacht. Maar heel verheugend. Leest u alstublieft zelf.'

De musketier deed wat hem werd gevraagd. Eerst wilde hij niet geloven wat hij las. Toen verscheen er voor het eerst sinds lange tijd een glimlach op zijn gezicht.

•◆•

Ze bereikten de uitlopers van de Nasmurade op de avond van de derde dag. Tussen een aantal grote rotsblokken sloegen ze hun kamp op voor de nacht. Voor hen verhieven zich de bergen. Obediah gokte dat ze niet zo hoog waren als de Alpen, maar in deze kale, volkomen uitgestorven omgeving leken ze toch reusachtig. Marsiglio en hij vroegen de gids van hun karavaan naar het vervolg van de route, maar de man was nog nooit op de Nasmurade geweest. Hij kon alleen vertellen dat er een bergweg was tot aan het eerste plateau, ongeveer anderhalf uur rijden. Daarna was het nog een uur rijden tot je de eigenlijke hoogvlakte met de koffieplantages bereikte.

'Vanaf hier is je plan niet meer zo vastomlijnd, heb ik gelijk?' mompelde Marsiglio terwijl ze naar het kampvuur liepen waar de anderen al omheen zaten.

'Een beetje, maar het valt mee. Ik heb de kaarten van die kroniekschrijver uit Constantinopel heel nauwkeurig bestudeerd.'

Marsiglio snoof. 'Die zijn oud. We moeten het gebied verkennen voordat we de berg beklimmen.'

'Je hebt gelijk. Dat is alleen wel een gevaarlijke taak.'

'Dat geldt altijd voor verkennerij. Nu kan Louis ons eindelijk laten zien wat hij kan.'

Obediah, voor wie de relatie tussen de twee graven nog steeds een raadsel was, zei niets. Ze bereikten het kampvuur en gingen zitten. Obediah liet zich door Cordovero een beker water aanreiken en nam een grote slok. Hij had liever een glas gehad van de punch waaraan ze tijdens hun lange reis gewend waren geraakt, maar hier in de woestijn hadden ze geen schaal en geen rum, en al helemaal geen sinaasappels en limoenen.

'Ga je ons nu vertellen hoe het verder gaat? Is morgen de grote dag?' vroeg Justel.

'Morgen is het zondag,' merkte de condessa op. 'Geen erg gunstig voorteken.'

'Morgen beginnen we met alle noodzakelijke voorbereidingen,' antwoordde Obediah. 'Pas over een paar dagen gaan we tot actie over. Beste Vermandois, jij bent nu onze belangrijkste man.'

De graaf beantwoordde zijn opmerking met een nauwelijks zichtbare buiging. 'Ik ben een en al oor.'

'Jij gaat morgenvroeg het gebied verkennen. Besluip de plantage en bekijk alles. Neem iemand mee.'

'Nee, bedankt, ik werk liever alleen.'

'Je spreekt geen woord Turks,' merkte Marsiglio op.

'De mensen boven op de berg vermoedelijk ook niet,' zei Cordovero. 'Het zijn Arabieren.'

'Moet ik jou dan misschien meenemen, manwijf?' zei Vermandois. Zonder haar antwoord af te wachten schudde hij zijn hoofd. 'Nee, ik ga alleen. Alleen dan ben ik werkelijk onzichtbaar.'

'Zoals je wilt. De rest van de groep...' – Obediah wees naar de intussen afgeladen uitrusting – '... bereidt de apparatuur voor. We moeten alles controleren en in elkaar zetten. Dat zal enige tijd in beslag nemen.'

Vermandois schudde zijn hoofd. 'Ik heb inmiddels begrepen waarvoor je die touwen en katrollen nodig hebt. Die zijn onderdeel van dat Wiegel-heftoestel...'

'Weigel-heftoestel,' corrigeerde Marsiglio hem.

'Ook goed. Maar waar zijn in vredesnaam die chemicaliën voor?' De Bourbon wees naar een kistje waarin ongeveer twintig cilindrische houders van messing zaten. Allemaal waren ze met een schroefdop afgesloten.

'Dat is springstof,' antwoordde Obediah.

'Het lijkt niet erg veel,' merkte Vermandois op.

'Daar heb je gelijk in. Maar alleen als je denkt dat er grof geweld nodig is om dingen op te kunnen blazen.'

'Dat was inderdaad mijn aanname.'

Obediah schudde zijn hoofd. De anderen luisterden nu allemaal mee.

'Als je de sluitsteen uit een boog weghaalt, stort alles in. Dat is het principe van de statica. Dus als je op de juiste plek iets verstoort, volgt de rest vanzelf. Christopher Wren was de eerste die dat ontdekte, toen hij de oude St Paul's Cathedral wilde opblazen. De methode werkt bij kerken, huizen, torens... en ook bij bergen. Ik zal straks uitleggen wat ik van plan ben. En voordat iemand ernaar vraagt: ook van de toverlantaarn en Huygens' mechanische Turk zullen jullie horen waar ze goed voor zijn. Maar over Huygens gesproken: eerst moeten we het over de allerbelangrijkste apparaten hebben.' Obediah stak zijn hand in zijn schoudertas en haalde er een in waspapier verpakt pakketje uit. Hij scheurde het open. Er kwam een zijden doek tevoorschijn, die Obediah openwikkelde. 'Zakhorloges. Iedereen krijgt er een.'

Vermandois fronste zijn voorhoofd. 'Een uurwerk? Man, zoiets bezit ik allang. Geen edelman gaat tegenwoordig nog zonder de deur uit.'

'En een koopman ook niet,' zei Justel. Uit zijn zak haalde hij een zilveren horloge, dat hij aan de anderen liet zien. Het was zo groot als zijn handpalm en in de zilveren behuizing waren ranken met rozen gegraveerd.

'Ongetwijfeld een prachtig stuk, Pierre, maar zoals al jullie tijdmeters ongeschikt voor ons doel. Huygens' uurwerken lopen preciezer. Ik zal ze allemaal op exact dezelfde tijd instellen. Raak de knop daarna alsjeblieft niet meer aan.'

'En waar is dat goed voor?' vroeg Vermandois. 'Komt het in je plan soms op enkele seconden aan?'

'Tja, ik zou zelfs willen beweren dat mijn hele plan daarop berust. Alleen als alles als een raderwerk loopt en iedereen zijn taak op het juiste moment uitvoert, zal het werken.'

Vermandois stond op.

'Je gaat al naar bed?' vroeg Marsiglio. 'Dat is helemaal niets voor jou.'

Vermandois trok zijn wenkbrauwen omhoog. 'Ik ga aan het werk.'

'Nu?' zei Justel. 'Maar het is pikdonker. Je ziet geen hand voor ogen.'

'De nacht is de bruid van de *cambrioleur*, Justel. En ik zie 's nachts net zo veel als een kat. Nu slapen die koffieboeren, en de meeste wachters waarschijnlijk ook. Als ik wil weten hoe hun dag verloopt, is de nacht het beste moment om daarmee te beginnen.'

Marsiglio wilde iets zeggen, maar Obediah gebaarde dat hij moest zwijgen. De graaf van Vermandois deed toch wel wat hij wilde, en het was beter om hem zijn werk op zijn eigen manier te laten doen. De

Bourbon maakte een reverence en verdween in de richting van de bergen. Al na een paar stappen werd hij door de duisternis opgeslokt.

•◆•

's Avonds, wanneer de zon bijna achter de bergen verdween en de koffieplantages op de hoogvlakte in een koperkleurig licht doopte, wanneer de schaduwen langer werden en de wind van de toppen begon te waaien, gingen de kinderen van de Nasmurade naar Musa Ibn Shawkani. Als motten door een kaarsvlam werden ze aangetrokken door de oude man, wiens kleine blokvormige huisje een eindje apart stond van het eigenlijke dorp, tussen ruige koffiestruiken en scherpe rotsen. Alleen al de weg naar Shawkani's hut was een test van moed. Door de laagstaande zon wierpen de bosjes en rotsen vreemd gevormde schaduwen. Ze deden de kinderen denken aan de griezelige wezens die de verhalen van de oudjes uit het dorp bevolkten: aan de verschrikkelijke *ghūl*, die reizigers in de woestijn lokte en opvrat, en aan de *nasnās*, die er met zijn ene arm en been uitziet als een half mens en zich met een waanzinnig lachje huppend voortbeweegt.

Ondanks of misschien juist dankzij de griezelige sfeer kwamen de kinderen elke avond, hand in hand, met angstige maar ook verwachtingsvolle gezichten. Zwijgend gingen ze om de oude man heen zitten, die zoals altijd voor zijn hutje hurkte en koffie dronk om krachten te verzamelen voor zijn verhaal.

Zodra Musa Ibn Shawkani zich ervan had verzekerd dat zijn publiek compleet was, schonk hij een laatste keer in en zei: 'Welk verhaal willen jullie horen? Heb ik jullie al eens verteld over Mustafa Baba, de verschrikkelijke schoenlapper, die van de armen en benen van gesneuvelde mannen nieuwe soldaten naait met een bloederige naald en leren draad? Of zal ik jullie vertellen van al-Azif, de fluisterende, allesverslindende woestijnwind waaraan niet valt te ontkomen?'

Een kleine jongen met helderblauwe ogen, hoogstens zes jaar maar heel dapper voor zijn leeftijd, zei: 'Vertel over de dag dat Azazil naar de Nasmurade kwam, eerwaarde grootvader.'

Ibn Shawkani knikte bedachtzaam. 'Een goede keuze, kleine Fuat,' zei hij. 'Toen dat gebeurde, was ik ongeveer zo oud als jouw vader, en opzichter van de plantage. In die tijd bouwde ik dit huis, ver weg van het dorp, zodat ik altijd bij de qahwastruiken kon zijn.'

'Maar grootvader, de meeste struiken groeien toch aan de andere kant van het dorp,' onderbrak een jongen hem.

De strenge blik van de oude man deed het kind verstommen. 'Onderbreek me niet, Ali. Met zulke onderbrekingen kan ik jullie helaas geen verhaal vertellen.'

Zoals Ibn Shawkani had verwacht rees er een koor van protesten op, dat al snel overging in smeken en vleien.

'Goed dan, ik zal jullie het verhaal vertellen. Maar eerst, speciaal voor Ali, nog een woord over de struiken. Het is waar, tegenwoordig zijn er alleen nog aan de oostkant plantages. Maar vroeger, vroeger stond de hele Nasmurade vol koffieplanten. De vreemdelingen – Parsi, Turken, Egyptenaren en zelfs tovenaars uit het Frankenland – kwamen namelijk allemaal hierheen om qahwa te kopen. En dus legden we steeds meer plantages aan. Maar toen, op een dag, kwamen ze niet meer en daarom...' – hij wees naar de koffiestruiken vlak bij zijn huis – '... worden deze niet meer verzorgd en geoogst, afgezien van die twee daar vooraan, waarmee ik mijn eigen bunn maakt. Goed, nu verder over Azazil, de djinn, en over de nacht waarin hij ons dorp een bezoek bracht. Het was zo'n dag waarop onheil in de lucht hangt. 's Nachts al had ik gezien dat Ra's al-Ghul, de duivelsster, extra wild fonkelde, wat altijd een teken is dat de djinns en demonen van de woestijn zich roeren. En inderdaad verscheen er 's ochtends een blinde zieneres op de Nasmurade.'

'Hoe kwam die op de berg?' vroeg Ali.

Opnieuw wierp Ibn Shawkani de jongen een bestraffende blik toe. 'Zieners komen en gaan zonder waarschuwing vooraf. Dat is hun aard. Misschien was ze ook wel een djinn, dat weet alleen Allah. In elk geval was ze geen Arabische vrouw, want ze kende onze taal nauwelijks. Haar blinde ogen waren wit als geitenmelk, haar huid gerimpeld als een verdroogde vijg. Ze kwam de pas op tot aan de eerste wachtpost. Daar verkondigde de zieneres dat een machtige djinn de Nasmurade zou bezoeken en dat alle bewoners zich in veiligheid moesten brengen. Anders zouden ze een wisse dood vinden. De wachter lachte de oude heks uit en zei tegen haar dat ze maar gauw terug de woestijn in moest rennen, omdat ze anders met zijn zwaard te maken kreeg. Het is heel begrijpelijk dat hij dat deed. Er duiken voortdurend zulke vrouwen en mannen op onze berg op, en het zijn allemaal handophouders.'

'Wat is een handophouder?' vroeg een kind.

'Iemand die te lui is om te werken maar toch te eten wil krijgen. Voor zulke mensen is op onze berg geen plek. Ons leven is hard en we hebben nauwelijks genoeg voor onszelf. Daarom joegen we ze altijd weg voordat ze de berg op klommen en naar het dorp kwamen.'

'Maar we geven toch altijd iets aan iedere bedelaar?' merkte Ali op.

'Dat klopt, slimme Ali.' Ibn Shawkani liet een veelbetekenende pauze vallen. 'Maar dat gebeurt pas sinds die noodlottige dag, toen we een ware zieneres onrecht aandeden en haar goedbedoelde waarschuwingen in de wind sloegen, moge Allah ons vergeven. Sinds die tijd geven we aan alle bedelaars, om onze schuld in te lossen en te oefenen in barmhartigheid.'

Ibn Shawkani dempte zijn stem, zodat de kinderen nog dichter naar hem toe moesten schuiven om hem te verstaan.

'In die tijd waren er op de Nasmurade meer wachtposten dan tegenwoordig. Niet alleen de pas werd bewaakt, maar ook op de plantage zelf waren wachters. Vroeger kwamen hier veel vreemdelingen. We waren altijd bang dat iemand onze oogst zou stelen zonder ervoor te betalen. En we waren bang voor de Turken, die van tijd tot tijd hun janitsaren stuurden en ons opriepen de qahwa te beschermen alsof elke bes een edelsteen was. Vooral 's nachts bewaakten we onze planten. Ook ik stond op wacht. Als opzichter was het mijn taak om de andere wachters te controleren en erop te letten dat niemand in slaap viel.' Met zijn voet stootte hij een jongen aan die zich al een tijdje niet meer had bewogen. 'Zoals jij, kleine Yusuf. Ik deed dus net mijn tweede ronde. Het gouden licht van de maan scheen op de qahwastruiken. Toen hoorde ik een geluid. Het klonk vreemd, als van metaal. Meteen keek ik naar het noorden, naar de hoogte van Mazkan.'

'Waarom, grootvader? Daar is toch niets?'

'Niet meer. Maar toen, in die tijd zat boven op de berg iemand op de uitkijk. Elke nacht moest een jongeman de top beklimmen. Daarvandaan keek hij uit over de hele hoogvlakte en de pas, en van beneden kon je hem er goed zien zitten. Elke paar minuten zwaaide hij met zijn lantaarn, zodat de wachters op de plantage wisten dat alles in orde was. Toen ik het geluid hoorde, stak ik aan mijn kant een lamp aan om de man op de Mazkan, Yassin heette hij, een teken te geven. Eerst reageerde hij niet. Toen zag ik dat hij de lantaarn in zijn rechterhand optilde. Dat stelde me wel een beetje gerust. En toen ik merkte dat hij het uur daarna telkens weer met zijn lantaarn zwaaide, dacht ik dat alles in orde was. Wat was ik een dwaas...'

Hij schonk nog een keer koffie voor zichzelf in en dronk die met kleine slokjes. Toen de kinderen onrustig begonnen te worden, maakte hij een bezwerend gebaar met zijn hand. 'Geduld, kleintjes van me. Jullie moeten een oude man een korte pauze gunnen. Ik vertel zo verder. Wie van jullie weet hoe de steile rotswand heet die in het zuiden ligt en die je vanaf het plateau kunt zien?'

'Die heet al-Jidaar,' zei de kleine jongen met de blauwe ogen.

'Zo is het. Goed, toen ik daar dus in het donker wachtte, keek ik regelmatig naar de rotswand. En daar gebeurde het. Het begon met een hels gesis. Ik zag vuur en rook aan de andere kant van het plateau, daar waar de bergweg langs slingert. Alleen was het vuur niet rood, maar groen. En die stank! Van al-Jidaar kwam een smerige lucht mijn kant op waaien, als van eieren die te lang in de zon hebben gelegen. Toch was dat allemaal nog niet zo afschuwelijk als wat er daarna gebeurde.' Ibn Shawkani nam opnieuw een slokje van zijn koffie en keek de kring rond.

Een dozijn wijd opengesperde ogenparen keek hem aan.

'Toen verscheen plotseling Azazil. Hij zweefde voor de bergwand, een verschrikkelijke verschijning. Zijn huid was als vuur, zijn hoorns straalden wit gloeiend. En zijn ogen! Nooit zal ik die bloedrode ogen vergeten. Hun blik leek me te doorboren. Vlammen in alle kleuren omgaven hem. En hij was groot, veel groter dan een mens. Ik weet nog dat ik schreeuwde van angst.'

De kinderen waren nu heel stil en hielden elkaar stevig vast. Niemand waagde het zijn blik af te wenden, en al helemaal niet om het donker in te turen.

'Ik moet jullie nog iets vertellen over Azazil, die door veel mensen ook Iblis wordt genoemd. Hij is een kwade djinn, een van de *shaitan* die de mensen in het verderf proberen te storten. Ooit was Azazil een trouw dienaar van Allah, maar toen keerde hij zich af van diens barmhartigheid. Die nacht dat wij hem zagen, wisten we dat de zieneres de waarheid had gesproken en dat we verloren waren. Azazil is namelijk niet zomaar een shaitan. Hij is hun leider. De donkere sultan zelf kwam ons bezoeken!

Mijn geschreeuw wekte het hele dorp. Al snel was de hele berg in rep en roer. De mensen vielen op hun knieën voor Azazil, die roerloos voor ons stond en op ons neerkeek. De enige die niet bang was, was Yassin, de wachter op de berg. Onverstoorbaar zwaaide hij met zijn lamp, kun je je dat voorstellen? Veel mensen geloven dat hij de djinn wilde wegjagen. Maar wat kan een gewone sterveling uitrichten tegen zo'n machtige geest, vraag ik jullie? Een geest die niet van deze wereld is?

Velen vluchtten. Blindelings renden ze de bergweg af, maar ver kwamen ze niet. Want toen de djinn zag dat zijn slachtoffers op de vlucht sloegen, slingerde hij een enorme bliksemschicht over het dorp naar de bergwand boven de pas! Kort na elkaar klonken er knallen, gevolgd door een donderend geraas. Toen stortte de berg in. Op het moment dat de mannen en vrouwen van het dorp bij de eerste bocht in de pas aankwamen, werd hun de weg versperd.

Tot mijn eeuwige schaamte moet ik toegeven dat ik me nog altijd tussen de qahwastruiken verschool, met mijn blik op de grond gericht om het verschrikkelijke gelaat van de shaitan niet te hoeven zien. Terwijl ik over de grond kroop, hoorde ik om me heen de schreeuwende mannen en weeklagende vrouwen, en toen zag ik plotseling dat de djinn niet alleen gekomen was.

Ik had moeten weten dat zo'n machtige demon natuurlijk een gevolg had. Onderduivels, dienaren. Eerst zag ik zijn benen. De djinn, of wat hij ook was, had de raarste benen die ik ooit heb gezien. Ze waren bedekt met witte stof die er heel strak omheen zat, als bij een mummie uit het oude Egypte. En zijn schoenen! Die hadden punten, zoals die van de Turken, alleen niet aan de voorkant maar achter. Punten van hout of been! Het monster had lang, krullend sneeuwwit haar en droeg een eigenaardige driehoekige hoed. Zijn lichaam was min of meer menselijk, hij had armen en benen. Langzaam kroop ik dichterbij, maar ik verloor het monster geen seconde uit het oog.'

'U bent echt heel moedig,' fluisterde een jongen.

Ibn Shawkani schudde glimlachend zijn hoofd. 'Nee, mijn zoon. Dat was geen moed. Ik was krankzinnig van angst, ik wist niet meer wat ik deed. Misschien stuurde Allah mijn bewegingen, ik weet het niet. In elk geval bekeek ik de ghūl. Ja, het was een ghūl, dat kon ik nu zien aan zijn bleke huid en bloedrode lippen. Hij deed iets met een qahwastruik, stopte de vruchten ervan in zijn zakken. Toen draaide hij zich plotseling om en keek me aan. Hij zei iets in de afschuwelijke taal van de djinn. Ik kan jullie nauwelijks beschrijven hoe dat klinkt. Het mist de melodie van het Arabisch, of eigenlijk elke melodie. De woorden leken rechtstreeks uit de diepste hel te komen. Toen de ghūl klaar was, deed hij een stap in mijn richting. Ik sloeg mijn handen voor mijn gezicht en smeekte hem me te sparen. Hij lachte. Toen voelde ik een stekende pijn in mijn nek en viel flauw.

Waarom de ghūl me niet opvrat weet ik niet. Tot op de dag van vandaag dank ik Allah en de profeet, geprezen zij hij, elke avond dat ze mij die nacht beschermden, zoals ze ons allemaal beschermden. Want het vreemdste van het hele verhaal is wel dat niet één bewoner van ons dorp iets overkwam. Niemand werd getroffen door de steenslag, want toen het puin van de helling rolde was iedereen nog op het hogergelegen gedeelte van de pas. Noch Azazil, noch een van zijn ghūls stak een hand of klauw uit naar de dorpsbewoners. De volgende ochtend leek alles een boze droom, en velen wilden later maar al te graag geloven dat het inderdaad een nachtmerrie was geweest. Dat is het verhaal van Azazil, die het volk van de Nasmurade bezocht, maar uiteindelijk toch spaarde.'

De jongen die Ali heette leek niet helemaal tevreden met de afloop van het verhaal. 'Hebt u geen sporen gevonden?'

'Nou, de volgende ochtend viel ons op dat er een paar qahwastruiken waren verdwenen. De djinn moet ze weggetoverd hebben. Aan de westkant van het dorp vonden we bovendien een vreemd toestel: een grote houten kist, opgehangen aan touwen met rare houten wielen. Jullie kennen hem wel. Het ding hangt er nog steeds. Zoals jullie weten gebruiken we de kist om qahwazakken de steile oostelijke helling op en af te vervoeren.'

'Heeft de djinn die achtergelaten?'

'Vraag maar aan je vader, Ali. Het is precies zoals ik zeg.'

'En de wachter op de heuvel, die met de lantaarn? Heeft hij de bliksem van de djinn overleefd?'

'Ja. We vonden Yassin een aantal *qasab* verderop, bewusteloos. Hij bezwoer niet te weten hoe hij daar terecht was gekomen.'

Ibn Shawkani zag wel dat vooral de jonge Ali nog steeds niet tevreden was, dus zei hij: 'Ook de Turken geloofden ons niet. Een paar weken na Azazils bezoek doken hun soldaten op de Nasmurade op. Ze verhoorden de dorpsbewoners, inspecteerden de kist met de touwen, die ze *palanga* noemden. De Turken wilden weten hoeveel struiken er weg waren. Ze noemden me een bijgelovige man en beweerden dat djinns en ghūls niet bestaan.' Hij lachte hartelijk. 'Geen djinns! Als iemand nog bewijs nodig had dat de Turken een dom volk zijn, was dat het wel. Ik vertelde de hoofdman van de janitsaren wat er volgens mij was gebeurd, maar hij geloofde er geen woord van. Natuurlijk hebben we ons afgevraagd waarom Azazil ons wilde straffen. Inmiddels geloof ik dat hij helemaal niet in ons geïnteresseerd was, maar...' – Ibn Shawkani wees op de beker in zijn hand – '... in onze qahwa. Iedereen weet dat op de Nasmurade de beste qahwa ter wereld groeit. Waarom willen anders zo veel mensen die kopen, vraag ik jullie? Volgens mij is dit de verklaring voor wat er is gebeurd: onze qahwa is zo goed dat zelfs de duivel ervoor naar de Nasmurade kwam om er wat van te stelen. Hoewel ik niet eens zeker weet of je het wel diefstal kunt noemen. Want heeft de djinn ons in ruil niet dat prachtige toestel gegeven, waardoor onze mannen niet langer de zware zakken over het hoogste gedeelte van de bergpas hoeven te dragen? Precies dat deel van de weg dat zo steil en lastig begaanbaar is dat zelfs de kamelen er niet langs kunnen?'

Ali wilde nog iets vragen, maar de oude man stak een hand op. 'Geen vragen meer. Het is al laat, jullie moeten naar bed. Vraag verder maar aan je ouders, als je wilt. Ze zullen mijn verhaal bevestigen.'

De kinderen stonden op en al snel waren ze allemaal verdwenen. Alleen Ali en de jongen met de blauwe ogen bleven nog.

‘Bedankt voor het verhaal, grootvader...’ zei Ali.

Ibn Shawkani fronste zijn voorhoofd. ‘Maar?’

‘Mijn vader zegt dat niet Azazil onze qahwa gestolen heeft, maar rovers. Rovers uit het Frankenland.’

De oude man knikte bedachtzaam. ‘Wacht hier.’

Hij verdween in zijn hut en kwam even later terug met een kistje. Het was van donker hout en het deksel was versierd met houtsnijwerk. ‘Ik zal jullie iets vertellen wat ik nooit eerder tegen iemand gezegd heb. Een paar dagen na het bezoek klom ik het Mazkanplateau op. De bliksem van de djinn had onze uitkijkpost vernietigd, en ik wilde kijken hoe ver je nog naar boven kon. Tussen het puin vond ik dit.’ De oude man klapte het deksel open.

In het kistje lag op een doek iets wat eruitzag als een menselijke hand. Het was van een eigenaardig spul dat wel wat aan ivoor deed denken, maar lichter was en heel veel barstjes had. Aan één vinger zat een ring met een paarse steen. Een andere vinger ontbrak, en op een paar plekken kon je door scheurtjes de binnenkant zien. Daar zaten botten van metaal en pezen van leer.

De kinderen deden een stap achteruit.

‘Wat... wat is dat?’ zei Ali hijgend.

‘Dat,’ antwoordde Ibn Shawkani met een ernstige blik, ‘is de klauw van Azazil. Geloven jullie me nu?’

De krijtwitte Ali bracht geen geluid uit. De jongen met de blauwe ogen maakte een buiging voor de oude man. Toen pakte hij de bevende Ali bij de hand en nam hem mee naar buiten, de duisternis in.

DEEL VI

In a coffeehouse just now among the rabble, I bluntly asked, which is the treason table?

Thomas D'Urfey
Sir Barnaby Whigg

Obediah keek naar Marsiglio, die aan een van de glazen ruitjes van het schuurtje op het voordek prutste. De botanicus tuurde naar binnen en mompelde iets onverstaanbaars. Nadat hij het raampje weer had dichtgeklapt, liep hij naar Obediah en Hanah Cordovero, die naast de waterton stonden die aan de grote mast was vastgebonden.

'Meer water, Paolo?'

De oude soldaat schudde zijn hoofd. 'Nee, dat is het niet. Nog meer nattigheid zou de planten eerder schaden. De wortels konden weleens gaan rotten.' Hij zuchtte. 'Ik vrees dat we er weer twee zullen verliezen. Ik zie het aan de bruine vlekken op de bladeren.'

Obediah wipte onrustig van het ene been op het andere. Vijfentwintig koffiestruiken hadden ze met hulp van het hijstoestel van Weigel de Nasmurade af weten te krijgen. Daarna hadden ze de boompjes op kamelen door de woestijn vervoerd, elk apart verpakt in een speciale, met vochtige aarde gevulde ton. Tegen de tijd dat ze Aden bereikten, waren er al zeven planten doodgegaan. Aan het begin van de scheepsreis hadden er in Marsiglio's drijvende giardino botanico dus nog anderhalf dozijn struiken gestaan. Sindsdien verloren ze gemiddeld elke derde dag een boompje. Waardoor de planten precies stierven was onduidelijk. Marsiglio had verschillende hypotheses, die hij Obediah uitgebreid en met verwijzingen naar werken als Evelyns *Discourse of Forest-Trees* uit de doeken deed. De uiteenzettingen van de generaal waren ongetwijfeld leerzaam en maakten Obediah duidelijk dat hij zich tot nu toe, scheen het, toch te weinig met botanica had beziggehouden. Ze veranderden helaas niets aan het feit dat hun koffiestruiken sneller het tijdelijke voor het eeuwige verwisselden dan bewoners van de Newgategevangenis tijdens een pokkenepidemie.

Het was beslist niet zo dat Marsiglio werkeloos toekeek. Hij diende zijn beschermelingen speciale tincturen toe, besneed ze, verdronk ze in te veel water, liet ze bijna omkomen van de dorst. En van dit alles maakte de generaal uiterst nauwkeurig aantekeningen: *3 januari 1689, nummer XII, drie druppels spiritus q., twee lepels* argilla.

Geen van de procedures had tot nu toe succes gehad. De Bolognezer deed inmiddels minder aan een methodisch handelende natuurfilosoof denken dan aan een vertwijfelde kwakzalver die niet weet hoe hij zijn patiënt moet genezen en daarom zijn hele repertoire maar op hem uitprobeert.

Het duurde niet lang meer voor ze in Suez zouden aankomen. Obediah schatte dat ze tegen die tijd hoogstens tien planten over zouden hebben. Als Marsiglio dit niet heel snel onder controle kreeg, waren alle koffiestruiken dood lang voordat ze Gibraltar passeerden. Hij liep naar de glazen kas en keek door de ruitjes vol aangekoekt zout en meeuwenpoep. Je hoefde geen tuinman te zijn om te zien dat het niet goed met de planten ging. Alleen met moeite kon Obediah zich ervan weerhouden op de ruiten te bonken en tegen de struiken te schreeuwen. Hij liep terug naar Marsiglio en Cordovero, die verdiept waren in een gesprek over botanische methodes.

'... dat heb ik toch allemaal al geprobeerd, mademoiselle! Ik doe dit echt niet voor het eerst.'

'Dat geloof ik, heus. Alleen doe je het wel voor het eerst met planten die je helemaal niet kent.'

Marsiglio nam haar onderzoekend op. 'Nou, dat geldt dan voor ons alle twee.'

Obediah vroeg zich af wat de generaal erger vond: dat iemand hem de les las op zijn eigen vakgebied of dat een vrouw hem advies gaf.

'Ik heb de geschriften van Ibn al-Baitar gelezen,' reageerde Cordovero. 'Hij is een coryfee op het gebied van botanische kwesties.'

'Niet waar ik vandaan kom, mademoiselle. Ik moet zelfs toegeven dat ik nog nooit van hem heb gehoord.'

'Al-Baitar raadt aan,' ging de Sefardische onbewogen verder, 'zieke planten niet te verpotten omdat dat een te grote schok voor ze zou zijn. Bovendien adviseert hij om mest op de wortels...'

Marsiglio snoof geërgerd. Toen spreidde hij zijn armen. 'Zie je hier misschien ergens een koe? Of een varken? Hoe moeten we aan mest komen?'

'Neem gewoon die van jezelf,' antwoordde ze koeltjes. 'Volgens mij zit je er boordevol mee.' En met die woorden draaide ze zich om en verdween naar het achterdek, waarvandaan de anderen het tafereel hadden bekeken.

'Hemeltjelief, Paolo, wat is er met jou aan de hand? Ze wilde alleen helpen.'

'Ik heb geen hulp nodig van, van een...' Zodra hij Obediahs blik zag, verstomde hij.

'Het kan best zijn dat jij geen hulp nodig hebt, maar je planten, ónze planten hebben die wel dringend nodig. Jij bent de grootste plantenkenner binnen een omtrek van duizenden mijlen. Dus doe iets! En als dat betekent dat je in een plantenpot moet schijten, doe dat dan alsjeblieft ook.'

Hoofdschuddend liet Obediah de generaal staan en liep naar zijn hut. Het was een winderige dag. Al snel zouden ze de haven van Suez bereiken. Daar zouden ze de planten weer op kamelen overladen en ze vervolgens naar een baai iets ten westen van Alexandrië brengen. De stad zelf wilde Obediah liever mijden. Het was onwaarschijnlijk, maar niet volledig uitgesloten dat het nieuws van hun diefstal inmiddels tot deze streken was doorgedrongen. Bovendien wemelde het in Alexandrië van de spionnen van alle belangrijke machten.

Als ze de baai wisten te bereiken, was de rest bijna een plezierwandelingetje. Daar lag een fluit op hen te wachten, een Hollands schip dat hen binnen een maand naar Amsterdam zou brengen. Hij huiverde. Als ze zonder planten in de Nederlanden verschenen, zou de VOC hen vermoedelijk allemaal met stenen verzwaren en in de haven laten zinken.

In zijn hut schreef Obediah een paar brieven. Hij wilde juist beginnen met een brief aan Pierre Bayle toen hij voetstappen op de trap hoorde. De deur van de hut vloog open, en hij keek recht in Jansens grimmige gezicht.

'We krijgen bezoek.'

'Kapers?'

De kapitein schudde zijn hoofd. 'Turken.'

Ze haastten zich naar het dek, waar een deel van de Heracliden zich al had verzameld en met verrekijkers naar het noorden tuurde. Daar waren twee Turkse galeien te zien, met grote rode zeilen en stormrammen op de boeg. Ze koersten recht op hun schip af.

'Willen ze ons aanvallen?' vroeg Obediah.

'Ze willen ons staande houden,' antwoordde Jansen. 'Zie je die blauw-gele vlag?' Hij gaf Obediah zijn verrekijker.

'Ja. Wat betekent die?'

'Dat we moeten bijdraaien.'

Obediah keek naar de Deen. 'Kunnen we aan ze ontkomen?'

'Nee. Door hoe de wind staat, zouden we daarvoor moeten kruisen. Maar die Turkse galeien hoeven dat niet. Bovendien hebben ze een trebuchet.'

Obediah keek opnieuw door de verrekijker. Op het voordek stond een apparaat dat op een katapult leek.

'Schiet Grieks vuur,' merkte Jansen op. 'Eén treffer en we zijn er geweest.'

Justel en de condessa kwamen naar hen toe lopen.

'Wat doen we?' vroeg de hugenoot.

'Allereerst moeten we de planten verstoppen,' zei de condessa.

'Dat wordt lastig. Zo groot is het schip nou ook weer niet,' zei Jansen.

'We kunnen de Drebbel te water laten,' stelde Justel voor.

Jansen schudde zijn hoofd. 'Dat duurt te lang. We hebben wel een uur nodig om de duikboot in zee te laten zakken.'

'Hoelang hebben we dan?' vroeg Justel.

'Misschien een halfuur,' antwoordde Jansen.

De condessa liet een niet erg adellijke vloek horen. 'Hoe kunnen de Turken nu al op de hoogte zijn?' vroeg ze. 'Iemand moet ons hebben verraden.'

Ook Vermandois en Cordovero waren intussen bij hen komen staan.

'Niet per se, madame,' zei de Bourbon. 'Misschien is het alleen een routinecontrole.'

Obediah keek Justel vragend aan. Geen van hen was beter op de hoogte van de finesses van de Levanthandel dan hij.

De hugenoot knikte langzaam. 'Dat kan. De Turken beschouwen de Rode Zee als hun achtertuin en patrouilleren er dus regelmatig. Als we geluk hebben, komen er alleen een paar douaneinspecteurs aan boord om de lading te bekijken en verdwijnen ze daarna weer.'

Vermandois trok zijn neus op. 'Als we geluk hebben? Zo groot is Fortuna's hoorn des overvloeds echt niet.' Hij wees naar de plantenkas. 'Je ziet toch zelf hoeveel plek die planten innemen. Die zijn niet te verstoppen.' Hij keek om zich heen en maakte een gebaar van spijt. 'Het is jammer, zeker. Maar het heeft niet zo mogen zijn. En dus is nu het enige wat we kunnen doen, onze eigen huid redden.'

'Waar heb je het over?' vroeg Justel.

In plaats van de hugenoot antwoord te geven liep de graaf van Vermandois naar de kas toe en klapte een van de raampjes open. Hij pakte een plant en toen nog een.

'Ben je krankzinnig geworden?' riep Justel.

'Zeker niet, Justel. Ik ben zo helder van geest als altijd. We gooien die planten nu overboord.' Met de koffiestruikjes onder zijn armen liep hij naar de reling.

Voordat hij daar aankwam, versperde een sabel hem de weg.

Het was het wapen van Marsiglio. 'Als je ook maar een vinger naar mijn planten uitsteekt, hak ik je arm eraf,' riep hij.

Vermandois liet de planten vallen en trok zijn degen. 'Dwing me niet je neer te steken, Paolo. Je weet dat ik het zou doen.'

'Probeer maar, jij...'

Vermandois deed een paar stappen achteruit en hief bezwerend zijn hand. '*Mon cher*, wees toch verstandig. Ja, het zou de grootste klapper zijn sinds de Venetianen de apostel hebben gestolen, maar zoals gezegd, het heeft niet zo mogen zijn en...'

'Wacht,' riep Obediah. 'Wat zei je daar nou?'

'Dat we de planten in zee moeten gooien.'

'Nee, nu net.'

'Dat over de apostel? Een oude grap. Die gaat erover dat de Venetianen heel lang geleden...'

'Ja, natuurlijk! Dat is het!'

'Wat bedoel je, Chalon?'

Obediah negeerde de graaf en draaide zich om naar Jansen. 'Haal de kok!'

'Wat?'

'De kok moet hierheen komen! En de scheepstimmerman.'

Allemaal staarden ze Obediah aan, maar die zweeg.

Even later kwam de scheepskok het dek op, een kleine, pezige man met vermoeide ogen.

'Hoeveel pekelhammen hebben we aan boord?'

'Misschien vier of vijf.'

'En ander vlees?'

'We hebben heel veel lamsbouten.'

'Dat is waar,' zei Justel zachtjes. 'We eten al weken bijna niets anders. Als ik geweten had dat we nog gepekelde ham hadden...'

'Breng alles aan dek,' onderbrak Obediah hem. 'En jij, timmerman, haal planken, spijkers en zeildoek. En neem ook een bak gloeiende kooltjes mee.'

Marsiglio, die zijn degen inmiddels had laten zakken, keek Obediah verbijsterd aan. 'Wil je ons nu alsjeblieft vertellen wat je van plan bent?'

Obediah glimlachte triomfantelijk. 'We gaan de apostel voor de tweede keer stelen.'

•◆•

Als de Osmaanse douanebeambte wist waarnaar hij zocht, verborg hij dat uitstekend. Hij bekeek eerst hun vervalste vrachtpapieren en een document waaruit bleek dat Obediah een koopman was van de English Levant Company. Daarna inspecteerde hij het benedendek en het ruim. De inspecteur, een kleine, ronde Turk met een fikse snor, tuurde hier en daar in een kist, maar ging niet erg systematisch te werk. Hij leek eerder op zijn intuïtie af te gaan. Toen de man alles had gezien wat hij wilde zien, brachten Jansen en Obediah hem weer naar boven. Daar aangekomen wees hij naar het schuurtje op het voordek. 'En nu nog dit hier. Wat zit erin?'

'O, dat is een rookschuurtje,' antwoordde Obediah. Hij hoopte dat de man niet merkte dat zijn stem trilde.

De timmerman had zich moeten haasten; eigenlijk had hij meer tijd nodig gehad. Toch zag het schuurtje er in elk geval op het eerste gezicht niet meer uit als een plantenkas. De tegen de kozijnen getimmerde planken verborgen de glazen ruiten. Voor de zekerheid hadden ze er ook nog een brede baan zeildoek overheen gespannen. Uit een kleine buis aan de zijkant kringelde rook.

De Turk draaide aan het uiteinde van zijn snor. 'U rookt vis? Meteen aan boord al?'

Voordat Obediah iets kon terugzeggen was de man al naar het schuurtje gelopen. Hij maakte aanstalten om de deur open te doen.

Obediah liep snel achter hem aan. 'Vergeef me, edele pasja, maar als u de deur opent, ontsnapt de rook en dus ook het aroma...'

De inspecteur snoof verstoord. 'Dan moet u ze gewoon nog maar een keer roken,' snauwde hij. Hij gebaarde naar twee Turkse soldaten die een stukje opzij stonden.

De mannen gingen nog strakker in de houding staan en legden hun hand op het gevest van hun zwaard. Obediah vermoedde dat het gebaar van de inspecteur ook de bemanning van de twee galeien niet was ontgaan. De Osmaanse schepen lagen op ongeveer honderd yards afstand aan respectievelijk bak- en stuurboord van hun schip en manoeuvreerden om op hun plek te blijven. Eén vingerknip van de inspecteur en ze zouden hen enteren.

De inspecteur stak het zweepje dat hij in zijn rechterhand hield uit en stootte er de deur van het schuurtje mee open. Dikke rookwolken walmden hem tegenmoet. De twee soldaten kozen achter hem positie. Toen de rook wat was opgetrokken, bukte hij zich en tuurde het schuurtje in. Voor hem bungelden grote vleesbouten aan touwtjes van het plafond.

'Dat is helemaal geen vis. Wat rookt u eigenlijk?'

'Ham, eerwaarde pasja. Wij Engelsen zijn gek op ham.'

De inspecteur pakte iets van de vloer van het schuurtje. Het was een blad. 'En dit? Kunt u me dat uitleggen?'

Obediah voelde zijn hart bonken. 'Laurierblad,' wist hij uit te brengen. 'Laurier en jeneverbes geven de Engelse ham zijn... zijn onnavolgbare smaak.'

'Hm.' De Turk prikte met zijn vinger tegen een van de pekelhammen. Hij stak zijn hoofd een stukje naar binnen, het schuurtje in. Zijn blik viel op de naar boven toe steeds dunner wordende poot van de ham, die eindigde in een gespleten hoef. De inspecteur schoot naar achteren en veegde zijn hand af aan zijn broek. 'Bij Allah! Dat... dat is varkensvlees!'

Obediah keek de man aan met een uitdrukking van gespeelde verbazing. 'Maar natuurlijk, edele pasja. Wij Engelsen eten niet anders.'

'Dat had u me moeten zeggen. Bij de profeet, breng me water en doeken, onmiddellijk! Ik moet de viezigheid van die vreselijke beesten van me af wassen.'

Jansen gaf een van de matrozen bevel om een kom water te halen.

De inspecteur keek vol walging naar het schuurtje. 'Ik begrijp echt helemaal niets van ghiours. Gerookt zwijn!' Hij spuugde. 'U hebt mijn toestemming om uw reis voort te zetten. Maar zorg ervoor dat die... die ham op het schip blijft zodat hij de haven van Suez niet vervuild.'

'Zoals u beveelt, edele pasja.' Obediah maakte een lichte buiging.

Zonder te wachten tot de kom water er was snelde de Turk naar de reling. Kennelijk wilde hij zo snel mogelijk zorgen voor een paar yards afstand tussen hem en de ham. Hij klom de touwladder af en stapte in de roeiboot die beneden op hem wachtte. Zijn beide mannen volgden hem. Een paar minuten later hoorden ze de paukenslagen die het ritme aangaven, en de twee galeien voeren langzaam weg.

Marsiglio ging naast Obediah staan. 'Dat ging net goed. Hij hoefde die pekelham maar opzij te duwen en hij had gezien dat al die andere lamsbouten waren. Dan had hij onmiddellijk onraad geroken en het schuurtje doorzocht. En de planten achterin ontdekt. Hm, en je verzinsel over die laurier, nou ja.'

Obediah legde een hand op de schouder van de generaal. 'Maar ja, dat is niet gebeurd. Zodra de Turken ver genoeg zijn moeten we de planten maar weer tevoorschijn halen.'

Hanah Cordovero kwam naar hen toe lopen. Ze glimlachte naar Obediah en hij twijfelde heel even of hij zich niet liever moest beheersen. Toen sloeg hij een arm om haar middel en tilde haar op.

'Zet me neer, Obediah,' zei ze lachend.

Toen hij dat had gedaan maakte Marsiglio een buiging voor de Sefardische. 'Ik moet je mijn verontschuldigingen aanbieden, mademoiselle.'

'En ik jou de mijne.'

'Beslist niet. De jeugd mag zich wel wat vuur veroorloven, maar een oude man als ik hoort beter te weten. Vergeef me mijn twistzieke gedrag.'

'Geaccepteerd. Maar alleen als je me dat van die apostel uitlegt.'

De condessa nam Cordovero van opzij op. 'Wat krijgen we nou? Bestaat er echt iets wat jij niet weet?'

Marsiglio wierp Da Glória een bestraffende blik toe. 'De beenderen van de apostel Marcus hebben heel lang in Alexandrië gelegen. De Venetianen vonden het onverdraaglijk dat die relikwieën zich in de handen van heidenen bevonden. En dus stalen ze de apostel. Om hem Egypte uit te smokkelen bedekten ze hem met varkensvlees en koolbladeren. Geen enkele bewaker had zin om onder het vlees te kijken. Nu ligt hij in de kathedraal van San Marco. Obediahs list had daar veel van weg.'

'Het verschil met de heilige Marcus is,' merkte Obediah op, 'dat onze koffiestruiken nog niet dood zijn en we ze levend in Holland moeten zien te krijgen.'

'Ik zal alles doen om dat probleem op te lossen,' zei Marsiglio. Hij bood Cordovero zijn arm aan. 'En jij, mademoiselle, kunt mij daarbij helpen. Vertel me nog eens wat deze heer al-Baitar over mest schrijft.'

•◆•

Juvisy, 4 februari 1689

Allerdoorluchtigste Majesteit,

Het is me een groot genoegen u te kunnen meedelen dat ik de geheimtaal van de Engelse agent-provocateur eindelijk volledig heb ontcijferd. Dat was alleen mogelijk doordat capitaine Gatien de Polignac me bepaalde documenten bezorgde. Door die stukken slaagde ik erin de geraffineerde code te ontcijferen waarvan Chalon en zijn medesamenzweerders zich bedienden. Er is, als Uwe Majesteit me die opmerking toestaat, een tweevoudig wonder geschied: de doodgewaande capitaine is weer opgedoken, en ondanks alle gevaren en tegenstand heeft hij zijn missie met veel bravoure volbracht. Een trouwere dienaar dan deze musketier kan Uwe Hoogheid zich in mijn ogen nauwelijks wensen.

We weten nu met absolute zekerheid dat het Chalon en zijn bende waren die uw zoon bij zijn vlucht hebben geholpen. Ook weten we dat uw zoon zich bij hen heeft aangesloten. Verder kan ik u melden dat deze misdadigers een diefstal hebben voorbereid en, voor zover wij weten, vermoedelijk ook uitgevoerd. In de ontcijferde brieven wordt gesproken over de 'zwarte Apollo' en de 'wijn van de islam'. Prima facie zijn dit metaforen voor koffie, de modieuze drank uit Arabië die inmiddels via Alexandrië en Marseille in grote hoeveelheden onze kant op komt. In bepaalde Parijse kringen schijnt koffie erg populair te zijn, net als in Londen en Amsterdam. Kennelijk hebben Chalon en zijn insurgenten gewerkt aan een plan om stekjes van die koffieplanten te stelen.

Wellicht verbaast het Uwe Hoogheid dat een door en door politiek agent als Chalon zich met zo'n simpele diefstal bezighoudt. Mijn vermoeden is dat de roof moet zorgen voor de financiering van een volgende opstand, of dat hij de middelen (zoals vroeger ook al) gebruikt om lasterlijke geschriften tegen Uwe Majesteit en andere vorsten in omloop te brengen. Misschien is 'koffie' echter ook een volgend codewoord, een geheimtaal binnen een geheimtaal waarvan we de betekenis nog niet kennen.

Als Chalon inderdaad stekjes van deze planten heeft gestolen, rijst de vraag of we de Verheven Porte van dit feit op de hoogte moeten stellen. Bovendien moeten we ervan uitgaan dat de VOC bij de kwestie betrokken is. Ook vroeger heeft Chalon al eens voor ze gewerkt. En wie anders zou er in de diefstal van koffieplanten geïnteresseerd zijn? Moeten we de vertegenwoordigers van de compagnie in Parijs hiermee confronteren? Dit zijn vrij delicate diplomatieke vragen. Ik vraag Uwe Majesteit alleronderdanigst mij te laten weten wat in deze kwestie uw advies is.

Dit is nog niet alles. We hebben van een uitstekend geïnformeerde spion te horen gekregen dat Chalon per schip onderweg is van Egypte naar Holland. Hij vaart met De Gekroonde Liefde, een Hollands fluitschip. Naar verwachting zal hij over drie tot vijf weken in Amsterdam aankomen. Als het Uwe Majesteit belieft om deze onruststoker te arresteren, dan staat capitaine de Polignac voor u klaar. Hij vroeg mij zijn nederige en gehoorzame groeten aan Uwe Majesteit over te brengen.

Als altijd uw bereidwillige dienaar,
Bonaventure Rossignol

•◆•

Marsiglio was bezig om met een mes aangekoekte meeuwenpoep van de ruitjes van de plantenkas te krabben. Hij verzamelde het spul in een vijzel. Hanah Cordovero stond een eindje verderop en goot met een soeplepel zoet water in een gieter. Obediah keek naar haar vanaf het bovendek. Ze zag er niet uit als een Sefardische geleerde en ook niet als prinses Sjahrazaad – zo noemde hij haar soms als ze met zijn tweeën waren. Ze deed eerder denken aan een Portugese lichtmatroos. Haar haar droeg ze nog altijd kort, haar kleding bestond uit een linnen broek, een niet al te schoon hemd en een wollen trui. Hoewel ze een flinke voorraad vrouwenkleding bij zich hadden, weigerde Hanah daar iets van aan te trekken. Misschien kwam het doordat de kleren van de condessa waren. Hanah zelf beweerde dat ze in de loop der jaren zo gewend geraakt was aan het dragen van broeken en kaftans dat een rok en lijfje – en al helemaal een japon –

haar veel te onhandig leken, zeker tijdens een scheepsreis.

Ook fijnere mannenkleding had ze afgewezen. De elegante Justel had ongeveer hetzelfde postuur als het joodse meisje, maar behalve een paar overhemden had ze geen van zijn kledingstukken aangenomen. In plaats daarvan had ze een greep in de voorraad mannenkleding gedaan, hoewel Obediah had gezegd dat het grove linnen en de scheerwol eigenlijk niet gepast waren voor een dame.

'Ik ben ook geen dame, maar een natuurfilosoof,' was haar antwoord geweest.

Uiteindelijk maakte het Obediah niet uit wat Hanah droeg; hij hield vooral van wat zich in haar hoofd afspeelde. Nee, dat klopte niet helemaal. De rest vond hij al even betoverend, ook haar jongensachtige uiterlijk. Zelfs de manier waarop ze daar beneden de gieter vulde had iets aandoenlijks.

Marsiglio gaf haar de vijzel met verpulverde meeuwenpoep, waarna Hanah het spul door het water roerde.

Hij glimlachte. Hanah – of liever gezegd de door haar aangehaalde Arabische geleerde – had gelijk gehad. Zodra ze begonnen de planten met vogelpoep te bemesten, waren de koffiestruikjes opgebloeid. Ze hadden er nog wel een paar verloren, maar uiteindelijk waren er tien overgebleven. En die waren intussen zo hard gegroeid dat ze bijna uit de giardino botanico barstten.

Obediah zag dat Marsiglio een van de raampjes openzette. Hanah ging op haar tenen staan en boog zich naar voren om de planten water te geven. Hij was zo verdiept in die aanblik dat hij helemaal niet hoorde wat de naast hem staande Justel zei.

Hij draaide zich om naar de hugenoot. 'Vergeef me, Pierre. Wat zei je?'

'Ik zei dat we twee uur geleden Calais zijn gepasseerd.' Met zijn verrekijker wees Justel naar een kerktoren die rechts van hen boven de kustlijn uitstak. 'En dus moet dat daar de kerktoren van Duinkerken zijn.'

Obediah keek de hugenoot aan. 'Dan zijn we bijna in de Republiek. Het is ons gelukt, Pierre. Onze odyssee is ten einde.'

Justel knikte zwijgend.

'Wat kijk je bezorgd?'

‘Ik heb een slecht voorgevoel,’ antwoordde Justel. ‘Vreemd dat je de odyssee noemt. Ik voel me inderdaad een beetje zoals Odysseus vlak bij Ithaca.’

‘Hoezo?’

‘Ik moest aan de zak der winden denken.’

Justel was ongetwijfeld beter vertrouwd met de klassieken dan hij, maar dat verhaal kende Obediah natuurlijk. Toen Odysseus en zijn mannen bijna weer bij het eiland waren waar ze vandaan kwamen, Ithaca, was de kapitein in slaap gevallen. Terwijl hij sliep maakte de bemanning de geheimzinnige leren zak open die hun kapitein voortdurend zo oplettend had bewaakt. De zak was een geschenk van Aeolus. De god had er alle winden in opgeborgen die ongunstig waren voor Odysseus’ thuisreis. Toen de zeelieden de zak openden, bliezen de ontketende windgeesten het schip de hele weg terug naar de vreemde kusten waar Odysseus en zijn mannen jarenlang hadden rondgezworven.

‘Je hebt te veel Homerus gelezen.’ Obediah klopte Justel bemoedigend op zijn schouder. ‘Dit is geen Griekse tragedie, en ik beloof je dat ik geen dutje zal doen voordat we op het IJ voor anker gaan.’ Hij liet de hugenoot alleen en liep het trapje naar het benedendek af. Daar haalde hij een pijp tevoorschijn, stopte er wat van de tabak in die hij bij een tussenstop in Porto had gekocht en haalde zijn tondeldoos tevoorschijn. Hij had nog maar net het eerste trekje genomen toen hij de man op de uitkijk hoorde roepen: ‘Kapers! Kapers achter ons!’

Er kwam beweging in de mensen aan dek en ook die in het want. Obediah zag Marsiglio en Cordovero naar de trap naar het bovendek rennen om een blik op het piratenschip te kunnen werpen – als het dat inderdaad was. Duinkerken was een beruchte kapersnest. Hiervandaan stuurden de Fransen met een lettre de marque uitgeruste vrijbuiters op kapervaart. Die probeerden vervolgens handelsschepen te onderscheppen die door het Kanaal voeren – Hollandse, Engelse of Portugese, afhankelijk van de politieke situatie.

Obediah klom de trap op. Jansen stond met uitgetrokken verrekijker aan de reling en vloekte. Ook met het blote oog kon Obediah de schepen van de kapers prima onderscheiden. Het waren er drie: één enorm galjoen met vermoedelijk zeventig of meer kanonnen, en verder twee kleine, wendbare fregatten. Hun taak was het om de prooi de weg af te snijden voordat het vlaggenschip zijn vuurkracht inzette; als de aangevallene tenminste niet al eerder de witte vlag hees, wat meestal gebeurde.

Obediah liet zich een verrekijker aangeven en keek erdoor. Aan de top van de grote mast van het galjoen wapperde een zwarte vlag met een doodshoofd, en daaronder een banier waarop hij een rode leeuw en fleurs de lis kon onderscheiden. Franse kapers, daar kon geen twijfel over bestaan. Wat hij niet begreep, was waarom de kapers achter hun scheepje aan zaten. Een schip van dit formaat was normaal gesproken niet het soort prijs waarin vrijbuiters geïnteresseerd waren. Zij waren uit op grote konvooien, met vrachtruimen die tot aan de rand toe gevuld waren met zijde uit Perzië, nootmuskaat uit Batavia of zilver uit Brazilië.

Dat de kapers het op De Gekroonde Liefde hadden voorzien kon eigenlijk maar één ding betekenen: ze waren ontdekt. Toen hij Jansens stem hoorde, werd zijn vermoeden bevestigd.

'Alle duivels! Het is Jan Baert.'

'Weet je het zeker?' vroeg Marsiglio.

'Heel zeker. Het is zijn vlag. Ik kan hem zelfs zien, voor op het schip.'

Marsiglio sloeg zijn handen voor zijn gezicht.

Cordovero keek hem vragend aan. 'Wie is Jan Baert?'

Justel was de eerste die antwoord gaf, maar niet direct. In plaats daarvan begon hij zachtjes te zingen:

'Jan Baert, Jan Baert,
waarheen gaat de vaart?
Naar 't westen, naar 't oosten,
daar zullen we proosten!
We zullen er stelen
goud en juwelen,
uit Engelse schuiten
en Hollandse fluiten.'

Toen draaide hij zich om en zei: 'Jan Baert is een piraat. En niet zomaar een, mademoiselle. Hij is de Barbarossa Khair ad-Din Pasja van het westen, de schrik van de Noordzee.'

En die kaperkoning stuurden de Fransen nu kennelijk op hen af.

Jansen was al op het benedendek en riep allerlei bevelen: 'Aanbrassen! Sneller, stelletje honden! Het gaat om jullie miezerige leven!'

In een ingewikkelde en verwarrende dans begonnen de matrozen door elkaar te lopen, aan schoten te trekken en in het want te klimmen.

'Hij wil hem eruit zeilen,' zei Marsiglio tegen Obediah.

'Gaat dat lukken?'

'Nee,' zei Marsiglio. 'Die schepen zijn sneller dan wij. Maar misschien winnen we wat tijd. Wanneer Baert ons dan ten slotte inhaalt, hebben we vermoedelijk het territorium van de Republiek bereikt. En aangezien we onder Hollandse vlag varen, bestaat de kans dat we andere schepen tegenkomen. Als die ons zien, schieten ze wellicht te hulp.'

Obediah vond dat dat wel heel erg veel misschienen waren, maar veel anders konden ze waarschijnlijk niet. Turend door de verrekijker zag hij dat de kapers meteen op Jansens aanloefmanoeuvre reageerden. Ook zij waren inmiddels bezig meer zeilen te hijsen. De beide fregatten leken al een flink stuk dichterbij te zijn gekomen.

Wat hierna gebeurde, was zenuwslopender dan alles wat Obediah tot nu toe had doorgemaakt. De beurshandel op de Dam, de watermarteling of de aardbeving in Smyrna: niets was te vergelijken met het zeegevecht dat hun te wachten stond. Want anders dan alle andere netelige situaties die hij tot nu toe had meegemaakt, voltrok de aanval van de kapers zich niet snel, maar haast ondraaglijk langzaam. Jan Baerts onderscheppingsschepen maakten een soort tangbeweging. Ze voeren met een boog om de Liefde heen, op minstens een mijl afstand. Toen koersten ze weer op hen af, in een hoek van misschien dertig graden, telkens kruisend. Alles bij elkaar duurde de manoeuvre bijna drie uur. De bemanning van de Liefde bereidde intussen alles voor op een noodsituatie. Pistolen en entersabels werden uitgedeeld, kanonnen geladen. Verder konden ze niets doen, behalve aan de reling staan met de handen om het dolboord geklemd en wachten op hun achtervolgers. Met onregelmatige tussenpozen klonk er kanongedonder van Baerts vlaggenschip. Dat was nog lang niet binnen schootsafstand. Misschien wilden de kanonniers van de kaperschepen alvast een beetje opwarmen. Of ze wilden hun prooi angst aanjagen. Dat laatste lukte, in elk geval bij Obediah, uitstekend.

•◆•

Obediah zat op het voordek, hand in hand met Hanah. Volgens hun laatste positiebepaling bevonden ze zich ter hoogte van Oostende. De zee rondom hen leek wel leeggeveegd. De uitkijk had alleen een Engels schip gezien, maar dat was al een uur geleden en het kleine jacht had onmiddellijk de wijk genomen. Als de wind bleef zoals hij was, zouden ze over ongeveer vier uur de kust van de Spaanse Nederlanden achter zich laten. Daarachter begon Zeeland, een verzameling zandbanken, eilanden en baaien. Als ze Zeeland konden bereiken, zouden de kapers de achtervolging met aan zekerheid grenzende waarschijnlijkheid staken. Anders kwamen ze namelijk binnen bereik van de kanonnen waarmee de kusten en dijken van de Republiek bezaaid waren.

Helaas was in dit geval de wens vader van de gedachte, want zover zouden ze nooit komen. Op zijn laatst ter hoogte van Brugge, had Jansen hem toevertrouwd, zou Baert hen te pakken krijgen.

Hanah drukte zich tegen hem aan. ‘Wat gaat er met ons gebeuren?’

‘Ik weet het niet.’

‘Dat is een leugen, Obediah.’

‘Ja.’ Hij aarzelde een moment en staarde uit over zee.

De twee fregatten lagen nu voor hen en koersten af op De Gekroonde Liefde. Ze zouden door een regen van kogels moeten varen. Als ze geluk hadden, zonken ze niet direct door de schoten maar gingen ze alleen langzamer varen. In dat geval zou het vlaggenschip hen inhalen en de *coup de grâce* uitdelen.

Hij kneep even in haar hand. ‘Ze zullen ons allemaal ophangen.’

‘Vanwege de koffieplanten?’

'Ook. Maar waarschijnlijk vooral vanwege Vermandois. Het was een vergissing om hem mee te nemen. Ik had nooit...'

Ze schudde heftig haar hoofd. 'Nee, het was de juiste keuze.'

Hij keek haar niet-begrijpend aan.

In haar ogen stond angst, maar ook verdriet. Toen zei ze met rustige, vaste stem: 'Als Vermandois er niet was geweest, waren we allang dood, vooral ik. En als die Frankenkoning ons laat ophangen, is dat in elk geval een stuk beter dan uitlevering aan de Osmanen.'

'Heb jij me niet eens gezegd dat de Turken het beschaafdste volk ter wereld zijn?'

'Dat klopt. Maar ook het wreedste. Voor wat wij hebben gedaan zouden ze ons dagenlang folteren, misschien zelfs wekenlang. De strop zou een daad van genade zijn.'

Obediah wilde juist terugzeggen dat hij liever helemaal niet wilde sterven, en dat het bovendien lang niet zeker was dat ze hen niet zouden martelen voordat ze hen opknoopten. Toen werd hij onderbroken door een schrille kreet vanuit het kraaiennest.

'Schip vooruit! Schepen! Hollanders! Het zijn Hollanders!'

Zo snel ze konden renden ze naar het voordek en haalden hun verrekijkers tevoorschijn. De schepen waren niet over het hoofd te zien. Het waren er bij elkaar zes: twee wendbare korvetten en vier bredere fluiten. Ze naderden snel, en Obediah kon de geopende geschutsluiken al onderscheiden. In de top van hun grote mast wapperde de rood-wit-blauwe vlag van de Republiek. Toen de schepen dichterbij kwamen, zag hij in de witte baan van de vlag een vertrouwd vignet staan: een O en een C met eroverheen een grotere V getekend, waarvan de twee poten door de andere letters staken. Het waren schepen van de compagnie.

Op de Liefde barstte gejuich los. Een paar matrozen staken hun handen in de lucht, andere kusten de amuletten of kruisjes die om hun nek hingen. Marsiglio en Justel omhelsden elkaar, Vermandois maakte een buiging voor de condessa en vroeg haar ten dans. Obediah kon Hanah horen lachen, het lachje zo helder als een klok waar hij inmiddels zo van hield. In plaats van mee te juichen met de anderen tuurde hij opnieuw door zijn verrekijker.

Er klopte iets niet. Hij had de compagnie niets over hun aanstaande komst gemeld omdat het risico hem te groot had geleken. Als alles goed was verlopen, zou de Liefde op het IJ voor anker zijn gegaan. Daarna zouden ze de planten naar een pakhuis brengen dat Obediah maanden geleden al voor dat doel had gehuurd, natuurlijk onder valse naam en zonder zijn krediet bij de VOC te gebruiken. Op die manier had hij een laatste troef achter de hand willen houden, want hij vertrouwde de compagnie niet helemaal. Dat was een vergissing geweest. Hij had de VOC helemaal níét mogen vertrouwen. Hij herinnerde zich wat Jansen maanden geleden in Limburg had gezegd: 'U moet goed weten dat u zaken doet met de duivel zelf. Als wij op een of andere manier tussen de compagnie en haar planten in komen te staan, zijn we allemaal dood.'

Obediah liet zijn verrekijker zakken en keek wat de kapers deden. De twee onderscheppingschepen waren weggedraaid en voeren nu een lus om op dezelfde hoogte te komen als Baerts vlaggenschip, dat wel nog dichterbij kwam. Het was zo klaar als een klontje dat de piraten zich wel iets lieten terugzakken, maar dat ze er beslist niet vandoor gingen, wat gezien de Hollandse overmacht wel te verwachten was geweest. Hij keek naar Jansen, die naast zijn stuurman stond. Hun blikken vonden elkaar, en Obediah kon zien dat de Deen tot dezelfde slotsom was gekomen als hij. De piraten uit Duinkerken en de schepen van de VOC namen de Liefde samen in de tang. Hij draaide zich om naar Hanah, die hem vragend aankeek.

'Klim het want in.'

'Wat? Maar waarom?'

'Doe alsof je een scheepsjongen bent.'

Het duurde een moment voordat ze hem begreep. 'Dat zijn niet onze redders.'

'Nee. Doe het nu. Alsjeblieft.'

'Obediah, ik wil bij jou blijven, wat er ook...'

'Hanah, alsjeblieft!' Hij boog naar voren en fluisterde iets in haar oor.

Obediah had niet gedacht dat ze hem zou gehoorzamen, maar in plaats van haar donkere wenkbrauwen te fronsen of wild te vloeken knikte ze alleen. Toen draaide ze zich om en klauterde het touwwerk in. Met een strak gezicht stak Obediah het dek over en klom het trapje op naar Jansen. Die nam hem met een mengeling van interesse en minachting op.

'Jansen, het ziet ernaar uit dat je vanaf het begin gelijk hebt gehad.'

De kapitein knikte en spuugde een dot pruimtabak uit. 'Ja. De VOC kan de pest krijgen!'

'Wat is je advies?'

'Er is geen ontkomen aan, Chalon. We kunnen de zeilen strijken of vechten.'

'Je bedoelt ten onder gaan.'

'*Lever duad üs slav*, zoals ze bij ons zeggen.'

Obediah knikte. 'Misschien ben ik het wel met je eens. Maar we hebben het recht niet om voor alle anderen aan boord te beslissen.'

Hij zag dat Jansen zijn lippen op elkaar klemde. Zijn hand greep het gevest van zijn Pappenheimer zo stevig beet dat de knokkels wit werden. De kapitein ademde hoorbaar uit en riep toen: 'Bootsman! Zeilen strijken. Hijs de witte vlag.'

•◆•

Twee roeiboten naderden De Gekroonde Liefde, een vanuit het westen, een vanuit het oosten. In de eerste sloep zaten twee mannen in uniform, beiden met hun hand tegen de met struisvogelveren versierde hoed. De ene leek wel een reus. Obediah schatte dat hij staand minstens zesenhalve voet mat, misschien zelfs zeven. De tweede man was duidelijk kleiner en droeg de soubreveste van een musketier. Het door littekens ontsierde gezicht kende Obediah uit Smyrna; hij zou het overal hebben herkend.

In de tweede roeiboot zat slechts één man. Hij was geen soldaat, maar ook hij droeg een uniform, namelijk dat van een Hollandse koopman. Piet Conradszoon de Grebber was nog dikker dan bij hun laatste ontmoeting. En hij zag er nog altijd uit als een in zwart damast gewikkelde made.

Obediah en de anderen stonden op het voordek, ontwapend en met geboeide handen. Voor De Grebber, Baert en Polignac waren al allerlei anderen aan boord van de Liefde gegaan: twee dozijn kapers en bovendien een contingent Hollandse soldaten. Pas op hun teken waren de leiders aan boord van hun sloep gestapt.

Jan Baert sprong als eerste aan dek. Hij bekeek de gevangenen, liep naar Jansen toe en sloeg hem op zijn schouder. 'Knut Jansen! Zo zien we elkaar weer.'

De Deen beantwoordde de groet, al was het met tegenzin. Toen keek hij eens goed naar Baert. De kaperkapitein droeg prachtige kleren, en zijn met diamanten bezette ringen waren vermoedelijk meer waard dan het schip waarop ze stonden. Obediah zag tot zijn verbazing dat de piraat bovendien een *justaucorps à brevet* droeg. De blauwe jas had een scharlakenrode voering en was rijkelijk geborduurd met goud- en zilverdraad. Een brevet mogen dragen was een bijzondere eer; je kreeg het kledingstuk alleen op uitdrukkelijk verzoek van de koning. De piratenkapitein scheen hoog aangeschreven te staan bij Louis de Grote.

'Je ziet eruit als een verdomde admiraal, Baert,' bromde Jansen.

'Ik ben er geen,' zei de reus met een vrolijke knipoog, 'maar de kans is groot dat Zijne Majesteit een chevalier van me maakt. Wacht maar af.' Baert lachte schallend. 'Op een dag word ik nog eens achter-admiraal van de koninklijke marine.'

Intussen waren ook Polignac en De Grebber aan dek gekomen.

Baert begroette de VOC-bewindhebber. 'Het is me een eer, seigneur. Wil uw kapitein niet ook hierheen komen? De Vries en ik zijn oude bekenden. We hebben samen onder De Ruyter gevochten toen ik nog in Hollandse dienst stond.'

De Grebber beantwoordde zijn buiging. 'Ik vrees dat hij nogal ontstemd is sinds u voor Saint Malo drie van zijn fregatten tot zinken hebt gebracht.'

'Gevoelig tot op het bot, zo is hij inderdaad. Breng kapitein De Vries in elk geval mijn groeten over.' Baert wendde zich tot de musketier, die nog steeds naar Obediah staarde. 'Messieurs, zullen we nu overgaan tot het zakelijke gedeelte?' Hij wees naar de koffieplanten, die op een rijtje tussen de masten waren neergezet. 'Die zijn voor u, als ik het goed heb begrepen.'

De Grebber knikte. 'Dat klopt. Mannen, laad ze in en breng ze naar het vlaggenschip. Overhandig ze daar rechtstreeks aan monsieur Commelin, de botanicus. Als er ook maar één plant schade oploopt, laat ik jullie allemaal het vlees van de botten ranselen. Opschieten!'

De Hollandse soldaten begonnen de koffieplanten in een van de roeiboten te laden. Marsiglio deed een stap naar voren. Onmiddellijk hieven een paar kapers hun musket.

'Geen domme dingen doen,' dreunde Baert. 'Het is echt niet mijn bedoeling jullie te laten fusilleren, maar als ik ertoe gedwongen word, ken ik geen pardon.' Hij richtte zich weer tot zijn gesprekspartners. 'De gevangenen zijn voor u, capitaine Polignac. Zo was het afgesproken, toch?'

De musketier knikte en keek naar het groepje geboeide mannen. Hij leek iemand te zoeken. Toen vroeg hij aan Obediah: 'Waar is de jood?'

'Die is dood.'

'Sinds wanneer?'

'Sinds Smyrna. Hij werd geraakt door neervallend puin.'

Polignac keek hem strak aan. Obediah voelde dat de musketier hem op een leugen probeerde te betrappen, maar dat kon hij niet.

'Mist u iemand?' vroeg Baert.

'Er ontbreekt er een,' antwoordde Polignac, 'maar dat is niet belangrijk. Zijne Majesteit is alleen geïnteresseerd in die heer daar...' – hij wees naar Vermandois – '... en in Chalon.'

De piraat knikte. 'Het schip gaat naar mij, met alles erop en eraan? Eerlijk gezegd had ik, als ik zo vrij mag zijn, een iets grotere beloning verwacht.'

Polignacs lippen beefden. 'Dit is niet een van uw kapervaarten, man! U handelt rechtstreeks in opdracht van uw koning! Het zou een eer voor u moeten zijn.'

'Eer is iets wat alleen edelmannen zich kunnen veroorloven, monsieur. Ik heb vele monden te voeden.'

'U bent een...'

'Ik neem nu afscheid, zodat de messieurs gelegenheid hebben hun zaken zonder mijn inmenging te bespreken,' zei De Grebber. Hij zette het soort glimlach op waarmee kroeggevechten nogal eens plegen te beginnen. 'Gedraag u een beetje.'

Polignac bromde iets. De Grebber liep naar de reling.

'Waarom, seigneur?' riep Obediah hem achterna. 'Dat antwoord bent u me nog schuldig.'

Overdreven langzaam draaide de Hollander zich om. 'Ik ben u helemaal niets verschuldigd.'

'Jawel. Vijftigduizend dukaten.'

'Die waren overeengekomen als u de planten veilig naar Amsterdam zou brengen. Maar zoals ik een paar weken geleden van de Franse ambassadeur in Den Haag mocht vernemen, wist u de gewassen weliswaar te verwerven, maar ontbrak het u aan discretie. Een zoon van de Grote Man in dienst nemen... Hoe haalde u het in uw hoofd?'

'Het was een goed plan.'

De Grebber schudde zijn hoofd. 'U bezit meer verstand dan finesse, monsieur. We hadden naar meester Domselaer uit het tuchthuis moeten luisteren. Hij doorzag u vanaf het allereerste moment. In uw overmoed dacht u slimmer te zijn dan iedereen.'

Daarop wist Obediah niets te zeggen.

'Misschien,' ging De Grebber verder, 'bent u dat ook wel. Maar een scherp verstand is nou eenmaal niet het enige.' Terwijl hij dit zei, keek hij even naar links, naar Polignac.

Obediah wist wat de Hollander bedoelde. En hij moest toegeven dat de vette made niet helemaal ongelijk had. Zijn plan was bijna perfect geweest, maar uiteindelijk was die musketier hem toch te slim af. De man leek niet al te snugger te zijn, maar hij was een terriër. Polignac had niet opgegeven totdat hij zijn prooi te pakken had.

Zonder nog iets te zeggen draaide De Grebber zich om en daalde de touwladder af naar de roeiboot. Polignac gaf de kapers intussen instructies om Obediah, Marsiglio en de anderen naar Baerts vlaggenschip te brengen. Pas toen ze allemaal in de sloep zaten, klommen ook Polignac en Baert de touwladder af.

'Waar brengt u dit stelletje naartoe, capitaine?'

'Dat gaat u eigenlijk niets aan, maar ze zullen eerst in de Bastille terechtkomen. Wat er daarna met ze gebeurt, beslist Zijne Majesteit.'

'En die planten? Wat waren dat voor struikjes? Tulpen waren het niet.'

'U stelt te veel vragen, Baert.'

Daarna sprak niemand meer. In stilte voeren ze naar het vlaggenschip. Telkens weer keek Obediah achterom naar de Liefde. Op het voordek kon hij nog net een scheepsjongen met zwart stekeltjeshaar onderscheiden, die hun roeiboot nakeek.

•◆•

Op het vlaggenschip werden ze opgesloten in een ruime officiershut. Kapitein Baert benadrukte dat hij hen als gasten beschouwde, en dat hij ervoor zou zorgen dat het hun tijdens de korte reis aan niets ontbrak. En inderdaad liet de kaperkapitein ze niet aan de ketting leggen. Of beter gezegd: hij weigerde Polignacs bevel daartoe uit te voeren. 'Zodra u in Duinkerken met de gevangenen van boord gaat, kunt u met ze doen wat u wilt, monsieur,' had Baert de musketier toegevoegd op een toon die geen tegenspraak duldde, 'maar hier deel ik de lakens uit.'

De piraat had zelfs twee karaffen rijnwijn en een schaal met fruit laten brengen. Obediah vermoedde dat Baert het puur had gedaan om de musketier nog extra te ergeren. Sinds een uur waren ze nu benedendeks. Buiten viel de schemering in. Ze zaten aan de tafel in het midden van de hut, meestal zwijgend. Alleen Vermandois stond bij het raam en keek naar buiten. Iets leek hem nogal bezig te houden.

Er klonken voetstappen, en de deur zwaaide open. Twee bewakers kwamen de hut in, gevolgd door Polignac. De musketier zag er nog altijd slecht gehumeurd uit, maar hij leek zichzelf wel weer iets meer onder controle te hebben. Hij bekeek zijn gevangenen eens goed. Obediah moest denken aan een wolf die naar het zwakste schaap in de kudde speurt. Toen zei de Fransman: 'Monsieur Justel.'

De hugenoot werd bleek.

Vermandois wilde iets zeggen, maar Polignac schudde zijn hoofd. 'Later, graaf, later.'

Langzaam stond Justel op. Marsiglio raakte even zijn onderarm aan. Toen pakten de twee wachters hem beet en namen hem mee de hut uit.

'Wat zijn ze met hem van plan?' vroeg de condessa met bevende stem.

'Ze gaan hem verhoren,' zei Marsiglio. 'Maak je geen zorgen, ik denk niet dat ze hem iets zullen aandoen.'

Nee, nu nog niet, dacht Obediah. Maar als we straks eenmaal in de Bastille zitten, slaan ze alles eruit. Alles wat we weten, maar ook wat we niet weten. Hij staarde naar de karaf midden op tafel. Obediah wist niet hoelang hij zo zat, maar op een gegeven moment drong tot hem door dat zijn lippen bewogen. Zonder dat hij het had gemerkt was hij teruggekeerd naar de woorden die hij als kind zo vaak had opgedreund. Al jaren waren ze niet meer over zijn lippen gekomen, maar nu stroomden ze naar buiten, volkomen buiten zijn toedoen: '*Sancta Maria, mater Dei, ora pro nobis peccatoribus, nunc et in hora mortis nostrae.*'

Marsiglio keek hem onderzoekend aan. 'Ik heb je nog nooit zien bidden.'

In plaats van de oude generaal antwoord te geven knikte hij alleen en keek hem in de ogen. Aan Marsiglio's blik kon hij zien dat de oude virtuoso het begreep. Obediah bad niet voor zichzelf. Hij bad ook niet voor Justel of de anderen in de hut. Zijn gebed was voor Hanah, die in het halfdonker ergens daar buiten in het want klom. Vermoedelijk had Jan Baert de bemanning van de Liefde een aanbod gedaan: zich bij hen aansluiten of in een sloep midden op de Noordzee achtergelaten worden. De Liefde vormde zijn beloning, en het schip zou met de andere schepen naar Duinkerken terugkeren. Daar kon Hanah misschien vluchten; zo'n spichtige scheepsjongen zou niemand missen. Maar als een van hen zich aan boord tijdens Polignacs verhoor liet ontvallen dat de Sefardische nog leefde, dan...

De deur ging open en Justel werd naar binnen geduwd. Hij was wit als een doek en op zijn voorhoofd stonden zweetdruppels. Toch leek hij niet geslagen of gefolterd te zijn. De hugenoot liet zich op een stoel vallen.

De condessa gaf hem een beker wijn. 'Hoe is het met je, Pierre?'

'Het gaat, dank je.' Dat was zo'n overduidelijke leugen dat het bijna grappig was. De schrik was van het gezicht van de hugenoot af te lezen en hij trilde over zijn hele lichaam. Snel nam hij een paar grote slokken. Toen wist hij met grote moeite één woord uit te brengen. 'Hoogverraad.'

In de hut klonk collectief gekreun. Als ze werden veroordeeld voor diefstal of roof zouden ze waarschijnlijk op het Place de Grève worden opgeknoopt, een relatief milde straf. Kennelijk wilde men hen echter aanklagen wegens hoogverraad. Voor dat vergrijp voorzag de wet in bijzonder akelige executies. In Engeland hingen ze verraders op, sneden hun buik open en trokken met haken de ingewanden naar buiten. Vervolgens lieten ze de misdadiger een tijdje naar lucht happen en naar zijn darmen grijpen voordat ze hem lossneden en vierendeelden. Obediah wist niet of de Fransen dezelfde straf gebruikten, maar Justels gezicht deed vermoeden dat er met verraders in Frankrijk iets even gruwelijks gebeurde.

Hij hoorde Polignacs stem. 'Nu bent u aan de beurt, Chalon.'

Hij voelde dat iemand hem bij de arm greep en omhoogtrok. Toen was hij de deur al uit. Achter zich kon hij Justel horen snikken.

•◆•

Hij legde een leeg vel papier voor zich neer, doopte de veer in de inktpot en schreef: *Chalon, Obediah. 12 februari 1689.* De gevangene keek rustig naar wat hij deed. Polignac nam de man onderzoekend op. De Engelse virtuoso was volkomen veranderd. In Limburg en Smyrna had Chalon er nog weldoorvoed uitgezien, met het buikje en de lichte teint van iemand die vaak in koffiehuizen zit. Nu was zijn huid roodverbrand als die van een landarbeider, en hij was mager. Je kon zien dat de reis naar de Oriënt deze man, die totaal geen lichamelijke inspanning gewend was, veel kracht had gekost en dat er niet veel meer van over was. De musketier was aanvankelijk nogal geërgerd geweest dat Baert zijn 'beste gasten', zoals hij de insurgenten in alle ernst noemde, van eten en drinken had voorzien. Maar misschien was het ook wel hard nodig om de Engelsman en de anderen er na hun lange reis een beetje bovenop te helpen alvorens ze in de Bastille te gooien. Chalon, schatte hij, zou daar in zijn huidige toestand nog geen vier weken overleven.

Ondanks dit alles leek de man geen angst te kennen – heel anders dan de hugenootse zenuwpees van daarnet, uit wie hij geen zinnig antwoord had weten te krijgen. Chalon kwam op Polignac haast tevreden over, wat de musketier vreselijk ergerde.

'Hebt u iets ter verdediging van uzelf aan te voeren, monsieur?' vroeg Polignac met zijn blik op het vel papier gericht.

'Waarvan word ik precies beschuldigd, capitaine?'

Polignac voelde de hitte direct naar zijn wangen stijgen. De brutaliteit! 'Dat weet u waarschijnlijk beter dan ik. Maar goed, voor mijn part: diverse samenzweringen tegen Zijne Majesteit, namelijk de ontvoering van zijn zoon Louis de Bourbon, comte de Vermandois, *admiral* de France. Het plegen van verzet tegen dienaren van Zijne Majesteit, moord op verschillende soldaten van Zijne Majesteit...'

'Ik heb niemand gedood.'

'U was de leider, ook als iemand anders het wapen hanteerde. Verder verschillende samenzweringen tegen de Engelse kroon, die Zijne Majesteit op verzoek van zijn neef, de ware koning James II, onderzoekt totdat de usurpator Willem is afgezet.'

Obediah zei niets, maar aan zijn zuinige glimlach kon Polignac zien dat hij de bewering dat iemand de prins van Oranje de Engelse kroon weer zou kunnen afnemen nogal absurd vond. Nou ja, in elk geval wat dat betreft was hij het met de Engelsman eens, al zou hij dat officieel natuurlijk nooit toegeven.

'Ik zou de hand hebben gehad in een samenzwering tegen James II?'

'Doe niet alsof u van niets weet!'

'Monsieur, ik ben bereid om een uitgebreide verklaring af te leggen. Maar waarom zou ik samenzweren tegen koning James? Ik ben tenslotte katholiek.'

'U bent wat?'

'Katholiek. *Primatus papae*, Maria, *filioque*. Daar bent u vast wel bekend mee, lijkt me.'

Er klonk een knak toen de veer in Polignacs hand in tweeën brak. Hij gooide hem weg en haalde een nieuwe. Toen ging hij weer zitten en zei met geforceerd kalme stem: 'Niet brutaal worden. Dat u denkt dat u toch wel op het schavot zult eindigen, betekent nog niet dat ik u niet scherper kan ondervragen dan tot nu toe.' Hij keek Chalon uitdagend aan, maar de Engelsman zweeg.

Polignac had niet geweten dat Chalon katholiek was; Rossignol had hem wijsgemaakt dat de man een protestante dissenter was. De musketier ging verder: 'Terug naar James van Engeland. U hebt de tegen hem gerichte Monmouth-opstand gefinancierd.'

Chalon keek hem een ogenblik verbluft aan voordat hij antwoord gaf. 'Ik... Nou ja, in het gunstigste geval per ongeluk.'

'Per ongeluk? En dat moet ik geloven?'

'Capitaine, u bent een slimme man. U jaagt nu al op me sinds... Ja, sinds wanneer eigenlijk?'

'Meer dan zes maanden.'

'Al zes maanden. Ik bewonder uw uithoudingsvermogen. Nee, echt. Aangezien u vermoedelijk een deel van mijn correspondentie hebt gelezen, kent u me waarschijnlijk beter dan veel van mijn metgezellen dat doen. Gelooft u serieus dat ik het zo klungelig zou hebben aangepakt als ik een opstand tegen mijn geloofsbroeder James wilde aanstichten? Dat ik zo'n nietsnut als Monmouth zou steunen? U denkt dat ik een samenzweerder ben, maar ik ben gewoon een simpele dief. Laat me vertellen hoe het echt zat.'

Polignac wist niet zeker of hij Chalons dievenverhalen wel wilde horen. Die man kon van alles zijn, misschien zelfs een echte katholiek, maar vaststond dat hij een notoire leugenaar en een vervalser was. Rossignol bezat inmiddels een hele map vol documenten, bijeengebracht door hun Londense en Amsterdamse spionnen, en die bevestigden dat allemaal. Toch besloot hij de man te laten praten. Het zou nog zeker twee uur duren voordat ze in Duinkerken aankwamen, en hij kon de anderen ook later in het garnizoen ondervragen. Een koude ijzeren ring om de nek maakte bij de meeste mensen de tong wel los, maar in Chalons geval was hij daar niet zeker van. Dus als de man in de stemming was om te praten, moest hij dat vooral doen. Polignac doopte zijn veer in de inkt. 'Vertel me alles, monsieur.'

De volgende anderhalf uur stroomden de woorden uit Chalons mond. Polignac had moeite alles bij te houden. Het was een geweldig verhaal dat de Engelsman verzon, dat moest je hem nageven. Volgens eigen zeggen was Chalon alleen maar een verarmde landjonker, benadeeld vanwege zijn religie en bezield door een interesse in natuurfilosofie en *apparati*. Omdat het leven als virtuoso duur en de mogelijkheden om geld te verdienen schaars waren, was hij zich gaan bezighouden met speculatie op de beurs. En toen dat hem zo goed als geruïneerd had, richtte hij zich op vervalserswerk, aanvankelijk alleen van munten. Later had hij ook wisselbrieven, geboortebewijzen en koopovereenkomsten nagemaakt. Polignac noteerde alles met stijgende verbazing. Zelfs als Chalon niet voor hoogverraad werd veroordeeld, had hij intussen genoeg misdaden opgebiecht om de doodstraf te krijgen. Alleen al zijn bekentenis dat hij Franse *louis d'ors* en *écus* had vervalst, was voldoende om hem op het Place de Grève te laten bungelen.

Zijn indiensttreding bij de VOC stelde Chalon voor als een reeks eigenaardige toevalligheden. Hij bezwoer dat hij nooit voor Willem van Oranje had gewerkt. Hij bestreed vurig ooit politieke doeleinden te hebben nagestreefd. En hij beweerde dat het de compagnie bij de diefstal van de koffieplanten uitsluitend om de winst was gegaan.

Polignac was intussen bij het achtste vel papier aanbeland. Hij keek op. 'Zelfs als dit allemaal klopt... Wilt u soms ook bestrijden dat u de graaf van Vermandois hebt ontvoerd om hem aan de Turken te verkopen?'

Opnieuw die uitdrukking van gespeelde verbazing op Chalons gezicht die hem tot razernij dreef. Misschien was hij te welwillend geweest.

'Wat dit betreft kunt u me niks op de mouw spelden, monsieur Chalon,' ging hij verder. 'Ik heb u gezien, in Limburg, toen u uw apparaten testte. En ik heb de pasja gezien met wie u daar onderhandelde.'

'Een pasja?'

'Ja, in het huis. Ik zag hem door het raam. De grote tulband was niet te missen.'

Chalon likte over zijn lippen. Polignac durfde te zweren dat hij er heel even geamuseerd uitzag.

Toen werd de Engelsman weer ernstig en zei: 'U hebt gelijk, ik... ik geef het toe. Alles wat ik tot nu toe over de koffiediefstal heb gezegd is waar. Maar toen ik naar een meesterdief op zoek was en over de bijzondere talenten van de graaf van Vermandois hoorde, ontkiemde er nog een plan in mijn brein.'

'Namelijk?'

'Ik wilde Vermandois nadat hij ons had geholpen inderdaad aan de Turken verkopen. Daarover had ik afspraken gemaakt.'

'Met de janitsaren?'

'Nee, met de grootvizier Sarı Süleyman Pasja. Het was zijn afgezant die u in Limburg hebt gezien. Tijdens onze terugreis zouden soldaten van de Grand Seigneur de graaf overmeesteren en hem naar Constantinopel brengen.' Chalon beschreef hoe hij eerst contact had opgenomen met de ambassadeur van de de Verheven Porte in Venetië, en later ook met die in Wenen. Maandenlang had hij met de Turken onderhandeld. De Engelsman vertelde uitvoerig over zijn plan.

Op een gegeven moment werd het Polignac te gortig en onderbrak hij Chalon. 'Ja, zo is het genoeg. Maar wat is u daarvoor beloofd?'

'Vijftienduizend Venetiaanse dukaten.'

'En wat wilde de grootvizier met een Bourbon? De graaf is geen prince du sang.'

'Nee, maar wel een *bâtard légitimé*. De Verheven Porte heeft me niet verteld wat hij met Vermandois van plan was, maar ik vermoed dat het iets met de Habsburgers te maken had.'

'Hoe dan?'

'De keizer heeft de Turken uit Boeda en Belgrado verdreven. De Venetianen hebben Athene bevrijd. De Porte wordt in het nauw gedreven en wil een vredesovereenkomst. Vermandois zou een prachtig geschenk zijn om daar een begin mee te maken.'

'Maar?'

'Grootvizier Süleyman werd afgezet. En mijn plan viel in duigen.'

Er klonk een scheepsbel: de aankondiging dat Duinkerken in zicht was.

'Monsieur, veel van uw daden zijn afschuwwekkend, maar voor de Kroon zijn ze nauwelijks van belang. Toch zult u ook hiervoor wegens hoogverraad worden veroordeeld.'

'Ik weet het. Zijn we eindelijk in Duinkerken?'

'Ja. Over enkele minuten meren we aan. Maar in uw plaats zou ik me verheugen over elke seconde die u nog van Parijs scheidt.'

Chalon reageerde niet. In plaats daarvan verscheen rond zijn mond weer dat eigenaardige tevreden glimlachje.

•◆•

Na een korte, slapeloze nacht in het garnizoen van Duinkerken reisden ze de volgende ochtend verder in zuidelijke richting. Obediah en de anderen werden vervoerd in een nogal deftig aandoende koets. Alleen de graaf van Vermandois mocht rijden op een aan een lijn meegevoerd paard. Ze werden geëscorteerd door een peloton zwarte musketiers. De meeste reizigers die ze op weg naar Parijs tegenkwamen, bleven staan om de stoet te bekijken. Velen namen hun hoed af. Misschien dachten ze dat de musketiers een eregarde vormden van een of andere vorst die zich achter de dichtgetrokken gordijntjes van de koets verschool. Dat was niet eens zo'n onzinnige aanname, want de persoonlijke garde van de koning bewaakte normaal gesproken geen gevangenen, en bovendien reisden die meestal ook niet in een geveerde berline. Toch vermoedde Obediah dat de elitesoldaten vooral als escorte waren uitgekozen om ervoor te zorgen dat er onderweg naar Parijs niets met Louis' kostbare gevangenen gebeurde. Het reusachtige bosgebied tussen Compiègne en Montreuil stond bekend als gevaarlijk; er hielden zich talloze roverbendes schuil, die ook voor gewapende escortes niet bang waren. Twintig musketiers aanvallen was echter een waagstuk waarover zelfs Franse struikrovers wel twee keer zouden nadenken.

De dagenlange tocht in de koets, het onophoudelijke gehobbel over kuilen en karrensporen vol water vermoeide Obediah meer dan hun eindeloze rit per kameel door de Arabische woestijn. Toch was hij niet zo wanhopig als hij misschien zou moeten zijn. Telkens weer dacht hij aan Hanah. Met zijn uitvoerige biecht bij Polignac had hij voorkomen dat de musketier zijn medeplichtigen ondervroeg voordat ze in de haven hadden aangemeerd. Met een beetje geluk was Hanah ontsnapt en kon ze in de Nederlanden een nieuw leven beginnen. Hij stelde zich voor dat ze in een klein huis aan de gracht zat, met haar elleboog op een lessenaar geleund en één hand in haar korte zwarte haar. In de andere hand had ze een schrijfveer waarmee ze een brief schreef, aan Boyle misschien, of aan Halley. Hij wist dat hij haar nooit zou terugzien, maar dat weerhield hem er niet van om erover te dromen.

Obediah zei niet veel dezer dagen, en ook de anderen werden steeds zuiniger met woorden, zelfs Marsiglio. Hoe dichter ze bij hun bestemming kwamen, hoe stiller het in de koets werd. Wie wel met elke afgelegde mijl opgewekter en uitgelatener leek te worden, was de graaf van Vermandois. Uit het raampje konden ze hem regelmatig naast Polignac zien rijden, pratend met de musketier. Daarbij werd veel gelachen. Dat kon natuurlijk gewoon komen doordat Vermandois vanwege zijn positie op een prettigere manier mocht reizen dan de rest van de samenzweerders. Hij hoefde niet dag in dag uit in de benauwde koets te zitten, hij was niet geketend en de musketiers betoonden hem een zeker respect. Eén keer vocht hij ter vermaak van de hele troep zelfs met een van de gardisten.

Op een onbewaakt ogenblik, toen Marsiglio en hij in de bosjes stonden te wateren, fluisterde Obediah: ‘Heb jij je al weleens afgevraagd hoe de Fransen wisten met welk schip we voor Duinkerken zouden opduiken, en wanneer?’

De generaal knikte grimmig. ‘Elke nacht voordat ik in slaap val pieker ik daarover.’

‘En?’ vroeg Obediah.

‘Waarschijnlijk hebben we het zwarte kabinet en het spionagenetwerk van de Zonnekoning gewoon onderschat. Louis heeft ogen en oren in elke haven aan de Middellandse Zee en de Atlantische Oceaan.’ Hij draaide zich om naar Obediah en keek hem aan. ‘Waarom schud je je hoofd, Obediah? Heb jij een betere theorie?’

‘Ja. Al zal die je beslist niet bevallen.’

Obediah was er zeker van dat iemand hen had verraden. In principe kwamen alle leden van hun groep daarvoor in aanmerking, met twee uitzonderingen: allereerst hijzelf en daarnaast Hanah. Obediah wist heel goed dat zijn oordeel over de Sefardische gekleurd was, maar afgezien daarvan bestonden er afdoende redenen om haar van verdenking uit te sluiten. Hanah Cordovero kwam uit een andere wereld, ze beschikte niet over de contacten die nodig waren om vanuit verre streken iemand in Versailles in te seinen. Alleen degenen met contacten in Frankrijk kwamen in aanmerking: Justel, Vermandois, Da Glória. In theorie waren Jansen en Marsiglio ook kandidaat, maar de Deen leek hem te rechtlijnig, te ongecompliceerd om een dergelijk plan te bekokstoven. En Marsiglio... De Italiaan was de enige van de Heracliden met wie Obediah een echte vriendschap had gesloten. Ook dat was geen erg logisch argument, maar zijn gevoel zei hem dat de oude generaal hen nooit zou verraden.

De soldaat die hen bewaakte, keek steeds ongeduldiger, en daarom deed Obediah de Bolognezer zijn theorie in een paar korte zinnen uit de doeken. Hij wilde dat beslist niet in de koets doen, omdat Jansen, Da Glória en Justel dan ook van zijn verdenking op de hoogte zouden zijn.

Marsiglio knoopte zijn broek dicht. 'Louis? Daar wil ik niet aan.'

'Misschien ben je niet objectief,' merkte Obediah op.

'Misschien niet. Maar tot nu toe heb je ook nog geen steekhoudend argument aangevoerd dat me kan overtuigen.'

Ze liepen terug naar de koets. De volgende dagen spraken ze niet verder over Obediahs vermoeden. Hij piekerde er telkens weer over hoe hij erachter kon komen wie de verrader was. Al snel raakte hij ervan overtuigd dat het zinloos was om over de motieven van de in aanmerking komende personen na te denken. Ze hadden allemaal een motief voor verraad, inclusief hijzelf: geld.

Hoe dichter ze bij Parijs kwamen, hoe meer soldaten er onderweg leken te zijn. Polignac weigerde hen in te lichten over wat er aan de hand was. Ook de musketiers viel hierover niets te ontlokken, maar Obediah en de anderen vingen af en toe gespreksflarden op. En daarbij bleken de soldaten over niets anders te praten dan over de aanstaande oorlog. De Hollandse stadhouder Willem van Oranje, nu Willem III, koning van Engeland, had een verbond gesloten met de Habsburgse keizer. Na de verwoesting van de Palts door Louis' buitengewoon bloeddorstige oorlogsminister Louvois hadden zich bij deze alliantie steeds meer landen aangesloten, als laatste Spanje en Savoye. De Rijksdag had Louis XIV een paar dagen geleden de oorlog verklaard. De alliantie eiste dat de allerchristelijkste koning alle gebieden die hij door de jaren heen had veroverd teruggaf: de Palts, Lotharingen, Straatsburg en bovendien de hun inmiddels bekende vesting Pinerolo. Bovendien gingen er geruchten dat de dreigende oorlog nu al de graanprijzen opdreef. In Parijs schenen er om die reden zelfs opstanden te zijn uitgebroken. Obediah moest denken aan een oude grap: in Frankrijk komt het gepeupel in opstand omdat het brood te duur is, maar in de Nederlanden protesteert het volk omdat de boter te duur is.

Intussen waren ze al voorbij Senlis. Marsiglio en Justel discussieerden juist over de vraag hoe groot de kans was dat Frankrijk won van de zich nu formerende overmacht, toen er hoorngeschal klonk. Obediah keek naar buiten. Uit zuidelijke richting kwam hun een ruiter tegemoet. Hij stond in de stijgbeugels, en aan zijn met vuil bespatte witte broek en rode revers was te zien dat hij een postiljon moest zijn. De musketiers gingen zonder aarzelen voor de man opzij. Toen was hij alweer voorbij en verdween snel in de verte.

Obediah voelde dat er een huivering door zijn hele lichaam ging. 'Paolo!'

De generaal, die nog altijd met Justel zat te praten, was midden in een zin geweest en keek hem verbaasd aan. 'Wat is er, Obediah?'

'Ik vrees dat ik nu het steekhoudende bewijs heb dat je verlangde.'

Het gezicht van de Bolognezer betrok. 'Weet je het zeker?'

'Tamelijk.'

'Waar hebben jullie het over?' vroeg de condessa.

'O, een kleine weddenschap die we hebben afgesloten,' zei Marsiglio. 'Een natuurfilosofisch gedachte-experiment, meer niet.'

Pas 's avonds, toen ze een ogenblik alleen waren, kon Obediah de generaal zijn theorie uit de doeken doen. 'Mijn bewijs, als je het zo wilt noemen, is niet gebaseerd op documenten of sporen.'

'Waarop dan wel?'

'Op logica. Luister maar. Het lijkt vast te staan dat iemand ons heeft verraden. In theorie kan dat ieder van ons geweest zijn.'

'Niet iemand van buiten onze groep?' vroeg Marsiglio.

'Niemand anders kon weten wanneer we in Neder-Egypte zouden aankomen en ons inschepen. Nee, het was een van ons. We zijn er allemaal intelligent genoeg voor. En vermoedelijk had ook iedereen wel een motief: hebzucht, jaloezie, wat dan ook. Maar er is één ding dat niet iedereen bezit.'

'En dat is?'

'De middelen.'

'Ik kan je niet helemaal volgen, Obediah. Bedoel je het vermogen om een brief te schrijven? Dat zou Jansen in elk geval uitsluiten, die kent maar een paar letters. Toch zou zelfs hij een schrijver kunnen...'

'Het probleem was niet om de informatie op papier te zetten. Het probleem was om die brief vervolgens zo snel mogelijk in Versailles te krijgen. De post moest sneller reizen dan ons toch tamelijk snelle schip van Alexandrië naar Holland kon zeilen.'

'En als we al eerder verraden zijn?'

'Dat wil ik niet uitsluiten. Alleen was ik de enige die beschikte over de cruciale informatie, namelijk met welk schip we vanuit Egypte zouden vertrekken. Dat wist verder niemand. Pas kort voordat we de kust bereikten heb ik die gedeeld. Van de belangrijkste informatie – een fluitschip genaamd De Gekroonde Liefde vertrekt op 15 januari 1689 met koffieplanten aan boord vanuit Izbat – kon de verrader dus pas vlak voor ons vertrek op de hoogte zijn. En dat werpt de volgende interessante vraag op: hoe snel kan informatie van A naar B komen?'

Marsiglio wreef over zijn kin. 'Ik heb wel een vermoeden waar je heen wilt. De brief van de verrader moet ongeveer tegelijk met ons aan zijn reis begonnen zijn, en dus heeft de post ons ingehaald.'

'Helemaal juist. In principe is dat natuurlijk mogelijk. Bijvoorbeeld omdat de depêche met een heel snel schip is meegestuurd. Dat van ons kon, afhankelijk van het weer, gemiddeld acht knopen halen. Een pinas zou sneller in Duinkerken kunnen zijn.'

'Die jachten gaan anders regelmatig ten onder in de Atlantische Oceaan.'

'Dat klopt. De andere mogelijkheid was om naar Marseille te zeilen en de brief daar aan een snelle ruiter mee te geven. Jij bent soldaat, hoe snel gaat zo'n koerier?'

'Hm, van Marseille naar Parijs is het ongeveer vijfhonderd mijl. En die ruiter... Dat ligt eraan.'

'Waaraan?'

'Of hij 's morgens weer op hetzelfde paard moet klimmen dat hij de dag daarvoor al heeft afgejakkerd of dat hij een vers paard krijgt. Of iedereen voor hem opzijgaat – je kent de toestand van de wegen. Of het weer meewerkt.'

Obediah zei niets. Aan Marsiglio's gezicht kon hij zien dat de generaal het begon te begrijpen.

'Bij de Heilige Maagd! Het kan alleen maar zo gegaan zijn!'

Obediah knikte. Allemaal hadden ze tijdens de reis de gelegenheid gehad om een Franse koopman – van wie er in de Levant genoeg te vinden waren – een brief te overhandigen met het verzoek die zo snel mogelijk naar de Franse consul in Alexandrië te laten brengen. En allemaal hadden ze daarbij kunnen vermelden dat het om een uiterst dringende kwestie ging. Maar hoe slaagde je erin om die spoed gedurende de hele afstand van honderden mijlen in stand te houden? Hoe slaagde je erin de depêche niet alleen snel naar Frankrijk te krijgen, maar bovendien net zo snel naar een van Louis' secretarissen?

Marsiglio zag er opeens erg bedroefd uit. 'Ik geloof niet dat hij dat heeft gedaan, al kan ik eigenlijk niet anders.'

'Ik ben bang dat het de meest logische verklaring is. Vermandois bezit een zegelring met daarop zijn wapen, een ruit met daarboven drie fleurs de lis. Elk document dat hij daarmee verzegelt is daardoor herkenbaar als een bericht van een prins van Bourbon. Als die brief dan ook nog aan zijn vader geadresseerd is, zal iedere intendant, officier en consul alles doen om die zo snel mogelijk in Versailles te krijgen, al moet hij er hele dorpen voor afbranden. Heb ik gelijk of niet?'

Marsiglio knikte alleen.

Het duurde nog zes dagen totdat ze aan de horizon de grote, donkere rookwolk zagen opdoemen die aangaf dat Parijs niet ver meer was. Ze naderden de stad vanuit het noordoosten, en al snel voegde zich bij de nevelslierten ook de odeur van de stad. Die leek wel wat op de stank van Londen, maar onderscheidde zich toch ook. Parijs rook nog bijtender, vond Obediah, maar misschien beeldde hij zich dat ook alleen maar in. Een lange tijd op zee kon een man voor zulke dingen erg gevoelig maken.

•◆•

De Porte Saint-Denis verscheen voor hen, de triomfboog die nog maar een paar jaar geleden was gebouwd. LUDOVICO MAGNO stond op het frontispice. Bij de poort liet Polignac een brief zien. Men liet hen passeren. Het verkeer werd steeds drukker, maar voor zover mogelijk maakte iedereen plaats voor de musketiers van de koning, al was het met tegenzin. Obediah had de indruk dat veel Parijzenaars hun stoet met onverholen vijandigheid bekeken. Hij wreef over zijn door de boeien opengeschaafde polsen en keek naar de anderen. Allemaal zagen ze er doodmoe uit. Justel beefde, de condessa hield zijn hand vast.

Obediah kende in Parijs niet erg goed de weg, maar zo te zien reden ze niet rechtstreeks naar de Bastille. Toen hij Justel ernaar vroeg, wist de hugenoot eerst geen woord uit te brengen. Toen antwoordde hij met bevende stem dat ze vermoedelijk toch naar de beruchte gevangenis onderweg waren. Polignac, vermoedde Justel, nam gewoon een route die niet al te dicht langs het Cour des Miracles voerde, de beruchte sloppenwijken. Het gewone volk was kennelijk weer eens in een opstandige stemming, dus moest hij voorzichtig zijn. Niets was angstaanjagender dan het ontketende Parijse gepeupel; zelfs de koninklijke garde was in zo'n geval niet immuun voor overvallen.

Ze reden verder, voorbij Saint Martin. Keer op keer hoorden ze doffe slagen tegen de wanden van de koets.

'Wat is dat?' vroeg Obediah.

'Volgens mij gooien mensen dingen tegen de ramen,' antwoordde Marsiglio.

Opnieuw klonk er een slag, en de portieren van de koets trilden.

De generaal spiekte uit het raampje. '*Brassica oleracea*, geen twijfel mogelijk.'

'Wat zeg je?' vroeg de condessa.

'Vergeef me. Dat is de botanicus in mij. Bloemkool, in staat van verregaande verrotting.'

Ze reden ruim een kwartier, toen kwam de koets abrupt tot stilstand. Obediah hoorde Polignac een bevel brullen, daarna stootte de musketier een hele reeks vloeken uit. Hij kon horen dat de kapitein ruziemaakte met een andere man. Voorzichtig schoof hij een van de gordijntjes opzij en gluurde naar buiten. Ze waren blijven staan op een redelijk groot plein. In het midden daarvan stond een standbeeld van Louis de Grote als Roomse keizer. Om het beeld waren marktkraampjes neergezet. Voor hun stoet stond een edelman met een roestbruine pruik en opvallend volle lippen. Achter hem zag Obediah ongeveer dertig agenten van de marechaussee en een wagen.

Polignac stond recht voor de man. Zijn gezicht was vuurrood. 'Hoe durft u!' brulde hij. 'Ik ben hier in persoonlijke opdracht van de markies de Seignelay, die Zijne Majesteit...'

'En ik ben hier in persoonlijke opdracht van de markies de Louvois. Kijk, het zegel is nog niet eens droog, het document is pas gisterochtend opgesteld.'

'Zijne Majesteit...'

'Zijne Majesteit is op basis van Louvois' advies intussen van mening dat deze samenzwering een kwestie van oorlogsbelang is, Polignac. Het is u toch al wel opgevallen dat we in oorlog zijn, hè?'

'Hoezo van oorlogsbelang?'

'Omdat uw gevangene heeft toegegeven deze man hier...' – hij wees naar Vermandois – '... aan de Turken te hebben verkocht. Dat leid ik tenminste af uit de depêche die u onlangs vanuit Duinkerken naar Parijs stuurde. Is dat niet zo?'

'Waarom hebt u mijn brief... U begrijpt het verkeerd. Laat me mijn werk doen. Houdt u zich liever bezig met bakkers en brooddieven, La Reynie.'

De man glimlachte. Het zag er bijna vriendelijk uit. 'Uw vijandigheden doen me niets, Polignac. Ze zijn onbelangrijk, net als u. Bij aankomst in Parijs dienen de gevangenen aan mij te worden overgedragen. Vanaf dat moment vallen ze onder het oorlogsministerie, zo heeft Zijne Majesteit verordend. Lees zelf maar.' La Reynie stak Polignac een verzegeld document toe, dat die laatste onmiddellijk uit zijn hand griste.

De musketier las de tekst snel door. Obediah kon zien dat de man worstelde met zijn zelfbeheersing. Polignac legde zijn hand op zijn degen, een gebaar dat La Reynie niet ontging, net zomin als de soldaten op het plein.

Marsiglio duwde zijn hoofd naast dat van Obediah en bekeek samen met hem het tafereel. 'Zouden ze ons het plezier doen om elkaar af te slachten?' vroeg de generaal. 'Wat is er eigenlijk precies aan de hand?'

'Dat is Gabriel Nicolas de la Reynie,' zei Justel zacht, 'het hoofd van de Parijse politie. Een beschermeling van Louvois, even wreed als genadeloos.'

‘Wil je daarmee zeggen dat onze situatie zojuist nog beroerder is geworden? Dat had ik nauwelijks voor mogelijk gehouden.’

Justel knikte mat.

Polignac stond nog altijd voor La Reynie met zijn hand aan zijn degen. Hij liet de brief vallen en draaide zich om. ‘Koetsier! Open het portier. Gaston! Draag de gevangenen over aan deze... man.’

Enkele musketiers trokken Obediah en de anderen uit de koets en duwden de gevangenen in de richting van La Reynies mannen, die hen in ontvangst namen. Polignac gaf zijn mensen een teken. De berline van de musketiers keerde en reed weg.

Polignac keek nog één keer achterom en bromde: ‘Hier krijgt u spijt van, La Reynie.’

‘Vast, vast. En hinkt u nou maar naar café Procopio en laat mij mijn werk doen.’

Obediah en zijn medegevangenen werden naar de andere koets gebracht. De kisten met hun spullen werden achterop geladen. De nieuwe wagen was een stuk minder voornaam en duidelijk bedoeld voor het transport van veroordeelden.

Toen ze langs Vermandois reden, die van zijn paard was afgestapt, keek Marsiglio de Bourbon strak aan en spuugde hem in het gezicht. ‘Verrader!’

Glimlachend veegde Vermandois met een kanten zakdoek het speeksel van zijn gezicht. ‘Paolo, ik deed wat ik moest doen om weer in de gunst van mijn vader te raken. Bedank je Engelse aanvoerder maar. Ik heb altijd tegen hem gezegd dat ik op een dag revanche zou nemen omdat hij me chanteerde. Is het niet zo, Chalon?’

Voordat Obediah iets kon terugzeggen, was La Reynie naar hen toe gelopen. Hij had een knuppel in zijn hand, die hij op Marsiglio’s schouder liet neersuizen. De Italiaan stootte een kreet van pijn uit en zakte op zijn knieën.

Vermandois keek verwonderd en maakte toen een lichte buiging. ‘Ik dank u dat u mijn eer probeert te verdedigen, monsieur. Maar geloof me, ik ben uitstekend in staat om mijzelf...’

‘Mond dicht of u bent de volgende,’ riep La Reynie.

‘Wat... Hoe durft u? Weet u niet wie ik ben?’

La Reynie keek de graaf vol minachting aan. ‘Het mormel van een of andere slet die het gegund was om veel koninklijk zaad in te slikken.'

Vermandois werd bleek. 'Ik ben Louis de Bourbon, légitimé de...'

'Het geduld van Zijne Majesteit is nu toch echt opgeraakt, monsieur. Hij heeft u verstoten, op mijn aanraden. Bâtard légitimé was u slechts omdat de koning dat wilde. Nu bent u alleen nog een ordinaire samenzweerder, net als alle anderen.' En tegen zijn eigen mannen zei hij: 'Leg die walgelijke sodomiet aan de ketting!' La Reynie richtte zich weer tot Obediah en de anderen. 'Luister goed, want ik zeg het maar één keer. Er wordt niet gesproken, er wordt niet onderhandeld. Anders...' Hij keek de gevangenen een ogenblik aan. Toen trok hij een pistool, richtte het op Justel en schoot hem zonder aarzelen van dichtbij in zijn buik.

De hugenoot viel op de grond. De condessa schreeuwde en wierp zich op hem, maar twee soldaten trokken haar weg. Onder de op de grond liggende Fransman vormde zich een plas bloed, die snel groter werd.

'Monster!' krijste de condessa.

La Reynie liep naar haar toe en gaf haar een oorvijg. 'Die hugenoot kon gemist worden. Alleen als voorbeeld kon hij nog net dienen. En nu die wagen in, hup. We brengen u naar een andere plek. Ergens waar we in alle rust...' – hij glimlachte kil – '... met elkaar kunnen praten.'

•◆•

Opnieuw bonkten ze in een koets door Parijs. Anders dan de berline van de musketiers had deze wagen geen beklede bankjes; er waren zelfs helemaal geen zitplaatsen. Obediah en de anderen moesten op de kale vloer zitten, naast de ijzeren ringen waaraan hun handboeien waren vastgemaakt. Hij staarde naar de planken onder hem. Er zat allerlei aangekoekte viezigheid op, vermoedelijk bloed en drek, misschien ook wel een mengeling van beide. Naast hem kon hij de condessa zachtjes horen snikken. Marsiglio zat tegenover hem. Bij elk gat in de weg kreunde de oude generaal hoorbaar. La Reynies brute klap had hem hard geraakt. Of het bot gebroken was hadden ze niet kunnen vaststellen. Alleen Jansen was volkomen stil. Hij staarde in de verte, net als op zee wanneer hij naar de horizon tuurde.

Vermandois was niet bij hen. Nadat de graaf met ijzeren boeien geketend was, hadden ze hem op de bok van de wagen vastgebonden. Obediah vermoedde dat dit geen voorkeursbehandeling was. Waarschijnlijk was La Reynie gewoon bang dat de vier anderen de verrader aan stukken zouden scheuren als ze Vermandois bij hen opsloten. In elk geval wat betreft Jansen en de condessa was die vrees niet ongegrond. Marsiglio was te zwaar gewond, maar de twee anderen zouden de Fransman met hun blote handen vermoorden als ze de gelegenheid kregen, dat wist hij zeker.

De wagen had geen ramen, maar tussen de planken van de zijkant zat hier en daar een kier waardoor licht naar binnen viel. Obediah tuurde door een van de spleten naar buiten. Hij zag de gevel van een gebouw, een marktkraam, af en toe voorbijgangers, maar niets wat hem vertelde waar ze zich bevonden. Toen hij door het lange turen bijna zijn nek had verrekt, ving hij een glimp op van een grote kerk met een kruisdak.

'Paolo?'

'Hm?'

'Waar staat de Saint-Eustache precies?'

Het duurde even voordat de Bolognezer met een van pijn vertrokken gezicht antwoord gaf. 'Iets ten noorden van het Île de la Cité. Een stukje... ten oosten van het Louvre.'

'Dan rijden we dus toch naar het westen, weg van de Bastille. Ik vraag me af waar ze ons heen brengen. Misschien naar het Châtelet.'

'Diepe kerkers,' merkte Jansen op, 'heb je in Parijs in alle windrichtingen.'

Obediah wilde iets terugzeggen, maar op dat moment klonk buiten geschreeuw.

'Dat is hem! Daar is het zwijn! Ik had toch gezegd dat ze hierlangs zouden komen!'

Er klonk een doffe klap, alsof er iets tegen de koets knalde. Kennelijk werd er weer met bedorven groente naar hen gesmeten. Stof dwarrelde door de kieren in het plafond.

'Achteruit, tuig! In naam van Zijne Majesteit,' brulde La Reynie.

Het antwoord was een honend gelach. 'Wij zijn met meer dan jullie, veel meer.'

'Ga opzij, of ik laat jullie afknallen als honden,' riep La Reynie.

Je kon het karakteristieke metalige klikken van de vuursteensloten horen toen dertig soldaten hun musket spanden. Obediah keek naar zijn medegevangenen. Marsiglio en de condessa waren rechtop gaan zitten en luisterden ingespannen. Jansen keek naar zijn handpalm. Met de vinger van zijn andere hand streek hij erover.

'Wat is er?' vroeg Obediah.

'Dat is geen stof,' antwoordde Jansen. Er klonk verwondering door in zijn stem. 'Het is meel.'

Van buiten klonk opnieuw de stem van La Reynie. 'Ga terug aan je werk. Wat er gebeurd is, was op bevel van de koning.'

'Je kunt de pest krijgen, La Reynie! Hangen zul je als je die gevangenen niet vrijlaat! De duivel zal je halen!'

Het was nu niet meer één stem die de politiechef antwoordde, maar een hele menigte. Obediah draaide zich om en gluurde opnieuw door een spleet in de wand, maar hij zag niets. 'Draai je om!' riep hij tegen de anderen. 'En kijk door de kieren of je iets ziet.'

De anderen deden wat hij vroeg. De condessa maakte verbaasde geluidjes, die overgingen in hysterisch gegiechel.

'Condessa?'

In plaats van hem te antwoorden bleef ze maar lachen.

'Die is haar verstand kwijtgeraakt,' zei Jansen.

Obediah pakte de condessa bij haar schouder. 'Caterina! Wat zie je? Zijn het Polignac en zijn musketiers?'

'Nee. Het zijn... Het zijn... de bakkers. De bakkers van Parijs.'

Op dat moment vuurde buiten iemand zijn musket af. De hel brak los. Een veelstemmig geschreeuw steeg op, gevolgd door nog meer pistool- en musketschoten. Ze hoorden het opgewonden gehinnik van angstige paarden. De koets schudde heen en weer. Ze hoorden gekras en gehamer. Kennelijk probeerde iemand de grendel op de deur aan de achterkant van de wagen open te krijgen.

'Casaubon! Arnaud! We halen jullie eruit,' riep een lage mannenstem.

Er klonken meer schoten, gevolgd door een schreeuw. Kogels suisden door de lucht, houtsplinters vlogen door de wagen. Het gehamer op de deur verstomde. Obediah draaide zich om. Een van de kogels was op hoogstens twee handbreedtes afstand langs zijn hoofd gesuisd, zoals hij aan het vuistgrote gat in de houten wand kon zien. Snel keek hij erdoor naar buiten. Hij zag La Reynies mannen, die vochten tegen een overmacht van zeker veertig of vijftig kerels met schorten en witte mutsen. De aanvallers waren bewapend met bakkersscheppen en messen. Een aantal van hen lag al gewond op het plaveisel. Toch zag het ernaar uit dat ze de marechaussee langzamerhand naar achteren wisten te dringen.

Zonder waarschuwing zette de koets zich opeens in beweging. De koetsier maakte een scherpe wending, en Obediah werd met zijn hoofd tegen de wand geslingerd. Toen hij weer bijkwam, denderde de wagen over de keitjes. Het was nu heel licht in de koets, en behalve hij lagen alle anderen op de vloer. Hij keek naar de achterwand. Daarin zaten allemaal kogelgaten, zeker een dozijn, en het werden er steeds meer. Hij liet zich vallen en hield zich vast aan een ijzeren ring in de vloer.

Zo reden ze een hele tijd. Plotseling ging er een klein luik boven de bok open. Heel even was er een hand te zien, die iets naar binnen gooide.

•◆•

'De sleutels! De sleutels van de boeien!' brulde Obediah.

De sleutelbos deed een wilde sintvitusdans op de vloer van de koets. Jansen kreeg hem als eerste te pakken en boog zich meteen over zijn boeien. Het was niet eenvoudig om in de heftig schokkende koets een sleutel in een slot te steken, maar de Deen probeerde het telkens opnieuw, totdat zijn ketenen eindelijk op de vloer vielen.

Korte tijd later waren ze allemaal vrij, in elk geval van hun boeien. Wel zaten ze nog vast in de wagen, maar de doorzeefde achterdeur zag eruit alsof hij met een paar flinke trappen en stoten wel open te krijgen was. Jansen was kennelijk tot dezelfde conclusie gekomen en schoof naar de deur toe, met een tot lus geslagen ijzeren ketting in zijn hand. Daar vloog weer een kogel door de achterwand. Opnieuw wierpen ze zich op de vloer.

Obediah tuurde door een van de vele gaten in de wand. Ze reden nog altijd naar het westen en hij kon de rivier zien. Toen boog de koets af naar links, waarschijnlijk om over een brug te rijden. Ze hadden misschien een paar yards afgelegd toen het gevaarte plotseling stil bleef staan. Op de bok hoorde hij iemand vloeken. Hij kon weliswaar niet verstaan wat de man zei, maar de stem herkende hij maar al te goed. Het was Vermandois.

Jansen was intussen opgesprongen en sloeg met de ketting tegen de deur. Er waren maar een paar slagen nodig, toen braken er al grote stukken hout af. De deur begaf het, en een ogenblik later was de Deen buiten. Obediah kon nu zien dat ze inderdaad op een brug over de Seine stonden. Hun achtervolgers leken ze te hebben afgeschud, of in elk geval kon hij nergens soldaten ontdekken. In plaats daarvan zag hij metselaars die aan het werk waren met de brug. Aan de oever stond een grote houten kraan. Blokken graniet waren ernaast opgestapeld als miniatuurversies van Egyptische piramiden. Hij gebaarde naar de condessa dat ze moest uitstappen. Toen draaide hij zich om naar Marsiglio.

Die schudde zijn hoofd. 'Laat mij maar hier, Obediah. Ik red het niet.'

'Onzin, Paolo. Ik help je.'

'Zonder mij kun je misschien ontkomen. Mij kan alleen een wonder redden.'

'Nog een? We zijn al gered door een aardbeving, een paar pekelhammen en een Parijse broodopstand. Dus als je nu niet eindelijk in de benen komt...'

'Nou?'

'Dan krijg je niet alleen van mij een trap tegen je achterste, maar ook van onze lieve Heer in de hemel. Drie wonderen, Paolo! Dat is meer dan zelfs de vroomste katholiek toekomt. De rest moet je echt zelf doen.'

Marsiglio bromde iets onverstaanbaars en hees zichzelf overeind. Ze klauterden naar buiten en keken om zich heen. Vanaf de voorkant van de wagen hoorden ze vechtgeluiden. Marsiglio steunde op Obediah, en samen strompelden ze weg. De reden dat de koets was blijven staan, was een houten stellage dwars over de hele breedte van de brug. Ervoor waren nog meer stenen opgestapeld, en dus kon de wagen er met geen mogelijkheid door. Nu wist Obediah ook waar ze waren. Dit moest de nieuwe Pont Royal zijn, de meest westelijke van de bruggen over de Seine. Ze waren dus al bijna aan de rand van Parijs. In het noorden zag hij de koninklijke tuinen van de Tuilerieën. Aan de andere kant van de rivier strekten de groene weilanden van Saint Germain zich uit.

Op de tweede verdieping van de stellage, zeker twintig voet boven het plaveisel, stonden Jansen en Vermandois. De graaf was er niet alleen in geslaagd om zijn handboeien los te maken; ook het touw waarmee ze hem aan de bok hadden vastgebonden was verdwenen. Vermandois zag er grotesk uit. Hij was helemaal bestoven met meel, dat overal uit zijn pruik en kleding dwarrelde. Ergens had hij een grenadierssabel weten op te scharrelen, waarmee hij zich nu de woedende Deen van het lijf probeerde te houden. Die laatste had nog steeds zijn boeien in de hand, die hij als provisorische morgenster gebruikte. Met hun ongelijksoortige bewapening deden de twee wel wat aan Romeinse gladiatoren denken. De condessa was nergens te bekennen.

'Hou nou toch op!' riep Vermandois.

'Pas als ik jou tot moes heb geslagen, stuk addergebroed!' siste Jansen.

De ketting suisde op Vermandois' gezicht af. Die week uit naar achteren, zodat het metaal op een paar vingerbreedtes afstand langs zijn kin zwiepte.

'We moeten bij elkaar blijven. Laten we eerst vluchten, dan kunnen we wat mij betreft daarna als beschaafde mensen duelleren.'

Jansen brulde iets onverstaanbaars.

'Met het rapier...' – opnieuw dook Vermandois weg voor de neersuizende ketting – '... of het pistool, wat je het liefste hebt.'

Hier en daar stonden arbeiders en metselaars vol verbazing naar het tafereel te kijken.

Obediah vermoedde dat het slechts een kwestie van minuten was voordat La Reynies mannen zouden verschijnen, of misschien ook wel die van Polignac. 'Hou op!' brulde hij. 'We moeten hier weg.'

Jansen reageerde niet op zijn geroep. Met ontblote tanden drong de Deen de graaf meer en meer in het nauw. Vermandois werd steeds langzamer. Een van zijn mouwen was donkerrood – vermoedelijk was Vermandois door een kogel geraakt.

Zo snel als dat ging met de kreunende generaal op sleeptouw liep Obediah tussen blokken steen, kuipen cement en zakken zand door, in de richting van de zuidelijke oever. Ze hadden ongeveer een derde van de afstand afgelegd toen hij achter zich een kreet hoorde die door merg en been ging. Obediah draaide zich om en zag de condessa. Ergens had ze een schietwapen weten te vinden, maar niet zomaar een. Het geweer dat ze met beide handen omklemde had een opvallende, trechtervormige loop, die hem bekend voorkwam. Hij zag hoe ze de donderbus optilde en op de graaf van Vermandois richtte.

'Nee!' riep Marsiglio zacht.

De condessa schoot. Boven op de stellage klonk een schreeuw, een man viel. Met een doffe klap sloeg hij tegen het plaveisel. Da Glória stootte een geluid uit dat misschien een triomfkreet was, maar misschien ook iets anders. Obediah voelde dat Marsiglio's vingers zich in zijn schouder boorden.

'Ze komen,' hijgde de generaal.

Nu zag Obediah ze ook. Vanaf de noordelijke oever naderde een troep bereden soldaten de Pont Royal. Ze waren met velen en namen, zo leek het, de hele Seinepromenade in beslag. Zo snel ze konden, haastten Marsiglio en Obediah zich naar de andere oever. Toen ze op ongeveer twee derde van de brug waren, draaiden ze zich nog een keer om. Het noordelijke deel van de brug krioelde inmiddels van de dragonders en voetsoldaten. Vanwege de overal opgestapelde bouwmaterialen leken de soldaten de twee voortvluchtigen nog niet te hebben opgemerkt. In plaats daarvan onderzochten ze iets wat aan de voet van de stellage lag. Snel trok Obediah zijn vriend achter een groot blok steen aan de zijkant van de brug. Hij keek om zich heen, op zoek naar een vluchtweg. Die was er niet. Ook op de zuidelijke oever kwamen nu soldaten aanmarcheren.

Hij keek over de balustrade van de brug. Ruim vijftien voet onder hen gleed een vrachtschuit door het water. Hij duwde Marsiglio op het stenen muurtje. 'Spring!'

'We zullen al onze botten breken,' reageerde de generaal. Hij lag meer op het muurtje dan dat hij erop leunde en zag eruit alsof hij elk moment kon flauwvallen.

'Dat is nog altijd beter dan wanneer de beul dat doet,' zei Obediah. Toen gaf hij Marsiglio een stevige duw, en de Italiaan viel. Obediah klom op de balustrade. Voordat hij sprong, keek hij nog één keer uit over de brug, die steeds voller raakte met soldaten. Toen liet hij zich vallen. Het laatste wat hij van de gebeurtenissen op de Pont Royal registreerde, was een man in het leren wambuis van een metselaar. Zijn muts had hij ver over zijn gezicht getrokken en in zijn handen droeg hij een hamer en een troffel. Hij leek erg veel haast te hebben. Het viel Obediah op dat de ambachtsman een dikke bos zwart krulhaar had en zich als een kat bewoog. Toen zag hij alleen nog de hemel, en kort daarna helemaal niets meer.

•◆•

Toen Obediah bijkwam, waren ze de dorpjes aan de rand van Parijs al gepasseerd. De bemanning van de schuit leek hen nog niet te hebben opgemerkt. Pas toen ze later in de middag ergens ten westen van Parijs aanmeerden, ontdekte de schipper dat op zijn achterdek, tussen zakken vol katoen, twee edelmannen lagen. De man liep niet erg warm voor het idee de twee buitenlanders nog verder mee te nemen. Het was overduidelijk dat ze iets op hun kerfstok hadden, en erg welvarend zagen Obediah en Marsiglio er bovendien niet meer uit. Hun kousen waren gescheurd, er hingen rafels aan hun fluwelen jas en de haren van hun pruik stonden alle kanten op.

Toch lukte het Obediah de man ervan te overtuigen om hen tot net voorbij Vernon mee te nemen, waar volgens de schipper een benedictijns klooster stond, genaamd Saint Just. Daar schenen ze een goede arts te hebben. Obediahs beurs was hem op het vlaggenschip afgenomen, maar in een van de zomen van zijn jas had hij wat goud genaaid. Een paar van de klompjes waren voldoende om de schipper van gedachten te doen veranderen en hun twee bedden in de kajuit te verschaffen.

Bij zijn val was Obediah op een rol stof geland, die weliswaar niet echt zacht was geweest, maar er wel voor had gezorgd dat zijn botten nog heel waren. Marsiglio had niet zo veel geluk gehad. Behalve zijn gewonde schouder, die intussen lelijk was opgezwollen, had hij nu ook een gebroken been en mogelijk meer verwondingen. De eerste paar dagen was de Bolognezer nauwelijks bij kennis. Hij kreeg hoge koorts, en lange tijd betwijfelde Obediah of de oude soldaat hun aankomst in het benedictijnenklooster nog zou meemaken.

Na een paar dagen zakte Marsiglio's koorts. Toen ze Saint Just bereikten moest hij op een brancard van boord gedragen en op een kar naar het klooster gereden worden. Obediah bood de abt de rest van zijn goud aan in ruil voor medische hulp voor de generaal, maar daar wilde de man niets van hebben.

'U hoeft ons niet te betalen, monsieur. Wel zou ik graag uw naam weten.'

'Die noem ik liever niet.'

'U reist incognito?'

'Ja.'

'Toch sta ik erop.' De abt zag de twijfel op Obediahs gezicht en glimlachte sluw. 'U kunt me uw naam ook bij de biecht vertellen. Dan blijft hij ons geheim.'

Obediah overwoog heel even om de man een leugenverhaal op de mouw te spelden. Daar was hij echter veel te moe voor; hij had genoeg van het voortdurende toneelspel. En dus zei hij zacht: 'Ik ben Abdias Chalonus, tot uw dienst. En mijn metgezel heet Paulus Lucius Marsiglius.'

De abt trok een wenkbrauw op. 'Marsiglius? Dé Marsiglius? De auteur van *Dissertatio de generatione fungorum*?'

'Inderdaad, eerwaarde.'

'Waarom zei u dat niet meteen? Onze botanicus bezit enkele van zijn geschriften. Het zal ons een grote eer zijn om uw vriend, zo God het wil, te verplegen totdat hij weer gezond is, hoelang het ook duurt. Tot die tijd staat u alle twee onder onze bescherming.'

In de daaropvolgende weken ging het langzamerhand steeds iets beter met Marsiglio. De kloosterarts spalkte zijn been en waste zijn schouder dagelijks met een aftreksel van alruin. De zwelling nam af, al voorspelde de heelmeester dat de arm van de generaal waarschijnlijk stijf zou blijven.

Het grootste gedeelte van de tijd brachten ze in de bibliotheek van het klooster door of zaten ze in de grote kruidentuin op de binnenplaats van de zomerrefter. Ze pasten zich aan het vaste dagritme aan, en de wereld buiten de poorten van het klooster begon langzamerhand te vervagen. Af en toe vroeg Obediah zich af of die wereld nog wel bestond. Hij nam aan dat in elk geval de abt op de hoogte was van de laatste nieuwsberichten, en dat hij met name wist hoe de oorlog verliep die de Grote Man daarbuiten tegen de Grote Alliantie voerde. Toch vroeg hij er nooit naar.

Het was intussen voorjaar. Toen ze op een middag kort voor het vespergebed in het zonnige herbarium van de kloostertuin zaten, zei Marsiglio: 'Het is me opgevallen dat je geen brieven meer schrijft, Obediah.'

'Nee. Helemaal niet meer.'

'Maar brieven waren je levenselixer.'

'Dat klopt,' zei Obediah. 'Helaas kan ik niet terugkeren in de République des Lettres, hoe graag ik dat ook zou willen.'

Marsiglio hield zijn hoofd scheef. Obediah keek hem aan. Hij vermoedde dat de generaal verwonderd keek, maar wist het niet zeker. De vertrouwde gelaatstrekken van de Italiaan waren tegenwoordig vaak lastig te interpreteren doordat de helft van Marsiglio's gezicht sinds de val van de brug over de Seine verlamd was; dat kwam door een teveel aan zwarte gal, zei de kloosterarts.

'Denk je echt dat alles wat je schrijft onmiddellijk in Louis' zwarte kabinet terecht zal komen?' vroeg Marsiglio.

'Daar moet ik wel van uitgaan. Het is afgelopen met corresponderen.'

Marsiglio stond op en liep naar een plant die een paar meter bij hen vandaan stond. Obediah wandelde achter hem aan. De plant had grote groene bladeren en droeg ronde vruchten met een dieprode kleur.

Marsiglio wees ernaar. 'Hier, heb je gezien dat de botanicus zelfs wolfsperziken kweekt? Je ziet ze niet vaak, ze komen uit de Nieuwe Wereld.'

'Kun je ze eten?'

'Daar lopen de opvattingen over uiteen. De botanicus is van mening dat ze veel gele gal produceren en zelfs lycantropie kunnen veroorzaken. Ik heb juist gelezen dat de indianen in Brazilië er een soort compote van koken.'

'Het spijt me dat ik je je droom heb ontnomen, Paolo.'

'Welke droom?'

'Je wilde als *bandeirante* naar Brazilië gaan en een boek over de plaatselijke flora schrijven.'

'Daar weet je van? We hebben er nooit over gesproken.'

'Hanah heeft het me verteld.'

Marsiglio keek hem onderzoekend aan. 'Mis je haar?'

'Meer dan alle brieven van alle natuurfilosofen en virtuosi ter wereld bij elkaar.'

De graaf wees naar de stenen bank waarop ze net nog hadden gezeten. 'Laten we weer gaan zitten. Mijn been doet pijn.'

Ze liepen terug en namen plaats op de bank.

Marsiglio had een wolfsperzik geplukt en hield die in zijn handen. 'Het is niet jouw schuld.'

'Een deel ervan toch wel.'

'Dat Vermandois ons heeft verraden? Dat de VOC een bedriegersbende is? Nee, dat is niet jouw schuld. En als je mij niet over die brugleuning had geduwd, was ik allang op het schavot geëindigd. Trouwens, wie zegt eigenlijk dat ik niet nog eens in Brazilië kom? Al ben ik momenteel heel tevreden om hier te zijn. Alleen al deze tuin en al die boeken! Bovendien heb ik de botanicus beloofd een plantenkas voor hem te bouwen. Kortom, ik denk erover om hier te blijven.'

'Je wilt monnik worden?'

'Dat denk ik niet. Je hebt hier geen mooie vrouwen, en eerlijk gezegd ook geen mooie mannen. Maar het punt is dat ik geen haast heb, ik hoef nergens meer heen. Jij wel.'

Obediah zou zijn vriend graag hebben tegengesproken. Het was heel vredig hier. En aangezien niemand hen de afgelopen weken had weten op te sporen, leek het erop dat ze in het klooster veilig waren, in elk geval zolang ze zich gedeisd hielden en geen brieven de wereld in stuurden. Toch moest hij binnenkort verder, daar had Marsiglio gelijk in. Obediah knikte zwijgend.

'Je moet proberen haar te vinden,' zei Marsiglio.

'Ik weet waar ze is, Paolo.'

'Wat zeg je? Je weet het?'

'Jazeker. Natuurlijk kan haar op weg erheen iets overkomen zijn, maar dat geloof ik niet.' Hij keek naar de wolfsperzik die Marsiglio tussen zijn vingers om en om draaide. Obediah vond de naam niet erg passend, want anders dan een perzik had deze vrucht geen pluizige schil; hij was volkomen glad. 'Ik heb Hanah naar een bekende van me gestuurd, om...'

'Vertel het me liever niet. Wat ik niet weet, kan ook niemand uit me trekken. Maar waar wacht je eigenlijk nog op?'

'Paolo, begrijp je het dan niet? Niemand weet dat Hanah Cordovero bestaat. De Fransen denken dat er alleen een David ben Levi Cordovero heeft bestaan, die in Smyrna is omgekomen. Maar ik word gezocht. De Fransen kennen mijn gezicht, de Hollanders ook en vermoedelijk zelfs de Engelsen. Louis' gerechtsdienaren weten met wie ik in Engeland en Holland omging. Ook degene bij wie Hanah hopelijk toevlucht heeft gevonden, wordt misschien in de gaten gehouden. Als ik haar benader, als ik haar schrijf, kan dat haar ondergang betekenen.'

'Schrijf haar een versleutelde brief.'

Obediah schudde zijn hoofd. 'Al onze codes zijn gekraakt. En zelfs als het geheimschrift niet ontcijferd wordt, is zo'n brief op zich al verraderlijk genoeg.'

Marsiglio zuchtte. 'Het begint me te dagen dat je niet bij je Julia kunt komen.'

'Julia?'

'En Romeo. Uit dat Engelse toneelstuk, we hebben het er al eens over gehad. Leander en Hero, Orpheus en Euridice: het loopt allemaal hetzelfde af.' Hij rook aan de vrucht. 'Je moet er iets op bedenken. Er moet toch een manier zijn.'

'Als die er is, zie ik hem in elk geval niet.'

'Hm, als iemand hem kan vinden, ben jij het.' Marsiglio glimlachte. 'Obediah, de bedwinger van de Nasmurade.'

'Zelfs als ik iets bedenk, blijft het een risico.'

'Er is altijd een risico.' Marsiglio bracht de vrucht naar zijn mond en beet erin. Lichtgekleurd sap liep langs zijn kin. 'Nou, als die vrucht giftig is, is het in elk geval een heerlijke dood. Hier, probeer maar.'

Obediah pakte de wolfsperzik aan en beet er een stukje af. Het smaakte inderdaad lekker, zoet en tegelijkertijd zuur, anders dan alle vruchten die hij ooit had geproefd. 'Niet slecht.' Hij slikte het stukje door. 'Je hebt gelijk, Paolo. Ik geloof dat ik je raad opvolg en binnenkort vertrek.'

'In zekere zin betreur ik dat, want je bent erg aangenaam gezelschap. Toch ben ik blij dat je het aandurft. Geloof me, je moet het proberen. Anders word je nooit meer gelukkig.'

Obediah knikte. Hij wilde de vrucht opnieuw naar zijn mond brengen, maar Marsiglio greep hem bij zijn pols.

'Ben je nou toch nog bang dat ik mezelf vergiftig?'

'Nee, maar ik zie dat er pitten in zitten. Die wil ik graag hebben voor mijn verzameling. Als ik ooit naar mijn thuisstad Bologna terugkeer, zal ik ze daar planten. Deze wolfsperzik lijkt van de zon te houden, en die heb je in de Emilia genoeg.' Marsiglio duwde twee vingers in de vrucht en haalde er wat kleine gele pitjes uit die omhuld werden door een soort geleiachtige massa. Hij keek er een ogenblik naar en wikkelde ze toen in een zakdoek die hij in zijn jaszak liet glijden. 'Door die pitten moet ik er opeens aan denken... Weet je wat ik graag zou willen weten?'

'Hm?'

'Wat er eigenlijk van onze koffieplanten geworden is.'

•◆•

Elke keer dat Gatien de Polignac zijn wandelstok op het parket neerzette, maakte de punt een tikkend geluid. De echo ervan leek door de hoge muren versterkt te worden en galmde door de hele spiegelzaal. Niet dat hij daar iets aan kon veranderen. Anders dan de andere hovelingen, die in groepjes van drie of vier door de langgerekte zaal flaneerden, had hij de stok echt nodig. De knie die hij tijdens zijn verblijf in Limburg verwond had, was nog stijver geworden, zodat hij alleen met een stok een beetje vlot vooruitkwam. Zonder op de afkeurende blikken van de edelen te letten liep hij door het langwerpige vertrek, gevolgd door een van zijn mannen, die een grote houten kist droeg. Ze naderden de deuren aan de oostkant.

Daar stond Rossignol, met zijn handen ineengeslagen achter zijn rug. Hij zag er nerveus uit. 'Capitaine,' zei Rossignol. 'Ik vreesde al dat u was tegengehouden.'

De musketier schudde zijn hoofd. 'Onzin. U ziet overal Louvois' mannen.'

'Dat komt doordat ze overal zíjn. Hebt u ze bij u?'

'Ja. En probeer me hier alstublieft niet van te weerhouden. Mijn besluit staat vast.'

'Dat weet ik. Toch vraag ik u één ding.'

'Wat, monsieur?'

'Uw botheid evenaart intussen helaas uw valeur. Denk eraan dat u straks tegenover een koning staat. En niet alleen dat: u staat ook tegenover een vader die een zoon heeft verloren.' Rossignol haalde een zakhorloge tevoorschijn en keek op de wijzerplaat. 'Kom mee. Dit is het soort rendez-vous waarop een mens beter punctueel kan verschijnen.'

Ze gingen de deur door en kwamen in de Mercuriuszaal, waarin het bed van Zijne Majesteit stond. Toen ze door het vertrek liepen, kwam hun een aantal vreselijk chagrijnig kijkende Spanjaarden tegemoet. Achter hen volgden twee al niet veel beter gehumeurde Russen. De koning hield vandaag audiëntie, een openbare troonzitting waarbij onderdanen en diplomaten wensen aan hun heerser konden voorleggen.

Polignac had geen wensen, behalve dan misschien dat hij die verdomde kwestie met de samenzweerders eindelijk tot een einde wilde brengen. Nadat La Reynie hem zijn gevangenen had afgepakt, was hij de mannen van de politiechef stiekem gevolgd. Hij had de overval van de bakkers op de gevangeniswagen vanuit een zijstraatje bekeken en was later als een van de eersten op de Pont Royal geweest.

Al de dag erna had hij de koning schriftelijk verslag uitgebracht. Tegen zijn verwachting in was hij niet uitgenodigd, niet door de koning en niet door zijn minister. Daarop had Polignac in volgende brieven om een gesprek verzocht. Ook deze waren onbeantwoord gebleven. Rossignol vermoedde dat Louvois' mensen de brieven onderschepten om hun faux pas te verbergen. Tenslotte was La Reynie niet alleen de Engelse agent-provocateur kwijtgeraakt, maar ook een koningszoon in hoogsteigen persoon.

De hoofdcryptoloog had hem aangeraden de kwestie te laten rusten, maar dat advies had Polignac naast zich neergelegd. Zijn vertrouwen in Rossignol was niet meer zo groot als vroeger. Hij wist niet wat hij precies van diens rol in deze hele geschiedenis moest denken. Was Rossignol een marionet van de markies de Seignelay? Had hij de betekenis van Obediah Chalon overschat? Of was hij op heel andere zaken uit?

Misschien zou hij daar nooit achter komen, maar hij moest in elk geval proberen de kwestie af te sluiten, op zijn eigen manier. Hij zou de koning zijn kijk op de zaken geven, zonder zich iets aan te trekken van wat de rest van het hof daarvan vond.

Ze kwamen bij de ingang van de Apollozaal, die de koning als audiëntievertrek gebruikte. Een bediende gebaarde dat ze moesten wachten totdat ze werden opgeroepen. Samen met een paar hovelingen bleven de musketier en Rossignol voor de deuren wachten. Polignacs hand gleed in zijn jaszak en omklemde de rozenkrans die hij daarin bewaarde. Terwijl de kralen tussen zijn vingers door gleden, mompelde hij in gedachten de *lucis mysteria*.

Toen hij de krans drie keer had gebeden, liet hij hem los en keek naar de andere wachtenden. De blik van de musketier bleef op een van de vrouwen rusten. Niet alleen omdat ze bijzonder mooi was, maar ook omdat ze hem bekend voorkwam. Deze dame had hij eerder gezien, dat wist hij zeker, en niet in Versailles.

Polignac boog zich naar Rossignol toe. 'Ziet u die dame met de zwarte pruik?' fluisterde hij. 'Wie is dat?'

Rossignol knikte nauwelijks merkbaar. 'Een heerlijk schepsel, niet? Als ik het me goed herinner, is dat Luise de Salm-Dhaun-Neufville, de dochter van een Lotharingse Rijngraaf.' De cryptoloog wees naar de deur. 'Let op, het gaat beginnen.'

Polignac staarde nog altijd naar de hofdame. Intussen had ze zijn blik opgemerkt, maar dat kon hem niets schelen. 'Die vrouw... Ik geloof dat ze...'

Rossignol trok hem ruw aan zijn mouw. 'Geen vrouwengedoe nu, capitaine! Concentreer u liever op de audiëntie.'

De lakeien hadden intussen de dubbele deur geopend, en de musketier kon niet veel anders dan naar binnen lopen. De zaal was donkerrood, met een verguld plafond waarop de Griekse god Apollo op zijn strijdwagen was afgebeeld. De man die door Franse dichters als wedergeboren Apollo werd bezongen, zat op een verhoging voor de westwand. Louis de Grote droeg een vuurrode zijden mantel met hermelijnen kraag over een bordeauxrood rijkostuum. Polignac had de koning al vaak gezien, maar meestal uit de verte. Nu viel hem op dat Louis in de afgelopen tijd sterk was verouderd. Zijn gezicht had diepe rimpels, die ook het poeder en de rouge niet konden verbergen. De oorlog, dacht hij. Misschien had de man nu toch meer op zijn bordje geladen dan hij op kon.

Behalve de koning waren er minstens dertig personen aanwezig, onder wie allerlei hoogwaardigheidsbekleders en ministers, ook Seignelay en Louvois. Voor het podium stond een vrouw van wie Polignac vanwege haar grove trekken en schonkige achterste vermoedde dat het Louis' schoonzus was, de hertogin Charlotte van Orléans. Ze maakte een reverence en stampte daarna de zaal uit. Toen ze langs de musketier liep, hoorde hij haar zachtjes voor zich uit vloeken.

De kamerdienaar kondigde hen aan: 'Monsieur Bonaventure Charles Rossignol, president van de rekenkamer, en Gatien Regnobert de Polignac, capitaine van de zwarte musketiers van de garde.'

Ze liepen verder de zaal in. Glimlachend richtte de koning zich tot de nieuwe bezoekers. Rossignol en Polignac maakten een diepe buiging.

'Monsieur Rossignol, we zijn blij dat u er bent. We hebben nog een potje biljart van u tegoed.'

Rossignol boog opnieuw. 'Ik ben vereerd, Sire. Uwe Hoogheid is veel te genadig.'

'Wacht dat spel maar af voordat u onze genade prijst,' antwoordde de koning, waarna in het hele vertrek welwillend gelach opsteeg vanwege deze uitmuntende grap. 'En u, capitaine? Hebben wij u laten komen?'

'Nee, Sire. Toch beschouwde ik het als mijn plicht om hier te verschijnen.'

'En waarom, capitaine?'

'Om Uwe Hoogheid op de hoogte te stellen van... bepaalde gebeurtenissen rond een aantal opstandelingen.'

Louis tuitte zijn lippen. 'Stuurt u ons daarover meestal geen schriftelijk bericht?'

'Dat klopt, Majesteit.' Polignac merkte dat woede in hem opborrelde. Hij moest rustig blijven. Graag zou hij nu zijn rozenkrans in de hand hebben gehad.

Louis pakte een van de vergulde armleuningen in de vorm van een leeuwenkop vast. 'Maar in dit geval achtte u dat niet voldoende?'

'Op mijn verzoekschriften kwam geen reactie, Sire.'

'Wel, misschien vonden we dat uw verzoekschriften geen reactie behoefden.'

'Dat, Majesteit, lijkt me erg onwaarschijnlijk.'

'Ja?'

'Ja. Dat zou namelijk van vreselijke nalatigheid getuigen.'

In de troonzaal was het zo stil geworden dat je de voetstappen van de hovelingen in de spiegelzaal kon horen. Polignac zag aan de gezichten dat zijn toon de aanwezigen had geschokt. Sommige dames waren nog bleker geworden dan ze toch al waren en waaierden zich frisse lucht toe. Polignac wist wel dat hij zijn vorst nooit zo had mogen toespreken, maar hij kon niet anders.

Louis streek over zijn snor. Toen zei hij zacht: 'Staat u erop gebruik te maken van uw recht als officier van mijn garde – wat u op dit moment nog bent – om een rechtstreeks verzoek tot mij te richten? Of wilt u liever teruggaan naar Parijs?'

'Pas als ik heb gezegd wat ik moet zeggen, Sire.'

Er klonk een soort geruis in het vertrek toen ongeveer dertig hovelingen tegelijk hun bepruikte hoofd schudden. De koning leunde achterover in zijn troon, sloeg zijn benen over elkaar en maakte een beweging met zijn hand. Twee lakeien deden daarop de deuren open, en de hovelingen verlieten haastig de Apollozaal. Alleen Polignac en de twee lakeien bleven in het vertrek achter.

Toen de deuren weer dicht waren, boog de koning naar voren.

'U bent nog koppiger en brutaler dan men me heeft verteld.' Louis keek Polignac strak aan. 'In elk geval bent u niet zo'n pluimstrijker als Rossignol. Wij worden omringd door behaagzuchtige mensen, capitaine. Een man die heldere taal spreekt werkt dan heel verfrissend.' Zijn wenkbrauwen bewogen in een beheerste beweging naar elkaar toe. 'Hoewel zo'n impertinente houding niet hoort tijdens een audientie, man. Spreek mij – mij! – voor het verzamelde hof nooit meer tegen. Dringt dat door die dikke schedel van u heen?'

Polignac klemde zijn kiezen op elkaar en maakte een buiging. 'Ik smeek u in alle nederigheid om vergeving, Sire. Het is alleen zo dat deze kwestie me al wekenlang kwelt.'

'Hm. U hebt de opstandige Engelsman gearresteerd die met onze zoon samenwerkte, is het niet?'

'Zo is het, Majesteit.'

'En hoe komt het dat hij is ontsnapt?'

Polignac vertelde de koning over La Reynies verrassende interventie en over het decreet met het koninklijke zegel dat hem dwong de gevangenen aan de politiechef over te dragen. Hij bracht verslag uit over de opstandige bakkers en de vlucht van de samenzweerders.

De koning luisterde onbewogen. 'Wij begrijpen,' zei Louis, 'dat we in deze kwestie slecht advies hebben gekregen. We zullen dat nagaan. Ik dank u, capitaine. Stel dat klopt wat u zegt, dan had mijn zoon nog in leven kunnen zijn als de politie de boel niet had verprutst.' Met een handbeweging maakte de koning Polignac duidelijk dat hij hiermee geëxcuseerd was.

De musketier bleef staan.

De koning keek ernstig, maar zijn ogen fonkelden fel. 'Wel, uw onbeschaamdheid is werkelijk buitengewoon! Als ik de koning niet was, zou ik mijn geduld verliezen.'

'Ik geloof niet dat hij dood is,' zei Polignac.

'U zegt?'

'De graaf van... Ik bedoel de voormalige graaf van Vermandois, Sire.'

'Niet dood? Maar volgens La Reynies bericht is zijn lijk gevonden op de Pont Royal.'

'Majesteit, ik heb dat lijk gezien. Het droeg zijn kleren, dat is waar, maar door het musketvuur was het zo vreselijk toegetakeld dat het gezicht nauwelijks te herkennen was. Het kon net zo goed iemand anders zijn.'

'Waar leidt u dat uit af?'

'Ongeveer een maand later ontving ik een pakket. Het leek me onverstandig de inhoud daarvan aan derden toe te vertrouwen, zeker nadat kennelijk een aantal van mijn brieven aan Uwe Hoogheid verloren was gegaan.'

'Vertel verder.'

'In het pakket bevond zich dit.' Uit de zak van zijn jas haalde Polignac een zegelring. Hij knielde voor de troon en stak de koning het sieraad toe.

Toen die het wapen van de graaf van Vermandois herkende, leek de adem even in zijn keel te stokken. Louis pakte de ring aan en keek ernaar. 'Zat er nog iets in?'

'Ja, Sire. Plantjes.' Polignac liep naar de kist die achter hem op het parket stond en haalde er een kleine bloempot uit waarin een stekje ter hoogte van een hand stond.

'Wat voor plant moet dat wezen?'

'Ik geloof dat het een koffieplant is, Majesteit. Vermoedelijk is hij kostbaar.'

Louis knikte, maar besteedde verder geen aandacht aan de plant. In plaats daarvan keek hij naar de zegelring, die hij ten slotte in zijn vestzak liet verdwijnen. Tegen een van de lakeien zei hij: 'Laat de planten naar onze botanische tuin brengen. Daar valt er vast wel een plekje voor te vinden. Ons is alle ophef om die vreselijke drank eerlijk gezegd een raadsel. Wij vinden het degoutant en drinken liever een goede chocolade.' Hij wendde zich weer tot Polignac. 'Dank u, capitaine. U hebt me een grote dienst bewezen. U kunt gaan. Of moet ik u dat een derde keer vragen?'

'Nee, Sire. Altijd tot uw dienst.' De musketier maakte een buiging en verliet het vertrek.

Buiten stond Rossignol op hem te wachten. 'Hoe is het gegaan?'

'Lastig te zeggen. Misschien benoemt hij me tot hertog, misschien ontslaat hij me ook uit mijn functie. Ik weet het niet.'

'Treur niet, zo vergaat het velen. De man is niet gemakkelijk te peilen. Hebt u hem de ring gegeven?'

'Ja. En de planten.'

'Wat heeft dat alles volgens u eigenlijk te betekenen, capitaine?'

'Ik geloof dat Vermandois heeft weten te ontkomen. En dat de dode op de brug iemand anders was.'

Rossignol knipperde geërgerd met zijn ogen. 'Als iedereen denkt dat hij dood is, waarom zou hij dan een levensteken geven?'

'Volgens mij wil hij zich met zijn vader verzoenen. Maar vanaf het moment dat die hem niet meer als légitimé beschouwde, was dat onmogelijk. Wat natuurlijk niet betekent dat Vermandois' wens tot verzoening daarmee ook verdwenen was. Door het zegel terug te geven laat hij zijn vader weten dat hij zich schikt naar zijn besluit. En bovendien heeft hij de koning het waardevolste gegeven wat hij nog bezat, namelijk de koffieplanten.'

'En waar had hij die dan vandaan?'

'Geen idee. Maar vergeet niet dat hij een meesterdief is.'

Ze liepen door de spiegelzaal. Ergens in het midden bleven ze staan en keken door een van de ramen naar het Grand Canal, waarop een gondel in de vorm van een zwaan in de richting van het paleis gleed. Een ogenblik zwegen ze beiden.

Toen mompelde Polignac: 'Weet u wat ik me heb afgevraagd?'

'Nou?'

'Hoe alles was afgelopen als Chalon en Vermandois niet waren ontkomen.'

'Tja, het noodlot beschikte anders.'

'Het noodlot? U bedoelt de bakkers. Een wel erg ongelukkig toeval dat ze juist op dat moment opdoken, vindt u niet? Je zou haast denken dat iemand ze had getipt.'

Rossignol glimlachte. 'Nu begint u ook al overal spionnen en intriganten te zien, capitaine. En als u me nu wilt verontschuldigen. Het is oorlog, en er liggen stapels versleutelde depêches op me te wachten.' Rossignol maakte een buiging. Toen was hij verdwenen.

Polignac stond nog lang bij het raam, met zijn hand op zijn rozenkrans, en keek uit over het kanaal.

•◆•

Hanna wreef in haar vermoeide ogen en tuurde toen weer naar de berekening die op de secretaire voor haar lag. Met de week werd het lastiger om het handschrift van haar gastheer te ontcijferen. De jicht in de gewrichten van zijn handen was de laatste tijd erger geworden en bovendien zag hij bijna niets meer. Het resultaat was het verschrikkelijke gekrabbel voor haar neus, zes bladzijden vol hiërogliefen. Als het om gewone brieven ging, kon ze bij onleesbare plekken meestal uit de context afleiden wat er precies stond. Bij wiskundige berekeningen was dat helaas nauwelijks mogelijk. Dit artikel bevatte berekeningen over de zwaartekracht die Newtons werk moesten aanvullen. Maar hoe vaak Hanna de op de manier van Leibniz genoteerde formules ook doorlas, hoelang ze ook naar de tientallen gamma's, delta's en plustekens staarde, sommige dingen bleven onduidelijk. En omdat het opstel morgen al ter publicatie naar de uitgever van de *Acta Eruditorum* in Leipzig gestuurd moest worden kon ze niet langer wachten. Zuchtend stond ze op. Ze moest de oude man wekken.

Zo zachtjes als ze kon sloop Hanna van de werkkamer naar de eetkamer. Liever maakte ze de tweede slaper in het huis, die in een wiegje naast de tegelkachel lag te dommelen, niet wakker. Ze keek naar het kind. Het leek diep en vast te slapen. Voor Willem-Lodewijks geboorte was de grote eetkamer altijd gevuld geweest met het getik van de vele klokken langs de muren. Na een lange discussie had haar gastheer gelukkig ingezien dat het voor iedereen beter was als het kind niet elk hele uur ruw uit zijn slaap werd gehaald door het helse klokkenkabaal.

Ze liep de trap naar de bovenverdieping op. Officieel ging Hanna Coudevaar door voor een nichtje van de heer des huizes. Omdat ze ongetrouwd en kinderloos was gebleven, hielp ze de bejaarde man een handje en bestierde ze zijn huishouden. Dat laatste klopte trouwens ook, hoewel ze in werkelijkheid intussen ook zijn hele correspondentie verzorgde en zijn af en toe wat warrige traktaten geschikt maakte voor publicatie. Toen haar zwangerschap niet meer te verbergen was geweest, had dat in de buurt natuurlijk tot veel gefluister geleid; half Den Haag had zich ermee bemoeid. Het verhaal dat ze toen zelf in omloop had gebracht, luidde dat Hanna met een Hollandse VOC-officier getrouwd was, die momenteel in Nagasaki verbleef en pas over een paar jaar zou terugkomen. De kleine Wil zou kort voor mijnheer Coudevaars vertrek verwekt zijn. Natuurlijk geloofde niemand dat. Dat de beroemde natuurfilosoof op drieënzestigjarige leeftijd nog een kind had verwekt, bij een piepjong meisje bovendien, was gewoon een veel beter verhaal.

Toen Hanna op de overloop halverwege de trap was, keek ze even uit het hoge raam. Het werd voorjaar, de sneeuw was verdwenen. Aan de achterkant van het huis lag een tuin. Zoals je hiervandaan goed kon zien, bestond hij uit twee grote, vierkante perken, beide precies even groot. Er begon al iets op te komen, vermoedelijk tulpen. De stelen van de bloemen waren bijna een voet hoog en werden gekroond door nog gesloten kelken.

Ze wendde haar blik af en liep naar zijn slaapkamer. De deur stond op een kiertje, en Hanna hoorde zachte snurkgeluiden. Ze klopte op de deurpost. In totaal moest ze dat drie keer doen, steeds iets harder, totdat Christiaan Huygens eindelijk wakker werd.

'Ja? Hanna?'

Ze stapte de kamer in. Ondanks al haar inspanningen zag Huygens' slaapkamer er net zo uit als zijn werkkamer, of eigenlijk als elke plek die hij in bezit nam. Overal liet de natuurfilosoof vellen briefpapier en verfrommelde blaadjes vallen, op de ladekast lagen een paar uit elkaar gehaalde uurwerken en een geannoteerde operapartituur, eentje waarmee hij juist aan het werk was. Stiekem verheugde ze zich op het moment waarop Willem door het huis zou gaan kruipen. Als het kind straks Huygens' overal rondslingerende mathematische afleidingen in zijn mond stak of aan flarden scheurde, zou de man misschien eindelijk wat meer orde scheppen.

'Het spijt me dat ik u wakker moet maken, maar ik heb problemen met het opstel.'

'Het stuk voor de *Acta*?'

'Ja.'

'Wat is het probleem?'

'Uw hanenpoten, seigneur.'

Huygens glimlachte. 'Ik kom zo. Wacht maar even bij de trap, als je het niet erg vindt.' Langzaam stond hij op en schuifelde naar de hoek van de kamer, waar de chaise percée stond. 'Ik moet eerst nog even...'

Ze knikte, verliet de kamer en liep de trap af naar de overloop. In de slaapkamer kon ze Huygens horen steunen. Zoals de meeste mannen van zijn leeftijd leed hij aan blaasstenen, dus kon het wel even duren. Hanna verdreef de tijd door uit het hoge glas-in-loodraam naar de tuin te kijken. De zon scheen op de binnentuin en ze kon zien dat een van de tulpen al een beetje openging. Ze zag een wit bloemblad met hier en daar een streepje paars.

Beide perken waren beplant met tulpen. Was het niet gek dat zowel de Turken als de Hollanders op dezelfde bloem verkikkerd waren geraakt? Ook Huygens was een groot tulpenliefhebber. Hij had haar een keer verteld dat tulpen in zijn jeugd nog duurder waren dan tegenwoordig, duurder dan kruidnagels, porselein of goud. De burgers van de Republiek speculeerden in die tijd zelfs met tulpenbollen, en velen van hen waren daaraan failliet gegaan. Dat, dacht Hanna, was typisch Hollands. Iets hoefde in de Republiek nog maar net in de mode te raken of het werd al aan de Dam verhandeld en getaxeerd, er werden opties op genomen en er werd van prijsverschillen geprofiteerd. In Devlet-i 'Âliyye werd de prijs van de tulpenbollen door de padisjah vastgesteld, zodat niemand zich met de bloemen kon verrijken.

'Uw tulpen gaan binnenkort bloeien,' riep ze in de richting van de slaapkamer.

'Ja? Wat mooi. Ik ben erg benieuwd naar de kleur. Het gaat om heel exquise soorten.'

'Met alle respect, maar ik zou het verstandiger vinden om achterin ook nog wat aardappels en bonen neer te zetten.'

'Daar heb ik ook al weleens over gedacht. Maar een gegeven paard...' Opnieuw kreunde en hijgde de oude man. 'Je kent het spreekwoord.'

'Eerlijk gezegd niet.'

'O, vergeef me. Het luidt als volgt: een gegeven paard moet men niet in de bek kijken. Dat betekent dat je niet te kritisch moet zijn over een cadeau.' Opnieuw kreunde hij. 'Lieve God in de hemel!'

Hanna keek naar de keurig beplante bloembedden. Een professioneel tuinman moest ze hebben aangelegd. Ach ja, nu ze erover nadacht kon ze zich de mannen nog wel herinneren. Ze waren in de herfst van afgelopen jaar verschenen met zakken vol tulpenbollen, kort voordat de vorst intrad, en hadden de bollen in de aarde gestopt. Ze was toen hoogzwanger geweest en had wel andere dingen aan haar hoofd dan de beplanting van Huygens' bloembedden. Bovendien was ze ervan uitgegaan dat hij de tuinmannen had ingehuurd.

'Van wie hebt u die tulpen dan gekregen?' vroeg ze.

'Nou, eigenlijk van je... je... de vader van je...'

Er trok een huivering door haar heen. 'Obediah?' Ze draaide zich om naar de deur, die nog altijd op een kiertje stond. 'Hij heeft de bloemen gestuurd? En daar vertelt u me niets over?' Ze liep de trap weer op naar de slaapkamer.

'Wacht, Hanna. Ik ben nog niet klaar.'

'Nou en? Vertel me alstublieft wat dit te betekenen heeft, anders is die steen in uw blaas uw minste probleem!' Ze hoorde hem zachtjes hijgen.

'Je begrijpt me verkeerd. Toen hij lang geleden hier was hebben we over allerlei dingen gepraat. Over uurwerken, astronomie, over de planetariërs...'

'Kom ter zake!'

'... en ook over tulpen. Ik vertelde hem dat ik veel van tulpen hou. Hij beloofde me toen als cadeau dat hij een heel bloembed in mijn tuin vol Semper Augustus en Perroquet Rouge zou laten planten, als dank voor mijn hulp. Ik zei dat de VOC me al betaalde, maar hij stond erop. Hij was erg gul met... met het geld van zijn opdrachtgevers. Wist je dat hij zijn degen heeft laten maken door Rivero, de beroemde smid uit Toledo? En zijn pruiken...'

'U dwaalt af.'

'Vergeef me. Als een mens zestien uur niet heeft geürineerd, wordt hij onrustig. Maar goed, dat beloofde hij dus. We wisten alle twee dat Augustus en Perroquet zeldzame, erg gewilde soorten zijn en dat het dus tijd zou kosten om er voldoende van bij elkaar te krijgen. Daarom vond ik het ook niet gek toen pas afgelopen najaar die tuinlieden verschenen. Toen ik ernaar vroeg, zeiden ze dat ze kwamen om de opdracht uit te voeren die ene monsieur Neville Reese hun lang geleden had gegeven en waarvoor ze nu eindelijk alle bollen hadden. Ik wist dat Reese een van zijn schuilnamen was.'

'Dus volgens u gaf Obediah al voor zijn vertrek naar de Levant opdracht voor de beplanting van die bloembedden, ergens in 1688?'

'Precies. Het spijt me. Als ik een levensteken van hem had gekregen, had ik je dat direct verteld. Toegegeven, ik had je moeten zeggen dat de bloemen min of meer zijn... zijn laatste erfenis zijn. Ik was alleen nogal afgeleid, mijn nieuwe muzieknotatie met eenendertig toonintervallen die...'

Ze luisterde niet meer naar wat Huygens zei. In plaats daarvan keek ze door het raam naar de twee bloembedden. Tranen welden op in haar ogen en rolden over haar wangen. Een stelletje doorgekweekte bloemen zou het enige zijn wat haar nog van Obediah restte? Ze veegde met haar mouw over haar gezicht. Ook een andere tulp was een stukje opengegaan. Deze was niet wit, maar vuurrood. Opnieuw viel haar op hoe perfect de bloembedden waren beplant. De tulpen stonden strak in het gelid in de twee vierkanten, telkens tien naast elkaar, in tien rijen. Exact honderd tulpen per bloembed, netjes in een raster. Een tweekleurig raster.

'Adonai!' riep ze plotseling uit. Ze rende naar de overloop en drukte haar gezicht tegen de ruit. Was het mogelijk? Dit kon geen toeval zijn. Achter haar hoorde ze een kletterend geluid, gevolgd door een zucht van opluchting.

Kort daarna kwam Huygens de kamer uit lopen en keek haar vragend aan. 'Wat zei je, kind?'

'Hoe zijn ze geordend?'

'Wie?'

'De tulpen!'

Huygens tuurde met half toegeknepen ogen door het raam. 'In vierkanten, zou ik zeggen.'

'Dat zie ik. Ik bedoel de kleuren! Hoe zit het met de kleuren?'

'Dat weet ik eerlijk gezegd niet. De tuinman zei dat hij de tulpen volgens aanwijzingen van mister Reese zo neerzette dat ze "een mooi en sprekend patroon zouden vormen", volgens mij formuleerde hij het op die manier. Het zijn twee soorten, dus zullen het twee verschillende kleuren zijn.'

Ze keek hem aan. 'Seigneur, dat is geen bloembed.'

'Geen...'

'Het is een binaire code.' Ze vertelde Huygens dat Obediah hun brieven altijd met hulp van de Vigenère-tabel en het binaire systeem van Leibniz versleutelde.

'Je bedoelt dat de tulpen zo geplant zijn dat ze een bericht vormen? Met wit als nul en rood als een?'

'Ja, of omgekeerd.'

'Mijn lieve Hanna, als dat zo was... Ik wil je absoluut de hoop niet ontnemen, maar geloof je niet dat je misschien een hersenspinsel najaagt?'

'Er is maar één manier om dat uit te vinden,' antwoordde ze. 'We moeten wachten totdat de tulpen bloeien.'

•◆•

Wat volgde was onbetwist de langste week in Hanna's leven. Als een kat om een ton haring sloop ze telkens weer om de twee bloembedden heen. Elke keer had ze schrijfinkt en een veer bij zich voor het geval er een nieuwe tulp in bloei was gekomen. Zodra dat het geval was, pakte Hanna een van de vellen erbij waarop ze een raster van tien bij tien velden had getekend. Als de nieuwe bloem een Semper Augustus was, met zijn witte, paars dooraderde bloembladen, zette ze op de betreffende plek een kruis. Ging er een amarantrode Perroquet Rouge open, dan tekende ze een rondje. Hokje na hokje raakten de rasters gevuld.

Op de ochtend van de derde dag ontdekte Hanna nog een andere bloem, die niet rood of wit was maar geel. Huygens had uitgelegd dat er bij tulpen soms zomaar andere kleuren konden ontstaan. Daarom maakte ze zich over de onverwachte kleurstelling aanvankelijk geen zorgen. Dat veranderde toen ze 's middags een tweede gele tulp ontdekte. Deze bloem had precies dezelfde kleur als de eerste, en was dus waarschijnlijk geen 'mutatio', zoals Huygens het fenomeen had genoemd. Ze slaakte een vloek. Als er drie kleuren waren, was haar idee over de binaire code inderdaad een vorm van wensdenken geweest. Snel liep ze naar de werkplaats, waar Huygens bezig was met een horloge.

Hij werkte met bijna gesloten ogen; hij leek volledig op het gevoel in zijn vingertoppen af te gaan. 'Ja, Hanna?' zei hij zonder op te kijken.

'U had gelijk.' Ze probeerde de snik te onderdrukken die in haar keel opsteeg, maar het lukte haar niet. 'Er is geen geheime code!'

De oude natuurfilosoof richtte zich op en keek haar aan. 'Kind, je bent er helemaal kapot van. Tot nu toe is toch hoogstens de helft opengegaan? Hoe kun je dan zo zeker zijn?'

Ze vertelde hem over de gele bloemen.

'Wat voor geel is het? Botergeel?'

'Eerder als oude kaas,' antwoordde ze.

Hij knikte bedachtzaam. 'Een Gloire. En nu geloof je dat je aanname verkeerd was.'

'Met geloof heeft dat niets te maken. De dyadische getallen bestaan alleen uit enen en nullen, hoe groot ze ook zijn.'

Huygens schudde zijn hoofd. Daarbij glimlachte hij geamuseerd.

'Wat is daar zo komisch aan, seigneur?'

'Ten eerste dat je uitgerekend mij Leibniz wilt uitleggen. En ten tweede dat je door de bomen het bos niet meer ziet. Of liever gezegd, door de tulpen.'

'Ik kan u niet helemaal volgen,' zei Hanna.

'Zodra je raster gevuld is met nullen en enen moet je uitproberen welke codering is gebruikt, heb ik gelijk of niet?'

'Ja, natuurlijk. We weten niet of wit de nul is of rood.'

Hij knikte. 'Een relatief eenvoudige operatie. Het grotere probleem is om uit te vinden waar de getallen beginnen en waar ze ophouden. Kijk maar.'

Ze volgde zijn gedachtegang, maar zei nog niets.

Op een vel papier schreef Huygens: 1010011010. 'Tien cijfers. Laten we aannemen dat dit je eerste rij is. In een decimaal systeem zou dat 666 betekenen. Maar stel dat in het midden een lege plek zou zitten, dan zijn het de getallen 10100 en 11010, dat wil zeggen 20 en 26. Als je op zoek bent naar letters van het alfabet is dat veel logischer.

Maar misschien zijn het ook wel vier getallen.' Hij liet zijn vinger over het papier glijden. '10, 100, 110, 10. En dus 2, 4, 6, 2.'

Hanna begreep het. 'U bedoelt dat een van de drie kleuren voor een lege plek staat omdat de verzameling enen en nullen anders niet te ontcijferen is.' Ze bedacht opeens dat Obediah bij de binaire codewoorden voor de Vigenère-tabel ook een soort spatieteken had gebruikt; kleine, nauwelijks waarneembare puntjes op het papier hadden steeds het einde van een getal aangegeven. Dat ze daar zelf niet was opgekomen ergerde haar een beetje. Het moest door de opwinding komen.

'Ik gok,' zei Huygens, 'dat de gele tulpen de lege plekken aangeven.'

'Waarom?'

'Omdat de seigneur van je hart, als ik hem zo mag noemen, uitstekend weet hoe je informatie overbrengt aan mensen die zich op een andere plek bevinden. Hij heeft in mijn achtertuin drie soorten tulpen laten planten: Semper Augustus, Perroquet Rouge en Gloire. Van de eerste twee wist ik al heel lang, want hij had ze me beloofd. En dus lijkt het me logisch dat hij de derde soort pas later heeft gekozen, namelijk toen hij zich realiseerde dat hij een extra kleur voor de lege plekken nodig had omdat hij intussen besloten had met de tulpen een boodschap over te brengen en die anders niet duidelijk zou zijn.'

Huygens had gelijk. Ze boog zich naar voren en kuste de oude man op beide wangen. 'U bent een genie, seigneur.'

Hij grijnsde. 'In het gunstigste geval een genie dat langzamerhand de controle over zijn ledematen en zijn blaas verliest. En nu hup, de tuin in met jou.'

Ze knikte en liep weg.

'Kind?'

'Ja?'

'Ik begrijp je ongeduld, maar onderdruk alsjeblieft de aandrang om de nog gesloten tulpen met een mes te lijf te gaan. De bollen zijn vermoedelijk meer waard dan een volledig getuigde haringbuis, en misschien hebben we dat geld nog hard nodig.'

Ze knikte nogmaals. Toen rende Hanna de tuin in om naar de tulpen te kijken.

Op de zesde dag na de ontdekking van het tulpengeheimschrift waren alle bloemen open. De hele middag zat Hanna met haar vel papier aan de grote eettafel te wachten totdat Willem moe werd. Toen het kind eindelijk in slaap was gevallen, ging ze aan de slag om het geheimschrift te ontcijferen. Ze had vermoed dat de tulpen misschien alleen het sleutelwoord voor een volgend geheimschrift zouden bevatten, maar deze keer bleek Obediah erop vertrouwd te hebben dat het bloembed als dekmantel voldoende was. Al snel ontdekte ze dat de getallen simpelweg overeenkwamen met letters van het Latijnse alfabet. De klinkers had hij weggelaten. Als je die aanvulde, luidde het bericht als volgt:

> AAN SJAHRAZAAD KOM NAAR BOSTON MASS LONDON COFFEEHOUSE NEVILLE REESE IK HOU VAN JE

Hanna liet het vel papier zakken. Het zou een lange, moeilijke reis worden, maar ze aarzelde geen moment om eraan te beginnen.

CODA

Batavia, 6 mei 1696

Hooggeëerde directeur De Grebber,

Bedankt voor uw laatste brief en voor het goede nieuws uit het vaderland. Vooral dank ik u en de compagnie echter voor de langverwachte stekjes van de koffieboom, die drie weken geleden met De Vergulde Draak zijn gearriveerd. Uit de vrachtpapieren kon ik opmaken dat u in totaal tachtig stuks op weg hebt gestuurd. Meer dan de helft daarvan is in goede staat aangekomen.

Ik heb ze aan onze tuinman gegeven, met daarbij de instructies die de directeur van de hortus botanicus in Amsterdam had bijgevoegd over hun verzorging. Onze tuinman, monsieur De Hooge, vroeg me monsieur Commelin van de hortus zijn eerbiedige groeten over te brengen; hij heeft zijn voortreffelijke boek over het kweken van citrusvruchten in Holland gelezen en is vol lof over hem.

Tot nu toe doen de koffieplanten het uitstekend; of ze inderdaad bestand zijn tegen het klimaat hier en vrucht zullen dragen, kunnen we pas over een paar maanden zeggen. Zoals u weet begint in de herfst de regentijd. Vaak blijkt dan pas of een ingevoerde plant onder de plaatselijke omstandigheden kan gedijen. Ik ben in elk geval optimistisch. Als alles goed gaat kunnen we met Gods hulp misschien het komende jaar al de eerste Javakoffie oogsten. Mocht het lukken, dan zal ik de eerste oogst natuurlijk naar u persoonlijk sturen.

Ik verblijf als uw getrouwe dienaar & cetera,

Willem van Outhoorn,
gouverneur-generaal van de Nederlandse eilanden

Dramatis personae

De dieven:
Obediah Chalon, Esq., Engelse gentleman, virtuoso en vervalser
Knut Jansen, Deense vrijbuiter
Conte Paolo Fernando Marsiglio, Bolognezer generaal, virtuoso en botanicus
Pierre Justel, hugenootse stoffenhandelaar
Condessa Caterina da Glória e Orléans-Braganza, vermommingskunstenares en oplichtster
David ben Levi Cordovero, Sefardische natuurfilosoof

De Fransen:
Louis de Bourbon, légitimé de France, comte de Vermandois, meesterdief en tweede zoon van Louis XIV
Bonaventure Rossignol, cryptoloog van Louis XIV
Gatien de Polignac, capitaine van de tweede compagnie der musketiers van de garde
Gabriel Nicolas de la Reynie, luitenant-generaal van de Parijse politie
Étienne Baluze, amanuensis en bibliothecaris van de overleden Grote Colbert
Jean d'Auteville, musketier en commandant van de vesting Pinerolo
Louis XIV, koning van Frankrijk en Navarra, wedergeboren Apollo, ook wel genoemd Louis le Grand, Le Plus Grand Roi, Dieudonné, de Grote Man, Rex Christianissimus of Roi Soleil

De Turken:
Mátyás Çelebi, bijzondere afgezant van de Verheven Porte
Erdin Tiryaki, commandant van de 49e orta van het janitsarenkorps
Hamit Cevik, bektasji-priester bij de janitsaren
Müteferrika Süleyman Ağa, ambassadeur van de Verheven Porte in Parijs

Andere personen:
James Scott, eerste hertog van Monmouth, onwettige zoon van de Engelse koning Charles II, en troonpretendent
Jean-Baptiste Antoine Colbert, marquis de Seignelay, Franse marineminister en minister van het Koninklijk Huis, zoon van de Grote Colbert
François-Michel le Tellier, marquis de Louvois, Franse oorlogsminister
Pierre Girardin, seigneur de Vauvray, Franse afgezant in Constantinopel
Sebastian Doyle, Esq., Monmouths schermleraar
Pierre Bayle, in ballingschap levende hugenootse publicist en filosoof
Christiaan Huygens, natuurfilosoof, componist, universeel genie
Conrad de Grebber, een van de Heren XVII van de Verenigde Oost-Indische Compagnie (VOC)
Piet de Grebber, zoon van Conrad de Grebber, VOC-bewindhebber
John Gibbons, hoofdpoortwachter van Whitehall, berucht dievenvanger
Procopio dei Coltelli, eigenaar van een koffiehuis in Parijs
Jan Baert, vrijbuiter en schrik van de noordelijke zeeën

Woordenlijst

aga: (Turks *ağa*) Osmaanse eretitel, in het leger de rang van kapitein
agrafe: sierhaakje op kledingstukken
Alkoran: verouderde term voor 'Koran'
amanuensis: schrijfassistent

Bâb-ı Âli: zie Verheven Porte
bailo: titel van de Venetiaanse afgezant bij de Osmaanse sultan
Batavia: oude naam van de Indonesische stad Jakarta
bewindhebber: bestuurder van de VOC
beylerbeyi: Turks voor 'heer der heren', titel van de provinciegouverneurs van het sultanaat
bhang: Indische henneppasta
bombazijn: geweven stof, voor de helft van zijde
börk: hoofddeksel van de janitsaren
bunn: Arabisch voor 'koffiebonen'

cabochon: facetloze ronde of ovale slijpvorm van edelstenen
Candia: Kreta
commerce: synoniem voor geslachtsverkeer
concoctio: Latijn voor 'brouwsel'
confrérie: homoseksualiteit, liefde tussen mannen
converso: onder dwang tot het christendom bekeerde jood
çorbacı: Turks voor 'soepkok', titel van een janitsaarse bataljonscommandant

culotte: kniebroek
cunette: extra diepe geul in het midden van een vestinggracht

Davy Jones: synoniem voor de bodem van de zee
Devlet-i 'Âliyye: Turks voor 'de sublieme staat', d.w.z. het Osmaanse rijk
devşirme: Turks voor 'plukken, verzamelen'; Osmaanse ronseling van niet-islamitische kinderen
dissenter: protestantse dissident

fersah: Osmaanse lengtemaat, ongeveer 5,7 km
Franse ziekte: syfilis

Generaliteitslanden: gebieden die ten tijde van de Republiek der Zeven Verenigde Nederlanden rechtstreeks onder de Staten-Generaal vielen, zonder stem in het landsbestuur
ghiour: christen

haute sjerif: ontheffing of edict van de sultan; verbastering van het Turkse *hatt-i şerif*
hauts-de-chausses: kniebroek
hippocras: met specerijen gekruide warme wijn
hugenoot: Franse protestant

ibrik: kannetje om koffie in te maken

jabots: aan een overhemd vastgemaakte ruches, voorloper van de stropdas
justaucorps: lange herenmantel

kehillah: joodse gemeente
kromprater: buitenlander

lettre de marque: door een koning opgestelde kaperbrief
lieue: oude Franse lengtemaat, ongeveer vier kilometer

marechaussee: Parijse stadswacht
marrano: beledigende term voor joden, vooral voor conversos die in het geheim nog altijd het joodse geloof aanhangen
Mazarinette: een van de zeven nichtjes van de Franse kardinaal Mazarin; twistzieke vrouw
mêlée: Frans voor 'handgemeen, man-tegen-mangevecht'
Monsieur: officiële titel van de broer van de Franse koning
mousqueton: donderbus

Navarino: Italiaanse naam van de Griekse stad Pylos

oliekoeken: een soort platte oliebollen met noten en zuidvruchten

papisten: scheldwoord voor katholieken
Pappenheimer: rapier met pareerkorf
passacaille: Franse hofdans
pied: afkorting van *pied du roi*, Franse lengtemaat, ongeveer 30 cm
prince du sang: prins van den bloede, koningszoon met het recht van troonopvolging
pronker: beau, aansteller, pronkzuchtige persoon

qishr: vel en vruchtvlees van de koffiebes

retourvloot: de jaarlijks aan het einde van de zomer terugkerende handelsvloot van de VOC
Roemelië: Osmaanse naam voor de Balkan en het oostelijke deel van Griekenland

schout: hoofd van het gerecht en de politie
Smyrna: Izmir
soubreveste: opperkleed, deel van het uniform van een musketier
stadhouder: titel van een van de belangrijkste functionarissen van de Verenigde Republiek

telve: koffiedik
tempelier: schertsend voor Londense juristen (vanwege Temple Street)

Verenigde Republiek: Republiek der Zeven Verenigde Nederlanden
Verheven Porte: het Osmaanse sultanaat
vice italien: homoseksualiteit

Waldenzen: Savooiaardse protestanten

yatagan: gebogen zwaard dat door de janitsaren werd gebruikt

ziekentrooster: door de kerk aangestelde leek die zieken en gevangenen geestelijke bijstand biedt